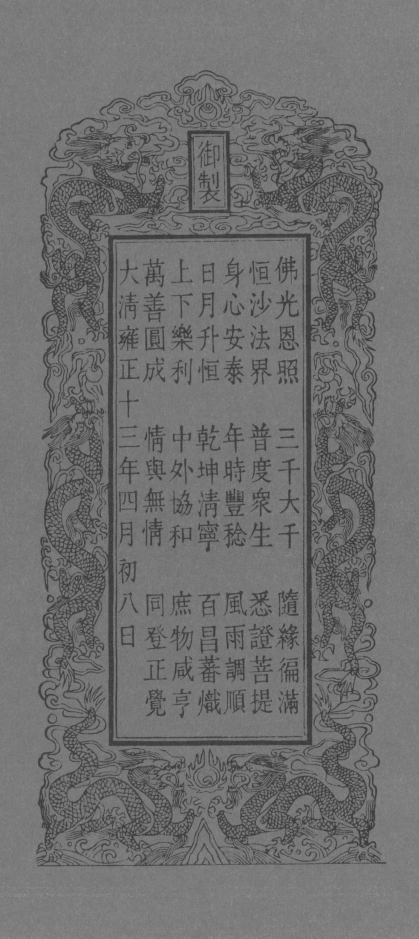

御製

佛光恩照　三千大千　隨緣徧滿
恒沙法界　普度衆生　悉證菩提
身心安泰　年時豐稔　風雨調順
日月升恒　乾坤清寧　百昌蕃熾
上下樂利　中外協和　庶物咸亨
萬善圓成　情與無情　同登正覺
大清雍正十三年四月初八日

第五六册　小乘經　單譯經（一）

**正法念處經**　七〇卷（卷一至卷五五）
元魏婆羅門瞿曇般若流支譯……一

# 正法念處經

元魏婆羅門瞿曇般若流支譯

清刻龍藏佛說法變相圖



正法念處經序

夫域中之名四等道之所生萬殊名蓋衆名之假生非有生之實然則脩促共盡小大同期而金字絲編緗交素篆分途列道門張户設旣昧斷惑之境未接息言之路詎能探神測妙苞總無邊有聖將應靈因曠遠志遺髪膚施單城國及緐星駐綵夕馬騰空出四門以結念屬三夜而圓果十力在已八解俱照智兼一切慈洽萬方旣而法吼傍震甘露降灑鷲山祇樹之下鹿苑連河之地衆出恒沙徒緐林竹反窮迷於升極啓重昬於燈炬雖鵠林興慕檀薪已燃敎義不忘風聲逾被壽陵仰丹素之工清臺寫金玉之質水骨流輝園間加等遺契餘旨薄傳前載幽宗絕唱方備茲辰使持節大將軍領中書監攝吏部尚

書京畿大都督渤海王世子高公道風虛邁
神衿峻遠負日月於中衢擊雷霆於上路德
表生民作舟梁於夷夏器含群物制天淵於
廟堂殊流共委酌而不竭異軫同騖仰以知
歸黃扉南闢鈴閤東啓則有高士通才幽人
偉器懺其漢爵之重鄙其南岳之遊曳裾高
步自得門下俱申前趣之禮並應却行之眷
蓋以書奏多方術呈異等或披卷而止或一
貫獨得每留神釋典洞叩玄門以夫照壁瀉
瓶遺文必舉非徒九部寧止十二踰矣西方
路超百宿精力苦心不憚重觸故能法藏流
行異聞俱湊爰有舍城妙説時將感通法螺
良藥響授斯在從善業之本極身念之際標
品有七明義者五至如違俗絕世託想菩提
眷彼天人深嗟鬼畜鑒茲因果寘心是緣篤

誠修行又悟前旨載懷依仰形殊理一大覺
下臨照然獨曉四攝六通網羅群智贊揚妙
德事屬斯文直以風殊俗舛詞翰乖絕傾耳
注目隔若山河將恐靈教有虧玄旨多墜有
婆羅門人瞿曇流支比丘曇林僧昉等並鉤
深索隱言通理接延居第館四事無違乃譯
明茲典名正法念處起自興和歲陽玄黓終
於武定淵獻之年條流積廣合七十卷微言
不昧弘之在我大崇覺典尅宣靈迹此乃濟
四部於法橋涮六塵於定水心殷業重無德
而言雖龍樹不追馬鳴日遠申法尊道夫豈
異昔所以緇素擊節雅俗傾首義有存焉永
法三界云爾

# 正法念處經卷第一

元魏婆羅門瞿曇般若流支譯

## 十善業道品第一之一

歸命一切諸佛菩薩如是我聞一時婆伽婆在王舍城遊那羅陀婆羅門村爾時慧命舍利弗於晨朝時共衆多比丘入王舍城各各行乞爾時衆多比丘離慧命舍利弗而行乞食遂爾往到遮羅迦波離婆闍迦外道所已共相問訊彼此歡喜說法語論迭互相問彼遮羅迦波離婆闍迦外道問諸比丘言汝之釋迦沙門瞿曇說如是法欲爲不善是不可愛非是可樂非是可意於他欲者亦不隨喜我亦如是說彼身業是不可愛非是可樂非是可意於他欲者亦不隨喜汝之釋迦沙門瞿曇說彼口業是不可愛非是可樂非是可意不隨喜他我亦如是說彼口業是不可愛非是可樂非是可意不隨喜他汝之釋迦沙門瞿曇說彼意業是不可愛非是可樂非是可意不隨喜他我亦如是說彼意業是不可愛非是可樂非是可意不隨喜他汝之釋迦沙門瞿曇如是法律爲有何異何意何勝若汝釋迦沙門瞿曇如是法律與我何異而汝釋迦沙門瞿曇自說我是一切智人彼遮羅迦波離婆闍迦外道如是問已彼諸比丘新出家故於比丘法未能善解心不隨喜是故不答爾時衆多比丘既乞食已離慧命舍利弗各各皆到那羅陀村食訖已住爾時慧命舍利弗亦乞食已同共往到那羅陀村爾時衆多比丘往到慧命舍利弗所具說如上爾時慧命舍利弗語衆多比丘言若我慧命共

汝相隨王舍城内同四出巷同三角巷即共汝等到遮羅迦波離婆闍迦外道所者我則能以正法破之然我在於異四出巷異三角巷而行乞食故我如是不鬧彼難彼遮羅迦波離婆闍迦外道前所問難世尊普眼諸業果報一切現知今在此處最爲尊勝一切外道見則降伏爲諸聲聞諸優婆塞諸天人等善說一切業果報法去此不遠汝可往問彼當爲汝善說一切業果報法若天魔梵世間沙門婆羅門等所不能說唯有如來能爲汝說我於彼法未善通達唯有世尊第一善解業果報法能爲汝說爾時衆多比丘向世尊所爾時世尊依晝時法如須彌山自光網燄如晝日明如夜中月如月清涼如陂池清甚深如海安住不動如須彌山心無所畏如師子王一切衆生之所歸依猶如父母大悲熏心一切衆生唯一上親慈悲喜捨爲依止處以三十七大菩提分勝妙之法莊嚴其身一切衆生清淨眼觀無有猒足勝日月光釋迦王子偈言

世尊廣普眼　無三垢淨眼　能巧說二諦
善知三種苦　如是佛世尊　已修二種修
現證於道果　滅諦智具足　遠離三界間
而說異三界　知十八界諦　觀知解脫諦
十八功德衆　自功德相應　解脫九繫縛
具足十種力　成就四無畏　亦成就大悲
大悲心深潤　成就三念處

爾時衆多比丘既見世尊整服一肩如法胡跪右膝著地禮世尊足退在一面正威儀住低頭斂容爾時衆多比丘推一比丘往近世

尊復更頂禮世尊足已白言世尊我於晨朝著衣持鉢入王舍城而行乞食如上所說次第乃至共彼外道遮羅迦波離婆闍迦問難語說彼問身業口業意業皆如上說爾時世尊先觀察已然後爲說爾時世尊爲彼比丘那羅陀村諸婆羅門而說法言汝諸比丘我所說法初中後善義善語善獨法具足清淨鮮白梵行開顯所謂正法念處法門諦聽諦聽善思念之我爲汝說諸比丘言如是世尊彼諸比丘於世尊所至心諦聽爾時世尊爲諸比丘如是說言諸比丘何者正法念處法門所謂法見法非法見非法常念彼處心不生疑喜樂聞法供養長宿彼知身業口業意業業果生滅不顛倒見不行異法諸比丘身業三種所謂殺生偷盜邪婬云何殺生於他

衆生生衆生想起殺害心斷其命根得成殺生彼有三種謂上中下所言上者殺羅漢等墮阿鼻獄所言中者殺住道人所言下者殺不善人及殺畜生又復三種所謂過去未來現在又復三種所謂貪作瞋作癡作彼貪作者所謂獵等彼瞋作者所謂下性彼癡作者外道齋等又復三種所謂自作他教二作有五因緣雖是殺生無殺罪業所謂道行無心傷殺蠕蟻等命若擲鐵等無心殺生而斷物命醫師治病爲利益故與病者藥因藥命斷醫無惡心父毋慈心爲治故打因打命終然火蟲入無心殺蟲蟲入火死如是五種雖斷生命不得殺罪又復更有三種殺生所謂他教自作二作又修行者內心思惟隨順正法觀察法行云何偷盜成就滿足云何偷盜得

果報少彼見聞知或天眼見他物他攝自意盜取如是偷盜成就滿足若是王法爲饒益尊父毋病人緣覺羅漢阿那含人斯陀含人須陀洹等若爲病急若爲飢急彼爲饒益如是偷盜得果報少盜業不具又復偷盜得果報少謂偷盜已專心懺悔既懺悔已後更不作遮他偷盜教不盜戒示其善道令住善法遠離偷盜如是盜業不具足滿何業具足若人偷盜彼偷盜人若誑惑他屛處思量作欺誑事斗秤治物作惡業行如是種種此業具足云何成業若他攝物知已盜取如是成業何業具足作已隨喜樂行多作向他讚說又復教他善戒者盜此業具足如是三業具足不滅餘偷盜業得果報少而不決定又修行者内心思惟隨順正法觀察法行云何邪婬此邪婬人若於自妻非道而行或於他妻道非道行若於他作心生隨喜若設方便強教他作是名邪婬云何邪婬得果報少若邪婬已專心懺悔不隨喜他遮他邪婬示其善道彼邪婬業不具足滿離邪婬意修行善戒如是邪婬得果報少不決定受如是三種身不善業得果報少果報輕軟如是外道遮羅迦波離婆闍迦所不能知非其境界并天世間若魔若梵沙門婆羅門一切世間諸天人等所不能知除我聲聞從我聞故知業果報更無教者又修行者知業果報云何口業惡不善行口業四種所謂妄語兩舌惡口綺語如是四種何者妄語自思量已然後於他作不實語若作呪誓若在王前若王等前妄語言說令他衰惱或打或縛或令輸物彼成妄語

如是滿足成妄語業地獄中受復有口業名爲兩舌於和合者共作業者破壞語說如是語者成就兩舌云何此語得果報少破壞語已心中生悔我愚癡故作如是說專心懺悔亦遮他人作破壞語亦其善道業不具足此業不重云何此業不具足滿此破壞語或以煩惱或以酒醉心異分別向他異說此業不足云何名爲業道相應成破壞語若以惡心破壞於他隨喜讚嘆如是名爲業道相應成破壞語云何此業決定成就破壞語說作已隨喜復教他作隨喜讚說喜樂貪著不離於心常懷惡心他人所避不可往返爲他毀呰不生羞恥無慚無愧不能自知如是名爲破壞語業又修行者觀察業集云何名爲惡口業行彼見聞知或天眼見如是惡口能生熱惱聞不悅耳不忍他惡令異人信若重若輕戲笑瞋心得無量報無量種報彼重惡口墮於地獄彼輕惡口不決定受如是名爲第三口業彼業具足相應之義如前所說又修行者知業報法云何名爲第四口業無義綺語前後相違不相應說不決定受決定如餘如是名爲第四口業又修行者觀業報法云何意業意業幾種彼見聞知意業三種貪瞋邪見何者爲貪若見他人富者財物心生悕望欲得彼物是意貪業又復意業若見他人富者財物心生惡嫉是意嫉業若生邪見生顛倒見是邪見業彼有二種謂失不信云何不信彼人心謂無施無祀無齋無會無有善業無不善業無業果報廣則無量云何爲失彼人心謂一切苦樂皆是天作非業果報如是

二種名爲邪見又修行者觀業報法云何三種身口意業如是十種樂行多作彼決定受此義云何何者業果於現世受何者業果於生世受何者業果於餘世受復於世間何處何生彼見聞知或天眼見身業殺生樂行多作墮於地獄畜生餓鬼若生人中命則短促若因貪心獵等殺生彼人則生猪鹿雉雞迦賓闍羅如是等中獵師圍兵之所殺害乃至作魚鉤釣所殺彼前作業相似因緣常在生死若生人中命則短促設得生天不得好處多有怖畏速爲他殺殺生之報有下中上偈言

有於藏中死　有生已命終　有能行則亡

有能走便卒

彼殺生者此業成就勢力果報謂地獄受若現在受若餘殘受又修行者觀業果報云何偷盜樂行多作報有三種謂地獄受若現在受若餘殘受彼偷盜業樂行多作墮於地獄畜生餓鬼若生人中則常貧窮若得財物畏王水火劫賊因緣具足失奪不曾得樂彼偷盜業得如是等三種果報又修行者觀業果報云何邪婬樂行多作得三種果彼見聞知或天眼見若彼邪婬樂行多作墮於地獄畜生餓鬼若生人中餘殘果報妻不隨順若得二根世間所惡彼如是等三種身業三種果報非彼外道遮羅迦波離婆闍迦之所能解廣說身業則有無量皆不能解何以故彼以癡法熏其心故唯我能解我實不見餘人能解更無有人能見如是業果報法如我見者若我弟子修行法者以從我聞是故能解又

修行者内心思惟隨順正法觀察法行云何口業口業幾種彼見聞知或天眼見口業四種所謂妄語兩舌惡口綺語若彼妄語樂行多作隨墮於地獄畜生餓鬼若生人中一切衆生不信其語諸善衆會善長者衆刹利等衆及妻子等不信其語口常爛臭齒亦不好面皮無色一切世人妄語枉謗常生怖畏親友兄弟知識不固一切所作不得果利於一切人不得饒益如是妄語是不可愛非是可樂非是可意成就如是不善業果又修行者内心思惟隨順正法觀察法行云何名爲第二口業樂行多作成就果報彼見聞知或天眼見如是兩舌樂行多作隨墮於地獄畜生餓鬼若生人中若聾若瘂口常爛臭無人信語衆人所笑面色不好不住一處心動不定常行惡行如是名爲兩舌業報又修行者内心思惟隨順正法觀察法行云何名爲第三口業樂行多作成就業果彼見聞知或天眼見如是惡口樂行多作隨墮於地獄畜生餓鬼若生人中處處皆畏一切人所皆得衰惱無人安慰於自妻子不得愛語猶如野鹿畏一切人遠善知識近惡知識是名惡口三種果報又修行者内心思惟隨順正法觀察法行云何綺語樂行多作彼見聞知或天眼見若彼綺語樂行多作隨墮於地獄畜生餓鬼若生人中一切不樂王舍慾家兄弟親家輕弄嫌賤此是綺語口業果報又修行者内心思惟隨順正法觀察法行云何意業三種不善樂行多作意不善業彼見聞知或天眼見若彼貪心樂行多作意不善業隨墮於地獄畜生餓鬼若

生人中雖有財物則爲王賊及水火等無理橫失恒常貧窮又修行者内心思惟隨順正法觀察法行云何瞋心樂行多作意不善業彼見聞知或天眼見瞋心意業樂行多作意不善業隨於地獄畜生餓鬼若生人中則生邊地夷人之中常畏鐵處常怖怕處隨嶮岸處彼人之心不曾安隱常被誹謗常得如是多種衆惡又修行者内心思惟隨順正法觀察法行云何邪見樂行多作意不善業彼見聞知或天眼見邪見意業樂行多作隨於阿鼻地獄等中受一切苦若墮畜生於無量世百千萬億億數轉生餓鬼境界亦復如是若生人中如法所説自種性業善業道行不依法行於上世來父祖種性千倍下劣又修行者内心思惟隨順正法觀察法行更復思法

深細觀察云何如是十不善法流轉生死世間地獄餓鬼畜生彼見聞知或天眼見云何殺生云何樂行云何多作謂殺生者此殺生人近惡知識若惡知識近住之人與彼相隨喜樂彼人相隨遊戲共行共宿於彼生信謂有功德隨彼所作亦與同行彼人如是近惡知識彼殺生人近殺生者則以種種殺生因緣教令殺生或外道齋或屠獵等如貪味者説殺生事如怨家者説殺生事如賊貪物説殺生事如鬬戰者説殺生事如貪名者説殺生我彼人聞已心則生信亦隨順行喜樂殺生如是喜樂既殺生已墮於地獄餓鬼畜生不可愛著心不樂處一切善人呰毀之處以此因故若生人中命則短促如是殺生近惡知識以爲種子云何樂行彼不善人既殺生

已喜樂歡喜心意分别見殺功德如是分别則有多種斷他命已不生懊悔讚説言善心不放捨轉復更作教他人作既教他已説彼殺生種種功德異異因緣如前所説如是名爲樂行殺生云何多作此殺生已如前行説近惡知識習作殺生多造殺具作危嶮處作園毒箭集養猗等養殺生鳥近旃茶羅造鬭戰具鎧甲刀杖及以矟矛鬬戰之輪種種器仗諸殺生具如是一切皆悉攝取如是惡人多作殺生以是因緣墮於地獄畜生餓鬼受極苦惱殺生之業有下中上受苦報時亦下中上既作業已如是不得不受果報如是如是自作惡業自得惡報若黠慧人捨惡行善彼世間中如是殺生樂行多作云何偷盜樂行多作云何樂行多作盜已墮於地獄此惡

戒人性自偷盜近惡知識若惡知識近住之人與彼相隨則行偷盜有下中上何者爲下謂王法等如前所説何者爲中非福田所偷盜彼物此盜爲中何者爲上佛法僧物微少偷盜是則爲上彼佛法僧若盜僧物佛法能淨盜佛法物僧不能淨若盜衆僧現食用物墮大地獄頭面在下若取屬僧所常食物則墮無間阿鼻地獄寬廣闇等以重福田微少偷盜以有心念樂行多作彼少偷盜墮於地獄畜生餓鬼若復懺悔不生隨喜心中生悔彼不定受若偷盜人無量方便而行偷盜以如是故名爲偷盜云何樂行偷盜他物得已歡喜與賊相隨心以爲樂既得財物作衣食已心生歡喜讚其功德教他偷盜教已讚説如是名爲樂行偷盜云何多作既偷盜已多

作牀敷卧具氈被食噉餅肉衣服莊嚴婬女娛樂摴蒱博戲心生喜悅我今快樂一切樂中偷盜爲最以此因緣我豐牀敷卧具飲食衣服莊嚴婬女摴蒱第一勝樂我今常當作偷盜行令我後時增長富樂如前所說如是如是多行偷盜決定於彼地獄中受云何邪婬樂行多作此邪婬人心不觀察婬欲覆蔽若人先世婬欲處來所謂鴛鴦迦賓闍羅孔雀鸚鵡魚雉鶵鳥阿脩羅等如是處來於此中生常與多欲不善知識相隨共行如是二分喜樂婬欲心不觀察心不猒足不離欲心不觀察行隨有欲處往到其所以欲處來此欲處生喜行婬欲故不觀察婬欲所覆如是邪婦不善之人觸染勢力彼彼喜樂如是邪婬復更如是心喜樂行樂行如是邪婬惡觸

云何樂行如是邪婬雖不常行而常喜樂心意分別更於餘處心不喜樂如婬欲者如是樂行邪婬境界云何多作愚癡凡夫心不觀察邪婬覆蔽他復爲說邪婬功德第一勝樂所謂婬欲言爲此事非是不善復教多人喜樂婬欲如是邪婬愚癡凡夫喜樂多作如是三種身不善業口業四種妄語兩舌惡口綺語何者妄語所謂自心先自作誑然後誑他如是妄語自他成誑又彼妄語五因緣發所謂瞋貪邪法所攝欲心怖畏云何瞋心而發妄語若於王前或大衆中長者衆中若善知識怨家諍鬬饒益知識衰惱怨家是故妄語云何貪心而發妄語見他財物方便欲取是故妄語云何邪法所攝妄語如婆羅門法中所說饒益尊故饒益牛故畏自死故爲取婦

故如是妄語皆不得罪如是之人邪法攝語如是妄語是愚癡人邪見攝語此語堅重於地獄受是故乃至失命因緣不應妄語此妄語者能爲地獄第一種子言爲取婦妄語無罪是欲心發亦是邪法云何怖畏而發妄語何處怖畏爲彼饒益是故妄語起如是心若不妄語彼則於我多不饒益彼人畏死是故妄語彼五因緣愚癡之人作妄語說如是一切皆住癡法爾時世尊而說偈言

若有何等人　起一妄語法　則不畏他世
無惡不造作　若有生世間　口中有大斧
若以斫自他　口中惡語出　如是應實語
不應斫他人　雖無乞求者　應當多少與
此三種行者　捨身則生天

若如是者一切因緣一切所作莫妄語說於他妄語心莫隨喜亦不隨逐妄語者行莫共同坐若妄語人共行坐者他人見之亦謂妄語如是若與垢業之人共相隨者則樂垢業若與彼人共行坐等雖無垢業他謂垢業若如是者應觀察法惡知識者勿與相隨此惡知識於生死中最堅繫縛則墮地獄畜生餓鬼所謂隨逐惡知識行若善知識相隨行者則得解脫廣則無量此中如是略說妄語又修行者內心思惟隨順正法觀察法行云何兩舌兩舌幾種彼見聞知或天眼見兩舌者多於和合人起破壞意口中語說兩舌二種自作他教他者怨家若似怨家所遣破壞汝破彼人是他因緣有他不遣自作破壞令他衰惱又復云何瞋因緣故於他不愛與他人惡口說惡語聞者不愛又修行者內心思惟

隨順正法觀察法行云何惡口彼見聞知或天眼見彼惡口者貪瞋癡發一切愚癡凡夫之人常行不離如是惡口有無量種無量攀緣無量因緣無量心發無量果報此語能破無量善行此語能與一切人惡世間如怨善人不近人所不信此語如毒如是惡口惡道因緣是垢言語正梵行人捨離不行爾時世尊而說偈言

黠慧離惡口　正語喜樂行　如是美語人
則近涅槃住　常說善妙語　捨離垢惡語
垢惡語汙人　能令到地獄　垢語所汙人
彼人則無善　惡如師子蛇　彼不得生天
一切善語人　能善安慰他　諸世間所愛
後世則生天　若人不惡語　捨離於諂曲
雖人行如天　彼人善應禮　實語常行忍
直心不諂曲　不惱於他人　彼建立法幢
人命不久住　猶如拍手聲　人身不如法
愚癡空過世　何人不自愛　何人不樂樂
若人作惡業　不行自愛因　妻子及財物
知識兄弟等　皆悉不相隨　唯有善惡業
善業不善業　常與相隨行　如鳥行空中
影隨常不離　如人之資粮　道行則受苦
不作善業者　彼衆生亦然　如具資粮者
道行則安樂　衆生亦如是　作福善處行
久時遠行人　平安得還歸　諸親友知識
見之皆歡喜　作福者亦爾　此死他處生
所作諸福德　如親等見喜　如是作福德
和集資未來　福德於他世　則得善住處
福德天所讚　若人平等行　此身不可毀
未來則生天　觀如是處已　黠慧者學戒

得聖見具足　善行得寂靜
又修行者內心思惟隨順正法觀察法行觀察第四不善業道綺語口業云何綺語綺語幾種前後語言不相應說故名綺語心輕速轉前後語言相應而說亦名綺語從慢心起自輕因緣令人不信即於現身是惡道生一切世間輕毀之因無所饒益垢語綺語如是第四垢語口業非善業道勿作綺語亦莫隨喜不應受行若綺語者則非善人意不善道貪瞋邪見云何爲貪他所攝物自心分別欲得彼物非正觀察彼人如是愛樂他物於他所有無因無分而自嬈惱望得彼物故名意貪不善業道非是可愛非是可樂所得果報非意相應非寂靜意非是安樂愚癡之人虛妄生貪他物叵得虛妄分別生貪味著心意動轉常生希望心樂欲取見他財物自得苦惱故名爲貪如是意地第一貪心不善業道
又修行者內心思惟隨順正法觀察法行云何名瞋意地第二不善業道彼見聞知或天眼見於他前人無有因緣起瞋惡意又復於他若貧若富無有因緣而見他已意地起發重惡瞋心以瞋因緣於地獄受善法穀等既成熟已瞋心如雹壞善穀等唯正智眼對治彼闇瞋心如火燒一切戒瞋則色變是惡色因瞋如大斧能斫法橋住在心中如毒入舍此世他世心一正行瞋能破壞捨彼瞋心慈是對治及四聖諦苦集滅道行地獄行瞋爲上使唯有善人聖聲聞人聞法義人乃能捨離又修行者內心思惟隨順正法觀察法行云何邪見正法障礙一切惡見心之黑闇彼

見聞知或天眼見無始以來行邪見因墮於地獄餓鬼畜生故名黑闇樂邪見者正道障礙如刀火毒嶮岸惡處唯有一切愚癡之人貪著樂行以顛倒見故名邪見彼有二種一信邪因二心不信業果報法信邪因者作如是知身等樂苦皆是天作非業果報於業果報心不信者謂無施等是名邪見如是十種不善業道不饒益業一切皆以邪見爲本

正法念處經卷第一

音釋

序

編卑眠切次簡也　緗息良切淺黃色也　詎其呂切豈也　探他含切窺索也　苞班交切包容也　衿居吟切與襟同　峻私閏切高也　懱莫結切輕易也　𥀬吉典切與趼同足胝也　昉甫往切　黓逸織切歲在壬曰玄黓

涮數患切洗也　扉方微切戶扇也

經

蠕而兖切蟲動貌　聾盧紅切　瘖於金切疾不能言也　穳子管切短矛也　黠胡八切慧也　摴蒱摴丑居切蒱薄胡切摴蒱博戲也　鷃於諫切鳥名

# 正法念處經卷第二

元魏婆羅門瞿曇般若流支譯

## 十善業道品第一之二

又修行者內心思惟隨順正法觀察法行云何如是十善業道對治修行漏無漏業彼見聞知或天眼見以此因緣世間中縛善法盡滅所謂縛因不善業道善是佛因是解脫因所言善者謂離殺生攝取世間一切衆生施與不畏於現在世人所讚嘆面色諸根端正美妙得長命業若不殺者則爲羅刹鳩槃荼等一切惡鬼能殺人者及餘惡人能殺人者於夜闇中擁護彼人諸天常隨觀察擁護身壞命終則生善道天世界中受妙報果若勤精進願下中上三種菩提隨願皆得彼人若願聲聞菩提得阿羅漢入於涅槃彼人若願緣覺菩提得辟支佛如是若願無上菩提得正遍知明行足善逝世間解無上士調御丈夫天人師佛世尊一切諸法命爲根本人皆護命不殺生者則施其命若施命者施一切樂第一施者所謂施命如是思惟生天之因最勝戒者所謂施命若願染愛境界勝樂不殺爲因彼人則生若梵若魔若帝釋王彼人若願生人中勝得轉輪王七寶具足王四天下若願大身阿修羅者捨身得爲阿修羅王彼人若願大身夜叉得夜叉王此不殺生最爲大業正法種子行於生死唯不殺生爲歸爲救入生死闇不殺爲燈不殺生者名曰慈悲正念思惟不殺生善心常生喜若遮他殺他不可遮則是行捨彼人如是行四梵行以熏身心不殺善根不可思議最爲真實何等

何等種種諸願如是如是隨願皆得譬如世間善巧金師得好眞金如是如是隨所欲作彼金如是隨意造作種種莊嚴若作瓶等若作人像若作佛像如是如是不殺生者不缺不穿不孔不虛如是如是隨願皆得隨何等人如是不殺則近涅槃彼人常共善知識行彼人則是善器衆生善能攝取自他福德彼人則是世間福田不行地獄餓鬼畜生此善行人成就善法一切所得皆悉堅固無有王賊水火等畏皆自食用人中尊貴他不能勝法具足故是故智者不應殺生又修行者内心思惟隨順正法觀察法行云何不盜則得善法彼見聞知或天眼見不偷盜者出大貪網彼人現在善人所信若王王等一切皆信若於王衆若長者衆若刹利衆若沙門衆婆羅門衆一切皆信憐愛愍念信受其語所有財物一切堅固不失不壞無能劫奪王賊水火諸畏皆離不須方便財物易得得財物已如法食用於持戒人行道之人諸福田中皆能捨施若世間中所應用處皆悉能與身壞命終則生善道天世界中若願出世若梵若魔若帝釋王若轉輪王王四天下七寶具足隨願皆得若樂持戒則得菩提如前所說又修行者内心思惟隨順正法觀察法行云何邪婬捨離得果彼見聞知或天眼見離邪婬人善業道行見如是法善人所讚一切所信非婦女中心不生慮若王王等一切皆信所有妻妾無能侵奪隨順供養不違其意設有衰損妻妾不嫌心無妬忌不生外心一切世間人所見之如母姊妹不爲世人之所罵辱

不邪婬者得如是婦身壞命終則生善道天世界中如前所說彼天退已餘天子生若邪婬者欲退未退彼天女中餘天子生時彼天女即於現前與餘天子共相隨逐娛樂戲笑彼欲退天既見天女與餘天子共相隨逐娛樂戲笑妬心羂縛墮於地獄如是邪婬樂行多作則爲大失隨何等人能離邪婬攝大善道是涅槃器又修行者內心思惟隨順正法觀察法行云何一切不善對治捨離妄語大善分攝現得果報彼見聞知或天眼見離妄語者諸世間人或有眼見或有耳聞一切皆信設復貧窮無財物者一切世人供養如王如衆星中光明之月一切人中實語之人光明亦爾一切寶中實語寶勝欲度生死一切船中實語船勝若欲出離一切惡行實語離勝一切燈中實語燈勝一切惡道善將導中實語道勝一切世間受用物中實語物勝一切治病諸藥草中實語藥勝一切奮迅諸勢力中實語力勝一切歸中實語歸勝一切知識實語爲勝若人攝取實語財物則於世間不增惡行不墮貧窮與天比近數數往來何處何處隨彼所生常爲男子生勝種姓一切憐愛信受其語彼人不爲無色夜叉毗舍遮等之所能殺行他國土多有林藪設有病痛藥食具足無心思念一切皆得一切世間第一勝樂皆悉得之身壞命終則生善道天世界中最長命處大神通處最高勝處若顧白淨無漏勝道則得涅槃如前所說又修行者內心思惟隨順正法觀察法行云何遠離兩舌惡業善業道行現在未來得業果報彼見

聞知或天眼見離兩舌人於現在世受業果報知識親友兄弟妻子奴婢作使如是等人皆悉堅固無人能壞王及怨家惡兄弟等不能破壞若無財物亦不捨離設值時儉若行曠野山中嶮處皆悉不捨常樂不離若有他人種種方便說破壞語雖聞不受王於彼人好心堅固水賊刀怨不能令畏以離兩舌不善業故如是捨離兩舌功德身壞命終則生善道天世界中於天衆中多有天女之所圍遶常共相隨愛念娛樂彼天女身妙鬘散香塗冶莊嚴第一天女常生歡喜若捨兩舌願淨無漏彼人則得無漏禪道到於涅槃如前所說又修行者內心思惟隨順正法觀察法行云何世間不善業道惡口捨離於現在世得業果報後何處生彼見聞知或天眼見捨離惡口見勝妙色眞實人信一切世人皆樂往反滑語輭語於一切人皆悉安慰不令有怖一切世人遙遠見之皆往近赴多善知識設無財物於一念頃令一切人恭敬如父若於前世惡業所致得衰惱者人不捨離一切財物皆悉易得此人無有怨家王水刀火等畏身壞命終則生善道天世界中既生彼已滑語利益要略省語因相應語得如是語得大神通得勝妙體若願出道坐禪樂行無漏之法彼人則得三種菩提如前所說又修行者內心思惟隨順正法觀察法行云何世間不善業道綺語捨離於現在世得善業報後何處生彼見聞知或天眼見捨離綺語即於現身世間敬重善人所念前後語言不相違反一切世人愛其語說無人恐嚇求其過者

善語正語世所尊重少語軟語令人易解法相應語不麤獷語有深因語皆有理趣於法不違一切世間見者尊重資財寶物皆悉牢固受用稱意於無德者說有功德彼無德者說其功德身壞命終則生善道天世界中既生彼已諸天敬愛有大神通受天富樂不可具說若願淨白無漏禪樂三種菩提隨所求得如前所說

如是三種身不善業如是四種口不善業次第捨離乃至涅槃彼善業因世所稱讚次得生天後得涅槃彼身口業實業果報修行法者內心思惟隨順正法如是觀察如實知見

又修行者內心思惟隨順正法觀察法行云何意地善業道行彼見聞知或天眼見意業三種貪瞋邪見不善對治現在受樂身壞命終則生善道天世界中若猒生死彼人無餘涅槃界入又修行者內心思惟隨順正法觀察法行云何離貪不善業道得善業果彼見聞知或天眼見彼離貪者於現在世一切財物及珠寶等皆悉豐饒無人侵奪若王王等尚不起心何況復有偷盜劫奪若有因緣漏失財物他人得者彼則如親還送歸之彼人常當財物不離常不爲他之所破壞身壞命終則生善道天世界中既生彼已天阿脩羅共相鬪諍彼阿脩羅無能勝者不可殺害無能令怖不畏他人一切天子皆悉愛樂心生憐愍有不可說可愛聲觸色味香食若願出世淨白無漏禪定道果三種菩提隨願而得如前所說又修行者內心思惟隨順正法觀察法行云何離瞋不善業道得善業果彼見

聞知或天眼見彼離瞋者於現在世樂行果報豐財大富一切愛念心意憐愍第一嶮隘怖畏惡處無能得便王畏賊畏墮嶮岸畏水畏火畏諂曲等畏無量諸畏隘處等畏皆悉遠離一切世人等一愛念一切惡人亦生愛念一切善人如子兄弟極生愛念身壞命終則生善道天世界中得大神通得勝妙體常得一切可愛妙聲觸味香色隨心受用有歡喜園勝妙樹林寶間錯葦於大林中天綵女衆之所圍繞一切餘天不能起發若身口意令其怖者百千天子心意憐愍親近愛念帝釋天王愛念憐愍天阿脩羅共鬬諍時不生怯弱離怖畏心若願出離煩惱諸垢出世間道彼如是處天世間退生於人中爲轉輪王如是往返經無量世王四天下七寶具足所謂女寶彼女寶身作栴檀香口中常出優鉢羅香身觸細輭如迦陵伽觸迦陵伽者海渚中鳥彼觸勢力若觸人身則無疲乏遠離飢渴憂悲苦惱彼諸上人得彼觸力女寶亦爾若轉輪王若見若觸皆受快樂寒時身溫熱時涼冷如是觸力非餘人得離瞋善業順行勢力一切男人見此女寶心善分別如母姊妹一心於王於王敬重專心於王常與樂行遠離五種婦女過失謂不貞良異男子行妬心惡貪樂惡處欲夫亡命住如是女寶復有五種功德相應五者所謂隨夫意轉多生男子種姓不劣喜樂好人不生妬心夫共餘女娛樂行時不生妬心復有三種大勝婦女功德相應謂不多語心不邪見夫若不在不樂聲觸諸味香等心意不動以是因緣身壞命

終則生善道天世界中如是勝妙女寶之食唯轉輪王乃得之耳又修行者内心思惟隨順正法觀察法行云何捨離多垢瞋心得轉輪王善業果報彼見聞知或天眼見捨離瞋他惡不善業餘殘善業得轉輪王第二寶食所謂珠寶此有八種功德具足謂夜闇中作善光明如秋滿月遠離雲翳如是珠寶能於闇中光明遍照滿百由旬復於晝時日熱可患放冷光明除熱清涼如是珠寶第一功德又復珠寶第二功德若行曠野無水之處兵衆渴乏能令多有八分相應清淨水流除一切渴如是珠寶第二功德又復珠寶第三功德若轉輪王憶念水時如是珠寶隨王意流如是珠寶第三功德又復珠寶第四功德如是珠寶具有八楞彼一一楞放種種色青黄赤白紫玻瓈色如是珠寶第四功德又復珠寶第五功德彼珠寶力百由旬内人皆離病心行正直一切所欲如業相似非不得果如是珠寶第五功德又復珠寶第六功德以彼珠寶之勢力故令彼惡龍不降惡雨如是珠寶第六功德又復珠寶第七功德於無水處嶮岸曠野無樹草處是珠能令多有樹木池水蓮華叢林青草皆悉具足如是珠寶第七功德又復珠寶第八功德珠寶力故無人横死不盡壽者能令畜生不相殺害不相憎嫉相憎嫉者謂蛇鼠狼如是八種勝大功德具足相應彼轉輪王離瞋善業所得果報滿足千子皆悉勇健人中第一勝妙身色能壞他軍隨轉輪王心意轉行端正可喜如法善人隨順法行與轉輪王種姓相似一切聚落大

衆會處皆悉敬愛讃其心行又修行者内心思惟隨順正法觀察法行云何離瞋善業修行得轉輪王第三輪寶出於世間彼見聞知或天眼見彼之輪寶有五功德相應具足所謂千輻其體皆是閻浮檀金廣五由延如第二日照明世間如是輪寶最初功德又復輪寶第二功德行無障礙飛空而去一日能行百千由延又復輪寶第三功德謂隨王意於何方處憶念欲行若瞿陀尼若弗婆提若鬱單越四天王處於彼天處彼千輻輪飛空而往輪寶力故能令四兵象馬車步皆悉相隨飛空而去又復輪寶第四功德若有不臣轉輪王者彼金輪寶王與相隨能令降伏又復輪寶第五功德彼金輪寶無能爲敵若王王等見即降伏皆以法力輪王隨逐故能爾耳

如是輪寶五種功德具足相應如是已說第三大寶又修行者内心思惟隨順正法觀察法行云何離瞋善業修行得轉輪王第四象寶出於世間彼見聞知或天眼見此轉輪王修行法人隨順法行得調順象第一調順能勝他城七肢著地所謂四足尾根牙等如是七分皆悉拄地若有如是七種相者彼象大力勝餘弱象一千倍力觸則柔輭色白如雪如帝釋王伊羅槃那自餘諸象聞氣即伏不敢正看三處能鬬所謂水處陸地空中能速疾行於一日中遶閻浮提能行三帀彼象調順以一縷線繫咽牽行若轉輪王乘行之時彼象調順與王心同若轉輪王欲何處行則不須敎速至彼處平正循行不振不掉行步詳審身不動搖次第舉足不蹶不驟亦不怒

力種種善行小兒見之不生怖畏四出道巷若重屋上到彼處行婦女能捉手得摩之若鬭戰時甚能勇惡行則調順線繫不越如是輪王大龍象寶是轉輪王十善道中行一業道種子所得何況具足和合修行十善業道如是順法修行法者以天眼見彼轉輪王第四象寶又修行者內心思惟隨順正法觀察法行云何輪王得彼馬寶彼馬寶者有何功德和合相應彼見聞知或天眼見馬寶如鵝拘物頭華如是淨色普身皆有天旋等相以為莊嚴是第一相量色形等衆相相應第一調順於一日中遶閻浮提能行三帀而身不乏如是輪王得此第五功德馬寶又修行者內心思惟隨順正法觀察法行云何轉輪王得主兵寶彼見聞知或天眼見彼主兵寶有大功德所謂隨王憶念思惟不待敎勑而知王意隨王所須皆悉能辦遠離非法依正法行時方所須稱王意辦不苦不惱依正法取如王意念隨心所須一切所作不違法義隨王境界所須所作皆能成辦如是輪王離瞋善業得主兵寶恒常修行十善業道利益一切世間衆生猶如父母又修行者內心思惟隨順正法觀察法行云何輪王得彼第七主藏大臣富長者寶彼長者寶有何功德彼見聞知或天眼見主藏臣寶屬轉輪王何者功德能以金剛及因陀羅青色寶珠摩迦羅多及牟蹉羅迦羅婆等種種妙寶一切坑澗深山幽谷險岸惡處不平之處悉能令滿不待王勑而實不盡何況金銀此長者寶第一比泥不誑不諂不熱惱他一切見者清涼愛念

如是輪王富長者寶如是輪王七寶具足王四天下能與龍衆天衆同坐天處有二四天王天三十三天帝釋天王分座而坐如是七種妙寶具足得轉輪王又復更有相似七寶與前七寶所謂劒寶皮寶牀寶林寶殿寶衣寶履寶彼轉輪王劒相似寶有何功德若有國土起拒逆心如是劒寶疾走而去一切國土見劒即伏不殺一人如是劒寶有此功德不罸不殺一切國土自然降伏如是第一劒寶功德云何輪王得彼第二皮相似寶彼第二寶有何功德彼皮寶者海中而生彼既生已商人得之將來上王彼寶功德廣五由旬長十由旬海龍之皮水雨不爛風不能動火不能燒能却寒熱寒時能温熱時能凉何處何處輪王行時隨王軍衆彼主兵寶之所將行能以爲屋悉能容受王及軍衆一一隔別妻婦不離各不相見其色鮮白如日光明如是第二皮寶功德云何輪王得彼第三牀相似寶彼第三寶有何功德彼牀寶者柔輭細滑坐上則凹起則還平若坐其上禪念思惟於解脫中得寂靜心若坐彼牀心念欲事即得離欲如是次第瞋癡亦爾即彼牀上出小禪屋諸有婦女雖復於王極生染心見此牀寶心則無染如是第三牀寶功德云何輪王得彼第四林相似寶彼第四寶有何功德若王憶念林中遊戲往彼林中彼林功德王善業力如天世間歡喜林中出生華果賖居尼鳥蓮華池流於彼濟口天歌婇女戲笑歌儛一切天女悉來集會彼王如天一切五欲功德相應於彼林中婦女相隨娛樂遊行善業

力故彼彼行者一切觀察如是第四林寳功德云何輪王得彼第五殿相似寳彼第五寳有何功德謂轉輪王在彼殿中夜偃卧時欲見月者則有星月於殿中現見巳眼樂謂之是珠天女咏歌聞則無憂樂眼安睡睡已善夢見妙樂事寒時則有煖風所吹熱時則有涼冷觸樂夜有三分二分則睡息第三分時離睡而起受行法樂如是第五功德殿寳彼轉輪王報德受用何者衣寳有何功德縷成緻密第一柔輭垢所不汙王既著巳則無寒熱飢渴消瘦疲倦之極火不能燒刀不能割如是第六衣寳功德又修行者内心思惟隨順正法觀察法行轉輪聖王云何得彼第七功德履相似寳彼第七寳有何功德彼見聞知或天眼見履相似寳王若著之水行若陸若遊行時行則詳徐渉百由旬亦能行去不損威儀而身不乏如是輪王具足七寳復有如是相似七寳隨心食用四天下處及二天處是王所食滿足千子皆悉勇健能破他軍彼轉輪王是一切人所應敬重離瞋善業得如是樂十善業道之餘勢也

又修行者内心思惟隨順正法觀察法行云何如是一切世間無始以來幽冥黒闇邪見為種一切結使皆亦如是又復云何捨離邪見修行正見而得解脱世間生死彼見聞知或天眼見彼修行者隨順正法觀察法行若捨邪見修習正見一切結使不饒益法皆悉斷滅則得涅槃遠離生死離邪見人五根不障如是善人喜樂正法如是最初聞佛功德觀於生死五道之中種種苦惱觀彼五處極

大怖畏天中則有放逸之苦後退時若人中則有農作等苦地獄之中他惱害苦於餓鬼中飢渴惱苦於畜生中相噉食苦如是五處一一散說則無量種如是觀已則於生死起猒離心猶如光明通達正法生出家心生此心故善法流出若人和合既生是心彼地夜叉歡喜讃嘆身毛皆竪生如是心此善男子如是名字如是種姓發心欲斷無始世來貪瞋癡等爲欲破壞魔之境界不樂煩惱染欲境界心不喜樂欲染心愛又離邪見彼善男子有出家心恒常如是樂修多作近善知識樂聞正法常清淨心禮拜佛法善淨寂靜身口意業彼人如是寂靜口意是善行人彼地夜叉知已歡喜生如是心此善男子善心淨心不樂在家所有舍宅如畢如籠心不喜樂無始貪欲瞋恚愚癡於魔境界不生喜樂不樂欲愛欲共魔戰欲斷煩惱又復如是彼善男子如是觀察生死苦已出家之心轉轉增上遠離殺生偷盜邪婬飲酒妄語具足受持優婆塞戒彼地夜叉見如是已轉復歡喜次第上聞虛空夜叉作如是言某國某村某聚落中某善男子如是種姓如是名字正信如是堪能出家欲剃鬚髮欲被法衣正信出家減損魔分長正法朋斷魔繫縛斷貪瞋癡一切使結邪見爲本出世涅槃正見爲本隨順正法觀一切法而修行者最初如是讃嘆正見不嫌不毀不賤不惡亦敎他人令住正見不讃邪見嫌賤毀惡常說邪見正見相對二業果報不令衆生住於邪見一切世間愚癡凡夫根本繫縛所謂邪見一切衆生以邪見

故墮於地獄餓鬼畜生彼善男子捨離邪見具足當得無量善法又復如是彼善男子觀察居家無量苦惱逼迫繫縛既觀察已生猒離心樂欲出家欲共魔戰如是正士彼地夜叉知已歡喜轉復上聞虛空夜叉虛空夜叉向四天王歡喜心說某國某村某聚落中某善男子如是種姓如是名字如是正信堪能出家欲剃鬚髮欲被法衣正信出家減損魔分長正法朋彼四天王如是聞已心生歡喜如是正士聞正法已猒離欲垢彼善男子恭敬和尚聖聲聞已剃除鬚髮被服法衣受波羅提木叉戒已彼地夜叉虛空夜叉知已歡喜向四天王說如是言閻浮提中某國某村某聚落中某善男子如是種姓如是名字捨離邪見修正見業如法正行剃除鬚髮被服袈裟衣受波羅提木叉戒已一切世間不饒益處居家隘迮妻子愛妾皆已捨離正信出家在家心業一切捨離欲共魔戰欲斷無明時四天王聞已歡喜既歡喜已向四天王如是說言閻浮提中某國某村某聚落中某善男子如是種姓如是名字捨離邪見修行正見剃除鬚髮被服法衣正信出家某甲比丘受爲弟子彼天聞已心歡喜曰魔分損減正法朋長彼四天王既如是說四天王聞如是歡喜又復如是彼善男子乃至塵許惡不善法見則深畏能忍不作心行正直不樂多語不修禮家不共往反不近惡友多人聚集憒閙之處無心欲見不往惡衆不往多人集戲之處不貪美味大器多食親善知識不數往見於境界中常正念行常勤精進如法飲食如

法處行勤斷魔縛勤修正見如是善人利益
一切世間衆生爾時世尊而說偈言
若不殺衆生　慈心常行忍　於衆生如父
彼能觀世間　捨離於偷盜　黠慧常攝根
身業常行善　能度諸有惡　乃至畫婦女
眼尚不欲觀　破欲堅明慧　故名得解脫
觀金土平等　離愁憂正行　煩惱蛇不齧
彼得無量樂　利衰心平等　得失意亦然
苦樂心不異　故名爲比丘　不見怨親異
攝根不放逸　不爲境界傷　故名婆羅門
見境界如毒　勇離如避怨　彼涅槃不遠
正遍知所說　如實見生滅　正見心不貪
心不動如山　彼解脫生死　栴檀餘草等
美惡食心平　袈裟絺布等　彼愛不能縛
不貪著利養　知足草爲敷　見利養如火

如是乃名見　外境界愛河　之所不能漂
諦知自業果　佛說是比丘　已過事不憂
不希望未來　現得依法行　彼不汙心意
若不壞法意　常於法中住　則不行生死
彼白法具足　若人以智火　燒心中煩惱
境界如僮僕　彼人則無苦　若人根寂靜
根不得自在　心不著色等　離煩惱如佛
若人能制根　五根不自在　色等不能劫
離煩惱寂靜　善心人愛念　有忍者亦然
見者心醒悟　彼如月牟尼　若樂住空閑
不樂重樓觀　樂樹下露地　得名乞比丘
勇寂調善智　如實知苦樂　必到無上處
永離諸憂愁　憐愍淳直心　一切時修禪
勝負心平等　如是修得諦
離邪見故得如是法

又修行者內心思惟隨順正法觀察法行云何彼人捨離邪見修行正見離疑惑心如是次第修無漏禪彼地夜叉虛空夜叉至四天王見聞歡喜彼見聞知或天眼見彼四天王到帝釋所如是說言閻浮提中某國某村某聚落中某善男子如是種姓如是名字剃除鬚髮被服法衣正信出家善戒正行無礙樂說辯才相應常正憶念乃至少罪深生怖畏減損魔分長正法朋彼四王等向帝釋王如是說已帝釋天王如是聞已心大歡喜三十三天帝釋王衆皆共歡喜

正法念處經卷第二

音釋

羂古泫切繫也　嚇虛訝切以口距人曰嚇　獷古猛切麤惡也　躑直炙切跳也　驟鉏救切奔也　蹉七何切　縷力主切綫也　緻直利切密也　罩陟教切籠罩也　迮側革切狹也

# 正法念處經卷第三

元魏婆羅門瞿曇般若流支譯

生死品第二之一

又修行者内心思惟隨順正法觀察法行云何比丘次第捨漏初捨不善法次修行善法正觀思惟修心正住彼見聞知或天眼見彼比丘初如是觀根塵相對迭相因緣一切世界無始以來生死輪轉彼如是觀此生因緣境界大海皆悉無我唯有内心境界因緣世間流轉如是最初修遠離行離憒閙處樂空閑處阿蘭若處山野林中稻穰積等樹下露地塚間處住則能繫縛心之獶猴以修習故心則寂静不樂聚落歌儛戲笑憒閙之處亦不樂見長幼婦女不樂多語有二揵尼皆壞梵行一是婬女二多言説皆悉捨離既捨離已心一寂静彼人之心能如是住云何正觀初觀何法彼人初心如是觀察十八意行能起善根起不善根起無記根何等十八所謂比丘正觀察意眼見色已若喜意染得不善報若起憂意離染欲意則得善報若起捨意得無記報又復如是耳聞聲已若喜意染得不善報若起憂意離染欲意則得善報若起捨意得無記報又復如是鼻聞香已若喜意染得不善報若起憂意離染欲意則得善報若起捨意得無記報又復如是舌知味已若喜意染得不善報若起憂意離染欲意則得善報若起捨意得無記報又復如是身覺觸已若喜意染得不善報若起憂意離染欲意則得善報若起捨意得無記報又復如是意知法已若喜意染得不善報若起憂意離染

欲意則得善報若起捨意得無記報以如是等十八意行三報因緣世間生退若彼比丘如是觀察十八意行得上初地彼地夜叉見如是已轉復歡喜次第傳聞虛空夜叉彼地夜叉虛空夜叉彼二夜叉向四大王歡喜心說彼四大王向四天王歡喜說言閻浮提中某國某村某聚落中某善男子如是種姓如是名字剃除鬚髮被服法衣正信出家既出家已離憒鬧處在寂靜處今復觀察十八意行已證彼法彼四大王如是說已四天王聞轉復增上歡喜心曰魔分損減正法朋長彼四天王如是復向三十三天帝釋大王歡喜說言閻浮提中次第乃至某善男子某甲種姓名字某甲剃除鬚髮被服法衣正信出家離憒鬧處乃至塚間如法觀察十八意行已證彼法如法正住彼四天王向帝釋王如是說已彼憍尸迦三十三天帝釋王聞心大歡喜又修行者內心思惟隨順正法觀察法行如是比丘已如法觀十八意行得初地已後復更證何者異地彼見聞知或天眼見彼復次第觀察四家四者所謂慧家諦家捨家出家云何比丘住於慧家謂彼比丘如是觀察自身正法如是如實分分善知此身中有地界水界火界風界空界識界何者地界地界二種一內二外何者爲內身中所有諸分名內是內有覺彼何者覺與皮肉等和合則覺所謂髮毛爪齒等根堅澀所攝入內名覺彼復何者所謂髮毛爪齒皮肉筋脉骨髓脾腎心肺涕唾等處生藏熟藏小腸大腸肚脾頭腦如是身中一切內分堅澀有覺名內地界

何者名爲外地界耶所有外地堅澀不覺名外地界若內地界若外地界彼一和合此界唯界觀此地界無有作者無有受者非無因緣無常無樂無我無淨比丘如是觀察慧家則得解脫一切非我亦非我所亦非所我如是地界如實正知如實見已心得離欲如是比丘則於慧家而得解脫何者水界水界二種一內二外何者爲內所有水數皆水界相所謂爛相體中津潤涕淚涎唾腦血脂汁凝脂髓痰小便汗等如是身中有內水數覺分所攝名內水界何者名爲外水界耶諸外水數濕潤所攝所謂不覺不覺所攝以不覺故名外水界若外水界若內水界彼一和合此界唯界觀此水界一切非我亦非我所亦非所我如是水界如實正知如實見已心得離欲如是比丘住於慧家何者火界火界二種一內二外何者爲內身內所有種種分分若火火攝是內有覺所謂身煖而不燒然所謂能消何者能消謂噉飲食得味正樂迴轉消化如是身中內及內分若火火攝是內有覺名內火界何者名爲外火界耶所有一切外火火數若暖暖攝不覺所攝以不覺故名外火界若內火界若外火界彼一和合此界唯界觀此火界一切非我亦非我所亦非所我如是火界如實正知如實見已心得離欲如是火界非有作者非有受者何者風界風界二種一內二外何者爲內身中所有若內內分風數所攝若輕輕動覺分所攝彼復何者謂上行風若下行風若傍行風若産等風若如針刺如刀所斫邪分別風有旋轉風如是

等風有八十種動如蟲行如是等風如是八十於八十處分分行風如是身內分分處處風數所攝輕動成熟有覺所攝名內風界何者名爲外風界耶所有外風輕動數攝和合無覺名外風界若內風界若外風界彼一和合此界唯界觀此風界一切非我亦非我所亦非所我如是風界無有作者無有受者如是如是如實正知如實見已心得離欲如是比丘證於慧家何者名爲虛空界耶虛空界者亦有二種一內二外何者爲內謂此身中所有內分內分虛空虛空所攝有覺知處不普不遍色動轉處飲食衆味轉下消化開張之處又咽喉中耳中眼中鼻中虛空舌處虛空口內等虛空口中舌動行處虛空此等名爲內虛空界何者名爲外虛空界所有虛空

覺處不攝不一切滿不一切遍所謂樹枝條葉間空一切窟中諸所有空山谷河澗如是等中所有虛空若外孔穴如是名爲外虛空界若內色中攝虛空界若外色中攝虛空界彼一和合此界唯界觀此空界一切非我亦非我所亦非所我如是如是觀虛空界如實正知如實見已心得離欲如是觀已則不放逸此虛空界一切非我亦非我所亦非所我無有作者無有受者如是知已心得離欲何者識界謂十二入內外和合眼識見物意識了別如是耳鼻舌身意識如是識界意是根本皆意識知爾時世尊而說偈言

行法意在前　意有力速疾　先意動轉已
則能說能行　抖擻諸惡業　則能知退生
諦知業果報　則得不死處　能制一切根

樂利益衆生　諸根調寂靜　是安隱比丘
乘駕六根輦　能殺欲心怨　勇智行蘭若
能到寂靜處　阿蘭若知足　卧地心安隱
能抖擻惡法　如風散重雲　身業口業善
喜樂行善行　諦見行恭敬　能破壞魔軍
欲等不能縛　心善而不貪　多有慈悲意
出道住比丘　境界是縛因　若不愛色等
彼至勝寂靜　到不苦惱處

又修行者內心思惟隨順正法觀察法行如是思惟比丘觀察十八意行成就初地諦知大界得第二地復念何法得第三地彼見聞知或天眼見如實諦知五受根故得第三地云何諦知樂受欲生彼如實知如是次第知苦受生知喜受生知憂受生知捨受生有樂皆知知觸因緣而生樂受知樂受已彼如實知我知樂受若彼比丘知觸因緣而生樂受於樂受觸不生貪樂知樂受觸生樂受已則樂受滅彼樂受滅則如實知我樂受滅彼如是念我苦受生因緣而生彼知苦受如樂受生彼如是知如說樂受觸緣生等此苦受中如是廣說云何比丘知於喜受共觸因緣生於喜受云何比丘知於憂受共觸因緣生於憂受若隨順觀彼喜受已喜受則滅見其滅已離喜受欲若我喜受初生則滅見其滅已如實知受心得離欲如是憂受如是廣說捨亦如是彼如是知得第三地彼地夜叉知已歡喜次第上聞虛空夜叉虛空夜叉聞四大王彼四大王聞四天王彼四天王向憍尸迦帝釋王說閻浮提中某國某村某聚落中某善男子如是種姓如是名字剃除鬚髮被服

法衣正信出家得第三地欲共魔戰滅損魔分長正法朋彼既聞已轉復歡喜彼憍尸迦帝釋天王即乘大象其象名曰煙羅槃那從大神通第一天衆到燄摩天歡喜說言閻浮提中次第乃至其善男子廣說乃至得第三地欲共魔戰損減魔分長正法朋彼燄摩天從帝釋王如是聞已轉復歡喜

又修行者內心思惟隨順正法觀察修行云何比丘得第三地次第更修得第四地彼見聞知或天眼見比丘欲得第四地者如是觀察以觸因緣我樂受生若彼樂因樂因緣滅寂靜失沒則無樂受以觸因緣我苦受生如是捨離苦觸苦受苦集苦等諸苦因緣彼如是知觸因緣受我受念念共觸而生因觸而生彼於樂受心不生喜不生喜樂不讚彼受亦不多作不生味著如是苦受不能逼迮不惱不亂如是行捨憶念正知如是三受自餘諸心皆悉無染一切捨離如是捨者清淨鮮白彼比丘如是心念我今此捨如是清淨如是鮮白我今云何得虛空處彼人如是希望欲得虛空處行如彼處心我云何得我已證捨究竟堅固我今此捨畢竟喜樂常攝不離我以此捨取虛空處又我此捨如是清淨如是鮮白用取識處無所有處用取非想非非想處我怖彼處如是正行彼人如是正行非想非非想處作如是念我今此捨依於彼處如彼處法令我得之我以此捨喜樂彼處用取彼處正行非想非非想處譬如世間善巧金師若其弟子以生色金置於火中以筒吹之以手執鉗並秏並吹極令善調彼生色金

調柔真淨光色明好隨所須用一切造作皆可讚嘆一切方上隨所至處無訑過者磨之無垢不雜不澀第一柔輭所作皆妙光明淨勝映蔽餘寶然此巧師若其弟子知彼真金善巧能治知是真實如是知已隨所憶念欲作何等令見之者皆生歡喜即以作鈴若莊嚴身若不見處若眼見處若作耳璫用莊嚴耳若作瓔珞用莊嚴咽若以莊嚴供養經論若作指環環有印文用莊嚴指若作金鬘若作髻冠以莊嚴髻何處何處用以莊嚴彼彼如是相應善成如是有智善戒比丘生如是心我今此捨如是清淨如是鮮白如是正行取虛空處我則相應我依此捨繫念彼處喜樂彼處用取彼處我以此捨行虛空處如是識處無所有處如是非想非非想處如是憶念我今此捨云何得常不動不壞不念念滅彼思惟已次復攀緣四無色處彼捨非常非是無常非動不動非常無常彼如是知彼虛空處如是識處無所有處如是非想非非想處緣於彼處非常無常則於彼處心不喜樂知不寂靜無常動轉彼復觀受知受欲生知受生已知受欲滅知受滅已知眼觸生如是次第知耳觸生知鼻觸生知舌身意觸受之生彼既如是證知受已復於此受更深觀察眼觸生受欲生已生及此受住我悉知之知我受滅欲滅已滅又復知我耳觸生受我眼觸受已滅已沒已猒已棄更不復來此受滅已次第復觀耳觸生受緣苦緣樂不苦不樂耳觸生受如是如是隨順觀察如是知已則於耳受不生喜樂知彼受已離欲解脫耳觸

生受如是滅已觀鼻生受知鼻生受鼻觸因緣我此受生樂緣生樂苦緣生苦不苦不樂因緣故生不苦不樂如是如是隨順觀察鼻觸生受如實正知受則滅沒知受滅沒彼既滅已知鼻緣生苦受樂受不苦不樂受我若後時鼻緣生受如是觀察亦如是生生已復滅彼既滅已觀舌生受後時生受亦有三種如前所說次第乃至觀意生受亦有三種彼既如是如實知受得第四地勤發精進欲脫魔縛彼地夜叉知已歡喜如是復向虛空夜叉歡喜心說虛空夜叉向四大王亦如是說彼四大王向四天王亦如是說彼四天王向帝釋王亦如是說彼帝釋王向燄摩天如是說言閻浮提中某國某村某聚落中某善男子如是種姓如是名字剃除鬚髮被服法衣正信出家持戒精勤如是次第如實知受得第四地如我今者向天所說魔分損減正法朋長彼燄摩天見帝釋王乘彼白象埵羅槃那彼燄摩天如是見已心生歡喜向帝釋王如是說言汝今帝釋閻浮提人隨順法行能生愛念是汝所應

又修行者內心思惟隨順正法觀察法行云何彼比丘捨魔縛已觀察捨受彼見聞知或天眼見彼比丘如是諦觀察受眼識因緣生不善受彼受欲起第二善緣不善受滅善受得生彼記緣滅記受則滅無記受生如是次第耳觸生受鼻觸生受舌觸生受身觸生受意觸生受如是知受善法滿足煩惱微薄彼如是修復細觀受彼觀法受法受共障如燈光明日光能障如是二受障亦如是善受既

生障不善受應如是知譬如燈明第二燈明不能相障又思量受若以何受共何等受畢竟相障彼見善受共不善受畢竟相障譬如燈明星宿光明二不相障又復比丘思量觀察何受何受何者何者如是能壞彼如是觀無漏緣受壞漏緣受譬如火光能障雪光又何者受何者受勝如是復起如是觀察彼不善受障於善受後時復起譬如晝日覆月光明彼月光明於夜闇中無能障覆又彼比丘正思量受多受和合一受能障勝彼多受觀彼多受是世間受彼一受者是出世間無漏心受此受爲勝能障漏受譬如夜中衆多星宿一月光明能障衆星又彼比丘隨順觀察彼微細受何者多受謂眼耳鼻舌身所起此是漏受何者善發彼觀世間有漏受多復非

無漏世間無力如夜闇中星宿光明於有月時不能善照又彼比丘觀察彼受我此受者幾許時住彼觀我受生滅相住譬如電光又彼比丘如是觀察此義云何眼受因緣生鼻受不彼正觀察意根攀緣其受則壞一切根受譬如牛馬駝驢水牛各各壞相非一因緣如是如是五根所起無始以來喜樂攀緣非一境界壞相境界境界根壞譬如牛馬駝驢猪等彼比丘如是觀受得微細智彼比丘能於彼智樂修多作觀樂受已隨順觀受隨順觀盡如是憶念我此受者眼耳鼻舌身意所起生從何來滅何所至彼比丘隨順觀察見受盡滅思惟道理如是觀已則知眼受生無處來滅無所至我此眼受本無今有已有還無我此眼者無有來處如海中水滅無所至

如河下行到於大海我此眼受本無今有已有還無因緣而生耳鼻舌身意受皆爾譬如陶師若其弟子因輪泥團人功勢力緣水緣杖而生於瓶如是瓶者非有處來滅無所至而此瓶者因緣而生如是如是因眼緣色緣明緣空緣於憶念而生眼受所謂苦樂不苦不樂猶如彼瓶若好因緣則生好瓶若惡因緣則生惡瓶如是如是若緣善緣生善眼受耳鼻舌身意等皆爾若法善受次第順行則到涅槃若不善因緣不善眼受生緣欲瞋癡於生死中墮於地獄畜生餓鬼惡道境界彼比丘一切所有善行善果隨順縛思觀察彼受無所依止非有作者非有因起非無因起亦非聚集非常非色非不念念非顛倒法比丘如是見此受陰則滅有愛共喜樂生垢惡之愛一切生死皆見無常則於出道樂修多作彼比丘如是修已一切結斷遠離諸使何者爲結所謂愛結障礙結無明結見結生結慢結斷此諸結何者爲使謂欲染使及有染使見使障礙使慢使無明使思量結疑結妬結嫉結疑使以此因緣三有流轉行於三地輪轉三惡三時隨行於三品中隨三受熏隨

三生轉生死因緣

又修行者内心思惟隨順正法觀察法行云何彼比丘覺知如是眼之因緣彼如是觀眼者何因何緣而生彼見聞知或天眼見業爲眼因眼因業生如是轉行譬如世間尼居陀子從子出生尼居陀樹樹復生子因緣繫縛如是如是知因業生業復轉生若生則有老死憂悲啼哭苦惱如是業因愛羂所縛一切

愚癡凡夫之人生死海中如是輪轉以此因緣一切愛想若不作業以無業故則無有愛以無愛故則無有受彼因緣者譬如炷爐油火因緣則有燈燄念念出生比丘如是觀察受因諦觀業因業法業力生一切受爐者喻身油者喻根炷者喻受欲瞋癡火念念生燄喻念念智明喻智慧彼修行者如是見知一切三界皆有此受譬如金師若其弟子得好眞金則能造成妙莊嚴具如是如是彼巧作師喻修行者彼眞金者喻善攀緣若善攀緣則有善業得涅槃道不善攀緣得不善業爾時世尊而說偈言

諦知因與緣　決定微細義　喜樂解脱流
愛所不能使　衆生隨業流　一切業中生
業果繫縛已　有中隘處行　若離不善業
常喜樂善業　如是修行者　如無垢月光
彼能燒惡業　如火焚乾草　三界之光明
解脱諸惡法　若人希解脱　心不樂生死
生死不能縛　如鳥飛虛空　諦知受所從
善知受果報　則得於解脱　彼諦知三界
苦樂不能動　善惡不經心　見世間如燄
彼修者普愛　意常不錯謬　恒樂於法行
心樂比丘法　如是名比丘　不樂數見親
樂見於善人　出家離舍垢　如是名比丘
寂靜於諸根　不貪著境界　行視一尋地
如是名比丘　不行他罵家　一向不販賣
不樂四出巷　如是名比丘　不樂觀歌儛
不樂鐃人處　樂住於塚間　如是名比丘
唯取當日食　不取明日食　食二分便罷
如是名比丘　捨離妙好服　喜樂麤土衣

食行俱相應　如是名比丘　若不作世業
不望世業果　不苦求所須　如是名比丘
解脫於欲瞋　捨離癡心泥　惡法不能汙
如是名比丘　已過一切結　捨離一切使
解脫一切縛　如是名比丘　遊八分聖道
趣向涅槃城　離惡意煩惱　如是名比丘
堅意寂靜根　捨離欲淤泥　常一意正住
如是名比丘　若已得地智　寂靜心諦見
知諸地善惡　如是名比丘　漏法無漏法
皆因緣而生　一切種種知　如是名比丘
正直修梵行　清淨離懈怠　早起淨恭敬
如是名比丘　樂修於定慧　復樂於四禪
亦樂阿蘭若　如是名比丘　如鳥飛虛空
影則常相隨　若意順正法　如是名比丘
能殺諸煩惱　平等善意觀　善知出入息
如是名比丘　若能次第知　諦見所修法
善知道非道　如是名比丘　得樂心不喜
遇苦則不憂　憂喜心平等　如是名比丘
若諦知老死　天脩羅禮敬　知衆生善惡
如是名比丘　衣鉢常知足　不聚積財寶
少欲而梵行　如是名比丘　一食而離垢
不貪著諸味　能捨於利養　如是名比丘
行捨心悲心　捨離妬嫉惡　已燒一切過
如是名比丘

彼比丘內心思惟隨順正法如是觀受既觀受已得微細智更深觀察眼觸生受攀緣順行如是觀眼第二攀緣相與共滅我眼觸受攀緣已滅聲共攀緣我生愛受若不愛受生心莫共滅彼比丘以不愁繩繫縛彼心在攀緣柱彼受滅已彼聲攀緣共耳受滅鼻緣於

香而生鼻受彼比丘復觀鼻受如是思惟我鼻共香而生鼻受若善不善若記無記我此鼻受心莫共滅彼比丘若觀心壞如是攀縁數數習行修取調心善法熏心無漏善法爾時不動舌攀縁味此之攀縁若善不善若記無記彼比丘證攀縁已次觀察受若苦若樂不苦不樂如是觀已思惟憶念我此心者為壞不壞又復觀察彼味攀縁所生之受能破壞心如是觀已以不愁繩繫縛彼心在攀縁柱如行修取心若如是舌受味愛所不能劫又彼比丘觀彼身觸如是身觸共彼觸受縛攀縁柱若善不善若記無記觀彼觸受若心動壞復以縛於攀縁柱已而調伏之不復破壞又彼比丘次觀察意意縛法受若善不善若記無記見受意壞彼比丘以不愁繩繫縛彼心在攀縁柱而調伏之則不破壞彼比丘觀六境界身入受已諦知五受得不盡處彼以智燈觀眼觸受覺何者受彼觀意識縁生此受意縛心取一切世間愚癡凡夫以分別火而自燒然此無受者唯行聚生唯行聚滅因縁所縛眼觸生受隨順觀已隨順而行彼不能取心不動轉不死不亂又彼比丘觀察耳受何者耳受誰覺此受彼見意識隨順繫縛如此耳受意共繫縛依止彼意此無作者亦無受者因縁而生如是耳受非有作者非有受者唯有行聚因縁勢力若生若滅又彼比丘觀察鼻受誰覺此受彼觀察受意識共縛攀縁彼意依止彼意因彼因縁隨順而生唯有行聚非有作者非有受者相續繫縛觀鼻受已離於受者又彼比丘次觀舌受誰覺

舌受觀察此受意識繫縛如是舌受依止彼意彼縛攀縁彼因縁生非有作者非有受者更無別物唯有行聚因縁力生又彼比丘觀身觸受誰覺此受此阿誰受如是觀察意識繫縛如此身受非有作者非有受者更無別物唯有行聚因縁力轉又彼比丘觀察意受誰覺意受觀察意受意縁於法而生意識三和合觸觸共受生譬如種種無量香物衆多和合則生善香此善香生非是一因此亦如是因縁和合生一切受非有作者非有受者譬如莖葉鬚勃等縁蓮華名生彼非一因如是依眼縁色縁空縁念縁明生眼觸受依眼而生如是受者不從一生非一物生非一合生非一相生非聚集生非應化生彼比丘如是如是諦求此受如是如是生白淨法如苷蔗汁器中火煎彼初離垢名頗尼多次第二煎則漸微重名曰巨呂更第三煎其色則白名曰石蜜此苷蔗汁如是如是煎復更煎離垢漸重乃至色白比丘如是縁器智火以煎相續心苷蔗汁初始禪觀如頗尼多次復第二則如巨呂次復第三如白石蜜如是比丘心相續法以智火煎則成無漏鮮白之法離垢不雜出世法生出於生死鮮白離垢猶如洗衣又彼比丘更以異法微細觀受眼觸生受有麤有細垢重不輕與癡相隨其衆生受彼某甲受勝故能壞餘殘少在彼不依止如是耳受鼻受舌受身受意受彼比丘如是修已受觀成就魔軍欲壞彼地夜叉轉復歡喜如是上聞虛空夜叉彼地夜叉虛空夜叉聞四大王彼地夜叉虛空夜叉彼四大王聞四

天王彼地夜叉虛空夜叉及四大王幷四天王向帝釋說時帝釋王即乘白象壃羅槃那向燄摩天歡喜心說具足如前彼燄摩天聞帝釋說心生歡喜以種種色天寶妙鬘莊嚴之具香莊嚴身乘種種乘可愛聲觸味色香等種種可愛不可說樂心大歡喜燄摩天衆向兜率天四萬由旬七寶殿舍勝妙光明種種宮室意分別城一萬由旬名無漏樂菩薩坊巷彌勒世尊住在彼處有諸菩薩五百人俱彼燄摩天到世尊所心大歡喜正天衣服在於一肩右膝著地合掌禮已合掌於額而作是言天今當知閻浮提中業地之處依閻浮提某國某村某聚落中某善男子如是種姓如是名字剃除鬚髮被服法衣正信出家持戒修行恭敬尊長獲得第四求無漏善諦見受地破壞魔衆堅牢善作正法橋梁開顯白法令彼魔分無有威力天朋增長有大勢力如我今者向天所說彌勒世尊如是聞已向夜摩天如是說言天朋有力魔分劣弱正法朋長煩惱縛緩魔軍戰動我聞歡喜

正法念處經卷第三

音釋

穰汝羊切禾莖也 積疾智切聚也 筋舉欣切骨絡也 脾腎脾頻彌切土藏也腎時忍切水藏也 涕他計切 唾湯卧切 抖擻抖都口切擻蘇后切抖擻捒舉貌 筒徒紅切 鉗渠鹽切鐵夾也 托呼毛切攪也 澀色入切 璫都郎切充耳之珠也 壃羅槃那梵語也此云香葉香釋象王名壃於真切

正法念處經卷第四

元魏婆羅門瞿曇般若流支譯

生死品第二之二

又修行者內心思惟隨順正法觀察法行彼比丘受陰地分略如六天之所知見又復云何得第五地又彼比丘已諦見受彼六天衆既作業已觀想陰相分別思量何者地中我共彼想行於白法正思惟已一分中行觀察彼想行白法相初如是法分分善知云何緣於有見有對生不可見無對之想彼比丘更廣觀想彼想攀緣十一種色所謂長短方圓三角團及青黃赤白紫等依彼長相則起長想如是世間愚癡少智無邊生死業果退生愛離寒熱飢渴之患爲他作使若奴僕等迭互相食如是和集虛妄不實一切所有不饒益事如是無量不可堪忍無量百千億那由他一切所作身口意起作苦惱業以爲莊嚴虛妄誑詐愚癡凡夫恒常如是人中則有農作等苦迭相欺誑斗秤不平言訟諍鬬治生求利豢承王等入海遠行種種鬬諍田作放牧生夷人中喜生邪見根不具足離聞正法生無佛處無善因緣難得無難心常喜樂飲酒婬盜貪欲瞋恚妄語兩舌惡口綺語如是之人是長生死緣彼長相則起長想又復天中長生死相緣彼相想如是天中不得境界喜樂境界聲味色香貪欲瞋癡種種放逸習近婦女歡喜園中種雜莊嚴寶閣宮殿樹林水池有妙蓮華遊戲快樂天諸華香種種味食餅食遊行貪著喜樂天栴檀末若散若塗曼陀羅華天歌音聲心生喜樂離於正法是

長生死若生天中有如是事緣彼長相則生長想又復餓鬼長生死相緣彼相想惡業行故飢渴之瘦雨火隨身咽則如針腸狀山巖如空破瓮以妬嫉故以刀劒等迭相斫割在黑闇處墮墜嶮岸疾走往趣河渠陂池閻魔羅人手執刀杖若利钁等斫打斵之受大苦惱食人唾吐是等惡食無量百千不可堪忍受種種苦眼中淚出頭髮鬔亂覆身蓋面有百千蟲周遍其體擔負惡身饒一切病長行生死常有鐵烏爪紫火然攫啄其眼口如燒樹迭互相食於二十六百千億數爾許由旬曠野中行無主無導飢渴所逼其身火然入黑闇處如是餓鬼邪見所誑離聞正法是長生死緣彼相想又復畜生迭互相食非理婬欲不知所應若生水中水中而行心燥常飢

常畏他取黿鼉怪獸及水獺等魚則堤彌堤彌宜羅有名瓮魚金毗羅魚那迦羅魚名大口魚蛤螺等蟲常一切時大者食小常畏網等遮障而取又陸地行麞鹿水牛猪象牛馬驢及犛牛麋熊犀等種種苦縛刀刃所殺有病老死迭相惱害百千苦惱如空中行烏鳥獯狐鵝及孔雀鸜鵒鷄鵄鳩鴿水鷹青鳥護澤百舌鸐雀命命他養是等諸鳥如是無量復有異鳥殺縛飢渴迭相食噉寒熱苦惱之所逼切如是畜生水陸空行三處皆畏是長生死緣彼相想如活地獄黑繩地獄合地獄叫喚地獄大叫喚地獄燋熱地獄大燋熱地獄阿鼻地獄第一苦惱不可思議無量百千畏火刀等墮諸惡池身分血洋入刀葉林入大火中墮在灰河行火然地受火燒苦堅鞕

相似無量種惡苦惱所逼不可忍耐如是地獄是長生死緣緣相想彼比丘慧聚觀察彼見有對緣彼長色業果因緣緣於四諦觀察衆生種種諸行百千由旬如是道行分分思量觀察因緣猒離生死又修行者内心思惟隨順正法觀察法行云何彼比丘分分思量觀彼短相彼見聞知或天眼見彼比丘欲動魔軍云何分分思量觀察斷生死相受戒頭陀精勤布施持戒智行恭敬尊長直心歡喜如是正見敬重父母見佛聞法恭敬供養不諂曲行不慢不誑近善知識守信正行直心起業嚴身口意如是之人生死則斷緣彼相想若生天中則有放逸歡喜園中間錯寶輦種種樹林水池蓮華有好栴檀勝妙瓔珞莊嚴端正有劫波樹河流泉林遊食快樂捨如是樂受持禁戒飲食遊行如是種種禪思讀誦樂見善人敎他讀誦捨他調順正行梵行寂靜諸根少語樂法如法飲食若天如是生死則短爾時世尊而說偈言

種種諸苦惱　飢渴口焦乾　火焰燒其身
如被燒枯樹　彼苦不可數　若一念靜根
暫依佛法僧　彼人生死短
比丘如是緣於相想
常怖畏撾打　若雨及寒熱　迭互相食噉
如是等衆苦　彼苦不可數　若一念靜心
暫依佛法僧　畜生生死短
比丘如是緣於相想
在活黒繩合　叫喚大叫喚　阿鼻等地獄
種種極苦逼　彼苦不可數　能於一念中
寂靜心取戒　地獄生死短

比丘如是緣於相想彼比丘如是思惟生死短相何者四楞彼正觀察欝單越人於一切物無我所心決定上行彼人如是四楞生死比丘如是緣於相想何者是圓地獄畜生餓鬼等中無智輪轉非自心行是圓生死比丘如是緣於相想何者三角若人行善不善無記種種雜業地獄天人諸處雜生彼不善業生地獄中善業天中雜業人中若行三業於三處生如是名爲三角生死比丘如是緣於相想何者是團四大天王三十三天夜摩化應他化自在業相似生於天中退復生天中於人中退復生人中非難處地是團生死比丘如是緣於相想何者是青不善業攝地獄之人入闇地獄是青生死比丘如是緣於相想何者是黃黃色業攝生餓鬼中互相加惡迭共破壞如是餓鬼是黃生死比丘如是緣於相想何者是赤赤業所攝生畜生中迭相食血於血生愛是赤生死比丘如是緣於相想何者是白白色業攝生於天中彼人白業善道寳價貫天人生天欲退時餘天語言汝善道去人世界中人中欲死親友知識妻子啼哭淚出覆面而作是言甚可愛愍今捨我去當好處生在於人中如是天人是白生死比丘如是緣於相想彼比丘如是思惟既得人身若不行善修施戒智彼人自誑流轉地獄畜生餓鬼曠野中行如是愚癡凡夫之人具足聚集如是業道行彼比丘諦觀察受觀察想陰攀緣而行諦見諦求因眼緣色而生眼識三和合觸修多作想歷别觀察見色好惡若近若遠若長若短若方若圓若白三角

是色形相應別觀察彼諸相想觀想因緣觀陰界入因緣相想歷別觀察若惡業報分分正證因相應緣覺因相應然後捨離若有利益若不利益各各異相知過去想我於此業已得善報已得惡報如前所說如是知想若有想者猶須憶念彼憶念者緣彼想生如燈光明因燈緣燈因緣於燈故有光明如是如是因想緣想以想勢力故有憶念彼比丘得第五地比丘如是知想觸已於彼天樂不生貪樂於地獄苦不生怖畏彼平等見想如真金彼想比丘破如是想異法觀想解脫彼想復觀餘人虛妄不實我今觀察何因何緣何因緣想彼觀察想因緣和合生如是想若因緣滅彼想則滅如彼月珠譬如月珠緣月緣珠則清水生想亦如是因緣而生如是想者非無因緣非有作者非有受者非自然生比丘如是諦觀想陰彼既如是諦觀想已諦知生滅復微細觀如河激流想亦如是善想生已餘因緣力轉爲不善不善想生餘因緣力轉爲善想彼心猨猴初始破壞無記爲記彼觀樂想不生貪樂無漏樂中生於樂想樂中苦想如是知樂云何而見善陰界入若生若滅不喜樂受不樂想滅不取想滅然後行生非住非滅心不希望識生住滅比丘如是諦知此陰是故不住魔之境界貪欲瞋癡所不能縛無有常樂淨我等見無明不能於生死中以色聲香味觸愛羂之所繫縛不失憶念彼憶念生能盡諸漏能到涅槃爾時世尊而說偈言

若何等比丘　親近懈怠人　不常勤精進

如是非比丘　若不樂牀敷　佛說是比丘
若喜樂懈怠　彼不應善法　煩惱根唯一
所謂懈怠是　若有一懈怠　彼人不得法
非唯有法服　而得比丘名　若無讀誦心
無禪無漏盡　唯有比丘形　如是非比丘
但喜林中遊　不樂道境界　貪意樂酒色
如是非比丘　若能絕魔縛　復能斷惡業
佛說彼比丘　不妄食僧食　寧食蛇毒菌
及以洋銅等　終不破禁戒　而食僧飲食
如是則不應　食所不應食　若食煩惱者
則是地獄人　若人捨煩惱　如蛇窟中出
彼比丘應食　非樂見婦女　以自身為質
而心喜樂惡　此人汙僧寶　云何是比丘
若貪愛利養　喜樂於境界　見婦女生染
非道非俗人　若能燒煩惱　如火焚樹林
名善婆羅門　不貪著飲食　常樂行聚落
喜數數洗浴　愚癡誑自他　迷沒於道法
靜心空閑處　常行禪不捨　得名婆羅門
入善道境界　好處阿蘭若　非其人不住
離欲人能止　非喜樂欲者　若喜多言語
愛樂於境界　不向涅槃城　不生不死處
近王極美食　常飲酒喜眠　唯名字比丘
妄語誑檀越　若詐設方便　數到王門所
衰惱他俗人　損敗空閑者　若人捨妻子
而依寂靜林　猶有係戀意　如吐已還食

彼比丘此過寂靜諦觀諸陰如實諦見勤修解脫諮問尊長若道非道諦知見故八分聖道求解脫城常勤行道平等正見心無垢染其心寂靜於所行道樂修多作彼比丘如是善法無漏業道和合修行滅損魔眾長正法

朋彼地夜叉如是知已轉復上聞虛空夜叉虛空夜叉次第復向四大王說彼四大王乃至焰摩兜率陀天彌勒世尊如前所說兜率陀處有一菩薩極大歡喜向化應天如是說言閻浮提中其善男子剃除鬚髮被服法衣如前所說彼化應天轉復歡喜如前所說又修行者內心思惟隨順正法觀察法行云何彼比丘得第五地彼見聞知或天眼見觀十色入十者所謂眼入色入耳入聲入鼻入香入舌入味入身入觸入云何觀察此十色入眼入眼入因緣色入因緣我此想生彼如是觀以眼因緣色因緣故而生眼識三和合觸觸共受想思等俱生彼比丘若受知受若思知思若想知想如此色長如此色短此色可愛此不可愛此色可見此不可見此色有對此色無對如是乃至此意名色有十一種如是分別三和合觸觸共受想思等俱生知彼眼觸生受想思彼義云何覺知名受受知時節是名想義是名意轉此等法生有異異相有異異體異義則如十大地法如是異相是思異相念慧解脫受想思觸欲進三昧此一攀緣有異異相如是受相如是想相有異非一譬如日光一緣異體如是如是異自體受異自體思諦知眼觸生受想思彼正觀察眼如是空無物不堅比丘如是實見彼眼諦知於道遠離邪見正見現前彼捨如是共癡濁行不淨眼想不眞實想諦觀此眼唯是肉摶脂膿血淚不淨物合如是知已則能斷欲彼於此眼知無常已則見無常彼知此眼唯有肉摶在骨䏶已心得離欲復知此眼筋纏縛已

知此眼入自他迭互各不相應此物不堅一切無我以要言之如是眼者唯是苦物既觀知已離眼入欲既觀眼入如是知已次復觀色如是色者有愛不愛是無記法不實分別此有何堅何淨何常何我何樂如是觀色思惟知已知一切色皆悉無堅唯有分別此色如是有愛不愛此愛不愛體不可得此唯世間若愛若憎分別攝取若愛若憎如是憶念又彼比丘既如是觀眼色入已觀耳聲入彼觀察聲云何而生根塵相對而生此聲彼如是觀以耳因緣念因緣故而生耳識三和合觸觸共受想思等俱生知觸共彼受想思生若以知觸共思而生覺知思想所謂長相遠等因緣得聞其聲麤細業若愛不愛彼比丘知如是聲思知想知想分思量以意識知思知受知憶念思量彼耳聲入思量簡擇然後覺知如是聲者非有自體無愛不愛唯有分別此聲如是有愛不愛如是聲者非有自體非常非物破壞不堅無樂無我亦無我所唯貪瞋癡愛不愛聲如是正觀聲耳入已若聞聲時則不迷惑不生喜樂不取不著不謂有堅如是觀察耳聲入已不樂耳識離耳識欲耳識非我我非耳識觸受想思皆亦如是又彼比丘觀鼻香入以鼻因緣以香因緣念因緣故而生鼻識若近若遠若愛不愛若香若臭風和合來因風而聞鼻爲內入香爲外入三和合觸觸共受想思等俱生知彼相已如是觀察鼻香入相知內觸相則知觸相思相平等於如是法一相攀緣異因緣用異者所謂有異異相有異異體異相則如十大地

法如前所說此一切法如是異相非是一相一因緣作彼比丘如是諦知彼鼻香入如是諦求此如是物有何物堅有何物常何物不壞此入無常苦空無我彼人如是知鼻香入一切非我非是我所如是正知唯有分別此鼻香入如是唯縛愚癡凡夫非黠慧者比丘如是一種觀察又彼比丘觀舌味入彼念等緣而生舌識三和合觸觸共受想思等俱生彼隨順覺名爲受想知是想相對是觸相想是思相想緣於相被如是法各各自相復平等相異因緣生如是一切共成一事譬如因筒因鉗因糠因水因炭金師因緣作一指環若作手釧如是法者非一相成此舌味入亦復如是又彼比丘諦觀舌入及以味入如是觀已彼舌味入無有少法常樂我淨一切種

種深細思惟不得一法如是如是一相相應彼於舌入味入離染一切衆生沉沒此海喜樂味海迭相障礙是故復於人天地獄畜生餓鬼五道大海如是繫縛比丘如是於舌味入離欲解脫舌入非我我非舌入非常非物亦非不動非不破壞非舌味入比丘如是得離染欲又彼比丘觀身觸入身觸因緣而生身識三和合觸觸共受想思等俱生如前所說眼根入等此身觸入應如是知又修行者内心思惟隨順正法觀察法行云何比丘如是觀察十色入已觀察法入彼見聞知或天眼見彼法入中攝三種法謂數緣滅非數緣滅及以虛空所有無法皆法入攝如是觀已彼虛空者亦是法入數緣滅者此法名智無量種種證已順行數緣作已證斷煩惱令彼

煩惱盡滅失壞一切無漏非數緣者彼非數緣名智非受非知非覺又亦非疑餘人之識有百千生一切皆失眼耳鼻舌身意等識彼已破壞不復更生如是名爲非數緣滅此非數緣第三虚空知此三法不生是常非三世攝此非今生亦非已生又非當生又彼比丘法入二種各各分别謂色無色所言色者謂十色入云何眼識非見非對見對見色如是耳識非見非對云何取聲如是鼻識非見非對云何取香如是舌識非見非對云何取味如是身識非見非對云何取觸云何如是彼外五入此内五入非見非對與彼見對云何相得彼比丘如是觀察眼識生時二種攀緣乃至意識皆有二種如是識生如印印物彼不似印印輭物堅則不能印印堅物輭印則文生如是如是識非見對緣取見對一切法中第三印生不相似物不相似生如是諸法不相似物不相似生是初居致第二居致二法相似還相似生所謂白縷生成白衣第三居致二不相應不相應生如燧火生木之與火不相應見第四居致見從希物而生稠物如乳生酪乳希酪稠彼法如是則不相應如是如是不相似法謂眼識等異因異緣眼識等生爾時世尊而説偈言

若樂覺知法　在林而行禪　正覺知諦相
則得無上處　常樂行慈心　勤於法境界
諦知於身相　則名眞比丘　若人正觀察
欲恚不能壞　彼得言比丘　異此非比丘
愍一切衆生　捨一切貪戀　解脱一切縛
則名眞比丘　若人調御心　境界不能壞

無垢如眞金　名知足比丘　若人愛不愛
不垢汙心意　當知彼行善　捨離一切過
威儀不可嫌　法行調諸根　勇猛清淨意
如是名比丘　若人常喜樂　知諸論中義
不貪著飲食　名寂意比丘　林行阿蘭若
冢間草爲敷　若以此爲樂　如是名比丘
諦知罪業過　善達諸業果　深識因與緣
是離惡比丘　破生死曠野　壞惡調諸根
復能善知友　名寂意比丘　於譽心不喜
毀訾心不憂　如大海之深　是修行比丘
堅意隱他惡　不飡輭滑語　時語善恭敬
名寂靜比丘　知欲界業因　亦知色界因
無色亦諦知　是知論比丘　不喜世俗語
常樂斷諸過　於境界如毒　佛說是比丘
若人欲如泥　意常如是行　黠慧開心意
解脫生死縛　若人禪誦業　遠離於懈怠
利益諸衆生　名蘭若比丘　若能答問難
辯才調諸根　當知是法師　不爾如草等
若身行意行　一切不疲倦　僧所有事業
一切皆能作　而不求財物　不爲富樂名
唯利益僧意　解脫一切縛　持戒不悕天
亦不求名利　持戒爲涅槃　是寂靜比丘
常捨離衆惡　恒樂行善行　不近惡知識
是佛法比丘　常以慈修心　恭敬質直意
學句不缺者　去涅槃不遠　當畏老病死
不悕樂世間　修禪不放逸　去涅槃不遠
若人以無常　自他空無我　修禪上上智
去涅槃不遠

又修行者內心思惟隨順正法觀察法行云何彼比丘得五地已得第六地彼見聞知或

天眼見彼比丘解四居致此法云何有相似因得相似果不相似因不相似果因不相似果不相似有半相似半不相似云何名爲有相似因得相似果譬如稻因還生於稻如是如是內相似者善業相似如是得果謂天人中是初居致云何名爲不相似因不相似果譬如甜乳而生酢酪不可愛樂如是如是內不相似謂於此世愛染聲觸味色香等而得地獄不可愛果不可樂果猶如酢酪第二居致云何名爲因不相似果不相似譬如青等合生異色色不相似如是如是內不相似謂業果報皆不相似非其業果所謂邪見外道齋法殺羊悕天而墮地獄第三居致云何名爲有半相似半不相似譬如白縷以成白衣縷細衣麤是不相似如是如是內半相似半不相似細不善業得大地獄不善麤報第四居致又彼比丘思惟觀已不取業果更復思惟觀異業果於有中行猶如輪轉有四居致有業未到衆人共作而能逼惱此初居致有業已到方能逼惱第二居致有業若到若其未到皆能逼惱第三居致有業非到亦非未到第四居致有業未到衆人共作能逼惱者如世間法星雖未到國土得殃若出世間眼識未到業海能逼所謂欲心憂悲等逼此初居致有業已到方能逼者如世間法火到乃燒刀至方割若出世間不善業到地獄畜生餓鬼逼惱第二居致有業若到若其未到能逼惱者如世間法呪毒勢力若到未到悉能逼惱若出世間人欲死時有悕望相未到地獄第三居致有業非到非未到者譬如世間

種種藥子非到生力非未到生若出世間亦復如是羅漢比丘決定受業量如須彌彼阿羅漢若入涅槃若未涅槃此業不能逼阿羅漢第四居致有業現受而非生受此初居致有業生受而非現受第二居致有業生受亦現世受第三居致有非現受亦非生受第四居致何業現受而非生受若世間者如犯王法王法與罰此業現受而非生受出世間者修行布施善人所讚此業現受非他世受此初居致何業生受而非現受若世間者入火得天出世間者此世行善若行不善異世得果此可現見第二居致何業生受亦現世受若世間者所謂現受生世亦受出世間者亦復如是第三居致何業非現亦非生受若世間者如不語戒不語布施出世間者謂無記業非現世受非生世受第四居致彼比丘如是一相處坐如是觀察無量種枝業果報羅網遍滿地獄餓鬼畜生人天之中知是見已隨順法行又修行者内心思惟隨順正法觀察法行云何比丘知業果報謂知此業知此業果知善不善知此衆生成就身惡行成就口惡行成就意惡行毀謗賢聖邪見所攝彼人以是業因緣故身壞命終或墮地獄或墮畜生或墮餓鬼若有衆生成就身善行成就口善行成就意善行讚歎賢聖正見所攝彼人以是善因緣故身壞命終則生善道天世界中彼比丘如是觀察自業報法彼比丘如是觀已魔界衆生不與共行終到涅槃如是法行修猒離行勤行善道終盡生死攝取他人令度生死如自度已及諸檀越彼比丘知

業報法觀察地獄餓鬼畜生人天諸趣業報法數譬如清淨毗瑠璃珠爲莊嚴故以繩穿之隨彼繩色若青若黄赤白紫等如彼色見如是業珠報繩穿之彼比丘於是業中皆見聞知或天眼見清淨明了又彼比丘若見若聞知業報法猶如彼珠譬如有珠其色極白普清無瑕清淨任穿已善修治普門珠勝一切世人之所讚歎任王王等所應畜用如是功德相應淨珠唯王王等知此功德清淨珠價取此珠已著莊嚴上如是如是彼比丘十善業道淨分寶珠普白善淨離過無瑕清淨任穿對治法分有大勢力是答難法乃是法師法鑽所穿善巧修治如是如是願施戒智如是如是修治十善業道珠已隨願所取轉輪聖王若取天王若取魔王若取梵王修無漏禪三昧自在如是如是彼正法珠善修治已名爲普門此普門者謂天人門彼正法珠名爲普門世間城中既得出已入涅槃門一切世人所讚歎者謂正見人學人所讚任王王等所應用者入正法道心王所應若人信彼毗瑠璃珠一切功德皆悉具足如是寶珠與正法珠相似相對又彼比丘觀業報法猶如彼珠譬如有珠其珠有瑕不普清淨非一切門而不鮮白不任鑽穿不任修治一切人見則不讚歎非王王等所應畜用如是如是彼外道法是相似法如有瑕珠所言瑕者謂身見瑕戒取疑瑕非一切門唯是地獄餓鬼畜生三趣之門非是好法又亦不與無漏相應不任鑽穿非答難法非是法師法鑽所穿非王王等所應畜用入富伽羅正法道行是

心之王彼外道珠非其所應如是等法相似相對非法瑕珠若繫人咽如是之人彼相似珠用繫咽已在於地獄餓鬼畜生無始以來生死流轉彼比丘如是觀察珠相似珠譬如世間有瑠璃珠似毗瑠璃有人見之謂玭瑠璃愚癡凡夫亦復如是彼比丘如是諦知法非法已得第七地彼地夜叉見彼比丘清淨持戒得第七地轉復歡喜如是傳聞虛空夜叉虛空夜叉聞四大王彼四大王聞四天王彼四天王如是傳聞三十三天三十三天如是復向帝釋王說彼帝釋王次第復向焰摩天說彼焰摩天展轉復聞兜率陀天兜率陀天如是具白彌勒世尊彌勒世尊告化應天彼化應天復向他化自在天說作如是言閻浮提中某善男子如是次第如前所說又修行者內心思惟隨順正法觀察法行云何比丘觀業報法第十一者名爲無作是色所攝一切法中與色相應若人受戒一發戒已若睡若悶失心癲狂如是善法相續轉行譬如河流流常不斷如是之人若睡若悶失心癲狂如是無作常流不斷無作名色不可見對彼復云何色業所攝此無作色乃是一切善法之柱此如是等十一種色

正法念處經卷第四

音釋

瓮 烏貢切甖也　迭 徒結切更也　斫 職略切斬也　钁 厥縛切大鉏也

斲 竹角切斫也　觜 即委切鳥喙也　攫 居縛切爪持也　獺 挑達切捕魚獸也

犛 謨交切長髦牛也　獯 許云切獯狐亦作訓狐即鵂鶹也　鸜鵒 鸜權俱切鵒俞玉切鸜鵒鳥名

鴙 直几切與雉同野鷄也　鞕 魚孟切堅強也

擿 陟瓜切擊也　蔄 扶紡切草名　酢 倉故切

# 正法念處經卷第五

元魏婆羅門瞿曇般若流支譯

## 生死品第二之三

又彼比丘如是觀察云何衆生有種種色種種形相有種種道種種依止又彼觀察有種種心種種依止種種信解有種種業此如是等種種諸色種種形相種種諸道種種依止譬如黠慧善巧畫師若其弟子觀察善平堅滑好地得此地已種種綵色種種雜雜若好若醜隨心所作如彼形相心業畫師若其弟子亦復如是善平堅滑業果報地生死地界隨其解作種種形相種種諸道種種依止心業畫師業作衆生又諸綵色取白作白取赤作赤取黃作黃若取鴿色則爲鴿色取黑作黑心業畫師亦復如是緣白取白於天人中則成白色何義名白欲等漏垢所不染汙故名白色又復如是心業畫師取赤彩色於天人中能作赤色何義名赤所謂愛聲味觸香色畫觀察衣又復如是心業畫師取黃綵色於畜生道能作黃色何義名黃彼此迭互飲血噉肉貪欲瞋癡更相殺害故名黃色又復如是心業畫師取鴿綵色攀緣觀察於餓鬼道作垢鴿色何義名鴿彼身猶如火燒林樹飢渴所惱種種苦逼心業畫師嫉心所秉癡闇所覆又復如是心業畫師取黑綵色於地獄中畫作黑色何義名黑以黑業故生地獄中有黑鐵壁被然被縛得黑色身作種種病飢渴苦身無量苦逼皆是自業非他所作又彼比丘觀察如是三界五道五種綵色生死畫衣於三地住謂欲界地色無色地心業畫

師習近婬欲攀緣欲界種種色畫緣色依止有二十種離欲四禪以爲畫筆依十六地是所畫處畫作色界離緣色界三摩跋提緣無色界畫爲四處心業畫師廣畫如是三界大衣又彼比丘觀察如是心業畫師更復異法畫作衆生心如畫師身如彩器貪欲瞋癡以爲堅牢攀緣之心猶如梯隥根如畫筆外諸境界聲觸味色及諸香等如種種綵生死如地智如光明勤發精進如手相似衆生如畫神通如彼無量形服有無量種業果報生如畫成就又彼比丘依禪觀察心業畫師有異種法如彼畫師不生疲倦善治綵色各各明淨善識好筆畫作好色心業畫師亦復如是不生疲倦若修禪定善治禪綵攀緣明淨如綵光明修道之師如善好筆知禪上下如善識知有取有捨如不疲倦如是禪定心業畫師畫彼禪地如彼好色又彼如是心業畫師若有疲倦則畫不善地獄餓鬼畜生道處同業因緣鐵杵爲筆不善綵色畫非器人所謂地獄餓鬼畜生如是等色非好色畫廣說如前又彼比丘次復觀察心之猨猴如見猨猴如彼猨猴躁擾不停種種樹枝華果林等山谷巖窟迴曲之處行不障礙心之猨猴亦復如是五道差別如種種林地獄畜生餓鬼諸道猶如彼樹衆生無量如種種枝愛如華葉分別愛聲諸香味等以爲衆果行三界山身則如窟行不障礙是心猨猴此心猨猴常行地獄餓鬼畜生生死之地又彼比丘依禪觀察心之技兒如見技兒如彼技兒取諸樂器於戲場地作種種戲心之技兒亦復如是種

種業化以爲衣服戲場地者謂五道地種種裝飾種種因緣種種樂器謂自境界技兒戲者生死戲也心爲技兒種種戲者無始無終長生死也又彼比丘依禪觀察心彌泥魚如見彌泥如彌泥魚在於河中若諸河水急速亂波深而流疾難可得行能漂無量種種樹木勢力暴疾不可遮障山澗河水峻速急惡彼彌泥魚能入能出能行能住心之彌泥亦復如是於欲界河急疾波亂能出能入能行能住地獄有河其河名曰鞞多羅泥彼河極深濤波湧迅無時暫停甚可怖畏急疾亂流善不善業以爲流水難可得行一切世間愚癡凡夫所不能度此五道河無量劫中常漂衆生境界疾流峻速不斷勢力暴惡不可遮障無常相續力勢所牽不可約截愛河急惡

心彌泥魚能行此河若入若出出者天人入者地獄餓鬼畜生心彌泥魚在愛河中如是入出又修行者内心思惟隨順正法觀察法行云何彼比丘修禪念住知業報法觀察一切衆生之心常自在行爲心所使爲心所縛如是觀察彼見聞知或天眼見一切衆生心業自在依心業行爲心所使又復觀察云何衆生縛在生死無始無終無量轉行彼見聞知或天眼見以心染故衆生繫縛以心淨故衆生解脱如是心者無量種種攀緣壞相自體壞相同業壞相心有五種謂五道中自在秉執與結使心和合相應常在生死離第一依謂虚空等三無爲法五根壞相有五種心無量無邊愛心依止種種壞相以要言之此是染分云何方便得離染分三煩惱根有三

對治過去未來一切諸佛正遍知說如是正道欲以不淨瞋以慈心癡以因緣彼於身中如是觀欲如是比丘緣身行已分分觀身從足爪等乃至於頭分分觀察此麤身分何者是我何者我所自身分中如是足爪離身觀察爪非是身足指非身何者是身何者是我何者我所足掌非身何處起心謂是我所此內踝者非是我身此足跟者亦非我身腨非我身膝非我身圓非我身陰非我身此髑髏者亦非我身糞門之處亦非我身如是背處四十五骨皆非我身頭非我身面中之骨亦非我身頭中之骨亦非我身彼比丘如是觀察於分分中不見有身一一分分皆不見身又復不見如是分分復觀眼耳鼻舌身意皆不見身又復觀察我中無我彼如是等唯是微塵如是分分觀察彼身猶如芥子乃至微塵又復分分觀察諸大何者是我何者地界如是次第何者是我何者水界何者是我何者火界何者是我何者風界彼如是觀界非是我我非是界非別有我非別有界非異界我別更有物如是皆以第一義諦譬如無量多樹和合則見於林樹非是林異樹無林是第一義離樹之外無別名林又復觀樹離彼根莖枝葉等外別更無樹第一義諦無如是樹依世諦故有林有樹身亦如是足等和合唯有名字依世諦故得言有身彼比丘知身法已離於身欲離身分欲得離一切根受界欲既離欲已彼喜欲愛不能繫縛如是勤觀欲心對治又彼比丘云何勤觀瞋心對治彼住慈心常勤觀察惡行衆生所謂五道生死

退生常有怖畏如死無異比丘觀之如毋悲子彼諸衆生如是苦惱云何可瞋我若瞋之則是瘡上復更與瘡如是衆生本性苦惱不應瞋之瞋是第二最大煩惱如是勤觀瞋心對治又彼比丘云何次第勤觀第三最大煩惱癡覆衆生身不善行口不善行意不善行身壞命終墮於惡道生地獄中彼若離癡修行正見身行善行口行善行意行善行諦知善法及不善法如是諦知法非法心則滅第三最大煩惱如是勤觀癡心對治又彼比丘如是勤觀三種煩惱三種對治彼三種滅已一切煩惱結使皆滅如斷樹根皮莖枝葉華果緣等一切悉乾如是能斷此三煩惱一切煩惱皆悉斷滅又修行者内心思惟隨順正法觀察法行云何彼比丘第七地中修第八地得第八地彼見聞知或天眼見彼比丘最初如是如實觀眼云何世間愚癡凡夫眼見色已或貪或瞋或生於癡彼諸凡夫若見知識若見婦女心則生貪若復異見則生於瞋見他具足貪瞋所覆以眼於色不如實見癡蔽於心愚癡凡夫唯有分別眼見於色若貪若瞋若癡所覆愛誑之人自意分別此我我所如是染著譬如狗齩離肉之骨涎汁和合望得其髓如是貪狗齒間血出得其味已謂是骨汁不知自血有如是味以貪味故不覺次第自食其舌復貪其味以貪覆故謂骨汁味愚癡凡夫亦復如是虛妄分別眼識見色貪著喜樂思量分別以色枯骨著眼口中境界如齒如是齩之染意如涎愛血流出貪愛血味謂色爲美於色得味猶如彼狗凡夫愚

癡眼識見彼如骨之色虚妄分別如狗齩骨如是觀察眼見於色猶如枯骨如是一切愚癡凡夫虚妄分別之所誑惑又彼比丘如是思惟云何比丘於愛生畏猒離生死捨一切欲譬如龍象至年六十其力盛壯善調象人革鬬捉取縛其五處置牢檻中然後乃多與歡喜摶及以甘蔗甘蔗酒等種種美味以諸樂器歌聲樂之望使不愁不憶林樂若忘林樂得與凡象同共止住極令調善繫屬他人彼象雖復如是將息如是供養不能令其心離憂悶然其不忘林間之樂自在遊行不忘山曲樹林華果衆鳥音聲河傍處樂思惟念已絶縛而去憶彼樂故於調象人不生忌難壞其牢檻去向林中心不顧念多多蹇荼美歡喜摶及以甘蔗甘蔗酒飲琴樂歌聲心不可調心不可誑不忘林樂不樂凡象共行共住還向林中修行比丘亦復如是無始以來流轉世間五縛所縛何等爲五所謂愛聲觸味香色誰爲善調所謂眼耳鼻舌身意如是六識何者牢檻所謂喜樂妻子眷屬止住之處僕使富樂染著煩惱之所遮障多歡喜摶及甘蔗酒種種美味諸飲食者分別之心爲歡喜摶婬欲爲飲食心愛網以爲作樂歌笑等聲邪見凡夫猶如凡象共同住者謂有身見戒取疑網口中甜者所謂喜樂邪見言說繫屬他者屬欲瞋癡善調之象謂修行者一切染癡以爲供養憶念出離則名爲山禪三摩提以爲山窟生正道心此名爲華涅槃爲果衆鳥聲者所謂法師智慧爲河河濟口者所謂一心言地分者謂四梵行慈悲喜捨彼

修行者猶如壯象隨順思量禪定之樂趣僧伽藍爲還林去比丘如是修行道者猶如壯象若不爾者如狗無異又修行者内心思惟隨順正法觀察法行云何彼比丘於八地處修第九地得第九地彼見聞知或天眼見一切三界皆是無常苦空無我不淨等器觀一切欲亦復如是譬如林中極大山崖嶮峻之處有大高樹名佉殊梨有無量刺於彼樹頭少有果實而復難得若取彼果多有諸過恐此樹果墮在嶮處復畏失命樹腹有孔孔坎脆爛欲上彼樹復畏孔壞危人之命彼樹極高墮樹尚死況墜高崖嶮惡之處愚癡凡人盲無智目貪著衆味望見彼菓不看峻崖樹腹爛孔彼愚癡人貪其菓味而上彼樹未到菓所即便墜墮即爾命終更有餘人少知方便或有命業則不墮墜少得果味多受苦惱如是如是彼修行比丘觀五道林中間有孔極大嶮崖謂一切病佉殊梨樹所謂欲心無量刺者所謂無量百千煩惱求彼苦果所謂苦也樹頭果者一切欲意諸愛聲觸味色香等難可得者是欲果也所謂入海若有刀畏親近於王作賊治生如是等苦乃得所欲如彼得苦多諸過者貪欲瞋癡墮高崖者謂墮地獄畜生餓鬼即命終者法命盡也樹爛孔者皆空無物一切不堅癡人往者所謂愚癡邪見人也有如是等無量諸過復有多過如是欲果味少過多彼比丘如是觀於一切欲心不生分别又彼比丘觀察欲心猶如火燄猶如燈燄明色可愛其觸甚熱飛蟲癡故見彼明燄貪著愛樂入中即死愚癡凡夫亦復

如是欲瞋癡覆於一切欲心生愛著如彼飛蟲見燈明色若入欲燈則墮地獄畜生餓鬼如彼飛蟲入燈而死彼比丘如是觀察心得離欲又彼比丘内心思惟隨順正法觀察法行又此世間一切衆生何縛所縛輪轉生死彼見聞知或天眼見二縛所縛繫在世間何等爲二一者食縛二者觸縛食縛有四一者摶食二者思食三者禪食四者觸食何者摶食謂四洲處欲界六天八大地獄鬼中一分二思食者所謂魚中三禪食者所謂行禪色界天等四觸食者所謂諸鳥何者爲觸觸者謂欲有執手者或有笑者有眼見者如是皆爲欲觸所誑如是一切愚癡凡夫謂欲界中人及餓鬼畜生地獄此等習欲故名欲界又無色界三摩跋提攀緣爲食以此二縛常在世間不得離欲常爲一切結使所縛又彼比丘如實觀眼眼識見色若生樂觸則攀緣樂非樂報業又如實觀如是如是眼識見色是惡意處若眼觸生攀緣於苦是樂報業彼如實知何者名爲眼識見色攀緣於樂非樂報業於此法中隨順觀察眼見色已不善思惟觀察攀緣憶念味著而生樂心現在雖樂後得苦報成就地獄餓鬼畜生何業現在得不樂報後得樂報眼識見色而生眼觸心善思惟觀察攀緣於現在世心不樂著現在不樂非苦報業轉生人天受勝妙樂終到涅槃如是耳鼻舌身意識皆亦如是又修行者内心思惟隨順正法觀察法行云何彼比丘眼識見色心行於捨謂彼比丘眼見色已心不喜樂非不喜樂不貪不惡心不希望非不希望

亦不憶念非不憶念亦非不善觀察覆障如是行捨是名捨處非苦樂處又彼比丘得第十地六地處行謂阿那含初禪地中乃至四禪得登彼地彼觀諸法出沒生滅常勤修行八分聖道欲覺欲到解脱之門彼比丘如是精勤魔宮隱蔽彼地夜叉見已歡喜即以上聞虛空夜叉虛空夜叉聞四大王彼四大王聞四天王彼四天王如是復聞三十三天三十三天聞燄摩天彼燄摩天聞兜率天彼兜率天聞化樂天彼化樂天復向他化自在天說彼自在天復向梵天如是說言閻浮提中某善男子廣說如前乃至八地攝於六地彼既聞已甚大歡喜梵迦夷天出禪樂行既實聞已轉復歡喜爾時世尊而說偈言

若善若不善　業果皆決定　自作業自食
皆爲業所縛　如是煩惱地　初甜而後苦
捨境界如毒　以不饒益故　智不屬煩惱
屬於智境界　此世若後世　一切時受樂
智常燒煩惱　如火能焚草　煩惱覆智梵
故佛說三寶　若樂智境界　寂靜如牟尼
若煩惱蛇齧　彼人一切失　若人知二諦
勇猛諦知見　彼行第一道　捨離生死處
若人樂生死　喜樂煩惱怨　彼人常被縛
流轉有隘處　若人有出意　常行寂靜行
死生天衆中　到梵世界處　若不愛欲等
供養佛法僧　彼人捨生死　如風吹乾草
若不爲心使　而能使於心　則能除煩惱
如日出無闇　心怨最第一　更無如是怨
心常燒衆生　如放燒時樹　若心自在行
愚癡不調根　彼苦不寂滅　去涅槃大遠

知苦及苦報　復能知苦因　則脫一切縛
普離諸煩惱　智爲第一明　癡爲第一闇
取如是光明　是名黠慧人　癡爲第一惡
黠慧人能捨　若令癡自在　寂靜難可得
若欲自安隱　寧觸入大火　毒蛇同處住
終不近煩惱　智第一甘露　第一安隱藏
智爲第一親　智爲第一寶　如是之智火
常燒煩惱山　燒煩惱山者　則到安樂處
若人無智慧　如盲入闇處　則不猒生死
非法諍鬭籠　若人常念法　善得於人身
不爲心所誑　應受善人供

彼比丘如是知法非法依法正行如是淨心則能破壞無量百千高大生山無有餘氣更不復生離煩惱刀近於涅槃

## 地獄品第三之一

又彼比丘隨順思惟業果報法觀法非法云何惡業無量種種皆因於心相續流轉如河浚流漂諸衆生令墮惡業果報之地在於地獄受極苦惱彼比丘觀善不善諦意思量此諸衆生云何如是爲心所誑爲愛所誑墮活黒繩合喚大喚熱及大熱阿鼻惡處地獄中生彼諸地獄各有別處皆有官人如業相似各各證知彼地獄處名爲何等衆生何業到何地獄墮在何處彼比丘若見聞知或天眼見有大地獄名活地獄復有別處別處有幾名爲何等處有十六一名屎泥二名刀輪三名瓮熟四名多苦五名闇冥六名不喜七名極苦八名衆病九名雨鐵十名惡杖十一名爲黒色鼠狼十二名爲異異回轉十三苦逼十四名爲鉢頭摩鬚十五陂池十六名爲空

中受苦此名十六活地獄處何業生彼活地獄處彼比丘若見聞知或天眼見若有殺生樂行多作此業普遍殺業究竟和合相應墮活地獄根本之處殺生之業有上中下地獄受苦亦上中下彼地獄業何者爲上彼殺生者若殺善人若受戒人若善行人有他衆生有衆生相有殺生心斷其命根此業究竟心不生悔向他讚説而復更作復教他殺勸殺隨喜讚歎殺生若使他殺如是癡人自作教他罪業成就命終生於活地獄中如此人中若五十年彼四天王爲一日夜彼數亦爾三十日夜以爲一月亦十二月以爲一歲彼四天王若五十年活大地獄爲一日夜以惡業時有下中上活地獄命亦下中上有中間死隨業種子多少輕重活地獄中或一處受或二處受或三處受或四處受或五處受或六處受如是乃至十六處受乃至惡業未壞未爛業氣未盡彼地獄中五百年命依天年數不依人中又修行者内心思惟隨順正法觀察法行云何彼比丘觀活地獄知别處業心業畫師自業畫作業果地分種種異心别處受苦有百千億那由他數怖畏惡事無有相似不可譬類分分觀察活地獄處衆生何業生屎泥處彼見聞知或天眼見以何惡業不善種子生屎泥處所謂殺生若欲心殺謂令鳥殺放鷹放鵰復有異殺若圍殺鹿若獵殺鹿而不懺悔業業普遍殺業究竟和集相應如前所説彼人以是惡業因緣身壞命終生彼地獄在一分處受種種苦謂屎泥處燒屎極熱其味甚苦赤銅和屎屎中有蟲蟲金剛

糞遍覆屎上彼諸罪人食如是屎蟲入身內先食其脣次食其舌次食其齗次食其咽次食其心次食其肺次食其肚次食其脾次食其䐈次食小腸次食大腸次食熟藏次食筋脉一切脉分次食肉血彼人如是彼地獄中受極苦惱如人中數乃經無量百千年歲諸殺生人造作惡業若圍殺鹿若獵殺鹿養殺烏鳥若教鷹鷂等令彼殺已奪取自食彼業果報如是殺已彼人取食以是惡業之勢力故彼糞屎中多有諸蟲蟲金剛觜入其身內如是食之善不善果自業相似若彼罪人惡業盡者彼人於此屎泥之處地獄得脫彼心業盡畫文盡已彼人如是得脫彼處若其人業後報未熟生畜生中受飛鳥身餘鳥所殺若受鹿身爲圍所殺如彼前世殺鳥殺鹿彼人報果地獄中受餘殘之業生畜生中若後氣業生於天中若生人中彼業因緣生則短命又彼比丘觀活地獄第二別處名刀輪處彼業果報衆生何業生於彼處彼見聞知若心貪物如是因緣而殺衆生欲得命因以刀殺生彼人如是以此因緣而不懺悔復教他殺業業普遍如前所說彼人以是惡業因緣身壞命終墮彼地獄生刀輪處彼處火然周圍鐵壁高十由旬彼地獄處大火常然人間之火於彼處火如雲相似彼地獄處常有鐵火速著其身彼熱鐵火割彼人身碎如芥子散燒劈裂一切雨鐵譬如此閻浮提中夏月水雨彼處十方遍雨熱鐵多與苦惱彼地獄人雖被劈裂而常不死以是惡業之果報故如是割身尋割尋生彼刀輪處有刀葉林

其刃極利復有兩刃刃頭下向遥望彼林青而有汁與水相似彼諸罪人飢渴惱急同業苦者唱唤走赴既入彼林以業因故周遍兩刃劈其身體又復彼人貪自命故食養衆生則是誑他彼業果報如是如是心業畫師畫地獄衣如是地獄不善業畫如是如是地獄受苦彼業所攝彼於地獄如是無量百千年歲常被劈裂乃至惡業未壞未爛業氣未盡心業畫師畫文不滅廣説如前又彼比丘觀活地獄第三別處名瓮熟處彼業果報衆生何業生於彼處彼見聞知彼殺生人若殺駱駝若殺猪羊若殺衆鳥若馬若兎若羆若熊有毛畜生爲食其肉欲令毛脱活燒活煑若置湯中彼人以是惡業因緣身壞命終墮活地獄生瓮熟處惡業種子相似果報置鐵瓮中煎煑極熱猶如熟豆如是無量百千年歲在彼地獄大火煑之心業畫師所畫之衣破壞爛盡彼地獄處爾乃得脱次受殘業次受氣業如前所説乃至若生天人之中命則短促彼修行者於内法中隨順正法觀察法行作是思惟彼比丘如是觀察活大地獄瓮熟處已當云何耶彼見聞知或天眼見彼比丘第一勇猛能破魔軍度生死海能以戒水滅欲心火能以慈水滅瞋心火能以甚深因緣燈明除癡心闇如是比丘則能速度生死大海又彼比丘觀活地獄第四別處名多苦處衆生何業生於彼處業因種子相似果報若人種種苦逼衆生然彼衆生命猶不盡所謂木壓令其受苦若以繩懸若以火頭若燒若杻若繫其髻而以懸之若以煙熏令受苦惱

若於道上牽令疾走若置地上棘刺之中令受苦惱若撲著地若高嶮處推之令墮若以針刺若以繩縛若令象蹈若擲在空下未至地以刀承之令受苦惱若著沙上若以石鎮若以杖打若挾其頭若令小兒伴打戲拚衆共惱之若置熱處若置水中若以水漬若以沉水若以衣水掩面漫口若繫著樹若懸樹枝令受苦惱若在嶮岸臨峻怖畏若送與怨令其種種方便苦治若拔其陰若拔其指若拔其毛若轉鐵輪以劈其頭令受苦惱若洋白鑞鉛錫銅等灌其身體若割其鼻若以利鐵若尖木等貫其糞門陰竅之處令受苦惱若以水淋若以繩繫塊上挽曳若以燈髮周匝遍炙若拔其鬚若以惡蟲令唼食之若挾其皮若牽若推若急速疾抖擻其身若置鑊中湯火煮之令受苦惱若以塼打若以鹽等塗其身體若以塵土若以麨等掩其口面若以橐筒置糞門中鼓橐吹之若以利刀劈其足指若以氣吹不使出聲若以浮石急揩其身若割手足若驅長行若遮所須若繫其咽黃藍華中來去曳之若以種種雜雜脂膩而灌其口若以金寶種種財物若打若壓若作樂具若打射等若打令腫腫上復打若以繩懸推令極高然後墮地令受苦惱此如是等無量種種諸苦惱事觸惱衆生彼人以是惡業因緣身壞命終墮活地獄名多苦處惡業相似得相似果如是地獄十千億種不可具說此極苦惱具說如上彼一切苦自業自受地獄地處心業畫師愛筆所畫不善分別爲種種緣所愛妻子以爲緣器執著因緣以爲

堅牢身自作業自得苦報非父母作乃至惡業未壞未爛業氣未盡於一切時常受不息彼處退已若於前世過去久遠有善業熟則不墮於畜生餓鬼若生人中同業之處受餘殘業常為王罰若打若縛鬬諍怖畏為一切人之所誣枉常受重苦善友知識妻子眷屬親舊主人之所憎惡又彼比丘觀活地獄第五別處名闇冥處彼業果報衆生何業生於彼處彼見聞知衆生邪見顛倒業果所謂方時外道齋中掩羊口鼻如是屠殺置龜塼上上復與塼壓之令死彼人以是惡業因緣身壞命終墮活地獄生闇冥處闇火所燒以惡業故有大力風吹金剛山合磨令碎猶如散沙闇無暫樂彼處罪人各不相見熱風所吹如利刀割令身分散餓渴身然怒力唱喚而聲不出如掩羊口如塼壓龜常被大火之所燒然常被鎮壓如是無量百千年歲常處闇冥乃至無有微少光明如針頭處然自身毛而自燒身常一切時遍身火起受如是苦乃至業盡皆是心之猨猴所作彼心猨猴行於使山使山幻堅慢心高峯之所止宿惡見山巖是其行處遊慢樹林瞋山窟中是其住處妬心功德以為衆果愛河所漂不善業處乃至惡業爛壞離散闇地獄處爾乃得脫若於前世過去久遠有善業熟不生餓鬼畜生之道若生人中常被繫縛餘殘業果壽命短促

正法念處經卷第五

音釋

鴿古合切　梯隥梯上奚切木階也隥都鄧切登陟之道也　獲猴獲于元切猴胡鉤切　躁擾躁則到切心不靜也擾而沼切亂也　技奇寄切巧也　踝户瓦切腿兩旁曰内外踝　跟古痕切足腫也　腨市兖切腓腸也　齩五巧切嚙也　涎夕連切口液也　齧五結切噬也　鵰丁聊切鷙鳥也　齗魚斤切齒根肉也　胃于貴切穀府也　劈匹歷切剖也　撲弼角切踣也　挵盧貢切與弄同　漬疾智切浸也　唼作荅切嚙也　挨練結切捋也　麨尺沼切乾糧也　橐步拜切與韛同吹火韋囊也　圓卯古卯字

# 正法念處經卷第六

元魏婆羅門瞿曇般若流支譯

## 地獄品第三之二

又彼比丘觀活地獄第六別處名不善處彼業果報衆生何業生於彼處彼見聞知行惡之人心常憶念欲殺衆生爲獵殺故遊行林野吹貝打鼓種種方便作大惡聲聲甚可畏林行衆生鹿鳥師子虎豹熊羆猨猴等畜遊行無畏行惡業者爲欲殺故作彼畏聲爲獵殺故遊行林野爲欲奉王若奉王等彼人以是惡業因緣身壞命終墮活地獄生不善處如彼業因相似受果如作業時令他衆生心不生喜墮在地獄入火燄中熱燄嘴鳥極大惡聲獯狐烏鷲狗犬野干食其耳根令心不喜彼有惡聲最爲極惡不可愛樂心不喜聞一切聲中最可怖畏金剛嘴蟲入其骨裹行其骨中噉食其耳如是乃至惡業未盡心彌泥魚愛河中行瞋心旋轉迅波漂流生死山中常所止宿欲瞋癡分貪少味欲爲鉤所鉤常行邪見深水之處於三界中若退若生以爲身滑常唱聲觸味色香等如是罪業作時喜笑得殃報時號哭而受爾時世尊而說偈言

癡心彌泥魚　住於愛舍宅　作業時喜笑
受苦時號哭

若其惡業彼處受盡爾乃得出復生餓鬼畜生之中若其前世過去久遠有少善業若生人中常懷愁苦於一切時聞不吉聲心不會喜所謂常聞不饒益事妻子死亡財物散失眷屬有殃若殺若縛常懷悲惱心初不喜彼

不善業因果相似又彼比丘觀活地獄第七別處名極苦處衆生何業生於彼處彼見聞知行惡業者作惡業時深厚結使極深怨惡多殺衆生而行放逸彼人以是惡業因緣身壞命終墮活地獄生極苦處受熱鐵火極重苦惱墮嶮崖下鐵鉤餤鬘如是受苦常不休息日夜不停又彼比丘諦知業果求涅槃城諦知世間生死苦惱觀察黑繩大地獄處如是黑繩大地獄處有何異處彼見聞知黑繩地獄有處名曰等喚受苦彼處惡燒受苦無間衆生何業生於彼處彼見聞知若人說法依惡見論以因譬喻一切不實不顧一切投崖自殺無正善戒彼人以是惡業因緣身壞命終墮在黑繩大地獄中生等喚處受大苦惱彼受極苦舉在嶮岸無量由旬熱餤黑繩束縛繫已然後推之墮利鐵刀熱地之上鐵餤牙狗之所噉食一切身分分分分離唱聲吼喚無有救者無有護者無所歸訴無有安慰令離苦者自心所誑在生死輪常恒疾轉癡闇盲冥身如普燒黑林相似彼地獄人見閻羅人苦切偈語責數之言

汝邪見愚癡　癡羂所縛人　今墮此地獄
在於大苦海　惡見燒福盡　人中最凡鄙
汝畏地獄縛　此是汝舍宅　若屬邪見者
彼人非黠慧　一切地獄行　怨家心所誑
心是第一怨　此怨最爲惡　此怨能縛人
送到閻羅處　心常馳諸境　不曾行正法
迷謬正法道　送在地獄殺　心不可調御
甚於大猛火　速行不可調　牽人到地獄
心第一難調　此大甚於火　難調速疾行

地獄中地獄　若人心自在　則行於地獄
若人能制心　則不受苦惱　欲爲第一火
癡爲第一闇　瞋爲第一怨　此三秉世間
汝前作惡時　自心思惟作　汝本癡心作
今受此惡報　心好偷他物　竊行他婦女
常殺害衆生　自心之所誑　如是業自在
將汝到此處　是汝本惡業　何故爾呻喚
若人作惡已　後懊惱則癡　彼不得果報
如下種鹹地　欲者少味利　受苦報則多
癡人貪著欲　彼從闇入闇　癡人作諸惡
爲饒益妻子　獨受地獄苦　自業之所誑
若爲妻子故　造作諸惡業　則到此地獄
今受此苦惱　非妻子非物　非知識能救
人中欲死時　無能救護者　若人染欲心
爲愛之所誑　而共相隨行　令得如是苦

本爲境界劫　已爲愛所誑　自作此惡業
今何故呻喚

於彼等喚受苦惱處如是受苦閻魔羅人如是治罪彼地獄人如是受苦如是無量百千年歲受第一苦如是乃至惡業離散破壞爛盡爾乃得脫若於前世過去久遠有善業熟若生人中不善業故在於邊地陀毗羅國婆婆羅國海畔境界辛頭境界洲潬境界爲人抄劫掠其財物於極苦惱貧處爲奴若作門兵身體癃殘一切身分鄙劣不具飢渴燒惱寒熱衝逼如箭射埰受極苦惱常被誣枉爲諸小兒木石塼等之所打擲爲一切人之所嫌賤無妻無子一切人中最爲凡賤受第一苦餘業果報與因相似因緣相似如本所作後如是受若彼比丘如是觀察地獄黒闇極

苦惱業於生死中得離欲縛又修行者觀彼比丘常勤精進諦見業果善行正行厭離世間一切生死斷絕第一堅牢魔縛不肯住於魔之境界於煩惱虵不樂共住心不喜樂染著垢愛彼地夜叉見彼比丘有如是等功德相應轉復上聞虛空夜叉如前所說次第乃至大梵身天廣說如上又彼比丘觀察黑繩之大地獄復有異處彼見有處名曰旃荼黑繩地獄衆生何業生於彼處彼見有人牀卧敷具病所須藥非已所應而多食用俗人愚癡覆藏惡業若自殺羊若他教殺如婆羅門外道所誑彼人以是惡業因緣身壞命終墮於惡處黑繩地獄生旃荼處受大苦惱所謂惡鳥若烏若鷲若惡猪等拔其眼根彼地獄主若以杵枷若以大斧若以惡火極怒急瞋種種苦逼既生如是地獄之中復受種種極重苦惱所謂挑眼若拔其舌一切身分分分皆拔飲熱銅汁三岐熱鐵遍刺其身削劈其足烏鳥所食一切病集啼哭號咷無主無伴閻魔羅人瞋怒極打如是黑繩地獄之處乃至無量百千年歲惡業壞爛爾乃得脫若於前世過去久遠善業未熟則生餓鬼畜生之中若生人中傴脊目盲壽命短促人中死已復入惡道如是衆生業璅所縛行善業者則得善報作惡業者則得惡報業果所縛常在生死又彼比丘觀察黑繩大地獄處名畏鷲處衆生何業生於彼處彼見有人貪物因緣而殺他人若縛若餓若奪飲食彼人以是惡業因緣身壞命終墮於惡道黑繩地獄生畏鷲處受大苦惱彼地獄處鐵地火然普皆水

色十千由旬周遍燄起有鐵蒺蔾彼地獄人怒杖急打晝夜常走火燄刀枷挽弓弩箭隨後走逐鐵錐尋刺恒常急走閻魔羅人手執鐵刀鐵枷鐵箭皆悉燄然斫打射之唯行彼處饑渴所逼命常欲斷無救無歸氣息欲絶有命而已他人所秉具受衆苦爾時世尊而説偈言

多人共相隨　造作不善業　後惡業熟時
有生獨受果　火刀惣毒等　雖害猶可忍
若自造惡業　後苦過於是　親眷皆分離
唯業不相捨　善惡未來世　一切時隨逐
隨華何處去　其香亦隨逐　若作善惡業
隨逐亦如是　衆鳥依樹林　旦去暮還集
衆生亦如是　後時還合會　毀滅他勝事
自取而陵他　隨作何惡業　彼人癡所誑
若不趣涅槃　復不向天處　彼癡第一因
從闇復入闇

彼人如是自作惡業受地獄苦乃經無量百千年歲地獄流轉乃至惡業破壞爛盡爾乃得脱然後復生畜生餓鬼若生人中爲放牧人若放駱駝若放餘畜若放牛驢若放騲馬當象當狗常驅驢駝處處治生以自存活若作園兵園兵主帥貧窮短命鄙惡作業餘殘業因相似果報又彼比丘觀察黒繩大地獄處普遍觀察十六別處如活地獄又彼比丘觀活地獄黒繩地獄既觀察已知業報法一切惡業果報堅鞕有作而集集而不作作而不集作而集者則決定受集不作者不決定受作不集者不決定受彼見聞知三種惡業及業果報如實知已重生厭離觀察業繩迭

相縛處又復觀察無量種業又復觀察無量種心動轉攀緣彼比丘如是觀察見諸衆生心自在已又復觀察餘諸地獄彼見聞知第三地獄名合地獄衆生何業而生於彼所謂作集惡不善業燒煑衆生彼見聞知衆生三種作集惡業生合地獄受惡果報所謂殺生偷盜邪行如是三種惡不善業生合地獄彼上惡業則生如是根本地獄中下惡業則生別處有上中下三種苦受又作業時心力異故彼中受命有上中下又作業時心力攀緣有上中下於彼受苦有上中下三種業定身業三種口意三種謂上中下又復三種謂欲界生色界中生無色界生又復三種所謂過去現在未來又復三種所謂現受生受後受又復三種謂善不善及以無記又復三種現縛中縛異生處縛又復三種人非人縛非人人縛自處自縛所謂捨人還得人身作地獄業是業勢力相似所作業相似生如得解脱神通比丘又復三種一者作二者不作三者縛作所言作者初作沙門言縛作者後相續縛言不作者乃至獲得阿羅漢果又復作者作沙門已作沙門行又縛作者此處退已於異處生又復三種一者禪縛二者非禪縛三者無報縛彼禪縛者如初禪地二禪縛地非第三禪非第四禪非禪縛者謂施戒等無報縛者謂阿羅漢諸漏旣盡決定受業不得果報彼比丘觀世間海業綱繫縛迭互因生行業果報非有作者非有受者非無因緣唯有業力彼比丘如是思惟破壞魔軍修集善法更復勝上觀合地獄業因果報云何衆生生

於根本合大地獄彼見有人殺盜邪行樂行多作如是之業普遍究竟樂行多作是業則生根本地獄并及别處彼人於是根本地獄受大苦惱作業如前若人偷盜及作邪行是人皆名邪行之人云何名邪如是異作復異分别若人邪行尊者之妻彼人生於合大地獄受大苦惱所謂苦者鐵𦦨紫鷲取其腸已掛在樹頭而噉食之彼有大河名燒鐵鉤彼有鐵鉤皆悉火然閻魔羅人熱地獄人擲彼河中墮鐵鉤上又彼河中有熱𦦨刀罪人於彼受大苦惱彼苦無比無有譬喻所謂彼處受然鉤苦謂以然鉤鉤打其身閻魔羅人取地獄人置彼河中按令使没彼地獄人迭互相沉既相沉已唱喚號哭河中非水熱赤銅汁漂彼罪人猶如漂木流轉不停如是漂燒受大苦惱彼鐵鉤河既燒漂已彼地獄人或有身如日初出者有身沉没如重石者有著河岸不没入者或有罪人身如水衣有爲𦦨紫鐵鷲食之如食魚者或有身洋其身猶如生酥塊者有以鐵摶而打之者或有身破百千分數如沙摶者有在河中如洋銅者有以熱灰燒其身者有以炎鉗鉗其身已置熱灰中復以鐵鉗連劖刺者有擘其身猶如細縷劖而打者有劖其頭令頭在下在上打者有置鑊中湯火煑之如熟豆者有在鑊中迭互上下速翻覆者有置在鑊偏近一廂舉手向天而號哭者有共相近而號哭者久受大苦無主無救彼中多有𦦨紫鷲鳥野干狗等在熱地上不殺而食屛處受苦各不相見種種因緣種種受苦彼受無量百千種苦自心所

誑十不善本邪行所得緣殺生得緣偷盜得又復如是閻魔羅人以鐵燄杵築彼罪人罪人怖走四向顧望望有歸救作如是言何人救我我何所歸四向走望如是行已燄杵築已置燄然河若燄然樹山巖石間窟穴等中極嶮惡處受種種苦謂著樹頭復推令墮在鐵鉤地彼身瘡裂如是千到若百千到又復如是閻魔羅人取地獄人置刀葉林刀葉甚多火燄熾然而此罪人見彼樹頭有好端正嚴飾婦女如是見已極生愛染如是婦女妙鬘莊嚴末香坌身塗香塗身如是身形第一嚴飾身極柔軟指爪纖長熈怡含笑以種種寶莊嚴其身種種欲媚一切愚癡凡夫之人見則牽心彼地獄人既見如是端正婦女在樹上已生如是心是我人中本所見者是我本時先所有者彼地獄人自業所誑故如是見如是見已即上彼樹樹葉如刀割其身肉既割肉已次割其筋既割筋已次割其骨既割骨已次劈其髓如是劈割一切處已乃得上樹欲近婦女心轉專念自心所誑在彼樹上如是受苦既上樹已見彼婦女復在於地彼人見已然彼婦女以欲媚眼上看彼人美聲語喚先以甜語作如是言念汝因緣我到此處汝今何故不來近我何不抱我如是地獄業化所作罪人見已欲心熾盛刀葉樹頭次第復下彼人既下刀葉向上炎火熾然利如剃刀如是利刀先割其肉次斷其筋次割其骨次割其脉次割其髓遍體作瘡彼地獄人如是被割如是被劈脉脉斷已看彼婦女欲愛燒心既如是看燄紫鷲鳥即啄其眼火

然刀葉先割其耳如是被割唱聲吼喚刀葉燄然次割其舌次割其鼻如是遍割一切身分欲愛牽心如是到地既到地已而彼婦女復在樹頭彼人見已而復上樹如前所說彼業力故如是無量百千年歲如是無量百千億歲自心所誑彼地獄中如是轉行彼地獄人如是被燒何因故燒邪欲為因彼人如是猶不捨欲無始來心如是轉行在於地獄餓鬼畜生衆生之心不可調順在地獄中猶故如是當知是心不可信也又復如是合大地獄彼中有山名為鷲遍彼地獄人燒身飢渴走赴彼山而彼山中處處皆有燄觜鐵鷲壯身大肚而彼鐵鷲身內肚中有地獄人名為火人彼地獄人望救望歸故赴彼山既到彼山彼鐵鷲鳥先破其頭開髑髏骨而取其腦

復挑其眼彼地獄人號哭唱喚然無救者既破其頭飲腦盡已擲頭異處彼地獄人無頭無眼而復走向闇冥地獄罪業力故復有鐵鷲其身極大彼鷲腹中亦有火人來向罪人到即吞之彼地獄人入鷲腹中即為火人本侵他妻罪業所致彼殺生因樂行多作乃經無量百千年歲常被燒然而復不死彼邪行因樂行多作則見婦女在刀葉林彼偷盜因樂行多作入異地獄在於一處彼處是河其河名曰無邊彼岸熱沸銅汁滿彼河中地獄罪人見河彼岸多有種種第一淨食佉陀尼食蒲闍尼食有好敷具有好樹林林有邃影復有陂池河流清水彼地獄人如是見已即發大聲迭相招喚作如是言汝來汝來我今得樂今有種種佉陀尼食蒲闍尼食有好敷

具如前所說彼地獄人如是唱喚餘地獄人旣聞聲已皆共馳走謂有能救謂有可歸和集一處迭相問言我今當於何處得樂何救何歸復有異人不喚而來指示之言汝今看此無邊彼岸大河彼岸如是多有佉陀尼食蒲闍尼食敷具樹林蔭影清涼如前所說彼地獄人如是一切迭相和集俱走往赴無邊彼岸大河彼岸如是河中熱白鑞汁熱鉛錫汁沫覆其上彼地獄人旣如是走墮在彼河旣墮彼已其身有如生酥塊者有消洋者有皴紫烏食噉之者有熱燄口惡魚食者有身分散而消洋者彼地獄人在彼河中如是一切如是受苦是彼惡業因緣勢力作集所致如是受苦彼地獄人如是無量百千年歲燒煑熟爛分散消洋乃至作集惡業破壞無氣腐爛彼地獄中爾乃得脫彼地獄中閻魔羅人責數罪人而說偈言

妻子羂所縛　將來地獄舍　何故爲心誑
造作鄙惡業　汝本爲妻子　知識親眷等
造作諸惡業　非是黠慧人　汝實不自愛
今到地獄處　何故爲兒子　作惡業至此
若爲妻子誑　造作諸惡業　後心不生悔
彼人入地獄　汝獨地獄燒　爲惡業所食
妻子兄弟等　親眷不能救　若爲癡所誑
而不作善業　後則不得樂　汝今徒悔恨
若隨順欲瞋　癡心第一誑　爲妻子樂故
一切向下行　自業自與果　衆生業至此
作善業生天　作惡來此處

如是彼處閻魔羅人如是多多責地獄人如是如是責數之言若汝自身造作惡業今欲

令誰食如是食若自作善還自得善若作不善自得不善不作不得作則不失汝本作業令得此報彼地獄人如是久在合大地獄乃經無量百千年中常被燒煑乃至惡業未壞未爛業氣未盡如是殺生偷盜邪行樂行多作所得果報於一切時與苦不止若惡業盡彼地獄中爾乃得脫若於前世過去久遠有善業熟不生餓鬼畜生之道若生人中貧窮知命得下劣妻設得好者共異人通若或無妻得凡鄙身爲他所使彼業勢力餘殘果報得如是等如是惡業能誑惑人令入地獄又彼比丘知業果報次復觀察合大地獄十六別處何等十六一名大量受苦惱處二名割刳處三名脉脉斷處四名惡見處五名團處六名多苦惱處七名忍苦處八名朱誅朱誅處九名何何奚處十名淚火出處十一名一切根滅處十二名無彼岸受苦處十三名鉢頭摩處十四名大鉢頭摩處十五名火瓮處十六名鐵火末處合大地獄有如是等十六別處衆生何業生於彼處彼比丘思惟觀察若人三種惡不善業所謂殺生偷盜邪行樂行多作彼決定受合大地獄受苦惱處衆生何業生初大量受苦惱處彼見有人不應行婬不正觀察樂邪欲行生彼大量受苦惱處地獄之中受大苦惱所謂炎熱鋒利鐵釘刺令穿徹以彼鐵釘從下刺之背上而出又復刺之腹上而出又復刺之腰中而出又復刺之肩上而出又復刺之從脇而出又復刺之從咽而出又復刺之從口而出復破髑髏而從其出又復刺之從耳而出彼地獄人如是

被𦡵一切身分皆悉穿破受大苦惱若燒若煑一切身分彼受如是諸苦惱已又復更與極重苦惱所謂復以熱焰鐵鉗挾拔其卵若鐵鷲鳥挽拔其卵而食之者如是乃至所作集業未壞未爛業氣未盡於一切時與苦不止若惡業盡彼地獄處爾乃得脫若於前世過去久遠有善業熟不生餓鬼畜生之道若生人中同業之處爲第三人謂内官等彼不善業餘殘果報又彼比丘知業果報次復觀察合大地獄復有何處彼見聞知復有異處名割刳處是合地獄第二别處衆生何業生於彼處彼見有人殺盜邪行樂行多作墮合地獄生割刳處殺生偷盜業及果報如前所說何者邪行謂於婦女不應行處口中行婬彼人以是惡業因緣身壞命終墮於惡處合大地獄生割刳處受大苦惱所謂苦者閻魔羅人以熱鐵釘釘其口中從頭而出出已急拔又釘其口耳中而出復以鐵鉢盛熱銅汁寫其口中銅汁熱焰燒然其脣次燒其舌既燒舌已次燒其眼如是燒咽次燒其心次燒其肚如是次第乃至糞門從下而出如是邪行樂行多作惡業果報在於地獄如是如是種種受苦乃經無量百千億歲常被燒煑乃至惡業未壞未爛業氣未盡於一切時與苦不止若惡業盡彼地獄處爾乃得脫若於前世過去久遠有善業熟不生餓鬼畜生之道若生人中同業之處口中常臭如爛氣臭如是熏他一切所惡是彼惡業餘殘果報又彼比丘知業果報次復觀察合大地獄復有何處彼見聞知復有異處彼處名爲脉脉斷處

是合地獄第三別處衆生何業生於彼處彼見有人殺盜邪行樂行多作墮合地獄脉脉斷處殺生偷盜業及果報如前所說何者邪行謂於婦女非道行婬彼不隨順自力强逼彼人以是惡業因緣身壞命終墮於惡處合大地獄脉脉斷處受大苦惱所謂熱筒盛熱銅汁置口令滿唱聲吼喚作如是言我今孤獨如是無量百千年歲乃至惡業未壞未爛業氣未盡於一切時與苦不止若惡業盡彼地獄處爾乃得脫若於前世過去久遠有善業熟不生餓鬼畜生之道若生人中所得妻婦貪愛他人彼人見之不能遮障是彼惡業餘殘果報彼作集業果報不失猶故復受又彼比丘知業果報次復觀察合大地獄復有何處彼見聞知復有異處名惡見處是合地獄第四別處衆生何業生於彼處彼見有人殺盜邪行樂行多作墮合地獄生惡見處殺生偷盜業及果報如前所說何者邪行所謂有人取他兒子强逼邪行自旣力多令彼啼哭彼人以是惡業因緣身壞命終墮於惡處合大地獄生惡見處受大苦惱所謂自見已之兒子以惡業故見自兒子在地獄中於彼兒子生重愛心如本人中如是見已閻魔羅人若以鐵杖若以鐵錐刺其陰中若以鐵鉤釘其陰中旣見自子如是苦事自生大苦愛心非絶不可堪忍此愛心苦於火燒苦十六分中不及其一彼人如是心苦逼已復受身苦所謂彼處閻魔羅人之所執持頭面在下熱炎鐵鉢盛熱銅汁灌其糞門入其身內燒其熟藏燒熟藏已次燒大腸燒大腸已次燒

小腸燒小腸已次燒其腸既燒腸已如是次第次燒其咽既燒咽已次燒其喉既燒喉已次燒舌根燒舌根已次燒其舌既燒舌已次燒其齗既燒齗已次燒其頭既燒頭已次燒其腦如是燒已在下而出彼邪行人受如是苦如是無量百千年中以業化故見自兒子自身心苦具受如是身心二苦如是無量百千年中常受大苦乃至惡業未壞未爛業氣未盡於一切時與苦不止若惡業盡彼地獄處爾乃得脫若於前世過去久遠有善業熟不生餓鬼畜生之道若生人中則無兒息雖有不淨不成種子世人皆言此人不男一切嫌賤是彼惡業餘殘果報又彼比丘知業果報次復觀察合大地獄爲當更有異處以不彼見聞知復有異處名爲團處急團相似是合地獄第五別處衆生何業生於彼處彼見有人殺盜邪行樂行多作墮合地獄生於團處殺生偷盜及以果報如前所說何者邪行所謂有人若見牸牛若驢馬等婬道處已心生分別此如是處與人婦女不應有異如是念已即便生於人婦女想而行婬欲彼人以是惡業因緣身壞命終墮於惡處合大地獄生於團處受大苦惱所謂見彼若牛若馬惡業因故地獄中見自心分別如前憶念人婦女想若本牸牛若本驢馬見已即生人婦女想欲心熾盛即便走向如是牛馬有鐵焰火滿牛馬內彼人既近牛馬根門惡業因故入彼根門即入其腹滿中熱火彼處受苦乃經無量百千年中常被燒煑其身熱爛不能出聲於彼腹中闇處苦逼乃至惡業未壞未爛

業氣未盡於一切時常被燒然若惡業盡彼地獄處爾乃得脫若於前世過去久遠有善業熟不生餓鬼畜生之道若生人中同業之處則生無禮非仁之國以已之妻令他侵近不生妬忌邪行業因餘殘果報又彼比丘知業果報次復觀察合大地獄爲當更有異處以不彼見聞知復有異處名多苦惱是合地獄第六別處衆生何業生於彼處彼見有人殺盜邪行樂行多作墮合地獄多苦惱處殺生偷盜業及果報如前所說何者邪行謂男行男彼人以是惡業因緣身壞命終墮於惡處合大地獄多苦惱處受大苦惱作集業力於地獄中見本男子熱燄頭髮一切身體皆悉熱燄其身堅鞕猶如金剛來抱其身既被抱已一切身分皆悉解散猶如沙摶死已復活以本不善惡業因故於彼燄人極生怖畏走避而去墮於嶮岸下未至地在於空中有燄觜烏分分攫斵令如芥子尋復還合然後到地既到地已彼地復有燄口野干而噉食之唯有骨在復還生肉既生肉已閻魔羅人取置燄鼎而復煑之如是無量百千年歲煑之食之分之散之乃至惡業未壞未爛業氣未盡於一切時與苦不止若惡業盡於多苦處爾乃得脫若於前世過去久遠有善業熟不生餓鬼畜生之道若生人中同業之處失無量妻不得一妻究竟如是設自有妻則厭離之喜樂他人邪行業因餘殘果報又彼比丘知業果報次復觀察合大地獄爲當更有異處以不彼見聞知復有異處名忍苦處是合地獄第七別處衆生何業生於彼處彼見

有人殺盜邪行樂行多作墮合地獄生忍苦處殺生偷盜業及果報如前所說何者邪行所謂有人破他軍國得婦女已若或自行若自取已給與多人若依道行若不依道彼人以是惡業因緣身壞命終墮於惡處合大地獄生忍苦處受大苦惱所謂苦者閻魔羅人懸之在樹頭面在下足在於上下然大火燒一切身從面而起彼地獄火熱熱甚熾彼罪人身危脆坏輭眼最輭故燒盡無餘彼罪人身燒盡復生彼人如是受極苦惱堅鞕叵耐彼人如是地獄中生彼人如是受大苦惱唱聲吼喚呻號啼哭唱喚口開彼地獄火從口而入火既入已先燒其心既燒心已次燒其肺如是次第至生熟藏根及糞門如是燒已次燒其足既受如是被燒苦已復有烏來噉食其身彼受如是二種大苦唱聲吼喚而燒不止如是無量百千年歲於地獄中受極苦惱如是苦惱無異相似如是無量百千年歲乃至惡業未壞未爛業氣未盡於一切時與苦不止若惡業盡彼地獄處爾乃得脫若於前世過去久遠有善業熟不生餓鬼畜生之道若生人中同業之處設得好婦端正無雙則為官軍破壞劫奪惡業力故唱喚號哭懊惱心碎彼人如是地獄人中二時二處受大苦惱唱喚號哭懊惱等苦邪行業因餘殘果報

正法念處經卷第六

## 音釋

潬 他干切與灘同 掠 力灼切劫奪也 癃 良中切病也 衝 昌容切突也

垜 徒米切射堋也 號咷 號胡刀切咷徒刀切 僂脊 僂力主切脊資昔切僂脊曲背也

璅 蘇果切猶胥也 蒺藜 蒺昨悉切藜良脂切茨草也 騲 千老切牝馬也

劗 鋤銜切鍘也 刳 空胡切剖也 脆 此芮切物易斷也

坏 鋪杯切土器未燒也

# 正法念處經卷第七

元魏婆羅門瞿曇般若流支譯

## 地獄品第三之三

又彼比丘知業果報次復觀察合大地獄復有何處彼見聞知復有異處彼處名爲朱誅朱誅是合地獄第八別處殺生偷盜邪行樂行多作墮合地獄朱誅朱誅衆生何業生於彼處彼見聞知若人殺生偷盜邪行樂行多作墮合地獄朱誅朱誅地獄處生殺生偷盜業及果報如前所説何者邪行所謂有人不善觀察若羊若驢以無人女是故婬之彼人於佛不生敬重或在浮圖或近浮圖彼人以是惡業因緣身壞命終墮於惡處合大地獄朱誅朱誅地獄處生受大苦惱所謂鐵蟻常所唼食一切身分受大苦惱彼地獄火滿其腹內彼地獄人內外燒煮自種惡業得此惡報如是無量百千年歲常有惡蟲朱誅朱誅在地獄中噉食其肉復飲其血既飲血已次斷其筋既斷筋已次破其骨既破骨已次飲其髓既飲髓已食大小腸彼地獄人如是燒已如是炙已如是食已唱喚號哭種種浪語悲號大哭如是乃至不可愛樂不善惡業食受未盡如是無量百千年歲常被燒煮炙熟食之乃至惡業未壞未爛業氣未盡於一切時與苦不止若惡業盡彼地獄處爾乃得脫若於前世過去久遠有善業熟不生餓鬼畜生之道若生人中同業之處多有怨對雖在王舍而不得力生常貧窮資生乏少又不長命是彼邪行惡業勢力在於人中受餘殘果

又彼比丘知業果報次復觀察合大地獄復

有何處彼見聞知復有異處名何何奚是合地獄第九別處是何業報作集之業普遍究竟墮合地獄何何奚處彼見聞知若人殺生偷盜邪行樂行多作墮合地獄何何奚處殺生偷盜業及果報如前所說何者邪行邊地夷人於姊妹等不應行處而行婬欲彼國法爾生處過惡彼人以是惡業因緣身壞命終生合地獄何何奚處受大苦惱所謂彼處地獄之中常被燒煑閻魔羅人之所撾打苦毒吼喚其聲遍滿五千由旬彼地獄人未到地獄在中有中聞彼吼聲吼聲極惡不可得聞彼顛倒故聞彼啼哭則是歌聲拍手等聲種種語聲惡業力故聞之愛樂生如是心令我到彼如是聲處如是念已速生彼處何因緣有取因緣有彼中有中何處何處發心希取

則生彼彼心取彼已則生彼處既生彼處即於生時得地獄苦即聞地獄自體惡聲急惡苦惱無異相似不可譬喻受大苦惱既聞惡聲心重破壞受大苦惱所謂鐵山名烏丘山其山燄然其燄極高五千由旬在虛空界彼有鐵樹樹有鐵烏烏身燄然滿彼樹上彼山火然間無空處惡業力故常有燄火熾然不滅以惡業故見蓮華林遍滿彼山彼地獄人既見蓮華迭互相喚作如是言汝來汝來如是山上多有冷林潤膩之林今可共往閻魔羅人打地獄人上雨刀石罪人畏故走赴彼山望得救免望主望歸如是罪人既到彼山而彼山上熱燄遍滿多有燄烏鐵嘴甚利彼地獄人如是見已彼烏疾來向地獄人彼地獄人有燄烏來破其頭者復有烏來取其腦

者復有烏來取其眼者復有烏來取其鼻者復有烏來取其頰者復有烏來取其皮者復有烏來取其脇者復有烏來取其足者復有烏來取其舌者復有烏來取其項者復有烏來取頭皮者復有烏來取其喉者復有烏來取其心者復有烏來取其肺者復有烏來取小大腸復有烏來取其腹皮復有烏來取其臍下陰密處者復有烏來取其髀者復有烏來取其腨者復有烏來取足跟皮復有烏來取足下皮復有烏來取其足指復有烏來分分食之復有烏來分分取肋復有烏來取脇骨者復有烏來唯取其手一厢之骨復有烏來一切身分具足取者復有烏來取其髓者如是衆烏食地獄人分分皆食罪業力故食已還生於彼燄烏闇魔羅人生怖畏故烏丘山中處處馳走望救望歸上烏丘山上彼山已以惡業故燄火遍滿來覆其身如是無量百千年歲燒而復生是彼作集惡業力故受大苦惱若復上到烏丘山頂山頭復有火燄極高五千由旬彼燄吹擧在空而燒如燒飛蟲如是無量百千年歲受大苦惱而常不死乃至惡業未壞未爛業氣未盡於一切時與苦不止若彼殺生偷盜邪行樂行多作惡業受盡彼地獄處爾乃得脫若於前世過去久遠有善業熟不生餓鬼畜生之道若生人中同業之處一切身分皆悉爛臭得惡癩病若得癡病多有怨對恒常貧窮生惡國土彼作集業餘殘果報又彼比丘知業果報次復觀察合大地獄復有何處彼見聞知復有異處名淚火出是合地獄第十別處衆生何業生

於彼處彼見有人殺盜邪行樂行多作墮合地獄淚火出處殺生偷盜業及果報如前所說何者邪行若比丘尼先共餘人行不淨行毁破禁戒若人重犯彼比丘尼彼人以是惡業因緣身壞命終墮於惡處合大地獄淚火出處受大苦惱所謂彼處相似受苦彼苦堅鞕不愛業作所謂大火普燄所燒眼出火淚彼淚是火即燒其身彼地獄人受如是等種種苦惱又復更受餘諸苦惱閻魔羅人擘其眼眶佉陀羅炭置眼令滿劈其眼骨猶如劈竹彼地獄處如是惡畏復以鐵鉤鐵杵鐵枷鉤割打築令身分散以熱鐵鉗擘其糞門洋熱白鑞内之令滿如是内燒復有大火外燒其身内外二種如是極燒受第一苦急惡苦惱受如是等無量種種衆苦具足閻魔羅人說偈責言

内滿熱白鑞　外以大火燒　極燒受大苦
地獄惡業人　若業生苦果　受惡苦惱報
彼於三界中　不可得譬喻　三種業三果
於三界中生　三過三心起　三處苦報熟
彼如是業報　於三界中生　因緣和合作
如是異法起　如心如是行　如是如是轉
善人行善行　惡人造惡業　心自在作業
業自在復有　此心業所起　如是愛所誑
惡心作惡業　彼人來至此　若在地獄責
彼人愛所誑　非異人作惡　異人受苦報
自業自得果　衆生皆如是　汝自心所作
一切如是誑　今爲大火燒　何故爾呻喚

閻魔羅人如是責數地獄人言汝自作業今者自受不可得脱如是一切業果所縛彼一

切業此中受報閻魔羅人如是責之彼地獄人閻魔羅人如是無量百千年中如是燒煑地獄罪人乃至作集惡不善業未壞未爛業氣未盡於一切時與苦不止若惡業盡彼地獄處爾乃得脱若於前世過去久遠有善業熟不生餓鬼畜生之道若生人中同業之處常有癖病在其腹中若身燋枯形貌醜陋若守門戶身體狀貌如燒樹林作集業力餘殘果報又彼比丘知業果報次復觀察合大地獄復有何處彼見聞知復有異處彼處名爲一切根滅是合地獄第十一處衆生何業生於彼處彼見有人殺盗邪行樂行多作隨合地獄一切根滅地獄處生殺生偷盗業及果報如前所說令說邪行樂行多作若人多欲或於口中若糞門中非婦女根婬彼婦女彼人以是惡業因緣身壞命終墮於惡處合大地獄一切根滅別異處生受大苦惱所謂以火置口令滿以熱鐵鉢盛赤銅汁鐵叉擘口打刺令寛置熱銅汁彼處復有熱鐵黒蟲蟲體炎然彼十一處皆悉火然以爲燄鬘在中燒之雖燒猶活如是常燒熱燄鐵蟻唼食其眼熱白鑞汁置耳令滿燄熱利刀割截其鼻復以利刀次割其舌兩熱利刀燒割其身一切諸根受大苦惱受極苦惱得不樂報彼地獄人無異相似不可譬類令說少分譬如以燈取況於日如是地獄受苦亦爾非有比類天上樂勝亦無譬喻彼地獄人受地獄苦亦復如是無有譬喻何以故天上樂勝地獄苦重如是苦樂令說少分彼地獄處所受苦惱堅鞕尤重乃至作集惡不善業未壞未爛業

氣未盡於一切時與苦不止若惡業盡彼地獄處爾乃得脱若於前世過去久遠有善業熟不生餓鬼畜生之道若生人中同業之處妻不貞良他人共通喚謀他人而共殺之若告官人誣枉令殺若以惡毒和藥而殺若待其睡以刀等殺是彼作集惡業勢力餘殘果報作集業力果報未盡不可得脱會必受之又彼比丘知業果報次復觀察合大地獄復有何處彼見聞知復有異處名無彼岸受苦惱處是合地獄第十二處衆生何業生於彼處彼見有人殺盜邪行樂行多作墮合地獄生無彼岸受苦惱處殺生偷盜業及果報如前所說何者邪行所謂有人起婬欲心憶念自妻婬他婦女彼人以是惡業因緣身壞命終墮於惡處合大地獄生無彼岸受苦惱處受大苦惱作集業力受如是苦所謂彼處受火燒苦受刀割苦受熱灰苦受諸病苦如是彼岸則不可得無安慰者如是所說受諸苦惱不可譬喻如說受苦彼地獄人自心所誑如是受苦如是無量百千年中常被燒炙若煮若打乃至集作惡不善業未壞未爛業氣未盡於一切時與苦不止若惡業盡彼地獄處爾乃得脱若於前世過去久遠有善業熟不生餓鬼畜生之道若生人中同業之處則常貧窮廣野惡處山中嶮處爲夷人奴常有病苦又彼比丘知業果報次復觀察合大地獄復有何處彼見聞知復有異處名鉢頭摩是合地獄第十三處衆生何業生於彼處彼見有人殺生偷盜邪行作集墮合地獄鉢頭摩處殺生偷盜業及果報如前所説何者邪

行所謂沙門自知沙門本在俗時先共婦女曾行欲來得欲滋味雖爲比丘心猶憶念夜臥夢中見彼婦女於婬欲味不善觀察即共行欲彼人覺已心即味著非梵行事思量憶念心生隨喜向他讚說婬欲功德喜笑心樂樂行多作彼彼喜樂彼人以是惡業因緣身壞命終墮於惡處合大地獄鉢頭摩處受大苦惱所謂苦者彼地獄處一切皆作鉢頭摩色與鉢頭摩色相相似彼處如是普皆赤色有赤光明閻魔羅人取地獄人鑊中煮之若置鐵函鐵杵擣之若脫彼處彼人遠見鉢頭摩華在青池中彼地獄人若於函鑊二苦得脫於彼青池鉢頭摩華望救望歸疾走往赴生如是心我往彼處應得安樂彼地獄人飢渴苦惱望鉢頭摩彼人如是若百過走若千過走所走之道多饒鐵鉤傷破其足既破足已敷心在地彼地鐵鉤傷破其心若背著地鐵鉤破背若傍著地鐵鉤破脇若其坐者鐵鉤上入彼人如是迭相唱喚若燒若煑飢渴身乾迭相唱喚號哭懊惱一切罪人如是齊心看鉢頭摩閻魔羅人在其背後執大利刀若斧若枷割斫打之彼地獄人種種方便求救求歸到鉢頭摩到已即上望涼冷故彼鉢頭摩如佉陀羅大火遍滿金剛堅葉罪人既上樹葉鉤卷彼惡業人以惡業故在合地獄鉢頭摩處如是無量百千億歲以惡業故煑而不死乃至作集惡不善業未壞未爛業氣未盡於一切時與苦不止若惡業盡彼地獄處爾乃得脫若於前世過去久遠有善業熟不生餓鬼畜生之道若生人中同業之處彼

人則得雄雌等眼看視不正無戒貧窮壽命短促作集業力之所致也又彼比丘知業果報次復觀察合大地獄復有何處彼見聞知復有異處名爲摩訶鉢頭摩處是合地獄第十四處衆生何業生於彼處彼見有人殺盜邪行樂行多作墮合地獄生於摩訶鉢頭摩處殺生偷盜業及果報如前所說何者邪行實非沙門自謂沙門而戒有缺何以故雖行梵行不求涅槃如貝聲行笑涅槃行如是念言我此梵行願生天中若生餘處天相似處令我生彼天世界中天女衆中如是沙門如是梵行非梵行願乃是愛行生死因行愛因緣行是垢染行如是梵行於病老死憂悲啼哭椎胷拍頭尤苦懊惱如是等惡不得解脫彼人以是惡業因緣身壞命終墮於惡處合大地獄大鉢頭摩地獄處生受大苦惱所謂有河名曰灰河廣五由旬長百由旬常流不息無針孔處灰不遍滿彼地獄人在彼河中受極堅鞕第一苦惱旣墮彼河身則分散骨則爲石髮爲水衣肉則爲泥河中水者熱白鑞汁地獄罪人身散還合爲河中魚彼河所漂漂已則熟右廂左廂有燄觜鳥而取食之若望歸救走離彼河閻魔羅人以鐵燄䂎䂎置河中彼若欲出足則爛熟筋熟脡熟腨熟髖熟髖骨亦熟髖皮亦熟髖肉亦熟背肉墮落背肉亦熟頭肉墮落頭肉亦熟頭骨墮落頭骨亦熟髑髏墮落髑髏亦熟彼地獄人如是河中如是如是燒煑炙等如是無量百千年歲彼地獄人彼惡河中受極苦惱爾乃得脫雖脫彼處而復更見有清陂池池有開敷

鉢頭摩華彼地獄人望救望歸求安隱樂走向彼處鉢頭摩林彼鐵蓮華觸如利刀彼地獄人身若觸之彼鐵蓮華削割斬斫身體碎破稍稍墮漸落閻魔羅人多與苦惱逼令速上蓮華林上彼蓮華林滿中熾火其華鐵葉罪人旣上葉則卷合彼地獄人在其葉內熾火燒然如是無量百千年歲以惡業故彼中有鳥而食其眼拔其舌根割截其耳分散其身如是鳥者自業果報彼地獄人於彼摩訶鉢頭摩處地獄之中常被燒煑乃至作集惡不善業未壞未爛業氣未盡於一切時與苦不止若惡業盡彼地獄處爾乃得脫若於前世過去久遠有善業熟不生餓鬼畜生之道若生人中同業之處則患痳病常飢常渴復多瞋恚是彼惡業餘殘果報又彼比丘知業果報次復觀察合大地獄復有何處彼見聞知復有異處名火盆處是合地獄第十五處衆生何業生於彼處彼見有人殺盜邪行樂行多作墮合地獄生火盆處殺生偷盜業及果報如前所說何者邪行實非沙門自謂沙門作沙門已憶念在家白衣身時習近婦女喜笑舞戲彼人如是不善觀察憶念喜樂心生分別數數如是思惟分別非善思惟非是正念證法思惟非滅苦集正法思惟非學思惟於學思惟不作不行非正憶念調心思惟非念佛法衆僧思惟非念死想非於生死離欲思惟非見少罪如微塵許怖畏思惟不應多取敷具醫藥看病飲食資具因緣彼如是人而便多取敷具醫藥隨病飲食資具因緣彼人如是多取卧具病藥飲食資具因緣彼人

以是惡業因緣身壞命終墮於惡處合大地獄生火盆處受大苦惱所謂苦者彼火盆處熱燄遍滿無毛頭處無燄無熱而不遍者彼地獄處地獄人身狀如燈樹彼燈熱燄合爲一燄彼地獄人呻號吼喚吼喚口開滿口熱燄彼地獄人極受大苦轉復唱喚呻號啼哭火燄入耳既入耳故轉復呻號唱聲吼喚燄復入眼既入眼故轉復呻號唱聲吼喚彼人如是普身燄然熱燄鐵衣復燒其舌既破戒已食他飲食故燒其舌以犯禁戒不善觀察看他婦女故燒其眼以不護戒共他婦女歌笑相喚以愛染心聽其聲故熱白鑞汁滿其耳中以犯禁戒取僧香熏故割其鼻以火燒之彼人如是五根犯戒墮地獄中本業相似受苦果報惡業行故彼地獄中如是無量百千年歲常被燒煮多有燄鬘處處普遍滿合地獄名火盆處乃至集作惡不善業未壞未爛業氣未盡於一切時與苦不止若惡業盡彼地獄處爾乃得脫若於前世過去久遠有善業熟不生餓鬼畜生之道若生人中同業之處得侏儒身目盲耳聾貧窮少死常患飢渴是彼惡業餘殘果報又彼比丘知業果報次復觀察合大地獄復有何處彼見聞知復有異處彼處名爲鐵末火處是合地獄第十六處衆生何業生於彼處彼見聞知若人殺生偷盜邪行樂行多作墮合地獄鐵末火處殺生偷盜業及果報如前所說何者邪行所謂有人實非沙門自謂沙門若聞婦女歌舞戲笑莊嚴具聲既聞聲已不善觀察心生愛染聞彼歌笑舞戲等聲漏失不淨心適味著

彼人以是惡業因緣身壞命終墮於惡處合大地獄鐵末火處受大苦惱所謂熱鐵四角地獄周圍鐵壁五百由旬常有鐵火熾然不息燒地獄人自業所作從上雨火不曾暫停如是雨鐵如是雨火以雨鐵故彼地獄人一切身分分散爲末以雨火故常煑常燒常受如是二種雨苦彼地獄人如是受苦唯地獄人受如是苦除是以外無可譬喻彼人如是所受苦惱堅鞕急惡如是惡苦一切皆畏不愛不樂自業所作如是受苦乃至作集惡不善業未壞未爛業氣未盡於一切時與苦不止若惡業盡彼地獄處爾乃得脫若於前世過去久遠有善業熟不生餓鬼畜生之道若生人中同業之處常在大河渡人之處常生怖畏若身常病若當爲等雖有惡命而常畏死是彼惡業餘殘果報又彼比丘觀察如是合大地獄一一別處唯十六處更不見有第十七處合大地獄十六別處多衆常滿如是觀察實業法報彼比丘如是觀察彼諸衆生種種惡業自在果報厭離生死又修行者内心思惟隨順正法觀察法行如此比丘諦觀察已通達業果如是諦知三大地獄并別處所及業果報觀察知已攀緣通達不樂在中住魔境界彼地夜叉見彼比丘如是精進即復上聞虛空夜叉虛空夜叉聞四大王如前所說次第乃至無量光天乃至說言閻浮提中某國某村如是次第剃除鬚髮被服法衣正信出家彼比丘如是乃至得第九地無量光天聞巳歡喜迭相告言天等當知魔分損減正法朋長又彼比丘如是觀察三地獄巳

次復觀察第四吽喚之大地獄衆生何業生於彼中彼見聞知所謂有人殺生偷盜邪行飲酒樂行多作如是四業普遍究竟作而復集身壞命終則生如是吽喚大地獄殺盜邪行業及果報如前所說今說飲酒樂行多作則生吽喚大地獄中若人以酒與會僧衆若與戒人出家比丘若寂靜人寂滅心人禪定樂者與其酒故心則濁亂彼人以是惡業因緣身壞命終墮於惡處吽喚大地獄彼中惡熱受大苦惱受何等苦謂以鐵鉗強擘其口洋赤銅汁灌口令飲初燒其脣既燒脣已次燒其齗既燒齗已次燒其舌既燒舌已次燒其咽如是燒咽次燒其肚如是次第燒其小腸燒小腸已復燒大腸如是生藏次燒熟藏燒熟藏已從下而出如是彼人酒不善業得如是報號啼吼喚呼嗟大哭彼人如是唱喚吼已閻魔羅人爲責數之而說偈言

已作不善業　今受苦惱果　自癡心所作
後則被燒煑　如是不善業　已惡心所作
今受莫呻喚　何用呼嗟爲　若人作惡業
皆得惡果報　若欲自樂者　如是莫近惡
若作少惡業　地獄多受苦　癡心自在故
得脫猶作惡　惡業不可言　令人到地獄
少火能燒山　及一切林樹　癡人念作惡
不喜樂善法　見惡行果報　皆從因緣生
云何不樂法　何故不捨惡　若人離惡業
則不見地獄　若人自心癡　不知惡業果
彼人受此惡　汝今如是受　惡業生地獄
爲惡業所燒　惡不到涅槃　愁不過惡業
本惡業所誑　今爲惡業燒　若不作惡業

終不受苦惱　若人能制愛　此道寂靜勝
如是捨愛人　則近涅槃住　已造惡業竟
不會修行善　如是惡業燒　心勿行惡業
行惡業之人　無處得安樂　若欲自樂者
應當喜樂法　若人喜樂惡　受苦中之苦
若不能忍苦　不應作惡業　善人行善易
惡人行善難　惡人造惡易　善人作惡難
彼地獄中閻魔羅人如是責數地獄人已設種種苦所謂二山山甚堅鞕鐵𦦨火然兩廂作勢一時俱來𢭏地獄人𢭏已磨之其身散盡無物可見如是磨已而復還生復以二山如前𢭏磨如是如是生已復𢭏生已復磨如是無量百千年歲惡業未盡彼地獄處若得脫已走向餘處望救望歸思得解脫閻魔羅人即復執之令頭在下置鐵鑊中彼人如是在鐵鑊中頭面在下經百千年湯火煮之如是惡業猶故不盡彼鑊湯處若得脫已走向餘處望救望歸欲求安樂彼人面前有大鐵烏其身炎然即執其身擭斷分散脉脉節節爲百千分分散食之分分分散如是無量百千年歲而彼惡業猶故不盡彼鐵烏處若得脫已望救望歸走向餘處飢渴苦惱遠見清水若陂池等疾走往赴彼處唯有熱白鑞汁滿彼池等彼欲澡洗即便入中既入彼處以惡業故即有大黿取而沉之熱白鑞汁煮令極熱如是無量百千年歲乃至不善惡業破壞無氣盡已如是大黿爾乃放之既得脫已彼人苦惱望救望歸走向餘處面前現見閻魔羅人手執鐵䂎其䂎𦦨然以如是䂎而䂎其頭即便穿徹或有被刺破背出者或有被

刺破脇出者或有被刺破頭出者彼地獄人受大苦惱唱聲吼喚餘地獄人罪業力故聞其吼喚謂是歌聲皆共走趣望救望歸閻魔羅人即復執之鐵矟刀斧皆悉燄然穿刺割斫如是無量百千年歲乃至作集惡業破壞無氣爛盡彼地獄處爾乃得脫望救望歸走向餘處遠見有村屋舍具足多有河池專心直進疾走往赴欲入彼村彼村一切皆悉燄然有金剛口利牙黑蟲身皆燄然處處遍滿既入村已門即窓閉彼地獄人爲金剛口利牙黑蟲之所噉食如是無量百千年歲乃至作集惡業破壞無氣爛盡得脫如是苦惱大海若於前世過去久遠有善業熟不生餓鬼畜生之道若生人中同業之處心則忽忘貧窮無物常在道巷四出巷中賣鄙惡物治生求利爲諸小兒佯笑戲弄口齒惡色脚足劈裂常患飢渴之所逼切無有妻子無父無母兄弟姊妹此是飲酒與酒惡業餘殘果報如是戒人與酒罪業則墮如是叫喚大地獄受苦果報應如是知又彼比丘知業果報復觀叫喚之大地獄有何別處彼見聞知叫喚地獄有別異處名大吼處衆生何業生於彼處彼見有人殺生偷盜邪行飲酒樂行多作墮彼地獄生大吼處殺盜邪行業及果報如前所說何者飲酒所謂以酒與齋戒人清淨之人彼人以是惡業因緣身壞命終墮於惡處叫喚地獄大吼處生受大苦惱所謂苦者熱白鑞汁先置口中以本持酒與齋戒人與清淨人惡業所致故以燄然鐵鉢盛之置其口中大苦逼惱發聲大吼如是吼聲餘地獄中

則不如是彼諸罪人生大悲苦唱聲吼喚大吼之聲遍滿虚空閻魔羅人本性自瞋彼地獄人罪業力故閻魔羅人聞其吼聲倍更瞋怒諸飲酒人不護諸惡一切不善不生慚愧若與酒者是則與人一切不善以飲酒故心不専正不護善法心則錯亂彼亂心人不識好惡一切不善不生慚愧若人與酒則與其因以有因故能爲不善如相似因相似得果以此因縁久受大苦種種苦惱無量苦惱何故名曰大吼地獄以受無量種種苦惱發聲大吼是故名曰大吼地獄如是衆生在如是處乃至不善惡業破壞無氣爛盡彼地獄處爾乃得脱若於前世過去久遠有善業熟不生餓鬼畜生之道若生人中同業之處生則愚鈍心不黠慧則多忘失少時不憶如是闇鈍愚癡之人無有資財人不敬愛貧窮無物雖復求財而不可得若得微病即便命終是彼惡業餘殘果報又彼比丘知業果報復觀叫喚之大地獄復有何處彼見如是叫喚地獄有十六處何等十六一名大吼二名普聲三名髮火流四名火末蟲五名熱鐵火杵六名雨炎火石七名殺殺八名鐵林曠野九名普闇十名閻魔羅遮約曠野十一名劒林十二名大劒林十三名芭蕉烟林十四名有煙火林十五名火雲霧十六名分别苦此十六處叫喚地獄所有别處衆生何業報生彼處彼比丘如是已觀叫喚地獄大吼處已次觀第二名普聲處彼見有人殺生偷盗邪行飲酒樂行多作彼人則墮叫喚地獄生普聲處殺盗邪行業及果報如前所説何者飲酒若

人飲酒樂行多作若於他人初受戒者與酒令飲彼人以是惡業因緣身壞命終墮於惡處叫喚地獄普聲處生受大苦惱所謂枓築彼地獄人發聲吼喚其聲遍滿彼地獄處若鐵圍山一切諸河四天下處閻浮提等在彼處者彼吼聲出一切消盡彼人啼哭悲號吼聲自業相似彼地獄人如是吼喚乃至惡業未壞未爛業氣未盡於一切時與苦不止若惡業盡彼地獄處爾乃得脫若於前世過去久遠有善業熟不生餓鬼畜生之道若生人中同業之處則生曠野少水國土又彼比丘知業果報復觀叫喚之大地獄復有何處彼見聞知叫喚大地獄復有異處名髮火流是彼地獄第三別處衆生何業生於彼處彼見有人殺生偷盜邪行飲酒樂行多作彼人則墮叫喚地獄髮火流處殺盜邪行業及果報如前所說何者飲酒於優婆塞五戒人邊說酒功德作如是言酒亦是戒令其飲酒彼人以是惡業因緣身壞命終墮於惡處叫喚地獄髮火流處受大苦惱所謂雨火彼地獄人常被燒煑燄然頭髮乃至脚足有熱鐵狗噉食其足餓鷲鐵鷲破其髑髏而飲其腦熱鐵野干食其身中如是常燒如是常食彼人自作不善惡業悲苦號哭說偈傷恨向閻羅人而作是言

汝何無悲心　復何不寂靜　我是悲心器
於我何無悲
閻魔羅人荅罪人曰
汝爲癡所覆　自作多惡業　今受極重苦
非我造此因　癡人不學戒　作集多惡業

既有多惡業　今得如是果　是汝之所作
非是我因緣　若人作惡業　彼業則是因
已爲愛羂誑　作惡不善業　今受惡業報
何故瞋恨我　不作不受殃　非謂惡無因
若人意作惡　彼人則自受　莫喜樂飲酒
酒爲毒中毒　常喜樂飲酒　能殺害善法
若常樂飲酒　彼人非正意　意動法叵得
故應常捨酒　酒爲失中失　是智者所說
如是莫樂酒　自失令他失　常喜樂飲酒
得不愛惡法　如是得言惡　故應捨飲酒
財盡人中鄙　第一懈怠本　飲酒則有過
如是應捨酒　酒能熾然欲　瞋心亦如是
癡亦因酒盛　是故應捨酒

如是地獄髮火流處是地獄人自業所得乃至作集惡業破壞無氣爛盡彼地獄處爾乃得脫若於前世過去久遠有善業熟不生餓鬼畜生之道若生人中同業之處彼人則生一種國土無酒之處一切資具無色無味不知色味是本惡業餘殘果報

正法念處經卷第七

音釋

嶲（即委切與觜同）臍（徂奚切）脞（傍禮切股也）睚（曲王切目匡也）癖（匹辟切腹病也）穳穳（上子管切短矛也下矗鷟切擲也）髖（枯官切兩股間也）疰（尸類切病也）侏（章俱切短小也）拶（子末切逼拶也）

# 正法念處經卷第八

元魏婆羅門瞿曇般若流支譯

## 地獄品第三之四

又彼比丘知業果報復觀叫喚之大地獄復有何處彼見聞知復有異處名火末蟲是彼地獄第四別處衆生何業生於彼處彼見有人殺盜邪行樂行多作彼人則墮叫喚地獄火末蟲處業及果報如前所說復賣酒者加益水等而取酒價如是賣酒有偷盜過彼人以是惡業因緣身壞命終墮於惡處叫喚地獄火末蟲處受大苦惱所謂苦者四百四病何等名為四百四病百一風病百一黃病百一冷病百一雜病彼地獄人相似因果若閻浮提鬱單越處瞿耶尼處弗婆提處如是四處隨若干人一病之力於一日夜能令皆死彼地獄處具有如是四百四病而復更有餘諸苦惱所謂苦者彼地獄人自身蟲生破其皮肉脂血骨髓而飲食之受如是苦唱聲大喚孤獨無救而復於彼閻魔羅人極生怖畏復為大火之所燒煮其身燄然受種種苦乃至作集惡業壞散無氣爛盡彼地獄處爾乃得脫若於前世過去久遠有善業熟不生餓鬼畜生之道若生人中同業之處貧窮苦惱是其前世賣酒惡業餘殘果報又彼比丘知業果報復觀叫喚之大地獄復有何處彼見聞知復有異處彼處名為熱鐵火杵是彼地獄第五別處衆生何業生於彼處彼見有人殺盜邪行樂行多作彼人則墮叫喚地獄熱鐵火杵別異處生業及果報如前所說今復說酒若人以酒誑與畜生師子虎熊鸛鵠命

命是等鳥獸令其醉已則無有力不能得去然後捉取若殺不殺彼人以是惡業因緣身壞命終墮於惡處叫喚地獄熱鐵火杵別異處生受大苦惱熱燄鐵杵是惡業作築令碎末如沙相似一切身分皆悉散壞彼受大苦唱聲號哭迭相向走如是走時熱燄鐵杵隨後打築普受大苦閻魔羅人復更執之以利鐵刀削其身體削已復割割已復剋剋已復劈乃至作集惡不善業未壞未爛業氣未盡於一切時與苦不止若惡業盡彼地獄處爾乃得脫若於前世過去久遠有善業熟不生餓鬼畜生之道若生人中同業之處得風血病是彼惡業餘殘果報生惡國土無有醫藥贍病使人貧窮困苦復生惡國多有種種惡草刺棘在於多熱少水之處常怖畏處是彼惡業餘殘勢力又彼比丘知業果報復觀叫喚之大地獄復有何處彼見聞知復有異處彼處名爲雨燄火石是彼地獄第六別處衆生何業生於彼處彼見有人殺盜邪行樂行多作彼人則墮叫喚地獄雨燄火石別異處生業及果報如前所說又復若人作如是心象若醉時能多殺人若殺多人我則得勝爲令象鬬與酒令飲是業報故墮於惡處叫喚地獄雨燄火石別異處生受大苦惱所謂苦者罪業力故彼地獄中有大象王身皆燄然一切身分皆能打觸取彼人已觸破彼人一切身分破碎墮落與大怖畏彼人如是唱聲大喚身分散盡若得脫已而復更爲閻魔羅人執之置鑊在於熱沸赤銅汁中如是無量百千年歲常燒常煮身體爛壞乃至惡業未

壞未爛業氣未盡於一切時與苦不止若惡業盡彼地獄處爾乃得脫若於前世過去久遠有善業熟不生餓鬼畜生之道若生人中同業之處彼人則生殺象之家爲象所殺常困貧窮面色不好手足堅澀身常澀觸是彼惡業餘殘果報又彼比丘知業果報復觀叫喚之大地獄復有何處彼見聞知復有異處名殺殺處是彼地獄第七別處衆生何業生於彼處彼見有人殺盜邪行樂行多作彼人則墮叫喚地獄生殺殺處業及果報如前所說又復若人以酒與他貞良婦女令其醉已心亂不正不守梵行然後共婬彼人以是惡業因緣身壞命終墮於惡處叫喚地獄生殺殺處受大苦惱所謂苦者熱鐵鉤拔其男根拔已復生拔已復生新生輭嫩而復更拔極受大苦唱聲叫喚彼惡業人脫如是處走向異處既如是走當其面前見有嶮岸見有烏鷲獯狐鵄鵰身皆是鐵熱燄嘴爪處處遍有在彼嶮岸彼地獄人如是見已生大怖畏皺面唱口望救望歸墮嶮岸處熱燄嘴爪鐵身烏鷲獯狐鵄鵰分分分散而噉食之食已復生如是無量百千年歲乃至惡業未壞未爛業氣未盡於一切時與苦不止若惡業盡彼地獄處爾乃得脫若於前世過去久遠有善業熟不生餓鬼畜生之道如是次第如前所說王法所縛身體惡色面貌醜陋繫獄而死是彼惡業餘殘果報又彼比丘知業果報復觀叫喚之大地獄復有何處彼見聞知復有異處彼處名爲鐵林曠野是彼地獄第八別處衆生何業生於彼處彼見有人殺盜邪

行樂行多作彼人則墮叫喚地獄鐵林曠野業及果報如前所說又復若人毒藥和酒與怨令飲彼人以是惡業因緣身壞命終墮極惡處叫喚地獄鐵林曠野受大苦惱所謂鐵輪熱燄疾轉閻魔羅人以熱鐵繩縛地獄人在彼鐵輪速疾急轉閻魔羅人以熱鐵箭射其身分體無完處如芥子許罪業力故而復不死彼鐵輪處因緣若盡走向餘處罪業力故復爲鐵虵之所執持於百千年而噉食之乃至惡業未壞未爛業氣未盡於一切時與苦不止若惡業盡彼地獄處爾乃得脫若於前世過去久遠有善業熟不生餓鬼畜生之道若生人中同業之處生捉虵家喜捉虵頭以彼惡業餘殘勢力虵螫而死是彼惡業餘殘果報又彼比丘知業果報復觀叫喚之大地獄復有何處彼見聞知復有異處名普闇火是彼地獄第九別處衆生何業生於彼處彼見有人殺盜邪行樂行多作彼人則墮叫喚地獄普闇火處業及果報如前所說又復若人賣酒活命有買酒人不知酒價彼賣酒人少酒貴賣而取多物彼人以是惡業因緣身壞命終墮於惡處叫喚地獄普闇火處受大苦惱所謂苦者普闇火處地獄之中閻魔羅人不識不知爲是何人而闇打之彼地獄人受大苦惱不知誰打入闇火中彼火乃無微少光明如毛頭許彼地獄人於彼火中燒煑爛壞復有鐵鋸解劈其身從頭而起裂爲兩分罪人苦惱唱聲大喚乃至作集惡不善業未壞未爛業氣未盡於一切時與苦不止若惡業盡彼地獄處爾乃得脫若於前世過

去久遠有善業熟不生餓鬼畜生之道若生人中同業之處常患飢渴之所逼惱無有財物生隘迮處生常儉處非正人類相似處生是彼惡業餘殘果報又彼比丘知業果報復觀叫喚之大地獄復有何處彼見聞知復有異處名闇魔羅遮約曠野是彼地獄第十別處衆生何業生於彼處彼見有人殺盜邪行樂行多作彼人則墮叫喚地獄生闇魔羅遮約曠野業及果報如前所說今復說酒若人以酒強與病人新産婦女若爲財物若爲衣服飲食等故如是與酒若取財物若取衣服若飲食等彼人以是惡業因緣身壞命終墮於惡處叫喚地獄生闇魔羅遮約曠野受大苦惱所謂苦者從足甲然乃至然頭闇魔羅人熱燄鐵刀從足至頭若斫若刺既斫刺已

又復更與極大苦惱所謂火然燄利鐵戟如是無量百千年歲常一切時燒斫劈打乃至惡業未壞未爛業氣未盡於一切時與苦不止若惡業盡彼地獄處爾乃得脫若於前世過去久遠有善業熟不生餓鬼畜生之道若生人中同業之處彼人則生惡國惡處邊地之處下賤放猪如是處生是彼惡業餘殘果報又彼比丘知業果報復觀叫喚之大地獄復有何處彼見聞知復有異處名劒林處是彼地獄第十一處衆生何業生於彼處彼見有人殺盜邪行樂行多作彼人則墮叫喚地獄生劒林處業及果報如前所說今復說酒若人以酒誑他欲行曠野之人言是第一阿婆婆酒令人不醉而與惡酒彼將酒去既入曠野嶮處飲之飲已極醉無所覺知如是醉

人所有財寶悉爲賊取或奪其命阿娑婆酒味如酪漿有如美水有如馬酪以好妙藥和而作之彼人不與而與惡酒故令使醉彼與酒者世人皆言如捉咽賊最是惡賊彼人以是惡業因緣身壞命終墮於惡處叫喚地獄生劒林處彼作集業受大苦惱所謂苦者雨餤火石甚多稠客普身被燒如是劈斫倒地吐舌彼處有河名熱沸河熱血洋水常生怖畏彼河熱沸以熱銅汁熱白鑞汁和雜其中如是無量百千年歲常被燒煑閻魔羅人以餤刀枷若斫若打乃至惡業未壞未爛業氣未盡於一切時與苦不止若惡業盡彼地獄處爾乃得脫若於前世過去久遠有善業熟不生餓鬼畜生之道若生人中同業之處彼人黑色與墨無異多瞋多妬性慳常貧是彼惡業餘殘果報又彼比丘知業果報復觀叫喚之大地獄復有何處彼見聞知復有異處名大劒林是彼地獄第十二處衆生何業生於彼處彼見有人殺盜邪行樂行多作彼人則墮叫喚地獄大劒林處業及果報如前所說今復說酒曠野之中無人居處唯有道路多人所行若人於中賣酒求利彼人以是惡業因緣身壞命終墮於惡處叫喚地獄大劒林處受大苦惱所謂多有大利劒樹高一由旬刀葉甚利樹莖餤然煙毒熾盛是本與酒惡業所作若一由旬未到樹所身已熟爛而復不死如是如是近大劒林彼林周廣三千由旬火煙毒刀有百千重受大苦惱而復不死若地獄人到大劒林閻魔羅人打蹴令入有在樹下普遍兩刀一切身分一切筋脉一

切諸節一切骨髓皆悉破裂分分分散復有刀枷閻魔羅人手執刀枷周圍劒林罪人若出見則還入彼大劒樹鐵林之中罪人若見閻魔羅人極生怖畏有映樹者有上樹者有被捉者既捉得已以刀斬斫有頭破者是本與酒惡業果報若映樹者有鐵鷲鳥啄破其眼而飲其汁是本與酒惡業果報若上樹者則墮樹枝在於地上身爲百段若一千段是本與酒惡業果報若有罪人不依樹者則墮灰河熱灰所漂身骨洋爛如是無量百千年歲受大苦惱此說少分乃至惡業未壞未爛業氣未盡於一切時與苦不止若惡業盡彼地獄處爾乃得脫若於前世過去久遠有善業熟不生餓鬼畜生之道若生人中同業之處心則不正報得惡病若得大病若心痛病只羅娑病若脚腫病若盲目病是彼惡業餘殘果報又彼比丘知業果報復觀叫喚之大地獄復有何處彼見聞知復有異處彼處名爲芭蕉煙林是彼地獄第十三處衆生何業生於彼處彼見聞知若人殺生偷盜邪行樂行多作彼人則生叫喚地獄芭蕉煙林別異處生業及果報如前所說今復說酒若人欲心是故持酒陰寄與他貞良婦女欲令彼醉不住威儀心動變異望行非法彼人以是惡業因緣身壞命終墮於惡處叫喚地獄芭蕉煙林別異處生受大苦惱所謂苦者彼地獄處周圍縱廣五千由旬普煙遍滿有惡煙火而復黑闇彼闇火中有燄鐵塊厚三居賒皆是火炭闇覆不見彼地獄人速疾没入黑闇火覆不能唱喚如是罪人一切根門皆悉火

滿是彼與酒惡業果報若脫彼處則芭蕉煙滿其根門既受煙苦還復憶前火中之樂如是煙氣勢力嚴利若脫彼處復有鐵鳥名煙葉鬘其觜甚利啄破其骨取髓而飮乃至惡業未壞未爛業氣未盡於一切時與苦不止若惡業盡彼地獄處爾乃得脫若於前世過去久遠有善業熟不生餓鬼畜生之道若生人中同業之處則多脇病貧窮短命是彼惡業餘殘果報又彼比丘知業果報復觀叫喚之大地獄復有何處彼見聞知復有異處彼處名爲煙火林處是彼地獄第十四處衆生何業生於彼處彼見聞知若人殺生偷盗邪行樂行多作彼人則墮叫喚地獄煙火林處業及果報如前所說今復說酒若人欲令怨家衰惱以酒與賊若與官人令與怨苦彼人以是惡業因緣身壞命終墮於惡處叫喚地獄煙火林處受大苦惱所謂熱風如刀如火彼惡業故作如是風吹彼罪人在於空中勢相打觸不得自在身體碎壞猶如沙摶惡業力故身復還生如是無量百千年歲乃至惡業未壞未爛業氣未盡受一切苦所謂苦者火苦刀苦利刀劈苦病苦鐵苦熱灰等苦受如是等第一極苦第一極惡第一極急如是無量百千年歲乃至惡業未壞未爛業氣未盡於一切時與苦不止若惡業盡彼地獄處爾乃得脫若於前世過去久遠有善業熟不生餓鬼畜生之道若生人中同業之處項上三堆極高隆出常患瘦病是彼惡業餘殘果報又彼比丘知業果報復觀叫喚之大地獄復有何處彼見聞知復有異處名雲火霧是

彼地獄第十五處衆生何業生於彼處彼見聞知若人殺生偷盜邪行樂行多作生彼地獄雲火霧處業及果報如前所說今復說酒若人以酒與持戒人若與外道令其醉已調戲弄之令彼羞恥自心喜樂彼人以是惡業因緣身壞命終墮在惡處叫喚地獄雲火霧處受大苦惱所謂苦者彼地獄中地獄火滿厚二百肘閻魔羅人捉地獄人令行火中從足至頭一切洋消舉之還生以惡業故有火風起吹地獄人如葉集散十方轉廻猶如捩繩彼地獄人如是被燒乃至無有灰末可得而復還生如是無量百千年歲常如是燒乃至惡業未壞未爛業氣未盡於一切時與苦不止若惡業盡彼地獄處爾乃得脫若於前世過去久遠有善業熟不生餓鬼畜生之道若生人中同業之處彼人則生閻魔羅國婆離迦國常貧人故項則常腫彼酒惡業餘殘果報又彼比丘知業果報復觀叫喚之大地獄復有何處彼見聞知復有異處名分別苦是彼地獄第十六處衆生何業生於彼處彼見聞知若人殺生偷盜邪行樂行多作彼人則墮叫喚地獄分別苦處業及果報如前所說今復說酒所謂有人欲行因緣以酒與奴及作人等令彼飲酒身力不乏若行獵時能速疾走能殺鹿等彼人以是惡業因緣身壞命終墮於惡處叫喚地獄分別苦處受大苦惱所謂苦者隨彼罪人如是如是種種分別閻魔羅人如是如是與大苦惱百到千到若百千到億百千到若干種種異異苦惱如前所說餘地獄中種種苦惱彼一切苦此中倍

受閻魔羅人責數罪人而說偈言

以三種惡業　遍在九處熟　四十重受苦
惡業行所得　酒爲惡根本　被笑入地獄
一切根失滅　不利益因緣　大喜多語言
增貪令他畏　口過自誇誕　兩舌第一處
酒能亂人心　令人如羊等　不知作不作
如是應捨酒　若酒醉之人　如死人無異
若欲常不死　彼人應捨酒　酒是諸過處
恒常不饒益　一切惡道階　黑闇所在處
飲酒到地獄　亦到餓鬼處　行於畜生業
是酒過所誑　酒爲毒中毒　地獄中地獄
病中之大病　是智者所說　酒失智失根
能盡滅法寶　酒爲第一胎　是破梵行慾
飲酒令人輕　王等尚不重　何況餘凡人
爲酒之所弄　諸法之大斧　令人無羞慚
若人飲酒者　一切所輕賤　無智無方便
身口皆無用　一切皆不知　以酒劫心故
若人飲酒者　無因緣歡喜　無因緣而瞋
無因緣作惡　於佛所生癡　壞世出世事
燒解脫如火　所謂酒一法　若人能捨酒
正行於法戒　彼到第一處　無死無生處
汝捨離善行　爲酒之所誑　墮地獄惡處
何用呼嗟爲　飲酒初雖甜　受報第一苦
過如金波迦　是智者所說　智者不信酒
不能壞其意　觸冷果報熱　由酒到地獄
若作惡業者　意輕則心喜　報則第一苦
後悔是癡人　不樂欲中意　欲第一誑人
縛在生死苦　一切地獄因　若人喜樂欲
彼人苦無邊　爲欲所齧者　樂則不可得
汝本意樂欲　來此惡地獄　受極惡苦惱

令者徒生悔　汝本作惡業　爲欲癡所誑
彼時何不悔　今悔何所及　作集業堅牢
今見惡業果　本不應作惡　作惡令受苦
惡業得惡報　作惡者自受　惡不殃善者
如是應捨惡　若捨惡之人　於惡則不畏
自作自受苦　非餘人所食
閻魔羅人如是責數地獄罪人既責數已復
與無量種種苦惱乃至惡業未壞未爛業氣
未盡於一切時與苦不止若惡業盡彼地獄
處爾乃得脫若於前世過去久遠有善業熟
不生餓鬼畜生之道若生人中同業之處身
體乾枯第一瞋心難可調順是彼惡業餘殘
果報又彼比丘知業果報復觀叫喚之大地
獄彼大地獄唯有此處更無別有異處可見
亦無別有業果可得如是叫喚之大地獄如

是十六眷屬之處如活黑繩合等地獄種種
苦惱此中具足轉重轉勝彼地獄中所受苦
惱彼一切苦此地獄中皆悉十倍何以故以
作惡業堅重多故殺盜邪行與持戒人酒四
倍惡業此地獄受堅鞕多重種種苦惱壽命
延長彼四倍業果報苦惱彼比丘觀察如是
四倍惡業苦惱果報既思惟已則於生死十
倍厭離又修行者内心思惟隨順正法觀察
法行彼比丘觀察如是諸地獄已深畏生死
得第十地彼地夜叉知已歡喜如是復聞虚
空夜叉如前所說次第乃至梵迦夷天梵不
流天大梵天等彼梵天等聞已歡喜如前所
說生死魔分皆悉損減正法增長又彼比丘
知業果報次復觀察餘大地獄彼見聞知復
有地獄名大叫喚衆生何業生彼地獄彼見

聞知若人殺生偷盜邪行飲酒妄語樂行多作增上滿足如是之人生大叫喚大地獄中殺生偷盜邪行飲酒業及果報如前所說今說妄語增上滿足第一極惡一切善人之所憎賤一切惡道所由之門如是業者所謂有人若王王等軍衆等中謂爲正直二人諍對與作證人言如是事是我所知此事正爾我則是量彼二諍人各各說已如是證人内心實知口不正說或得財物或知識朋友或染欲心自誑破壞如前所說如是證人作如是心彼先時語如是如是我於今者如是異說我此妄語如是妄語竟有何罪彼妄語人心謂無罪起如是心我當無罪彼人異說於二人中得妄語罪一人得罰或時致死或時畏死或時得罰或輸舍宅如彼法制相似得罰

如是惡人以是妄語惡業因緣身壞命終墮於惡處謂大叫喚大地獄中彼處命長以何爲量如化樂天八千年壽依此人中若八千年於彼天中爲一日夜彼三十日以爲一月彼十二月以爲一歲於彼天中若八千年彼地獄中爲一日夜彼大叫喚大地獄中是惡業人妄語人處以誑自他能破一切第一善根如大黑闇大衆不信如是妄語善人不許一切聖人聲聞緣覺正遍知者之所呵嘖一切世間出世間道皆不相應一切善根橋樑大斧常惱他人如爛死屍破壞不堅如惡毒起世間生死惡道因緣如屎無異能令口中生爛臭氣常生苦網不可愛樂是大地獄大怖畏使臨欲死時心則大驚閻魔羅人境界所攝是大怨家能令人墮餓鬼畜生證明惡

業貧窮因緣能與地獄大怖畏事能作畜生相食因緣無始已來轉生死種子妄語果報於彼處生彼大地獄有十八處何等十八一名吼吼二名受苦無有數量三名受堅苦惱不可忍耐四名隨意壓五名一切闇六名人闇煙七名如飛蟲墮八名死活等九名異異轉十名唐希望十一名雙逼惱十二名迭相壓十三名金剛嘴烏十四名火鬘十五名受鋒苦十六名受無邊苦十七名血髓食十八名十一燄此十八處是大叫喚之大地獄所有別處行大叫喚大地獄者衆生何業而生於彼作集業道普遍究竟樂行多作墮大叫喚根本自體極大怖畏大地獄中受大苦惱所謂苦者其舌甚長三居賒量其體柔軟如蓮華堅從口中出閻魔羅人執熱鐵犂其犂燄然耕破作道熱燄銅汁其色甚赤以灑其舌舌中生蟲其蟲燄口還食其舌彼妄語人罪業力故舌受大苦不能入口彼地獄人口中有蟲名曰碓蟲而拔其齒又惡業故風散其齗碎末如沙有利刀風削割其咽燄嘴鐵蟲噉食其心彼大叫喚根本地獄如是極燒妄語人身以惡業故身中生蟲還食其腸蟲身炎然彼地獄人身肉蟲食受急病苦如是內外二種苦惱彼地獄中閻魔羅人復與罪人種種苦惱謂鐵鉤打筋脉骨髓一切身分破壞碎散又復更受餘異苦惱所謂斤斧斤其身體一切身分乃至骨等彼妄語人以他因緣作如是說不依一切法橋而行乃是一切不饒益門復是一切善穀之雹如是妄語亦是一切惡道之門亦是一切苦惱之藏一

切衆生之所不信一切聖人棄捨如屎諸佛世尊聲聞緣覺阿羅漢等捨之如毒若行世間出世間道如大黑闇人無愛者乃是地獄第一因緣無異相似如大黑闇有如是等種種諸惡若人已說今說當說如是業因相似得果彼大叫喚之大地獄復有火燒如生酥者餤然鐵鋸以鋸其體身心苦惱彼大地獄大火煑之是見知者大悲因緣地獄相似一切重病如是病者名尚叵說受如是病極大苦惱如是所說二種大苦乃有無量百千億數億那由他地獄苦惱乃至作集惡不善業未壞未爛業氣未盡於一切時與苦不止若惡業盡彼地獄中爾乃得脫若於前世過去久遠有善業熟不生餓鬼畜生之道若生人中同業之處貧窮短命亂心不男一切惡賤人所不信是彼殺生偷盜邪行飲酒妄語餘殘果報爾時世尊而說偈言

若人過一法　如是妄語人　破壞未來世
無惡而不造　莫作妄語說　一切惡因緣
能繫縛生死　善道不可見　二世不饒益
一切相憎惡　妄語者能令　一切法空曠
若人即生時　口中有大斧　如是能自割
所謂妄語說　一切惡之幡　一切惡處繩
癡闇之藏處　所謂妄語說　若人離實語
一切善人捨　今世猶如草　後世惡處燒
健者勿妄語　妄語甚爲惡　口中氣爛臭
後身則生悔　若捨離實語　彼人法叵得
如是離法人　生世苦無邊　實爲諸法燈
善人愛如實　得天道中勝　離熱者所說
實道得生天　實道得解脫　若人離實者

善人說如狗　若人無實語　小人中小人
實是法之堦　明中第一明　實是解脫道
財中第一財　救中第一救　是智者所說
明中第一明　眼中第一眼　無物猶爲富
莊嚴之莊嚴　實爲第一藏　王等不能奪
若實說之人　行到第一道　種種莊嚴者
端正不如是　若人實莊嚴　端正則如天
非父母財物　非知識非親　能救護後世
唯實語能救　聖人說妄語　火中第一火
毒中第一毒　惡道第一階　妄語能燒人
名爲第一燒　如毒火燒觸　故應捨妄語
如是一切惡　愼勿妄語說　一切畏等惡
智者說妄語

彼比丘如是諦觀妄語業果無障礙見亦復諦見實語功德如是諦見善惡業道觀大叫喚大地獄處彼見有處名爲吼吼是彼地獄第一別處衆生何業生於彼處彼見聞知若人殺盜邪行飲酒生於彼處業及果報如前所說復有妄語親舊因緣一朋所攝於對諍時作妄語說後不懺悔不厭不毀樂行多作彼人以是惡業因緣身壞命終墮彼地獄生吼吼處受大苦惱所謂苦者以舌妄語還受舌罪閻魔羅人以利鐵刀穿其頷下挽出其舌以惡泥水用塗其舌口中燄然舌根爛臭燄口黑蟲噉食其舌身受大苦如前活等地獄中說苦惱之狀彼前一切諸地獄中所受苦惱皆悉和合如前略說乃至彼人妄語惡業壞爛無氣彼地獄處爾乃得脫若於前世過去久遠有善業熟不生餓鬼畜生之道若生人中同業之處貧窮癲狂無心失心短命

根缺世所嫌賤皆是一切不饒益器又彼比丘知業果報觀大叫喚之大地獄復有何處彼見聞知復有異處名爲受苦無數量處是彼地獄第二別處衆生何業生於彼處彼見聞知若人殺盜邪行飲酒作而復集墮彼地獄名爲受苦無數量處業及果報如前所說復有妄語何者妄語若人因欲或因瞋心作妄語說若他所遣作如是言彼人是我第一知識是我所愛汝若愛我彼是我友可爲我故與彼怨對作不饒益方便語說若人如是妄語言說身壞命終墮於惡處在彼地獄生受苦惱無數量處受大苦惱所謂苦者如前所說活等地獄所受苦惱彼一切苦皆悉和合是此地獄一處苦惱何以故以業重故受苦亦重以受苦重示業果報如是受苦無有休止業與煩惱生死輪轉無有邊際猶如旋還如是妄語一切惡業異異因緣異異轉行種種惡業多作多受皆由妄語又復妄語能割斷滅滿善根柱如相似因得相似果以是因緣此地獄處名爲受苦無有數量彼不可說彼受苦惱不可具說無異相似乃是一切地獄人中之地獄人受惡苦惱所謂苦者受蟲生苦受飢渴苦受大火苦無希望苦無安慰苦受黑闇苦受相觸苦受不愛觸色聲香苦受見本生怨家人來鐵刀割苦度灰河苦鐵鉤破苦受墮嶮岸大火燒苦受拔草苦拔草苦者打斫作瘡著草瘡上待相著已然後掣發受金剛摋磨令碎苦受周遍火燄鬘炙苦受如是等地獄相應無邊苦惱與彼受處地獄相應墮大嶮處所受苦果妄語相似如

是乃至彼妄語人妄語惡業未壞未爛業氣未盡於一切時與苦不止若惡業盡彼地獄處爾乃得脫若於前世過去久遠有善業熟不生餓鬼畜生之道若生人中同業之處彼人常病若患咽病若患口病如是等苦貧窮困苦常從富人能捨之人乞求不得一切皆知皆言汝是妄語舌人是故不與惡病而死是彼前世妄語惡業餘殘果報

正法念處經卷第八

音釋

鵄赤脂切鳶也　皺側救切面皮皺也　喎古淮切不正也　螫施隻切蟲行毒也　蹴子六切逐也　痤非禾切病也　齧倪結切與囓同噬也　屎詩止切糞也

# 正法念處經卷第九

元魏婆羅門瞿曇般若流支譯

## 地獄品第三之五

又彼比丘知業果報觀大叫喚之大地獄復有何處彼見聞知復有異處彼處名爲受堅苦惱不可忍耐是彼地獄第三別處衆生何業生於彼處彼見聞知若人殺盜邪行飲酒樂行多作墮彼地獄生受堅苦不可忍處業及果報如前所說復有妄語何者妄語若王王等官人執持若因於他若自因緣若因與物得脫怖畏若餘人證若爲生活如是妄語彼人以是惡業因緣身壞命終墮於惡處在彼地獄生受堅苦不可忍處受大苦惱所謂苦者以惡業故自身生蚍一切身中處處遍行遍挽其筋地獄因緣遍食身分食脾腸等在內宛轉如是苦惱重於火苦如是彼處受大蚍苦受惡毒苦嚴利於火受如是苦無有邊際彼地獄處所受苦惱堅鞕叵耐不可具說彼地獄苦不可忍耐而復不死於一切時受極重苦乃至惡業未壞未爛業氣未盡於一切時與苦不止若惡業盡彼地獄處爾乃得脫若於前世過去久遠有善業熟不生餓鬼畜生之道若生人中同業之處既在母胎母即常病惡業力故從初在胎乃至出時母病不差若得出胎即生即病一切醫師所不能治是本惡業餘殘果報又彼比丘知業果報觀大叫喚之大地獄復有何處彼見聞知復有異處名隨意壓是彼地獄第四別處衆生何業生於彼處是作集業生於彼處彼見有人殺生偷盜邪行飲酒及以妄語樂行多

作墮彼地獄隨意壓處殺生偷盜邪行飲酒業及果報如前所說何者妄語所謂有人認他田地奪他田地鬪諍妄語曲迴而說不正直說劫他田地言語壓他自取道理彼人以是惡業因緣身壞命終墮於惡處在彼地獄隨意壓處愛壓苦惱所謂苦者如前所說活等地獄所受苦惱彼一切苦此中具受活等地獄諸地獄人見此地獄皆悉指言彼是地獄所謂苦者二鐵橐囊風滿其中閻魔羅人置彼罪人在鐵爐中亦如置鐵以橐極吹鐵鉗鉗之在鐵砧上鐵鎚打之如是打已復置爐中以二鐵橐吹之如前以罪業故惡熱甚熾吹已復吹吹已鉗出置鐵砧上以熱鐵鎚極打連打多打急打如是打已猶活不死又復鉗之置鑊湯中堅之令堅一切時爾不曾蹔停乃至惡業壞爛無氣彼地獄處爾乃得脫若於前世過去久遠有善業熟不生餓鬼畜生之道若生人中同業之處常渴多瞋人所不信是彼惡業餘殘果報又彼比丘知業果報觀大叫喚之大地獄復有何處彼見聞知復有異處名一切闇是彼地獄第五別處衆生何業生於彼處彼見有人殺生偷盜邪行飲酒及以妄語樂行多作墮彼地獄一切闇處殺生偷盜邪行飲酒業及果報如前所說何者妄語所謂有人姧他婦女於衆人前若於王前妄語說言如是婦女我實不犯令彼女家返得殃罰彼人以是惡業因緣身壞命終墮於惡處在彼地獄一切闇處受大苦惱所謂苦者劈頭出舌出已刀割割已復生復以鍬刀苦痛割之如是無量百千年歲乃至

惡業未壞未爛業氣未盡於一切時與苦不止若惡業盡彼地獄處爾乃得脫若於前世過去久遠有善業熟不生餓鬼畜生之道若生人中同業之處生盲耳聾常在道頭若四出巷乞索活命自身如是得如是人以爲父母經無量冢乞求而活壽命不長無妻無子是彼惡業餘殘果報又彼比丘知業果報觀大叫喚之大地獄復有何處彼見聞知復有異處名人闇煙是彼地獄第六别處衆生何業生於彼處彼見聞知若人殺盜邪行飲酒及以妄語樂行多作墮彼地獄人闇煙處殺生偷盜邪行飲酒業及果報如前所說何者妄語所謂有人治生活命共他立要香火爲契異處治生實得財物妄語說言我不得物而不共分彼人如是即是大賊刼他財物彼人以是惡業因緣身壞命終墮於惡處在彼地獄人闇煙處受大苦惱所謂苦者如前所說活等地獄所受苦惱彼一切苦此中具受復有勝者所謂此中一切身分皆悉遍割割已復生生則輭嫩彼復更割割已復生生更輭嫩而復更割是彼惡業苦報麤報一切肉盡唯有骨在自身生蟲蟲金剛觜其蟲炎然種種雜色而食其身受種種苦唱聲大喚彼地獄人如是無量百千年歲乃至作集惡業破壞無氣爛盡彼地獄處爾乃得脫若於前世過去久遠有善業熟不生餓鬼畜生之道若生人中同業之處一切身分皆悉爛臭頭生濕蟲常無衣服貧窮困苦設有少者一切補納所有語言一切不信人所不愛不知治生是彼惡業餘殘果報又彼比丘知業果報

觀大叫喚之大地獄復有何處彼見聞知復有異處彼處名爲如飛蟲墮是彼地獄第七別處衆生何業生於彼處彼見有人殺生偷盜邪行飲酒及以妄語樂行多作墮彼地獄如飛蟲墮別異處生殺生偷盜邪行飲酒業及果報如前所說何者妄語所謂有人取衆僧物若穀若衣隨何物等處處販賣賤買貴賣既得利已不與衆僧言不得利欺誑衆僧如是之人貪心妄語作如是言我唯得此更無有餘我所治生唯得爾許如是之人治生妄語如是癡人貪心所作彼人以是惡業因緣身壞命終墮於惡處在彼地獄如飛蟲墮別異處生受大苦惱所謂苦者彼有鐵狗齧破其腹破已食之食腸食背閻魔羅人手執斤斧斧熱燄熾斤其身肉以稱稱之一兩半兩與狗令食斤斧甚利復斫其骨爲取其髓用與狗故熱燄鐵鉤鉤其頷下既令破已熱燄鐵鉗拔舌令出驅令使起熱燄鐵鉤鉤其身體肉皆破裂如是拔筋一切身分皆悉遍鉤如是妄語行惡業人自作惡業自如是食彼妄語人如是業熟既得免離閻魔羅人有大熾火滿地獄中間無空處妄語罪人入火地獄如飛蟲墮如是常燒燒已復生生已復燒如是無量百千年歲乃至作集惡業破壞無氣爛盡彼地獄處爾乃得脫若於前世過去久遠有善業熟不生餓鬼畜生之道若生人中同業之處生在貧窮下賤之家生便被燒設有多人嚴峻防備而必被燒是彼惡業餘殘果報又彼比丘知業果報觀大叫喚之大地獄復有何處彼見聞知復有異處名死

活等是彼地獄第八別處衆生何業生於彼處彼見聞知若人殺盜邪行飲酒復有妄語樂行多作墮彼地獄死活等處如前所說活等地獄所受苦惱彼一切苦此中具足復有異苦謂以杖打即打即死卻杖即活如是無量百千年歲死已復活活已復死彼人如是以惡業故若得脫已次復更見優鉢羅林疾走往赴望救望歸見優鉢羅滿中青華是何妄語所得果報所謂有人非出家人爲作賊故著出家服見有多人欲行曠野而問之言彼曠野處爲有賊不彼知有賊即答言無彼人到已爲賊劫奪亡失財物妄語誑他彼信因緣如業相似相似得果見優鉢羅滿中青光而悉是火閻魔羅人執之扶著優鉢羅中以火燒之以無足故不能得下如是惡業相似勢力令彼罪人手足眼目一切皆無如是地獄優鉢羅中大火充滿如是無量百千年歲常被燒煮死而復活乃至惡業未壞未爛業氣未盡於一切時與苦不止若惡業盡彼地獄處爾乃得脫若於前世過去久遠有善業熟不生餓鬼畜生之道若生人中同業之處所有語言不依道理自出心語曲迴言說設得財物爲王所奪繫獄而死是彼惡業餘殘果報又彼比丘知業果報觀大叫喚之大地獄復有何處彼見聞知復有異處名異異轉是彼地獄第九別處衆生何業生於彼處彼見有人殺生偷盜邪行飲酒及以妄語樂行多作隨彼地獄異異轉處殺生偷盜邪行飲酒業及果報如前所說何者妄語所謂有人諂曲妄語欲令他人勝負衰利死活等故

所謂有人若陰陽師善知卜術卜事皆當若有德人常出實語世人所信復有因緣他人所問作如是意我不妄語一切皆知一切人信我今妄語人皆謂實如是念已即作妄語以妄語故能令國土一切亡失若勝人死令他怨者迭相劫奪亡失財物彼妄語人一切所信信其妄語彼妄語人正行形服而實是賊彼人以是惡業因緣身壞命終墮於惡處在彼地獄異異轉處受大苦惱所謂苦者彼地獄處遠見父母奴僕知識香火善友是本人中先所見者於地獄中而安慰之彼地獄人既聞愛語疾走往赴望救望歸彼人如是走赴異處入灰火中如石墮水沒已復出一切身分受大苦惱唱聲大喚復見父母妻子香火善友知識復更走赴以惡業故道生鐵鉤鉤攫其體既到復爲閻魔羅人之所執持燄然鐵鋸解劈其身猶如劈木如是罪人若脫彼處唯有骨在一切身分皆悉破裂走向異處更爲其餘閻魔羅人執著燄火鐵刀輪中彼鐵刀輪上下皆有以惡業故如是鐵輪利刀遍滿彼輪疾轉燄火熾然磨彼妄語惡業之人碎如麨末末已復生彼地獄人輪處得脫復見父母妻子香火善友知識望救望歸疾走往赴以惡業故既如是走道上多生熱燄鐵鉤有惡師子惡業所生執彼罪人置於口中在牙齒間閻魔羅人熱燄鐵鉤鉤之令出出已思念而復更走既如是走其足破裂火燄極燒一切身分皆悉破壞燒然燋爛猶走不止遍身是瘡彼罪人身骨脉皆盡是彼妄語樂行多作相似業因相似得果如彼

人說我實語人而作妄語諂曲心語枉謗他語如是彼人見有父母妻子香火善知識等彼妄語人如是久受無邊苦惱堅鞕利苦如是無量百千年歲常煑常燒常劈常打乃至惡業未壞未爛業氣未盡於一切時與苦不止若惡業盡彼地獄處爾乃得脫若於前世過去久遠有善業熟不生餓鬼畜生之道若生人中同業之處貧窮下賤根闕常病一切衆人之所憎嫉一切不信一切汙惡一切所作唐勞其功所求不得是彼惡業餘殘果報

又彼比丘知業果報觀大叫喚之大地獄復有何處彼見聞知復有異處名唐希望是彼地獄第十別處衆生何業生於彼處彼見聞知若人殺盜邪行飲酒復有妄語樂行多作墮彼地獄唐希望處業及果報如前所說今說妄語何者妄語於苦惱人若有病人飢人渴人貧窮孤獨下賤癡儜如是等人若粳米等一切食具若食若飲若衣若敷卧具舍等一切皆無若乞不乞許而不與彼常希望後時息心彼人以是惡業因緣身壞命終墮於惡處在彼地獄唐希望處受大苦惱以本許食而後不與彼惡業故見地獄中有好種種佉陀尼食蒲闍尼食種種妙好莊嚴之處彼地獄人極大饑渴疾疾而走趣彼食處遠見彼食極好甚愛清潔具足到已即無唯見鐵汁熱餤熾然既趣彼食疾疾而走以惡業故滿道鐵鉤鉤攫其體乃到彼處如前所說次第乃至到彼處已彼所見食悉爲洋鐵熱餤熾然大晃色惡是彼妄語惡業所作既近見之即便墮中若嗅彼氣燒鼻墮落若身觸之

一切身分皆悉炎然如螢火蟲鐵汁燒脣既燒脣已次燒其咽既燒咽已次燒其心既燒心已次燒其脾既燒脾已次燒其腸如是次第燒生藏已次燒熟藏燒熟藏已從下而出又復敷具及卧具等許布施已後時不與彼妄語業寒熱所逼受大苦惱無所希望彼地獄中熱銅板地罪人坐已一切身分皆悉消洋洋已燒然後復更生若人屋舍欲施客人許而不與彼妄語業置歡喜鑊墮喜鑊中如是鑊量五十由旬熱沸鐵汁滿彼鑊中彼惡業人頭在下入既入鑊中或上或下皆悉爛熟未熟則沉熟已則浮既浮出已復沉在下如是沸熱既爛熟已一切身分皆悉肉脫筋皮骨散一切諸節損少滅盡彼鑊甚闊沸鐵滿中生燒其身唱喚啼哭彼既煮已復入餘鑊鑊中煮熟熟則浮出如初鑊煮此中亦爾如是上下或出或入彼諸罪人或合一處或時分散若相近時極熱相觸如是相觸一百千到身體破爲一百千段而復更生又復更與餘諸罪人極熱相觸如是相觸一百千到身體破爲一百千段是本妄語惡業羂縛於一切時受如是苦如是乃至彼妄語人惡不善業未壞未爛業氣未盡於一切時與苦不止若惡業盡彼地獄處爾乃得脫若於前世過去久遠有善業熟不生餓鬼畜生之道若生人中同業之處生則爲奴屬本前世所誑之人以前世時許而不與是故如是或復繫屬餘人爲奴彼人異業何以故以無始來生生輪轉無始以來造作種種惡不善業如是世間生死所攝處處流轉難相值故喜愛業

繩之所繫縛是故輪轉處處異故不可相值以此因緣或時復與異人爲奴常離飲食卧具屋舍隨病醫藥常爲大家之所罵辱是彼惡業餘殘果報又彼比丘知業果報觀大叫喚之大地獄復有何處彼見聞知復有異處名雙逼惱是彼地獄第十一處衆生何業生於彼處彼見有人殺生偷盜邪行飲酒樂行多作墮彼地獄雙逼惱處業及果報如前所說復有妄語何者妄語謂邑子中社等會中若我慢心若因瞋心若相憎嫉或相鬬諍妄語而說自他俱誑自他破壞以作如是妄語因緣彼處衆中令他得罰心生歡喜彼如是業多作究竟作而復集彼人以是惡業因緣身壞命終墮於惡處在彼地獄雙逼惱處受大苦惱彼人如是社會等中妄語惡說以如是因如是因緣身壞命終墮彼地獄在雙逼惱別異處生受大苦惱所謂苦者如活黑繩合叫喚等諸地獄中前所說者此中轉勝以惡業故彼處則有燄牙師子彼惡師子取彼妄語地獄罪人如前所說種種苦惱既得脫已爲彼師子舉而食之舉食則死下之則活又復食其一切身分食已復生生已復食以惡業故令彼師子齒機關中燄火充滿以如是齒食彼罪人罪業力故師子口中被齧被燒受兩種苦如是無量百千年歲常被燒壓受大苦惱乃至惡業未壞未爛業氣未盡於一切時與苦不止若惡業盡彼地獄處爾乃得脫若於前世過去久遠有善業熟不生餓鬼畜生之道若生人中同業之處惡業力故或爲虵螫而致命終或爲師子虎熊所殺而

噉食之是彼惡業餘殘果報又彼比丘知業果報觀大叫喚之大地獄復有何處彼見聞知復有異處名迭相壓是彼地獄第十二處衆生何業生於彼處彼見有人殺生偷盜邪行飲酒及以妄語樂行多作墮彼地獄迭相壓處殺生偷盜邪行飲酒業及果報如前所說何者妄語有兄弟等有近有遠兩朋諍對彼兄弟者或同一父或同一祖或異兄弟或是伯叔分物鬬諍有同種姓極遠乃至二十一世如是人來爲作證明如是等中爲益近者作妄語說自知非實而故教之以受曲意方便計校作妄語說彼業普遍究竟和集彼人以是惡業因緣身壞命終墮於惡處在彼地獄迭相押處受大苦惱所謂苦者如前所說活等地獄所受苦惱彼一切苦此中具受復有勝者彼人妄語誑親惡業於地獄處有鐵鉸刀見本人中所誑親者鉸其身肉著其口中驅蹙令食以惡業故自肉不消閻魔羅人說偈責之而作是言

實語得安樂　實語得涅槃　妄語生苦果
今來在此受　若不捨妄語　則得一切苦
實語不須買　易得而不難　何故捨實語
喜樂妄語說　實非異國來　非從異人求
實爲勝濟口　因實得諸法　實爲燈中最
如來如是說　實爲藥中勝　常能破壞苦
作惡非我教　汝自癡心造　汝自作惡業
汝今還自受　業盡乃得脫　唱喚何所解
已爲惡業誑　今者徒叫喚　自誑是愚癡
叫喚非黠慧

閻魔羅人如是責數地獄人已復與無量百

種苦惱如前所說與大苦惱乃至惡業未壞未爛業氣未盡於一切時與苦不止若惡業盡彼地獄處爾乃得脫若於前世過去久遠有善業熟不生餓鬼畜生之道若生人中同業之處常爲他人之所誑惑所有財物常爲他人之所劫奪如是苦惱得財物已而復亡失爲一切人之所不信是彼惡業餘殘果報

又彼比丘知業果報觀大叫喚之大地獄復有何處彼見聞知復有異處彼處名爲金剛嘴鳥是彼地獄第十三處衆生何業生於彼處彼見聞知若何等人殺生偷盜邪行飲酒復有妄語樂行多作墮彼地獄金剛嘴鳥別異處生彼前活等諸地獄中所受苦惱彼一切苦此中具受殺生偷盜邪行飲酒業及果報如前所說今說妄語所謂若人於衆會中許與病者隨病醫藥而後不與彼人以是惡業因緣身壞命終墮於惡處在彼地獄金剛嘴鳥別異處生受大苦惱所謂苦者本許不與惡業所作金剛嘴鳥啄其身肉而噉食之既啄肉已即彼啄處還復更生生則輭嫩猶如蓮華以輭嫩故極受大苦如是更啄啄已復生輭嫩於前而復更啄受苦轉增彼地獄人如是無量百千年歲爲鳥所食既脫彼處次第復生熾火焰然鐵沙之中彼地獄人足蹈熱沙爲沙所燒一切身分灰亦叵得又復更生自食其舌食已復生食已復生舌妄語故爲人所食彼妄語人妄語說故還自食舌

爾時世尊而說偈言

甘露及毒藥　皆在人舌中　實語謂甘露
妄語則爲毒　若人須甘露　彼人住實語

若人須毒者　彼人妄語說　毒不決定死
妄語則決定　若人妄語說　彼得言死人
妄語不自利　亦不益他人　若自他不樂
云何妄語說　若人惡分別　喜樂妄語說
非墮火力上　得如是苦惱　毒害雖甚惡
唯能殺一身　妄語惡業者　百千身破壞
智者說實語　是凡人正法　戒人爲莊嚴
能示解脫道　衆生自作業　爲愛水所漂
善逝說實語　爲第一船栰　無始終世間
愛羂之所縛　唯實能救解　法主如是說
實能斬煩惱　斧能斬斫樹　刀斧斬猶生
妄語斬不爾　實能益二世　故說不盡財
出處不可盡　一切法中勝　說此實功德
能生大樂果　智者捨妄語　諦見人皆捨

捨實語人金剛紫烏如是無量百千年歲常燒常食乃至惡業未壞未爛業氣未盡於一切時與苦不止若惡業盡彼地獄處爾乃得脫若於前世過去久遠有善業熟不生餓鬼畜生之道若生人中同業之處數數鬬諍常墮貧處一切世人不信其語是彼惡業餘殘果報具足妄語不實之人到極苦惱地獄惡處受惡果報又彼比丘知業果報觀大叫喚之大地獄復有何處彼見聞知復有異處名火鬘處是彼地獄第十四處衆生何業生於彼處彼見有人殺生偷盜邪行飲酒業及果報如前所說復有妄語所謂有人於吉會中違制犯法衆人皆言汝有所犯彼人畏罰妄語說言我實不犯彼人以是惡業因緣身壞命終墮於惡處在彼地獄生火鬘處受大苦惱所謂苦者如前所說活等地獄所受苦惱

彼一切苦此中具受復有勝者所謂鐵板熾火燄然閻魔羅人執地獄人置鐵板上復以鐵板置罪人上怒力揩磨一切身分爲血肉泥其色甚赤如金舒迦燄色赤樹鐵板壓之故令如是若彼地獄閻魔羅人發却鐵板彼地獄人脂血肉末遍滿身體既受此苦是故於彼閻魔羅人生大怖畏走向異處望救望歸見有大河若受苦時滿中熱灰於前與苦閻魔羅人生怖畏故直入彼河既入河已筋節機關一切身分皆悉消洋如生酥塊而復不死是彼惡業之勢力故彼地獄處竹林稠密一切火然如此人間大風起時火燒乾林不燒衆生彼火鬘處衆生遍滿被燒熾然無針頭許而不燒處既被燒煑大聲叫喚四出馳走望救望歸乃至惡業未壞未爛業氣未盡於一切時與苦不止若惡業盡彼地獄處爾乃得脫若於前世過去久遠有善業熟不生餓鬼畜生之道若生人中同業之處語言遅難而復不正自眷屬中少少語言尚不辯了何況衆中善巧言說是彼惡業餘殘果報又彼比丘知業果報觀大叫喚之大地獄復有何處彼見聞知復有異處名受鋒苦是彼地獄第十五處衆生何業生於彼處彼見有人殺生偷盜邪行飲酒業及果報如前所說復有妄語所謂有人先心憶念隨何等物若多若少若於佛所若於衆僧若於法中許布施已後時復言我實不許衆僧常有希望之心而後不與妨廢衆僧若於餘人許而不與與彼爲妨彼妄語人作集罪過身壞命終墮於惡處在彼地獄受鋒苦處受大苦惱所謂

苦者如前所說活等地獄所受苦惱彼一切苦此中具受復有勝者所謂彼處熱鐵針鋒纖細而長餤然極利閻魔羅人執此利針刺彼罪人如是罪人受一切苦發聲大喚既大喚已針則滿口并舌俱刺譬如步𥹋滿中揷箭既受此苦不能叫喚不能啼哭彼受如是步𥹋針鋒苦惱更無過者無異相似自心妄語得如是苦自他誑故地獄受苦一切身分皆悉竪針數如毛根身分皆壞彼受苦人既受鋒苦隨傾而倒如是如是隨傾倒地衆針競刺彼人如是更受針苦轉復蔽氣努力唱喚不得出聲若其拔針則能叫喚若不拔針不能出聲彼既受苦卧餤鐵地宛轉𩪡覆起而復倒擾動不停閻魔羅人手執大斧復執鐵矟鐵枷鐵杵斫刺打築如是無量百千億

歲受大苦惱是彼妄語惡業果報乃至惡業未壞未爛業氣未盡於一切時與苦不止若惡業盡彼地獄處爾乃得脫若於前世過去久遠有善業熟不生餓鬼畜生之道若生人中同業之處貧窮困苦所有語言人不信受處處乞求許者不與彼人如是極大貧窮是彼惡業餘殘果報又彼比丘知業果報觀大叫喚之大地獄復有何處彼見聞知復有異處彼處名爲受無邊苦是彼地獄第十六處衆生何業生於彼處彼見有人殺生偷盜邪行飲酒業及果報如前所說復有妄語所謂多人海中治生而彼導者與賊同心彼諸賊人語導者言勿著彼道當行此路令我得物共汝分之彼諸商人雇導者言汝將我等令到寶所我與汝物彼導者言我當如是我當

如是相許決定而彼導者將諸商人不著寶路而行賊道賊先有謀竪竿懸旛其旛青色導者見之不言有賊彼諸商人見青旛已問導者言彼青旛處應當是賊而彼導者答言非賊彼諸商人謂其語實皆不遮防旣到賊處所有財物悉爲所奪導者亦取以是妄語惡業因緣身壞命終墮於惡處在彼地獄受無邊苦別異處生受大苦惱所謂苦者如前所說活等地獄所受苦惱彼一切苦此中具受復有勝者所謂彼處閻魔羅人熱燄鐵鉗拔出其舌拔已卽生生則輭嫩而復更拔復有以鉗拔其眼者拔已復生生則輭嫩而復更拔復有以刀遍削其身刀甚薄利如剃頭刀彼處有蟲名爲斷蟲復食其腸彼地獄中復有異處其地普青而復黑闇罪人入中以惡業故有魔竭魚內外火然食彼罪人彼魔竭魚金剛燄口金剛燄爪金剛燄齒攫齧罪人一切身分破散碎末若脫魚口則入其腹腹中燄然在彼腹中乃經無量百千億歲常被燒然氣不通暢或復少氣常被燒煑受堅鞕苦是本妄語惡業所作是彼自舌妄語因故在魔竭魚腹中極燒身體破壞後復更爲地獄火燒後復更爲青火所燒如是燒已閻魔羅人復爲說偈責數之言

妄語言說者　是地獄因緣　因緣前已作
唱喚何所益　妄語第一火　尚能燒大海
況燒妄語人　猶如燒草木　若人捨實語
而作妄語說　如是癡惡人　棄寶而取石
若人不自愛　而愛於地獄　自身妄語火
此處自燒身　實語甚易得　莊嚴一切人

捨實語妄說　癡故到此處　功德中實勝
是毒之甘露　何癡捨功德　而取毒中毒
造過得惡果　常在於地獄　捨自身功德
到極惡地獄　智者說妄語　一切苦種子
樂根實第一　故不應妄語　實語言說人
一切人所愛　妄語皆不愛　故不應妄語
若人實語說　如天常喜樂　若人妄語說
常受地獄苦　若不作善業　作無量種惡
受無邊苦惱　今悔何所及　善果從善得
作惡受惡果　黠慧人捨惡　喜樂行善法
實爲第一善　妄語第一惡　捨過取功德
是人人中勝

閻魔羅人如是責數地獄人已復與種種無量苦惱如是無量百千億歲乃至惡業破壞無氣腐爛盡滅彼地獄處爾乃得脫若於前世過去久遠有善業熟不生餓鬼畜生之道若生人中同業之處貧窮常困於一切人常生畏懼若爲奴僕若苦作人人中下賤所有語言人不信受彼業因緣常受苦惱實語相對妄語果報

正法念處經卷第九

音釋

挽 無遠切引也　砧 知林切礩也　錘 直追切與鎚同　儜 女耕奴登二切弱也　佉陀尼 梵語也此云可食物佉去迦切　臰 尺救切腐氣也　鉸 古巧切　靫 楚皆切步靫盛箭室也步亦作鞴

正法念處經卷第十

元魏婆羅門瞿曇般若流支譯

地獄品第三之六

又彼比丘知業果報觀大叫喚之大地獄復有何處彼見聞知復有異處名血髓食是彼地獄第十七處衆生何業生於彼處彼見聞知若人殺盜邪行飲酒業及果報如前所說復有妄語作集惡業謂王王等若聚落主諸自在者賦稅物已後言未足而復更取若或長取違王舊法彼人以是惡業因緣身壞命終墮於惡處在彼地獄血髓食處受大苦惱所謂苦者如前所說活黑繩等諸地獄中所有苦惱彼一切苦此中具受復有勝者所謂彼處燄然樹葉閻魔羅人以燄鐵繩縛彼罪人頭下足上懸在彼燄然鐵樹既懸在樹頭面在下足在於上金剛觜烏有金剛爪先食其足足上血出下入其口彼地獄人即自食之而常不死何以故一切苦中飢苦最大處處皆說一切皆知一切皆誦彼飲自血受二種苦既受大苦復受飢苦爾時世尊而說偈言

非如熱風燒　風吹火燒苦　業風之所吹
飢渴苦甚重

彼地獄人如是無量百千年歲自食血髓頭面在下爲第一火之所燒然如是無量百千年歲於一切時彼地獄處常被燒煑乃至惡業未壞未爛業氣未盡於一切時與苦不止若惡業盡彼地獄處爾乃得脫若於前世過去久遠有善業熟不生餓鬼畜生之道若生人中同業之處貧窮困苦人所不信鼻常有

血若嚼楊枝鼻中齒間常有血出是彼惡業餘殘果報又彼比丘知業果報觀大叫喚之大地獄復有何處彼見聞知復有異處名十一燄是彼地獄第十八處衆生何業生於彼處彼見聞知若何等人殺生偷盗邪行飲酒業及果報如前所說復有妄語謂王王等若可信人能斷事者若長者或於兩人若於兩朋相對諍事而爲斷之或因取物或因相識或欲或瞋隨情偏斷不依道理作妄語說彼人以是惡業因緣身壞命終墮於惡處在彼地獄十一燄處受大苦惱所謂苦者如前所說活等地獄所受苦惱彼一切苦此中具受十倍更重朋妄語人更復偏重何者爲重以惡業故十一燄處有火聚生十方爲十内飢渴燒是第十一内火飢渴燄從口出彼妄語人舌朋妄語是惡業故念念燒舌燒已復生受燒舌苦爲十六分十火聚苦不及其一以惡業故受是舌苦彼地獄中受如是等十一燄聚極重苦惱乃至無量百千年歳常燒常煑乃至惡業未壞未爛業氣未盡於一切時與苦不止若惡業盡彼地獄處爾乃得脱若於前世過去久遠有善業熟不生餓鬼畜生之道若生人中同業之處常患飢渴一切身分常被熱燒貧窮短命所有語言人所不信性甚愚癡朦鈍醜陋手足劈裂衣裳破碎常在道路若四出巷若三角巷恒常乞求若常治生賣微賎物從生至終受第一苦於對諍中常墮負朋是彼惡業餘殘果報又彼比丘知業果報觀察大叫喚大地獄處惟有此處更無異處又修行者内心思惟隨順正法

觀察法行見彼比丘欲入寂靜不老不死不盡不滅涅槃之道彼地夜叉見彼比丘勤精進已心大歡喜轉復上聞虛空夜叉虛空夜叉如是次第至少光天說如是言閻浮提中某甲種姓略而言之次第乃至得第十地心不樂住魔之境界亦不樂與愛心共行捨離染法彼少光天聞已歡喜而作是言魔分損減正法朋長又彼比丘知業果報勤斷世間生死繫縛如是憶念此諸衆生受大苦惱爲愛所誑癡結所縛心使相應三時中責而於生死無心欲斷此諸衆生豈可無心若其有心則應有知若有知者何不離欲又復衆生久在天中受勝樂者猶尚離欲何況地獄久受大苦而不離欲彼衆生心如是堅鞕受如是等無量種種一切苦惱而不疲倦長夜眠睡而不覺悟如是心者有五種過如是無量謂老病死怨憎合會恩愛別離又復更有十種苦惱十者所謂飢渴過患愛離過患彼此國土鬬諍過患退生過患他毀過患求他過患寒熱過患兩人相憎共鬬過患失財過患所求念中不得過患如是略說心有如是十種過患衆生之心受如是等多種過患猶不離欲此諸衆生無始無終怨心所誑如是心者常動不住無耳無心如石金剛多吉祥處能爲妨礙不住正法不曾喜樂一切時渴色聲香觸味等境界未曾飽足如毒刀火五境界毒六入大賊不知不覺七菩提分亦不安忍八分聖道又亦不知九衆生居乃至不知十善業道於十一地不能思量於十二入生住行等不能諦知十三地上不能思量十四

心緣常共相隨於十七垢心不思量於十八受穿宂流行於十九行十五因緣不能安忍十六惡行和合相應穿宂而行近二十處彼二十邊心常亂行比丘如是觀察心已於彼衆生起憐愍心諦觀思量業果報法又彼比丘如是精勤復更生心欲斷魔縛作是思惟爲當更有勝地獄不彼見聞知更復有餘勝大地獄於大叫喚之大地獄十倍勝惡惡業苦惱勢力極惡名爲燋熱有十六處何等十六一名大燒二名分荼梨迦三名龍旋四名赤銅彌泥魚旋五名鐵鑊六名血河漂七名饒骨髓蟲八名一切人熟九名無終没入十名大鉢頭摩十一名惡嶮岸十二名金剛骨十三名黑鐵繩摽刃解受苦十四名那迦蟲柱惡火受苦十五名闇火風十六名金剛觜蜂此是燋熱之大地獄十六别處彼大地獄壽命長遠無有年數衆生何業生彼地獄彼見聞知若人堅重殺生偷盜邪行飲酒妄語言説復有邪見樂行多作惡業普遍而復究竟樂行多作彼人以是惡業因緣身壞命終墮在燋熱大地獄中殺盜邪行飲酒妄語業及果報如前所説今説邪見若人邪見樂行多作向他人説所謂世間無施無會無善無惡及以果報無此世間無他世間無父無母如是斷説自失業果向他人説安住他人隨喜他人自身增長他人邪見語言無因無業無道如是之人雖有形服而是大賊彼人以是惡業因緣身壞命終墮於惡處在彼燋熱大地獄中受大苦惱彼不信人實業果報彼不信人臨欲死時未到中有惡相已現謂彼

病時眼中自見險惡闇處多有師子虎虵熊羆高大如山既如是見生大怖畏見彼惡獸疾來向已速行不住逼近其身彼重病人聞彼師子虎等吼聲生大怖畏悲苦懊惱復見異人皺面㖞口復見在上有黑色火聞野干鳴作種種聲又復更見閻魔羅人身作種種可畏形狀生大怖畏彼邪說人說惡因人說惡朋人說惡見人說惡法人樂說不信業果之人所作言說是墮嶮岸惡處因人自他皆誑造作最大惡業之人彼如是業樂行多作作而復集得果時至見如是等不善影相生大怖畏諸根戰動狀相外彰失屎失尿或復呻喚啾聲不出或復皺面或復張口或復以手摩挽牀敷或自見身山頭墮地如是見已手欲挽託瞻病之人見如是已作如是言如是病人挽摩虛空如是病者或見自身欲有所墮以手摩觸一切身分如是邪見惡業行人於業果報不生信心如是種種在地獄中受報相生譬如屎堆人雖未到已聞其臭如是如是未到地獄而見地獄惡處生相極大恐怖一切邪見不信之人如是驚怖愚癡之人作集惡業不善業價貿得地獄苦惱財物彼處受報如是地獄多有惡風所謂針風畢波羅風彼風嚴利觸其身分若拍若劈彼風急惡彼受身心二種苦惱此身欲盡將至中有臨死殘命而心不能攀緣善法彼邪見人於人世間如是空過不得利益於中有中未入地獄地獄相現自業邪見惡業所致謂心戰動有不可愛惡色聲觸諸味香等一切皆得聞不可愛可怖可畏地獄罪人啼哭之聲

有惡風觸如極利刀得極苦味見惡燄色嗅惡臭氣彼人如是一切境界生大怖畏心甚驚恐如是惡人顛倒說法惡業力故見地獄色皆悉顛倒如是顛倒見地獄處莊嚴殊妙故於地獄極生愛心起意希望我今云何得生彼處彼邪見人於有分中不得受苦要生地獄取因緣故生地獄中取心即生更無中間既彼處生即於生時如前所說活等地獄所受諸苦彼一切苦此中具受十倍更重四百四病如地獄中極惡相似無異譬喻諸怖畏中此畏最勝惡業果報皆悉平等一種火生如是惡火以胡麻許若置山林若國若洲能速燒盡一閻浮提何況地獄受罪人身如是惡火燒罪人身如生酥塊洋已復生在大闇處無有晝夜差別之相如是無量百千年歲苦惱海中一切闇中邪見最闇作集而說得如是果於無數年時節長遠常被燒煑所受苦惱不可譬喻於一切時如是受苦乃至惡業破壞無氣腐爛盡滅彼地獄中爾乃得脫既得脫已於五百世生餓鬼中名黃餓鬼彼人彼處既得脫已於五百世生多苦惱畜生之中彼處脫已難得人身如龜遇孔若於前世過去久遠有善業熟得生人中在於邊處夷人中生常病常貧目盲少命所有語言人所不信是彼邪見餘殘果報又彼比丘知業果報次觀燋熱之大地獄有何異處彼見聞知有別異處名大燒處是彼地獄最初別處衆生何業生於彼處彼見聞知若人殺生偷盜邪行飲酒妄語業及果報如前所說復有邪見樂行多作得惡業果云何邪見所謂

有人作如是見殺生因緣得生天中如是惡業得惡果報何以故以死苦者苦中最重諸道中樂天樂爲最殺生之業非彼樂因殺生與苦故非樂因如是既作惡因業果爲他人說如是邪見得惡業果而不懺悔彼人以是惡業因緣身壞命終墮於惡處在彼地獄生大燒處受大苦惱所謂苦者如前所說活等地獄所受苦惱彼一切苦此中具受十倍更重復有勝者以惡業故自身生火其火極熱餘地獄火於此地獄極熱大火十六分中唯是一分此地獄人見餘地獄所有諸火猶如霜雪此地獄人内外炎然而復更有第三熾火謂心悔熱如是異生而復更燒彼地獄人自知邪見如是苦果苦報苦味以邪見故如是火燒無一念間暫時得樂如是燋熱大地獄處名大燒處彼惡邪見惡業行人長遠時煑云何長時無人知數彼地獄人於一切時燒煑散壞乃至惡業未壞未爛業氣未盡於一切時與苦不止若惡業盡彼地獄處爾乃得脱既得脱已於三百世生餓鬼中於二百世生畜生中彼人彼處既得脱已若生人中同業之處則於父毋不生敬重無慙無愧無羞無耻食人糞屎於諸國土處處遊行離聞正法爲一切人之所嫌賤與狗同食與狗同行手足麤裂常依他食盡其身命空無福德捨此身已次第還入不可愛道如前邪見不愛中下彼比丘既觀察已隨喜正見正意諦觀行於正道得涅槃行相應觀察又彼比丘知業果報復觀燋熱之大地獄復有何處彼見聞知復有異處彼處名爲分荼梨迦是彼

地獄第二別處衆生何業生於彼處彼見聞知若人殺生偷盜邪行飲酒妄語樂行多作業及果報如前所說復有邪見如是一種樂行多作所謂有人自餓而死望得生天彼人如是復教他人若隨喜他令住邪見惡因所縛心惡思惟造作惡論復教他人令住惡論彼人如是自餓而死彼人以是惡業因緣身壞命終墮於惡處在彼地獄分荼梨迦別異處生受大苦惱所謂苦者如前所說活等地獄所受苦惱彼一切苦此中具受兩倍更重復有勝者所謂彼人一切身分餤鬘無間如是罪人一切身分無芥子許中間無火無餤然處彼人惡業相似因果火熱甚熾不可譬喻無有相似如彼邪見一切業中最第一惡如彼相似其火極熱一切火中此火最熱一切惡業相似得果是故彼火不可譬喻無有相似彼業力故於一切時常燒不停如是燒已復見開敷分荼梨迦無量衆鳥喜樂池流清水具足異地獄人如是說言汝疾走來汝疾走來我此間有分荼梨迦池林青輭有水可飲林有潤影近在不遠彼地獄人喚邪見人而安慰之相隨走趣分荼梨迦池林水所既如是走火炭滿道道上有坑滿中熾火罪人入已一切身分皆悉燒盡燒已復生生已復燒渴欲飲水走猶不息既如是走鞞多羅杖生在道上杖有火餤抅挟罪人一切身分皆悉作瘡骨髓散盡盡已復生以熱渴故猶故走趣分荼梨迦池水樹林以惡業故有食肉蟲遍其身體啄其兩眼而噉食之啄已復生生已復啄彼人無眼而復熱渴如是走趣

分荼梨迦池水樹林復有異蟲生在其身彼盲眼人一切身分爲蟲所食唱聲大喚又復眼生生復啄食如是無量百千年歲食已復生生已復食若復走趣分荼梨迦池水樹林既到彼已希望涼冷便前進入既入彼處分荼梨迦燄然高火五百由旬彼地獄人惡業所誑各各別上分荼梨迦既上樹已多有燄鬘普遍身分如是上已受第一惡極重苦惱飢渴所逼如是彼處所有熾火其色猶如分荼梨迦彼火燒炙死而復活一切身分皆悉遍燒如甄叔迦樹色相似於一切時受大苦惱乃至惡業未壞未爛業氣未盡於一切時與苦不止若惡業盡彼地獄處爾乃得脫既得脫已於四百世生餓鬼中受飢渴苦既得脫已於三百世生畜生中既得脫已難得人身如龜遇孔若生人中同業之處彼人則生畏刀鐵處險處賊處多惡人處國土中生又彼生處常貧常病僕使下賤諸根不具是彼邪見惡行惡業餘殘果報又彼比丘知業果報復觀燋熱之大地獄復有何處彼見聞知復有異處名爲龍旋是彼地獄第三別處衆生何業生於彼處彼見聞知若人殺生偷盜邪行飲酒妄語樂行多作業及果報如前所説復有邪見樂行多作所謂有人形相不正或有常蹲不曾正坐若常合掌常手揞頰常舐手食有如是等諸外道輩彼有説言斷欲瞋癡得涅槃者是則不然寂靜根者是亦不得彼人以是惡業因緣身壞命終墮於惡處在彼地獄生龍旋處受大苦惱所謂苦者彼處多饒燄頭惡龍瞋怒毒盛在彼地獄彼龍

身量若一居賒有一由旬惡毒熾盛普身遍體有見毒者有觸毒者有牙毒者滿彼地獄彼地獄人生龍群中衆龍迴轉挼磨罪人碎如麨搏復有生在龍口中者彼牙毒燄連急速嚼有無量到若百千到死已復生生已復嚼嚼已復死死已復生彼諸罪人三種火燒一是毒火二地獄火三飢渇火彼諸罪人生三火中受堅鞕苦自業相似復有第四病火煑之病重苦惱不可具說如是罪人惡業行者常一切時在火中生燒煑挼磨乾燥碎散乃至惡業破壞無氣腐爛盡滅彼地獄處爾乃得脫既得脫已百五十世生在針咽餓鬼之中於二百世生畜生中飢渇燒身離水無水謂師子虎熊羆等身在於曠野十二由旬無水之處若得脫已難得人身如龜遇孔若生人中則爲野人眼不見食何況食之唯食藥草及諸菓等以自存活是彼惡業餘殘果報又彼比丘知業果報復觀燋熱之大地獄復有何處彼見聞知復有異處名爲赤銅彌泥旋處是彼地獄第四別處衆生何業生於彼處彼見聞知若人殺生偷盜邪行飲酒妄語樂行多作所謂語言一切世間命無命物一切皆是魔醯首羅之所化作非是業果彼人以是惡業因緣身壞命終墮於惡處在彼地獄生於赤銅彌泥旋處受大苦惱所謂苦者彼地獄處赤燄銅汁滿中如海其中多有鐵彌那魚惡業所作復有樹葉利如剃刀生在赤銅彌泥旋處諸地獄人在彼處生生已復死死已復生一切身分皆悉散壞爛熟浮出在銅汁上出已復没受大苦惱迭相走奔

更互唱聲彼邪見人邪見說者唱喚說是惡業所作惡彌那魚張口疾走向地獄人彼魚既到即以涎羂攝縛罪人令入口中以牙機關嚼之令碎彼罪人身半在魚口半在口外熱燄赤銅沸汁煮之受是二種堅急苦惱彼人如是半在魚口常被咀嚼半在熱燄赤銅汁煮經無數時既得脫已更復入餘異赤銅汁既入彼處多有惡蟲蟲金剛觜牙復甚利無量熾毒如是惡蟲在彼闇處赤銅汁中取彼罪人嚼之令破碎末如沙然後食之彼地獄人既受苦惱若欲叫喚而張口者彼赤銅汁滿其口中不能出聲彼赤銅汁遍滿九竅滿已極煮一切身分皆悉消洋又復彼處時節長久煮之下沉沉已浮出既浮出已惡業所作多有風刀而甚毒利碎割其身彼不實語不信業果邪見之人常一切時燒煮散壞乃至惡業未壞未爛業氣未盡於一切時與苦不止若惡業盡彼地獄處爾乃得脫既得脫已於三百世生餓鬼中彼鬼名爲希望希望若得脫已於三百世生畜生中作象作熊作蟻子等常患飢渴寒熱所逼風吹日炙忍耐叵堪彼畜生中既得脫已難得人身如龜遇孔若於前世過去久遠有善業熟得生人中多在怖畏嶮惡之處常斫木處常取魚處常生怖畏是彼惡業餘殘果報又彼比丘知業果報復觀爇熱之大地獄復有何處彼見聞知復有異處名鐵鑊處是彼地獄第五別處衆生何業生於彼處彼見有人殺盜邪行飲酒妄語業及果報如前所說復有邪見樂行多作所謂外道邪見齋中殺於丈夫而作

是言我今作會而殺丈夫彼得生天我亦生天彼若生天與我爲證或有取龜殺證因緣後世生天或復敎他一生如是種性如是妨礙正道安住邪道如是惡業邪見之人身壞命終墮於惡處在彼地獄生鐵鑊處受大苦惱所謂苦者如前所說活等地獄所受苦惱彼一切苦此中具受十倍更重復有勝者有六鐵鑊十由旬量六者所謂平等受苦無力無救火常熱沸鋸葉水生極利刀鬘極熱沸水多饒惡虵平等受苦無力護者罪人入中詳聚一處作一身聚猶如麨摶被煑無力而復更煑轉復無力如是惡處身不能救心不能救如是無法惡道之人無法可救離能救人以無救故長久時煑火常熱沸熱鐵鑊者罪人入中熱沸赤銅煑之身散灰亦叵得盡已復生生而常煑鋸葉水生熱鐵鑊者罪人入中赤銅色水鋸割其身彼處火燄頭在下入既入彼處或沉或浮常爲鋸割熱沸銅汁割其身體脉脉分散如是劈裂又復沉沒沉已更浮浮已復沉如是鋸水常割常裂皆悉熟爛猶如熟豆身體分裂或浮或沉於長久時常煑割劈極利刀鬘熱鐵鑊者罪人入中所受苦惱有利刀鬘在彼鑊中利如剃刀劈其身分若置罪人極熱沸水多饒惡虵此二鑊者罪人入中所受苦惱有熱沸水極沸勇沫高半由旬沫中有虵牙甚嚴利若觸若見皆有熾火燒地獄人觸如刀割肉盡骨在看之則熟身皆爛盡沸沫煑之身分皆洋若在水中苦毒煎煑受第一苦堅鞕重苦彼地獄人閻魔羅人若來到者起如是意作何方便

閉塞鑊門令彼罪人不能走出閻魔羅人起如是意當以金剛堅塞其口合之在地則不能走種種苦惱在中具受閻魔羅人既發此意一切鐵鑊合口在下復燄鬘火兩倍熾燄彼地獄人受如是苦閻魔羅人極有瞋意復更思惟云何方便更與異苦既思惟已復取鐵薪兩重燄然若地獄人意欲向上熱沸銅汁迭互相著有身散者有虵嚴毒火燒其身已爛熟者常一切時受種種苦乃至惡業未壞未爛業氣未盡於一切時與苦不止若惡業盡彼地獄處熱鐵鑊中爾乃得脫既得脫已於三百世生食臭氣餓鬼之中彼處脫已於三百世生畜生中彼處脫已若生人中同業之處作癡論師說惡因論心意顛倒或望富樂一月不食有望生天一日不食愛使所縛彼人如是爲苦所縛如是如是復更受苦是彼惡業餘殘果報又彼比丘知業果報復觀燋熱之大地獄復有何處彼見聞知復有異處名血河漂是彼地獄第六别處衆生何業生於彼處所謂邪見惡業衆生生於彼處彼見有人違犯禁戒多犯戒已如是思惟我若苦行罪則消滅有多福德彼人既作如是思惟入樹林中懸脚著樹頭面在下以刀破鼻或自破額作瘡血出以火燒血望得生天是惡道行譬如有人沙中求油油不可得彼人血盡而致命終彼人以是惡業因緣身壞命終墮於惡處在彼地獄血河漂處受大苦惱所謂苦者如前所說活等地獄所受苦惱彼一切苦此中具受五倍更重復有勝者所謂彼處閻魔羅人手執熱燄枷刀𥐻石散之

爲末流血成河此河急漂餘地獄人多餓髮
骨在彼河中復有第二赤銅河流其河名曰
惡水可畏彼河有蟲名爲丸蟲其觸如火彼
地獄處觸彼罪人燒而食之如是地獄血河
所漂年歲無數時節久遠受大苦惱彼血河
漂地獄之處常一切時受惡苦惱如是乃至
彼邪見人惡不善業未壞未爛業氣未盡於
一切時與苦不止若惡業盡彼地獄處爾乃
得脱既得脱已於五百世食煙活命餓鬼中
生既得脱已於四百世生畜生中而作海鳥
或在海畔河口處生彼鳥赤頭是彼前業餘
殘果報若生人中同業之處貧窮多病是本
惡業餘殘果報又彼比丘知業果報復觀燋
熱之大地獄復有何處彼見聞知復有異處
彼處名爲餓骨髓蟲是彼地獄第七别處衆
生何業生於彼處彼見聞知若人多作不善
惡業身不善業口不善業意不善業後離正
聞如是癡人望生梵世惡行離戒本性無戒
此諂曲人與他苦惱遠離正戒以乾牛屎而
自燒身彼人現世燒身受苦如是人中人火
所燒身壞命終墮於惡處餓骨髓蟲地獄處
生受大苦惱所謂苦者鐵槌打頭乃至脚足
唱聲大唤一切身分如蜜蠟摶不可分别而
復不死是彼邪見惡業力故彼地獄處廣三
由旬高五由旬地獄人身廣長亦爾遍滿其
中以爲肉山彼地獄處餓濕生蟲皆是衆生
如是蟲者何業所致若何丈夫若何婦女自
身他身有蟲蝨等本殺彼蟲或殺蟻子或黒
蟲等或殺蜫等彼人以是惡業因緣身壞命
終彼處作蟲名機關蟲如是罪蟲生在彼山

自業所作自業果生以惡業故饒骨髓蟲地獄之處更復有餘閻魔羅人以火燒之彼邪見者本人中時以乾牛糞燒身業故與機關蟲一處合燒受大苦惱彼山既燒火炎上出高十由旬彼地獄人自罪業故大火燒身共機關蟲一處被燒彼蟲身小受苦亦少彼地獄人身塊甚大受苦亦多彼火燄鬘迭互相燒時節長遠年歲無數不可窮盡乃至彼人邪見惡業未壞未爛業氣未盡於一切時與苦不止若惡業盡彼地獄處爾乃得脫既得脫已於五百世生在針咽山傍止住餓鬼之中彼處脫已於五百世生畜生中受海魚身在於大海大波浪處極冷水中灰水之中既得脫已難得人身如龜遇孔若生人中同業之處常在林行在林中住或荒榛處資生活命貧窮困苦如是之人彼荒榛中野火所燒是彼惡業餘殘果報又彼比丘知業果報復觀憔熱之大地獄復有何處彼見聞知復有異處彼處名爲一切人熟是彼地獄第八別處衆生何業生於彼處彼見聞知若人殺生偷盜邪行飲酒妄語樂行多作業及果報如前所說復有邪見所謂有人愚癡邪見聽聞邪法如是癡人身業顛倒口業顛倒意業顛倒如是三業常顛倒行彼邪見人修邪見行若於樹林若山若榛若兩村間若洲渾上如是等處放火燒之彼邪見人有如是心若火飽滿天則歡喜天若歡喜我則生天如是癡人聞惡法故惡法所誑作如是計餧火令飽當得生天如是放火彼人以是惡業因緣身壞命終墮於惡處一切人熟地獄處生受大

苦惱所謂苦者如前所說活等地獄所受苦惱彼一切苦此中具受五倍更重復有勝者旣生彼處見本人中男女妻妾所愛知識若父若母一切所愛親友之人皆被燒煑彼地獄處男女妻妾所愛善友父母知識皆是人中業化所作見在地獄而被燒煑彼人見已心大憂悲極受大苦見彼一切所敬愛者被燒被煑彼地獄處愛火自燒憂悲苦重十六分中彼地獄火不及一分地獄人中一切苦惱愛火苦勝彼愛火者火中之火彼愛罥者罥中之罥彼愛縛者縛中之縛繫縛一切愚癡凡夫彼人邪見不善業故於地獄中見所愛敬親善等人被燒被煑彼地獄人愛火自燒彼地獄火於愛心火猶如霜雪聞妻子衆父母等衆悲號大喚作如是言汝來救我可來救我彼地獄人爲地獄火之所燒煑不得自在云何能救彼地獄處常一切時受如是等身心火燒時節長遠年歲無數乃至惡業未壞未爛業氣未盡於一切時與苦不止若惡業盡彼地獄處爾乃得脫旣得脫已於三百世生餓鬼中唯食觸等所棄飲食彼處脫已於五百世生畜生中常作水蟲多饒兒子如是兒子爲魚獵人常所殺害旣脫彼處難得人身如龜遇孔若生人中同業之處貧窮短命諸根不具無妻無子常作賤人天祀奴等是彼惡業餘殘果報

正法念處經卷第十

音釋

朦 莫紅切朦朧也 鈍 徒困切頑也 熊羆 熊胡弓切羆班糜切熊羆並猛獸 噈 子六切嘆聲也 鞞 頻眉切 揞 章移切拄也 舐 神帋切以舌取食也 咀嚼 咀慈語切含也嚼疾雀切噬也 螕 并兮切牛蝨也 餧 於僞切飼也

# 正法念處經卷第十一

元魏婆羅門瞿曇般若流支譯

## 地獄品第三之七

又彼比丘知業果報復觀燋熱之大地獄復有何處彼見聞知復有異處彼處名爲無終没入是彼地獄第九别處衆生何業生於彼處彼見有人殺盜邪行飲酒妄語樂行多作業及果報如前所説復有邪見身口意業業業普遍作業究竟樂行多作彼人以是惡業因緣身壞命終墮彼地獄無終没入别異處生受大苦惱所謂苦者如前所説活等地獄所受苦惱彼一切苦此中具足五倍更重邪見所作以不正聞他人所教有如是心若以蟲蟻蛇蟒鹿馬而著火中火既歡喜我得大福生勝世間火所燒者摩醯首羅世界中生若人以火燒衆生者則得無量勝大福德如是愚癡邪法所誑邪見之人身壞命終墮於惡處在彼地獄無終没入别異處生受大苦惱所謂苦者彼有鐵山火炎甚熾廣五由旬其山普遍地獄火然閻魔羅人驅地獄人令上彼山燒脚腨髖背臂頭項手足耳眼乃至頭腦燒已復生生已復燒時節長遠無有年數乃至惡業未壞未爛業氣未盡於一切時與若不止若惡業盡彼地獄處爾乃得脱彼邪見人既脱彼處於五百世生於食屎餓鬼之中一切身分皆悉燄然於夜中行衆人所見彼惡業人如是鬼中既得脱已生在畜生作螢火蟲身有火燄於夜中行一切人見白日風吹日光所炙身則內燒是彼惡業餘殘果報又彼比丘知業果報復觀燋熱之大地

獄復有何處彼見聞知復有異處彼處名爲大鉢頭摩是彼地獄第十別處衆生何業生於彼處彼見有人殺盜邪行飲酒妄語樂行多作以要言之身口意業普遍究竟作而復集彼人以是惡業因緣身壞命終墮於惡處在彼地獄大鉢頭摩別異處生業及果報如前所說復有邪見彼邪見人有如是心於大衰中若殺丈夫得稱意處造作如是邪見惡業身壞命終墮於惡處在彼地獄大鉢頭摩別異處生受大苦惱所謂苦者彼地獄處如鉢頭摩在彼鬘中金剛棘鬘五百由旬地獄罪人鉢頭摩金剛棘中彼金剛棘破壞彼人一切身分無針頭許不被刺處無地獄火不遍燒處身瘡炎然如是久時常燒常煮乃至惡業未壞未爛業氣未盡於一切時與苦不止若惡業盡彼地獄處爾乃得脫既得脫已於二百世生於食屎餓鬼之中彼處脫已於五百世生畜生中作孔雀等常食惡毒既得脫已難得人身如龜遇孔若生人中同業之處常困貧窮繫屬他人若作技兒以戲爲業而自活命若如是戲而活命者世間下賤乃至命盡是彼惡業餘殘果報又彼比丘知業果報復觀燋熱之大地獄復有何處彼見聞知復有異處名惡險岸是彼地獄第十一處衆生何業生於彼處彼見有人殺盜邪行飲酒妄語業及果報如前所說復有邪見樂行多作所謂有人作如是見入水死者一切罪滅死已生於八臂世界彼處不退如是癡人望生彼處復教他人亦隨喜他入水而死彼人如是入水死已墮於惡處在彼地獄惡險

岸處受大苦惱破壞身業口業意業於彼處生受大苦惱所謂苦者如前所說活等地獄所受苦惱彼一切苦此中具受復有勝者彼地獄處極利刀石遍滿其中多有惡山處處遍滿巖崖險峻高十由旬鳥飛不到何況罪人而能往到燄火普遍一切熾然彼地獄處一地獄人為餘一切地獄罪人說如是言君等可來過此山已更無地獄若過此山我等得樂諸地獄人以惡業故聞見彼人作如是說如是說已諸地獄人走赴彼山以惡業故到彼巖崖險岸之處彼處普燒火炎熾然既走往至不能得上有墮墜者有在火中極被燒者有怖畏故手抱炎石而被燒者有驚畏故望救望歸走迴還者彼地獄處閻魔羅人手捉鐵椎極打連打彼地獄人身業口業意

業邪故長久遠時如是燒煑乃至惡業未壞未爛業氣未盡於一切時與苦不止若惡業盡彼地獄處爾乃得脫既得脫已於三百世生於食血餓鬼之中同業處生彼處脫已於三百世生於有毒畜生之中是彼惡業餘殘果報若生人中同業之處貧窮多病惡國土生諸根不具常有怖畏惡國土中又彼比丘知業果報復觀燋熱之大地獄復有何處彼見聞知復有異處名金剛骨是彼地獄第十二處衆生何業生於彼處彼見有人殺盜邪行飲酒妄語樂行多作如前所說復有邪見樂行多作所謂有人作如是心一切世間命無命物自然而生自然而滅如棘刺針孔雀毛色如鹿愛炎乾闥婆城無因緣有無因緣滅一切諸法皆亦如是無因緣生無因緣滅

自然如是復教他人安住他人令如是信破壞身業口業意業彼人以是惡業因緣身壞命終墮於惡處在彼地獄金剛骨處受大苦惱所謂苦者如前所說活等地獄所受苦惱彼一切苦此中具受復有勝者閻魔羅人取地獄人以嚴利刀削其身肉皆悉令盡唯有骨在見本怨家執諸骨人以此打彼以彼打此以惡業故骨爲金剛有頭破者身中破者或有罪人一切身分皆悉破者有作孔者有骨乾者或有罪人失身分者復有以骨更互打者有以炎石而打之者彼地獄人惡業因緣無數年歲彼地獄中見本怨家如是執持更互而打乃至惡業未壞未爛業氣未盡於一切時與苦不止若惡業盡彼地獄處爾乃得脫既得脫已於五百世生自食腦餓鬼之中彼處脫已於三百世生畜生中而作蠍虎或作瞿陀彼處脫已難得人身如龜遇孔若生人中同業之處生於邊地樹林國土陀羅毗羅安陀羅等惡國土中貧窮多病繫屬於他是彼惡業餘殘果報又彼比丘知業果報復觀燋熱之大地獄復有何處彼見聞知復有異處名黑鐵繩刃解受苦是彼地獄第十三處衆生何業生於彼處彼見有人殺盜邪行飲酒妄語樂行多作業及果報如前所說復有邪見所謂有人作如是見一切罪福在因緣中所因之處皆得罪福喜為他說樂行多作彼人以是惡業因緣身壞命終墮於惡處在彼地獄名黑鐵繩刃解受苦別異處生受大苦惱所謂苦者如前所說活等地獄所受苦惱彼一切罪此中具受五倍更重復有

勝者所謂彼處閻魔羅人以黑鐵繩拼其身體以惡業故如是拼已以利鐵刀火炎熾然從足至頭而解劈之彼地獄人既被拼劈悲號大叫唱喚啼哭而復更以鐵繩拼之炎然利鐵極細分解如芥子許亦不可得而更和合還復更生和合生已而復更割割已復割彼人如是彼地獄處於長久時受大苦惱乃至惡業未壞未爛業氣未盡於一切時與苦不止若惡業盡彼地獄處爾乃得脫既得脫已於五百世生餓鬼中食人所棄盪器惡水彼處脫已於一百世生畜生中作蛭作蠍若蜣蜋等種種諸蟲是彼惡業餘殘果報若生人中同業之處所生常為飢渴所逼若有異人違犯王法横誣枉壓令其入罪是彼惡業餘殘果報又彼比丘知業果報復觀燋熱之

大地獄復有何處彼見聞知復有異處彼處名為那迦蟲柱惡火受苦是彼地獄第十四處衆生何業生於彼處彼見有人殺盜邪行飲酒妄語樂行多作業及果報如前所説復有邪見樂行多作所謂有人如是邪見言無此世亦無彼世殺盜邪行飲酒妄語業及果報如前所説此世間常一切法常常不破壞彼人如是顛倒法説邪見之人復教他人令住邪見數數為説大衆中説惡因譬喻為他人説令彼前人取惡邪見於大衆中於相似法非法説法彼人以是惡業因緣身壞命終墮於惡處在彼地獄那迦蟲柱惡火苦處受大苦惱所謂苦者如前所説活等地獄所受苦惱彼一切苦此中具受復有勝者所謂彼處有鐵柱生釘其頭上從下而出如是出已

半下入地半在頭上如是穿已有那迦蟲在彼罪人皮内脂中一切處生飲食罪人一切身分先啄其脉飲血令盡次食其肉次破其骨次飲其髓次斷其筋次斷其脉次燒其竅次拔其毛抖擻其皮次入身内在叢筋中次破其心既破心已而飲其汁次破其肺次入背中而飲其汁次散其腹次以炎鉗破其頷下而拔其舌拔已與狗以其舌根本説惡語説顛倒因非法譬喻和合説故彼地獄人如是舌罪故受如是一切苦網彼邪見人曲見教他以大惡心教化餘人令住邪見身業口業意業破壞於長久時在地獄中常被燒然無有年數不可窮盡乃至惡業未壞未爛業氣未盡於一切時與苦不止若惡業盡彼地獄處爾乃得脱既得脱已於三百世生食死屍餓鬼之中既得脱已難得人身如龜遇孔若生人中同業之處他犯王法横得其殃以惡業故貧窮多病繫屬他人不得自在噉食人肉而復名人是彼惡業餘殘果報又彼比丘知業果報復觀燋熱之大地獄復有何處彼見聞知復有異處名闇火風是彼地獄第十五處衆生何業生於彼處彼見有人殺盗邪行飲酒妄語樂行多作業業普遍作業究竟以是惡業墮彼地獄闇火風處業及果報如前所説復有邪見樂行多作所謂有人作如是見一切諸法有常無常無常者身常者四大彼邪見人如是二見惡因惡喻爲他人説令住邪見復生隨喜於大衆中於非法中相似法説彼人以是惡業因縁身壞命終墮於惡處在彼地獄闇火風處受大苦惱所謂

苦者如前所説活等地獄所受苦惱彼一切苦此中具受五倍更重復有勝者彼既得脱閻魔羅人所作苦惱難脱脱已惡業所作後復更入闇火急風受苦之處惡風所吹彼地獄人在虚空中無所依處如輪疾轉身不可見彼人如是如輪轉已異刀風生碎割其身令如沙摶分散十方又復更生生已復散散已復生恒常如是無有年數受如是等堅急苦惱乃至惡業未壞未爛業氣未盡於一切時與苦不止若惡業盡彼地獄處爾乃得脱既得脱已於五百世生於食吐餓鬼之中彼處脱已復生飢渴畜生之中是彼惡業餘殘果報又彼比丘知業果報復觀燋熱之大地獄復有何處彼見聞知復有異處彼處名爲金剛觜蜂是彼地獄第十六處衆生何業生於彼處彼見有人殺盗邪行飲酒妄語樂行多作業及果報如前所説復有邪見所謂有人作如是見世間有始因縁而生有常無常一切皆是因縁所作彼不實語邪因譬喻於非法中相似法説令他餘人安住邪法退失正法障礙正法而作邪見彼不正説常法非因常法不動常法不異常不能作猶如虚空彼邪見人不實分別彼人以是惡業因縁身壞命終墮於惡處在彼地獄生金剛觜蜂鎧甲處受大苦惱彼邪見人身業口業意業破壞下賤之人衆生中劣障礙正法住不善法以愚癡故作惡道行自謂有智恃智我慢自意分別不實語説受大苦惱所謂苦者如前所説活等地獄所受苦惱彼一切苦此中具受五倍更重復有勝者所謂彼處閻魔羅人

以極細鉗稍拔其肉如毛根許拔已復拔如是連拔置其口中驅令自食彼處多有金剛觜蜂觸罪人身有熱血出味鹹如鹽閻魔羅人取彼鹹血置罪人口驅令食之彼既食已十倍飢渴燒其身心惡業所誑復自食肉食已更生惡業因緣作集惡業之所誑惑受大苦惱無有年歲乃至惡業未壞未爛業氣未盡於一切時與苦不止若惡業盡彼地獄處爾乃得脫既得脫已於四百世生餓鬼中食不淨食彼處脫已於五百世生畜生中而作曲蟺蜣蜋等蟲飢渴燒身是彼惡業餘殘果報又彼比丘知業果報復觀燋熱之大地獄如是觀已彼更不見第十七處如是燋熱之大地獄如是等處如是盡邊彼邪見人如是業作惡業住處彼比丘如是觀察六大地獄如實而知彼修行者內心思惟隨順正法觀察法行如是見已心生歡喜作如是言此比丘第一精進得十一地彼人則能斷生死道彼地夜叉知已歡喜轉復上聞虛空夜叉如前所說次第乃至聞不少天作如是言某國某村某善男子如前所說得十一地不共魔王同一處住心不樂與煩惱共戲離生死欲非境界處一切世界無邊苦中不肯住止又彼比丘觀活黑繩合喚大喚及燋熱等并別處已復更觀察爲當更有餘地獄不彼見聞知有大地獄名大燋熱眾生何業生彼地獄彼見有人殺生偷盜邪行飲酒妄語邪見樂行多作墮彼地獄業及果報如前所說復於持戒不犯禁戒具足不缺淨行童女善比丘尼未曾行欲未曾犯戒如來法中如法行者

令其退壞如是之人不信佛法如是心言佛者則非一切智人佛既非是一切智者何況弟子比丘尼僧有清淨行如是一切皆是妄語虛誑不實如是佛法乃是惡處非布施此能生福德非布施此能生涅槃此凡人僧如是和合童女比丘尼破彼禁戒則不得罪彼人如是惡思惟已壞彼童女比丘尼戒令退僧行令其犯戒彼人身業口業意業惡不善行身壞命終墮於惡處在大燋熱大地獄中受大苦惱一一由旬身身極柔輭輭於生酥如是眼輭更輭於身如是五根皆悉𤻲輭聲觸色香猶尚能殺何況餘苦如彼作惡惡業重故如是身心皆悉𤻲輭彼惡業人惡業力故受極苦惱彼惡業人臨欲死時現受業報有大苦惱如前所說活地獄中所有苦惱皆悉

具受如是罪人臨欲死時於先三日如是受苦乃至命盡失音不語想大怖畏行劣識驚如是次第四大色怒極受苦惱地界堅鞕身體强怒一切身分筋脉骨髓處處閉塞皆悉破壞生大苦惱如新生酥摶壓磨打地界如是又復水界一切身分筋脉繫縛本自堅燥能令爛緩殺蟲氣臭一切漏門皆悉閉塞咽不通利舌縮入喉諸竅受苦遍體汗出又復火界一切身體所有筋脉皆悉燒煮受大苦惱身體皮膚如赤銅色内外皆熱口乾大渴燒心熾熱又復風界輕相更增以身乾故如是昇虛空復下墮地一切身分一切界乾一切身分一切脉中風行不住有風名爲必波羅針如炎針刺乃至遍身如毛根等乃至精髓皆悉乾燥畢波羅風能割皮肉脂骨精髓如

斤斧破吹一切根一切身分皆悉閉塞大小便利壅隔不通息不調利咽喉不正眼目損減耳中則聞不可愛聲鼻不聞香舌不知味鼻柱傾倒人根縮入糞門苦痛如火所觸受大苦惱皮膚腫起毛髮不牢此等唯說惡業行人臨欲死時彼人如是三夜三日四大怒盛苦惱所逼若命盡時他世相現所謂自見一切屋舍如黑帳幕見有黑緂如夢見色如是惡相不曾暫住復見惡色師子虎等不可愛色一切極惡皆悉具見聞惡虎聲生大恐怖鐵磨身皮殘有欲盡彼風上行始起足甲離足甲已次行足趺離足趺已次行其腨如是離腨次行其膝如是離膝次行其胜如是離胜次行其臗如是離臗次行其肚如是離肚次行其心如是離心咽喉不利口乾唾盡

一眼則陷見虛空中閻魔羅人手執鐵棒旣如是見以手摩託知識諸親見如是已皆言此人手摩虛空氣息閉塞遍吹身分於是氣斷如垢燈炷燒已而滅捨此世間生在中有如因相似相似得果彼惡業人於中有中受中有苦彼見自身如命長時人壽八萬四千年命年始八歲小兒之身自見自身餘一切人皆所不見四大微細不見不對於須彌山能穿能過而不妨礙自身不障須彌不障何況餘山彼中有中如是自見黑闇鐵城自身入中以惡業故見自巳身一切諸毛皆悉炎然又復自見閻魔羅人以黑鐵繩反縛其手復縛其足彼黑鐵繩毒堅觸惡其色可畏次纏身中遍體普急不容毛頭惡業行人如是自見旣爲鐵繩堅急縛已有不可愛色聲香

味觸等境界謂惡業故眼見惡色甚可怖畏閻魔羅人眼則炎然多種惡色怒臂極瞋心不喜見又復耳聞不可愛語心不樂聞所謂說言此人乃是惡業行者身業口業意業不善造作惡行人中善處實洲之地自誑其身不正思惟十善業道作不善行常虛妄行不得善實一切欲行如刀火毒墮在嶮岸此人如是爲欲所誑他妻所誑如是惡行此人如是不善觀察造作三種不善惡業如是癡人自行惡業我於今者置大燋熱大地獄中與種種苦無量百千種種苦惱皆悉具與令使後時更不復作惡行惡業閻魔羅人爲呵中有離妻子人大憂愁者而說偈言

女色爲知識　不利益如怨　破壞人世界
到閻地獄處　一切怨惡中　更無如業怨
三惡業縛束　我今送地獄　獨造作惡業
獨受惡果報　獨自到惡處　世間無同伴
若人多作惡　因緣於他人　自作還自受
彼人不能救　汝何故愚癡　爲妻子所誑
於比丘尼等　癡誑故造惡　此世未來世
怨常隨後行　怨中第一怨　一切惡處示
自所作惡業　如毒如刀火　汝自作惡業
汝如是自食　非此人作業　餘人受果報
非初非中後　非此世他世　若人散亂意
心不正觀察　貪受樂味故　造作不善業
愚癡亂心人　增長不善法　不知正觀察
造作諸惡業　心能誑衆生　心能令人貪
令人向地獄　闇中闇處去　闇覆生死中
難得佛正法　若人不受法　從苦到苦處
若人寂靜心　境界不破壞　彼人到善處

汝今者至此

如是造作惡業行人自身口意造不善業閻魔羅人既呵責已送大焦熱大地獄去鼻齅不淨臭爛惡屎舌嘗堅熱不淨惡味得不可愛香味之色身則當觸最重惡觸有惡風來如刀如火此五境界極惡可畏心怖畏故則生恐怯於先已見大地獄相閻魔羅人堅繫其咽業風所推將向地獄不得自在閻魔羅人面有惡狀手足極熱捩身怒肚罪人見之極大忙怖閻魔羅人聲如雷吼罪人聞之恐怖更增閻魔羅人手執利刀腹肚甚大如黑雲色眼炎如燈狗牙鋒利臂手皆長搖動作勢肩闊長爪鋒利炎然臂麤脉脹一切身分皆悉麤起如是種種可畏形狀執惡業人如是將去過六十八百千由旬地海洲城在海外邊復行三十六億由旬漸向下十億由旬業風所吹如是遠去彼如是處業風力吹非心思量不可譬喻彼處境界日月風力所不能到唯業風力一切風中業風第一更無過者如是業風將惡業人去到彼處既到彼已閻魔羅王呵責如前閻魔羅王既呵責已惡業羂縛出向地獄以惡業故彼處見有閻魔羅人謂是衆生將惡業人向大焦熱大地獄去如是罪人闇中遠見彼大焦熱大地獄中普火𦦨然彼地獄量五千由旬不增不減去彼地獄三千由旬聞地獄人啼哭之聲悲愁恐怕極大憂惱已受無量種種苦惱堅惡叵耐如是無量百千萬億無數年歲聞大焦熱大地獄中地獄罪人啼哭之聲既聞啼哭十倍恐怕心驚怖畏閻魔羅人如是將送向大

燋熱大地獄去閻魔羅人呵責之故而說偈
言
汝聞地獄聲　已如是怖畏　何況地獄燒
如燒乾薪草　火燒非是燒　惡業乃是燒
火燒則可滅　業燒不可滅　火不地獄燒
火不隨逐行　汝作惡業火　須臾當燒汝
若作惡業火　彼在地獄燒　若捨惡業火
則不畏地獄　若人自愛身　復畏於地獄
彼人則捨惡　不受大苦惱　捨離惡業人
心常善觀察　身口意皆善　去涅槃不遠
若人常惡心　癡心常自在　故得惡地獄
何須眼出淚　造苦得苦報　苦滅得樂報
初中後惡業　衆生不受樂　汝人中造惡
惡業已多作　如是惡業果　今者將欲受
若人作惡業　則向惡處去　若人作善業
則去向善處　非是作惡業　而得於樂果
樂果非惡得　以不顛倒受　無始世界來
作善得樂果　若作惡業者　如是得苦果
因緣則相似　顛倒不相應　已作至於前
如是得果報
如是罪人惡業所作閻魔羅人於中有中苦呵責已將向地獄彼惡業人既聞呵責怖畏毛竪何況眼見彼中有人既見地獄炎火熾然色等諸陰極受寒苦顫動難忍於彼地獄熱炎熾火心生貪著起心即取取因緣有一切有分法皆如是有因緣生彼惡業人不善業因殺生偷盜邪行飲酒妄語邪見復有邪行於彼淨行無欲染心淨戒相應善比丘尼强逼行欲彼不善業作而復集勢力堅鞕所得果報有大火聚其聚舉高五百由旬其量

寛廣二百由旬炎然熾盛彼人所作惡業勢力急擲其身墮彼火聚如大山崖推在險岸無有坎嶝挽摸之處如是罪人直入大火彼地獄中如是勢推惡業行人入大地獄熾然火中以惡業故有熱鐵鉤先鉤其足令頭在下而入火中彼惡業人旣如是入地獄熾火先燒其眼旣燒眼已次燒頭皮燒頭皮已次燒頭骨燒頭骨已次燒頰骨燒頰骨已次燒其齒旣燒齒已次燒牙牀燒牙牀已次燒項骨燒項骨已次燒背骨燒背骨已次燒胷骨燒胷骨已次燒咽筩燒咽筩已次燒其心旣燒心已次燒其肚旣燒肚已次燒大腸燒大腸已次燒小腸燒小腸已次燒其膭旣燒膭已次燒其根旣燒根已次燒髀骨燒髀骨已次燒其腨旣燒腨已次燒脚腕燒脚腕已次燒足指如是如是彼惡業人以惡業故最初先入大火盆中如是極燒一切身分燒已復生受苦不斷如彼人中上上作業如是如是上上受苦彼地獄人如是具受炎鬘火盆如是極燒然後墮在金剛火地以怖畏故伸手怒臂旣到地已即復逆上如毬著地即上不停如是速建連上連下伸手怒臂吼喚號哭墮地復上如是唱喚大火炎鬘普覆身體建在空中常亦被燒如前所燒入火炎中如是無量百千年歲彼大地獄大火盆中燒已復燒連燒不止一切身分燒已復生乃至時盡若出火盆以惡業故而復更見閻魔羅人非是衆生罪人見之謂是衆生手中執持炎然鐵鉗彼鉗極熱於彼火聚二倍更熱以何因緣彼鉗極熱以殺生故火盆所燒殺生偷盜

二惡業故彼鉗極熱二倍更熱以此因緣彼炎鐵鉗二倍更熱閻魔羅人非是衆生以如是鉗鉗取罪人置熱鐵地炎鐵鉤上提令使坐炎然鐵鉤從糞門入背上而出或卵上出廣說如前彼既坐已三倍受苦熱炎利鐵割其人根并卵俱割何因何緣三倍受苦所謂殺生偷盜邪行以此因緣三倍受苦譬如鐵師若其弟子鐵作之處以鞴吹之風滿皮鞴如是風吹彼火炎然如是如是作惡業人以作惡業究竟滿故名惡業人作惡業人惡業弟子業業普遍故名爲風所謂業風共婦女婬名爲鍜作爐中熱沸謂地獄人唱聲吽喚如是多吹如是多然多不善業如是多燒不善業人受極苦惱以此因緣彼地獄中三倍受苦殺盜邪行樂行多作彼果應知閻魔羅人問彼地獄極大怖畏皺面唱喚不善業人大火煑人作如是言汝何所患汝何所苦彼受苦人即復報答閻魔羅人作如是言我今如是極受大苦如是大苦猶尚可忍渴苦叵耐閻魔羅人如是聞已復有惡河名可畏波彼河唯有極熱湧沸銅汁蠟汁和合滿中又復多有炎然鐵塊彼河岸險若見彼河極大怖畏若聞其聲極生恐怕閻魔羅人以熱鐵鉢盛取熱銅熱白蠟汁持向罪人而語之言汝可飲之彼人渴故兩手執取謂之是水取已而飲彼地獄人以惡業故先燒其脣既燒脣已次燒其舌乃至咽𥴼皆悉被燒次第乃至燒身遍已從下而出如是罪人四倍炎然四倍受苦何業果報所謂殺生偷盜邪行及以飲酒戒人自飲復與戒人出家比丘比業

果報於地獄中熱渴須水而飲熱沸赤炎銅汁如是比丘持戒之人於衆僧中不知是酒謂是淨飲而實是酒酒者是毒手旣執已不能棄捨畏衆僧故而自飲之此業果報於地獄中赤炎銅汁不能捨棄渴急而飲此是酒果所謂沙門在檀越家惜檀越意不能棄却而便飲之此業果報閻魔羅人又復更問地獄人曰汝何所患彼地獄人即復答言我今患飢我之所受如是苦中飢苦爲勝如是答已閻魔羅人於可畏波熱炎河中取鐵摶來五倍炎然語罪人曰此則是食彼地獄人惡業癡故起如是意我今食至即取食之先燒其脣如前廣說次第乃至從下而出惡業力故而常不死作集業故舌還更生更生柔軟過蓮華葉身復更生更生輭嫩惡業果報彼比丘如是觀察何業果報新生更輭彼見聞知如來如燈如是說言若人殺生偷盜邪行飲酒與酒復有妄語彼業果報若人犯戒若具聲行言我持戒如是比丘如是心意食衆僧食得如是果閻魔羅人又復更問地獄人曰汝燒舌耶彼地獄人惡業癡人出舌示之彼舌極輭如蓮華葉廣半由旬妄語業故閻魔羅人犂耕其舌無量百到傷壞破裂發聲呻喚妄語業故如是無量百千億歲出於筭數時節久遠受大苦惱是彼作集惡業果報如是受已而於地獄未得解脫閻魔羅人復爲說偈呵責之言

如汝護惜命　他心亦如是　汝如是殺生
作惡業故來　世人寧捨命　而聚集財物
何故取他物　以爲已所有　一切人愛妻

勝於愛自身　汝癡欲染人　何故强侵逼
若人飲酒者　於佛所癡生　法中第一過
汝何故飲酒　舌中出惡毒　一切人不信
汝妄語惡人　何故不捨離　如是五種惡
汝心所喜樂　今者應忍受　徒生此憂惱
惡業法如毒　汝如是不捨　故到此地獄

炎鬘大畏處

閻魔羅人如是呵責地獄罪人既呵責已自所作業彼業如印常受大苦晝夜不息種種堅鞕有無量種如無量種不善業行如是無量種種受苦如因相似得相似果如是苦果以種子故在大燋熱大地獄中滿足惡業不善業人受苦果報善滿足者樂果滿足彼惡業人如是受苦如是無量百千年歲如是惡業如慾無異大不饒益如是燒煮彼地獄人如是罪人若脫彼處望救望歸走向異處遠見樹林極大黑闇如是闇處多有大狗彼狗名爲張口大力如是狗者能急疾走口是金剛彼狗吼聲甚可怖畏如是張口大力狗者於彼林中處處遍有彼地獄人見彼林已疾走往入彼諸惡狗一切皆來逐彼罪人先齧其卵及皮筋根脉及脉宂骨及骨節一切身分皆悉遍食唯芥子許遺餘不盡後復更生長久遠時惡狗所食此何業果謂殺生業爲食肉故而殺衆生得如是果

正法念處經卷第十一

音釋

臗苦官切兩股間也　蠍許竭切毒蟲也　拼伯耕切牽拼也　盪徒朗切滌器也　蛭陟栗切水蟲也　蜣蜋蜣去羊切蜋呂張切蜣蜋食糞蟲也　抖擻抖當口切擻蘇后切抖擻振舉之貌　頷胡感切頤頷也　摶徒官切捉聚也　衃鋪杯切稍肧也　腨市兗切腓腸也　顫之膳切四支寒掉也　頰古協切面旁也　髀旁禮切股骨也　韛蒲拜切吹火韋囊也　鞕魚孟切與硬同

# 正法念處經卷第十二

元魏婆羅門瞿曇般若流支譯

## 地獄品第三之八

又偷盜果以惡業故彼地獄中見自巳物他人劫奪即便走逐既如是走閻魔羅人以利鐵刀執取斫割脉脉皆斷斷已復生又復更有餘地獄人疾走而來閻魔羅人亦復捉取刀戟杵枷皆悉炎然斫刺築打是彼偷盜惡業果報如是無量百千年歲乃至偷盜不善業果破壞無氣腐爛盡滅彼人彼處爾乃得脫又邪行者見本婦女灰河所漂極大唱喚惡波所推或有出者或有沒者喚地獄人而作是言我今在此灰河惡處無導無救汝今可來救我此難彼地獄人既聞啼哭惡業癡心入彼灰河即於入時一切身分爲灰所爛乃至無有芥子許在唯有殘骨後復肉生肉既生已而復更見向者婦女稍遠於前在灰河中而復唱喚作如是言救我救我彼人即前而彼婦女疾走往赴既前到已欲抱婦女婦女抱之彼婦女身皆是熱鐵炎起熾然鋒利鐵爪既抱得巳即便攫之身體碎壞無芥子許全處可得唯有骨在如是罪人普身皆血唯有筋綱彼地獄人欲心所覆見彼婦女而復走往彼灰河中乃經無量百千年歲如是惡漂如是惡燒乃至惡業未壞未爛業氣未盡於一切時與苦不止彼處業盡爾乃得脫如是復生飢渴燒身處處浪走復見有河陂池清水望冷水故疾走往赴既走到已彼河池等洋白鑞汁皆悉充滿饒惡毒蛇普遍其中彼地獄人熱渴甚急即飲如是毒蛇和

合洋白鑞汁彼惡毒蚍罪業所作極甚微細入罪人口既入腹已即便麤大地獄人肚亦復增長如是惡蚍在其身內所有一切皆悉遍齧先齧小腸而唼食之是破戒人飲酒罪過如是無量百千年歲惡業所誑被蚍所齧白鑞所燒如是燒齧死已復生戒人飲酒破戒罪過又復妄語惡業果故被蛇齧舌如是無量百千年歲受大苦惱乃至惡業未壞未爛業氣未盡於一切時與苦不止彼處業盡爾乃得脫脫彼處已處處浪走而復更見不慈心果彼地獄人業作衆生如是說言汝等云何無辜被燒更可無處而住於此我示汝處令汝得樂閻魔羅人如是語已取地獄人於地獄中更置餘處彼處別異別異苦惱多多更與閻魔羅人如是更與地獄罪人種種

苦惱所謂在於一切方處大火所燒受種種苦周帀險岸處處遍燒又復更入大身惡吼可畏之處常燒常煑如是受苦身大極軟十由旬量又復更入名火鬘處於彼處生受大苦惱彼火鬘處大火甚熱於一切火此火最勝更無相似彼火鬘處常雨火沙而燒煑之彼沙稠迅如夏時雨復有異處名內沸熱彼處闇火常燒常煑令彼罪人身體脹滿猶如皮囊復更有處彼處名為吒吒吒嚌彼地獄地一切罪人以諸身分迭相揩割受大苦惱復有別處彼處名為普受一切資生苦惱彼處惡煑受大苦惱彼如是處多有可畏惡狗師子烏鷲豬蛇一切與苦復有惡河彼河名為鞞多羅尼惡燒惡漂彼處燒煑皆悉爛熟彼河熱灰赤銅白鑞炎然沸熱百種千種惡

漂燒煑如是燒煑復有別處名無間闇罪人入中闇火燒煑受種種苦復更有處名苦鬘處罪人入中燒煑受苦熱炎鐵輪轉在其頭一切身分鋸割劈裂若得脫已復入異處名雨縷鬘抖擻更燒更煑普身炎然如是燒已閻魔羅人百到千到炎刀刺割若得脫已而復更入鬘塊烏處而燒煑之彼處骨身如雪相似自身生火彼地獄人各執利刀迭相割削如是無量百千年歲若得脫已而復更入悲苦吼處在彼惡處常燒常煑既如是煑發聲大吼如是吼聲自餘一切諸地獄中無如是吼若得脫已而復更入名大悲處彼人邪見非法惡法讚說爲法彼邪見人以惡業故見所愛色或父或子或兄或弟在大悲處而被燒煑挾身受苦啼哭喚言我今孤獨可來救我彼父子等極大悲苦伸臂向上大聲唱喚彼地獄人如是見已憂悲火生燒然愛薪憂悲火熱形地獄火猶如冰雪如是二種大火所燒極受苦惱發聲唱喚閻魔羅人而爲說偈呵責之言

愛火熱於火　餘火則如冰　此中地獄火
愛火三界中　如是地獄火　蓋少不足言
若愛因生火　饒炎而毒熱　惡行地獄人
業盡乃得脫　愛火燒三界　未有得脫期
愛能繫縛人　在無始生死　愛火是地獄
非地獄生火　地獄火雖熱　唯能燒於身
愛火燒衆生　身心俱被燒　愛因緣生火
火中最爲上　地獄火不普　愛火一切遍
三因三處行　三種業顯現　於三時中生
皆是愛心火　天中欲火燒　畜生瞋火燒

地獄癡火燒　愛火一切燒　如是愛心火
三界皆炎然　見何不樂法　令如是心悔
閻魔羅人於彼地獄大悲之處如是呵責地
獄罪人既呵責已而復更與種種苦惱如是
罪人彼處得脫而復更於無悲闇處地獄中
煮彼處普火燒地獄人其色猶如甄叔迦樹
如是罪人若脫彼處復於木轉地獄中煑彼
地獄人在彼地獄十六處煑邪見所攝犯比
丘尼惡業罪過彼人彼處於無數年久時長
燒乃至惡業未壞未爛業氣未盡於一切時
與苦不止若惡業盡彼地獄中爾乃得脫難
脫彼處復生餓鬼畜生之中無量千世飢渴
燒煑迭互相食食百千身如是畜生以惡邪
見復犯淨行比丘尼戒彼人如是難得人身
如龜遇孔若生人中同業之處於五百世作
不能男犯比丘尼不善惡業餘殘果報又彼
比丘知業果報觀大燋熱大地獄處彼見聞
知若人殺生偷盜邪行飲酒妄語邪見業果
如前所說又復若人毀犯清淨優婆夷戒身
懷命終墮於惡處在彼地獄在一切大燋熱
處生受大苦惱所謂苦者彼地獄處一切無
間乃至虛空皆悉炎然無針孔許不炎然處
彼人火中伸手向上發聲唱喚第一急惡大
力堅苦熾火所燒灰亦叵得又復更生如是
無量百千年歲常燒不止彼處若脫望救望
歸走向異處既如是走閻魔羅人復更執之
普炎鐵繩從脚而纏乃至於頭次第急纏血
皆上流集在頭中然後復以炎然鐵鉤釘其
頂上頷下而出復捉鐵鉤急轉急挨而復抽
掣罪人血出如赤銅汁熱炎熾然灌其身體

如是無量百千年中血灌其身而燒煑之死而復生生而復死惡業力故常一切時如是燒煑乃至惡業未壞未爛業氣未盡於一切時與苦不止若惡業盡彼地獄處爾乃得脫復於無量百千年歲生於餓鬼畜生之中若生餓鬼受飢渴苦於畜生中迭相食苦乃於無量百千世中爲他所殺而噉食之彼惡業人受彼苦已難得人身如龜遇孔若生人中同業之處貧窮多病於他人所常得熱惱心亂不止復不長命於四百世作不男人是彼惡業餘殘果報又彼比丘知業果報觀大燋熱大地獄處彼見聞知若人殺生偷盜邪行飲酒妄語邪見業果如前所說又復若人毀犯淨行沙彌戒故身壞命終墮於惡處在彼地獄大身惡吼可畏處生受大苦惱所謂苦者如前所說活等地獄所受苦惱彼一切苦大身惡吼可畏之處皆悉具受復有勝者彼罪人身一由旬量第一柔軟如生酥塊閻魔羅人執持其身以微細鉗遍拔其毛合肉拔之從足至頭皆悉遍拔無芥子許而不拔處彼人如是極受碎苦唱聲大喚餘地獄人聞之心破開裂分散心悉所誑造作惡業自業所誑如是聲出地獄罪人如是受苦閻魔羅人爲呵責故而說偈言

欲心出甜語　聞甜語欲發　欲語是大惡
今受如是果　欲語最利刃　彼刃自割身
寧自割其舌　不說婬欲語　欲所誑衆生
瞋心急熾然　癡心所秉故　說婬欲甜語
婬欲樂至少　作惡業甚多　癡人欲心秉
從苦而得苦　欲樂一念頃　非樂亦非常

轉身受極苦　如是應捨欲　爲欲覆之人
住於地獄舍　若不屬欲者　則不畏地獄
若人作惡業　決定受苦惱　悲苦凡鄙人
何故今唱喚　惡行地獄人　業盡乃得脫
無有多唱喚　而得解脫理　若人欲自在
作不愛惡業　癡人今受苦　唱喚何所益
若見未來果　現在喜樂善　彼人不唱喚
如汝今朝日
閻魔羅人如是責數惡業行人既呵責已復
與種種無量苦惱乃至惡業未壞未爛業氣
未盡於一切時與苦不止若惡業盡彼地獄
處爾乃得脫既得脫已無量千世生於餓鬼
畜生之中彼處脫已難得人身如龜遇孔若
生人中同業之處短命貧窮心亂不正所有
語言一切不信於四千世作不能男是彼惡
業餘殘果報又彼比丘知業果報觀大燋熱
大地獄處彼見聞知復有異處名火鬘處是
彼地獄第三別處衆生何業生於彼處彼見
有人殺生偷盗邪行飲酒妄語邪見樂行多
作業及果報如前所說若復有人於攝威儀
正行婦女行其非道彼人以是惡業因緣身
壞命終墮於惡處在彼地獄生火鬘處受大
苦惱所謂苦者如前所説活等地獄所受苦
惱彼一切苦此中具受十倍更重復有勝者
如是地獄火鬘之處以惡業故多有惡蟲名
爲似髮在地獄處長似弓弦其毒甚嚴其齒
極利閻魔羅人執地獄人縛其手足敷其身
體在熱鐵鈎極熱鐵地彼地獄人如是受苦
唱喚啼哭先燒其背受極苦惱閻魔羅人取
似髮蟲置其糞門彼似髮蟲形如弓弦入其

身中能作第一堅毒急苦其髑如火初燒糞門燒已而食食糞門已次復上行入其熟藏燒已而食食熟藏已次復上行入其生藏即燒生藏而復食之如是食已次第復入小腸大腸燒齧而食如是食盡在其身內處處遍走罪人身內如白鴿兒猶故不死如是惡蟲走向咽筩走而未到燒責其心燒已遍食彼地獄人如是受苦唱喚號哭彼人如是二火所燒身內則有似鬘蟲食身外則有地獄大火彼似鬘蟲食咽筩已次走向面既到面已先燒舌根燒舌根已齧而食之如是食已走向耳根復食其耳食耳根已走向髑髏次食其腦既食盡已破頭而出彼地獄人猶故不死是彼惡業之勢力故遍身有孔如是惡蟲復入孔內復爲地獄大火所燒普身內外一

切炎然惡業行故如是無量百千年歲食已復食食已復生生已復食死已復活如是罪人受大苦惱是彼惡業作集勢力彼地獄人彼處脫已走向異處見大蛇衆一時俱來彼人見已極大怖畏走向餘處如是蛇衆惡業所作走疾如風向彼罪人到已纏絞普身周遍其牙甚利有大惡毒齧彼罪人受百千種最大苦惱彼地獄人如是具有三火所燒一飢渴火二蛇毒火三地獄火如是無量百千年歲常如是燒無有年數時節長遠乃至惡業未壞未爛業氣未盡於一切時與苦不止若惡業盡彼地獄處爾乃得脫既得脫已無量千世生在餓鬼畜生之中於餓鬼中飢渴極燒遍生一切畜生之中生生常爲他所殺害殺已而食若脫彼處難得人身如龜遇孔

若生人中同業之處於五百世爲第三人所謂不男是彼惡業餘殘果報又彼比丘知業果報觀大燋熱大地獄處彼見聞知復有異處名雨沙火是彼地獄第四別處衆生何業生於彼處彼見有人殺生偷盜邪行飲酒妄語邪見樂行多作業及果報如前所說復有邪行於沙彌尼作惡行已心生歡喜猶故喜樂彼人以是惡業因緣身壞命終墮於惡處在彼地獄雨沙火處受大苦惱所謂苦者如前所說活等地獄所受苦惱彼一切苦此中具受復有勝者所謂彼處五百由旬大火充滿一切炎然有金剛沙遍滿其中柔輭如水能燒之人猶尚畏没况重惡業地獄之人彼地獄人入中則没猶如没水惡業因故没已復出彼金剛沙有三角塊刃尖極利揩罪人身乃至骨盡盡已復生生復更揩揩已復盡盡已復生死而復活無能救者墮炎沙中唱唤號哭呼嗟涕泣以惡業故於彼苦處不能自脱時節長久若惡業盡彼地獄處爾乃得脱雖脱彼處無量千世生於餓鬼畜生之中若生餓鬼飢渴燒煑畜生之中迭相噉食於一千世常被他殺若脱彼處難得人身如龜遇孔若生人中同業之處常貧常病人所不信爲不男人是彼惡業餘殘果報又彼比丘知業果報觀大燋熱之大地獄復有何處彼見聞知復有異處名内熱沸是彼地獄第五別處衆生何業生於彼處彼見有人殺生偷盜邪行飲酒妄語邪見樂行多作業及果報如前所說又復有人邪見邪行於持五戒優婆夷邊强行非法汙其梵行令戒缺壞彼作

是意破戒無罪不信業果彼人以是惡意惡行業因緣故身壞命終墮於惡處在彼地獄内熱沸處受大苦惱所謂苦者如前所説活等地獄所受苦惱彼一切苦此中具受復有勝者所謂彼處有五火山皆内熱沸如是五山普遍地獄皆悉熱沸一名普燒二名極深無底三名闇火聚觸四名割截五名業證遍彼地獄一千由旬如是五山去普輪山及大輪山道里極遠彼地獄人見彼五山優鉢羅華於彼山中多有樹林陂池具足希望彼處欲得安樂疾走往赴以惡業故彼山内有火惡風所吹吹已熾然燒地獄人普身捩轉如是燒已復見有山青色而大既燒受苦復更走赴望救望歸既到彼山勢墮其中猶如弩弦所放鐵箭射入蟻封如是入已不知所在

如是如是彼地獄人在内熱沸火山之中没無處所彼地獄人在於彼處如是燒已煑已炙已又復更入闇火聚觸惡山之中諸根閉塞受一切苦如埰納箭具受一切惡業果報如是罪人作集惡業闇火聚觸惡山之中受如是果苦惱急惡無主無救無有伴侣食自業果久受極苦常燒常煑業風所吹彼熱沸處一切身熱得出彼處無足力故不能得走閻魔羅人而復更執置割截山以鐵炎鋸割其人根割已復生新生軟嫩而復更割如是無量百千鋸割受大苦惱又復更入業證山中受大苦惱唱喚偈言

如我自作業　我如是受果　欲怨燒我故
今到此地獄　放逸地不善　欲火燒人身
彼羂繫縛我　是故到此處　我先時不知

欲果如是苦　爲癡之所誑　自作今自受
無悲心惡人　將我在此處　無邊苦惱海
云何可得脫　業爲苦中苦　我今如是受
不曾見有樂　地獄苦不盡

彼地獄人灰火地獄受第一苦如是唱喚彼地獄人常一切時受大苦惱乃至惡業未壞未爛業氣未盡於一切時與苦不止若惡業盡彼地獄處爾乃得脫若得脫已復於無量百千世中生於餓鬼畜生之道於餓鬼中迭互相見飢渴燒身於畜生中迭相食噉於百千世死而復生彼人彼處既得脫已難得人身如龜遇孔若生人中同業之處惡業力故貧窮多病身分不具是彼惡業餘殘果報又

彼比丘知業果報觀大燋熱之大地獄復有何處彼見聞知復有異處彼處名爲吒吒吒嚌是彼地獄第六別處衆生何業生於彼處彼見有人殺生偷盜邪行飲酒妄語邪見樂行多作業及果報如前所說復有邪行謂於受戒正行婦女行非梵行或時一到二到三到四到五到彼人如是不相應行或於姊妹或於同姓或於香火或香火婦或知識婦誑誘邪行彼人以是惡業因緣身壞命終墮於惡處在彼地獄吒吒吒嚌別異中生受大苦惱所謂苦者如前所說活等地獄所受苦惱彼一切苦此中具受復有勝者謂有惡風第一勢觸極飄極吹令彼地獄罪人之身分分分解猶如劫貝急惡抖擻如彈羊毛如是勢急極惡大風吹罪人身毛塊毛塊分分分散猶如細毛毛亦叵見如何者毛劫貝婆毛彼毛既散還復聚合彼罪人身亦復如是惡風

所吹分散十方彼罪人身於地獄中惡風如刀分分割裂碎散如沙乃至無有一物可見如是身分毛亦叵見以惡業故一切身分而復更生生已復散欲力故爾欲如前說如是無量百千年歲乃至惡業未壞未爛業氣未盡於一切時與苦不止若脱此苦彼處復有金剛惡鼠食其人根分令破碎如芥子許受苦唱喚食人根已次食其腸既食腸已次食熟藏食熟藏已從背而出次食其背既食背已次食背骨彼惡業人以惡業故如是無量百千年歲受地獄苦於長久時得脱彼處所受苦惱既得脱已走向異處復有黑蟲纏絞其身先纏人根燒而食之受極苦惱唱聲大喚如是黑蟲常纏常食乃至彼人作集惡業未壞未爛業氣未盡於一切時與苦不止若惡業盡彼地獄處爾乃得脱既得脱已復於無量百千世中於食自肉餓鬼中生自食身肉雖自食肉而復不死以作業時自姊妹等行非梵行自受樂故於餓鬼中自食身肉若脱彼處生畜生中常作牝豬自食其子如人中時於親等中行婬業故彼人彼處若得脱已難得人身如龜遇孔若生人中同業之處彼人常有人根惡病如是人根惡病急故自割人根彼業因縁若自有妻爲下賤人之所侵逼不相應人共行婬欲以作業時犯他妻故一切惡中邪見邪行最爲深重此不善業於世出世皆不相應又彼比丘知業果報觀大燋熱之大地獄復有何處彼見聞知復有異處彼處名爲普受一切資生苦惱是彼地獄第七别處衆生何業生於彼處彼見有人

殺生偷盜邪行飲酒妄語邪見樂行多作業及果報如前所說復有邪行所謂比丘貪染心故不相應行以酒誘誑持戒婦人壞其心已然後共行或與財物彼人以是惡業因緣身壞命終墮於惡處在彼地獄普受一切資生苦處受大苦惱所謂苦者如前所說活等地獄所受苦惱彼一切苦此中具受彼人常恒修習善戒而捨善行修習惡道如是不善惡業行人習不善道喜樂習行以惡業行之因緣故於彼地獄受更重苦極急堅惡大重苦惱活等地獄所受苦惱彼一切苦此中具受所謂彼處自從足指乃至於頭炎刀剥割一切身皮不侵其肉如是剥割一切身分與大苦惱既剥其皮與身相連敷在熱地以火燒之身既無皮閻魔羅人以熱鐵鉢盛熱沸灰灌其身體彼人如是被燒烝煑受大苦惱唱聲大喚呼嗟號哭如是無量百千年歲受大苦惱年歲無數不可得脫常受如是堅鞕苦惱乃至惡業未壞未爛業氣未盡於一切時與苦不止若惡業盡彼地獄處爾乃得脫若於前世過去久遠有善業熟不生餓鬼畜生之道難得人身如龜遇孔若生人中同業之處常貧常病得極惡病海畔衆生同業生人形體不具所謂一脚一眼一臂其身獨短命則不長或一日壽如是處生是彼惡業餘殘果報又彼比丘知業果報觀大燋熱之大地獄復有何處彼見聞知復有異處所謂有河其河名曰鞞多羅尼惡燒惡漂是彼地獄第八別處衆生何業生於彼處彼見有人殺生偷盜邪行飲酒妄語邪見樂行多作業及

果報如前所説復有邪行所謂有人燒香索婦把手相付彼婦無過心生猒賤强與作過既與過已猶故喜樂而共行欲彼人以是惡業因緣身壞命終墮於惡處在彼地獄鞞多羅尼惡燒惡漂大河之處受大苦惱所謂苦者如前所説活等地獄所受苦惱彼一切苦此中具受復有勝者謂於闇聚虛空之中雨熱鐵杖惡業所作其杖極利入在地獄罪人身中入已極燒一切身分普皆作孔劈割燒煮一切身分皆悉分離内外火燒受極苦惱炎然鐵杖如是劈已極受大苦彼苦堅鞕不可譬喻彼地獄人既受大苦處處馳走墮在險岸岸下有河其河名曰鞞多羅尼惡燒惡漂以惡業故滿中惡蛇罪人見之驚怖極苦如是惡蛇炎牙惡毒碎其身體分分如塵而噉食之極受大苦唱聲號哭乃至惡業未壞未爛業氣未盡於一切時與苦不止年歲無數若惡業盡彼地獄處爾乃得脫若其不墮餓鬼畜生難得人身如龜遇孔若生人中同業之處常貧常病常有悲苦爲他所使諸根不具生在邊地凍山雪山其面極醜如驢馬面唯食根草以存性命不曾知有稻粟等食是彼本業餘殘果報又彼比丘知業果報觀大焦熱之大地獄復有何處彼見聞知復有異處名無間闇是彼地獄第九別處衆生何業生於彼處彼見有人殺生偷盜邪行飲酒妄語邪見樂行多作業及果報如前所説又復有人於離外染境界繫縛貪欲瞋癡三煩惱輭修善之人而遣婦女勸誘令退彼人以是惡業因緣身壞命終墮於惡處在彼地獄

無間闇處受大苦惱所謂苦者如前所說活等地獄一切所受堅惡苦惱彼一切苦此中具受復有勝者彼地獄處有地獶蟲口觜極利能破金剛令如水沫罪人惡業有如是蟲於彼惡蟲所得苦惱勝地獄苦若受蟲苦彼地獄苦則為大樂彼地獶蟲破罪人骨而食其髓彼地獄中一切諸苦皆悉和合於受蟲苦百分之中不及其一於千分中不及其一百千分中亦不及一於彼惡蟲不能得脫處處遍走隨彼彼處皆不得脫如是無量百千年歲常燒常煑於餘一切地獄罪人所受苦惱最惡最重受如是苦於一切時彼地獄處如是燒煑而亦不死以彼惡業作集勢力地獄和集常如是燒常如是煑乃至作集惡不善業未壞未爛業氣未盡於一切時與苦不止若惡業盡彼地獄處爾乃得脫若於前世過去久遠有善業熟不生餓鬼畜生之道難得人身如龜遇孔若生人中同業之處生婬女家為彼作奴顏色不好手足破裂恒常貧水是彼惡業餘殘果報又彼比丘知業果報觀大燋熱之大地獄復有何處彼見聞知復有異處名苦髮處是彼地獄第十別處衆生何業生於彼處彼見有人殺生偷盜邪行飲酒妄語邪見樂行多作業及果報如前所說復有惡婬有善比丘持戒正行於律無犯種姓有事故生怖畏入所信家而彼舍主邪婬婦人語言比丘共我行欲若不肯者我則舉告必令比丘於王得罰或語我夫作如是言比丘侵我若共我欲多與比丘佉陀尼食種種美飲我與比丘二人極樂更無人知我向

人說此好比丘第一持戒有多卧具病藥因緣具足檀越我能教化必令比丘事事皆得彼人如是誑善比丘令退正道如是婦女惡業因緣身壞命終墮於惡處在彼地獄生苦鬘處受大苦惱所謂苦者如前所說活等地獄所受苦惱彼一切苦此中具受復有勝者所謂彼處閻魔羅人取彼婦女以利鐵刷刷其皮肉肉盡骨在而復更生生則輭嫩而復更刷刷已復生生已復刷閻魔羅人取彼婦女肉生轉多而復䋐嫩鐵刷炎然遍刷其身而復火燒如是婦女極受苦惱唱喚號哭作集惡業常一切時如是受苦處處馳走以惡業故見本比丘來向其身欲意所誑疾走往趣業怨難捨如是惡處欲心猶在見彼比丘抱其身體則入火甕普火炎然如是無量百千年歲於苦鬘處受極堅鞕第一大苦乃至惡業未壞未爛業氣未盡於一切時與苦不止若惡業盡彼地獄處爾乃得脫雖脫彼處於五百世生畜生中若脫彼處難得人身如龜遇孔若生人中同業之處則為婦女在於城中常除糞屎城中所有一切人中最為凡鄙貧窮醜陋手足擘裂脣口皃缺面色甚惡無父無母無有諸親兄弟姊妹常從他人乞食活命衣裳破壞垢穢不淨身闕一廂於顯現處身有傷破為諸童子之所打擲受苦而活是彼惡業餘殘果報

正法念處經卷第十二

音釋

攫居縛切爪持也　齧五結切噬也　吒嚌吒陟駕切嚌在細切　鞞頻眉切　捩郎傑切　掣昌列切拽也　揩口皆切擦也　槊徒果切埔也　牝毘忍切母畜也　騲采老切牝馬也　觜即委切喙也　刷數滑切刮刷也

# 正法念處經卷第十三

元魏婆羅門瞿曇般若流支譯

地獄品第三之九

又彼比丘知業果報觀大燋熱之大地獄復有何處彼見聞知復有異處名雨縷鬘抖擻之處是彼地獄第十一處衆生何業生於彼處彼見有人殺生偷盗邪行飲酒妄語邪見樂行多作業及果報如前所說復有邪婬所謂侵近善比丘尼或時荒亂國土不安於比丘尼正行持戒而是童女因時不安强逼侵犯汙其淨行彼人以是惡業因緣身壞命終墮於惡處在彼地獄生雨縷鬘抖擻之處受大苦惱所謂苦者如前所說活等地獄所受苦惱彼一切苦此中具受復有勝者謂於彼處復有無量金剛利刀以爲刀網處處遍覆隨所迴轉身動則割遍體普割如是刀網金剛刃縷羂縛罪人如此閒蠅在毛綿中彼處罪人在彼網中生而復死死而復生閻魔羅人以燄鐵箭射其身分一切普遍如是罪人金剛網縛炎箭所射受極堅鞕第一苦惱唱聲呻喚悲號啼哭受大苦惱普身破壞一切堅縛若彼罪人得脱彼處惡業因緣所受苦極處處馳走復入熾然普火炭聚身體消洋燒身唱喚孤獨無伴遠見大門門有光明疾走往赴既到彼已復有大蟒毒乃甚熾入其口中彼地獄人於彼内燒不能唱喚如是業蟒如彼惡業如是迴轉彼地獄人一切身分碎散如沙不能唱喚一切筋脉皆悉碎壞如是無量百千萬億阿僧祇歲在蟒腹中燒揬破壞如是罪人若出蟒口一切身中筋脉皆

緩處處馳走而復更見閻魔羅人來取其身以利鐵刀一切身分遍切遍割如膾鱧魚如是無量百千年歲亦不可數常一切時受大苦惱乃至作集惡不善業未壞未爛業氣未盡於一切時與苦不止若惡業盡彼地獄處爾乃得脫雖得脫已於五百世生於餓鬼畜生之中彼處脫已難得人身如龜遇孔若生人中同業之處貧窮常病身體色惡身體常有惡瘡毒瘡恒受苦惱是彼惡業餘殘果報又彼比丘知業果報觀大燋熱之大地獄復有何處彼見聞知復有異處名髮愧烏是彼地獄第十二處衆生何業生於彼處彼見有人殺生偷盜邪行飲酒妄語邪見樂行多作業及果報如前所說復有邪婬或因酒醉或復欲盛婬姊婬妹彼人以是惡業因緣身壞命終墮於惡處在彼地獄髮愧烏處受大苦惱所謂苦者如前所說活等地獄所受苦惱彼一切苦此中具受復有勝者所謂墮在熱炎銅爐身則消洋還復和合而更消洋於彼爐中生已復死死已復生常受大苦如是爐中閻魔羅人兩橐吹之爐火罪人不可分别如是無量百千年歲爐中煑之如此人中煑金無異如是如是彼地獄中如是燒煑惡業行人若得脫彼爐中惡業出彼銅爐閻魔羅人置鐵砧上鐵搥打之如鍛鐵師搥打鐵塊如是打時打則命終舉搥還活彼地獄人於一切時常被燒煑年歲無數若脫彼處閻魔羅人置之鼓中既置鼓中以惡業故鼓出畏聲聞則心破散已更生生已復散彼人如是死已復活活已復死乃至作集惡不善業未

壞未爛業氣未盡於一切時與苦不止若惡業盡彼地獄處爾乃得脱雖脱彼處於六百世生畜生中若生人中同業之處心常驚恐如野鹿等心驚不安常畏官人横枉繫縛壽命極短心驚不安是彼惡業餘殘果報又彼比丘知業果報觀大燋熱之大地獄復有何處彼見聞知復有異處名悲苦吼是彼地獄第十三處衆生何業生於彼處彼見聞知若人殺生偷盜邪行飲酒妄語及邪見等樂行多作業及果報如前所説復有邪婬所謂有人於女姊妹在齋會中見惡邪法而共行欲從婆羅門聞是邪法女若憶男而男不取則得大罪彼婆羅門作如是計若不爾者破法得罪如是邪聞惡法所誑而行邪行彼人以是惡業因緣身壞命終墮於惡處在彼地獄

悲苦吼處受大苦惱所謂苦者如前所説活等地獄所受苦惱彼一切苦此中具受復有勝者所謂彼處閻魔羅人熱炎鐵杵極熱擣築遍身破壞體無完處如米豆許遍身是瘡彼人身分一切是瘡普受熱苦孤獨無伴受堅鞕苦年歲久遠無有筭數若業因盡得脱如是熱炎鐵杵處處馳走復入鐵地其鐵炎然入已則墮受大苦惱唱聲吼喚復見大林相去不遠色如青雲普林寂靜饒鳥音聲去其不遠有大池水清淨可愛彼地獄人起如是意彼是第一寂靜樹林清淨池水我於彼處應得安樂望救望歸走向樹林炎火集聚熱炎鐵地罪人在中見彼樹林相去不遠多有衆鳥彼地獄人馳走向林望有安樂望救望歸彼人如是極受大苦乃到樹林一切所

見與本見異一切皆惡極大怖畏所謂彼處大口惡龍龍有千頭其眼炎然惡毒甚熾皆是向者所見之樹向者所聞衆鳥聲音今則皆是地獄罪人遍身炎然唱喚之聲向者遠聞謂是衆鳥如是惡龍取地獄人而噉食之與種種苦如是罪人受大苦惱唱聲大喚彼龍炎口如是食已於龍口中而復還活自業所作在龍口中死而復活活而復死如是常食年歲甚多無有筭數食已復生食已復生若於口中業盡得脫熱渴甚急復見池水在於異處疾走而往彼處池水闇火遍覆滿彼地中地獄熾火深一由旬彼地獄人到已入中入則沉没受極苦惱自業相似餘業非喻所受苦惱無異相似乃至惡業未壞未爛業氣未盡於一切時與苦不止若惡業盡彼地獄處爾乃得脫雖脫彼處於七百世生於餓鬼畜生之中若脫彼處難得人身如龜遇孔若生人中同業之處貧窮多病爲他所使在巷乞求身形矬短是彼惡業餘殘果報又彼比丘知業果報觀大燋熱之大地獄復有何處彼見聞知復有異處名大悲處是彼地獄第十四處衆生何業生於彼處彼見聞知若人殺生偷盗邪行飲酒妄語及邪見等樂行多作業及果報如前所說復有善人從他人邊讀誦經論或復從其聞有經論彼人多欲婬其妻妾教師等婦而實貞良誘誑行婬常向人說彼是我母以教師婦母相似故癡心違信如是行欲彼人以是惡業因緣身壞命終墮於惡處在彼地獄生大悲處受大苦惱所謂苦者如前所說活等地獄所受苦惱彼

一切苦此中具受復有勝者所謂彼處有熱鐵𨫼𨫼有利刀狀如磨齒罪人在中恒常急身磨一切身分皮肉筋脉骨髓血汁皆悉和合既如是磨悲號啼哭餘地獄人既聞其聲生大苦惱於自身苦不復覺知雖如是磨而常不死如是無量百千年歲磨而常活乃至惡業未壞未爛業氣未盡於一切時與苦不止若惡業盡彼地獄處爾乃得脫於六千世生於餓鬼畜生之中若脫彼處難得人身如龜遇孔若生人中同業之處或胎中死或生已死或有生已未坐而死或有生已未行而死或有生已能行而死或有行走而便死者隨其所生諸根不具是彼惡業餘殘果報又彼比丘知業果報觀大燋熱之大地獄復有何處彼見聞知復有異處名無悲闇是彼地獄第十五處衆生何業生於彼處彼見聞知若人殺生偷盜邪行飲酒妄語邪見樂行多作業及果報如前所說又復有人婬自子妻彼人以是惡業因緣身壞命終墮於惡處在彼地獄無悲闇處受大苦惱所謂苦者如前所說活等地獄所受苦惱彼一切苦此中具受復有勝者彼處鐵地炎然熱沸閻魔羅人執地獄人在彼熱地上下翻覆令彼罪人遞互在上迭互在下百到千到和集同責合爲一塊不容毛頭彼此如是合爲一塊閻魔羅人以杵擣築復作異塊密於前塊如是細擣細密和合不可分別如是無量百千年歲受堅鞕苦乃至惡業未壞未爛業氣未盡於一切時與苦不止若惡業盡彼地獄處爾乃得脫雖脫彼處於九百世生於餓鬼畜生之中

若脫彼處難得人身如龜遇孔若生人中同業之處貧窮常疾常爲怨對之所破壞生惡國土海中夷人一切人中最爲鄙劣又不長命是彼惡業餘殘果報又彼比丘知業果報觀大燋熱之大地獄復有何處彼見聞知復有異處名木轉處是彼地獄第十六處衆生何業生於彼處彼見聞知若人殺生偷盜邪行飲酒妄語及邪見等樂行多作業及果報如前所說又復有人他救其命有於病等臨欲命盡爲他所救或被殺者爲他所救彼則有恩而不識恩反婬其妻彼人以是惡業因緣身壞命終墮於惡處在彼地獄生木轉處受大苦惱所謂苦者如前所說活等地獄所受苦惱彼一切苦此中具受復有勝者彼處有河名大叫喚在彼河中熱白鑞汁燒煑漂流無量百千地獄罪人在彼河中如是漂煑彼地獄人同在其中爲河所漂以急漂故頭在下入入中則沉與餘罪人翻覆相壓不可分別如是上上地獄以壓罪人在下熱沸白鑞燒煑唱喚受無間苦彼地獄人如是受苦以惡業故而復更有魔竭大魚食其身分食已復生彼木轉處受大苦惱如是受苦時節久遠自惡業故如是受苦乃至惡業未壞未爛業氣未盡於一切時與苦不止若惡業盡彼地獄處爾乃得脫雖脫彼處於五百世生於餓鬼畜生之中既得脫已若生人中同業之處一切女人之所憎賤於自父母兄弟妻子悉皆嫌惡五百世中不能行欲是彼惡業餘殘果報又彼比丘知業果報觀大燋熱之大地獄唯有如是十六別處更不見有第十

七處普觀一切唯十六處此大極惡極大燋熱極大地獄如是無邊此自業果地獄中受燒煑罪人受大苦惱如業相似非異人作異人受苦自作不失不作不得如自作業相似得果自作業生衆生如是如業所作自業所得若善不善如業得果彼比丘如是思惟地獄果報地獄行業旣思惟已猒離生死不見有樂不見有常不見有我不見有淨如是唯見一切生死皆悉無常苦空無我如是見已離一切欲離於欲結離於欲行離於欲意離於欲因見欲過惡轉復增上更生怖畏如是正攝身口意行三業勝行魔不得便不繫屬魔彼如是修緩於生死惡相續鎖破壞離散又修行者內心思惟隨順正法觀察法行作如是意彼比丘甚爲希有有增上力得十一地彼地夜叉見彼比丘不倦精進有增上力心生歡喜轉復上聞虛空夜叉虛空夜叉聞四大王如前所說次第乃至向大梵天如是說言閻浮提中某國某村某善男子如是種姓名字某甲剃除鬚髮被服法衣正信出家心不樂住魔之境界不樂喜欲愛心共住於煩惱地不生喜樂見他苦惱則於世間一切生死深生猒離彼梵身天聞已歡喜說如是言魔分損減正法朋長彼修行者以天眼觀見彼比丘如是已得第十一地見於正道如是諦見知業報法諦見身業　業意業諸比丘如是三種微細身業口業意業分分細知若天世間若魔世間若梵世間若沙門界婆羅門界如是天人不能如是分分細知何況外道遮羅迦波利婆闍迦而能得知唯我能

知及我弟子若從我聞能如是知微細三業分細分細如是皆知汝等比丘若有餘人若彼外道遮羅迦波利婆闍迦如是問者汝如是答若如是問彼諸外道遮羅迦波利婆闍迦心則迷沒不能答汝何以故諸比丘一切生死所攝衆生非其所行非境界故彼人麤知不能正知惱知垢知微劣少知彼三種業身口意業彼人所說爲他破壞不能斷絕生老病死憂悲啼哭一切苦惱不證聖法不到涅槃非究竟道非寂靜法非安樂法非生天道彼人思惟三種業道身口意業唯有慢心諸比丘彼外道遮羅迦波利婆闍迦自意歡喜心不思惟諸過功德彼人如是比三種業身業口業意業大惡彼人於我無少相似譬如涅槃之與生死乃至無有少分相似理相玄遠彼知三業我知三業無少相似諸比丘汝等應知彼外道問唯有言語佛有正道寂滅涅槃一切生死無常敗壞皆苦無樂諸比丘應如是知無有物常無物不動無物不變無物不異諸比丘彼修行者見彼比丘如是身業口業意業種種諦見趣涅槃城又復觀察云何彼比丘得十二地彼修行者如是觀察見彼比丘不倦精進復更諦觀惡業因果七大地獄并及別處如業報法諦觀察已彼見聞知又復更有最大地獄名曰阿鼻七大地獄并及別處以爲一分阿鼻地獄一千倍勝衆生何業生彼地獄彼見聞知若人重心殺母殺父復有惡心出佛身血破和合僧殺阿羅漢彼人以是惡業因緣則生阿鼻大地獄中經一劫住若減劫住業既平等而減劫

住以劫中間造作惡業墮阿鼻故彼人滅劫阿鼻燒煮何以故時節已過不可令迴是故於彼減劫燒煮苦惱堅鞕以多惡業少時受故如是造作阿鼻之業有非堅心輭中心作受苦不重如人造作一阿鼻業若重心作彼受勝苦一切作業及業果報一切皆是心心數法皆心自在皆心和合心隨順行復有六結繫縛衆生若心寂靜衆生解脱如彼次第在於阿鼻地獄之中苦因緣故所受苦惱身有輭麁𪊨若五逆人於地獄中其身長大五百由旬若四逆人四百由旬若三逆人三百由旬若二逆人二百由旬若一逆人一百由旬又彼比丘觀察阿鼻大地獄處此名毛起最大地獄凡有幾處彼見聞知普此地獄有十六處何等十六一名烏口二名一切向地三名無彼岸常受苦惱四名野干吼五名鐵野干食六名黒肚七名身洋八名夢見畏九名身洋受苦十名兩山聚十一名閻婆叵度十二名星鬘十三名苦惱急十四名臭氣覆十五名鐵鍱十六名十一炎普彼阿鼻最大地獄有如是等十六别處又彼比丘如是觀察人欲死時乃至中有云何阿鼻地獄行人此中受苦復生苦處彼見衆生貪欲瞋恚愚癡所覆造作惡業成就阿鼻地獄惡行如是造作阿鼻地獄惡業行人有爲生天故以大火燒殺其母又復有人高山險岸推母令墮如是殺母又復有人置母水中如是殺母又復有人餓殺其母惡道癡人惡聞所誑是故殺母貪心悕天如是殺母或有餓殺或在山上險處推殺或火燒殺或水中殺爲得天故彼

人愛天而殺自母有以瞋心毒等而殺有輕心故心因緣故心自在故是故殺母如是殺父以三毒過故如是殺或復有人以癡心故不知如來是大福田生瞋惡心出其身血如是破僧殺阿羅漢以多瞋故彼人如是一切因緣一切作業皆悉遠離生於阿鼻大地獄中彼惡業人臨欲死時有人即身阿鼻地獄大火巳生或復有人臨欲死時及中有中彼中間生得阿鼻苦彼如是等隨於何時造作阿鼻地獄惡業即時燒然一切善業所有出家決定受業解脫分業一切燒然不得受戒如是燒巳不善惡業燒彼人身過去久遠所作勝業以作五逆彼如是業決定不受何處決定地獄決定能令命短若百年命二十年盡思念所求皆不可得譬如下種在於鹹地

彼惡業人如是乃至自隨身夭即時捨去一切所作不得果利諸根頑鈍於境界中數見惡夢常得一切不饒益事所有妻子及奴婢等皆悉捨去常患飢渴若遇美食不得本味聲巳破壞一切惡觸面色甚惡心常驚恐人中鄙劣一切諸親兄弟等衆無惡因緣而生驚畏一切世界處處見煙此人身中諸界不調遠見惡色洗浴速乾身恒患熱喜患黃病口常鹹苦牀敷雖軟得堅惡觸吹笛打鼓琵琶等聲聞之猶惡況餘鄙聲又復彼人鼻識破壞於好香物齅則惡臭一切身分皆悉臭爛一切髮毛墮落不堅齒色變壞手足破裂一切筭數盡皆忘失天常怖嚇夢則心驚以心驚故常瘦不肥若以好華置頭及身則速萎乾衣裳健破喜生垢穢澡浴浣衣而速有

垢於道中行無因緣倒既倒地已壞身作瘡於其身體瘡更多出而復難差卧睡咽乾常喜多飲城邑聚落實自饒人而見皆空不覩日月星宿實色微輭風來覺有堅觸如鐵觸身如欲近火身則被燒兩重熱觸於月覺溫於極冷水亦覺其煖極好樹林見爲惡處先時所聞可愛鳥聲聞如野干見一切人如塚無異常一切時聞不喜聲雖復飲酒心亦不喜不曾作惡而得罪罰於大巷中四出巷中三角巷中放屎放尿如是之人諸天捨離常得一切不饒益事彼人身色如被燒林一切世人憎而不愛彼惡業人於現在世先有如是阿鼻之相次死相現白日見月夜中見日不見自影無有因緣而聞惡聲鼻則攲倒髮毛相著身得熱等必死之病普身蒸熱四百

四病雅見四百普身逼惱如在火坑而被燒煮八十種蟲在其身體一切身脉筋皮脂肉皆悉遍有八十種風吹殺彼蟲謂八十種蟲八十風所殺何等八十一名毛蟲毛過風殺二名黑口蟲隨時風殺三名無力蟲夢見亂風殺四名大力作蟲不忍風殺五名迷作蟲蟲色字作風殺六名火色作蟲味壓風殺七名滑虫鐵過風殺八名河漂蟲糞屎上風殺九名跳蟲糞門行風殺十名分別見蟲憶念過風殺十一名惡臭蟲皮過風殺十二名骨生蟲味過風殺十三名赤口蟲脉過風殺十四名針刺蟲欲過風殺十五名脉行食蟲骨過風殺十六名必波羅蟲食力風殺十七名堅口蟲特牛風殺十八名無毛蟲垢作風殺十九名針口蟲濕過風殺二十名脾穿破蟲

戻多過風殺二十一名不行蟲食和合風殺二十二名屘散蟲齒破風殺二十三名三節蟲喉集風殺二十四名腸破蟲下行風殺二十五名塞脹蟲上行風殺二十六名金蟲一箱風殺二十七名糞門熟蟲節節行風殺二十八名皮作蟲心過風殺二十九名脂糞蟲散亂風殺三十名和集蟲開合風殺三十一名惡臭蟲送閉風殺三十二名五風共未蟲藏集風殺三十三名筞筞蟲藏散風殺三十四名藏華蟲行去來住走作風殺次名大諂蟲蛇蟲黑蟲大食蟲煖行蟲眼耳鼻蟲身風所殺次名舐骨蟲膽過風殺次名黑足蟲冷沫過風殺次名𧑅割蟲髓過風殺次名腦蟲依爪風殺次名髑髏行蟲依足一箱風殺次名頭骨行蟲不覺作風殺次名煩惱與蟲破

壞風殺次名耳行蟲行劈風殺次名家旋身蟲塊過風殺次名脂遍行蟲破髀風殺次名涎灑蟲破節風殺次名𧑅𧑅骨蟲髀破不覺風殺次名涎食蟲力爛風殺次名唾冷沫蟲筋推柱風殺次名吐蟲十味漂內行旋風殺次名密醉蟲密亂風殺次名六味悕望蟲毛爪戻壞風殺次名抒氣蟲精出風殺次名增味蟲破壞作風殺次名夢悕望蟲寬柱風殺次名毛生蟲乾戻作風殺次名善味蟲一箱縛風殺次名蟲毋蟲六鷲風殺次名毛光蟲一切身分作風殺次名毛食蟲健壞風殺次名習習蟲一切動身分風殺次名酢蟲熱作風殺次名瘡生蟲和集風殺次名粥粥蟲下上風殺次名筋閉蟲命風所殺若人命風弁戻出時彼人即死次名脉動蟲閉風所殺一

切衆生臨欲死時如是等蟲如是等風不相
應風而殺彼蟲如是阿鼻地獄之人顛倒惡
業如是下上顛倒風吹彼惡業故作大力風
遍吹其身此如是等八十種風殺八十蟲如
相應殺如顛倒殺有風名為必波羅針能令
一切身分乾燥如以機關用壓甘蔗一切血
乾一切脉閉一切筋斷一切髓洋受大苦惱
惡業行人阿鼻之人臨欲死時彼蟲欲死則
見有色阿鼻之人見地獄相如見屋舍黑幕
所覆一箱火起次第周遍黑幕屋内一切炎
然彼人如是見屋然已驚怖戰恐皺面呻喚
兩手亂動眼轉涎出齧齒作聲兩脣相觸彼
入更復見第二色大黑闇聚轉復驚恐多饒
師子虎豹熊羆及蛇蟒等極生怖畏大高山
上欲墮險岸屎汙牀敷畏墮彼山伸手向上

諸親見已皆言此人手摩虛空如是病人見
彼山林巖崖窟穴多饒柳樹火炎熾然欲墮
其上心生驚怖啾聲唱喚復更失糞眼目動
轉恐怖皺面眼中淚出遍身毛起如棘刺針
卵縮却入口中涎出然後此人四大怒盛四
者所謂地界水界火界風界地界瞋怒一切
身分不堅破壞如兩石間壓水聚沫如壓沙
摶一切身骨身分脉道斷絶散壞普彼人身
受第一苦如是地界瞋怒故爾以惡業故水
界瞋怒咽喉不利捋氣欲死筋肉皆緩見大
水漂流入眼耳火界瞋怒自見其身在火屋
中而被燒然受大苦惱一切身分受堅鞕苦
以受苦故呻喚迴轉手足亂動頭不暫住風
界瞋怒有堅澀觸種種輕冷一切身分堅鞕
閉塞種種能吹輕者上去如昇虛空墮大險

岸冷能攣縮一切筋卷彼人四大臨欲死時四大力盛如是四大毒蛇瞋怒受如是等種種苦惱彼苦惱者無有譬喻彼人如是一切身分皆悉破壞如水沫塊水漂燒等受第一苦把枕卧數手摩虛空現在心滅中有心生如在山頂放身墮地既離山頂無所攀捉空中轉行彼人如是生在中有如印相似中有心生於彼則見惡面手足豬象驢馬熊羆虎豹師子蛇蟒野干狗犬之屬閻魔羅人手捉種種可畏器仗打其身體唯罪人見餘人不見如是見故極皺面眼如油漸盡然亦漸滅彼惡業人如是死滅中有色生不見不對其身猶如八歲小兒即死即到即於到時閻魔羅人之所執持炎然鐵䋄繫縛其咽反束兩手東西南北四維上下見火炎然見彼火中種種惡面閻魔羅人火中沸熱手執種種可畏器仗而打其身彼人既見反縛其臂極大怖畏閻魔羅人呵責罪人既呵責已將向南廂懊惱啼哭而說偈言

我離世間命　如癡無伴行　惡人將我去
周帀饒惡人　一切唯火炎　遍空無中間
四方及四維　地界無空處　去處不自在
彼處不可知　曠野漂我去　無一切伴侶
無人見安慰　無救脫我苦　無力無自在
燒身極受苦　送我不自在　不知何處去
遍身一切處　皆以鐵繫縛　非物非知識
非妻亦非子　無人來救我　以嫌我惡故
失法無歸救　苦惱破壞心　閻魔羅縛我
歸救不可得　瞋我故如是　與我多急苦
何人是誰遣　遍縛我身體　我今如是見

行物不動物　如是一切處　大火悉充滿
一切地獄處　惡人皆遍滿　我今無所歸
孤獨無同伴　在惡處闇中　入大火炎聚
我於虛空中　不見日月星　此一切顛倒
一切普闇覆　一切五根等　皆悉顛倒見
鉤我身一切　破裂受大苦　我無所歸依
云何而得脫　增長苦惱聚　一切周帀人
念念增聚苦　身心皆受苦　苦惱逼我身
更無餘同伴

閻魔羅人聞惡業人所說偈已以瞋怒心答自惡業所誑人曰

汝前已作惡　後何用思量　前爲癡所誑
今悔何所及　汝所作惡業　惡中之大惡
不善中不善　苦中之大苦　或劫或減劫
大火燒汝身　癡人已作惡　今何用生悔
非是天脩羅　揵闥婆龍鬼　業羂所繫縛
無人能救汝　若人爲業縛　被縛在地獄
送到不自在　一切因緣行　汝作惡中惡
此惡第一惡　造殺毋惡業　此業已決定
若人本所生　父身分增長　彼父不自在
汝惡以刀殺　三界最爲勝　一切過已離
一切縛解脫　汝於彼作惡　一切法之藏
能開解脫門　汝惡人破僧　彼果今此受
一切使已過　一切結已捨　癡人殺羅漢
彼果今此受　諸法中如火　破壞實語寶
汝常妄語說　彼果今此受　迭相破壞義
念念中憶念　汝作兩舌說　彼果如是受
如刀如火毒　惡中第一熱　汝常惡口說
彼果今此受　前後顛倒句　無義不相應
汝多綺語說　彼果今此受　衆生無自在

常愛命怖畏　汝多殺衆生　今受苦惡果
貪心陵他人　而取他財物　貪欲心故盜
今時果報熟　癡闇所覆故　復作第二惡
已作欲邪行　何故今生悔　於他物欲得
自多貪思惟　彼物不可得　貪得如是果
汝已多多瞋　瞋猶多思惟　如是得地獄
何故今生悔　顛倒惡邪見　二業已破壞
汝以邪見心　令他住邪見　此等諸惡法
從身口意生　汝以癡心故　自作向他說
多多作惡已　決定不善行　今此處我報
何故心生悔　如於大海中　唯取一掬水
此苦如一掬　後苦如大海　若人作惡業
彼人不自愛　惡業地獄煑　不應念惡業
惡人見惡行　善人亦如是　惡行憎善人
如是生地獄　癡人則捨善　而入於不善
汝癡人捨寶　而取於石等　饒種種好法
佛寶等無量　汝既得人身　何故不樂法
常捨離惡人　常有善心意　手得於涅槃
外道不能得　初中後皆善　於法常生樂
初中後生苦　是惡業果報　如是常捨惡
攀緣於善行　捨惡業之人　生處常受樂
無始生死來　惡業數數燒　何故不疲倦
愚癡屬癡心　汝前惡業燒　後爲大火燒
惡業地獄因　惡業人煑熟　聞說惡業果
心則應調伏　況作惡業已　如是燒煑苦
如是等無量　種種大苦惱　汝於須臾間
受如是苦惱

閻魔羅使如是呵責惡業行人既呵責已將向地獄極苦惡處經無量時業羂所縛彼人惡業一切身分皆悉火然如樹內乾多時被

燒去地獄門道里不遠彼地獄處不可譬喻爾時世尊而說偈言

四角有四門　廣長分分處　燒煑不自在
地獄人多倒

去彼二萬五千由旬聞彼地獄無量堅惡啼哭之聲堅苦無味破壞可畏無異相似異地獄中生彼衆生彼人若聞一切地獄所有苦惱皆悉不憶聞此則死何況未生地獄之人彼地獄人人世間中作惡業已於中有中種種苦覆復聞彼聲十倍悶絶彼人如是苦惱無邊身心苦惱心更起亂如夢相似彼人轉復近阿鼻住以惡業故寒風所吹地下水中人不曾觸彼處無日彼風勢力過劫盡風彼風極冷形此中雪如冰無異彼處水上冷風更冷以惡業故風如利刀此風勢力能吹大山高十由旬而令移散如是惡風吹中有人彼人寒苦色等諸陰受極苦惱如是苦惱不可譬喻如劫盡時七日出熱更一千倍勝熱悕望此取因緣則有有分即彼悕望中有陰滅而生異陰有受陰生譬如第二三十三天五四三二一由旬等業力自在相似生身頭面在下足在於上臨欲墮時大力火炎抖擻打壞經二千年皆向下行未到阿鼻地獄之處阿鼻地獄如是向下在於中間未可往到謂阿鼻者阿鼻地獄欲界最下從此欲界色界上行如是乃至阿迦尼吒兩界已上更無有處阿鼻地獄亦復如是下更無處墮彼處已惡業力故受極苦惱如是阿鼻地獄之人見大燋熱地獄罪人如見他化自在天處相似不異彼阿鼻獄多饒炎鬘既生彼中先燒

其頭次燒其身彼人如是頭身燒熱今說少喻如是炎鬘須彌山王少時圍繞并彼山王六萬眷屬所有山河陂池林樹皆能燒盡唯地獄人久燒不死今說少喻譬如火煑鐵器極熱置脂一滴即時燒盡如是如是一逆罪業阿鼻之火能燒人身四天下處衆生及山天阿脩羅諸龍山窟洲林大海皆能燒然若人造作二逆惡業能燒兩海如前說燒若人造作三逆惡業能燒三海如是四業能燒四海彼身燒熱如鐵器燒即於入時更復輪山及大輪山即於入時皆能燒盡一切海畔所攝諸龍天阿脩羅諸畜生衆復有善業四天下處欲界六天聞地獄氣即皆消盡何以故以地獄人極大臭故地獄臭氣何故不來有二大山一名出山二名沒山遮彼臭氣彼惡臭氣無異相似以惡業故地獄寬廣彼地獄中有炎觜鳥其觜堅利色白如冰如是惡鳥於地獄中一切罪人身皮脂肉骨髓皆食復有異鳥火中而生火中而行火中而食如是惡鳥食地獄人一切身肉次破其骨旣破骨已破肉飲血彼飲血已次飲其髓彼地獄人唱喚悲號啼哭悶絶次復有鳥名火髻行火所不燒極大歡喜破其頭已先飲其血次復有鳥名食髑髏以火炎觜破其髑髏而飲其腦次復有鳥名爲食舌而食其舌及齒根肉食已復生新生柔軟如蓮華葉如是復食食已復生次復有鳥名爲拔齒觜如炎鉗其鳥大力盡拔牙齒次復有鳥名執咽唯身甚微細食其咽喉次復有鳥名苦痛食而食其肺次復有鳥名食生藏破其心已而飲其汁次

復有鳥名爲脾聚而食其脾次復有鳥名腸內食食其腸內次復有鳥名喜背骨破其背骨而飲其髓飲已外出次復有鳥名爲脉藏脉脉斷已入脉孔中而飲其汁受苦唱喚次復有鳥名爲針孔觜利如針而飲其血次復有鳥名骨中住破其頬骨在內而食次復有鳥名食肉皮食其外皮次復有鳥名爲拔爪拔一切甲次復有鳥名爲食脂破其皮已而飲其脂次復有鳥名爲緩筋破裂其筋一切皆食次復有鳥名爲拔髮拔其髮根如是阿鼻地獄之處三千由旬名惡鳥處彼復更有異地獄人同共被食如是無量百千年食食已復生彼人如是怖畏鳥食阿鼻地獄一切苦網遮覆之處既得脫已望歸望救次復更入名墮險岸受苦之處普彼地獄十一炎聚周帀圍繞孤獨無伴業羂所縛一切內外皆悉遮障曠野中行一切地獄諸苦惱中勝苦欲到疾走往詣名墮險岸受苦之處下足則洋舉足則生生則更軟其觸甚苦堅利苦惱極大怖畏如是怖畏皺面喎口手足身分一切消洋然後次第到彼險岸彼人彼處墮於險岸以惡業故作風舉之三千由旬下未到地鵰鷲鳥狗獯狐食之風復更舉彼惡風觸如火如刀舉令在上更復食之如是上下乃過無量百千年歲若離彼處更復走向旋轉印孔地獄之處到彼處已在下則有千輻輪生輪金剛軸燄然速轉彼地獄人即於到時其輪疾轉一輪破身一輪破頭於彼破處熱燄脂出兩眼消洋復有二輪轉在兩肩破兩肩骨一切消洋於其兩手各有一輪其輪疾

轉循如鑽火火生於手有二種火一是輪火二是鑽火肉中出火如是鐵輪燄然疾轉彼人身骨一切碎壞疾轉破碎令如沙摶又復背上火輪千輻速疾而轉從於背骨乃至跨骨到人根處復有鐵鎖兩頭繫柱罪人在上推令來去次第標之入於熟藏復入生藏破生藏已次斷其腸又令大坐髀上輪生疾轉破髀內踝輪生破骨髓出足下鐵鉤破其兩足受大苦惱惡業行人如是無量百千年歲受阿鼻苦堅鞕惡苦不可忍耐自業所作若離彼處受惡苦惱望歸望救疾走異處彼旣走已見有大山走赴彼山多有異蟲蟲身炎然滿彼山中彼地獄人入黑蟲處彼黑蟲身其觸如火如是黑蟲食彼罪人分分散碎壞如塵苦惱唱喚以唱喚故炎然黑蟲即入其口從咽喉等乃至熟藏入已而食彼人極受堅惡苦惱若彼罪人造作惡業五逆阿鼻十不善業和合業同相似受果如是無量百千年歲黑蟲所食受大苦惱若離彼處復見食肉畜生之林多饒惡狗野干師子熊羆虎等疾走往趣旣到彼已爲諸惡獸分分分張而噉食之破頭食腦有食咽者有食頭者有食肩者有食胷者有食腹者有食腸者食腸根者食大腸者食小腸者食熟藏者食生藏者有食髀者有食腨者食足趺者彼人如是食已復生生則輭嫩以輭嫩故更食苦食食已肉生又多殺生作集惡業受惡果故彼地獄人如是無量百千年歲彼地獄處受惡業果惡業惡果無異相似不可譬喻

正法念處經卷第十三

音釋

膾古外切細切肉也　鱯胡麥切魚似鮎而大也　槖蒲拜切與鞴同　鞢與涉切　萎於爲切　浣胡管切濯也　屎尿屎詩止切尿奴弔切　攲丘奇切傾攲也　尾詩止切　紫即委切　舐神紙切　抒神與切　熊羆熊胡弓切羆波爲切熊羆皆猛獸也　[口叔]子六切嘆也　喎口淮切口戾不正也　獯許云切獯狐正作訓狐鵂鶹也

# 正法念處經卷第十四

元魏婆羅門瞿曇般若流支譯

## 地獄品第三之十

又彼比丘觀察偷盜樂行多作所受果報彼見聞知如是偷盜惡業行人旋火之輪乾闥婆城鹿愛相似大財物聚地獄中見有金珠寶衣裳財物種種各異和合聚集彼惡業人如是見已生於貪心貪癡業誑生如是心彼財物者是我財物如是癡人以惡業故於炎火然炭聚中過走趣彼物惡業所作閻魔羅人即以刀網取彼罪人一切身分劈割燒盡唯有骨在無始世來貪心不捨如是受苦猶憶不忘爾時世尊而說偈言

慢心嫉妬結　分別取他物　貪心火燒人
世間火燒木　貪毒所齧人　彼人叵寂靜
數數喜樂貪　又復更增長　猶如火得薪
貪心如是長　火燒人得走　貪燒不可避
貪人如輪轉　貪心誑惑人　無始終世界
更無如貪怨　貪心所誑人　入於海水中
入饒刀鬪處　因貪心故入　貪因緣作主
迭互相殺害　離毋子和合　愛物入鬪處
若得脫愛毒　彼人捨貪火　若人金土等
則近於涅槃　戒爲最勝財　日爲第一光
財物可散壞　戒常不失滅　持戒生三天
復生禪境界　戒光無相似　此世未來世
若滅貪火者　以智慧爲水　不滅貪心人
解脫不可得

彼地獄人於彼貪火如是燒已復入阿鼻第二火燒復墮險岸在利刀處三倍極燒彼地獄處如旋火輪乾闥婆城鹿愛相似如是物

貪如夢所見閻魔羅人執地獄人乃過無量百千年歲與大苦惱偷盜業故又彼比丘觀察阿鼻邪行業果彼見如是作惡業人彼鐵惡處既得脫已過火聚已惡業轉故更入異處名邪見處彼惡業故見有婦女如本人中先所見者先所行者彼既見已無始來習欲火發起即便疾走趣彼婦女彼婦女者惡業所作身皆是鐵既前到已為彼所抱復鳴其口食其脣等無有在者如芥子許身亦食盡盡已復生生已復食食已復生彼人如是受堅鞕苦彼人如是欲火不捨復於異處更見婦女欲火所燒疾走往趣不念苦惱彼婦女者身是金剛鐵火燄然抱彼罪人抱即破碎如摧沙摶一切身散散已復生生已復散散已復生又復更走如是受苦欲心不定如是比丘見彼處已聞知亦爾而說偈言

女為惡根本　能失一切物　若人樂婦女
樂則不可得　一切法中惡　婦女多諂妬
丈夫因婦女　能令二世失　婦人樂行欲
婦女常行誑　心中所念異　口說異言語
初時輭滑語　後心如金剛　非恩非供養
心輕不憶念　百恩而不念　而計於一惡
心如鹿愛體　婦女惡業地　丈夫欲染心
婦女令人失　此世未來世　女失第一失
若欲受樂者　應當捨婦女　若捨婦女者
世間第一樂　若人欲斷愛　悕望大富樂
欲至寂靜處　彼應捨婦女

以癡心故如是無量百千年歲燒煮破壞又復更生彼人彼處若得脫已復大火聚燒已煮已飢渴所逼處處馳走又彼比丘觀察阿

鼻不善滿足妄語業人樂行多作所受果報彼見聞知妄語業人在彼地獄飢渴亂燒彼有火刀閻魔羅人執彼罪人而問之曰汝何所患答言飢渴閻魔羅人執集業人即擘其口而出其舌惡業力故如是惡舌五由旬量妄語果故彼舌旣出閻魔羅人即取敷置炎然鐵地以惡業故作一十犂在彼地處犂頭炎然極大力牛百到千到若來若去縱横耕之膿血成河河中有蟲又復舌中多饒蟲生舌極柔輭如天服輭如是輭舌縱横耕已復更生合合已復耕如是無量百千億歲如是惡舌受惡苦惱惡苦堅鞕不可忍耐彼人受苦唱喚號哭孤獨無救如是惡業非是毋作亦非父作亦非天作又復非是異丈夫作非是不作非異處來自作不失不作不得作業受果彼人如是受苦叫喚閻魔羅人爲呵責之而說偈言

應捨離堅惡　無美味妄語　妄語說之人
心輕不久失　不信如是處　一切善人捨
不愛如怨家　健者能捨離　妄語先自誑
然後誑他人　若不捨妄語　自他俱破壞
妄語言說人　先自口破壞　彼人天捨離
終到惡處去　若喜樂妄語　彼人無好處
世出世間道　妄語故捨離　妄語堅報堅
黠慧人捨離　依止妄語人　到於地獄處
實說人中勝　一切人供養　妄語一切捨
如是應實說　若不効實語　輭心悲衆生
實語爲天階　實爲第一法　若人地獄行
閻魔羅人前　彼因緣妄語　智者如是說
毒羂鈎相似　如刀如火等　若說妄語者

多受惡果報　欲求善業果　欲得見真諦
常應實語說　捨離惡妄語
彼地獄人受如是等堅鞕苦惱如是無量百千年歲犂耕其舌彼妄語人舌還入口彼人怖畏鳴口皺面處處馳走墮炭火聚入已被燒彼人如是受大苦惱無救無歸更復有餘閻魔羅人手執梏刀彼地獄人從頭至足皆令破散唱喚啼哭而常不息阿鼻之火常極燒然又彼比丘觀察兩舌樂行多作所得果報彼見聞知此地獄人兩舌業果兩舌因故復到極惡地獄之中彼處更有閻魔羅人轉更甚惡罪人見之問罪人曰汝何所患答言患飢閻魔羅人即擘其口挽出其舌手中捉之如是舌量三百由旬如是普出彼閻魔羅無慈悲人取炎鐵刀刃利炎然割舌一廂彼舌一廂有狗野干豺等食之彼受如是極惡苦惱唱喚號哭聲自不止彼地獄人如是唱喚閻魔羅人呵責之故而說偈言
汝以破壞心　而作多語說　一切法中垢
彼果如是負　破壞語惡人　生處常孤獨
何人兩舌說　善人所不讚　生處常凡鄙
在於惡處生　若人兩舌說　則是癡所秉
惡業行之人　常被地獄燒　若人樂作惡
彼常兩舌說　第一惡所誑　密語不隱覆
兩舌人兩面　常食他背肉　若人捨兩舌
彼人常堅密　知識兄弟等　常不曾捨離
若人捨兩舌　常護王密語　捨兩舌寂靜
若人離垢惡　何故不行法　何不捨兩舌
令受兩舌果　何故心生悔
閻魔羅人如是呵責地獄人已受舌苦人入

大苦海乃過無量百千年歲彼人惡業若脱彼處堅鞕苦已舌還如本更不復見閻魔羅人彼地獄人既得脱於大地獄中處處急走受第一苦不可忍耐惡業風力吹惡報薪大火燒然處處急走彼處復有閻魔羅人執而問曰汝何所患惡業因緣即便答言我今患飢閻魔羅人即擘其口而取其舌大勢力人以刀割之驅令自噉彼患飢急即自食舌涎血流出彼人如是自食其舌彼舌如是割已復生生已復割業羂力故宛轉在地唱喚號哭彼人苦惱眼轉睛動受大苦惱孤獨無伴自作自受閻魔羅人爲訶責之而說偈言

舌弓之所放　利口語火箭　若人惡口說
彼果此相似　如世食肉者　一切人捨離
若人惡口說　彼人舌如毒　刀火毒惡等
此惡非大惡　若人惡口說　此惡是大惡
舌鑚能生火　在心中增長　人中惡口火
如燒乾燥薪　若人樂實語　一切人供養
如自母無異　心喜如己父　甜語第一善
因樂果亦樂　不盡能除惡　利一切世間
甜語爲天階　甜爲第一藏　甜爲世間眼
甜如蜜無異　惡口第一惡　說已到地獄
汝舌作自受　今何故生悔

閻魔羅人如是訶責地獄罪人乃過無量百千年歲彼惡業人妄語惡口樂行多作教他隨喜受如是苦若脱彼處處處馳走又復更有閻魔羅人執持極燒與大苦惱又彼比丘觀察綺語樂行多作惡業果報彼見聞知此地獄人自業果報受極苦惱第一苦逼得脱如是閻魔羅人處處馳走復更爲餘閻魔羅

人執捉問言汝何所患彼即答言患飢極渴
而說偈言
自身功德盡　自身鑽所生　鐵火燒飢渴
我受惡燒苦　如冰雪於火　如須彌芥子
飢於地獄火　其勝亦如是　地獄火勢力
不行於異處　如是飢渴火　天中亦能到
如此地獄中　受餘重苦惱　如是苦雖重
不如渴火苦
閻魔羅使聞彼語已炎然鐵鉗以擘其口炎
然鐵鉢盛赤銅汁熱沸炎然置其口中彼不
相應綺語罪過故燒其舌即時消洋如雪在
火彼地獄人受二種苦不可具說如是燒已
唱聲大喚以大喚故更復多多內其口中炎
然赤銅燒其舌已次燒咽喉燒咽喉已次燒
其心既燒心已次燒其腸既燒腸已次燒熟
藏燒熟藏已從下而出如是罪人受苦唱喚
閻魔羅人即爲說偈呵責之言
前後不綺句　無義不相應　汝本綺語說
彼果如是受　若長不實說　若常不讀誦
彼則非是舌　唯可是肉臠　若人常實語
常樂善功德　彼則是天階　乃得名爲舌
閻魔羅人如是呵責地獄罪人既呵責已復
以熱沸洋赤銅汁置彼地獄罪人口中如是
無量百千年歲以不相應綺語說故如是惡
報彼地獄人若得免離閻魔羅人處處馳走
復入火聚身體消洋腳髀腰等在火聚中皆
悉洋消如生酥塊洋已復生彼人如是望救
望歸處處馳走以惡業故望見有城滿中珍
寶他人守護如是癡人惡業因故心生貪著
走向彼物謂是已有彼貪心人惡不善業樂

行多作所得果報於地獄中心顛倒見如是見已以貪心故望多受用以貪心故手中刀生走向彼物既到物所以刀相斫彼地獄人迭相削割如是相割唯有骨在後復更生生已更割割已復生乃過無量百千年歲惡業所作閻魔羅人手執利刀剗地獄人捉地獄人一切割削一切肉盡無芥子許唯有骨在彼地獄人唱喚號哭憂愁苦惱如是割削削已復生如似刀割輸閻魔羅若置河中即復還活如是如是彼地獄人還復更生如是受苦唱喚號哭閻魔羅人復為説偈呵責之言

貪所壞丈夫　為貪之所誑　於他物悕望
此間如是煑　貪心惡不善　癡人心喜樂
貪心還自燒　如木中出火　貪心甚為惡
令人到地獄　如是應捨貪　苦報毒惡物
見他人富已　貪心望自得　彼貪生毒果
今來此處受

閻魔羅人如是責疏地獄罪人既責疏已然後多多與諸苦惱如是無量百千年歲乃至惡業未盡已來時節長遠與苦不止彼地獄人若離彼處望救望歸處處馳走復入火聚墮極炎然熱鐵之地宛轉復起處處馳走孤獨無伴惡業行人惡業怨家將入地獄若復得離閻魔羅人處處馳走此人瞋心樂行多作果報今受無救無歸師子虎蛇惡瞋之類現住其前彼人悕畏處處馳走以惡業故而不能走為彼所執極大瞋怒先食其頭既被食頭唱喚悲苦宛轉在地復有惡蛇牙有惡毒而復齧之而食其脇虎食其背火燒其足閻魔羅人復遠射之如是受苦閻魔羅人復

爲説偈呵責之言

汝爲瞋所燒　人中最凡鄙　復到此處燒
何故今唱喚　瞋爲第一因　令人生地獄
如繩繫縛汝　令得此苦惱　瞋心誑癡人
常念瞋不捨　不曾心寂靜　如蛇窟中住
若人堅惡體　恒常多行瞋　彼人不得樂
如日中之闇　非法非多財　非知識非親
一切不能護　瞋恚亂心人　於此世他世
能作黑闇果　復能到惡處　是故名爲瞋
不瞋者第一　瞋人則非勝　若人捨離瞋
彼人趣涅槃　汝以瞋因縁　到惡處地獄
業盡乃得脱　宛轉何所益

閻魔羅人如是呵責地獄罪人既呵責已復更箭射師子虎等多嗔畜生以瞋因故殺而食之彼業相似得相似報果似種故如是罪人惡業果報久時煮食若脱彼處望救望歸處處馳走邪見惡因五逆果報得如是道生在阿鼻如是五逆決定彼受如業相似彼地獄人在於何處摩婆迦離及不蘭那提婆達多居迦離等彼處燒煮彼地獄人到大地獄決定燒煮彼受第一急惡苦惱彼處苦者何者苦惱一切衆生不能説喻如是阿鼻地獄罪人受大苦惱惡業行人闇聚和集一切衆生毛起地獄在上雨刀阿鼻之人燒煮劈裂又復更生生已復裂更劈更燒雨金剛枷雨金剛雹又復雨石破壞碎散彼五逆人如是燒已又復更有十一炎聚受大苦惱不可忍耐十方十炎第十一者飢渴火聚以飢渴故口中炎出彼人周帀十炎圍身如是燒煮遍其身體無有微細如毛孔許而不燒然彼諸

罪人平等被燒乃至無有毛根許樂故名阿鼻乃至無有微少許樂故名阿鼻一切諸根一切境界皆悉煮熟以不正心故名阿鼻此世間退更無生處唯生於彼大地獄中苦更無過者時節無數故名阿鼻一切欲界所攝衆生最爲極下故名阿鼻如是阿鼻更無過者故名阿鼻如是阿鼻更無勝者故名阿鼻彼大地獄如頭已上更無有物如是阿鼻地獄甚熱亦復如是更無有上故名阿鼻彼阿鼻處其地最熱更無有過熱沸赤銅燒赤肉骨更無過者故名阿鼻彼處地密故名阿鼻彼地獄處脂肉骨髓一切炎然彼地獄人普皆炎然不可分別此人彼人微細中間更不可得故名阿鼻如山中河勢力不斷晝夜常急彼阿鼻處常受苦惱勢力不斷彼人苦惱不可休息乃至劫盡復無中間故名阿鼻彼人苦惱不可得說此有少喻如海水滴不可得數如是如是阿鼻地獄惡業行人所受苦惱不可得數不可得說一切苦處更無有如阿鼻處者以業重故受苦亦重若作一逆彼人苦輕若作二逆彼人身大受苦亦多如是次第一切身分皆悉轉大苦亦如是業因重故如是苦因更無相似如受樂受阿迦尼吒更無相似苦樂二處如是上下皆不可喻如是上下邊不可喻何以故以作惡業作惡業故因相似果於地獄中在地獄邊相似譬喻不可得故彼人如是或有一劫或有減劫在彼燒煮惡業盡已爾乃得脱以因盡故其果乃盡如火盡故其熱亦盡如種失故其牙亦失如是阿鼻地獄之人若惡業盡無氣爛壞

於彼地獄爾乃得脫若得脫已餘殘業果針孔山巖餓鬼中生旣生彼處飢渴燒身其身猶如火燒樹林若脫彼處生畜生中舒舒摩羅復生屎中作不淨蟲於餓鬼中二百千世飢渴燒煑於畜生中經二千世惡不善業餘殘勢力種種生處一切苦惱畜生之中種種惡食心常憶念殺生處生復於彼處迭相食噉受大苦惱若脫彼處過去業力得生人中於五百世胎中而死復五百世生已而死爲鳥所食復五百世未行而死是彼惡業餘殘果報若後殘業果報盡已於無始時業網轉行相似得果有下中上彼比丘如是觀已而說偈言

無始生死中　業網覆世界　或生或死滅
皆自業因緣　從天生地獄　從地獄生天
人生餓鬼界　地獄生餓鬼　異異勢力生
異異勢力樂　皆是愛業生　非自在所作
阿僧祇作業　生死衆生當　餘人不能解
唯如來所知　彼諦知此業　亦知於因緣
與癡人解說　化一切衆生

諸比丘彼比丘如是觀察阿鼻苦已一切生死心得離欲以大慈悲而脩其心正憶念已得十一地彼地夜叉知已歡喜復更傳聞虛空夜叉虛空夜叉聞四大王彼四大王聞四天王如前所說次第乃至聞大梵天如是說言閻浮提中某國某村如是種姓某善男子剃除鬚髮被服法衣正信出家與魔共戰不住魔界心不喜樂染欲境界得十一地彼大梵天聞已歡喜說如是言魔分損減正法朋起善分增長隨順法行諸比丘法建立熾然

又修行者內心思惟隨順正法觀察法行云何彼比丘觀阿鼻已隨順修行云何彼比丘觀察阿鼻大地獄處阿鼻地獄凡有幾處彼見聞知如餘地獄具十六處此阿鼻獄亦復如是具十六處何等十六一名烏口二名一切向地三名無彼岸長受苦惱四名野干吼五名鐵野干食六名黑肚七名身洋八名夢見畏九名身洋受苦十名兩山聚十一名閻婆叵度十二名星鬘十三名苦惱急十四名臭氣覆十五名鐵鍱十六名十一炎此十六處乃是阿鼻根本地獄眷屬之處彼十不善惡業道行并五逆業皆共和集大地獄行入阿鼻獄有內五逆有外五逆究竟作已生在阿鼻大地獄中如業相似生於彼處如業相似作集之業業普究竟樂行多作在彼地獄別異處生彼阿鼻業凡有五種謂殺羅漢惡心思惟出佛身血心生隨喜樂行多作復教他作令彼安住或遣他作彼人以是惡業因緣身壞命終墮於惡處在彼地獄生烏口處受大苦惱所謂苦者如前所說活黑繩等七大地獄唯除阿鼻所受苦惱彼一切苦此中具受百倍更重復有勝者閻魔羅人擘罪人口如擘烏口然後將到名黑灰河迅流漂急入其口中如是熱灰初燒其脣既燒脣已次燒其齗既燒齗已次燒其咽既燒咽已次燒其心既燒心已次燒其肺既燒肺已次燒其腸既燒腸已次燒腸藏燒腸藏已次燒生藏燒生藏已次燒熟藏燒熟藏已從下而出彼地獄人受灰河苦燒內皆盡身肉無物唯有外物惡業任持是故不死受堅鞕苦於

長夂時常燒常煑無數年歲乃至惡業未壞未爛業氣未盡於一切時與苦不止若惡業盡彼地獄處爾乃得脫既得脫已於一千世生餓鬼中名鼎餓鬼若脫彼處生畜生中作象犛牛肫徒魔邏鼠狼毒蛇守宮蚰蜒蚊子等蟲又復作牛既脫彼處若生人中同業之處生膾子家於二百世胎中而死或復生已未行而死或復欲出而便命終餘殘惡業之因緣故復作惡業又彼比丘知業果報觀察阿鼻大地獄處彼見聞知復有異處彼處名為一切向地是彼地獄第二別處衆生何業生於彼處彼見聞知若人思惟得漏盡證聖比丘尼阿羅漢人强行婬欲樂行多作彼人以是惡業因緣身壞命終墮於惡處在彼地獄一切向地別異處生受大苦惱所謂苦者如前所說活黑繩合喚大叫喚熱大焦熱七地獄中所受苦惱彼一切苦此中具受百倍更重復有勝者彼處鐵地頭面在下身在於上顛倒上下數數轉換閻魔羅人與地獄人極重苦惱彼人受苦不能唱喚不得出聲不得出氣半身下分若在於上閻魔羅人以利斤斧漸漸斫之乃至肉盡唯有骨在又復彼骨灰汁洗之洗已墮落彼人彼處有命而已復置熱沸炎漂赤銅熱沸鐵鑊在彼鑊中上下迴轉極煑爛熟如大小豆既煑熟已普氣遍覆一切叵見如是無量百千億歲鐵鑊中煑乃至惡業未壞未爛業氣未盡於一切時與苦不止若惡業盡彼地獄處爾乃得脫若於一劫若減一劫復更燒身所受苦惱少於阿鼻地獄中苦於一千世受餓鬼身而生責

踈餓鬼之中飢渴燒身一切身然如燈相似
彼若得脫於一千世生畜生中曠野烏等常
患飢渴謂遮多迦野干蟬蟲瞿陀野馬野驢
鹿等如是畜生是彼惡業餘殘果報脫彼處
已若生人中同業之處則於馬面國土中生
於三百世在胎而死若過去業得活不死貧
窮常病多受苦惱五百世中作不能男是彼
惡業餘殘果報又彼比丘知業果報觀察阿
鼻大地獄處彼見聞知復有異處名無彼岸
長受苦惱是彼地獄第三別處衆生何業生
於彼處彼見聞知若何等人境界所亂或因
欲心或近惡友或自酒醉共毋行欲行已心
惶近惡知識取其言語如是癡人復更如是
樂行多作復教他人令如是行彼人以是惡
業因緣身壞命終墮於惡處在彼地獄名無
彼岸長受苦處受大苦惱所謂苦者如前所
說活黑繩等七大地獄所受苦惱彼一切苦
此中具受百倍更重復有勝者所謂彼處閻
魔羅人熱炎鐵鉤鉤其人根從齊而出取棘
刺針刺其人根或於齊中鐵鉤釘入或釘其
鼻或釘其耳復斵其口炎然鐵鉤置口令滿
普炎滿口受大苦惱彼人下分復受大苦彼
人如是二處受苦燒壓劈打皆悉破壞普彼
一切名無彼岸長受苦處在阿鼻內受大苦
惱所受苦惱不可譬喻乃至惡業未壞未爛
業氣未盡於一切時與苦不止或於一劫或
減一切如是常燒若惡業盡彼地獄處爾乃
得脫既得脫已於四千世食彼不淨餓鬼中
生飢渴燒身若脫彼處生畜生中在於曠野
無水之處竹林中生口常乾燥生迮狹處山

谷之中常畏蔭影常畏鴟鷲畜生中生以何因緣生竹林中彼竹林處常有大風吹竹生火四千世中常被燒死還生彼處脱彼處已若生人中同業之處貧窮常病世中鄙賤妻不貞良若侵他妻或犯他女爲彼所捉捉已付王若王王等拔其人根無有舍宅於四出巷若三角巷從他乞食以自活命常患飢渴彼復發病或四出巷若墓田中苦毒而死是彼惡業餘殘果報又彼比丘知業果報觀察阿鼻大地獄處彼見聞知復有異處名野干吼是彼地獄第四別處衆生何業生於彼處彼見聞知若人毀呰一切智人毀辟支佛毀阿羅漢若毀法律非法說法復教他人令住隨喜彼人非法復說爲法常毀聖人彼人以是惡業因緣身壞命終墮於惡處在彼地獄

野干吼處受大苦惱所謂苦者如前所說活黒繩等七大地獄惡業相似所受苦惱彼一切苦此中具受百倍更重復有勝者所謂彼處業作野干鐵口炎然遍滿彼處如是野干炎牙甚利疾走往趣毀聖法人各食異處有食頭者有食項者以舌惡語復有野干而食其舌復有野干食其鼻者復有野干食胷骨者有食肺者食小腸者食大腸者有食脛者有食髀者有食踹者有食脛者有食臂者食手足者復有食其手足指者一切身分別別割食食已復生彼惡業人作集業果長久遠時如是受苦若脱彼處所受苦惱望救望歸處處馳走彼復更有閻魔羅人擘口出舌以極利刀臠臠碎割割已復生以舌毀呰說聖人故以爲他人讃非法故彼人如是於長遠

時如是受苦若脫彼處望救望歸處處馳走惡業所作閻魔羅人復更執持迭相謂言此妄語人曲語澀語不淨垢語惡法說語非法說語令諸衆生退失正道彼復執巳擘口出舌如是惡舌長一居賒其舌柔軟置在赤銅炎然鐵地畫爲阡陌遣人耕之熱炎鐵犂利刀炎然其牛脚上有極利刃炎火熾然縱橫耕之百到千到彼惡語說於他世證不相應說受如是苦如是久時耕煑燒割如是惡舌受種種苦彼人如是受苦唱喚心悔啼哭閻魔羅人呵責之故而說偈言

六萬阿浮陀　五千六浮陀　口語心願惡
毀聖到地獄　善色惡業行　非法似法說
以汝前惡說　今於此處燒　衆生悕望實
云何說惡法　以汝惡說故　如惡相似受
決定妄語人　非法說爲法　此爲第一賊
餘者非大賊　若人正說法　出離一切惡
則到於善處　彼處無苦惱　無盡財不失
一切不能偷　實語爲天階　亦是涅槃門
如是常實語　常憶念法行　無悲憂不老
彼人人中勝　汝捨離正法　毀呰於善人
汝本聚集惡　今於此處受

閻魔羅人如是呵責毀聖法人既責疏巳多與苦惱彼不可知不可說苦何以故以毀聖人極重因故相似得果如來所說如是燒煑乃至惡業未壞未爛業氣未盡於一切時與苦不止若惡業盡野干吼處爾乃得脫既得脫巳於二千世生餓鬼中在賓荼處彼身爲塊肉塊相似不見不聞不齅不甞不能言語若脫彼處於三千世生畜生中常作屎蟲既

脱彼處若生人中同業之處於五百世恒常貧窮所有語言人所不信癩病聾瘂是彼惡業餘殘果報又彼比丘知業果報復觀阿鼻大地獄處彼見聞知復有異處彼處名爲鐵野干食是彼地獄第五別處衆生何業生於彼處彼見聞知若人惡心惡念隨喜以重惡心燒衆僧寺并燒佛像及多卧敷衣裳財物穀米衆具以惡心故火燒僧處燒已隨喜心不生悔復教他人隨喜讚說業普遍作惡業究竟和合相應彼人以是惡業因緣身壞命終墮於惡處在彼地獄鐵野干食別異處生受大苦惱所謂苦者如前所說活黑繩等七大地獄所受苦惱彼一切苦此中具受百倍更重復有勝者以業重故受苦亦重何以故因果相似果似種故既生彼處惡業因緣一切身分燄火普然彼身燄然十由旬量有十一苦頂苦最重諸地獄中此苦最勝彼處復有火相似山彼山一切燄火普然飢渴燒煮於長遠時常燒常打伸手向上彼人伸手高五由旬燄鬘普燒如燒山角彼人普燒唱聲吼喚悲號啼哭唱喚口張火燄滿口内外普然皆作一燄無有中間火燄漸長久時燒煮若脱彼處望救望歸處處馳走嗚口皺面求覓樂處自作惡業隨順繫縛彼地獄中復到異處彼有山河苦惱增長上雨鐵塼一居賒量如夏時雨塼打彼人從頭至足破壞并疊如打乾脯一切身分不可分別彼人如是常雨惡鐵受大苦惱又復更生彼身無力炎牙野干而噉食之如食乾脯和集復生生已復食彼惡野干於長久時如是常食如是燒煮

煑已復生以惡業故如是食之受大苦惱自作非他自作不失不作不得非無因得不從異來無有作者之所安住非有受者之所住持自作因得乃至惡業未壞未爛業氣未盡於一切時與苦不止若惡業盡如是地獄極惡之處乃爾得脫復一千世生餓鬼中普身炎燒發聲唱喚一切國土一切城邑一切聚落夜中唱喚夜則火燒於晝日時日光雨火火相似燒乃至生火惡業壞爛無氣盡滅若脫彼處於一千世生畜生中常在曠野作百足蟲常患飢渴兩頂兩面復有兩口多時受苦不能得行一身兩分多爲黑蟲之所噉食既脫彼處過去久遠有少善業若生人中同業之處於一千世作黑色人色如黑雲喜被毀傷恒常貧窮常行多行處處而行駱駝行使爲他所使常患飢渴難得飲食繫命而已如是餓鬼經一千世如是畜生經一千世如是人中經一千世惡業因緣如是受苦

正法念處經卷第十四

音釋

黠 胡八切慧也　挽 無遠切引也　豺 士皆切狼屬　鑚 祖筭切錐也

臠 力轉切塊切肉也　㓟 匹美切剫刳也　齗 疑巾切齒根肉也　犛 莫交切長髦牛也

斲 竹角切斫也　脬 披交切膀胱也　踹 市兗切與腨同

正法念處經卷第十五

元魏婆羅門瞿曇般若流支譯

地獄品第三之十一

又彼比丘知業果報，復觀阿鼻大地獄處彼見聞知。復有異處，名黑肚處，是彼地獄第六別處。衆生何業生於彼處？彼見聞知，若何等人取佛財物，而自食用，不還不償，不信彼業而復更取，復教他取，爲作住持，或施佛已，復還攝取，或他與物，令使施佛，而自食用，彼人以是惡業因緣，身壞命終，墮於惡處，在彼地獄生黑肚處，受大苦惱。所謂苦者，如前所說活黑繩等七大地獄所受苦惱，彼一切苦，此中具受百倍更重。復有勝者，所謂彼處飢渴燒身，自食其身，食已復生，食已復生，如是無量百千億歲，食已復生，生已增長，兩重受苦，飢渴苦惱，於彼惡業所受苦惱，百倍更重。自作苦惱，還自押身。彼人如是自食身肉，處處馳走，既如是走，有黑肚蛇，如黑雲色，執彼罪人，從足甲等，稍稍漸齧，合骨而食，食已復生，生已復食，食已復生，如是久時，以惡業故，如是被食。以彼罪人食用佛物諸福田中佛福田勝，損佛物故，如是受苦。既得脫已，入炎鐵地佉陀羅炭火炎相似，入彼地中，一由旬量，彼人入火，無量百千億歲，煮燒復更增長，如是極煮。若得脫已，望救望歸，彼處復有閻魔羅人，以炎鐵鉗鉗取其身，置鐵鑊中，煮之極熟，如大小豆，燒煮轉㨝，若浮若沉，受堅鞕苦，第一惡苦，如是苦惱，不可譬喻。一切三界因果相似，彼人所受地獄苦中，百分千分歌羅分中不及其一，如是苦惱，百千勢力，第一苦

惱大海所漂自業果證乃至作集惡不善業未壞未爛業氣未盡於一切時與苦不止若惡業盡於彼黒肚地獄之處爾乃得脫既得脫已千二百世生於食屎餓鬼之中若得脫已於七百世生於食吐畜生之中既得脫已難得人身如龜遇孔若生人中同業之處作食屎等邪見外道是彼惡業餘殘果報又彼比丘知業果報復觀阿鼻大地獄處彼見聞知復有異處名身洋處是彼地獄第七别處衆生何業生於彼處彼見聞知有人行惡取法財物而自食用作而復集業業普遍作業究竟復教他作彼人以是惡業因緣身壞命終墮於惡處在彼地獄生身洋處受大苦惱所謂苦者如前所說活黒繩等七大地獄所受苦惱彼一切苦此中具受百倍更重復有勝者所謂彼處有二鐵樹皆悉炎然惡業風吹迭互相合彼地獄人在二樹中極勢相觸如多羅葉機關壓拶身體消洋又復更生生已復拶兩樹直來兩邊拶身受大苦惱如是搓挾消洋墮地彼有鐵鳥金剛惡觜在彼樹上啄罪人頭啄已上樹數數如是罪人頭破啄眼而食罪人唱喚悲啼號哭復食其眼破其頭已而飲其腦既飲腦已次劈其心既劈心已而飲肉血彼既飲已次食其腸既食腸已次食其胃既食胃已次食熟藏食熟藏已次食其髖既食髖已次食其髀既食髀已次食其脛既食脛已次食足趺食足趺已次食足指彼人如是受堅鞕苦於長久時年歲無數百年中數亦不可盡無少相似今說少分如大海中取一掬水置於異處如是所說唯

說一分彼惡業人如是長時受堅鞕苦如是乃至作集惡業未壞未爛業氣未盡於一切時與苦不止若惡業盡彼地獄處爾乃得脫既得脫已於一千世生於食唾餓鬼之中有命而已第一飢渴苦惱燒身彼處若脫生畜生中而作大魚在大海中鹹水之處常在大海水中而住謂那迦羅若摩伽羅若作大龜常患飢渴鹹水中行經一千世既脫彼處於過去世有人業熟若生人中同業之處所在國土二王中間壃界之處彼二國王常共鬬諍彼人財物聚集得已爲他所取王罰而取既奪取已獄中守掌飢渴燒身從他得食受極苦惱是彼惡業餘殘果報又彼比丘知業果報復觀阿鼻大地獄處彼見聞知復有異處名夢見畏是彼地獄第八別處衆生何業生於彼處彼見聞知若人儉年於多比丘衆聚和合欲食之食取而食之令彼衆僧不得飲食身受飢苦不得念善不得坐禪心不寂靜彼惡業人取僧現食取已不懺心不生悔復於僧食喜樂欲取復教他人心生隨喜業業普遍作業究竟彼人以是惡業因緣身壞命終墮於惡處在彼地獄夢見畏處受大苦惱所謂苦者如前所說活黒繩等七大地獄所受苦惱彼一切苦此中具受百倍更重復有勝者一切衆生不知其名彼大苦惱皆悉堅鞕甚切難忍所受苦惱自業所起今說少分如海一滴如人夢中所見不實比地獄中所見如夢見有惡人甚可怖畏彼人手執種種器仗若枷若杵取地獄人惡業行人置在鐵地坐鐵函中以熱鐵杵擣築其身并骨碎

散如蠟蜜塊又復更生生已棓打破壞碎散是彼惡業作集勢力受彼果報若脱彼函所受苦惱復入鐵林自業道行入彼鐵林一切身分分分析裂劈割令散墮熱鐵上彼惡業人一切身分皆悉破壞若脱彼處望救望歸處處馳走復雨鐵刀劈割其身一切筋脉斷絶破壞唯有骨綱無有少肉可停蠅處皮骨筋連唯是骨綱更復雨鐵劈裂破碎悲苦唱喚啼哭而走處處馳走而不得脱自惡業起不善業起乃至作集不善惡業未盡未壞極急燒煑一切身熟破滅壞爛不善業故長遠時受不得解脱若彼惡業一切受盡爾乃得脱既得脱已於一千世生食瘠汁餓鬼之中若脱彼處於五百世生畜生中常有石墮壓拶之處身如葦等受大苦惱因此致死彼處得脱若生人中同業之處常貧常病爲他所使曠野險岸饒沙之處草希之處無草之處無水之處離澤之處常怖畏處惡國土生是彼惡業餘殘果報又彼比丘知業果報復觀阿鼻大地獄處彼見聞知復有異處名曰身洋受苦惱處是彼地獄第九别處衆生何業生於彼處彼見聞知有檀越家常有好心正信成就恒於病人於出家人爲差病故與其財物如此財物隨何病人令得病差而有惡人具聲行人内心不善離善知識遠無漏道被服袈裟而是大賊食彼供養病人財物用已不慚心不生悔不還不償復教他人令往隨喜而復貪取彼人以是惡業因縁身壞命終墮於惡處在彼地獄生在身洋受苦惱處受大苦惱所謂苦者如前所説活黑繩等七

大地獄所受苦惱彼一切苦此中具受百倍更重復有勝者彼地獄處一由旬量熱沸鐵樹彼樹炎然惡業所作彼地獄處有熱炎石金剛相似觸甚堅鞕百倍炎燒如是火樹熾然極熱樹根下處彼地獄生四百四病增長苦惱獨而無伴頭面在下脚足在上彼樹炎熱勢力熾盛形地獄火則如冰冷彼樹根汁一種苦壓遍罪人身無毛頭許彼病苦重於火百倍樹壓苦惱復過於是時節久遠年歲無數受如是苦彼處復有閻魔羅人手執鐵刀脉脉遍割彼地獄處受五種苦謂樹火鐵飢渴病苦於長久時年歲無數聞者毛起百那由他此說少分堅鞕苦惱惡味苦惱乃至惡業未壞未爛業氣未盡於一切時與苦不止若惡業盡彼地獄處爾乃得脫既得脫已於七百世生食火煙餓鬼之中飢渴燒身如燒林屋彼處得脫於五百世生畜生中作被燒龍常雨熱沙墮其身上而被燒煮於畜生中既得脫已若生人中同業之處住叢林中常貧摶等盡生極苦不曾一飽不得美食唯聞好食美味之名爲奴他使貧病凡賤是彼惡業餘殘果報又彼比丘知業果報復觀阿鼻大地獄處彼見聞知復有異處名雨山聚是彼地獄第十別處衆生何業生於彼處彼見聞知有人行惡於辟支佛飢欲噉食而便偷取彼人以是惡業因緣身壞命終墮於惡處在彼地獄雨山聚處受大苦惱所謂苦者如前所說活黑繩等七大地獄所受苦惱彼一切苦此中具受百倍更重復有勝者所謂彼處多有鐵棒鐵戟鐵鑊鐵函苦惱上雨鐵

山與種種苦彼處多兩勝勝山聚從上而墮一由旬量唯雨山聚打彼罪人身體散壞猶如沙摶散已復生生已復散散已復生有十一炎周遍燒身火燒身已次復破眼破已復生閻魔羅人復割其舌割已復生復割其鼻熱白鑞汁置其割處復割其耳熱赤銅汁置耳令滿以熱鐵鉢盛熱沸灰以灑其耳復以利刀割而復削四百四病常具足有火炎普遍合爲一炎受極熱苦彼地獄處於長久時無有年數乃至作集不善惡業未壞未爛業氣未盡於一切時與苦不止若惡業盡彼地獄處爾乃得脫既得脫已於五百世生蠅蟲等遍覆其身常所唼食身有瘡孔孔有惡蟲噉食其身在屏中住常食糞屎餓鬼之中若脫彼處於七百世生畜生中曠野惡處常受鹿身飢渴燒煮既得脫已若生人中同業之處身常負重被打身壞晝夜不安手足皆破口常乾燥身體色惡衣裳破壞是彼惡業餘殘果報雖生人中於五百世非是正人與鬼相似身常苦惱晝夜不安是彼惡業餘殘果報又彼比丘知業果報復觀阿鼻大地獄處彼見聞知復有異處彼處名爲闇婆叵度是彼地獄第十一處衆生何業生於彼處彼見聞知有人野處於河澤中取濟活命彼河澤處是第一業一切田地穀等食具皆從彼得以存性命有惡心人斷截彼河河既斷已彼處國土一切皆失鳥鹿亦死況復人類城邑聚落一切沙門婆羅門等皆悉渴死彼河斷故國土人民一切死盡彼人以是惡業因緣身壞命終墮於惡處在彼地獄闇婆叵度別

異處生受大苦惱所謂苦者如前所說活黑繩等七大地獄所受苦惱彼一切苦此中具受百倍更重復有勝者所謂彼處七百由旬如大曠野險岸高山大火𦦨然多有鐵樹彼地獄人顛倒見故見有河池樹林具足彼患飢渴第一惡火燒其身已唱喚號哭走向彼池作如是意我到彼處飲彼池水既到彼池有熱沸灰滿河池中於彼池所閻魔羅人手執鐵刀執彼罪人以刀削割受二苦惱一刀割苦二飢渴苦彼人如是在曠野處刀破其身受大苦惱於長久時若脫彼處以飢渴故處處馳走飢渴燒身處處馳走見有冷河疾走往趣彼人既走池中有鳥身大如象名曰閻婆觜利生炎執地獄人上舉在空舉已遊行彼地獄人即失憶念然後放之如石墮地

彼中地處炎堅惡觸罪人墮地碎爲百分復更和合合已復散散已復合鳥復更取如前所說與彼苦惱彼地獄人復有惡病如前所說如是無量百千億歲受如是種惡鳥苦惱若脫彼處而復更爲閻魔羅人之所執持置在熱沸赤銅旋河既置彼處身皆消洋如水沫消又復更生彼惡業人惡業行故長久遠時如是燒煮無有年數破國土人若得脫已飢渴燒身處處馳走自惡業故所行之處鐵鉤滿道其刃極利割破其足自從足下次第至髀一切破裂足破裂已其身炎然受極苦惱唱聲啼哭心生悔惱呻號叫喚一切身分皆悉燒然燒已復起起已復去彼人如是心亂不正彼處復有炎齒狗來遍齧罪人一切身分皆令破壞皮肉脂髓皆悉噉食復飲其

汁彼破國土惡業行人自業如是於長久時受大苦惱乃至作集惡不善業未壞未爛業氣未盡於一切時與苦不止若惡業盡彼地獄處爾乃得脫既得脫已於五百世生餓鬼中極受苦惱若脫彼處於五百世生畜生中作賒羅婆生生之世入火被燒或爲蛇食或爲火燒或爲風殺彼處既脫若生人中同業之處無戒時生一切人中最爲凡鄙是彼惡業餘殘果報又彼比丘知業果報復觀阿鼻大地獄處彼見聞知復有異處名星鬘處是彼地獄第十二處衆生何業生於彼處彼見聞知有人行惡於起滅定一切煩惱盡滅比丘初起極飢偷其食已心生歡喜食已貪取口說讃善復教他人業業普遍作業究竟作而復集惡業堅鞕彼人以是惡業因緣身壞命終墮於惡處在彼地獄生星鬘處受大苦惱所謂苦者如前所說活黒繩等七大地獄所受苦惱彼一切苦此中具受百倍更重復有勝者所謂彼處地獄二角普地獄處鑊湯炎然如虚空星於一角處二十億數九那由他九千鉢頭摩六十億阿浮陀三十大鉢頭摩億百網億億二十千鬚過如是數時節燒煑煑熟燒熟如魚動轉炎然赤沸銅旋鑊中燒煑增長一切時燒受堅惡苦彼惡業人唱喚心悔自心惡業長久遠時如是燒煑如前所說彼人如是一受苦處若得脫已又復更入勝熱味風惡觸如刀割一切脉既割脉已舉之在上移向地獄第二角處彼惡業人既到地獄第二角已風吹億劒割彼罪人一切身分皆悉散壞唯有筋脉彼人如是身唯筋

縷閻魔羅人然後執持置在星鬘風吹鑊中既置彼已足在於上頭面在下頭面先入彼復後時熱沸赤銅先燒其眼次燒髑髏次燒其面次燒其齒次燒咽喉熱赤銅汁置咽喉中一切普燒不能唱喚不能出聲彼人如是受堅鞕苦受彼苦已更復有餘閻魔羅人手執鐵杵打築其頭既築其頭一切身分皆悉跳建頭身俱跳如魚動轉過久遠時如是兩角星鬘地獄在中煮熟乃至作集不善惡業未壞未爛業氣未盡於一切時與苦不止若惡業盡彼地獄處爾乃得脫既得脫已於一千世生在悕望餓鬼之中常受苦惱飲食難得於百年中或得不得彼處脫已於五百世生畜生中在隘迮處而受鹿身心常驚恐於一切人皆生怖畏於險岸中離人之處常怖畏故羸瘦無色身體乾枯惡業力故獵人所殺既得脫已若生人中同業之處則常治生身爲導主飢渴常乏一切時行常繫屬他爲他所使依他活命與人相似非是正人常受苦惱是彼惡業餘殘果報又彼比丘知業果報復觀阿鼻大地獄處彼見聞知復有異處彼處名爲一切苦旋是彼地獄第十三處衆生何業生於彼處彼見聞知有惡心人起顛倒意於一切智所說言語書畫文字除滅隱障令失法身令諸衆生不得信佛若聞正法則生信心以無法故衆生不信如是心意如是邪見作集惡業垢心惡心若教他人令住隨喜如是作已後復更作惡心意故業業普遍作業究竟復於彼處作已復作彼人以是惡業因緣身壞命終墮於惡處在彼地獄一

切苦旋別異處生受大苦惱所謂苦者如前所説活黑繩等七大地獄所受苦惱彼一切苦此中具受百倍更重復有勝者所謂彼處熱沸赤銅置其眼中二眼皆滿或以熱沙金剛惡觸揩磨其眼消洋碎散又復更生生已復揩復以利鋸割截其手截已復生生已復截復置炎鑊頭在下入身在鑊外如是極責半身鑊外利刀割削以眼看法滅壞法故受如是報以手揩磨滅壞法故受鋸截報以本惡心隱滅法故在鑊中坐金剛觜鳥拔心而食飲其心汁以惡心故受如是苦身坐鑊中背分在上不入鑊處閻魔羅人執利斤斧以斫其皮令使下脫嚴熱炎汁而灌洗之炎熱利針遍刺其身炎熱鐵輪疾轉在頭如是受苦若脫彼處墮消洋地苦常不斷作集業故於地獄中受如是苦乃至惡業未壞未爛業氣未盡於一切時與苦不止若惡業盡彼地獄處爾乃得脫雖脫彼處於五百世生在食煙餓鬼之中惡行覆身心受苦惱心亂不止若脫彼處於七百世生畜生中作夜行蟲若作傈狐兔梟等鳥脫彼處已過去久遠有人業者若生人中同業之處生雪山中食惡飲食恒常貧窮於五百世夷人中生是彼惡業餘殘果報又彼比丘知業果報復觀阿鼻大地獄處彼見聞知復有異處名臭氣覆是彼地獄第十四處眾生何業生於彼處彼見聞知有人邪見故以惡心憶念思惟隨順瞋心生喜樂意於僧田地或甘蔗田園林果樹或復眾僧餘受用處放火焚燒如此燒僧所受用物令諸比丘衰損失壞業業普遍作業究

竟和合相應彼人以是惡業因緣身壞命終墮於惡處在彼地獄臭氣覆處受大苦惱所謂苦者如前所說活黑繩等七大地獄所受苦惱彼一切苦此中具受百倍更重復有勝者所謂彼處有熱炎網名針孔網熱炎普遍遍地獄中惡業罪人既生彼處閻魔羅人鋑利大刀執箭射之驅入炎然針孔網中不能得走彼惡業人彼處繫縛不能得脫彼網極利削割其手復削其脇復削其背一切身分皆悉遍削唯有骨在網割削已閻魔羅人甘蔗杖打百到千到若百千到彼惡業人惡業遮覆受彼箭苦於長久時受大苦惱堅鞕惡觸所受苦惱無異相似彼地獄中極受大苦乃至作集惡不善業未壞未爛業氣未盡於一切時與苦不止若惡業盡彼地獄處爾乃得脫雖脫彼處於七百世生於食血餓鬼之中唯食產血若脫彼處於五百世生畜生中作雞孔雀鸜鵒等鳥脫彼處已若生人中同業之處於旃荼羅屠兒家生是彼惡業餘殘果報又彼比丘知業果報復觀阿鼻大地獄處彼見聞知復有異處名鐵鍱處是彼地獄第十五處衆生何業生於彼處彼見聞知有人輕心誑心惡意於儉時世請喚比丘作如是言於此年中我家夏坐病藥所須我皆供給一切勿憂莫生異意彼諸比丘心皆生信時世復儉信彼人故更不餘求既赴夏坐彼惡心人一切不與驅令使去時世儉故彼諸比丘或有死者或有比丘失前夏者或有極受飢渴苦者或有比丘向異國者如是惡人棄捨比丘妨廢惱亂彼人以是惡業因緣身

壞命終墮於惡處在彼地獄生鐵鍱處受大苦惱所謂苦者如前所說活黑繩等七大地獄所受苦惱彼一切苦此中具受百倍更重復有勝者所謂彼處地獄罪人十一炎聚周帀圍繞常患飢渴閻魔羅人數數常以熱赤銅汁熟鐵塊摶令飲食噉彼罪人身乃於無量大鉢頭摩三佘多數尼佘多數常燒常煮乾燥破壞又復更生復有勝苦如業所作閻魔羅人取熱鐵鍱廣五由旬炎火甚熾普一炎鬘以彼鐵鍱裹其身體一切爛熟普身炎然唱喚號哭破壞苦惱無少樂事如針孔許可攀緣處如是鐵鍱火遍無間如是惡觸受苦叵耐如是鐵鍱作飢作渴作大熾火受如是苦乃至惡業未壞未爛業氣未盡於一切時與苦不止若惡業盡彼地獄處爾乃得脫脫彼處已於百千世生於食腦餓鬼之中若脫彼處於七百世生於食火畜生之中彼處脫已若生人中同業之處於五百世為王不信常繫在獄飢渴而死是彼惡業餘殘果報

又彼比丘知業果報復觀阿鼻大地獄處彼見聞知復有異處名十一炎是彼地獄第十六處眾生何業生於彼處彼見聞知有人惡行若於佛像若佛塔等眾僧寺舍破壞拭滅惡心破壞聖人住處滅佛畫像或復有人非佛弟子於佛不信而自說言是佛弟子為求過失而聽佛法推求其便聞已於法不生信入如是毀呰樂行多作彼人以是惡業因緣身壞命終墮於惡處在彼地獄十一炎處火中而行受大苦惱所謂苦者如前所說活黑繩等七大地獄所受苦惱彼一切苦此中具

受百倍更重復有勝者所謂彼處有一千倍嚴惡毒蛇彼蛇多饒普遍地獄彼地獄人在中來去閻魔羅人手執鐵棓打令疾走爲蛇所齧復有執火極熱燒然彼人如是二種火燒謂毒火燒地獄火燒唱喚馳走悲號啼哭以唱喚故閻魔羅人復爲說偈呵責之言

汝以受毒醉　一切癡心力　於正法頑鈍
今者徒叫喚　見惡業喜樂　唯貪現在樂
作惡初雖甜　後則如火毒　作惡業之人
一切人毀呰　作善者皆讚　如是應捨惡
見者不愛樂　惡報受苦惱　作惡得惡報
如是黠慧捨　作惡不失壞　一切惡有報
惡皆從作得　因心故有作　由心故作惡
由心有果報　一切皆心作　一切皆因心
心能誑衆生　將來向惡處　此地獄惡處
最是苦惡處　莫繫屬於心　常應隨法行
法行則常樂　惡行不寂靜　非法無善果
以不顛倒受　一切種種果　如因相似見
果與因相似　異相非因果　如是無常法
皆因緣而生　非無因見果　地獄中最勝
如因果相應　地獄中熟煮　作集業堅鞕
決定惡處行　業果相續縛　地獄中煮熟
若懺悔方便　惡業則破壞　不見不愛果
實見者所說　世間因光明　如業因得果
業果迭相因　一切法如是　見迭互因緣
迭互自在行　相似隨順縛　實見者所說
一切世間法　非是無因果　非自在等作
實見者所說　無始生死來　皆因緣而生
如業相似見　無法不相似　若知愛作業
衆生業因生　彼人知業果　故名寂靜人

自體作惡人　常爲癡羂縛　已作惡業竟
云何心生悔　惡常依止惡　法常依止法
黠慧人俱捨　實見者所說　若迷道非道
則迷於佛法　彼不得寂靜　如日中無闇
若人迷因緣　迷於法非法　汝到惡地獄
極苦惱之處

閻魔羅人因相應語呵責之已復執鉾戟以瞋怒心復以無量種種器仗縛地獄人無量百千鉢頭摩數於長遠時斫刺打築自業所作如是受苦乃至作集惡不善業未壞未爛業氣未盡於一切時與苦不止若惡業盡彼地獄處爾乃得脫既得脫已於七百世生食糞屎餓鬼之中是彼惡業餘殘勢力若脫彼處於五百世生畜生中作蚯蚓等彼業勢力餘殘果報脫彼處已若生人中同業之處生於邊地身體黑色漁人之屬下濕之處水田無食飲食難得食水中蟲是彼惡業餘殘果報又彼比丘知業果報觀察阿鼻大地獄處更不見有第十七處下向亦無傍廂亦無麤細俱無近遠皆無更無所攝一切不見彼比丘如是思惟見道思惟觀察盡邊八大地獄各十六處眷屬之處如是盡邊惡業人地一切愚癡凡夫之人作集此地作惡業人受證之處八大地獄并眷屬處我更不見異大地獄更無異業一種生處更無惡處如此阿鼻大地獄處何處衆生得大苦惱如此阿鼻大地獄處毛起地獄於千分中不說一分何以故不可說盡不可得聽不可譬喻地獄苦惱如是極惡如是堅鞕如是大苦如是叵耐如是苦惱無異相似不可喻苦何以故無人能

說無人能聽若有人說若有人聽如是之人吐血而死此大地獄不可愛樂不可憶念彼地獄苦苦中之苦彼比丘如是觀察大地獄已則於一切生死苦惱心生猒離觀察無常苦空無我見一切法皆悉無常思惟聖諦則於生死重生猒離毀呰生死如是生死最爲鄙惡彼比丘如是見已生如是心此諸衆生無有天眼不知過去雖聞正法復於地獄極苦惱處第一苦處第一惡處而復更生此如是等愚癡凡夫愛羂所縛無始生死又修行者內心思惟隨順正法觀察法行知彼比丘次第觀察一切惡處從活地獄次第乃至阿鼻地獄彼業果報一切悉知得十三地不樂魔界愛不自在爲脫愛縛不住魔界喜樂無常彼比丘欲斷使結入涅槃城彼地夜叉見

其精進心生歡喜轉復上聞虛空夜叉說如是言閻浮提中其國其村其善男子其姓其名剃除鬚髮被服法衣正信出家正行正道正見不邪行出世道知業報法得十三地盡見一切地獄邊底知無間苦彼地夜叉如是如是具足傳聞虛空夜叉虛空夜叉向四大王如前所說彼四大王向四天王亦如是說彼四天王向三十三天說如是三十三天向夜摩天亦如是說彼夜摩天向兜率天亦如是說彼兜率天向化樂天亦如是說彼化樂天向第六天亦如是說次第乃至向少光天如是說言天今當聽心當正念閻浮提中某國某村如是種姓某善男子剃除鬚髮被服法衣正信出家彼正行法不曾休息心不樂住魔之境界不樂染愛不樂欲染色聲香味

觸等境界得十三地八大地獄一切業報皆悉盡知彼比丘如是知已厭離無明黑闇生死天今應知魔分損減正法增長彼少光天如是聞已極大歡喜其以得聞魔分損減正法朋長是故歡喜彼處諸天得聞正法如是歡喜未聞佛法諸天聞已猶尚歡喜何況信心隨順行人諦見正士聞彼比丘知業報法增長正法而不歡喜

正法念處經卷第十五

音釋

拶 子末切排拶也　棓 步項切與棒同　償 市羊切酬也　唼 子答切齧也　鸜鵒 鸜強魚切鵒余蜀切鸜鵒鳥名　鉾戟 鉾莫浮切句兵也戟紀逆切枝兵也

# 正法念處經卷第十六

元魏婆羅門瞿曇般若流支譯

## 餓鬼品第四之一

復次比丘知業果報遍觀一切地獄苦海爲愛暴水洄澓所没大地獄人富蘭那末迦離等俱迦離提婆達多如是等魚爲大摩竭魚之所呑食從活地獄乃至阿鼻地獄其獄廣大沃燋深水及餘地獄大苦海中堤彌魚堤彌鯢羅魚那迦羅魚鳩毗羅魚失收摩羅魚龜鼈黿鼉旋流洄澓貪欲瞋恚愚癡風力之所飄鼓水浪濤波洄澓相注時如水沫受大苦惱涙如雨墮啼哭悲泣呻吟悲號辛酸大叫猶如濤波愁思波覆惡業龍力雨大苦雨滿諸地獄阿鼻地獄無間極深其火猛炎如劫火起燒大劫時滿斫迦婆羅山（此言輪山即鐵圍山）是（是）爲大地獄苦惱大海劣弱之人無有善力無能度者如是比丘觀大苦已心則猒離伽陀頌曰（偈者正音云伽陀單舉伽字訛言爲偈此言頌）

一切衆生癡所欺　爲於愛染之所縛
將至世間險難道　老死惡濟恐怖處
三處退已入地獄　從地獄出生天上
三處命終墮畜生　復從彼終墮餓鬼
自業惡行之所迷　諸欲自在使衆生
爲癡羂網所纏縛　流轉洄澓三界海
無始久受大苦惱　種種衆生生死苦
無有猒離生死心　無始久集因緣故
諸天放逸自壞心　人中追求受諸苦
餓鬼常爲飢渴燒　畜生迭共相食噉
地獄之中大猛火　餓鬼道中癡所惱
一切衆生生死中　微毫少樂不可得

於諸苦中生樂想　衆生癡惑愛所誑
無有教示正道者　於此苦中不得脫
若有遠離於善法　常行妄語無誠信
不能修習禪定法　長淪生死受諸苦
諸佛如來所說法　若今現在未來世
過於父母及親族　常隨衆生而不離
三聚之類衆生等　三種過惡常自在
常行三界不止息　以三種愛爲伴侣
三業迷惑於衆生　行趣三惡險難道
於三有行常愛樂　於三法中輪轉行
若有衆生歸三寶　自在修行三菩提
斷除遠離三種見　如是之人離衆苦
於三時中樂正行　如實觀見三種者
於飲食中知止足　是人則能離憂惱
過貪瞋癡三種聚　善思三業不造惡

如是行人離生苦　永斷一切諸憂熱
若人知於道非道　於有無中善思惟
能善修學慈悲心　則得第一最勝道
若有衆生不濁亂　心常清淨無所染
能離不善諸惡法　當知是人得解脫
若有人能行正道　正念大力堅牢故
常樂遠離於諸有　是人解脫必無疑
若人能斷於有愛　不起有愛希望心
是人於生老死苦　乃至不生微細著
若有愚人造諸業　作諸惡已轉增長
諸欲如毒不可親　有智之人應捨離
若人捨離於諸欲　心常樂求解脫果
是人不善滅無餘　如日光照除闇冥
如是親近善法者　常捨一切諸不善
能善思量淨不淨　如是略說汝當知

如是比丘當念此世他世以智慧利益心既念已當以智慧饒益一切世間觀地獄苦於一切衆生思惟憶念起悲愍心修行慈悲於一切地獄怖畏苦惱逼迫之處具觀察已知業果報知業報已生猒離心復作是觀此諸衆生云何没於種種惡道大怖畏處行於生死曠野之中如是比丘作是思惟生慈悲心知餓鬼道險惡之業由心貪嫉欺誑於人貪惜積聚欲望長冨廣積衆惡惡貪所覆不行布施不施沙門婆羅門及諸病瘦盲冥貧窮有來乞求心生慳嫉不肯施與不作功德不持禁戒此世他世無利衰惱妻子奴婢悋惜不與慳嫉自誑以是因緣墮餓鬼中女人多生餓鬼道中何以故女人之性心多妬嫉丈夫未隨便起妬意以是因緣女人多生餓鬼道中復次比丘知業果報觀餓鬼道餓鬼所住在何等處作是觀已即以聞慧觀諸餓鬼略有二種何等爲二一者人中住二者住於餓鬼世界是人中鬼若人夜行則有見者餓鬼世界者住於閻浮提下五百由旬長三萬六千由旬及餘餓鬼惡道眷屬其數無量惡業甚多住閻浮提有近有遠復次比丘知業果報觀諸餓鬼有無量種彼以聞慧略觀餓鬼三十六種一切餓鬼皆爲慳貪嫉妬因緣生於彼處以種種心造種種業行種種行種種住處種種飢渴自燒其身如是略說三十六種何等爲三十六種一者迦婆離鑊身餓鬼二者蘇支目佉針口餓鬼三者槃多婆叉食吐餓鬼四者毗師他食糞餓鬼五者阿婆叉無食餓鬼六者揵陀食氣餓鬼七者達摩

婆叉食法餓鬼八者婆利濫食水餓鬼九者阿賒迦希望餓鬼十者唸吒食唾餓鬼十一者摩羅婆叉食鬘餓鬼十二者囉吃吒食血餓鬼十三者曹娑婆叉食肉餓鬼十四者蘇揵陀食香煙餓鬼十五者阿毗遮羅疾行餓鬼十六者崑陀羅伺便餓鬼十七者波多羅地下餓鬼十八者矣利提神通餓鬼十九者闍婆隷熾然餓鬼二十者崑陀羅伺嬰兒便餓鬼二十一者迦摩欲色餓鬼二十二者三牟陀羅提波海渚餓鬼二十三者閻羅王使執杖餓鬼二十四者婆羅婆叉食小兒餓鬼二十五者烏殊婆叉食人精氣餓鬼二十六者婆羅門羅刹餓鬼二十七者君荼火爐燒食餓鬼二十八者阿輸婆囉他不淨巷陌餓鬼二十九者婆移婆叉食風餓鬼三十者鶱伽囉婆叉食火炭餓鬼三十一者毗沙婆叉食毒餓鬼三十二者阿吒毗曠野餓鬼三十三者賒摩舍羅塚間住食熱灰土餓鬼三十四者毗利差樹中住餓鬼三十五者遮多波他四交道餓鬼三十六者魔羅迦耶殺身餓鬼是爲略說三十六種餓鬼廣說則無量重心造惡業行各異種種慳心不行布施貪心因緣受種種身復次比丘知業果報觀諸餓鬼受大飢渴自燒其身以前世時多起嫉妬惡心破壞廣造三業身口意惡十不善業生餓鬼中其人以作十種不善業道因緣得一切苦以惡業故生餓鬼中惡業牽故業爲本故入於惡道爲彼所縛以因業故不脫生死爲無始來獼猴之心躁擾輕轉行於險難障礙之處攀緣種種羅網枝條速疾往返住生

死山睡於巖窟所行之處不可覺知觀心獼猴速疾不停應作如是初調伏心若心不調能將衆生至大怖處得大苦惱如是心怨能令衆生流轉生死比丘如是思惟心已於生死中得離欲穢猒生死苦如是思惟一切生死皆悉苦惱如是比丘思惟分別餓鬼之中有無量種思惟是已一一分別觀諸業報非無因生苦樂好醜淨與不淨善惡貴賤上下生滅一切雜類非自然生比丘如是觀諸餓鬼知業果報以聞慧觀云何觀於迦婆離鑊身餓鬼其身長大過人兩倍無有面目手足穿穴猶如鑊脚熱火滿中焚燒其身如火燒林飢渴惱熱時報所縛無人能救無歸無怙愁憂苦惱無人救護以何業故生於彼處即以聞慧見此衆生於前世時以貪財故爲他屠殺受雇殺生臠割脂肉心無悲愍貪心殺生殺已隨喜造集惡業其心不悔如是惡人身壞命終墮於惡道受迦婆離餓鬼之身（迦婆離此言鑊身）在於地下五百由旬從此終命忽然即往生於大怖黒闇之處旣生之後上下二山一時俱合壓笮其身受大苦惱身增轉大滿一由旬爲飢渴火焚燒其身餓鬼道中經五百歲餓鬼道中一日一夜此閻浮提日月歲數經於十年如是五百歲名爲一生少出多減命亦不定又第二業墮餓鬼中若有衆生受他寄物抵拒不還生於彼處不施資財不以法施不施無畏若男若女不行如是三種布施常懷慳嫉以是因緣生餓鬼中復次比丘知業果報觀於餓鬼彼以聞慧觀於針口諸餓鬼等以何等業而生其中彼以聞慧

觀於蘇支目佉餓鬼（蘇支目佉此言針口）知此衆生於前世時以財雇人令行殺戮慳貪嫉妬不行布施不施衣食不施無畏不以法施如是惡人身壞命終受於針口餓鬼之身受鬼身已自業誑惑所受之身口如針孔腹如大山常懷憂惱爲飢渴火焚燒其身受諸内苦外有寒熱蚊虻惡蟲熱病惱等如是身心受種種苦餓鬼道中一日一夜比於人間日月歲數經於十年如是壽命滿五百歲命亦不定若男若女生在其中又第二業墮此針口餓鬼之中若有丈夫勑其婦人令施沙門婆羅門食其婦慳惜實有言無語其夫言家無所有當以何等施與沙門及諸道士如是婦人誑夫悋財而不布施身壞命終墮於針口餓鬼之中由其積習多造惡業是故婦人多生餓鬼道中何以故女人貪欲妬嫉多故不及丈夫女人小心輕心不及丈夫以是因緣生餓鬼中乃至嫉妬惡業不失不壞不朽於餓鬼中不能得脱業盡得脱從此命終生畜生中於畜生中受遮吒迦鳥身（此鳥唯食天雨仰口承天雨水而飲之不得食餘水）常患飢渴受大苦惱畜生中死生於人中以餘業故常困飢渴受苦難窮常行乞食以自存濟以餘業故受如斯報復次比丘知業果報觀諸餓鬼彼以聞慧觀於食吐諸餓鬼等是諸衆生以何業故受於食吐餓鬼之身彼以聞慧知此衆生前世之時身爲婦人誑惑其夫自噉美食心懷慳嫉憎惡其子而不施與或有丈夫妻無異心便起妬意獨食美味不施妻子以是因緣墮於槃多餓鬼之中（槃多婆又此言食吐）受餓鬼身常爲飢渴焚燒其

身其身廣大長半由旬於曠野中四奔疾走求覓漿水高聲號叫唱言飢渴以此衆生前世之時不以財物無畏布施不行法施以是因緣生餓鬼中壽命長遠如上所說經五百歲乃至惡業未盡不破不壞終不得脫在食吐鬼中常求嘔吐困不能得從此命終生畜生中亦常食吐受飢渴苦畜生中死生於人中餘業因緣常患飢渴於諸巷陌常拾世人所棄殘食或從沙門及婆羅門乞求自活以餘業故受如斯報復次比丘知業果報觀諸餓鬼彼以聞慧知此衆生於前世時多行貪嫉常懷慳惜不行布施以不淨食施諸沙門及婆羅門如是沙門及婆羅門不知不淨而便食之此人以是惡業因緣身壞命終墮於惡道生於食糞餓鬼之中壽命長短如上所說亦五百歲飢渴燒身求諸糞穢猶不可得以業力故常不從心不淨之處蛆蟲糞屎馳走求索常不充足至命不盡常受苦惱乃至惡業不盡不壞不朽故不得脫若惡業盡從此命終隨業流轉受生死苦人身難得猶如海龜遇浮木孔遍受惡身若生人中貧窮多病常困飢渴恒乞朝飡以自活命無量衰惡以爲嚴飾其身破裂不淨臭穢人所惡賤口氣腥臊其齒黧黑餘業因緣受如是報復次比丘知業果報觀於餓鬼慳嫉地處一切餓鬼慳嫉爲本是諸衆生以何業故生於無食餓鬼之中彼以聞慧知諸餓鬼前身之時以慳嫉故自覆其心妄語欺誑自恃强力枉誣良善繫之囹圄禁人粮食令其致死殺已快心不生悔恨心生隨喜復教他人旣作惡業

初不改悔如是惡人身壞命終生於無食餓鬼之中若男若女生於其中飢渴之火增長熾然如山瀄水湧波之力腹中火起焚燒其身無有遺餘滅已復生生已復燒有二種苦焚燒其身一者飢渴二者火燒其人苦逼號咷悲惱四方馳走自業惡果不可思議其人如是受内外苦一切身分業火所燒身内出火自焚其體譬如大樹内空乾燥若人投火燒之熾然此鬼被燒亦復如是遍身皆然哀叫悲哭口中火出二燄俱起焚燒其身慞惶求道地生棘刺皆悉火然貫其兩足苦痛難忍哀號悲叫火燒其舌皆悉融爛如燒凝酥滅已復生以惡業故奔走求水至諸池流泉源諸水水即枯竭其人惡業至於林中遊戲之處若在高原若陂澤中顛倒見故但見一切大火猛炎山地樹木悉見熾然往趣諸水見諸水邊守水諸鬼手捉器仗逆打其頭受大苦惱皆由前世貪嫉心怨之所誑惑壽命長遠經五百歲亦如上說如是惡業常無所食惡業不盡故使不死乃至惡業不盡不壞不朽故不得脱若業盡得脱從此命終惡業所吹隨業流轉受生死苦人身難得猶如海龜遇浮木孔若生人中處母胎時母不能食令母身色憔悴醜惡殺生業故胞胎傷墮設不胎夭令母身體臭穢可惡樂行不善若得出生短命多難王難繫縛受牢獄苦飢渴餓死以餘業故受如是報復次比丘知業果報觀餓鬼世間彼以聞慧觀於食氣諸餓鬼等以何業故而生其中彼以聞慧知此衆生於前世時多食美食而自食噉不施妻子及餘

眷屬妻子但得齅其香氣不知其味於妻子前而獨食之以慳嫉故同業眷屬而不施與亦教他人不給妻子起隨喜心數造斯過而不改悔不生慚愧如是惡人身壞命終生於食氣餓鬼之中既生之後飢渴燒身處處奔走呻吟號呌悲泣愁毒唯恃塔廟及以天祀有信之人設諸供養因其香氣及齅餘氣以自活命復有齅氣諸餓鬼等以諸世人多病因緣水邊林中巷陌交道設諸祭具因斯香氣以自活命如是食氣諸餓鬼等無量苦惱惡業不盡故使不死乃至惡業不盡不壞不朽故不得脱業盡得脱從此命終隨業流轉受生死苦人身難得猶如海龜遇浮木孔若生人中貧窮多病身體臭穢以餘業故受如是報復次比丘知業果報觀餓鬼世間彼以聞慧觀於食法諸餓鬼等以法因緣令身存立而有勢力以何業故生於其中彼以聞慧見此餓鬼於人中時性多貪嫉爲活身命爲求財利與人說法心不敬重犯戒無信不爲調伏諸衆生故說不淨法說言殺生得生天福强力奪財言無罪報以女適人得大福德放一牛王亦復如是以如是等不淨之法爲人宣說得財自供不行布施藏舉積聚是人以此嫉妬覆心命終生於惡道之中受於食法餓鬼之身是人壽命經五百歲日月修短亦如上說於險難處東西馳走求索飲食飢渴燒身無能救者猶如乾木爲火所燒頭髮髼亂身毛甚長身體羸瘦脉如羅網脂肉消盡皮骨相裹其身長大堅勁麤陋爪甲長利惡業所誑皺面深眼淚流若雨身色黤黮猶

如黑雲一切身分惡蟲唼食蚊虻黑蟲從毛孔入食其身肉慞惶奔走若至僧寺或有人來於衆僧中行二種施因此施故上座說法及以餘人讚歎說法此鬼因是得命得力命得存立乃至惡業未盡不壞不朽終不得脫若業盡得脫從此命終由前世時以種種心造種種業處處受生人身難得猶如海龜遇浮木孔若生人中常守天祀似婆羅門殺羊祀天作呪龍師不得自在常依他人乞求自活惡業因緣還墮地獄以餘業故復次比丘知業果報觀餓鬼世間彼以聞慧觀於食水諸餓鬼等以何業故而生其中彼以聞慧知諸餓鬼於前身時惡貪覆心麴釀酤酒欺誑世間加水灰汁或沉蚓蛾以惑愚人不行布施不修福德不持禁戒不聽正法不行正法

復教他人令行惡貪見作隨喜作已不悔如是惡業身壞命終生於食水餓鬼道中常患飢渴焚燒其身走於曠野險難之處周慞求水困不能得其身狀貌堅澀可惡如焦鹵地身破裂壞舉體熾然長髮覆面目無所見飢渴燒身走趣河邊若人渡河脚足之下遺落餘水泥垢垂滴速疾接取以自活命若有餘人在於河側掬水施於命過父母則得少分以是因緣命得存立若自取水守水諸鬼以杖撾打身皮剥脫苦痛難忍哀叫號哭走於河側以作惡業自誑身故業繫不盡故使不死乃至惡業不盡不壞不朽猶不得脫業盡得脫從此命終業風所吹流轉生死人身難得猶如海龜遇浮木孔若生人中生於邊地貧窮困厄無有林樹無水漿處而依住止常

患焦渴恒困熱病晝夜常渴以餘業故受如是報復次比丘知業果報觀餓鬼世間彼以聞慧觀有諸餓鬼名阿賒迦（此言希望）以何業故而生其中彼以聞慧知此衆生嫉妬惡貪自覆其心見他善人因得少物賣買價直不以道理欺誑取物作已隨喜不生悔心亦教他人令作此惡不行布施不修福德不持禁戒心無誠信不順正法其心麤獷不可調伏不親善友常懷嫉妬如是惡人身壞命終墮於希望餓鬼之中若諸世人為亡父母先靈設祀如此餓鬼得而食之餘一切食悉不得食常患飢渴焚燒其身如火燒林無能救者面色皴黑淚流而下手脚破裂頭髮覆面身色可惡猶如黑雲辛酸悲叫而說頌曰

無施則無報　無施果亦無　如無燈無明
不施無樂報　如盲人無目　不能有所見
不施亦如是　來世無樂報　若生餓鬼道
人中常貧窮　流轉受苦惱　嫉妬因緣故
不施則無報　造業終不失　自業得果報
衆生依業食　我為惡業燒　生在餓鬼中
受此大飢渴　猛火常熾然　何時離飢渴
何時得安樂　受苦極熱惱　何時得解脫
不識道非道　不知善業果　飢渴如火然
如是受苦惱　亂髮覆面目　無人能救護
脉現如網縛　苦逼命不盡　周慞行曠野
常受諸苦惱　孤獨無救護　具受諸辛苦

如是希望餓鬼呻吟奔走處處逃遁比丘觀已如是思惟生死熾然欲界增上如是餓鬼若其種姓或時設供祭祀亡者得而食之以濟身命唯得食此餘一切食悉不得食惡業

不盡故使不死乃至惡業不盡不壞不朽故不得脱若惡業盡從此命終業風所吹流轉世間受生死苦人身難得猶如海龜遇浮木孔若生人中生工師家下賤僮僕爲人策使餘業因緣受如是報復次比丘知業果報觀餓鬼世間彼以聞慧觀於食唾諸餓鬼等以何業故而生其中彼以聞慧知此衆生若男若女慳嫉覆心以不淨食誑諸出家沙門道士言是清淨令其信用而便食之或時復以非所應食施淨行人數爲此業復教他人令行誑惑不行布施不持禁戒不近善友不順正法樂以不淨而持與人如是惡人身壞命終生惡道中受於唸吒餓鬼之身（唸吒此言食唾）爲飢渴火常燒其身於不淨處若壁若地以求人唾食之活命餘一切食悉不得食乃至惡業不盡不壞不朽故不得脱業盡得脱從此命終隨業流轉受生死苦若生人中貧窮下賤多病消瘦齆鼻膿爛生除廁家或於僧中乞求殘食以自濟命餘業因緣受報如是復次比丘知業果報觀餓鬼世間彼以聞慧觀於魔羅食鬘餓鬼（魔羅者此言鬘世人所奉九子魔是也）以何業故而生其中彼以聞慧知此衆生以前世時盜佛華鬘又尊重師長盜其華鬘以淨潔故用自莊嚴不以惡心其心貪嫉身壞命終或生佛塔或生天祀而有神力若人忿諍詰塔要誓則得其便能示惡夢以怖衆人若有異人遭諸惡事求其恩力言此鬼神有大威德神通夜叉以花鬘上之因此事故得鬘食之少離飢渴不爲飢火之所焚燒世人讚歎鬼常喜悦是食鬘鬼乃至惡業不盡不壞不

朽故不得脫業盡得脫從此命終隨業流轉受生死苦若生人中作守園人賣花自活以餘業故受如是報復次比丘知業果報觀餓鬼世間彼以聞慧觀諸餓鬼食血自活以何業故而生其中彼以聞慧見諸餓鬼本爲人時愛樂貪嗜血肉之食其心慳嫉戲笑作惡殺生血食不施妻子如是惡人身壞命終墮惡道中貪嗜血故生囉吒吒餓鬼之中（囉吒吒此言血食）受鬼身已人皆名之以爲夜叉供養奉事以血塗漫而祭祀之既噉血已恐怖加人數求禱祀人皆說之以爲靈神如是次第得自活命壽命長遠亦如上說經五百歲如是餓鬼作諸妖孽乃至惡業不盡不壞不朽故不得脫業盡得脫從此命終隨業流轉受生死苦若得人身生旃陀羅家噉食人肉以餘業因緣故受斯報復次比丘知業果報觀餓鬼世間彼以聞慧觀於食肉諸餓鬼等以何業故而生其中彼以聞慧知此衆生嫉妬惡貪自覆其心以衆生肉而作肉段臠臠稱之賣買欺誑實少言多以賤爲貴如是惡人身壞命終墮於惡道生在食肉餓鬼之中是夜叉鬼於四衢道或在巷陌街巷市店或在城內僧所住處天祀中生形狀醜惡見者恐怖而有神通其性輕躁不多爲惡行不淨施以是因緣故得神通以諸衆生雜類牛羊麞鹿之肉設會與人以是業緣故有神力乃至惡業不盡不壞不朽故不得脫業盡得脫從此命終隨業流轉受生死苦人身難得猶如海龜遇浮木孔有微善業得生人中墮於邊地如旃陀羅蠻夷之屬噉食人肉餘業因緣故

受斯報復次比丘知業果報觀餓鬼世間彼以聞慧觀食香煙諸餓鬼等以何業故而生其中彼以聞慧知此衆生爲嫉妬心惡貪所覆商賈賣香見人買香速須供養不以好香與彼買者乃以劣香價不酬直心無淨信謂無惡報不識諸佛眞實福田如是惡人身壞命終生食香煙夜叉鬼中而有神通身著香鬘塗香末香妓樂自娛或生神廟四交巷中寺舍林間遊戲之處重閣樓櫓皆遍遊行世間愚人恭敬禮拜燒沉水等種種諸香而供養之以前世時商賈賣香令人供養勝上福田非心田故若於佛法僧中行少布施得大果報譬如尼拘陀樹其子甚小種之良地成樹甚大枝條四布若於佛法僧福田之中行布施者得大果報亦復如是福田力故如是夜叉有神通力而得樂報於鬼世界得脫苦已從此命終隨業流轉受於生死人身難得猶如海龜遇浮木孔若生人中生貧窮家其身香氣而似香塗以餘業故受如斯報復次比丘知業果報觀餓鬼世間彼以聞慧觀於疾行諸餓鬼等以何業故而生其中彼以聞慧知此衆生貪嫉覆心或爲沙門被所受戒而被法服自遊聚落諂誑求財言爲病者隨病供給竟不施與便自食之爲乞求故嚴飾衣服遍諸城邑廣求所須不施病者以是因緣身壞命終墮於惡道生阿毗遮羅餓鬼之中（阿毗遮羅此義言疾行）受鬼身已於不淨處噉食不淨常患飢渴自燒其身若有衆生行不淨者如是餓鬼則多惱之自現其身爲作怖畏而求人便或示惡夢令其恐怖遊行塚間樂近

死屍其身火然煙燄俱起若見世間疫病流行死亡者衆心則喜悅若有惡呪喚之即來能爲衆生作不饒益其行迅疾一念能至百千由旬是故名爲疾行餓鬼凡世愚人所共供養咸皆號之以爲大力神通夜叉如是種種爲人殃禍令人怖畏乃至惡業不盡不壞不朽故不得脫業盡得脫從此命終隨業流轉受生死苦若生人中生呪師家屬諸鬼神守鬼神廟以餘業故受如斯報復次比丘知業果報觀餓鬼世間彼以聞慧觀於伺便諸餓鬼等常求人短以何業故而生其中彼以聞慧知此衆生貪嫉覆心誣枉衆生而取財物或作鬬諍恐怖逼人侵他財物於村落城邑劫奪他物常求人便欲行劫盜不行布施不修福業不親良友常懷嫉妬貪奪他財見他財物心懷惡毒知識善友兄弟親族常懷憎嫉衆人見之咸共指之爲弊惡人是人身壞墮於惡道受晝陀羅餓鬼之身（晝陀羅此言孔穴義云伺便）遍身毛孔自然火燄焚燒其身如甄叔迦樹花盛之時（此樹花赤如火聚色故以喻之）爲飢渴火常燒其身呻號悲叫奔突而走求索飲食欲以自濟世有愚人逆塔而行若見天廟順行恭敬如是之人此鬼得便入人身中食人氣力若復有人近房欲穢是鬼得便入其身中食人氣力以自活命自餘一切悉不得食乃至惡業不盡不壞不朽故不得脫業盡得脫從此命終隨業流轉受生死苦若生人中多遭衆難王難水難火難賊難飢儉之難常生貧窮下賤之處多諸病苦身體尫羸以餘業故受如斯報復次比丘知業果報觀餓鬼世間

彼以聞慧觀於地下黑闇之處諸餓鬼等以何業故而生其中彼以聞慧知此衆生愚癡造惡貪嫉覆心枉法求財繫縛於人置闇牢中令其黑闇目無所見互相呼聲音常哀酸在於獄縛受大憂苦無人救護如是惡人身壞命終墮黑闇處生餓鬼中在於地下黑闇之處有大惡蛇遍滿其中受身長大長二十里風寒噤戰飢渴燒身頭髮鬔亂身體羸瘦打棒其身皆悉破壞行大險難黑闇之處受大劇苦周慞奔走唯獨無侶猛風勁切猶如刀割以惡業故求死不得乃至惡業不盡不壞不朽故不得脫業盡得脫從此命終隨業流轉受生死苦人身難得猶如海龜遇浮木孔若生人中多處深山幽險海側不見日月生此國土其目盲冥無所見了貧窮下賤乞求自活以餘業故受如斯報復次比丘知業果報觀餓鬼世間彼以聞慧見有餓鬼名曰神通大力光明以何業故而生其中彼以聞慧知此衆生妄語誑人貪嫉破壞偷盜他財誑人取物或恃勢力强奪人財賜諸惡友不施福田不淨布施爲求恩故爲求救故爲節會故爲急難故爲親附故爲如是等是爲不淨施是人身壞命終之後生於大力神通鬼中受鬼身已多有無量苦惱餓鬼圍繞左右在於深山或處海渚生處其中神力自在唯此一鬼受第一樂自餘眷屬身如燒林飢渴火逼皆共瞻視是受樂鬼不淨施報業盡得脫從此命終隨業流轉受諸生死人身難得猶如海龜遇浮木孔若得爲人於飢饉世統領國土或爲大臣以餘業故受如斯報復次

比丘知業果報觀餓鬼世間彼以聞慧觀夜熾然諸餓鬼等火從身出呻號悲叫奔突而走至諸城邑村落人間山林住處身如火聚飢渴火然以何業故而生其中彼以聞慧知此衆生貪嫉覆心破壞他人妄語誑人枉奪人財破人城郭殺害人民令他眷屬宗親散壞抄掠得財持奉王者大臣豪貴得王勢力王善其能稱歎讚美轉增兇暴如上所說如是惡人身壞命終墮闍婆隸餓鬼之中（闍婆隸此言熾然）以前世時夜行劫奪繫縛於人加諸楚毒以是因緣夜則遍身熾然火起以前世時繫縛於人號哭叫喚以是因緣熾火然身悲聲大叫惡業不盡故使不死乃至惡業不盡不壞不朽故不得脫從此命終隨業流轉人身難得如海中龜值浮木孔若得人身常為他人之所破壞設有財物多為王賊侵凌劫奪若登高危或昇林樹顛墜傷身以餘業故受如是報復次比丘知業果報觀餓鬼世間彼以聞慧見有餓鬼常求人便伺求其短殺害嬰兒以何業故而生其中彼以聞慧知此衆生前世之時為他惡人殺其嬰兒心生大怒即作願言我當來世作夜叉身報殺其子如是惡人身壞命終墮於惡道受崑陀羅餓鬼之身（崑陀羅此言伺便鬼）常念怨家瞋恚含毒求諸婦女產生之處伺嬰兒便而斷其命此鬼勢力神通自在若聞血氣於須臾頃能行至於百千由旬若婦人產以微細身而求其便以瞋恚心常求其便處處追逐欲殺嬰兒求其空便如是餓鬼遍一切處求小兒便覓其因緣若母犯過育養失法得其子便若不淨穢

汙爲鬼得便闚視窻牖或復門中大小便處
不淨水邊呪中求短求彼所忌若見影像若
衣不淨若火若水若地若刀若求喜慶若臨
高巖若上高閣上下求便如是種種常求其
便怨怒之心常不捨離如上所說若得其便
能害嬰兒若不得便至於十歲種種求便猶
殺不捨如是不善自纏其心飢渴燒身不能
殺害若得其便則斷其命若此小兒有强善
業或爲善神之所擁護不能殺害彼鬼瞋心
從此命終隨業流轉受生死苦人身難得猶
如海龜值浮木孔若生人中宿業瞋習怨結
所纏無緣之處怒如怨家種種方便求他短
闕以餘業故受如是報

正法念處經卷第十六

音釋

沃烏酷切潤澤也　鯢五稽切　[口企]丘紙切　瞢武亘切　蚩赤脂切
笮側革切鎮也　嘔烏后切吐也　腥臊腥桑經切臊蘇遭切腥臊臭也
黧郎奚切黑色也　囹圄囹郎丁切圄魚巨切囹圄獄名　濬私閏切深也
黤黮黤烏感切黮他感切黤黮黑也　麴釀麴苦網切酒母也釀汝亮切醞也
鹵郎古切鹹沙地也　獷古猛切惡也　皴七倫切皮細起也　齆烏貢切鼻塞病也
孽魚傑切祆恠也　尫烏光切羸弱也　噤巨禁切寒厥口閉也

# 正法念處經卷第十七

元魏婆羅門瞿曇般若流支譯

## 餓鬼品第四之二

復次比丘知業果報觀餓鬼世間彼以聞慧觀於迦摩餓鬼（迦摩兩盧波此言欲色）以何業故而生其中彼以聞慧知此衆生若男若女若黃門人著種種衣而自嚴飾服女人衣行婬女法若人欲發與之交會因此事故而得財物施與凡人非福田處不淨心施以是因緣身壞命終生於欲色餓鬼之中受鬼身已種種嚴飾隨意所念皆得從心欲善則美欲惡則醜若其欲作愛不愛色悉能爲之或作男子顏容端正或作女人姿首美妙或作畜生相貌殊異能作種種上妙莊嚴能遍遊行一切方所若得食飲能食無患少行施故能以微細之身盜入人家以求飲食世人說言毗舍闍鬼盜我飲食或作人身入他節會或作鳥身食人祭飯其身細密人不能見此鬼如是隨意能現種種衆色世人皆名如意夜叉或作女身與人交會如是種種莊嚴誑人行於人間在鬼道中乃至惡業不盡不壞不朽故不得脫業盡得脫從此命終隨業流轉受生死苦人身難得如海中龜值浮木孔若生爲人墮技兒中著種種衣縱逸遊戲以求活命自以己妻令他從事而求財物以餘業故受如斯報復次比丘知業果報觀餓鬼世間彼以聞慧觀於海渚諸餓鬼等以何業故而生其中彼以聞慧知此衆生前世之時見有行人欲過曠野病苦疲極於是人所多取其價與直薄少以惡貪故巧辭欺誑曠野空乏遠行

之人以是因緣生海渚中是海渚中無有樹林陂池河水其處甚熱於彼冬日甚熱毒盛欲比人間夏時之熱過踰十倍唯以朝露而自活命雖住海渚不能得水以惡業故見海枯竭設見樹林皆悉熾然大火炎起望心斷絶衆惡臻集無有安隱飢渴燒身呻號悲惱自心所誑處處奔走悲聲叫絶無救無護無依無恃頭髮鬔亂身體羸瘦一切身脉皆悉麤現猶如羅網所至之處皆悉空竭無救無歸無依無怙惡業不盡不壞不朽故使不死業盡得脱從此命終隨業流轉受生死苦人身難得如海中龜值浮木孔若生人中生在海渚或有一足或復短足困乏漿水以餘業故受如斯報復次比丘知業果報觀餓鬼世間彼以聞慧觀於閻羅執杖餓鬼以何業故而生其中彼以聞慧知此衆生以貪嫉故自壞其心親近國王大臣豪貴專行暴惡心無慈愍不行正理爲諸賢善之所輕毀如是惡人身壞命終受閻羅王執杖鬼身於鬼世界爲閻羅王趨走給使若有衆生造諸惡業時閻羅王即令此鬼録其精神此鬼身色醜惡可畏手執刀杖頭髮鬔亂倒髮覆身長脣下垂耽耳大腹高聲大叫以怖諸鬼手執利刀擬諸罪人反執其手以繩縛之將詣王所白大王言我於人中攝此罪人來至於此大王此人前世行不善業身業不善口業不善意業不善願王呵責時閻羅王即說偈頌而呵責言

汝是人中愚癡輩　種種惡業自莊嚴
汝本何不修善行　如至寶渚空歸還

善業因緣得樂果　樂果因緣生善心
一切諸法隨心轉　流轉生死常不斷
一切諸行悉無常　猶如水泡不堅固
若能如是修正法　是人未來得勝報
若有人能常修善　捨離一切諸惡業
是人則不至我所　乘堦上生受天報
若人愚癡無覺悟　愛樂惡業至我所
能捨惡業諸不善　是人則行第一道
若見世間諸業果　亦見天上種種樂
如是猶起放逸心　是人不名自愛身
爲利誑故造惡業　放恣一切身口意
如是人等行各異　汝今業對至我所
汝爲衆惡所誑惑　畢定行於險惡道
若人愛樂造惡業　未來人身甚難得
若人遠離衆惡業　喜行善法心愛樂
此人現世常安樂　必得涅槃解脱果
若有衆生習善行　於世間中最殊勝
若人習學不善業　一切世間最大惡
若有智慧行善人　能離初中後惡法
若有造習衆惡業　則入地獄受苦報
能以善法調諸根　則獲世間淨勝法
是人身壞命終時　上生天宫受快樂
業繫縛汝甚堅牢　閻羅使者之所持
送至恐怖諸惡道　閻羅世界大苦處
汝於前世作衆惡　此業今當還自受
自作自受不爲他　若他所作非已報
如是閻羅王呵責罪人已使者將出以此罪人自作惡業自業所誑將受果報種種苦惱楚毒治之飢渴所逼但食風氣惡業不盡故使不死從此得脱隨業流轉受生死苦若處

人中生在邊戍幽山險谷深河峻岸危怖之處有自在者行於此路令其引導以餘業故受斯罪報復次行者内觀於法云何比丘觀在五地彼以聞慧明眼觀察十種色入何等爲十一者眼入二者色入三者耳入四者聲入五者鼻入六者香入七者舌入八者味入九者身入十者觸入云何比丘眼緣色相比丘觀眼緣色而生於識三法和合而生於觸觸共受想思識者觸相觸者覺相受者知相想相者如長短愛不愛現見相對等思者識知一緣而各各相（思有三分或色非色）各各自體如十大地法何等爲十一者受二者想三者思四者觸五者作意六者欲七者解脱八者念九者三昧十者慧一緣而各各相識等十一法亦如是猶如日光一起衆光自體各各別異如識自體異乃至思亦如是彼比丘如實知色入觀眼空無所有無堅無實比丘如是如實知道離於邪見正見心喜眼離癡垢實見其眼但是肉段癡無所知但是淚竅如實知已離於欲心觀眼無常知無常已但是肉團住在孔穴如實知眼筋脉纏縛當知衆緣和合而有眼入如是眼者無有見者無我無知乃至苦亦如是觀眼入已得離欲意是比丘如實觀察眼入已分別觀色如是色者愛以不愛皆悉無記以分別生何法可見何者爲淨何者是常何者可貪比丘如是思惟觀察如實知色非有非樂如是思惟觀察色相無堅無實以分別生愛不愛等非實有耶一切衆生於愛不愛虚妄貪著如此色者非有自體非常非有非眞非樂非不壞法非堅非我

以貪欲瞋癡自覆心故生愛不愛非色有愛有不愛耶以憶念生故比丘如是觀於色入見名色已不貪不染不迷不取知色無堅彼比丘如是觀眼觀色入已不著眼識得離欲穢眼識非我我非眼識觸受想思亦復如是

復次比丘知業果報觀餓鬼世間彼以聞慧觀噉小兒諸餓鬼等以何業故而生其中彼以聞慧知此衆生惡術呪龍爲除災雹誑惑病人呪術夜叉取人財物或復殺羊如是之人身壞命終墮活地獄受無量苦從地獄出生婆羅婆叉餓鬼之中（婆羅婆叉此云食小兒）復有衆生殺生餘報生在人中爲此餓鬼偷兒食之或至産婦所住之處取彼嬰兒或匍匐時或始行時如是餓鬼偷諸小兒次第食之若得其便即能斷命若無殺業莫能爲害伽陀頌曰

惡業繫縛受惡果　若行善業受樂報
業繩長堅繫縛人　縛諸衆生不能脫
不得安隱涅槃城　長流三有受衆苦
能以智刀斬斯業　必得解脫諸熱惱
以斷業繩無繫縛　得至無爲寂靜處
如魚入網爲人牽　愛縛衆生死亦爾
如人毒箭中野鹿　其鹿狂怖走東西
毒藥既行不能脫　愛縛衆生亦如是
常隨衆生不放捨　觀愛如毒應遠離
愚癡凡夫爲愛燒　猶如大火焚乾薪
是愛初染難覺知　得報如火自燒滅
若欲常樂心安隱　應捨愛結離諸著
如魚呑鉤命不久　愛結縛人亦如是
縛諸衆生詣惡道　墮於餓鬼飢渴逼

餓鬼世界諸苦惱　處處逃遁而奔走
地獄趣中受苦者　皆由愛結因緣故
若諸貧窮困病人　求索朝飡自存濟
皆由愛結因緣故　受斯苦報聖所說
如是具觀一切嫉妬因緣果報於生死中得生猒離棄捨諸欲復次比丘知業果報觀餓鬼世間彼以聞慧觀於食人精氣諸餓鬼等以何業故而生其中彼以聞慧知此衆生於前世時巧辭誑人詐言親友我為汝護其人聞已策心勇力是時彼人令他入敵欲喪其命捨之而去竟不救護欲於王所取其財物時被誑者沒陣而死彼人以是不善因緣身壞命終墮於食人精氣餓鬼之中受大飢渴自燒其身刀斫其體皮肉斷壞從空雨刀遍走四方無逃避處若見有人行惡無信不奉三寶即得彼便入其身中食噉精氣以自濟命求之甚難困不能得或至十年或二十年乃得一便常因飢渴自作惡業還自受之惡業不盡故使不死乃至惡業不盡不失不朽故不得脫業盡得脫從此命終生於人中常守天杞貧窮困厄不得自在食噉殘杞以餘業故依他自活復次比丘知業果報觀餓鬼世間彼以聞慧見有餓鬼名梵羅剎以何業故而生其中彼以聞慧知此衆生前世之時殺害生命以為大會謂其希有販賣飲食賤取貴賣妬嫉破壞如是衆生身壞命終墮餓鬼中名婆羅門羅剎餓鬼為飢渴火焚燒其身馳奔疾走現視人像殺害衆生或住空巷衢道四交路首以求人便諸婆羅門殺生設會多生其中或自藏身以殺害人或入人身

中以斷人命呪術人言鬼神著人入人身已令人心亂狂惑無知如是惡業常作衆惡飢渴燒身受大苦惱住餓鬼界乃至惡業不盡不壞不朽故不得脱業盡命終餘業因緣生在人中常食人肉或飲人血以餘業故受如斯報復次比丘知業果報觀餓鬼世間彼以聞慧觀火爐中食諸餓鬼等以何業故生於彼處彼以聞慧知此衆生遠離善友貪嫉覆心喜噉僧食如是之人身壞命終墮於地獄受無量苦從地獄出生於君荼餓鬼之中（君荼此云火爐）既生之後飢渴燒身如火焚林周遍奔走而求飯食自業所誑於天寺中被燒殘食合火而噉心常憶念火爐殘食飢渴燒身二火俱起呻吟號叫作諸惡業決定成熟乃至惡業不盡猶不得脱業盡得脱餘業因緣生於人中貧窮多病隨其行處常爲火燒野火所焚以餘業因緣受如斯報復次比丘知業果報觀餓鬼世間以聞慧觀多行嫉妬習於遍業究竟成業墮餓鬼道生於不淨巷陌之中以何業行生於彼處彼以聞慧見此衆生慳嫉覆心以不淨食與諸梵行清淨之人以是因緣身壞命終生於不淨囉他餓鬼之中（囉他此言巷陌）若於晝日人不能見若人夜行則多見之若城邑聚落衆聚之處若住曠野行軍厠屏穢惡之處虫蛆滿中臭處不淨若人見者惡不欲視嘔吐捨去如是餓鬼生在其中由前世時以不淨食持與衆僧如是因緣生不淨處受大苦惱雖處其中常不得食有諸惡鬼手執利刀刃出火炎在傍守護常困飢渴一月半月乃得一食猶不得飽設得食飽

守糞諸鬼强打令吐飢渴燒身呻號哀叫交
横馳走憂惱悲泣即以伽陀而說頌曰

種子不善因緣故　獲得憂苦惡果報
因果之性相相似　惡業因緣得苦報
爲惡業鉤之所牽　如魚吞鉤入惡道
吞鉤之魚尚可脫　惡業牽人無免者
諸業大力牽衆生　不善業繩之所縛
將詣餓鬼世界中　具受諸大飢渴苦
諸餓鬼等飢渴苦　過於火刀及毒藥
如是飢渴有大力　無量飢渴惱衆生
無一念時得休息　晝夜苦惱常不離
乃至不得微少樂　常受種種諸辛苦
以作苦業因緣故　生惡道中受苦報
於此苦報難得脫　何時當得受安樂
所見諸泉悉無水　一切陂池皆枯竭
處處逃奔求水漿　往至諸河悉不見
我所行處求諸水　山林曠野無不遍
隨所至處望水飲　求覓少水不能得
飢渴之火燒我身　無歸無救受大苦

如是餓鬼自業所誑呻喚哀號乃至惡業不盡故不得脫報盡命終以餘業故生於人中受諸婬女婦女之身若得男身生除糞家身服女人所著之衣行女人法以餘業故受如斯苦復次比丘知業果報觀餓鬼世間以何業故生於食風餓鬼之中彼以聞慧知此衆生見諸沙門婆羅門貧窮病人來乞求者許施其食及其來至竟不施與令此沙門及婆羅門貧窮病人飢虛渴乏如觸冷風彼妄語人身壞命終墮於婆移婆叉（此言食風）餓鬼之中既受鬼身飢渴苦惱如活地獄等無有異奔

走四方無所希望無人救護無依無怙自心所誑於遠方處逢見飲食在於林間及僧住處奔走往趣疲極困乏飢渴倍常張口求食風從口入以爲飲食以惡業緣故使不死惡業持身妄見食想猶如渴鹿見陽炎時謂之爲水空無所有如旋火輪以前世時虛誑許人而竟不與以此報故但眼見食而不能得伽陀頌曰

因果相似聖所説　善因善果則成就
善因則不受惡果　惡因終不受善報
因緣相順縛衆生　生死相續如鉤鎖
生死繫縛諸衆生　輪迴諸趣莫能脫
若能斷除諸繫縛　堅牢鉤鎖業煩惱
是人能至寂靜處　永斷一切諸憂惱

其人如是受相似因苦報之時自心所誑奔突馳走常食風氣以自活命乃至惡業不盡不壞不朽故不得脫業盡命終生於人中貧窮下賤人所輕忽常爲衆人許施房舍飲食衣物而無與者聞他許時心悅望得至後不獲轉懷憂結受二種苦一者飢渴二者憂惱受大苦惱以餘業故受如斯報伽陀頌曰

如是衆生惡業熏　具受種種諸苦惱
如糞所熏甚可惡　如是惡業應捨離
善法所熏最殊勝　能永離於惡道苦
如瞻蔔華熏香油　華雖滅壞香油存

復次比丘知業果報觀餓鬼世間彼以聞慧觀食火炭諸餓鬼等以何業故而生其中彼以聞慧知此衆生典主刑獄貪嫉覆心打縛衆生禁其飯食令他飢渴噉食泥土以續生命此典獄人以是因緣身壞命終墮於食火

餓鬼之中常至塚間噉燒屍火猶不能足如是惡業因時悅樂受報極惱心不愛樂不淨可惡愛毒勢力因緣和合受於食火餓鬼之身若得食火少除飢惱如人以水滅世間火比丘如是觀時於世愛欲深生猒離不樂與俱作是念言愚癡凡夫爲愛所使不得自在食火除飢無法可喻受餓鬼身乃至惡業不盡不壞故不得脫業盡命終生於人中常生邊地飢儉之處所食麤惡無有美味不識鹽味以餘業故受如斯報復次比丘知業果報觀餓鬼世間彼以聞慧觀於食毒諸餓鬼等以何業故生於其中彼以聞慧知此衆生貪嫉覆心以毒食人令其喪命取其財物如是惡人身壞命終墮活地獄具受衆苦從地獄出生於食毒餓鬼之中在於民陀山窟之内

或在波梨耶多幽險山中或生冰山極冷之處或在摩羅耶山極險惡難多有毒處無有漿水多饒毒藥寒則水凍熱則毒盛甚可怖畏叢石峻巖師子猛虎所居之處而生其中寒苦極惱過人百倍夏日熱惱百倍於人盛夏五日空中雨火燒其身體極冬寒至於虚空中五日雨刀以惡業故空中雨火及雨刀劒住險難處爲飢渴火焚燒其身叫喚悲惱以毒藥丸而自食之食已即死惡業不盡即便還活既得活已飢渴倍前呻號悲哀有利嘴鳥來啄其眼受大苦痛舉聲大叫鳥啄食已眼復還生如是受苦乃至惡業不盡不壞不朽故不得脫業盡命終生於人中交道巷陌以自存活惡業所熏猶行蠱毒還墮活等大地獄中以餘業故受如斯報復次比丘知

業果報觀餓鬼世間彼以聞慧觀於曠野諸餓鬼等以何業故而生其中彼以聞慧知此衆生以前世時於曠野無水險難之處日光炎暑求福之人種植林樹及造湖池以給行路有諸群賊決去池水令道行者疲極渴乏氣力微劣破壞劫剥奪其財物貪嫉覆心不肯布施如是之人身壞命終墮阿吒毗（此言曠野）餓鬼之中大火燒身如然燈樹日光炎暴走於曠野叫喚求水及求飲食求哀自救如是餓鬼以惡業故遥見陽炎謂是清水平住湛然疾走往趣望得水飲不計疲極所至之處但見空地了無有水何以故陽炎之中性自無水云何而得是鬼慞惶走於曠野荆棘惡刺貫其兩足疲極望水悶絶躃地惡業力故死已復生飢渴惱逼過前十倍未起之間鳥鵄鵰鷲競啄其眼食其身肉分張劈裂破散身骨三苦並至受大苦惱無歸無救互相悲告即以伽陀而說頌曰

鵰鳥烏鵄諸惡鳥　金剛利觜啄我身
劈裂破壞無全處　具受衆苦無救護
諸業如影不離身　如昔惡業今受報
我等宿害行路人　以是今受大苦惱
業圍所繞業繩羂　不見有可求脫處
唯有惡業盡壞時　乃能脫此大苦惱
惡業能將諸衆生　業牽令至可畏處
惡業能隨至何所　至受果時惡業熟
業縛衆生遊三界　輪轉無窮無休息
若行善業捨衆惡　則離衆苦無饒益
若人不愛諸惡業　觀之如火不貪著
是人不至餓鬼趣　不爲飢渴火所燒

於須臾時常增長　飢渴苦痛念念生
身體熾火焰山谷　猶如大火燒山林
野火焚燒大山林　大龍降雨則能滅
劫火一起海水竭　我火不可如是滅
業薪因緣生此火　爲愛欲風之所吹
此惡業火燒我身　周遍圍繞無空缺
持戒精進智慧水　以布施瓶而盛之
寂滅大人持此水　能滅三界諸業火
若爲三業之所使　三業流轉行諸有
是人迴旋行三處　如是三法之所誑
三十六業所驅役　不能離於四十行
九十八種諸結使　如是等法行三界
以一百八明智慧　思惟十二之深義
若人能知法非法　是人則得無量樂
若有能知二種相　思惟二八特勝行
思惟十六特勝已　是人遠離衆惡道
若人能見二種道　是爲四法究竟人
已得超越四流海　是人覺悟無衆惱
能善修行八聖道　十力之義善知見
善知二苦之因緣　是人則到無生處
若人善達二諦義　能善思惟四念處
能觀過去未來世　不爲魔網所障礙
我爲惡業之所使　遠離衆善白淨法
到諸餓鬼世界中　自造惡業癡所惑

如是有諸餓鬼利根智慧有少善業憶念本行數數呵責諸餓鬼等雖復呵責諸餓鬼等然其惡業猶不得脫乃至惡業不盡不壞不朽故不得脫業盡命終生於人中常行山險隨逐群鹿以餘業故受如斯報復次比丘知業果報觀餓鬼世間彼以聞慧見塚間住諸

餓鬼等以何業故而生其中彼以聞慧知此衆生貪嫉覆心見有信人持華施佛盜取此華賣之自供此人以是惡業因緣身壞命終墮餓鬼中受於塚閒餓鬼之身飢渴熱惱常食燒死人處熱灰熱土一月之中乃得一食或得不得頭冠鐵鬘火燄俱起頭面髑髏皆悉融爛燒已復生次著鐵鬘以貫頸上火炎復起燒然咽胷一切身分從內出火遍燒其身以前世時盜佛華鬘故獲斯報受身醜惡身上火起諸蟲唼食有異羅刹來至其所以杖打棓刀斫其身痛急號叫受三種苦何等爲三一者飢渴二者鐵鬘三者羅刹刀杖打斫以惡業故受如是報憂悲苦惱即以伽陀而說頌曰

我受飢渴諸辛苦　鐵鬘貫身火熾然
刀杖打斫第三苦　具受如是諸憂惱
我爲自心之所誑　爲諸惡業癡所惑
今日受斯餓鬼苦　永離知識及親族
非是知識及妻室　亦非男女諸眷屬
能救我此業繫苦　是業大力不可奪
苦樂由業非他作　我今受斯三種業
布施持戒及聞法　我得聞已不脩故
我爲癡網所覆故　造作種種衆惡業
第一惡業因緣故　我今受斯大苦報
我今若得免離此　餓鬼世界大苦處
如是惡業未來世　乃至失命願不作

是時餓鬼如是說已大苦所壓悔本造業乃至惡業不盡不壞不朽故不得脫業盡命終生於人中墮旃陀羅家屠兒魁膾擔負死屍以餘業故受如斯報復次比丘知業果報觀

餓鬼世間彼以聞慧觀樹中住諸餓鬼等以何業故而生其中彼以聞慧知此衆生於前世時見人種植福德林樹爲遠行者及病困人以嫉妬心斫伐取材及盜衆僧園林樹木此人以是不善因緣身壞命終墮毗利差餓鬼之中（毗利差此言樹）生在樹中以惡業故寒則大寒熱則大熱逼迮押身如賊木蟲受大苦惱身體萎熟爲諸蟲蟻唼食其身若有以食棄之於樹得而食之以自活命於餓鬼中受諸辛苦惡業不盡不壞不朽故不得脫業盡命終生在人中常賣藥草林木花葉以自存活爲他所使不得自在受大苦惱以餘業故受如斯報復次比丘知業果報觀餓鬼世間見有餓鬼住四交道因以爲名以何業故而生其中彼以聞慧知此衆生貪嫉壞心盜他行粮取已含笑捨之而去其人失粮行於曠野受大飢渴如是之人以此惡業身壞命終墮遮多波他（此言四交道）餓鬼之中以惡業故自然而有鐵鋸截身縱横四徹飢渴燒身若諸世間多病因緣交道設祀凡夫愚癡不識因果行於惡見交道祭祀後病得差謂是鬼恩是交道鬼因此祭食以自濟命若是餘飯則不能食惡業不盡故使不死乃至惡業不盡不壞不朽故不得脫業盡命終生在人中貧窮下賤生於屠兒殺羊之家以餘業故受如斯報復次比丘知業果報觀餓鬼世間彼以聞慧見諸衆生行於邪道諂曲作惡行於惡因說邪見法謂是真諦不信正法如是之人身壞命終墮魔羅身餓鬼之中受惡鬼身若諸比丘行時食時及坐禪時是魔羅鬼爲作亂

心妨礙之事或發惡聲令其恐怖爲作惡夢如是餓鬼爲魔所攝憎嫉正法專行暴惡以此現造惡業縁故大熱鐵摶從口中入如地獄人等無有異吞噉熱鐵受大苦惱無有休息從此魔羅迦耶鬼中命終之後墮地獄中多劫受苦或滿十劫或二十劫如是決定在三惡道或被燒炙或受打棒爲他食噉人身難得猶如海龜遇浮木孔若生人中盲冥瘖瘂聾頑無知一切衆衰無量病惱莊嚴其身貧窮下賤以餘業故受如斯報復次比丘知業果報觀餓鬼世間以聞慧觀如是略說餓鬼之處若分別說有無量種眷屬餓鬼有住海中有住海渚有住閻浮提有住瞿陀尼有住弗婆提有住鬱單羅越等大洲中間之所住處但以一名聞說有種種名聞有羅刹鬼

鳩槃茶鬼毗舍闍鬼知彼鬼神微細業行各以何業而生彼處食何等食以何等行何所欲樂如是餓鬼以何縁故而生此處皆由不能調伏心之獼猴行不調柔猶如象耳無有住時如鳥在林爲人所射聞關趣枝從一至一於一切境界常伺不息猶如大風吹動諸塵是心可畏如師子獸如虎如豹如蛇如毒尚可調伏是心難調復過於此隨所造業得相似果是心如是難可覺知如是染心縛諸衆生若心清淨則得解脱是心如王諸根圍繞以爲眷屬由心造業業因縁果以果因縁故有五道心如機關諸根如絲五根及心不善調御行於惡道若能善調作諸善業生天人中乃至證得不動涅槃比丘如是觀微細心行隨順觀察如是觀已於生死中得大猒

離是比丘先已觀地獄苦猒離生死次觀餓鬼世間種種衆苦得入苦聖諦得苦諦無礙行未得無礙道證復次修行者內觀於法順法修行彼比丘如實觀業果報先已分別觀諸地獄次觀餓鬼諸道差別如實見諸生死過患甚可惡賤如是觀已離魔境界猒捨生死起精進力以求涅槃成就具足得十五地旣成就已爾時地神諸夜叉等心大歡喜告虛空夜叉虛空夜叉聞已歡喜告四大天王時四天王聞已歡喜告三十三天帝釋眷屬聞已歡喜告夜摩天夜摩天等聞已歡喜告兜率陀天兜率諸天聞已歡喜告化樂天化樂諸天聞已歡喜告他化自在天如是欲界次第相告其聲展轉從梵身天乃至光音天咸作此言閻浮提中某國某城某村某邑某種姓中某善男子剃除鬚髮以信出家離魔境界欲破魔軍令魔使者生大怖畏能動一切諸煩惱山入於正道欲放光明令得如是十五地行時光音天聞是語已皆大歡喜告餘天衆汝等諸天應生歡喜增長正法減損諸魔及魔眷屬令正法河流注不斷竭邪見池調伏貪欲瞋恚愚癡摧滅邪徒紹隆正法欲散生死欲界天子聞此語已甚大歡喜讚說之音如是次第展轉相告乃至光音一切天衆比丘如是勤修精進心不休息端直不諂遠離邪曲如是求涅槃城善音名稱遍諸天衆

正法念處經卷第十七

音釋

嶮峻（嶮虛儉切深險也峻私閏切高峻也）匍匐（匍薄胡切匐蒲北切匍匐手行也）鎖（蘇果切）鵄（赤脂切怪鳥也）爴（爪居縛切爪持也）瘖瘂（瘖於金切瘂烏下切瘖瘂病不能言也）

# 正法念處經卷第十八

元魏婆羅門瞿曇般若流支　譯

## 畜生品第五之一

復次比丘知業果報如實觀諸地獄知業果報一百三十六地獄中衆生壽命長短增減如實知已觀第二道無量餓鬼略而說之三十六種及觀業行亦如實知彼以聞慧觀諸畜生種類差別三十四億隨心自在生於五道於五道中畜生種類其數最多種種相貌種種色類行食不同群飛各異憎愛違順伴行雙隻同生共遊所謂飛禽及諸走獸烏鵲鵝鴈鴻鳥衆類異群别遊不相怨害狐狗野干等互相憎嫉烏與角鵄馬及水牛蚖蛇鼬等共相殘害形相不同行食各異以何業故種種形相行食各異彼以聞慧觀是衆生為種種心之所役使作種種業入種種道噉種種食觀察彼業以何因故各各異類共相憎嫉即以聞慧知此衆生於前世時以邪見故習學邪法復有衆生亦學邪法而生邪慢以邪見論邪見譬喻互相諍論雖共談論無所利益無有安樂亦非善道如是二人身壞命終墮於地獄受無量苦從地獄出以本怨憎墮畜生中是故怨對還相殺害所謂蚖蛇黄鼬馬及水牛烏角鵄等復次比丘知業果報觀諸畜生以何業故畜生之類相隨無害即以聞慧知此衆生於人中時為生死故行布施時尋共發願於當來世常為夫妻是人身壞命終之後生畜生中而有少樂非大苦惱謂命命鳥鴛鴦鴿鳥多樂愛欲以業因故復次比丘知業果報觀諸畜生狐狗野干以何

業故性相憎害即以聞慧知此衆生於人中時於諸善人出家人所汙其淨食常戲鬬諍貪心因緣身壞命終墮畜生中受於野干狐狗之身互相憎嫉復次比丘知業果報觀諸麞鹿以何業故而生彼處即以聞慧知此衆生爲前世時喜作强賊擊鼓吹貝至於城邑聚落村營破壞人柵作大音聲加諸恐怖如是之人身壞命終墮於地獄具受衆苦從地獄出生麞鹿中心常怖畏以本宿世破人村落令他恐怖是故生於曠野山林常多恐怖以業力故若生人中心常恐怖小心怯弱多懷怖畏餘業緣故如是少分觀畜生處互相憎嫉以多業故共相殘害隨本業故復次比丘知業果報觀諸畜生以何業故受化生身即以聞慧知此衆生於前世時爲求絲綿養蠶殺繭或蒸或煑以水漬之生無量蟲名火髻蟲有諸外道受邪齋法取此細蟲置於火中供養諸天以求福德身壞命終墮於地獄具受衆苦從地獄出生於俱舍諸化生中種種異類復次比丘知業果報觀諸畜生以何業故墮濕生中彼以聞慧知此衆生起惡邪見殺害龜鼈魚蟹蜯蛤及小池中多有細蟲或酢中細蟲或有惡人爲貪財故殺諸細蟲或邪見事天殺蟲祭祀身壞命終墮於地獄具受衆苦不可稱計從地獄出受濕生身或作蚊子或爲蚤虱觀二種生已如是次第以微細心觀業果報觀於卵生諸衆生等以何業故而生彼處若人未斷貪欲恚癡修學禪定得世俗通有因緣故起瞋恚心破壞國土是人身壞命終墮於地獄受無量苦從地獄

出受於卵生飛鳥鵰鷲之形從此命終若生人中常多瞋恚以餘業故復次比丘知業果報彼以聞慧觀諸畜生以何業故受胎生身若有衆生以欲愛心和合牛馬令其交會以自悅意或令他人邪行非禮是人身壞命終之後墮於地獄具受衆苦從地獄出受於胎生畜生之身若生人中受黄門身以餘業故復次比丘觀十一種畜生已次觀四種衆生從地獄出受四種食何等爲四一者摶食二者意思食三者觸食四者識愛食比丘思惟觀察四食果報以聞慧觀見有衆生以諸摶食與惡戒者及諸賊人既食之後令此賊人殺害除怨是賊受語即殺彼怨如是惡人身壞命終墮於地獄具受衆苦從地獄出墮於段食畜生之中受水牛牛羊駝驢象馬猪狗野干麞鹿犛牛烏鵶鵰鷲鵝鴨孔雀命命鴻鳥雜類衆鳥多處曠野險岸中生是名少分摶食衆生復次比丘觀於觸食衆生之類住在㲉中或初出㲉以觸爲食復有衆鳥樂住水中依岸爲巢或穿河岸以爲窠窟孚産卵㲉龍蛇等類以何業故而受觸食比丘觀察即以聞慧知此衆生於前世時心許行施思惟籌量後心還悔而不施與以不善業墮畜生中以本思心受觸食報復次比丘觀於思食諸衆生等以何業故而受思食即以聞慧知衆生類謂赤魚子堤彌魚子鯌魚等子螺蚌蛤卵思心爲食若毋憶念則不飢渴身命增長以何業故而生此處即以聞慧知此衆生愚癡少智不識業果許施人物而語之言却後半月或至一月我當施汝財物飲食金

銀珍寶時彼貧人聞其許施心生歡喜美言讚歎一月半月望有所得時貧窮人往至其家是時其人更作異語不復本信如是惡人命終之後墮於憂喜地獄之中具受衆苦從彼命終墮畜生中意思爲食以其前世許他貧人令生歡喜後竟無實以是因緣若生人中爲人奴婢以餘業故復次比丘知業果報觀諸畜生第四識食即以聞慧見有畜生愛識苦惱常憶飲食生曠野中受大蟒身蜥蜴等身唯吸風氣復有光明天亦名愛識憶食而非苦惱見食憶持隨念即飽畜生憶食以何業故而受斯報即以聞慧知此衆生或以多瞋或以多癡殺害衆生彼人身壞生惡道中受大蟒身以前世時好愛怨結自縛其心以是因緣生畜生中受斯苦惱愛識食風若生人中於無因處常懷瞋恚而起鬬諍以餘業故復次比丘知業果報觀無量無邊畜生世間云何衆生受水蟲身彼以聞慧知此衆生愚癡少智無有慧心臨命終時極患渴病貪愛念水身壞命終墮於惡道受水蟲身作種種魚是人命終於中陰有見諸水時起心即往生於水中取因緣有此中陰有分若本不行布施持戒是人則生燸水之中口常乾燥如觸灰汁以本業故復次比丘知業果報觀諸飛鳥畜生之類以何業故行於虛空無礙之處即以聞慧觀三種神通何等爲三一者解脫神通二者身行神通三者心自在神通是解脫人隨心憶念若鳥行地界若飛於空亦如地行非解脫法諸佛如來神通之力如心念緣隨意能至有三種作如是三種聖

神通勝復次比丘知業果報觀於畜生云何觀於地獄畜生天人水行陸行空行飛鳥走獸彼以聞慧觀地獄中種種苦惱有二種畜生有衆生數非衆生數衆生數者生於彼處被燒苦惱非衆生數者地獄罪人以顛倒心見諸大鳥於虛空中翱翔遊戲心即生念願生此處隨念即生受飛鳥身具受如上地獄苦惱以惡業報生地獄中見諸師子形色可畏虎豹大鳥惡蟲蟒蛇大惡色者非衆生數以諸逼惱害地獄人是衆生數業之所得令諸罪人受大苦惱彼無苦惱畜生衆生在地獄中爲師子虎豹乃至蟒蛇之所惱害復次比丘知業果報觀飢渴燒身諸餓鬼道有諸畜生受飢渴苦即以聞慧見三十六種餓鬼道中生諸飛鳥從人中死生於鳥中受烏鵄鵰鷲鷹鷂等鳥害生之類從鳥中死生餓鬼世間受餓鳥身飢渴燒身啄諸餓鬼拔其眼出或破其頭而食其腦如是餓鬼眼精腦髓熱如融銅此等衆生皆共食之以惡業故比丘如是觀餓鬼鳥已即以伽陀而呵責言

熱業得熱報　具受諸大苦　如是應捨離
此惡不善業　勿造斯惡業　貪嫉自破壞
若行貪嫉者　墮餓鬼畜生　互共相殘害
或打縛繫閉　則受餓畜生　故應捨愚癡
愚癡自壞心　遠離於戒施　爲愛所誑惑
則墮畜生中　不識行邪正　食所不應食
應作而不作　不解法非法　五根癡頑鈍
但作畜生業

如是比丘觀諸畜生但有一業時所繫縛流轉無量百千生死受畜生中無量百千種種

苦綱之所繫縛畜生一業無量因緣次第貪欲業繫不斷生大海中深十由旬受於摩竭大魚螺蚌蛤蟲堤彌鯢羅那迦鮨魚迭互相畏常懷恐怖多行婬欲愚癡因緣非法邪行不識應行不應行處生大海中爲水燋惱常患飢渴互相殘害惶怖相畏若多行瞋癡生大海中深萬由旬受毒龍身迭共瞋惱瞋心亂心吐毒相害常行惡業龍所住城名曰戲樂其城縱廣三千由旬龍王滿中有二種龍王一者法行二者非法行一護世界二壞世間於其城中法行龍王所住之處不雨熱沙非法龍王所住之處常雨熱沙若熱沙著頂熱如爔火焚燒宫殿及其眷屬皆悉摩滅滅已復生復次比丘知業果報觀龍世界雨熱沙苦以何業因而受斯報即以聞慧知此衆

生於人中時愚癡之人以瞋恚心焚燒僧房聚落城邑如是惡人身壞命終墮於地獄受無量苦從地獄出生於龍中以前世時以火燒人村落僧房以是因緣受畜生身熱沙所燒復次比丘觀龍世間以何業故生於彼處以何緣故不爲熱沙之所燒害如以聞慧知此衆生於前世時受諸外道世間邪戒行於布施而不清淨如上所說七種不淨以瞋恚心願生龍中是人身壞命終之後墮戲樂城受龍王身生彼城巳瞋恚心薄憶念福德隨順法行如是龍王其身不受熱沙之苦復次比丘知業果報觀龍世間以何業故法行龍王生戲樂城戲樂城者爲何等相即以聞慧觀法行龍王所住之城七寶城郭七寶色光諸池水中憂波羅華衆華具足蘇陀味食常

受快樂香鬘瓔珞末香塗香莊嚴其身神通憶念隨意皆得然其頂上有龍蛇頭於其城中有諸法行龍王其名曰七頭龍王象面龍王婆脩吉龍王得叉迦龍王跋陀羅龍王(此言賢龍)盧醯多龍王(此言赤龍)鉢摩梯龍王雲髮龍王阿跋多龍王一切道龍王鉢婆呵龍王(此言忍龍)如是等福德諸龍隨順法行以善心故依時降雨令諸世間五穀成熟豐樂安隱不降災雹信佛法僧隨順法行護佛舍利如是龍王無熱沙苦受第一樂於四天下降澍甘雨謂閻浮提瞿陁尼弗婆提鬱單越若人順法孝養父毋供養沙門及婆羅門修行正法令法行龍王增長大力以法勝故降微細雨五穀熟成色香味具無諸災害果實繁茂衆華妙色日月晶光威德明淨福德龍王不放毒風

閻浮提人有四因緣則多喪命何等爲四一者飢儉二者刀兵三者毒風四者惡雨若諸世間隨順法行修諸福德法行龍王增長大力不出惡雲不降惡雨無惡風氣衆水調善稻穀豐熟果味肥美色香味具食之無病離諸飢惱色力具足四大安隱修行善業以行善業助其果報田稼豐熟法行龍王如是次第擁護順法修善衆生觀閻浮提已觀瞿陀尼云何順法龍王護瞿陀尼瞿陀尼界衆生心輭唯有一惡以水濁因緣食之夭命順法龍王於彼世界不雨濁水瞿陀尼人食清水故得無病惱以龍力故復次比丘知業果報觀弗婆提法行龍王云何與樂彼以聞慧知弗婆提人若聞雷聲若見電光以心輭故即得病苦法行龍王於彼世界不作雷音不放

電光令弗婆提人不遭病苦龍王力故復次比丘知業果報觀鬱單越人云何衰惱彼以聞慧知鬱單越人若遇黑雲冷風所吹香華不敷既見華合心懷憂惱黑雲起故僧迦賒山鳥鳴麤惡衆樂音聲悉無美音於惡龍所得此衰惱法行龍王不以黑雲冷風飄鼓如是四天下法行龍王以義安樂利益衆生復次比丘知業果報觀龍世間何等惡龍不順法行即以聞慧知戲樂城諸惡龍王不順法行其名曰波羅摩梯龍王（此言惱亂）毗諶林婆龍王（此言奮迅）迦羅龍王（此言黑色）睺樓睺樓龍王（此言多聲）住於海中戲樂城内云何此等非法惡龍增長勢力彼以聞慧知諸衆生不行善法不孝父母不敬沙門及婆羅門如是惡龍增長勢力於閻浮提作大惡身以惡心故起惡雲雨所雨之處生惡毒樹惡風吹樹毒氣入水令水雜毒一切五穀皆悉弊惡若有食者則得病苦穀力薄故令人短命是弊龍王惡心災毒迭互相害以是惡故閻浮提人悉皆毀壞以非法龍作諸惡故復次比丘知業果報觀於自在大力龍王云何非法惡行龍王以諸衰患惱瞿陀尼彼以聞慧知非法惡龍於瞿陀尼空山險處降澍洪雨令一切水皆悉潦濁瞿陀尼人若有飲者以此因緣得大衰惱如是比丘觀瞿陀尼如實了知復次比丘知業果報觀弗婆提彼以聞慧知諸世間不修法行時惡龍王力勢增長震吼大雷如大山崩弗婆提人以輭心故多遭病苦或耀電光遍滿世界如火熾然雲中龍現眼如車輪其身黑惡猶如黑山其頸三頭奮出衆花形如

馬相或作蛇身現如是等種種惡身令弗婆提有人見之得大衰惱復次比丘知業果報觀鬱單越如第二天云何惡龍於鬱單越人加諸衰惱即以聞慧知鬱單越僧迦賒山如前所說蓮華常開香氣馚流其色妙好彼國衆人覩之歡喜若世間人不孝父母不供養沙門婆羅門時惡龍王以自在心勢力增長起大重雲猶如黑山靉靆垂布掩蔽日光蓮華即合無有香氣失金色光鬱單越人見華既合愁惱怯劣雲中出風吹衆樂音皆悉亂壞不可愛樂如是四天下惡龍勢力而作衰害復次比丘知業果報觀四天下有勝有劣彼以聞慧觀鬱單越國快樂安隱勝三天下閻浮提人行法非法以是因緣苦樂增減是三天下增長業地行十善道有佛出世以閻浮提因緣故有四天下閻浮提人思惟修行十善業道能修梵行此世界中多能思惟觀察生滅此國金剛金剛座處一切世間閻浮提國悉無此座金剛座處八萬四千由旬佛坐此座生菩提心以此因緣如來出於閻浮提國非餘天下何以故善根成就得佛菩提須彌山王尚不能持何況餘地以是因緣佛處閻浮提不處餘國人身難得閻浮提中造業因緣得生人中以此因緣四天下中閻浮提國第一最勝非餘天下復次比丘知業果報觀龍世界以何業故非法行龍王吞食蝦蟇噉食沙土呼吸食風彼以聞慧知此衆生於人中時欺凌妻子獨飯美食其人妻子見之戀著口中流涎此人獨食飽滿充足於妻子所但與麤澀如是之人身壞命終墮於龍

中呑食蝦蟇㗇沙吸風受相似業果復次比丘知業果報觀龍世界以何業故諸龍降雨復以何業降諸災雹即以聞慧知此惡龍含毒瞋恚不順法行一一龍王瞋恚鬬諍起惡雲雨惡風災雹悉令五穀散壞不收以諸衆生行於非法惡龍瞋恚故有斯變復次比丘知業果報觀龍世界云何於閻浮提降注時雨潤益甘蔗稻麻叢林大小麥豆五穀增長即以聞慧見法行龍王降注時雨以義安樂利益衆生以諸衆生隨順法行降注時雨令國豐樂復次比丘知業果報觀一切龍所住宫殿幾許龍衆住於海中幾許龍衆住於衆流即以聞慧知閻浮提人不順法行無量諸龍住於衆流閻浮提人隨順法行五十七億龍住於衆流復次比丘知業果報觀龍世間

觀戲樂城及流水龍已觀大海底何等衆生住在其中即以聞慧知大海地下天之怨敵名阿脩羅略説二種何等爲二一者鬼道所攝二者畜生所攝鬼道攝者魔身餓鬼有神通力畜生所攝阿脩羅者住大海底須彌山側在海地下八萬四千由旬略説四地第一地處二萬一千由旬是羅睺阿脩羅王所住之處此羅睺阿脩羅王於欲界中化身大小隨意能作以人行善不善力故時阿脩羅作是思惟我當觀彼怨家園林遊戲之處與諸婇女共相娛樂恣意受樂思惟是已即自莊嚴以大青珠王波頭摩珠王光明威德珠王或以金玉五色赤珠王或以雜色衣王若青若赤若黄若黑種種諸色莊嚴其身以爲甲胄光明晃煜時羅睺阿脩羅王身量廣大如

須彌山王遍身珠寶出大光明大青珠寶出青色光黃黑赤色亦復如是以珠光明心大憍慢謂與天等欲令天女阿脩羅女愛敬其身從城中出其所住城名曰光明縱廣八千由旬無量寶林流泉浴池諸樹蓮華莊嚴其城首冠華鬘塗香自嚴散以末香從城而起觀天園林遊戲之處若閻浮提人不行正法不孝養父母不敬沙門婆羅門及諸尊長不依法行不奉三寶不觀善法及不善法諸天勢力悉爲減少四天王天展轉相告悉避逃逝恐師子兒羅睺阿脩羅王來殺我等若閻浮提人修行正法孝養父母敬事師長供養沙門耆舊長宿一切諸天勢力增長時四天王以衆寶衣莊嚴其身塗香末香即時當於師子兒羅睺阿脩羅上虛空之中雨諸刀劒

一切天衆心生喜悅至須彌側發聲大叫若天不出阿脩羅王欲觀園林日百千光照其身上莊嚴之具映障其目而不能見諸天園林遊戲娛樂受樂之處時羅睺阿脩羅王作是思惟日障我目不能得見諸天婇女我當以手障日光輪觀諸天女即舉右手以障日輪欲見天女可愛妙色手出四光如上所說立海水中水至其腰寶珠光明或青或黃或赤或黑以手障日世間邪見諸論師等咸生異說言羅睺阿脩羅王蝕日若日赤色黑色以如是法相人壽命不識業果諸相師等作如是說或言當豐或言當儉或言凶禍殃及王者或言吉慶時阿脩羅手障日已諦觀諸天園林浴池遊戲之處時天帝釋見是事已勑諸天衆莊嚴宮殿令諸天子以種種寶莊

嚴其身往趣羅睺阿脩羅所欲共鬭戰時羅睺阿脩羅王見諸天衆即還宫城復次比丘云何觀月蝕即以聞慧知羅睺阿脩羅王眷屬官衆行於海上見月常遊憂陁延山頂行閻浮提住毗瑠璃光明之中端嚴殊妙百倍轉勝官屬見已即至羅睺阿脩羅所白言大王滿月端嚴如天女面時羅睺王聞是說已愛心即生欲見天女從地而起渴仰欲見以手障月欲見天女阿脩羅王無量衆寳莊嚴其身如上所說閻浮提中呪術師等而作呪曰一切國土聚落城邑衆惡速滅一切世間土地衆惡速滅一切婆羅門中衆惡速滅若月黑色黄色世間相師作如是說或言當豐或言當儉或言王者凶禍或言吉慶或言兵刄勇起或言不起瞿陀尼弗婆提鬱單越隨其方面所蝕之處無邪見說以此一因緣故日月掩蔽謂是月蝕復次二因緣故掩蔽日月天降大聲羅睺阿脩羅王住大海下時諸官屬白言大王天主憍尸迦住須彌山頂善見城內處善法堂諸天功德五欲具足眷屬圍繞歡娛受樂天主憍尸迦爲諸天王大王今爲我等所尊王有大力神通勝彼可率官屬往攻天主壞善見城時阿脩羅即受其語奮威縱怒出光明城震吼如雷閻浮提中諸國相師謂天獸下說如此相或言豐樂安隱無他或言災儉五穀湧貴或言王者崩亡或言吉慶靈應嘉祥或言兵刄起於境內或言人民安樂無變或言當須齋肅潔淨拜神求福時羅睺阿脩羅王如是思惟我寳珠等留此城內爲我諸子作大光明若無寳珠則無

光明天上亦爾有日月故則有光明若無日月則應闇冥我今寧可覆蔽日月令天黒闇時阿脩羅思惟是已從城而起即以一手覆障日月諸光明輪世間愚人諸相師等咸記災祥如上所說復以一手摩須彌頂欲與諸天決其得失是阿脩羅畜生少智見天種種勝相莊嚴威德光明心生疑悔還歸所止住光明城是名第二因緣掩蔽日月令日月蝕天聲震吼復次比丘知業果報觀大羅睺阿修羅王所受之樂彼以聞慧觀阿脩羅所住城内種種衆寶以爲莊嚴在須彌山側深二萬一千由旬廣八千由旬蓮華浴池林樹鬱茂皆悉具足眞金爲地色若電光金殿堂閣珊瑚寶樹懸衆寶鈴出妙音聲種種樂音歡娱受樂一一池中金華莊嚴鳧鴈鴛鴦皆眞金色以爲嚴飾見者愛樂如天衆鳥摩尼爲觜歡喜遊戲七寶雜色青毗瑠璃以爲羽翼於諸樓閣欄楯之間歡娯遊戲甚可愛樂出妙音聲見者悅樂一切衆鳥亦復如是清淨無穢端正莊嚴孔雀翡翠眼互開合頭頂勝冠雙類隨行飲食華汁婆鳩羅華其聲雅妙如童子音頂冠金色或毗瑠璃於欄楯間翺翔戲遊未曾休息恣於華汁其目紺青身色雜綵如閒電光衆色分明黄色細輭鮮明如電行於林樹山巖之間縱逸遊戲華鬘瓔珞如天虹色光明繞身如鬘莊嚴咽喉含笑如赤珠色羽翅柔輭如蓮華敷無量衆色長摩尼觜身氣香潔如畢利迦遊戲宫殿雙類同行羽翼潤澤飛則俱遊澡潔清池翺翔陸庭亦復如是哀鳴相呼出微妙音發欲之音俱

只羅鳥遮俱羅鳥婆求羅鳥如是衆鳥遍滿城中林樹之間悉聞其音多有林樹蓮華浴池以爲莊嚴於其城中有四園林皆是金樹一一園林縱廣正等滿百由旬一名遊戲二名耽樂三名鵝住四名俱只羅此四園林映飾其城一一林樹有三千種如願之樹其樹金色如雲如影其枝柔輭鳥栖其上衆華常敷香氣馚馥滿一由旬多有群蜂流蜜充溢或金色樹酒泉流樹牛頭栴檀香樹有如雲色七葉香樹只多迦樹畢利迦樹微風吹動黑沉水樹普眼香樹明燈香樹摩尼香樹火色香樹青無憂樹赤無憂樹婆究羅樹阿只多樹阿珠那樹尼朱羅樹青荆香樹提羅迦樹有如是等衆華香樹其華敷榮常若新出復有衆果塵頭迦樹鳳皇子樹婆那娑樹其果如瓮無遮果樹垂瓠果樹毗頭羅樹地蓋果樹虛空蓋樹雲色果樹樂見果樹遮雲果樹鳥集果樹蜂芒果樹香鬘樹香華樹種種色華時時常敷女人見之皆生樂著樹蒲萄樹迦畢他樹波流沙迦樹其葉具足光明莊嚴鬱映渠流嚴飾泉池觀之可愛如是種種諸樹或有生於閻浮提中或有生於鬱單越國或有生於阿脩羅王光明城中或有華樹或有果樹或有酒樹阿脩羅王遍行遊觀歡娛受樂與衆婇女圍繞自娛於此煩惱染無常不堅速朽之樂謂爲甘露不死之地阿脩羅王有四婇女從憶念生一名如影二名諸香三名妙林四名勝德此四婇女有十二那由他侍女以爲眷屬圍繞阿脩羅王娛樂恣情縱逸受樂無喻可說阿脩羅王自業成就無量

億衆婇女圍繞歡娛喜樂千柱寶殿寶房行列復次比丘知業果報觀羅睺阿脩羅王以何業報得阿脩羅道作何業故得如是報伽陀頌曰

無因則無果　造業必有報　如種子得果
善業生人天　善業得樂果　常處天人中
惡業墮三處　阿脩羅云何　彼受畜生道
云何受樂報　少智莫能了　此有何因緣

比丘思惟已即以聞慧觀阿脩羅往昔過去習婆羅門法第一聰慧善知世間種種喜行布施於曠野中施諸飲食果食根食清泉美水房舍敷具又於四交路首施諸病人行路估客盲冥貧窮施於房舍飲食敷具悉令滿足而不正見爾時彌梯羅林有僧伽藍縱廣二十由旬於其寺中有無量百千佛塔寶餤莊嚴尼彌正等五百大王共造斯福中有一塔真金瓔珞餤鬘莊嚴七寶映飾種種裝校隨其曾聞諸佛名號皆悉圖畫如來影像種種林樹池流泉源莊嚴勝妙如上所說爾時閻浮提中如羅睺阿脩羅王城中林樹皆悉具有如所見樹畫工圖飾莊嚴佛塔浴池流泉衆妙蓮華衆鳥遊戲亦如上說時婆羅門名曰婆利誦毗陀論廣造福業如上所說時婆羅門以四十乘車載衆飲食至大曠野衆人行路欲施所須見一佛塔高二由旬廣五十里時有惡人以火燒塔捨之而去時婆羅門見火燒塔作是思惟我今寧可且住施福救如來塔奇妙莊嚴彫飾精麗廣大希有當滅此火令塔不壞若我不救王若知者或加重罰非實信心非尊重心即以四千乘

車載水以滅此火既滅火已含笑而言我救此塔爲有福德無福德耶若有福德願我後身得大身相欲界無等雖作此願而猶無信不正思惟常愛鬭戰不信正業福田力故生光明城作阿脩羅王

正法念處經卷第十八

音釋

鼬余救切鼠狼也　漬疾智切漫也　酢倉故切　觳苦角切卵孚也　鯌倉各切魚名　蜥蜴蜥先的切蜴夷益切蜥蜴守宫也　翶翔五勞切翶翔回飛　晶子盈切精光也　諶時針切　煜余六切燿也

正法念處經卷第十九

元魏婆羅門瞿曇般若流支譯

畜生品第五之二

復次比丘云何觀羅睺阿脩羅王第二住處彼以天眼智慧觀察阿脩羅王所住之處縱廣一萬三千由旬園林浴池蓮華鬱茂遊戲之處異類衆鳥以爲莊嚴阿脩羅城黄金爲地處處多有摩尼寶珠珂貝嚴飾多衆婇女端正殊妙羅睺阿脩羅王之所主領不相諍訟隨意憶念能有所至所住境界有十三處何等十三一名遮迷二名勇走三名憶念四名珠瓔五名蜂旋六名赤魚目七名正走八名水行九名住空十名住山窟十一名愛池十二名魚口十三名共道若諸世間不孝父毋不供養沙門及婆羅門不行正法諸天衆減增長阿脩羅衆若諸世間供養沙門及婆羅門修行正法減損阿脩羅增益諸天衆以法非法二因緣故令諸天阿脩羅增長損減

復次比丘知業果報觀羅睺阿脩羅王所住境界諸阿脩羅業法果報彼以聞慧知此衆生見漁獵者張圍設網罝罟遮截爲利衆生令其活命破彼魚堰或有勢力逼令放生或爲自利或求名譽或爲王者或爲大臣速斷屠殺或護種族先世相習行不殺法不行諸善是人身壞命終墮阿脩羅道受阿脩羅身壽命長遠經五千歲阿脩羅中一日一夜比於人間經五百歲如是壽命滿五千歲少出多減亦有中夭以下中心因緣力故身相威德如業得報比丘當知觀衆生心種種信解

復次比丘知業果報觀大海底羅睺阿脩羅

地彼以聞慧第一清淨利智觀於地下第二地有地名月鬘在羅睺阿脩羅下二萬一千由旬有阿脩羅名曰陀摩睺（此言骨咽）阿脩羅王名曰華鬘彼有大城名雙遊戲縱廣八萬由旬園林鬱茂清流浴池蓮華映飾金山巖崿山窟幽邃多有禽獸周遍莊嚴青毗瑠璃以爲其地地生緑草柔軟可愛種種衆鳥音聲和雅諸阿脩羅衆悉住其中充滿國界豐樂安隱周遍奇特甚可愛樂七寶林樹莊嚴園觀亦如上說復有衆樹殊特倍前那伽龍樹無憂龍樹陀婆樹佉提樹無憂力樹復有衆樹勝前樹林謂夜光樹夜開敷樹婆究吒樹尼單多樹重華樹普愛樹集華樹繁華樹柔軟花樹五歲華樹蜂愛樂樹瞿流瞿流音聲樹衆鳥遊戲樹白齒樹那羅葉樹雙遊戲城住四山中其山金色一名歡喜山二名金炎光山三名不見頂山四名可愛光山其山高廣五千由旬種種林樹流泉浴池河水清冷群獸異類種種雜色隨色同遊衆婇女等歡娛受樂種種衆寶莊嚴門戶牛頭栴檀樹香風涼冷觸身悅樂常遊香林遊戲自娛種種衆寶以爲光明無所障蔽種種妙華莊嚴其身無量百千孔雀音聲大阿脩羅王之所守護寒暑調適多諸人衆歡樂常悅音聲妓樂歌舞喜笑以自娛意星鬘城中有大池水縱廣五百由旬第一清淨最上美味無有泥濁亦無垢汙湛然無減端嚴可愛猶如滿月星鬘城中其池名曰一切觀見以池勢力陀摩睺阿脩羅王若欲鬪戰莊嚴器仗圍繞彼池自觀其身如視明鏡自觀其相知戰勝負於

池水中如明淨鏡自見退走知天必勝若於池中見身偃卧知為死相時陀摩睺阿脩羅王勇健阿脩羅王於池水中自見其身若走若墮時阿脩羅作是思惟以何事故於此池中見如是事我與天鬭退墮破壞即皆還歸所止之處或至十年或至百年或五百年時勇健阿脩羅王以衆器仗種種鉡鎧塗香末香華鬘莊嚴復至一切觀池圍繞自觀何因緣故見我破壞即於池中見閻浮提人孝養父母恭敬沙門婆羅門修行正法樂生天上命終之後生諸天中是故天衆增長阿脩羅衆虧損減少以於池中見如是相時陀摩睺勇健阿脩羅王作是思惟以人修行孝養父母供養沙門婆羅門行法因緣以人力故天得勝力我今當與世間之人作不安樂不饒益事令天減劣我等增長時陀摩睺勇健阿脩羅王復自思惟以人因緣天有勢力我當云何令此衆人失其所食令天亦破人以食故而得壽命得修法行今當方便斷人所食思惟是已即向海中惡龍王所是惡龍王不順法行含毒多瞋常為他人作大衰損不利益事我今當往至彼住處惱亂龍王奮迅龍王迦羅龍王如是等龍不順正法時陀摩睺阿脩羅王既至龍所作如是言汝於世人快得自在人今助天令我損減人依食故而得壽命汝當為我斷彼人食汝若能爾則無復人若無人民天則損減如婆脩吉龍王德叉迦龍王是汝大怨我於諸天亦復如是吾之怨敵汝可為我殄滅人界爾時惡龍聞陀摩睺勇健阿脩羅王如是說已答言甚善我當

與汝共爲伴侣朋翼佐助是時龍王自入其宫起大瞋恚震動大水或百由旬二百由旬三百由旬地住水上以水動故大地亦動非法惡龍動大地已世間邪見諸論師等咸作是說如是相者國土災儉或言豐樂或言王崩大臣受殃或言王者靈瑞吉祥或言兵起或言安隱或言水災或言亢旱世間相師如是說於地動之相而不能知動之因緣復有異因緣故令大地動隨諸衆生行善不善業因緣故令地大動地下有風名爲持風持風動故令大水動大水動故令大地動五十由旬或百由旬或二百由旬或三百由旬或四百由旬隨風廣狹水動亦爾如水廣狹地動亦然以何因緣風動故水動水動故地動即以聞慧天眼觀察風持於水水持於地以風動故大水則動以水動故大地則動是爲二因緣故令地大動彼比丘觀二種動若善因緣動衆生豐樂無諸衰患若諸衆生作不善行因緣動者衆生則有不善事起善不善等一切諸業從因緣生非無因生非有作者因果相似而得果報邪見醫師不識因果作是說言天帝動地或言風動災禍豐樂飢儉荒壞王者吉凶風雨旱潦兵革軍陣或起不起天牛婆羅門或善或惡世間醫師占相吉凶觀星宿者不識因果但作此說記說百災一言有徵愚人皆謂我此書記最勝無比復次比丘知業果報觀陀摩睺阿修羅勇健阿修羅王非法惱亂惡龍王等具觀察已爲利一切諸世間故思惟觀察云何惡龍弊阿修羅何因緣故損減不勝不作衰損壞諸世間即

以聞慧知閻浮提人若修行正法孝養父母供養沙門婆羅門及諸耆老若王大臣修行正法爾時地神諸夜叉等見彼惡龍惡阿修羅欲行非法壞諸世間即向大海至婆修吉龍王德叉迦龍王等諸龍王所說如是事復告虛空諸夜叉等說如上事時虛空中諸夜叉等聞諸地神說是語已即以大身大神通力生大瞋恚口中出煙乘空上行往詣四天王所說如是言提婆天王惱亂惡龍弊阿修羅今欲破壞閻浮提中順法修行孝養之人閻浮提中邪見論師見彼夜叉口中出煙謂彗星出言是閻羅王一百一子不知乃是一百一大力夜叉時彼世人或有見者有不見者世俗相師說言是閻羅王一百一子不如實知妄生分別言彗星出或言豐樂或言饑饉或言王者吉祥或言王崩或說兵起或言不起或言牛婆羅門吉與不吉或言水旱災異或言其國凶衰或言其國無事雖作此說虛妄不實復次比丘知業果報觀於惡龍惡阿修羅所行之法彼以聞慧見彼大身大神通力行使夜叉告諸天衆說如上事時四天王告夜叉曰汝莫怖畏汝莫怖畏諸天尊勝阿修羅衆怯弱下劣何所能爲所以者何閻浮提人修行正法孝養父母供養沙門婆羅門恭敬長宿以是義故我衆增長阿修羅弱無所能爲時虛空神諸大神通大夜叉等聞天所說歡喜踴躍於彼惡龍阿修羅所生大瞋恚即下欲詣法行龍王婆修吉德叉迦等諸龍王所說上因緣從空而下一切身分光燄騰赫見是相者皆言憂流迦下(此言天狗下)若其

夜下世人皆見若晝下者或言不見下入大海至彼法行大龍王所說上因緣見是相已世間邪見諸呪術師咸作異說是相出者或言豐樂或言饑饉或言王者吉凶或言兵起或言不起或言人民喪没或言不死或言牛婆羅門有吉不吉雖作此說不知業果隨相似說無有眞實復次比丘觀憂流迦天火下者復有因緣憂流迦下諸天欲行宮殿隨身其行速疾二殿並馳互相研磨令火熾炎光明騰赫從上而下世人見已諸呪術師及占星者作如是說世間饑饉或言當豐或言王者吉凶災祥或言國土安寧或言荒壞或言畜生疫病流行民遭重疾或言人畜安吉無爲諸世邪論雖作此說而不能知相之因緣何以故但隨相說不識業果故所以者何一切世間沙門婆羅門若天魔梵若阿修羅不能如是知微細業因緣果報不能思惟我此法律十善業道唯除如來復次比丘知業果報觀於空行大力夜叉云何而得此大勢力能行天上能至大海法龍王所彼以聞慧見空行夜叉大神通力入大海中至婆修吉德叉迦隨順法行大龍王所說如是言陀摩睺阿修羅勇健阿修羅王至一切觀池自觀其身如上所說時婆修吉德叉迦等諸大龍王聞夜叉說告夜叉曰非法惡龍我當呵責令其折伏我當於彼閻浮提中降澍時雨令閻浮提人百穀苗稼悉得增長豐樂安隱夜叉聞已歡喜而去時大龍王婆修吉德叉迦諸龍王等自莊嚴已往至非法惡龍惱亂龍王奮迅龍王諸惡龍所作如是言汝行非法好

作衆惡我行正法隨順衆善汝於我等非爲善伴我今欲與汝鬪決其勝負時惱亂奮迅龍等聞是語已即起莊嚴震雷耀電霹靂起火降澍大雨若閻浮提人孝養父母供養沙門及婆羅門耆舊長宿時婆修吉德叉迦龍王等則得勝力惱亂奮迅惡龍王等破壞還退令閻浮提雨澤以時人民豐樂時諸呪師占星宿者妄作邪說言八曜等功德相故二十八宿功德相故是故依時降澍大雨牛婆羅門力故令天降雨非餘因緣若閻浮提人不孝父母不供養沙門婆羅門不敬尊長不行正法婆修吉德叉迦如法龍等退沒不如時惱亂龍奮迅龍等得大勢力令閻浮提雨澤不時災旱水澇人民饑饉世間邪見呪術占星諸相師等作如是說八曜過故時節過故卦相過故諸外道等不識業果不知以衆人行惡令國災儉更作異說非如實見何以故若天世間若魔世間若梵世間若沙門婆羅門非其境界唯除如來及我弟子諸沙門等聞我所說諸業果報及餘業報決定之相非是餘人能知此業復次比丘知業果報觀陀摩睺阿脩羅所住之處若如法龍王婆脩吉等得大勢力非法者壞陀摩睺阿脩羅住星鬘城或住林中心懷憔悴光明威德悉亦損減羞愧愁慼自入其宮作如是念我今何時能破諸天時陀摩睺思惟是已即往羅睺阿脩羅所作如是言阿脩羅王汝當強力無得怯弱不久我當破彼天衆羅睺阿脩羅王聞是語已告陀摩睺勇健阿脩羅言汝莫愁怖且自安意不久我能壞彼天衆及其天主

帝釋天王時陀摩睺勇健阿脩羅王聞是語已復更歡喜還其所止復次比丘知業果報觀星鬘城已次觀陀摩睺阿脩羅餘地園林彼以聞慧觀陀摩睺有異園林縱廣一萬三千由旬園林流池衆鳥異類遊戲之處蓮華浴池鳧鴈鴛鴦周遍莊嚴歡娛受樂其地住處有七園林一名雲鬘林二名常林三名戲樂林四名果常集林五名風樂林六名妓樂林七名雜寶林是為七種大林陀摩睺阿脩羅之所住處多諸衆侶以自業力皆受富樂悉滿其中復次比丘知業果報觀陀摩睺阿脩羅受業報果以何業故生於彼處即以聞慧知此衆生於前身時作大施會供養外道行不淨施雜漏不堅以種種食施於破戒雜行之人心無正思如是施已命終生於畜生之中受陀摩睺阿脩羅身以下中上業所得樂報亦下中上因果相類復次比丘知業果報觀勇健阿脩羅王業之果報以何業報得阿脩羅王彼以聞慧見此衆生於人中時喜作賊盜偷竊他物以不正思施離欲外道充足飲食以是因緣生阿脩羅中復次比丘觀陀摩睺阿脩羅壽命脩促彼以聞慧天眼觀察見阿脩羅壽六千歲於閻浮提中六百歲以為陀摩睺阿脩羅中一日一夜如是壽命滿六千歲少出多減命亦不定以善不善業因緣故為畜生道業果所攝於阿脩羅為第二地觀第二地已隨順法行觀一切衆生順法衆生法護衆生一切生死所攝衆生善業生於人天之中惡不善業生於地獄餓鬼畜生復次比丘知業果報觀天使者聞虛空中

神通夜叉說是事已爲何所作彼以聞慧知天使者往詣護世憂持天所作如是言阿脩羅衆不順法行教諸惡龍爲閻浮提順法行善諸福德人作不饒益衰害惱亂所以者何恐彼行善順法之人命終生天彼作是念閻浮提人以食因緣能行布施持戒智慧汝當往至閻浮提中降澍惡雨害民百穀空行順法諸夜叉等來至我所說如是事我今語汝汝可展轉告餘天衆若軍持天三箜篌天常恣意天說如是事普令得聞時四大天王聞其所說往詣善見城中善法堂上五欲功德眷屬具足憍尸迦天王所廣說上事天主憍尸迦即告護世四天王言汝當往詣閻浮提觀諸衆生有信佛寶法寶比丘僧寶供養沙門婆羅門者舊長宿知恩報恩質直有信孝養父母受持齋戒不諂不佞不以斗秤欺誑於人互相陵易爾時護世四大天王聞是語已爲利衆生下閻浮提一一國土一一聚落一一城邑軍營村柵一一觀察修行法教遍行普觀爾時護世四大天王見閻浮提人隨順法行孝養父母敬信三寶見此事已即詣大海大龍王宮戲樂城內婆脩吉德叉迦等大龍王所作如是言法行龍王勿怖勿怖非法減少正法增長破壞闇冥顯發光明動魔軍衆天衆增長天人龍王樂行正法能擊法鼓歌頌法音增益天衆減損諸魔非法惡龍及阿脩羅時婆脩吉德叉迦等諸大龍王聞已歡喜即白護世四天王言我今歡喜天王我今不畏非法惡龍非法惡行弊阿脩羅不能惱亂閻浮提中法行衆生唯願仁者爲我

啓白釋迦天王時諸龍王說此語已護世天王至帝釋所具說上事時天帝釋聞是語已歡喜踊躍伽陀頌曰

牟尼眞知說實道　若人能行生天上
諦行布施修慈心　護諸衆生說愛語
正見清淨心離垢　佛說三十三天道
淨修衆善行相應　能以善心正依止
從此樂處至樂處　復從光明還入明
譬如朝落光明華　亦如一燈然異燈
若人欲得如彼燈　莫行放逸自壞心
若有常行淨善心　離垢明淨如寶珠
是人智慧離塵垢　能至諸天所生處
持戒習禪及三昧　若人有能心修行
是人智慧如眞金　必得往生諸天宮
若有捨離於殺生　於諸衆生起慈悲
愍哀質直心寂靜　如是之人生天宮
於一切人施輭語　捨離衆惡不善業
惡業不能汙其心　如是之人生天宮
若人視金如草木　觀諸愛欲如火毒
如是離欲智慧人　則生天宮受快樂
若有不爲欲境惑　不隨愛欲之因緣
得脫三惡道怖畏　如是之人生天上
若見鬬諍能勸喻　知識親族及兄弟
能善和解令無諍　如是之人生天上
若人離惡出欲泥　常施一切衆生樂
離垢寂滅心解脫　則能破壞魔軍衆
若能調伏於心意　不爲心意之所使
是人清淨破怨敵　則得上生諸天宮
若有人能淨身業　遠離衆惡不善法
離欲修習禪定樂　如是之人生天宮

捨離放逸惡知識　斷除愛毒諸煩惱
不爲女人欲所縛　如是之人生天宮
若人於法勤精進　布施持戒及三昧
志意勇猛心堅固　是人則生於天上
若人能於衆結縛　智刀斬之而不礙
自在離縛無所滯　如是之人生天宮
離諸欲垢不貪著　滅衆過惡除染愛
勇健離垢斷希望　則得受於自果報
若有衆生受人報　能常修行衆善法
如是善人業果報　令天世間得增長
以人力故天增勝　以天擁護人安隱
各各迭互增勢力　得住正法隨順道
天之善道人世界　人之善道天世間
諸惡道地有三種　行善之人所遠離
汝應勇猛勤精進　當樂親近善知識
如是常應增長法　勉力勤加昇天宮
法爲衆樂之根本　以法因緣得涅槃
眠睡衆生法當覺　法爲最勝第一道

時天帝釋如是教勑護世四大天王爲護閻浮提人增長正法得利益故遍行觀察復次比丘知業果報觀天心行已內自思惟隨順法行復次比丘知業果報觀阿脩羅第二地已次觀第三阿脩羅地何等爲第三阿脩羅地彼以聞慧見第三地在第二地下二萬一千由旬有阿脩羅地名脩那婆縱廣一萬三千由旬樹林鬱茂浴池流泉衆華常敷妓樂充滿城名鋡毗羅縱廣八千由旬於彼城中有阿脩羅王名曰華鬘阿脩羅民名遊戲行彼阿脩羅鋡毗羅城種種衆寶以爲莊嚴園林遊戲清流浴池蓮華具足戲遊阿脩羅衆

悉滿其中有四大林以爲莊嚴於六時中華常鮮榮何等爲四一名鈴鬘一一林樹皆有寶鈴出妙音聲二名黄鬘其林皆悉是眞金樹三名炎鬘其樹花色猶如火炎四名雜林諸雜華果以爲莊嚴此四種林莊嚴阿脩羅鞞毗羅城遊戲阿脩羅住處快樂如天無異以衆塗香末香自塗其身常樂遊戲歌舞戲笑百千婇女圍繞衛護華鬘阿脩羅王常遊園林而相娛樂種種衆寶莊嚴其身是名遊戲阿脩羅所受樂處時第二地勇健阿脩羅王遣使名曰闍婆來詣華鬘阿脩羅所作如是言閻浮提人供養父母知恩報恩恭敬沙門及婆羅門如法行故令天有力我當竭力破壞人天所行正法是時第三地華鬘阿脩羅王聞是說已如上所說心懷瞋恚作如是言我當云何壞彼人天因人天故人天即是我之大怨時第三地遊戲阿脩羅即時莊嚴種種甲冑執持器仗欲詣樂城龍王宮殿時婆脩吉德叉迦大龍王等聞阿脩羅聲生大瞋恚身出電光赫炎大明雨大熾雹無量百千億龍從海中出共阿脩羅興大鬪諍若閻浮提人修行正法龍則得勝阿脩羅衆四散破壞若世間人不順正法則阿脩羅勝龍衆破壞既被破已往白天使者曰大仙我今被破汝應竭力破阿脩羅時天使者聞是事已心生瞋恚口中煙出往告四天王白言天王阿脩羅勝龍令破壞閻浮提中邪見相師見煙相已咸作是說彗星出現或豐或儉或水或旱亦如上說是爲第二因緣彗星出現若天龍勝則時雨數降疫氣不行兵革不起邪

見相師復作是說是八曜力之所作爲廣說上事若諸世間不修正法不順法行不孝父母不敬沙門及婆羅門則阿脩羅勝以阿脩羅勝故雨澤不時人民饑饉兵刃數起世間邪見諸相師等作是思惟八曜所作爲世人說星宿之過廣說如上如是一切諸外道等不知正法及以非法以愚癡心憶想分別不如實說以阿脩羅勝龍王不如時護世四天王即向四天衆伽陀頌曰

法勝非法滅　增實離妄語　天勝阿脩羅
光明勝黑闇　布施勝慳貪　持戒莫毀犯
佛勝非外道　不動勝退沒　實語莫諂曲
悲心勝怨害　慈心勝瞋恚　天王勝脩羅
上勝下莫增　豐勝勿饑饉　智勝滅愚癡
法戒滅衆惡　精進離懈怠　丈夫勝女人
長者勝小人　忍勝於瞋恚　人勝非惡龍
白日勝於夜　月勝非餘曜　五穀勝莒苗
滅苦樂增長　離病常安樂　柔輭勝麤惡
解脫滅衆縛　法戒勝一切　善法常增勝
不善常消滅

護世四天王如是說已即擊天鼓作如是言諸天大衆龍王退弱阿脩羅勝時諸天衆聞是語已莊嚴器仗於須臾頃至於大海上若世間人孝養父母敬事沙門阿脩羅衆見諸天來即時退散還入其宮若諸世人不孝父母不敬沙門及婆羅門於須臾時與天共鬪天亦得勝花鬘阿脩羅王敗散還宮比丘如是觀阿脩羅與天共鬪如實見已生猒世心順法修行復次比丘知業果報觀第三地華鬘阿脩羅王所受業報以何業故生第三地

彼以聞慧見此衆生因節會日相撲射戲摴蒱圍碁種種博戲因此事故行不淨施無心無思亦無福田是人身壞墮於惡道生遊戲行阿脩羅中壽七千歲以人中七百歲於阿脩羅中一日一夜如是壽命滿七千歲亦有中夭命亦不定復次比丘知業果報觀察思惟華鬘阿脩羅王即以聞慧知此阿脩羅王以食施於破戒病人心無淨思以此業緣生阿脩羅中於鋡毗羅城作阿脩羅王名曰華鬘其所食味如天所食須陀之味一切樂具如前所說

正法念處經卷第十九

音釋

罝罟 罝子邪切兔罟也罟公戶切網也 堰 於幰切壞也 崿 五各切崖也 澇 郎到切霪雨也 鋡 胡男切 菅 古閑切茅屬 摴蒱 摴丑魚切蒱蒲胡切摴蒱博戲也

# 正法念處經卷第二十

元魏婆羅門瞿曇般若流支譯

## 畜生品第五之三

復次比丘知業果報觀於第四阿脩羅地彼以聞慧見有畜生阿脩羅地在三地下二萬一千由旬名曰不動其地廣愽六萬由旬城名鋡毗羅縱廣一萬三千由旬莊嚴妙好阿脩羅王名鉢呵娑阿脩羅衆名一切忍是阿脩羅王於諸阿脩羅中得勝自在安樂勇健光明威德自在無畏尚不畏於帝釋天王況於餘天有大力勢放逸憍慢住一切地下從此以下更無住處是阿脩羅王所住之處摩尼寶珠以爲其地心常歡悅如人節會喜樂自娛多諸愛慢以衆蓮華流泉浴池周遍莊嚴鋡毗羅城七寶宮殿以爲莊嚴離諸怨敵互相親善無他怖畏受第一樂此第四地鋡毗羅城園林流池蓮華莊嚴七寶宮殿端嚴殊妙如星處空端嚴殊妙亦復如是伽陀頌曰

心能造作一切業　由心故有一切果
如是種種諸心行　能得種種諸果報
心爲一切巧畫師　能於三界起衆行
爲心所使遍諸趣　處處受生無窮已
心爲繫縛解脫本　是故說心爲第一
爲善則能得解脫　造惡不善則被縛
如是心意使衆生　流轉行於三界海
愚癡愛結自在故　心使衆生流轉行
不能到彼涅槃城　如生盲人失正路

如是衆生作種種業是故彼城受種種報是第四地於其城外園林流池周帀圍繞河泉

蓮華衆鳥異類莊嚴第四阿脩羅地所住之處一切忍阿脩羅等勇健無畏第一端正莊嚴其身共相娛樂不相惱亂心常悅樂猶如節會與衆婇女種種莊嚴一一徒衆眷屬圍繞或百或千遊戲娛樂其地皆以摩尼真珠以爲婇女光明晃耀諸阿脩羅恭敬尊重鉢呵娑阿脩羅王瞻仰無猒雖受樂報無常敗散復次比丘知業果報觀一切忍阿脩羅王所受果報以何業故生於彼處即以聞慧見此衆生於人中時邪見覆心不識業果離佛法僧見第一精進持戒之人欲有所須來從乞求辛苦乞索乃施一食既施食已而作是言我施汝食有何福德我以癡故施汝此食汝下賤人不應出家以食施汝如以種子投之沙鹵如是難施身壞命終以此難施墮於惡道不淨布施以福田功德生於第一安樂之處衆寶莊嚴受畜生報生不動界作阿脩羅名一切忍謂與天等勝餘一切阿脩羅王一切樂具皆悉具足以施福田得如是報非自心生復次比丘知業果報觀一切忍阿脩羅衆業及果報以何業報生一切忍阿脩羅地即以聞慧知此衆生愛著美味住林樹間護此林樹非爲衆生自活命故非有悲心爲自利益身命因緣護一切林以是因緣身壞命終生一切忍阿脩羅中復次比丘知業果報觀阿脩羅與天共鬪即以聞慧觀法行龍王住戲樂城龍王頂上有七頭其名曰婆脩吉龍王德叉迦龍王跋陀龍王樓醯龍王雲鬘龍王婆都龍王一切道龍王鉢呵娑龍王婆利沙龍王此諸龍王正見順法樂離放逸

如上所說時不順法非法惡龍王鉢摩梯龍王毗諶林婆龍王迦邏龍王睺樓睺樓龍王等旣爲如法龍王所壞即走往趣第一住處雙遊戲阿脩羅所作如是言速來速來同伴當知婆脩吉龍王德叉迦龍王及四天王破壞我等汝今是我之所親友何不相助時遊戲阿脩羅聞是語已即詣光明城至羅睺阿脩羅所到已具說上事若羅睺阿脩羅王知世間人修行正法供養沙門知恩報恩語鉢摩梯等惡龍王言且住一月遮彼婆脩吉德叉迦龍王我當告彼第二住處阿脩羅王無惱汝等廣說如上時陀摩睺阿脩羅聞是語已入星鬘城至阿脩羅王所作如是言大王羅睺阿脩羅王遣使告我作如是言婆脩吉龍王德叉迦諸龍王及四天王惱亂鉢摩梯

時第二地勇健阿脩羅王聞是事已即自觀察有力無力若閻浮提人修行正法供養沙門及婆羅門自知無力答彼使言天有大力所以者何閻浮提人修行正法我今當往告第三處爲一切行阿脩羅廣說上事時勇健阿脩羅即往告彼第三住處阿脩羅衆時一切行阿脩羅聞是語已入鋡毗羅城至華鬘阿脩羅王所復說上事華鬘阿脩羅王即觀閻浮提人若有供養沙門婆羅門者告一切行阿脩羅言我當告彼第四住處阿脩羅等時第三地阿脩羅即向第四地阿脩羅所說如是言婆脩吉德叉迦與四天王共破我伴諸龍王等我今當爲彼諸天衆作大衰惱時第四處阿脩羅衆聞是語已即向鋡毗羅城至鉢呵娑阿脩羅王所時鉢呵娑告諸阿脩

羅何故速行即答如上時鉢呵娑告諸阿脩羅衆羅睺阿脩羅等無所能爲令四天王破壞鉢摩梯諸龍王等世間順法供養沙門及婆羅門何所能爲我能壞之時鉢呵娑阿脩羅王至大衆阿脩羅所告言速疾莊嚴我今欲往婆脩吉德叉迦等四天王所破其軍衆時諸阿脩羅王以無等力率諸軍衆與天共鬪時鉢呵娑阿脩羅王告諸阿脩羅言汝等何故無有勇力不能破彼諸龍王等而自破壞我今當往自以身力破彼龍天時鉢呵娑阿脩羅王勑其軍衆速疾莊嚴執諸器仗我令不久與天共鬪汝等先見與天怨敵不久當發我已告諸阿脩羅衆天不可忍當與彼戰時諸阿脩羅知是事已即自莊嚴種種器仗是時大力波羅呵娑阿脩羅王自以勇力大心無畏不量自力他力優劣自出其城至第三地詣鋡毗羅城到華鬘阿脩羅王所時鉢呵娑阿脩羅王與無量億那由他諸阿脩羅到華鬘阿脩羅所作如是言速起速起爲鬪戰故我等能破婆脩吉德叉迦等諸龍王及天王等時華鬘阿脩羅王聞是語已告諸軍衆今非鬪時所以者何閻浮提人孝養父毋恭敬沙門修行正法以是事故天有大力是故我今非是鬪時時鉢呵娑阿脩羅王聞華鬘阿脩羅王說是語已告言速起速起我能獨破婆脩吉等及諸天衆何況汝等爲我同伴時華鬘阿脩羅王聞其所說威力增長心生歡喜及其無量億那由他阿脩羅衆詣第二地時鉢呵娑阿脩羅王勇健阿脩羅王華鬘阿脩羅王相隨往詣羅睺阿脩羅所告

言速起速起阿脩羅王爲鬭戰故破諸天故時羅睺阿脩羅王告諸阿脩羅王言我等今者非是鬭時所以者何閻浮提人孝養父毋恭敬沙門婆羅門生於天上令天大力是故不得與天共鬭阿脩羅王以非時故時諸阿脩羅王語羅睺阿脩羅王言速起速起我爲鬭故而來至此欲與天鬭時羅睺阿脩羅王即隨其意起欲往詣大海告鉢摩梯惡龍王等說如是言諸阿脩羅王今欲破彼婆脩吉德叉迦諸龍王等時鉢摩梯聞是語已心大歡喜即往婆脩吉德叉迦所告言汝來同伴汝今可出吾共汝戰往何處鬭時婆脩吉德叉迦龍王即出其城與鉢摩梯惡龍共戰非法龍王破壞還退時無量億阿脩羅衆速疾馳奔詣龍王所欲共鬭戰時婆脩吉德叉迦

復出其城與阿脩羅在大海上交陣鬭戰不可稱說於虛空中或雨大火或雨刀戟互相攻伐愛毒自燒以愚癡故如是鬭諍若閻浮提人順法修行孝養父毋恭敬沙門婆羅門一法行龍則能獨破一切阿脩羅軍若世間人行法者少則阿脩羅勝法行龍退若龍破壞即往詣於天使者所告言速來速來一切阿脩羅衆悉來伐我我與彼戰敗失不如時天使者聞是語已種種器仗而自莊嚴向婆脩吉德叉迦龍王所作如是說我聞汝爲阿脩羅王之所破壞是故至此破阿脩羅軍時天使者與龍王俱詣阿脩羅所欲共鬭戰時羅睺阿脩羅王聞是事已亦向天所在大海上列陣而戰若世間人順法修行時天使者即能速疾破阿脩羅衆時阿脩羅既被破已

還其宮城時第二地阿脩羅衆聞是事已告諸軍衆汝等勿怖我身尚在能討彼天汝何所畏時阿脩羅即復疾走詣天使者與大鬬戰於大海中交陣共鬬天復得勝壞阿脩羅軍阿脩羅軍既被破壞時第三地阿脩羅衆聞其被破即向天所與天共戰遍互相害若天破壞即向護世四天迦留天所作如是言提婆天王速疾馳赴阿脩羅衆嬈亂我等時迦留天持諸器仗即往詣彼阿脩羅所時阿脩羅見天衆來生大瞋恚疾詣天所與迦留天衆合陣大鬬見者毛竪一切世間鬬戰大者無過天與阿脩羅戰無可喻者若諸世間順法修行迦留天則得大勝壞阿脩羅如是諸天與阿脩羅無量大衆鬬於大海無可喻者以法非法因緣力故有勝有退非其自力

若迦留天爲彼所壞時護世天即往告彼鬘持天衆時鬘持天與迦留天及天使者及德叉迦婆脩吉等無量大衆和合共集時羅睺阿脩羅王住光明城第一地雙遊戲阿脩羅陀摩睺阿脩羅與無量億那由他阿僧祇阿脩羅衆同爲一軍與天共鬬不可稱說若世間人順法修行天衆則勝阿脩羅軍退散破壞一切皆由法之力勢令天得勝不由非法若無順法行人則阿脩羅勝護世四天見是事已往詣常恣意天所作如是言速疾莊嚴阿脩羅軍勝於天衆常恣意天聞是語已與無量百千天衆持種種器仗欲詣大海與阿修羅鬬住大海中厲聲大叫欲望速破阿脩羅軍更互合戰經於多時大惡鬬戰無量苦惱若阿脩羅爲天所破即往向彼羅睺阿脩

羅所具説上事時羅睺阿脩羅王安慰諸阿
脩羅言汝今莫怖汝今莫畏我有大力能壞
天衆天力劣弱我力勝彼阿脩羅汝等可迴
諸阿脩羅聞羅睺阿脩羅王説是語已即復
還迴欲與天鬭是時諸天與阿脩羅列陣大
戰無量刀戟互相打斫如是大戰時第一地
雙遊戲阿脩羅第二地陀摩睺阿脩羅與諸
天衆對敵共戰若諸世間不順法行阿脩羅
勝天衆則退若諸世間修行正法天衆則勝
惡能破壞阿脩羅軍如是法者是天勝幢法
爲第一法爲能救若行非法行非法者非法
不救一切阿脩羅行非法故天作是念阿脩
羅王惱亂我等既不勝天不與天等何以故
閻浮提人孝養父母隨順法行恭敬種姓者
舊有德淨修八齋布施持戒修行福德不行
放逸不近惡友是人命終生於天上阿脩羅
非法無法救護一切天衆思惟是已時天使
者鬘持天常恣意天一切天衆持天法幢速
疾馳往向阿脩羅軍而語之言住住阿脩羅
我住天中汝等何故數惱我等汝既不能勝
諸天力又非第一非汝兵戈能勝諸天我今
爲欲破汝軍衆故來至此以汝惡心於諸天
故不得至汝所住宮城以汝一切不行正法
不得安樂不得寂滅如是説已直趣其所一
切決勇雨大刀戟婆脩吉等雨大炎火墮阿
脩羅軍時阿脩羅見是事已即與鉢摩梯諸
惡龍等汝爲我伴當與德叉迦婆脩吉大龍
王等雨火共戰時鉢摩梯聞是語已即走往
趣婆脩吉所時二部龍雨火相燒天與阿脩
羅大與鬬戰天復得勝破阿脩羅軍時阿脩

羅皆共相率往至羅睺阿脩羅所憂慼憔悴以求救護羅睺阿脩羅王見是事已安慰之言勿怖勿畏以有我故若獨一身尚不畏彼帝釋天王況有汝等以爲翼從諸天劣弱何所能爲汝何所畏我今當告大仙勇健阿脩羅王華鬘阿脩羅王鉢呵娑毗摩質多羅阿脩羅王等爲彼說已我當自往破彼天衆時羅睺阿脩羅王即往告彼三地阿脩羅王到其所已說如是言一切天衆四天王天皆共和合來至我所與我共鬭今當思惟設何方便破彼諸天時諸阿脩羅聞是語已即答羅睺阿脩羅言我當莊嚴與彼三十三天王帝釋共戰汝今可去天當破壞阿脩羅勝時羅睺阿脩羅王即往戰處欲與天鬭時諸阿脩羅衆向羅睺阿脩羅王說言大王天有大力

天有大力不可共戰時羅睺阿脩羅王即趣天衆雨諸刀戟與天共戰是時諸天見阿脩羅雨諸刀戟使龍雨火疾走往趣欲破羅睺阿脩羅軍天雨劒戟猶如金剛交陣鬭戰不可稱說若閻浮提人順法修行孝事父母供養沙門及婆羅門恭敬耆舊天衆則勝阿脩羅軍退沒不如若諸世人不順法教天則退弱阿脩羅勝如是法力非法力故天與阿脩羅無等鬭戰若阿脩羅勝天衆破壞一切天衆互相告曰提婆提婆當念於法以有法故天衆得勝以法因緣天得增長是故諸天當起信敬思惟念法復往趣彼阿脩羅軍一切天衆以念法故爲法所護光明威德皆悉增長勝前百倍時阿脩羅見諸天衆光明威德即生怯弱告諸軍衆汝今何故生怯弱心天

之威德不與吾等及其刀戟兵刃相撲吾悉勝彼汝今何故而生怯弱時諸軍衆聞阿脩羅王安慰之音氣力增長是時羅睺阿脩羅軍還向天衆時諸天等身得法力速疾馳奔向阿脩羅交陣大戰時大力羅睺阿脩羅王處其軍中猶如第二須彌山王天以法力即破羅睺阿脩羅軍諸救護中法爲第一一切光明法光第一時羅睺阿脩羅見其軍衆破壞退散皆悉怯弱阿脩羅王復安慰言汝等阿脩羅勿怖勿怖何故丈夫怯如烏鳥自於已舍云有勇健是大丈夫汝等亦皆解知論法無所畏懼曾已具見無量軍衆破壞退散汝今何故而生愁怖時諸阿脩羅聞安慰已心生歡喜以憍慢故即迴復反欲與天鬪時羅睺阿脩羅王以憍慢心在其軍前一切阿

脩羅依止羅睺羅睺所護以羅睺王爲最第一一切阿脩羅皆往向彼四天王所諸阿脩羅以依羅睺阿脩羅力得生氣力羅睺阿脩羅王在我前行此王之力尚能破彼釋迦天主況四天王即復對敵雨諸刀戟又雨大石猶如大山從空而下欲壞天衆時護世天見羅睺阿脩羅王雨大石山告諸天衆羅睺阿脩羅王雨大石山汝等當雨刀戟鉾矟莫令天衆得大衰惱時護世天說是語已及諸天衆直趣羅睺阿脩羅王共羅睺阿脩羅合陣大戰雨刀雨石從空參下墮大海中令海湧沸天雨刀劒傷害海中無量百千衆生之類或死或怖逃走畏避遍大海中皆生泡沫羅睺阿脩羅與天共戰餘天阿脩羅見是事已皆作是念未曾有也天與阿脩羅如是大戰

戰鬬不止若世間人修行順法一切阿脩羅多諸技術刀矟矛劒大力勇健心無所畏雖有此術即時破壞若世間人不順正法羅睺阿脩羅王則勝天衆是故法爲第一法爲最勝一切諸法非無因緣若羅睺阿脩羅王破壞失力諸阿脩羅皆悉愁悴猒離鬬心時羅睺阿脩羅王見諸軍衆皆悉愁悴生猒離心而告之曰阿脩羅莫自愁悴令心劣弱勿怖勿怖我若與汝至本宫城不安樂住莫作是意欲還宫城奮迅威武令增身力迴詣戰場莫歸本處時阿脩羅聞是語已復往趣彼四天王所更共鬬戰雨大石山雷電澍雨黑雲靉靆列陣大鬬見者毛竪天復得勝破阿脩羅軍一切諸阿脩羅作是思惟天有大力我當歸彼第二住處星鬘城中阿脩羅王以求

救護利益安樂破諸天衆彼城之中有阿脩羅王名曰勇健自性勇健已曾百千與天共戰乃至天主釋迦提婆彼亦能勝如是阿脩羅勝過一切思惟是已皆共往詣勇健阿脩羅所說如是言阿脩羅王天衆大力羅睺阿脩羅王與之共鬬不能令伏今可疾往以力利益爲作救護佐助勝力王若執仗帝釋天王亦不能壞阿脩羅軍況餘天衆王曾伏彼於諸鬬戰阿脩羅中得大名稱速疾詣彼馳奔急趣手執兵戈奮動武器與天共戰破彼天衆汝先已曾百千破彼金剛之手於彼天中汝以勝力奮威振武時阿脩羅王聞是語已即向華鬘阿脩羅毗摩質多鉢呵娑阿脩羅所作如是言天軍力勝破壞羅睺阿脩羅王及其軍衆王今聽我與天共鬬令我得勝

時華鬘阿脩羅王毗摩質多羅阿脩羅王鉢呵娑即告勇健阿脩羅曰速去速去我爲汝伴能壞天衆汝助羅睺阿脩羅王則能破壞一切天衆況四天王時勇健阿脩羅王聞是語已即向羅睺阿脩羅所爲助戰故時諸阿脩羅衆見勇健來皆大歡喜悉生勇力手執武器刀釪箭矟直詣天衆設諸鬪具箭如雨墮時天見此二阿脩羅將大軍衆各作是言此阿脩羅如是數數無有羞恥來惱天衆以畜生故我數破之猶來不止作是說已牢自莊嚴奮迅勇力向阿脩羅軍欲共交戰時勇健羅睺阿脩羅王見天衆已作如是言天今下此必共戰諍我當與天列陣大戰時二阿脩羅王籌量此已速疾往詣四天王所決意欲鬪各望得勝若日在天後阿脩羅軍日在其前以日光明照其目故不能加害亦不能雨刀仗劒戟不能以目正視諸天各各相謂日光晃昱照我眼目是故不得與天鬪戰是時羅睺阿脩羅王即以一手障彼日光是第三因緣世人見已以愚癡心咸作是言今者日蝕或言當豐或說當儉或言水災或言旱災或言王者吉凶災祥或言衆人有疫無疫如是無實妄生分別不如實知隨愚癡說如是羅睺阿脩羅王障蔽日光而語勇健阿脩羅言天今易見天今易見可以刀劒種種武器兵戈矛戟破彼諸天勇健阿脩羅王在其前面速疾馳走雨諸刀戟向諸天所天衆見之莊嚴種種戰鬪之具亦疾往趣勇健阿脩羅王雨衆武器刀劒矛矟向鬘持天鬘持天衆見是事已讚言善哉善哉阿脩羅王我諸

天衆數數破汝而汝無耻不生猒心我以法力以行法故以歸法故以修法故不離法故是故我勝汝多貪故貪著他物望為已用多行貪故汝無法行云何於此十善業道順法諸天欲望破壞黑闇不能覆障光明明力勝故勇健阿脩羅王聞是說已告諸天曰何須多言我見汝等神通威德不能忍之我等自依已力破壞天衆以見諸天威德勝故不能忍之作是語已直前往趣鬘持天所時鬘持天見是事已雨種種箭射阿脩羅身無空缺處當於勇健阿脩羅上雨衆刀劒時鬘持天告阿脩羅曰何故多貪阿脩羅汝以惡業而自破壞何用與天共相攻伐非法不能破壞如法我不為汝作諸衰惱汝等何故數惱天衆雖作此說然阿脩羅猶復馳奔走趣天衆

時鬘持天告婆脩吉德叉迦等諸龍王曰今此勇健阿脩羅王以憍慢故自恃已力猶不調伏汝今可於阿脩羅上降注大火令彼失力破壞還退時婆脩吉聞是語已即於空中雨大猛火燒鉢摩梯諸惡龍等復疾走趣勇健阿修羅上放大熾電霹靂猛火雨阿脩羅軍時阿脩羅王被龍火已生大瞋恚手擎大石廣八百里擲鬘持天時迦留天見是事已即雨大火燒滅此山是時勇健呵脩羅王見山被燒即失威力告諸天曰此山已然我當更以大山擲汝身上爾時勇健阿脩羅王手擎大山復欲擲天時諸天衆告阿脩羅言汝既無法而作非法不能壞我我住正法汝住非法諸天如是毀呰阿脩羅王是時羅睺阿脩羅王聞是語已將諸軍衆疾走向天天衆

見已皆亦馳赴欲與阿脩羅交陣大戰以諸兵刃種種刀戟戈矛箭矟互相攻伐天說法已誠心憶念歸命三寶直趣阿脩羅軍天衆既至阿脩羅軍皆悉退散為百千分欲向海下非法惡龍鉢摩梯等語阿脩羅言勿怖勿怖汝今捨我欲何所至德叉迦婆脩吉諸龍王等我能遮之汝當獨與諸天共鬬破諸天衆汝若畏者汝本何故自出宮城來至於此汝不自審力之强弱何故乃與諸天作怨若汝捨怨還本宮城我等龍衆為何所趣德叉迦婆脩吉是吾怨家我何所趣時阿脩羅聞是語已復還天所與天共鬬時諸惡龍不能遮彼如法龍衆阿脩羅軍尋復退散還歸海下入本宮城時阿脩羅見其軍衆如是破已遣阿脩羅向第三地華鬘阿脩羅所白言大王速起速起天衆力勝破壞一切阿脩羅軍分散四趣逃避迸走大王久已與天共戰得大名稱今亦如是當起厲意破諸天衆王若去者帝釋天王不能為敵況餘天衆是時華鬘阿脩羅王聞是語已思惟籌量即與無量億阿脩羅衆而自圍繞以種種器仗刀戟鉾矟牢自莊嚴往詣戰場大聲震吼聲滿十方時羅睺阿脩羅王見是事已語勇健阿脩羅言華鬘阿脩羅王今來向此益我威力破諸天衆汝今可迴汝今可迴華鬘阿脩羅來我今大力軍衆聞已還詣戰場欲與天鬬時四大天王語阿脩羅言汝畜生法天數破汝而復還迴汝愚癡心自失軍衆說是語已向阿脩羅衆速疾馳走華鬘阿脩羅見諸天來告其軍衆汝等阿脩羅勿怖勿畏與天共戰何

故聚住破彼天衆莫生怯弱以有我故汝何所畏獨我一身能壞諸天何況勇健阿脩羅王爲我朋侶師子兒羅睺阿脩羅王爲我同伴汝等鬪戰莫生怖畏莫生怖畏增長威力破彼諸天令阿脩羅增長得勝奮怒大力與之共戰時華鬘阿脩羅如是勑已即與諸阿脩羅往詣鬘持天常恣意天迦留足天三箜篌天所住之處毗瑠璃地周遍嚴飾心生喜悦而作是說我等不須三十三天帝釋天王能數數壞阿脩羅軍以法力故以法爲伴時阿脩羅處在大海遍於海上欲與天鬪集在大海是時諸天見阿脩羅大衆集已各共議曰一切第三地華鬘阿脩羅宿大力者今皆來集說是語已阿脩羅衆皆至其所時天見已即告阿脩羅曰虛來至此望壞天衆我有大力何以故閻浮提人隨順法行孝養父母供養沙門婆羅門喜樂善法修行善法命終生天是故我今勝於汝等有大力勢第一無比我等如法順法修行不惱汝等汝行非法惱亂我等時阿脩羅聞是語已不受天語即與天鬪時諸天等從其所住滿虛空中從空而下欲破阿脩羅軍兩軍交戰聲震大海魚鼈黿鼉摩竭大魚那迦鰭魚心皆大怖散爲百分或百千分天等大鬪兩諸器仗矛矟刃戟天與阿脩羅如是大戰時華鬘阿脩羅王告諸天曰前軍鬪戰我時未至令汝破之我今至此當摧汝衆獨我一身能伏帝釋何況汝等四天王衆是故我能破汝天衆說是語已即向鬘持天時迦留天見其來已即向華鬘阿脩羅所時阿脩羅欲破其軍於大海邊

拔取大石方四百里或三百里或二百里或一百里或一由旬大火熾然欲以此山擲迦留天時天見之即歸三寶思惟念法以箭射之碎如沙末墮大海中時阿脩羅見事無功即取大戟與迦留天對敵共戰天既見已於虛空中雨金剛電碎其刀戟阿脩羅軍悉皆散壞時勇健阿脩羅王復走往趣常恣意天欲共鬬戰取大圍山名波利佉廣五百由旬告諸天曰我今破汝一切諸天令汝天衆至閻羅王所說是語已直向常恣意天時護世天見是事已接取圍山以打阿脩羅胷即時破壞走入海下還本住處時諸軍衆見阿脩羅退陀羅睺阿脩羅軍皆亦散走困乏垂死還入本處時羅睺阿脩羅及其軍衆復疾往趣三箜篌天自以已力欲共鬬戰諸天見已於羅睺阿脩羅上雨大猛火燒阿脩羅軍阿脩羅王及其軍衆退走散壞還歸海下是時諸天見阿脩羅軍皆悉退散心大歡喜阿脩羅王憂慼愁惱丈夫之力皆悉散壞還走水下從門而入欲求救護求歸依處時諸天衆知阿脩羅悉入水下還本山頂住毗瑠璃山恐阿脩羅還復來至此何以故毗摩質多羅阿脩羅王鉢呵娑於阿脩羅中最爲大力第一最勝能救一切諸阿脩羅猶未來此彼若破壞一切阿脩羅皆悉破壞說是語已皆大歡喜氣力增長皆共遙視阿脩羅軍決意欲戰時婆脩吉德叉迦法行龍王破鉢摩梯等被傷殘餘還入戲樂城望鉢呵娑阿脩羅王破壞諸天救護我等若不能壞天還得勝天衆增長如是阿脩羅伴惡龍王鉢摩梯等愁

毒苦惱住本城中阿脩羅軍亦復如是愁憂苦惱住於本處

正法念處經卷第二十

音釋

憔悴　憔昨消切悴秦醉切憔悴憂瘦也　稍所角切　鋍莫浮切　迸兵北諍切散走也　黿鼉　黿愚袁切鼉徒何切

# 正法念處經卷第二十一

元魏婆羅門瞿曇般若流支 譯

## 畜生品第五之四

爾時毗摩質多羅阿修羅王聞第三地華鬘阿脩羅王勇健阿修羅王羅睺阿脩羅王被破失力時有阿修羅語鉢訶娑言軍衆破壞無能救者唯汝有力能護彼軍鉢訶娑言汝速看彼三阿脩羅王今在何處阿脩羅王言今者悉爲諸天所破還歸水底住於門下皆失勢力遥歸大王婆羅訶娑欲求救護望助其力羞慚愧恥於門下住不得入城時毗摩質多羅鉢訶娑聞是語已語阿脩羅言阿脩羅等與天共戰釋迦天主在中不耶阿脩羅言未曾來也時鉢訶娑聞是語已即大瞋恚眼赤如血奮其身力視阿脩羅作如是言唯四天王破壞三地諸阿脩羅令失勢力阿脩羅軍無所能爲爲彼一天之所破壞我今當往破一切天時鉢訶娑阿脩羅王作是語已諸阿脩羅皆有威力阿脩羅王勑諸軍衆速疾擊鼓我欲自出擊彼天衆令其破壞衰惱喪滅及帝釋王我獨能破天今破壞阿脩羅衆我不能忍若無我者得言諸天有大勢力我今猶存云何諸天能有大力欲望奪我阿脩羅女毗摩質多羅鉢訶娑說此語已擊大戰鼓告諸軍衆速疾莊嚴我今欲往攻彼天衆令阿脩羅衆皆得增長如是勑已即自發起百千輪殿無量千億阿脩羅軍光明如日始發起時一切大地山河乾陀羅山須彌山王皆悉大動乃至善見城天善法堂釋迦天主所坐之處動搖不定時天帝釋作是思惟

我座搖動阿脩羅王必與天鬬是故令我坐處傾動時天帝釋告諸天曰若毗摩質多羅阿脩羅起則園林山谷須彌山王皆悉大動汝等三十三天速疾莊嚴阿脩羅來毗摩質多羅鉢訶娑阿脩羅王發起欲來破壞天衆我今亦自乘伊羅婆那象及諸天衆共諸鬬處何以故我不見天衆能與此鉢訶娑毗摩質多羅阿修羅王共戰時天帝釋說是語已善見城中善法堂上一切天衆一一天宮所住之處皆悉勑令出善見城往趣毗摩質多羅鉢訶娑戰鬬之處天衆聞已即入質多羅林取種種器仗此質多羅林一切戰具皆悉備有時彼天衆或百或千或千億萬億疾入彼林皆取戰具聲震躁擾如海潮聲逼迫隘閙颺塵滿空如是大衆或有行空有行山崎

有行山谷周圍大陣無空缺處復有諸天遊戲林間聞擊鼓聲走趣質多羅林捨於慾樂取衆戰具百百千千億億萬衆一切諸天皆共瞻仰帝釋天王時天帝釋見是天衆皆大歡喜坐衆寶殿其殿嚴麗七寶莊嚴或以光寶而爲嚴飾或有金色以爲莊嚴或毗瑠璃或以玻瓈或以硨磲或以迦羅種種大寶以爲莊嚴或種種摩尼以爲莊嚴寶網羅絡懸衆寶鈴端嚴殊妙如業果報得此勝殿其身光明威德赫炎位次相比間不容人或有住於須彌山峯埆滿充遍有住空中百百千千皆共瞻視釋迦天王伺待天主與阿脩羅王共戰各各籌量設諸方便時天帝釋告御臣曰賢士汝往告彼伊羅婆那六頭白象具足一切大龍功德我乘此象摧阿脩羅是時御

臣受天主教即向如意蓮華池所時伊羅婆那六頭白象與衆群象遊戲池中爾時侍臣告象子曰天主釋迦欲乘寶象摧阿脩羅象子聞已即告寶象伊羅婆那聞其所說即共守者詣御臣所到善法堂侍臣即入白天帝釋天王當知第一寶象今已來至時天帝釋即以憶念化此寶象令有百頭面貌清淨離諸塵垢其一一頭皆有十牙皆悉鮮白一一牙端有十華池一一池中有千蓮華一一蓮華有十華臺一一華臺有百華葉一一葉中有百玉女以五音樂歌舞嬉戲出美妙音無以爲比如是伊羅婆那殊勝寶象帝釋天王之所變化其身廣大一千由旬其色鮮潔純白無比帝釋乘之欲破阿脩羅軍種種妓樂或有歌舞或有戲笑或嘯或吼或有叫喚光明威德端嚴殊妙出善見城諸天見已各乘種種異色寶殿種種器杖以自莊嚴種種妓樂歌舞戲笑喑噫出聲歡喜悅樂見帝釋王喜悅倍前時天帝釋端坐寶象正處其中大功德力之所集成無量天衆周匝圍遶端嚴無比種種天衆皆共圍遶三十三天王其明勝於百千日光滿虛空中衆妓樂音充塞遍滿二萬由旬從上而下詣阿脩羅鬬戰之處爾時護世四大天王發聲大叫上昇虛空往詣天帝釋即於空中遇天帝釋白言天王毗摩質多羅鉢訶娑欲伐諸天一切大海擾亂不定百千衆山皆悉動搖阿脩羅衆奮武遊戲出大怖聲大海魚鼈及小龍子皆失身力小羅刹鬼毗舍遮鬼無量衆生喪失身命彼羅摩梯非法惡龍歡喜踊躍吼如雷震婆脩

吉德叉迦等法行龍王愁悴自守毗摩質多阿修羅王從水下出六萬眞金須彌樓山皆悉震動一切衆生心皆怯弱鬘持天常恣意天迦留足天三箜篌天心皆惶怖怯弱不安遣我來至大天王所天王當作何等方便如是我以破彼三地阿脩羅軍羅睺阿脩羅王華鬘阿脩羅王勇健阿修羅王百千共戰悉已破壞帝釋聞已告護世言我已先知毗摩質多羅鉢訶娑起欲惱天我今欲下摧破阿脩羅軍救護諸天我爲法護爲法所救脩行於法法爲勝幢求法樂法不樂非法我以如是功德能破彼軍我則得勝無勝我者莫生怖畏我今將大軍衆到阿脩羅所莫生怯弱所以者何閻浮提人孝養父母恭敬沙門婆羅門耆舊長宿知恩報恩順法脩行守護正法喜樂正法信奉正法供養沙門知業果報於六齋日齋戒自守布施持戒脩福習智我常憶念順法脩行受行法戒彼阿脩羅無有法行是故於彼阿脩羅所無少畏心時天帝釋說是語已往詣毗瑠璃山頂四天王天所住之處時天帝釋見四天王告諸天衆此護世四天來集此處欲破阿脩羅軍時護世天白帝釋言此諸天衆天王所攝天王所護依止天王不畏阿脩羅及其軍衆如是說已時三十三天皆大歡喜讚天王言天王常勝天衆常勝既讚歎已到四天王所時天帝釋所將天衆無量百千宮殿圍遶乘伊羅婆那大白象王如上所說其身殊妙七寶光燄赫若電光滿虛空中無量音樂震吼之聲充滿十方百千天衆歡喜圍遶住須彌山揵闥婆衆

莊嚴諸天仙聖歌頌無比讚歎共相娛樂自
善業果受第一樂時四天等見帝釋下皆大
歡喜時天帝釋告四天言我今至此欲破阿
修羅勿怖勿怖諸天大衆悉集來此時四天
衆聞已歡喜白言天王我已獨能破阿脩羅
況天王來大衆皆集我依天王於阿脩羅無
少畏心說是語已即遶帝釋於一面住觀毗
摩質多羅阿脩羅王羅睺阿修羅王勇健阿
脩羅王華鬘阿修羅王軍身著諸天金剛鎧
鉀手執種種兵刃武器欲摧阿脩羅軍心念
不息住種種寶莊嚴殿上法行龍王婆脩吉
德叉迦等心欲鬪戰住在一面瞻仰帝釋隨
其教勑即當奉行共觀水下時四阿脩羅王
忽然直出一切軍衆無量千億皆共圍遶手
執種種鬪戰之具直前而進不顧左右無量
百千億大衆圍遶一切須彌留山皆悉震動
一切阿脩羅中其力最勝善解無量鬪戰之
術從水下出猶如第二須彌山王與鉢摩梯
等非法惡龍而自圍遶毗摩質多羅鉢訶娑
來至戰場諸天大衆遍虛空中阿脩羅軍滿
大海上欲共天衆與大戰鬪各自思惟欲觀
鬪戰於一面住時四天王德叉迦婆脩吉等
白帝釋言天王阿脩羅軍在我前住天王何
故不勑我等與彼共戰時天帝釋告諸天衆
及諸龍衆我今當遣護世四天下閻浮提觀
諸衆生孝養父母恭敬沙門婆羅門順法脩
行則能破壞阿脩羅軍天爲法護依止於法
依法增長天亦增長法損減故天衆亦減我
今遣汝詣閻浮提到人世界如是說已即勑
四天汝速往閻浮提觀諸衆生若有順法孝

養父母恭敬長宿供養沙門齋戒自守布施持戒不行放逸隨順正法時四護世聞是語已如射箭頃至閻浮提一一住處一一村落一一城邑一一軍營一一交道一一國土一切觀察孝養父母供養沙門婆羅門耆舊長宿皆遍觀察見閻浮提人順法脩行孝養父母供養沙門婆羅門耆舊長宿如法脩行見是事已心生歡喜如射箭頃到帝釋所心喜踊悅白天王言甚可慶悅釋迦天王閻浮提人順法脩行孝養父母恭敬沙門婆羅門耆舊長宿布施脩德增長天衆減損阿脩羅軍帝釋聞已甚大歡喜告護世言一切天衆應生歡喜我今破壞阿脩羅軍我今破壞阿脩羅軍閻浮提人多脩福故天衆聞已皆大歡喜身力轉增過先十倍白言天王何故而住何故而住我以天王威勢力故破彼怨敵令天得勝時天帝釋告婆脩吉德叉迦等諸龍王曰汝速走趣鉢摩梯等非法龍所莫往毗摩質多羅阿脩羅軍時婆脩吉德叉迦聞是語已即疾往趣阿修羅伴鉢摩梯等非法龍所雨大猛火時毗摩質多羅鉢訶娑即遣鉢摩梯放大熾電一切惡龍身上火然受大苦惱尋復破壞走趣阿脩羅軍作如是言各各異軍不可勝彼大衆皆當和合共鬪天乃可破作是語已即復走向婆脩吉德叉迦所時法行龍婆脩吉見彼惡龍語德叉迦言彼以惡心瞋恚而來我當爲之而作衰惱令不復來若不加彼數數如是惱亂我等作是語已時德叉迦即走往趣鉢摩梯所於虛空中雨大猛火放諸煙炎燒彼惡龍既被燒已尋便

退走奔趣阿脩羅所望救生命羅睺阿脩羅王見是事已作如是言此龍破壞退來至此汝等何故捨之而住作是語已奮力而走時迦留足天見羅睺阿脩羅來亦走往趣交軍合戰甚可怖畏如惡嶮岸諸小阿脩羅住於海中皆悉聾塞或有恐怖喪其身命空中雨刀逼迮駛下百千萬數如是鬪時若天被害斬截手足尋復還生無所患害一切身分亦復如是無所患苦色相不異妙色具足唯除斬首及斷半身天阿脩羅互相怨敵如是鬪戰若阿脩羅為天所害斷則不生亦如人法受諸苦痛非如天法時迦留足天與羅睺阿脩羅軍如是大戰時迦留足天復取無量大山雨阿脩羅軍時阿脩羅軍分散破壞為百千分羅睺阿脩羅王見其軍衆悉破壞已即取大山廣三百由旬走向天衆時迦留足天見已手執弓仗亦走往趣以箭射山碎如沙末墮大海中虛空雨刀時阿脩羅見是事已畜生心故少勇怯弱走向勇健阿脩羅軍勇健阿脩羅王見其退還告軍衆言此羅睺王空有大身無有少力為天所壞走來奔軍欲望救護如凡阿脩羅等無有異以無力故若有力者則以此身必能獨破一切天衆是身如第二須彌山王此迦留足天第一勇健能與如是大身共鬪而不破壞作是語已即與陀摩睺衆走趣迦留足天欲共鬪戰時天見已即告鬘持天言速來速來今勇健阿脩羅王將大軍衆來向我所時鬘持天聞是語已即復疾走向勇健羅睺阿修羅所羅睺復與勇健阿脩羅牢自莊嚴迴向天衆欲與迦留

足天相撲共鬬念本宿怨擲大山石與雨刀箭種種器仗及擲大樹滿虚空中間無空處不復相見百千共鬬無等鬬戰諸天身分壞已復生亦如上說阿脩羅軍被斬不生亦如人法諸天軍衆唯除斬首命則不全若斷中腰亦復如是是時天衆少有減損阿脩羅衆多有喪滅時阿脩羅被天破已餘殘軍衆還退水下欲望救護天衆大叫阿脩羅軍聞其叫聲皆失威力微命自存羅睺勇健走還本城於門下住時第三地華鬘阿修羅王見羅睺勇健爲天所破告軍衆曰我軍悉來當與天戰我有大力天何所能作是語已即與其軍走趣天衆及羅睺勇健阿修羅軍餘殘相率還與華鬘俱詣天衆共相謂言何故妄稱阿脩羅王而自退走旣自無力又無刀戟善巧戰敵設得至宮毀辱妻子說是語已氣力還增身如大山手執兵器走速如風復向天衆欲與天戰時天使者及鬘持天常恣意天迦留足天等皆共籌量一切阿脩羅皆共和集欲來我所自恃己力而生憍慢不知天力說是語已走趣阿脩羅即共大鬬上雨大山或雨大石雨刀雨戟共相擒撲無量相殺無量逼迫無量相打無量喪命遍大海上無量種鬬無法可喻龍衆共龍無量種鬬時天帝釋見是事已告三十三天言速疾莊嚴一切阿脩羅衆今皆來此除鉢訶婆我當乘伊羅婆那白象與鉢訶婆鬬時天帝釋告諸天已語伊羅婆那白象王言我今乘汝破毗摩質多羅阿脩羅王及其軍衆作是語已手執金剛遍觀阿脩羅勢力誰勝見天得勝阿脩羅

軍退沒不如天見阿脩羅破壞退走皆大歡喜天王帝釋怡悅喜樂時鉢訶娑見是事已作是思惟三地無量億阿脩羅衆鬪戰失力皆已破壞如前於一切觀池所見無異如實不虛我今當往破天帝釋壞彼諸天說此語頃天衆已至水底門下時毗摩質多鉢訶娑生大瞋恚諸山搖動大海涌波日光山頂皆作赤色及其軍衆住於水底見諸天衆破羅睺等阿脩羅軍走趣水下無力無救一切擾亂天大唱叫一切阿脩羅皆悉失力互相謂言我今無力無有救護有阿脩羅言勿怖勿怖還迴勿走說是語時即雨山峯遍打阿脩羅軍天大歡喜唱如是言捉阿脩羅捉阿修羅殺此非法惡行畜生常惱我等不能鬪戰怯如烏鳥無勇健志不善刀戟如是好破令不復迴此阿脩羅諍鬪不知時節如是天衆各各歡喜向阿脩羅欲加打害瞋恚目赤猶如絳色雨刀雨戟又雨大火猶如秋月降注大雨如是破壞阿脩羅衆時鉢訶娑阿脩羅王坐百千輪行殿之上與無量億阿脩羅衆而自圍遶雨種種刀戟手接大山或一由旬乃至五由旬向於天衆時羅睺阿脩羅等見是事已氣力還生復迴欲鬪時鉢訶娑安慰之言勿怖勿怖我今來此破一切天喪滅摧壞汝莫怖畏阿脩羅王勿怖勿怖若至本宮於已妻所云何自稱我是丈夫而無膽勇虛稱丈夫時鉢訶娑說是語已走趣天衆諸天見之亦疾往趣天與阿脩羅合陣大戰大聲震吼滿須彌留山川谿谷時羅睺阿脩羅王走趣迦留足天勇健阿脩羅王手執大戟走

趣髮持天華髮阿脩羅王手擎大山廣三由旬走趣三笠篌天及天使者如是大戰一切衆生聞說毛竪何況覩見時鉢訶娑阿脩羅王復欲調伏摧壞諸天如風吹雲自恃大力不懼天衆時四大天王如是被惱至三十三天白帝釋言天衆獨鬬將爲阿脩羅之所破壞天王速去莫令天衆散滅毀壞畜生得勝天王速去速去除善法堂餘一切天皆當速去三十三天聞是語已一切天衆皆悉疾往鉢訶娑毗摩質多所雨衆刀箭鉢訶娑於三十三天衆上雨大石山滿虛空中一切和合吼叫大鬬各各自謂我軍得勝如是鬬戰百千山合互相打觸碎爲微塵於虛空中滿千由旬此塵雲中遞互雨箭雨山猶如秋雨無量意阿脩羅衆喪滅不還諸天衆中無量千人夭命喪壽怯弱阿脩羅等爲護命故走入本宮敗軍之餘既入城中已阿脩羅衆諸婦女等來問之言我夫今者爲何所在阿脩羅答言阿脩羅軍與天共鬬破壞天衆皆大歡喜欲來不久時阿脩羅諸婦女等即向一切觀池觀阿脩羅軍見天得勝阿脩羅軍敗散破壞死屍狼藉百退千退諸女見已悲塞懊憹却坐於地啼泣悲哭心大苦惱遶池而住椎胷大叫自拔頭髮舉手拍身眼中流淚時諸婦女於池水中見夫死已憂悲大苦天阿脩羅如是共鬬如是大惡鉢訶娑阿脩羅王與無量億阿脩羅而自圍遶來向帝釋帝釋見已告諸天衆此阿脩羅今來我所欲共鬬戰難可調伏我於法伴當破彼軍如明除闇說是語已乘伊羅婆那白象王其走速疾猶

如射箭善法天衆而自圍遶從上而下直向阿脩羅軍拔大樹林擲其軍上又擲大石或雨大箭向鉢訶娑時鉢訶娑乘大輪殿攻帝釋王時天帝釋語鉢訶娑汝爲畜生住非法道欲何所至吾當壞汝令汝退還走入水下時毗摩質多羅鉢訶娑語天主言我今破汝及諸天衆時毗摩質多羅鉢訶娑接大金山廣五百由旬以擲天衆伊羅婆那白象王見金山來口出猛風吹破金山猶如沙末墮大海中時阿脩羅王見金山碎復取金剛齊山廣五百由旬擲天帝釋時伊羅婆那白象王以鼻接取還打鉢訶娑阿脩羅胷令其傾動三十三天見是事已揚聲大叫唱言畜生天王破汝白象打汝令汝傾動何況帝釋手放金剛作是語已一切天衆走向阿脩羅軍有取大石有取大樹有取大山有執大戟有執大矟有震雷電霹靂起火有執犂具或有相撲有執刀輪或有執刀有行虛空有執弓箭有執圍山有相擒抲有順法鬭有相道理或有指授有多巧僞有以火鬭或有水鬭或有注流或一切鬭或有闇鬭或有幻鬭或以鋸鬭或用爪鬭或以殿輪或以聲叫聞者不忍或以脚踏或以手鬭如是種種器仗身皆具足一切天衆在帝釋前向阿脩羅時鉢訶娑羅睺王等見諸天衆執種種器仗共鉢訶娑向帝釋所時諸天衆見四阿脩羅王向帝釋所即自莊嚴以助天王時天帝釋自觀天衆告阿脩羅曰汝等畜生云何如是癡無所知一切阿脩羅力不及一天之力獨我一天能破汝軍何以故天有法力汝無法力法以非

法相去懸絶譬如日光比於闇冥如以實語比於妄談如以須彌山比於衆山如以解脱比於繫縛如以利益比於衰損如以善友比於怨家如以甘露比於毒藥如以白日比於昏夜如以僞珠比於眞寶如以巨富比於貧窮猶如行使比安住者如以螢火比於日光如無足者欲比猛風相去懸遠如以盲人比明眼者如以嶮路比平坦道如以外道比於如來猶如虚空比於土地如以一念欲比一劫汝之與我相去懸殊亦復如是汝不順法我則敬重汝便愚癡我有智慧汝不脩福天脩福行汝是畜生我爲淨天如是知已汝則不應與吾共戰説是語已即現去相令伊羅婆那向阿脩羅伽陀頌曰

法能破非法　實語破虚妄　智慧破愚癡

天破阿脩羅

爾時帝釋説是語已化伊羅婆那如前所説向阿脩羅軍速過疾風手執千刃金剛怖阿脩羅不以殺心時阿脩羅見天帝釋亦走往趣時四天王三十三天亦各疾走天與阿脩羅交陣大戰皆望得勝互相攻伐天阿脩羅有被傷害没命而死或有怯弱退走還歸有住觀視有心念歸或有瞋恚或復癡亂或有怖畏時天帝釋即作變化令阿脩羅見伊羅婆那白象王一一頭上有千帝釋皆以手執千刃金剛種種器仗衆蓮華池亦如前説於華池中見無量千帝釋天王伊羅婆那化爲千頭一一頭上有千浴池一一池中有千蓮華一一蓮華有百華臺一一華臺各有千葉象頭華臺有百千億帝釋天王億那由他種

種武器金剛寶劍間無空處時阿脩羅見是化已怖畏迷没作是念言帝釋天王遍虛空中間無空處手執種種刀戟器仗身力無量種種刀仗滿虛空中間無空處遍於十方恐其水下天帝軍衆亦滿其中時阿脩羅甚大怖畏各共相告鉢訶娑言阿修羅勿怖勿怖我能伏彼帝釋天王伊羅婆那說是語已疾走往趣伊羅婆那大龍象王時伊羅婆那即時以鼻捉阿修羅於虛空中迴旋轉之如人弄鈴垂死乃放象既放已得少蘇息語阿脩羅云一人云何能破帝釋今當一切盡共攻之時四阿脩羅王復走向伊羅婆那帝釋見已放金剛雹打阿脩羅欲令退散非爲奪命時阿脩羅以無量大山刀劍矛矟雨天王上如夏降雨注天王身端嚴無恚如是天王與阿脩羅無量大鬬餘天見已走趣阿脩羅軍阿脩羅軍馳趣天衆互相鬬戰無量惱害無量衆生見者大怖無等嬈亂如是大戰天阿脩羅王及其軍衆互相攻伐無量器仗堅如金剛共合鬬戰時天帝釋雖見無量阿脩羅衆在其前住而不奪命但欲破彼阿脩羅衆令退無餘時鉢訶娑毗摩質多羅阿脩羅王及其軍衆退散敗走以求救護求歸依處歸大海下向門而走喪失勢力毗摩質多羅鉢訶娑乘百千輪殿以爲刧敵令三阿脩羅王在前而走怖畏苦惱時天帝釋告伊羅婆那白象王言速疾逐彼毗摩質多羅彼以慢心自言大力汝今速往破其所乘百千輪殿大仙所說不殺生戒是涅槃道此言眞實衆生愛命勿斷其命汝速至彼破其輪殿爲百千

分伊羅婆那聞是勑已以變化身疾於迅風至大海下鉢訶娑毗摩質多羅見已怖畏在大海底向門疾走無力能進伊羅婆那以大勢力到其所已手執其輪令鉢訶娑墜墮殿下接令離殿現對其前碎其大殿如摧朽草時華鬘阿脩羅王皆失勢力命垂欲絕憶念妻子走趣門下勇健阿修羅王亦復逃奔走趣水下向門而走以求自救羅睺阿修羅王亦復逃遁走趣水下望自救命雖有大身悉無氣力是時天衆見阿脩羅悉破壞已歡喜而言阿脩羅等鬪戰得報破壞退走天見是事作如是言我等當往至其門下觀被破阿脩羅時天疾往走向水下阿脩羅被破猶如猛風吹破浮雲天帝見已語阿脩羅言汝以何故自爲此惡令無量阿脩羅衆喪失軀命汝與諸天共爲怨敵無少利益今閻浮提人順法脩行以人脩善天有勝力人行不善天則破壞汝不知時不知方處與我怨敵無所利益汝欲伐天自得衰害時阿脩羅聞是語已復入水下以求生命時天帝釋勑諸天衆可迴可迴阿脩羅軍皆失氣力唯有微命放之令去還本所止時諸天衆白天王言此阿脩羅不可調伏不知自力不審他力我等今可復更破壞阿脩羅衆令不復迴我於天中自業受樂於阿脩羅不生惱害此阿脩羅云何於他順法行人而欲衰惱我不報怨終不迴也說是語已手執種種器仗刀戟速疾走趣阿脩羅軍加以怖畏令其破壞而不殺害時天帝釋起悲愍心於鉢訶娑恐其怖死告諸天衆汝等無慈悲心說是語已與善法堂

一切天衆還向天宮時四大天王見帝釋還告三十三天衆言天王既還汝亦可迴既得勝力皆各歡喜悉還本宮天王帝釋乘伊羅婆那白象王三十三天歌頌讚歎詣第二天昇善法殿及餘天衆皆入本宮悉捨甲胄置雜殿林伊羅婆那捨於化身還復本形入蓮華池如是到天世界受五欲樂五欲功德共相娛樂遊戲林池婆脩吉龍王德叉迦龍王等破阿脩羅既得勝已心懷歡喜還戲樂城阿脩羅軍被破餘殘身體毀壞羞愧低頭諸婦女等憂惱愁悴向阿脩羅羅睺阿脩羅語諸被破阿脩羅言我先不語汝等非是與天共戰鬬時人順正法孝養父母恭敬沙門婆羅門耆舊長宿增長天衆減損阿脩羅我說是語不隨我言是故今日得此惡果令天殺害無量衆生有阿脩羅語羅睺言實如所言不用王言非時而鬬是故今得如是惡果陀摩睺阿脩羅言以業欲熟令我不迴生如是意得此惡果如是遞互說已還於自地毗摩質多羅到第四地入其本城甚大羞恥憂悴低頭婇女圍遶憂憒燋悴鉢摩梯等非法惡龍喪失氣力還戲樂城如是愛毒破壞衆生互相加害流轉世間無有少樂賢聖弟子如是觀已得離欲意復次脩行者內觀於法隨順脩行此比丘如是觀已得十七地心常樂觀第一實諦爾時地神夜叉見已歡喜告虛空神虛空夜叉聞已歡喜告護世天如是展轉乃至少淨天皆說是言閻浮提中有善男子住某聚落名字某甲以信出家剃除鬚髮被服袈裟離魔境界不樂煩惱猒捨生死作

是觀已今得如是第十七地諸天聞已皆大歡喜作如是言如此比丘天中之天損減魔衆增益諸天

正法念處經卷第二十一

音釋

嵴資昔切　[土則]初力切遮遏也　喑噫喑鄔感切噫正作醷乙界切喑噫聚氣也　鎧鉀鎧苦亥切鉀古洽切　聾塞聾盧紅切塞蘇則切　駛踈士切疾也　懊憹懊烏皓切憹乃老切與惱同懊憹恨痛也　稍所角切　憒古對切心亂也

# 正法念處經卷第二十二

元魏婆羅門瞿曇般若流支譯

## 觀天品第六之一

復次比丘知業果報已觀地獄餓鬼畜生不善業報如實細觀察已次第當觀善業果報所以者何一切衆生樂於樂果猒捨苦報諸樂集故名之爲天復觀微細業集衆善業受生滅身得愛果報以七種戒生於天中何等爲七口業四種身業有三以其親近多脩習故生六欲天六欲天中有上中下道命亦如是有中有下食亦如是有中有下色亦如是有中有下力亦如是有上中下樂報亦爾有中有下六欲天中初之二天依須彌山四天依空猶如雲聚彼初天衆屬四天王天初鬘持天遶須彌山四埵而住是鬘持天有十住處於一一面異業異名如是無量業生鬘持天依業受樂無量種色娛樂受樂無有老苦諸業網印印之從因緣生非無因生亦非斷滅非有作者是故丈夫常當自勉脩諸善業若愛自身無始流轉善不善無記業網縛諸衆生流轉生死猶如水輪流轉地獄餓鬼畜生於人世間如觀彼衆若行善業生於天中依須彌山有六萬山遶須彌山種種衆寶炎光明曜照諸山峯蓮華浴池流泉清淨莊嚴其山山高八萬四千由旬四寶所成善業諸天所共圍遶無量光炎以爲照明甚可愛樂如是比丘觀於初天鬘持天衆其鬘持天有十住處何等爲十一名白摩尼二名峻崖三名果命四名白功德行五名常歡喜六名行道七名愛欲八名愛境九名意動十名遊戲

林是爲十處各各異住須彌龕向閻浮提有二天住一名白摩尼二名峻崖向閻浮提隨意所至向瞿陀尼有二天住一名果命二名白功德行向弗婆提有二天住一名常歡喜二名行道向鬱單越有四天住一名愛欲二名愛境界三名意動四名遊戲林是諸天等一一住處廣千由旬住大海上彼天壽命閻浮提中五十歲爲一日一夜如是壽命滿五百歲亦有中天復次比丘知業果報觀彼地天遊戲受樂作何等業生於彼地彼以聞慧觀須彌山側所住諸天若人脩善以清淨心歸佛歸法歸比丘僧十拍手頃不生餘心彼人命終生須彌埵白摩尼天以其淨心受三歸故獲威德身光明莊嚴受樂自在所受快樂十六分中轉輪王樂不及其一其地有河名曰欲流眞珠爲沙以布其底以何力故峻崖二天心所憶念從河而出種種美飲復有珠河名曰眞珠珊瑚寶流天衆玉女種種衆寶從河而流所謂毗瑠璃碎金剛珠天尼羅珠天大青珠天赤眞珠天硨磲寶及餘種種衆寶莊嚴隨念即得復有香河名曰香水鵝鴨鴛鴦以爲莊嚴其河兩岸多有金樹以爲園林種種衆鳥天聞香氣發欲心喜受欲樂巳百倍悅樂及餘五欲共相娛樂多有衆樹赤枝青葉青枝赤葉復有衆樹其葉雜色青黃緑色雜色衆蜂以爲莊嚴心常悅樂出妙音聲受善業報遊戲受樂種種衆寶莊嚴山峯或嚴平頂有五山峯何等爲五一名雜積二名種種流泉三名衆鳥音四名香熏五名常果如是等山七寶莊嚴此諸地天遊戲喜

樂恣意自娛天衆玉女以爲園遶歌舞戲笑五欲恣情心意悅樂三歸功德乃至盡報於未來世得至涅槃若生人中財物具足常得歡喜受第一樂好習妓樂財物具足以餘業故復次比丘觀天世間見鬘持天第二住處名曰峻崖以何業故而生彼處即以聞慧見此衆生於河津濟造立橋船或以善心以船度於持戒之人以持戒人故兼度餘人不作衆惡是人命終生於善道住峻崖處以善業故生彼天已受種種樂多衆華池園遶莊嚴清淨涼冷香色妙好無有泥濁常有戲笑歌舞遊戲多衆天女以爲園遶衆寶嚴身諸天女衆恭敬供養五樂音聲以爲音樂與諸天女遊戲園林衆寶浴池娛樂受樂有六浴池何等爲六一名流樂二名樂見三名一切喜四名雲鬘五名池鬘六名如意復有四林見之可愛出妙香風衆華莊嚴何等爲四一名香風林二名雜林三名蜂遊戲四名悅樂天諸玉女於彼林中受五欲樂隨心所念遊戲園林所行無閡無所遮止以衆妙寶莊嚴其身受樂增長如山濬水五欲自娛五根愛河波蕩縱逸遊戲諸園林樹浴池種種衆寶莊嚴金山與諸天女遊戲山峯多衆天女華鬘自嚴端正無比種種美味食之充滿受斯樂報心意悅樂不可稱說善業因緣乃至業盡從此命終生於人中賢直巨富爲王典藏以餘業故復次比丘知業果報觀鬘持天所住之處彼以聞慧見鬘持天第三住處名曰果命以何善業生此天中即以聞慧知此衆生於飢饉世守持淨戒淨身口意爲利安樂諸

衆生故種植果樹行者食之安樂充滿以是因緣得安隱行是人命終生於天上生果命天生彼天已無量天女色妙無比眷屬具足受天快樂園林華果眞金爲樹珊瑚爲枝諸寶交絡懸衆寶鈴出妙音聲遊戲林中受五欲樂有六種林何等爲六一名一切義林二名四園林三名柔輭林四名遍樂林五名蜂樂林六名金影林此園林中常有天女遊戲受樂蓮華浴池以爲莊嚴遊戲林中流泉浴池出妙音聲樹出光曜衆鳥哀鳴飲食豐足七寶莊嚴種種山峯遊戲受樂其須彌山有五山峯何等爲五一名光明莊嚴二名閻浮三名白水四名笑莊嚴五名常遊戲此諸天衆遊戲如此衆山峯間受善業報與無量百千諸天女衆以爲圍遶共相娛樂伽陀頌曰

以少因生天　得受一切樂　是故應捨惡
常行於善業　思心行布施　及護持淨戒
戒能生天上　受五欲功德　非父毋利益
兄弟及親友　善護持淨戒　從樂得樂處
持戒二世利　或持道最勝　持戒人爲上
從樂得樂處　持戒施正行　是名淨行人
以此自業深　從人生天處　戒爲無盡藏
戒樂爲無上　丈夫持勝戒　常受於安樂
持戒智慧人　常得三種樂　讚歎及財利
後生於天上　若人能持戒　如是修戒者
現樂得涅槃　永得不死處　無始生死來
欲癡等怖畏　戒爲大光明　是故常行戒
常應讚歎戒　戒如清淨池　王賊及水火
不能劫戒財　是故常修戒　遠離於破戒
若人樂持戒　則得至涅槃　持戒人爲貴

應親近持戒　戒如日光明　破戒可鄙穢
無垢離曠野　離憂無熱惱　戒爲佛所讚
能至涅槃城　若人具足滿　淨戒常增長
是人戒守護　臨終無怖畏　戒爲初後善
一切樂行轉　持戒者爲貴　破戒如畜生
若人破戒者　行於畜生道　不識作不作
是故常修戒　若人持禁戒　爲戒衣所覆
若有不持戒　棵形如畜生　持戒者之天
如至遊戲處　如親人憶念　持戒來至此
淨戒持正行　善業皆和合　此人修善業
則生於天中　若人欲求樂　常應持淨戒
是人能成就　增長戒充滿　現在及未來
戒爲第一伴　功德常隨逐　是故應修戒
曠野飢渴怖　戒爲能救護　持戒行爲勝
隨至未來世　若有持戒人　知戒果如是
彼則以利刀　自斷其身首　衆樂皆和集
不可以喻說　持戒果清淨　善逝如是說
初善及中善　後善亦如是　戒果甚廣大
從樂得樂報　知此功德已　常應修淨戒
戒爲能救護　無有與等者

如是比丘思惟持戒實功德已常讚持戒毀呰破戒如彼天處受五欲樂持戒業盡退生人中神德無比第一端正所生國土多有樹林以餘業故復次比丘知業果報觀鬘持天所住之處彼以聞慧知鬘持天有第四處受天快樂名曰白功德行以何等業而生此處若人少智見佛行時以所著鬘散於佛上或以華鬘供養佛塔以善心福田功德思功德故是人命終生於善道白功德天生彼天已功德辮鬘莊嚴其身毗瑠璃寶以爲其地七

寶莊嚴多有衆鳥身七寶色出妙音聲光明普照百功德光莊嚴妙好衆樹叢林無量嚴飾善宿之樹兩崖生樹香熏樹等以爲莊嚴隨心所念香氣廣狹滿諸由旬華果常茂及餘莊嚴莊嚴其地諸天妓女歌頌舞戲歡娱受樂一一方面遊戲之處娱樂悦樂笑舞喜戲園遶恭敬所受快樂不可稱説其地柔輭猶若生酥天人行時隨足上下如兜羅綿一一住處足蹈隨平亦如前説一一寶樹出妙色光其光如日光明悦樂妙色金樹華葉常鮮無有萎落善業所生不可喻説戒力自在善業所得如印印物如是天子遊戲園林蓮華浴池自業受報有上中下受天戲樂自業身相光明可愛色聲香味觸等恣情悦樂身無病惱無有飢渴常恣五欲未曾猒足多起愛欲心不充滿若天憶念隨念皆得隨念所得他不能破自在無礙心常歡喜隨念能至化身隨心大小任意廣大輕輭一眴目頃能行至於百千由旬無少疲極如風行空無所障礙天亦如是無有疲極天身威德從心而生輕淨無垢一切行處如意光色天子天女歡喜遊戲於園林中天子天女五欲自娱意悦受樂各各相隨共相娱樂諸地住處於乾陀羅山園林之中縱逸遊戲耽著欲樂不念退没無常之苦放逸自恣癡愛所誑遊戲放逸乃至愛樂生大因集業盡還墮地獄餓鬼畜生若有善業生於人中或守城主或護國土多饒人衆常歡喜處無病端正以餘業故

復次比丘知業果報觀鬘持天第五地處彼以聞慧見鬘持天有地名一切喜衆生何業

生於彼處彼以聞慧見持戒人心有正信以華供養諸佛如來自力致財買華供養是人命終生於善道生一切歡喜行天生彼天已受四種樂何等爲四一者無怨二者隨念能行三者餘天不能勝其威德四者天女不念餘天五種妓樂歌舞互相娛樂種種遊戲或以水戲華池遊戲或以華戲或以果戲或以香戲或以鳥戲或遊戲林中蜂音遊戲互相瞻視天女園遶遊戲喜笑共相愛樂皆悉無有嫉妬之苦其地勝樂妙香華池以爲園遶所謂善香蓮華池不萎蓮華池雜優鉢羅蓮華池常饒蓮華池如是無量蓮華池莊嚴其地種種快樂遊戲林中以相娛樂其林金樹多有衆蜂遊戲林中種種衆香衆鳥哀鳴甚可愛樂人中五音十六分中不及其一如是天子妙色盈目揵闥婆音以悅其耳種種香風鼻所悅樂如是五欲境界無量衆色甚可愛樂非從作生他不能奪不從他求自樂成就天諸上味妙色味觸隨意念生從自業起如是一一林樹一一華池一一園苑無量天女眷屬園遶種種欲樂受樂喜悅受善業果多衆金樹流出光明金色衆鳥出妙音聲聞之悅意如是無量不可譬喻成就如是無量快樂乃至受業盡從天中退或墮地獄餓鬼畜生若有善業生於人中或生城邑或主聚落大富自在心無慳悋無量給使以爲園遶受第一樂以於福田種善業故乃至涅槃復次比丘知業果報觀鬘持天彼以聞慧見鬘持天第六地處名曰行道以何等業生於彼處彼以聞慧知持戒人見大火起焚燒衆生

以水滅火救諸生命是人命終上昇善道生鬘持天以無畏施因緣力故受天樂報愛色妙聲衆香味觸無量天女之所圍遶種種妓樂歌舞戲笑多衆天女黄金欄楯寶鈴莊嚴眞珠網羅以覆牕牖無量寶珠以爲莊飾無量天女遊戲其間諸天女衆皆生愛樂瞻仰天子視之無猒種種莊嚴瓔珞其身其身香潔怡悅含笑常懷歡喜圍遶天子如是天女見此妙色心極愛樂耳聞衆聲皆悉悅樂所謂金色衆鳥珊瑚爲觜遊戲翺翔山谷之中出美妙音不可稱喻或在山中出衆妙音或在峪中或在華中或在水中或在空中或在平地或在階道或在山窟出美妙音如是天耳常聞妙音常聞妙香所謂善妙香風無量衆華無比快樂天女口中出妙香氣及餘種種可愛妙香聞之意意舌得無量須陀美味轉輪聖王所食上味百千倍中不及其一身所衣服無有經緯綫縷之文細滑柔輭生愛樂心無量種衣著之悅樂若生憶念隨意即得清淨可愛他不能奪如是無量六欲境界無量快樂無量蓮華林中遊戲無量林樹金摩尼林種種衆鳥其音美妙各共遊戲於摩尼殿如是遊戲河池蓮華流泉浴池如是種種欲樂果報彼比丘以聞智慧觀察是已而說頌曰

六根愛著　境界所燒　愛火燒天　過於焚林
得樂愛樂　爲樂所誑　不念退歿　愛所欺誑
諸樂必盡　無有常者　欲得常樂　應捨愛欲
諸天退時　離天樂處　恩愛別離　過地獄苦

比丘思惟是已復觀世間諸樂悉無自在無

常退沒爲愛所誑不知退沒作是觀已猒捨天欲如是天中所受之樂乃至善業不盡業盡還退隨業受生或墮地獄餓鬼畜生若生人中受第一樂常無怖畏爲一切人之所愛樂王者信用乃至盡命無有惱亂以餘業故於未來世得至涅槃復次比丘知業果報觀鬘持天第七地處彼以聞慧見此衆生修行善業見他親友互相破壞心懷怨結能爲利益和合諍訟以是善業此人命終上昇善道生欲愛天生彼天已隨心所念隨念即得種種戲樂種種衣服種種莊嚴天冠瓔珞受天樂具一一出生種種歌頌伎樂音聲所謂單茶樂音天女歌音乘衆寶殿常懷歡悅種種園林山谷溪澗河池流泉蓮華鬱茂天女圍遶金色蓮華香風搖動出妙香氣所謂毗瑠璃林多羅林珍頭迦林鳥樂林蓮華林衆樂音林俱枳羅林善業所生遊戲其中天河清淨摩尼莊嚴蓮華浴池林樹暎飾於河水中出妙音聲如是之音多有衆鳥其鳴哀雅以此河池莊嚴其地譬如女人衆色具足若無功德若不孕產不名莊嚴天所住處亦復如是無河莊嚴不名淨妙種種美味色香具足是故河爲第一莊嚴一切世間愛染味中水爲第一莊嚴園林乘於寶船莊嚴人天常所受用多所利益如是功德具足之水衆生受用於此水中遊戲受樂從水戲已詣鏡水林受天快樂入鏡林中自照其身樹淨無垢猶如明鏡自觀見其善惡業相若有善業自見其身生於善處若有惡業將受苦報自見其身先造業相墮三惡處五道生死所受苦樂

皆悉明見若不善業見墮活地獄黑繩地獄叫喚大叫喚等大地獄中受種種苦如前所說皆悉具見如天上樂不可稱說地獄苦報亦復如是不可稱說於鏡樹中自見相已悉忘天樂猶如隔世見無量苦不復覺樂如一兩鹽投恒河中莫知其味如是心苦如大恒河其樂微少如彼鹽味雖有歌頌妓樂音聲園林遊觀衆鳥哀鳴都無樂心見是事已捨至異處心還耽著天諸五欲復於異樹自見其身墮於種種餓鬼道中種種苦惱飢渴燒身見是相已生大怖畏告餘天曰大仙我於鏡樹見大怖相汝爲見不時天答言我不見也若有惡業見餓鬼相若有善業不見惡相大仙天子而問之言汝見何相天子答曰見餓鬼相受諸苦惱既見餓鬼受苦惱已悉忘天樂如隔千生猒捨林觀更向餘處復貪天樂五欲自娛色聲香味觸種種華池衆鳥妙音遊戲具中與衆天女遊戲受樂如是愛水之所漂没復至鏡林惡業因緣見畜生身互相殘害自見其身受畜生身受種種苦心甚猒惡向餘天所如前具說猒捨而去還著貪愛受五欲樂往返生死復於鏡林見人身時隨業所集知識親友兄弟破壞還爲和合以是因緣生此天中見自業已猒捨而去還著欲樂受愛色聲香味觸等如是放逸受天欲樂又入鏡林復見自身命終退没生於餘道或見自身墮於地獄餓鬼畜生復生猒離此處無常我必退没離諸天女諸行無常離別不久一切動壞作是念已時護世天告言天子歡喜可愛閻浮提人順法修行孝養父母

供養沙門婆羅門增長天衆减損魔軍如來正覺出於世間明行足善逝世間解無上士調御丈夫天人師佛世尊演說正法初善中善後善妙義善語無垢無減清淨白法安隱寂靜所謂此色此色集此色滅此色滅證於鏡林中自見業已聞如是說問護世言如來世尊阿羅訶三藐三佛陀明行足善逝世間解無上士調御丈夫天人師佛世尊今在何處護世告言在閻浮提爲一切衆生宣說正法是時天子聞護世說畏退没苦下閻浮提於人道中死爲大苦於畜生中相殘害苦餓鬼道中飢渴大苦地獄道中燒煑搒掠種種衆苦如是觀察五道之中五怖畏已來向佛所遥見世尊端嚴澄淨諸根寂靜意善寂滅無上調伏奢摩他定人中之龍調御丈夫威德光炎如鎔金聚過踰日光不可傾動如須彌山甚深如海端坐樹下如眞金山是天中天天子見已發清淨心至世尊所頭面禮足在一面住白佛言世尊頗有常處不動不壞不變不易爾時世尊即爲天子說四聖諦天子聞已還歸天宫到天宫已受五欲樂乃至受善業盡從天退已隨業流轉若生人中雖未見諦常值知識親族眷屬兄弟具足大富饒財以餘業故復次比丘知業果報觀鬘持天所住之處彼以聞慧見鬘持天第八地處名愛境界此等衆生以何業故而生彼處即以聞慧見有衆生作說法會是人命終上昇天宫生愛境天過欲愛天至愛境界生彼天已受善業報其諸宫殿皆眞金色七寶莊嚴眞金欄楯多有衆鳥心愛樂鳥一切音鳥遊

戲河鳥金色之鳥如是等鳥其數衆多河池流水園林遊戲百河具足百千種鳥或受四欲或有五欲以自娛樂目覩妙色皆生愛樂耳聞妙音心愛悅樂鼻聞妙香内心愛悅舌得美味愛心增悅身觸細輭愛悅充滿心所憶念意悅喜樂五欲功德心甚愛樂受第一樂於愛境地受無等樂乃至受善業盡此世他世業盡還退若有餘業不墮地獄餓鬼畜生得生人中大富國土所謂迦尸國憍薩羅國或生刹利大姓婆羅門大姓以餘業故復次比丘知業果報觀天世間以何業故生鬘持地意躁動天彼以聞慧見此衆生以淨信心供養衆僧掃如來塔清淨信心知上福田是人命終生於善道意躁動天生彼天者身無骨肉亦無汗垢香氣能熏一百由旬其身淨潔猶如明鏡悉見一切諸天色像成就如是善業果報彼天住處有四園林何等爲四一名無垢林二名明了林三名善香林四名曼陀羅林於彼林中有蓮華池池生蓮華珊瑚爲莖眞金爲鬚鵝鴨鴛鴦出衆妙音種種色香上妙之華無有塵垢亦無萎落水無衣濁香乳充滿林中衆鳥常共遊戲於蓮華池其一一樹衆華常敷猶若新出無有萎落甚可愛樂六時無變善業之人遊彼林中與諸天女衆寶嚴身歡娛受樂於六欲境心意染著無須臾頃猒離之心愛網所縛如魚在網受愛善業乃至不盡業盡還退有餘善業不墮地獄畜生餓鬼得受人身作大導師大富饒財王所敬愛以餘業故復次比丘知業果報觀鬘持天所住之處彼以聞慧見鬘持天

第十地處名曰林戲以何等業生於彼處彼見聞知若人持戒信心清淨知僧福田爲施衣故施一果直爲作衣價心常愛樂而生隨喜是人命終生林戲天生彼天已於天園林自在遊戲隨意所至若行水上如遊陸地若行於空亦無所畏服天衣鬘受第一樂如上諸地遊行無礙池流泉水出妙香氣多衆天女威德光明如第二日受天快樂以業因緣得樂果報非爲自作他人受報衆生作業自受果報若造善業生天人中若作不善墮於地獄餓鬼畜生乘善上生恣意受樂乃至善業不盡業盡還退有餘善業不墮地獄餓鬼畜生若生人中所生國土多有林樹神德自在不可破壞以餘業故

正法念處經卷第二十二

音釋

閡五溉切與礙同 饉渠吝切菜不熟也 眴輸閏切目動也 觜即委切鳥喙也 峪余蜀切與谷同 拷掠拷苦老切掠力讓切鞫也

# 正法念處經卷第二十三

元魏婆羅門瞿曇般若流支譯

## 觀天品第六之二

復次比丘知業果報觀鬘持天十種地已觀迦留波陀天（此言象迹天也）所住之地有幾種地自作善業受樂果報彼以聞慧見迦留天有十種地何等爲十一名行蓮華二名勝蜂三名妙聲四名香樂五名風行六名鬘喜七名普觀八名常歡喜九名愛香十名均頭是爲迦留足天十種住處各各異業生於天中彼以聞慧見此衆生持戒善業以熏其心歸佛法僧稱南無佛三自歸命以此善業畢至涅槃其善不盡是人命終生迦留足天行蓮華地受五欲樂愛著欲味目視不眴身如日光愛樂彼地一切蓮華如白象色莊嚴其地華常開敷一一蓮華香氣普熏一百由旬勝餘一切衆華之香種種色蜂毗瑠璃色出種種音人中種種妓樂音聲百千分中不及其一何以故天欲天音人不能聞所以者何非人境界故除轉輪王及離欲人轉輪聖王諸根力大能受天欲離欲之人眼等諸根離憂喜故是故能聞畜生蜂音猶尚如是何況天女愛欲歌音不可譬喻如天女聲甚可愛樂色香味觸亦復如是受無量種無量愛樂乃至愛善業盡從天中退若有餘業不墮地獄餓鬼畜生得受人身生長者家多饒財物以餘善因緣乃至涅槃其福不盡復次比丘知業果報觀迦留足天第二住處彼以聞慧見第二地名勝蜂喜衆生何業而生彼處若人智慧有信持戒有慈悲心利益衆生華香妓樂供

養佛塔是人命終生迦留足天勝蜂之處種種音樂歌舞戲笑遊戲受樂受自業果華香恣意聞天女歌即受快樂無量天女歌頌妙音風吹衆華香氣殊異與諸天女遊戲衆寶須彌山峯耳聞音聲受天快樂如是善業果報比丘觀已爲讃善業即以伽陀而說頌曰

戒善如階道　業力生天中　若人乘此道
得至天樂處　四種口業戒　身三種淨業
智人乘七業　能生於天中　持戒第一樂
財物所不及　財富可敗失　持戒常牢固
人以戒莊嚴　戒香常端正　佛說淨善業
生第一天處　若人行善業　能行於天中
如至遊戲處　受第一快樂　身出大光明
晃昱照天宮　遊戲諸園觀　自業之所得
心常懷歡喜　受樂常安悅　遊戲天宮殿
持戒因緣故　若人善持戒　護持無量種
成就天果報　是故應修戒　持戒爲階陛
得衆樂因緣　若人破戒者　無有安樂處
持戒清淨水　湛然常充滿　以此自澡沐
天宮受快樂　若天鬘莊嚴　和合受快樂
遊戲於天宮　皆由善因得　天女所圍遶
如日月光明　天中受快樂　皆由善因生
隨心念皆得　得已終無失　善法常增長
皆由善因得　受無量快樂　一切常增長
若人持戒者　則得如是樂　若人常行善
爲王所敬重　善爲勝莊嚴　是故應行戒
善行常調伏　愍矜諸群生　常行慈布施
能至天世間　不殺害衆生　愍哀一切衆
常修行正業　是人生天宮　不盜他財物
心常念布施　諸根寂滅慧　是人生天中

不犯他婦女 常樂行正道 求寂滅涅槃
彼人生天中 不飲酒醉亂 醉者人所輕
智人能離酒 彼人生天中 持戒善修行
捨離衆惡業 能生無量樂 安慰一切衆

如是比丘觀無量樂讚善業已勝蜂歡喜無量衆蜂出衆妙音乃至受善業盡從天還退若有善業不墮地獄餓鬼畜生若生人中第一端正巧言辯辭常受安樂無有衆惱壽命長遠以餘業故復次比丘知業果報觀迦留足天第三住處彼以聞慧見第三地名曰妙聲衆生何業生於彼處即以聞慧知持戒人奉施如來無量心者寳蓋供養是人命終生妙聲天受天快樂行於眞金毗瑠璃山與諸天女天鬘莊嚴遊七寳山入揵闥婆林塗香秣香種種樹林種種泉流河池蓮華其林光明青黃紫色入彼林中香風微動葉出歌音阿脩羅揵闥婆所有歌音十六分中不及其一微風吹動互相振觸出妙音聲五樂之音娛樂受樂既聞樂音十倍放逸愛樂音聲染著自誑香味觸等亦復如是乃至受善業盡從天上退若有餘善不墮地獄餓鬼畜生得受人身多愛音樂大富多財舍宅安隱五穀豐足眷屬妻子壽命延長王所敬愛以餘業故復次比丘知業果報觀迦留足天第四住處彼以聞慧見迦留天第四地處名曰香樂衆生何業生於彼處彼以聞慧見此衆生香塗佛塔信心持戒是人命終生香樂天受天快樂不可譬喻天修陀味以爲飲食身心無惱五樂音聲天鬘莊嚴戲笑歌舞與天女衆常相娛樂如山涌水遊戲山峯天青珠寳珊

瑚玫瑰硨磲碼碯金山峯中種種流水河泉花池俱翅鳥林見種種林遊戲其中流水河池其味美妙勝閻浮提一切美味善業所生食此上味受是天樂乃至受善業盡從天還退有餘善業不墮地獄餓鬼畜生得受人身生大富家多饒財物豐足五穀以餘業故復次比丘知業果報觀迦留足天第五住處彼以聞慧見迦留足天有第五地處名曰風行以何業故生於彼處即以聞慧知彼衆生信心持戒見比丘僧以扇布施令得清凉如憂尸羅冷藥草名令諸比丘讀誦經法是人命終生風行天受天快樂以善業故香風來吹悦樂無比四天香風皆來熏之百千倍香凉冷可愛或勝一倍乃至五倍四天王天香氣二倍三十三天香氣三倍夜摩天上香氣四倍兜率陀天香氣五倍化樂天他化自在天香氣六倍以業勝故天衆亦勝觀善業已其風行天遊戲林中受諸香觸六天香風皆入此天同一風力何以故一風功德不可宣說隨天所念從風皆得欲聞音樂風吹山谷天女歌音所不能及若欲念香乃至他化自在天衆花香和合不可稱說來熏此天若念凉冷隨心所欲若遊異方欲見衆寶須彌山峯或遊金峯閻浮檀金或玻瓈峯園林之中種種花果流泉河池衆鳥蓮花以爲莊嚴種種天女所住之處無量香觸出妙音聲天子乘風至諸園林山谷遊戲如前所說如是香風令此天子乘之去來受五欲樂共相娛樂遊戲受樂不生嫉妬無有諍心皆相愛樂以自染業上中下業如印印物得相似報得妙香風無

有嫉妬業力既盡從天還退所造之業有上中下受報既盡業盡還退如是衆生業行隨業流轉非無因生彼比丘觀察業已而說頌曰

如因日知時　因時生草木　隨業因緣生
非是無因生　無量千生死　業鎖之所繫
三種愛堅牢　繫縛諸衆生　如蜜和毒藥
是所不應食　天樂亦如是　退没時大苦
業盡懷憂惱　捨離諸天女　退時大苦惱
不可得譬喻　善業欲盡時　如燈燄欲滅
不知何所趣　心生大苦惱　愛毒之所燒
憂悲自壞心　語聲身柜動　怖畏失天身
如是衆樂味　愛欲最大誑　以不捨離故
增長大苦惱　天上欲退時　心生大苦惱
地獄衆苦毒　十六不及一　一切諸燄輪
愛力之所作　愛鎖縛衆生　至諸險惡道
諸天退時苦　人中捨命苦　觀生死如火
見已離諸欲　若人放逸行　彼人無解脫
放逸癡所惑　去涅槃甚遠　應離於放逸
放逸爲大怨　天中放逸故　退墮地獄中
三界如輪轉　業繫輪不斷　是故捨愛欲
離欲得涅槃

如是比丘觀天退已猒離欲心觀風行天無常之樂業因緣生不離無常乃至受善業盡從天還退有餘善業不墮地獄餓鬼畜生得受人身善於海行爲大導師善知風路以餘業故復次比丘知業果報觀迦留足天第六住處彼以聞慧見迦留天第六處地名散華歡喜以何等業生於彼天彼以聞慧見持戒人心有淨信正身口意憎說戒時施諸漿瓶

或行道路或於曠野盛滿淨水施人澡瓶是人命終生散花歡喜天種種音樂遊戲音聲與衆天女遊戲衆寶毗瑠璃須彌山側香風所熏種種香鬘瓔珞其身流泉浴池以爲莊嚴天子天女互相娛樂受無量樂於無量時入流泉林於彼林中受天快樂毗瑠璃樹眞金爲葉眞金爲樹毗瑠璃葉入此林中常懷喜悅身出光明飲天甘露善業因緣閻浮提中上味蜜酒比天所飲苦如葶藶色味具足其香普熏滿一由旬一切衆鳥身眞金色飲衆香水心懷悅樂出妙音聲遍滿林中多有衆蜂遊戲其中一切香味從樹流出或有金色有瑠璃色有硨磲色赤眞珠色有如綠色從樹流出以爲香河名歡喜流廣二由旬天子天女遊戲兩岸歡喜受樂天子天女飲已喜悅歌舞戲笑金色蓮華瑠璃爲莖遊戲歌頌乘衆寶殿入大池中八功德水遊戲受樂互相澆潰其池名曰阿栖之迦清淨嚴飾殊妙無比如是天衆受天快樂乃至愛善業盡從天命終不墮三惡得受人身生豐樂國常無飢渴生大富家不值飢世衆人所愛以餘業故復次比丘知業果報觀迦留足天第七住處彼以聞慧見迦留足天第七地處名曰普觀以何等業生於彼處彼以聞慧知持戒人修行善業以善熏心於破戒病人不求恩惠悲心施安心不疲猒供養病人是人命終生普觀天受五欲樂天鬘莊嚴心意悅樂一一遊觀如意遊行與諸天女而自圍遶威德明曜猶如日光一切天衆恭敬尊重遊於須彌寶山之中著衆天衣衆寶莊嚴隨念遊戲

行於林中衆蓮華池山谷河泉受自業報如是遊戲天園林中眞金欄楯多有衆鳥以爲嚴飾風吹鈴網出衆妙音其林名曰普現莊嚴威德光明勝百千日須彌留山有七山峯圍遶此林何等爲七一名高山二名合山三名雨落四名龍聲五名愛光六名雨寳七名星鬘圍遶彼林以衆寳鈴莊嚴衆樹諸天女等天鬘莊嚴遊戲林中身百千光晃曜明照天子見已五欲縱逸以金蓮華共相娛樂歌舞戲笑妙音愛色香味觸法不知猒足如是三十六火之所圍遶如火燒然皆無猒足比丘見已而說頌曰

愛火所圍遶　遍於天世間　欲燒不自在
爲欲癡所使　如火益乾薪　增長火熾然
如是受樂者　愛火轉增長　薪火雖熾然
人皆能捨離　愛火燒世間　纏綿不可捨
若人度愛河　思覺惡蟲畏　得至寂滅處
遠離愛欲故　若人脫愛網　遠離於欲瞋
智人度煩惱　永離諸憂患　若布施持戒
心常念於天　斯人汙淨戒　猶如雜毒水
愛誑諸衆生　過於億千劫　愚者不能捨
爲貪之所使　衆生愛所誑　猶依止於愛
如人負重擔　而飲熱鹹水　飲已尋復渴
須臾無暫息　愚人不善思　唐勞自燋苦
是故應離愛　愛心難調伏　愛使諸衆生
不得脫生死　無上第一樂　禪樂遊觀處
是樂爲最勝　能視涅槃城　成就勝樂因
則受天樂報　愛網之所縛　還受地獄苦
愛初後非善　常受衆苦惱　愛爲衆苦本
正法導師說

如是比丘觀天世間欲河洄洑之所漂沒退沒死苦具觀察已心生猒離如是普觀天所住地受天快樂乃至受善業盡從天還退不墮地獄餓鬼畜生若生人中大富饒財妻子奴婢僮僕賈客眷屬和合以餘業故復次比丘知業果報觀迦留足天第八住處彼以聞慧見迦留足天第八住處名常歡喜以何業故生於彼處即以聞慧知此衆生以淨信心見犯法者應受死苦繫在牢獄以財贖命令其得脫不爲財利爲益衆生慈悲心故不求報恩是人命終得生天上常自歡喜悅樂百倍勝於餘天以業勝故無量天女歌舞戲笑以爲娛樂遊戲山谷金毗瑠璃柔軟觸樂河池流泉於園林中受天快樂所受之樂百千萬分轉輪王樂不及其一何以故與諸天衆同業生故身無骨肉亦無垢汗於須彌山側衆寶蓮華天鬘天衣莊嚴其身若上金峯身則金色昇瑠璃峯身瑠璃色如入池水身皆同色上瑠璃峯其身光色如第二日瑠璃力故若昇銀峯身色如雪如拘物頭華一切身分端正莊嚴天女圍遶作衆妓樂遊戲園林受天快樂如是遊戲遥見園林衆樹具足名天戲林乘閻浮檀金殿入天戲林其林柔軟衆鳥音聲和合美妙天子入已鳥名天音天同業生天善業故即說頌曰

若有人能作　愛樂之善業　彼人業果報
成就極端嚴　既得受天樂　若不行放逸
從樂得樂處　後必至涅槃　一切樂無常
要必終歸盡　莫受此天樂　以爲自歡娛
此天樂無常　壽盡必退沒　既知此法已

常求涅槃道　一切法皆盡　高者亦當墮
和合必有離　有命皆歸死　三界諸衆生
現在及未來　生者必有死　無有法常者
譬如日出没　一切人皆見　一切生亦然
死法常現前　如是知諸法　一切皆生滅
莫行放逸心　放逸過毒害　謹慎不放逸
是處名甘露　若行放逸者　是名爲死句
若不放逸者　常得不死處　若行放逸者
常趣於死路　若人行放逸　如毒亦如火
行放逸衆生　命終至苦處　若人不放逸
所至應敬禮　能至寂滅處　永離諸放逸
一切樂皆盡　愚者不覺知　至於臨終時
一切皆忘失　若人自愛身　應修行善業
修行於法樂　如佛之所説　一切皆無常
後則致大苦　佛因實諦故　爲諸衆生説

時天聞鳥説是偈已心自思惟其心醒了念宿命果必離放逸知足光明持其心意不貪五欲不行放逸不久心動復著五欲受五欲樂乃至受善業盡從天還退若無惡業不墮地獄餓鬼畜生得受人身不遭王難常受快樂不值衆惡以餘業故復次比丘知業果報觀迦留足天第九住地處彼以聞慧見迦留足天第九住地處名曰香樂衆生何業而生彼處彼見聞知若人持戒信於三寶佛法僧中大福田處施衆粖香塗香淨心供養如法得物以用布施作已思惟而生隨喜是人命終生香樂天受天快樂身出光明天五樂音心常歡喜經於多時受五欲樂不覺長遠諸根耽樂躁動貪著無始流轉不知猒足遊戲園林以衆花鬘自嚴其身塗香粖香種種林樹

具足光明河池流泉以爲莊嚴心著欲樂不覺退没如是欲境愛心所誑受五欲樂乃至業盡從天還退若有善業不墮地獄餓鬼畜生得受人身生清涼國不值荒壞刀兵飢饉爲一切人之所供養以餘業故復次比丘知業果報觀迦留足天第十住處彼以聞慧見迦留足天第十地處名曰均頭以何等業生於彼處若人持戒信心清淨見有衆生得罪於王被髮受戮救令得脫是人命終生均頭天受五欲樂三方天王所受欲樂此天所受具足無減具三天樂欲樂欲明欲樂相續三天之樂隨念皆得乃至天女五欲音樂受樂之具乃至受善業盡從天還退有餘善業不墮地獄餓鬼畜生得受人身常離怖畏憂苦惱亂無病安隱端正妙色人所愛念大富饒財隨劫增減壽命長遠以餘業故復次比丘知業果報觀迦留吒足天十種地已觀四天王天第三住處名常恣意有幾住地彼以聞慧觀恣意天有十種地何等爲十一名歡喜岸二名優鉢色三名分陁利四名衆彩五名質多羅六名山頂七名摩偷八名欲境九名清涼池十名常遊戲是名常恣意天十地住處以何等業生於彼處彼以聞慧見此衆生淨心持戒離於邪見見人斫伐鬼神大樹夜叉羅剎之所依止其人擁護令不斫伐此諸鬼神不惱害人依樹受樂無樹則苦以此人故鬼神得樂是人命終生歡喜岸天受天快樂池名清涼鵝鴨鴛鴦身皆金色以爲莊嚴出衆妙音七寶蓮華以爲嚴飾金色林樹名曰金林其蓮花池周帀圍遶金寶林樹影現池

中無量種色其池妙好如帝釋池若天帝釋從上而下欲伐阿脩羅見其蓮華如日初出如是蓮華無量百千以爲莊嚴帝釋見已告諸天曰此清涼池清淨莊嚴甚爲奇妙於如是等功德華池心常愛樂喜岸天子與諸天女娛樂受樂不可譬喻自在遊戲天女圍遶受第一樂行食自在於華池岸及行異處身無疲極心常悅樂第一具足歌舞戲笑音常不絶天女圍遶念身心樂清淨無垢增長成就受五欲樂心無猒足何以故愛心如火不知足故如是天子遊戲種種山河宮殿池水蓮華七寶莊嚴遊觀之處聞種種音與衆天女遊戲諸林歡娛受樂須彌山峯毗瑠璃寶白銀珊瑚黄金之色光明照曜自在遊行光明如日可愛如月或有光色不可譬喻以善業故得此妙身受善業果是天遊戲受五欲樂乃至受善業盡從天命終若有餘善不墮地獄餓鬼畜生得受人身端嚴殊妙豐樂安隱巨富多財受第一樂以餘業故復次比丘知業果報觀常恣意天第二地處彼以聞慧見常恣意第二地處名優鉢羅色衆生何業生於彼處彼以聞慧見此衆生順法脩行持戒淨信爲欲供養佛法僧故造優鉢華池供養三寶是人命終生優鉢羅色天受天快樂遊戲華池歡喜娛樂歌舞戲笑受無量樂一一園林瑠璃珊瑚真金莊嚴其地柔軟無量天女遊戲其中受天快樂隨念成就無量山谷娛樂喜樂以樂因故受樂果報五根所對皆悉快樂身如瑠璃優鉢羅色遊諸華池優鉢林間其華香氣滿百由旬勝一切華如王

最勝以因得果如來所說生天上已愛彼華池遊戲其中受無量樂六根所對心常愛樂乃至受善業盡從天命終若有餘業不墮地獄餓鬼畜生得受人身生大國土多饒華果具足天樂巨富饒財以餘業故復次比丘知業果報彼以聞慧見常恣意天第三住處名分陀利衆生何業而生彼處彼以聞慧見此衆生淨身口意爲佛法僧造蓮華池供養三寶是人命終生分陀利天善業成就受天快樂種種衆寶莊嚴其身光明晃曜諸天所愛華鬘莊嚴多諸天女以爲圍遶金剛青摩尼寶硨磲衆寶莊嚴娛樂自在受樂乃至受善業盡從天命終若有餘業不墮地獄餓鬼畜生得受人身所生國土多有陂澤大富饒財受第一樂父母兄弟妻子眷屬之所愛念以

餘業故復次比丘知業果報觀常恣意天第四住處彼以聞慧見常恣意天第四地處名曰彩地衆生何業生於彼處即以聞慧見此衆生心有淨信爲比丘僧染治袈裟若畢鉢羅若赤若黄若紫若紺若梅檀若青若緑若黒若碧以此衆色爲出家人染治法服是人命終生彩地天受天快樂衆綵衣鬘以爲莊嚴其身常出種種光明以照其地一切皆赤如赤寶華所出光明其地光明亦復如是及餘種種青黄雜寶莊嚴其地一切彩色衣服莊嚴亦復如是莊嚴其身遊戲林中常受快樂無以爲比無量殊勝功德具足受種種樂善業所得種種園林宮殿樓觀與衆天女衆寶莊嚴遊戲園觀隨至彩地皆與同色一一林樹一一山峯一一華池一一河水一一流

泉遊戲受樂種種妓樂歌舞戲笑與衆天女共相愛戀六欲自娛食須陀味飲天甘露無有醉亂天衆圍遶受斯悅樂比丘觀已而說頌曰

善業爲高勝　勝過須彌山　善業能將人
阿迦尼吒天　種種持禁戒　護於無量種
以善業果報　天中受快樂　戒光淨莊嚴
持戒清淨水　澡浴修行人　生天受快樂
施戒自調伏　利益諸衆生　智精進慈心
彼人生天中　正行離衆過　戒寶自莊嚴
悲心於衆生　彼人生天中　質直者如金
鍊之離塵垢　修行樂正業　彼人生天中
慈愍諸衆生　心常念利益　不染諸惡業
彼人生天宮　晝夜持禁戒　智慧常護持
彼人生天中　常得受快樂　若人念思惟
乘於持戒馬　到諸天宮殿　無量戲樂處
若遊戲天宮　受天快樂報　皆由持淨戒
如來之所說　若天鬘嚴飾　天花極精妙
遊戲於天中　皆由善業故　遊戲優鉢花
園林而莊嚴　遊戲於天中　皆由善業故
若住虛空界　天寶而莊嚴　清淨光明天
皆由持戒得　金寶莊飾處　周遍妙華香
遊戲於山峯　皆由持戒得　如人入已舍
其心無怖畏　持戒亦如是　能至於天中
非雞多華香　非摩盧瞻蔔　能勝天中香
持戒香最勝　若人護持戒　此人則爲勝
若人捨離戒　是名爲死人　知此功德已
若爲愛自身　善護持禁戒　遠離犯戒心
持戒常調伏　忍辱人樂見　如人乘階道
到天快樂處

如是比丘觀天所受自業果報觀業果已於生死中猒離欲心彼彩地天遊戲受樂乃至受善業盡從天命終有餘善業不墮地獄餓鬼畜生得受人身爲一切人之所愛敬大富饒財生於南天無惱亂處以餘業故復次比丘知業果報觀常恣意天第五住處彼以聞慧見常恣意天第五地處名質多羅（此言雜地）衆生何業生於彼地即以聞慧知此衆生信心悲心以種種食施與持戒不持戒人是人命終生質多羅天以種種業得種種樂種種歎具受種種樂種種遊戲諸園林中與諸天女娛樂受樂種種山林谿谷峯嶺遊戲其中衆華池泉優鉢羅華鉢頭摩華種種華果遊觀之處種種衣服莊嚴其身種種言說巧言辯辭戲笑愛語論議之言作種種因種種林中受種種樂如是比丘觀已歡喜而說頌曰

諸業之所作　過於巧畫師　業畫師天中
作種種樂報　種種衆彩色　現觀則可數
心業布衆彩　其數不可知　毀壁畫則亡
二俱同時滅　若身喪滅時　業畫不可失
譬如一畫師　造作衆文飾　一心亦如是
造作種種業　五彩光色現　見之生愛樂
五根畫亦爾　如業有生死　如世巧畫師
現前則可見　心畫師微細　一切不能見
圖畫好醜形　令壁衆像現　心業亦如是
能作善惡報　是心於晝夜　思念恒不住
如是業隨心　展轉常不離　風塵煙雲熱
畫色則毀滅　捨善不善時　諸業爾乃失

如是比丘觀心畫師自在造業如實觀業猒離生死此天受於種種愛業乃至業盡從天

命終若有餘善不墮地獄餓鬼畜生得受人身大富多財常行正法乘大船舫以求財寶以餘業故復次比丘知業果報觀常恣意天所住之處彼以聞慧見常恣意天第六地處名曰山頂衆生何業生於彼處彼以聞慧見此衆生以善修意爲遮寒熱造作義屋令人受用是人命終生山頂處受天快樂五欲自娛種種成就有七園林一名曼陁羅戲林二名雲林三名息樂林四名遊戲林五名吼林六名幻林七名尼迦羅林於此林中與衆天女相隨戲笑歌舞縱逸作天妓樂隨意遊觀受第一樂一一華林遊戲其中以衆寶藏莊嚴其山一一山峯出金色光遊戲其中離諸病惱以衆善業得生彼處受天悅樂河水流泉蓮華浴池而相娛樂乃至受善業盡從天命終若有餘善不墮地獄餓鬼畜生得受人身爲大王師衆人所愛以餘業故復次比丘知業果報觀常恣意天所住之地彼以聞慧見常恣意天第七地處名曰摩偷（此言美地）衆生何業生於彼處彼以聞慧見此衆生修行善業受持禁戒利益衆生柔軟悲心質直不諂不惱他人以食布施道行沙門婆羅門貧窮病苦孤獨之人或一日二日乃至多日常供不息是人命終生於美天受天快樂園林鈴網出妙音聲諸天女衆周帀圍遶無量天欲歡娛受樂多諸童子天須陁味甘露恣意曼陀羅華以爲天鬘遊戲華林金毗瑠璃玻瓈山峯多有衆蜂遊於華池出美妙音與衆王女遊戲園林其林勝於百千日光曼陀羅林俱賒林中金色衆鳥音聲可愛五樂音聲受

天快樂金毗瑠璃以爲其地多有諸池眞珠爲沙以布其底一一池中八功德水自業所生須彌留山金毗瑠璃玻瓈迦以爲其石莊嚴寶山與天玉女遊戲受樂受自業果乃至受善業盡從天命終若有餘善不墮地獄餓鬼畜生得受人身常受富樂近岷荼山受大王封以餘業故復次比丘知業果報觀常恣意天所住之地彼以聞慧見常恣意天第八地處名曰欲境衆生何業生於彼處彼以聞慧見此衆生於持戒人若邪見病人施其所安飲食湯藥令離病苦是人命終生欲境天受天快樂無所怖畏同地諸天悉皆供養以業勝故樂報亦勝譬如燈大光明亦大如是天上受天勝樂以善業力生於彼處毗瑠璃寶摩尼金光須彌山峯遊戲受樂無量遊觀

莊嚴其地園林浴池河泉流水七寶莊嚴種種光明多諸天女恭敬圍遶受五欲樂如意遊戲受諸欲樂於彼受樂乃至受善業盡從天命終若有餘業不墮地獄餓鬼畜生得受人身第一端正無所怖畏大富多財王所敬重衆人供養壽命延長生好國土生值正法不生惡世以餘業故復次比丘知業果報觀常恣意天所住之地彼以聞慧見常恣意天第九地處名清涼池衆生何業生於彼處彼以聞慧見有衆生信心悲心見諸衆生臨終渴病見閻羅使生大怖畏以石蜜漿若以冷水施此病人以是因緣是人命終生清涼天受天快樂其地具足流水河池戲樂之處於彼天中受種種飲目視則足香氣恣意身觸細軟聲味亦爾其心清涼離於醉過其飲具

足五種功德天既飲已增十功德行空不墮乘空無礙如遊平地不勞其力歌舞戲笑心常悅樂受天功德百功德樂耳聞音聲無所障礙如是天中受第一樂如是天樂隨意所受境界之樂有八林樹七寶所成一名四歡喜二名遊戲行三名意清涼四名風樂林五名音樂聲六名葉音七名華林八名如意林於此林中遊戲受樂眼視妙色耳聞愛聲鼻聞妙香舌得上味如是離垢其心清涼五根境界皆悉受樂爲如是等六欲所燒日夜增長六欲之火縱逸熾然而不覺知生放逸地放逸壞心乃至受善業盡從天命終有餘善業不墮地獄餓鬼畜生得受人身常離飢渴無有疲倦不值飢怖受第一樂一切世間人所愛念爲設敷具供身醫藥以餘業故復次比丘知業果報觀常恣意天所住之地彼以聞慧觀常恣意天第十地處名常遊戲衆生何業生於彼處即以聞慧見有衆生爲修禪者生猒離故圖畫房舍作死屍觀是人命終生常遊戲天常受快樂其地皆以金毗瑠璃珊瑚因陀青摩尼寶以爲莊嚴遊戲受樂無量音聲甚可愛樂不可具說飲食衣服華香之具隨念即得無量遊戲所謂見林遊戲悅樂遊戲鳥音遊戲音聲遊戲恣意遊戲善香遊戲觸衣遊戲種種香熏種種和合遊戲之樂行於虛空見諸親友心亦悅樂行衆寶山亦受悅樂成就如是無量悅樂五樂音聲自業成就乃至受善業盡從天命終有餘善業不墮地獄餓鬼畜生得受人身常有種種遊戲之處著於種種繒綵衣服愛種種語種種

遊戲以餘業故

正法念處經卷第二十三

音釋

晃昱晃胡廣切昱余六切晃昱光盛也　葶藶葶特丁切藶郎擊切葶藶藥名　瀆于旦切灑也

# 正法念處經卷第二十四

元魏婆羅門瞿曇般若流支譯

## 觀天品第六之三

復次比丘觀四天王三地住處一一業果具觀察已觀第四處彼以聞慧觀三箜篌天有十種地何等爲十一名揵陀羅二名應聲三名喜樂四名探水五名白身六名共娛樂七名喜樂行八名共行九名化生十名集行是爲三箜篌天十地住處比丘如是分別觀察彼業果報以何業故生此天處即以聞慧見箜篌天修行善業生彼天中得相似果第一地處名揵陀羅衆生何業生於此天若有衆生信心修身以園林地或甘蔗田或菴羅林美果之林施與衆僧令僧受用此人命終生揵陀羅天受無量樂以天栴檀牛頭栴檀以塗其身無量天女圍遶娛樂種種莊嚴種種色貌善知歌舞戲笑之法遊戲園林及諸華池遊戲受樂身服天衣華鬘自嚴心相愛樂其華香氣熏百由旬天諸玉女聞此香氣皆大歡喜百倍縱逸瞻仰天子欲情無猒無量種法百倍恭敬如是天子心意恣逸欲樂自娛有諸河流一名寶流河二名波流河三名金流河四名酒流河五名美流河六名流沫笑河如是諸河鵝鴨鴛鴦出衆妙音於河兩岸多有園林其林鬱映衆鳥雜色七寶莊嚴出和雅音甚可愛樂諸天女衆出妙歌音聞衆鳥聲百倍增欲不樂餘音聞已歡喜受無量樂七音具足柔軟相應河中衆鳥天女歌戲飲天甘露無有醉亂與諸天女歡娛受樂於衆寶山金毗瑠璃玻瓈山峯園林河池流

泉蓮華衆鳥嚴飾復與天女遊於青色毗瑠璃地種種衆華遍覆其地於此地中遊戲受樂以善業故天樂成就如是比丘以聞智慧觀天樂已而說頌曰

五根常受樂　欲境所誑惑　欲火未曾有
須臾間猒足　一一諸境界　處處見天女
一切勝境界　欲火炎熾然　若合若離散
或說或憶念　以見女因緣　火起燒天人
火法和合有　不合則不生　若合若不合
欲火常熾然　因緣不合故　火遠則不燒
欲火無遠近　常燒害衆生　以憶想薪力
邪憶念所使　愛油投欲火　焚燒愚癡人
若以火燒身　燒已須臾滅　名色離散已
欲火猶不滅　欲火惱衆生　過於火燒人
欲火害雖甚　而人不生猒　五根因緣起
緣於五境界　愛風之所吹　欲火燒衆生
從憶念燧生　由境界增長　雖非可見法
燒人過熾火　欲火亦如是　增長過熾然
如是欲所盲　貪著於欲樂　火則有光明
欲火闇所覆　是欲如怨毒　智人應捨離

如是比丘觀於欲火焚燒天人心生悲愍見其過故不樂天樂如是揵陀羅天受種種樂乃至受善業盡從天命終有餘善業不墮地獄餓鬼畜生得受人身多有田封大富饒財以餘業故復次比丘知業果報觀箜篌天所住境界彼以聞慧觀箜篌天第二地處名曰應聲衆生何業生於彼處彼以聞慧見有衆生正行善業爲邪見人說一偈法令其心淨清涼信佛是人命終生應聲天受五欲樂遊戲天河蓮華池中金毗瑠璃玻瓈山峯揵闥

婆音諸天女衆種種莊嚴歌舞戲笑端正無比圍遶天子增長喜樂遊戲山峯受種種樂天鬘末香莊嚴其身無量境界以自娛樂又遊山谷金山園林遊戲受樂有諸金山所謂瞻婆帝山無影之山一切樂山心意化山如是等山衆寶莊嚴金園林莊嚴諸天衆等歡喜歌頌遊於山峯及至衆水衆蓮華池其水清淨涼美淨潔以爲莊嚴衆鳥縱逸出妙音聲其山住處甚可愛樂受自業報遊戲受樂天女圍遶種種衆鳥出衆妙音衆蜂欲音遊戲天子所住林殿與衆天女受第一樂如是地天所受之樂乃至受善業盡從天還退隨業流轉受諸生死或生地獄餓鬼畜生若有餘業得受人身生於大姓豪富第一人所敬重身口意善眷屬堅固奴婢僮客皆悉具足以餘業故復次比丘知業果報觀三箜篌天所住之地彼以聞慧見箜篌天第三地處名曰喜樂衆生何業生於彼處彼以聞慧見此衆生修行善業以淨信心施人美飲或施行人清淨美水令其安樂或覆泉井恐諸虵毒蜘蛛蟲蟻墮於井中行人飲之而致苦惱以是因緣覆蓋泉井不求恩分爲福德故彼人命終生三箜篌天喜樂地中生彼天已其身光明如第二日以善業故遍身莊嚴遊戲山谷泉池流水與諸天女同心共遊端正少年無有苦老無量色聲香味觸受五欲樂其地山林多有七寶以爲林樹無萎林等其林衆華未曾萎變香氣常熏金影樹林金枝彌覆毗瑠璃峯以爲莊嚴孔雀衆鳥俱翅羅鳥七寶羽翼出美妙音自觀身相心生悅樂所

謂雜色羽翼隨天所念出美妙音聞其聲已各各皆發希有之心此鳥能知我心所念隨意出聲其音美妙於鳥口中出甘露飲相續不斷衆鳥飲之十倍縱逸心生歡喜口出百種功德之音其音莊嚴功德勝妙聞種種鳥歌衆妙音愛欲之心百倍放逸心生喜樂復有衆鳥名菓遊戲於鈴網内出衆妙音其音清妙與鈴音合不可分別和合出聲兩倍轉妙復有衆鳥名曰岸行住於河岸金蓮華中流出香飲復有衆鳥名曰影遊隨其行處地則同色復有衆鳥名曰輪鳥若此輪鳥遊行所近令諸天女端正殊妙過先百倍無量林中遊戲受樂未曾斷絶隨念成就第一勝樂清淨無比無量天女而自圍遶遊戲林中或遊山峯乘空趣於金毗瑠璃山頂衆蓮華池

鵝鴨鴛鴦其水清淨如毗瑠璃香水湛然充滿其中於遊戲處衆香流水諸林香氣悉皆普熏無量金樹毗瑠璃樹圍遶彼山其地柔軟舉足下足蹈之隨平於此地中與諸天女遊戲其中皆共娛樂目視愛色無量百千種種妙色無量百千可愛妙聲無量百千種種妙香如是諸根受無量樂乃至愛善業盡從此命終若有餘善不墮地獄餓鬼畜生得受人身常得安樂王所愛重衆人所念以餘業故復次比丘知業果報觀箜篌天彼以聞慧見箜篌天第四地處名曰探水衆生何業生於彼處彼以聞慧見此衆生修行善業信心悲心潤益之心見病困者其命臨終咽喉之中歒歒出聲餘命未盡施其漿飲或施其財以續彼命是人以此善業因緣命終生於三

箜篌天探水之地受天快樂光明威德如帝釋天諸天女衆周帀圍遶常受快樂受自業報過無量時見無量林無量河流諸天女衆相隨入林林名摩利無量河水蓮華浴池以爲莊嚴天諸音樂出妙音聲多有天女歡喜娛樂於其林中多有華果乾闥婆音衆鳥之音其林寶樹曼陀羅林俱舍耶林不破壞林常歡喜林正歡喜林如意香林如是華香普熏一切諸天人衆隨天所念於摩利林旣遊戲巳向五花林互相娛樂其林衆鳥名曰宿命見諸天衆而說頌曰

福德可愛樂　能得勝果報　是故應修福
無及福船栰　福德藏無盡　福德親無上
福德如明燈　亦如慈父母　修福至天中
福能至善道　人中修福故　天上受福樂
若人修勝福　常得生樂處　是故應修福
無及福德報　利益於三世　愛敬及財物
常觀此二因　是名福德樂　福德恒隨身
如影常不離　福爲第一樂　無福無樂報
若天福德盡　退已隨業生　世間善惡果
是故應修福　我於天世間　今受畜生身
無福因緣故　自業之所欺　若無福調伏
常行於惡道　其人無安樂　如沙不出油
愚人爲心欺　遠離於福德　其人不得樂
衆苦常不斷　是人數數生　數數還退沒
以天行放逸　彼天樂無常　業網繫衆生
癡愛之所誑　無始生死來　流轉如水輪
諸天退沒時　具受大苦惱　地獄衆苦毒
不得以爲比　天樂必有退　如何不覺悟
不見死滅故　貪著世間樂　諸世間生滅

不可以數知　而人莫能猒　爲愛之所欺

時諸天衆聞鳥說法心少憶念還復放逸爲心所使行於愛欲於彼林中五樂音聲歌舞戲笑以自娛樂爲放逸火燒境界薪一一住處一一園林一一山峯一一宮殿一一華池與諸天女遊戲其中受五欲樂於此天中受天快樂乃至受善業盡從天命終隨業流轉若有餘善不墮地獄餓鬼畜生得受人身從生至終不遭病苦無有惱亂人所愛敬生好國土離於飢渴色貌端正以餘業故復次比丘知業果報觀壁篌天彼以聞慧見壁篌天第五住處名曰白身衆生何業生於彼處若有衆生識於福田以淨信心見有佛塔風雨所壞若僧房舍以福德心塗飾治補以正信心知業果報作已隨喜復教他人令治故塔

是人命終生白身天生彼天者服白色衣如珂如雪如拘牟頭華十六分中不及其一所住宮殿亦復如是一切白光其身鮮白遊戲諸林珊瑚樹林出衆妙香種種樂音歌舞戲笑受天快樂入珊瑚林其林多有衆鳥音聲光明莊嚴有大勢力光明赤色諸色中上本身鮮白以樹赤光身皆赤色互相瞻視各作是言我等本色皆悉不現更生異色此樹色赤可至餘林即與天女入毗瑠璃林其林青色如閻浮提仰觀虛空令諸天身皆失白色其樹青光悉覆天身所有衆鳥及諸蓮華悉亦青色時諸天子與諸天女而自圍遶作天妓樂遊戲歌舞久受天樂五欲自娛經於久時復詣銀林縱逸遊戲其銀林中一切嚴飾皆爲白色白寶蓮華白寶衆鳥是白身天入

此林中猶如乳中見月色像久在此林遊戲受樂天衆妓樂不可譬喻捨此林已諸衆雜林其林種種諸樹莊嚴或有金樹或有銀樹或瑠璃樹種種色葉以爲莊嚴此天身色亦復如是生種種色於此林中與諸天女多時遊戲復捨此林詣金山峯名曰普遍其金山峯七寶莊嚴乘彼山頂悉見須彌山王眷屬六萬金山須彌山王住在其中復至普眼山上彼山已久時遊戲多諸流水河池莊嚴周遍園林多有衆鳥出妙音聲白身天等於普眼山久受天樂與諸天女遊戲受樂捨彼山已復往上於大圓山頂復有異天來在此山共集遊戲時白身天與諸天衆遊戲受樂天妓樂音甚可愛樂受樂盡時如燈油盡其光則滅猶如日沒其明亦滅天亦如是業盡還退隨其本業生於地獄餓鬼畜生若生人中其身鮮白如藕絲色生於北天漢國土等皆悉好色鮮澤具足受第一樂統領人民以餘業故復次比丘知業果報觀箜篌天所住之地彼以聞慧見箜篌天第六地處名共遊戲衆生何業生於彼處彼以聞慧見此衆生信心持戒同爲法義和合共會持戒布施以是因緣此諸人等從此命終生共遊戲天生彼天已福德成就皆共一心和合受樂遊戲行食皆共愛樂境界悅樂五樂音聲戲笑歌舞歡娛受樂諸天女衆種種莊嚴種種珍寶莊嚴山地遊戲其中受自業果毗瑠璃珠以爲欄楯種種衆寶鵝鴨鴛鴦莊嚴其河種種寶樹莊嚴河岸諸天女衆圍遶遊戲詣真珠河於其河中無量流飲清淨香潔白真珠沙以

布其底眞金爲泥多有金魚無量寶珠莊嚴魚身其河兩岸黃金爲樹毗瑠璃寶以爲其葉毗瑠璃樹黃金爲葉一切華果妙色具足華果常敷衆鳥遊戲常懷悅樂聞其音聲皆生愛樂若以目視見之心悅彼諸天子常懷歡喜復往詣於本所住處婆求水中寶樹枝葉如屋如殿其地柔軟隨足上下如天青寶往返遊行衆蓮華林以爲莊嚴平正廣博種種衆鳥妙寶莊嚴或有金地毗瑠璃樹枝如羅網以爲宮宅多衆華香衆蜂圍遶以爲莊嚴天子天女充滿其中受天樂報復往泉水園林浴池其林衆鳥遊戲水中其身金色充滿其中出妙音聲河泉流水清淨香潔往注金山出種種音諸天女等於其河側手執金華圍遶天子娛樂受樂以華相撲以爲喜樂經於多時復與諸天詣於欲林於彼林中如是一切放逸覆心其林衆鳥恣於果味衆蜂色貌如毗瑠璃恣於華味俱翅羅鳥心常醉逸猶如春時河岸衆鳥醉於美飲如是天子五欲恣意諸天女衆見諸天子欲心充滿如是女人無有餘樂勝於欲樂如是女人欲味念欲依止於欲自性念欲常念天子心不捨離若見天子與諸天女娛樂受樂百倍惛醉如是受樂乃至受善業盡從天命終隨業流轉於地獄餓鬼畜生若生人中還與眷屬同生一國同業修福以餘業故皆悉巨富皆行善業一切皆共同愛一業同處受生其人善惡皆悉同受無有差別以餘業故復次比丘知業果報觀笙篌天所住之地彼以聞慧見笙篌天第七地處名樂遊戲若人持戒化諸

衆生令心淨信勸令歡喜或教布施或教持戒信於福田具功德處是人命終生樂遊戲天身具光明即自思惟我以何業來生此處即自念知我於前世於人中時布施此人爲我知識同爲福德以是因緣生此天中憶念如是沙門知識教化力故令我布施發清淨心是故我今生遊戲天即時迴顧見諸天女如蓮華林衆妙色相具足莊嚴見之心著不復念本毫微之善生放逸地愛著五欲受天觸樂見諸天女無量妙色心生戀著無始流轉欲火所然猶如猛火焚燒枯林欲火所然亦復如是諸天女衆向諸天子口出香氣遍其住處手執蓮華無量莊嚴詣天子所天子天女無量欲樂共相娛樂受五欲樂比丘如是觀放逸已猒離生死於生死苦大怖畏處生怯弱心而說頌曰

苦樂法初起　則忘久苦樂　譬如日初朝
則無有先日　云何天世間　現在受天樂
不知當退沒　一切皆歸盡　如蜜在棘林
亦如雜毒飯　諸樂亦如是　不覺退沒苦
天中上妙欲　受之無猒足　天中諸愛力
大樂自覆心　愛火燒衆生　求樂不可得
若得離愛欲　一心行爲樂　無我離欲人
能至涅槃城　是人初後淨　從樂得樂處
若人斷愛結　令心無遺餘　善攝於心意
不愛一切法　知應作不作　彼人常得樂
若能斷愛河　得脫生死流　勇健者能度
必至涅槃城　愛者則無樂　三毒和合故
若解脫欲等　是名清淨樂

如是比丘觀放逸行天愛火增長生悲愍心

是時彼天與諸天女詣香煙林遊戲之處天女圍遶種種音聲歌舞戲笑娛樂受樂或行虛空如鳥飛翔天女圍遶有乘鵝殿有乘鵝鳥有行於地多有天女歌讃音頌身皆安樂無有疲倦詣香煙林見彼林中先住諸天生大歡喜和合共集戲笑音聲第一歡悦於香煙林無量音聲充滿其中簫笛箜篌種種鼓樂天女莊嚴衣瓔珞具出衆妙聲歌笑之音諸河流水出種種音衆寶色鳥種種形色天諸歌音聞者悦樂遍滿林中其林多有天諸藥草鳳鳥泉池華果具足於此戲處受五欲樂復與天女眷屬圍遶詣須彌山辨才峯間於彼山中衆蓮華池園林具足其山峯中毗留勒天王之所住處無量天女所共圍遶觀諸衆生所作事業法以非法幾許衆生行於法行幾許衆生行於非法作何業故利益世間作何業故不益世間以何令彼正法增長非法減少云何令魔軍衆減少勇健阿脩羅惱亂龍等皆悉損減如是護世天王於辨才山去峯不遠日所行道毗留勒天王觀其光明修行何法有此光明照於世間思惟觀日行道光明若世間人順法修行擁護正法如法增長日光清淨時節隨順光明照曜五穀成熟人無疾病若行非法則日無光明五穀不登人民疾病如是皆由法非法力得增上果日之光明非無因緣光明無等行須彌側故名大明毗留勒天王因見日已觀諸世間彼諸天衆歡喜受樂見此大明行山峯間光明威德百倍歡喜毗留勒天王觀世間已見天光明威德增勝心生歡喜而說頌曰

三種作善業　有三種三因　三時三地處
三功德三果　不盜常行施　而行於正法
實忍善相應　一切天中王　具足天莊嚴
天鬘自嚴身　如是天中樂　皆由善業因
若放逸衆生　不行於善業　如是愚癡人
不得生天中　人中作善業　人作業成就
以是業報故　得生此天中　若有愛自身
欲受於樂果　作大福德因　得生天世間
若於諸天中　受上中下樂　如是三種樂
福德因緣故　若人作諸業　隨業有增減
如是隨諸業　天中受樂報

時毗留勒天王觀諸天衆説是偈已與諸天衆遊戲山峯園林浴池華果地處種種衆鳥出妙音聲多諸天衆目視山谷生愛樂心受六欲樂貪於六境放逸遊戲五樂音聲於蓮華池遊戲之處或遊飲河毗瑠璃林泉池莊嚴皆共遊戲乃至受善業盡從天命終隨業受報墮於地獄餓鬼畜生若生人中智慧辯才爲世導師人所信受以餘業故復次比丘知業果報觀三箜篌天所住之地彼以聞慧見箜篌天第八地處名曰共遊衆生何業生於彼處彼以聞慧見此衆生信心修行持戒布施法會聽法佐助經營勸助隨喜深心善心以淨信心如是思惟此人福德我亦如是念當修福是人命終生共遊天隨喜施故無量境界心生愛樂其園林中種種音聲遊戲受樂其池四岸毗瑠璃珠以爲欄楯金華遍覆種種衆鳥出妙音聲與諸天女而共遊戲其園林中俱翅羅鳥孔雀莊嚴與諸天女遊戲受樂其諸蓮華瑠璃爲莖黄金爲葉金剛

爲臺遊戲其中於美林中衆果具足與諸天女飲於美味受五欲樂或行山峯毗瑠璃地其地平正或遊山王河泉流水清淨無垢清凉快樂與諸天女戲遊其中或遊渡濟眞珠爲沙以布其地清淨水中而自遊戲或有樓閣七寶莊嚴高峻廣大或有妓樂與諸天女遊戲受樂或有意樹寶鈴妙聲以爲莊嚴或有林中六時具足與諸親友及天女衆常受快樂或有七寶以爲其地上此山巳觀餘天衆如是種種不可譬喻自業所化受天快樂如是諸天愛樂放逸不知猒足眼愛無量種種妙色不知猒足耳鼻舌身意貪於聲香味觸及法亦復如是如是六根染愛六境不知猒足隨得境界愛心轉增如火益薪隨得境界無量增長愛覆諸天不識眞樂受如是等無量天樂乃至受善業盡從天命終若無善業墮於地獄餓鬼畜生若生人中同集一衆或入大海商賈求財或同一城或在山中同一村落或同一業或復親友或同一王大富自在以餘業故復次比丘知業果報觀三箜篌天第九住處名曰化生衆生何業而生彼處彼以聞慧知此衆生起大悲心見有衆生飢饉所逼投没深水欲自喪身救此溺人愛之若子悲心救護是人命終生於天上隨此天子所近天女跏趺而坐從其懷中忽然化生時天父母即生子想天子生巳生父母想父母愛子亦如閻浮提人如是天中從坐化生愛之彌甚語天子言汝善果報從我化生我與汝樂我今將汝遊戲一切諸園林中諸蓮華池及遊山頂金網所覆泉流浴池樹枝

彌覆蓮華池中金色蓮華衆蜂莊嚴清淨流水及諸飲河種種美味恣意共汝遊戲受樂天子白言我今生此得善果報生值父母我今供養時天父母即將天子詣兩閻浮檀林與諸天女至彼林中見閻浮檀樹華果鬱茂其香普熏滿五由旬以華遍散種種妙色青赤黃紫種種形色長短方圓以此衆華莊嚴其身如天髮旋時天父母語其子言此兩閻浮檀林歡喜華數若風動樹其華遍散一切天衆汝今可於此林遊戲與天女衆而自娛樂相隨遊戲說是語已與諸天衆共入彼林見衆天鳥名曰命喚即以偈頌讚天子曰

善來汝賢士　從作善業生　護持七種戒
今得如是果　持戒果安樂　天中受果報
持戒如船栰　能度生死津　若人戒水淨
澡浴勇健心　閻浮檀金華　天中自澡潔
持戒爲種子　修種種戒行　遊戲於天中
汝今樂成就　若人調伏心　常以戒莊嚴
彼人得天處　受無量快樂　若人作善業
從樂生樂處　遊戲於天宮　持戒增長故
乘於尸羅階　增長於智慧　此人至善道
智慧善業故　是故常持戒　布施智慧財
常離於破戒　如避刀火毒　如是善護戒
將人至善道　若離於持戒　則無安樂處

如是命鳥偈讚天子令心喜悅天子聞已心生歡喜即與其父共入林中其林皆以如意之樹以爲莊嚴猶如日光莊嚴奇特無量百千樹林和合流泉浴池莊嚴其林毗瑠璃樹眞金莊嚴無量愛樂初生天子見此林樹生大歡喜遊彼林中見諸天女無所繫屬時諸

天女見此天子獨遊林中容貌端嚴未有天女皆疾走詣此天子所戲笑歌舞作天妓樂時彼天子旣捨父母欲心所覆詣天女衆共相娛樂歡喜無比天衆妓樂受樂成就於金銀毗瑠璃硨磲碼碯寶山峯中園林浴池眞珠爲沙以布其地天蓮華池種種衆鳥以爲莊嚴與諸天女處處遊行遊戲受樂一一山中一一河中一一流水與諸天女遊戲受樂觀察如是希有事已共天女衆歡娛受樂乃至受善業盡從天命終隨業流轉墮於地獄餓鬼畜生若生人中或作國王或爲大臣爲一切人之所愛念顔貌端正以餘業故復次比丘知業果報觀三箜篌天所住之地彼以聞慧見箜篌天有第十地名曰正行衆生何業而生彼處彼見聞知若有衆生行於善業見人亡破爲他抄掠救令得脫或於曠野嶮處教人正道或疑怖處令他安隱利益衆生善行三業淨身口意是人命終生正行天生彼天已其身光明猶如滿月其光明曜六根常受五欲之樂常自娛樂無量天女以爲供養身服天衣及著天鬘常行遊戲園林華池入玻瓈林其林皆悉是玻瓈樹普出光明以爲嚴飾華果具足其華光澤猶如雲母果如明鏡其相正方是時天子入毗留博叉林見百千身皆悉端正塗香末香華鬘莊嚴百倍踊躍謂餘天衆悉不如已時毗留博叉入彼林中觀諸世間以林勢力毗留博叉於此林中見空行夜叉地行夜叉及閻浮提法非法相見增長果於玻瓈樹見人行法心則歡喜見行非法心則不悅毗留博叉見法非法向

帝釋說於夜叉所知閻浮提人若善不善時彼天子於此林中受五欲樂乃至受善業盡墮於地獄餓鬼畜生若生人中於法城內生於正見大長者家大富饒財以餘業故復次比丘知業果報觀三箜篌天已觀四大天王天名曰行天遶須彌山王住於宮殿外道說言曜及星宿粗略而說三十六億衆生何業生於彼處彼以聞慧見此衆生持七種戒身戒口戒身三種戒口四種戒生於彼處得增上果以衆生作善不善業因緣故現善惡相日月星宿名曰行天遶須彌山虛空持風名曰風輪爲增上緣轉持日月星宿遶於須彌山王於彼天中二護世天一名提頭賴吒二名毗沙門此諸天衆與二大天王遊四天下種種摩尼以爲宮殿青黃赤白如前所說與

行天衆遊戲宮中受五欲樂如意自娛乃至受善業盡墮於地獄餓鬼畜生若得爲人常樂遊行一切國土設無因緣常遊諸國或受安樂或受苦惱以餘習故餘戒力故復次比丘知業果報觀四大天王更無餘地作如是念四天王天無量無邊如是盡觀於須彌山四面受樂右遶遊行日月遊行遶須彌山隨在何方須彌山王則有影現人說爲夜閻浮提北名曰風輪持北方星輪轉不没風輪持故諸外道等見此辰星北斗七星常現不没便謂此星能持一切世間國土不如實知不知風力之所持也如是外道少分有知比丘如實觀四天王天猒離生死見天退苦觀已猒離生死無常一切破壞一切變動一切別離一切業藏諸業流轉如是比丘以聞知見

復次行者內觀於法順法修行一切愚癡凡夫貪著欲樂爲愛所縛爲求生天而修梵行欲受天樂如是比丘深生猒離不樂不著不修不味觀諸樂已以聞智慧見彼比丘能與魔諍欲度生死海得第十七地地神夜叉聞已歡喜告虛空神空行夜叉聞已歡喜告四天王如前所說次第乃至無量光天閻浮提中某村某邑某城某國某種姓中某善男子名字某甲以信出家剃除鬚髮而被法服與魔共戰欲出諸有如是無量光天聞已歡喜告餘天曰閻浮提人順行正法我今隨喜此人發心欲出生死與魔共戰持戒正行欲與魔戰減損魔軍增長如來所說正法

正法念處經卷第二十四

音釋

歕烏没切咽中息不利也　栰房越切簰筏也　珂苦何切石次玉潔白如雪者曰珂　粗坐五切略也

正法念處經卷第二十五

元魏婆羅門瞿曇般若流支譯

觀天品第六之四三十三天之一

復次比丘觀於持戒若有離於持戒智慧不得生天彼以聞慧見持戒者生於天中受天快樂以有智故命終退時不墮惡道以何等戒有幾種戒生於天中以何相生見七種戒化生天中有上中下不殺生戒生四天王處不殺不盜生三十三天不殺不盜不行邪婬生夜摩天不殺不盜不邪婬不妄語不兩舌惡口綺語生兜率陀天受世間戒信奉佛戒不殺不盜不邪婬不妄語兩舌惡口綺語生化樂天他化自在天亦如是比丘如是觀於戒業繫諸衆生上生天中云何持戒生於何處彼以聞慧見此衆生受不殺戒生四天處身量色力富命第一若受不殺不盜戒生三十三天身量色力富命轉勝若受不殺不盜不婬親近修習生夜摩天身量色力富命轉勝信智勝故生兜率陀天身量色力富命轉勝不殺不盜不邪婬不妄語兩舌惡口綺語生化樂天身量色力受樂富命轉勝於前受持不殺不盜不邪婬不妄語兩舌惡口綺語生於他化自在天中身量色力壽命富樂勝於餘天非魔波旬自在所使亦不使魔復次比丘知業果報觀微細因生於天上彼見思心爲勝戒因上中下戒生六欲天心勝業勝生於六天以心勝故生處亦勝復次比丘觀戒幾種彼見世間有二種戒一者自生二者從他自生者自性能持從他者和合而生復有二種戒一者在家二者出家在家戒者所

謂五戒出家戒者持解脫戒復有二種戒謂一行戒非一行戒一行者所謂一戒非一行者或受二戒或持三戒復有二種一者久時二不久時久時者盡形護戒不久時者隨心所要隨力持戒復有二種一者有垢二者無垢有垢戒者生於天中無垢戒者至於涅槃復有二種戒一者世間戒二者出世間戒世間戒者則有流動出世間戒則無流動復有二種戒一者自護二者他護自持戒者名曰自護他護者令他住於世間染戒復有二種一者止二者作作者成就諸行轉於生死止者知因知緣而不進學復有二種一者智攝二者施攝布施攝戒得大富樂智所攝戒得至涅槃復有二種一者內行二者外行外行者依於淨身內行者心口意淨復有二種一者修習二者不習修習者已於無量世來修習不習者一世持戒如是比丘觀如是等無量二戒復次比丘觀微細戒有幾種戒比丘觀戒復有三種一者少分戒二者多分戒三者盡受戒少分戒者持於一戒多分戒或持二三盡受戒者持一切戒復有三種一者受二者不受三者自性受者爲財利故而受禁戒不受者疾病故而受禁戒自性者自性淨行此功德勝復有三種戒一者禪行戒二者無禪戒三者離惡戒禪行戒者修世間禪乃至入於城邑聚落而常修禪非禪戒者離禪行戒離惡戒者恐遭衆惡捨之不爲如人醉酒行不善業智人見之斷酒不飲復有三種戒一者諂曲戒二者不諂曲戒三者性善戒諂曲戒者垢染不淨得少果報不諂曲戒者

得大果報性善戒者若心增上則得大果若心劣弱其果則小復有三種一者因緣持二非因緣持三者法不應作因緣持者有因緣故護持禁戒非因緣者無緣持戒不應作者生於大姓所不應作護種姓故復次從緣持戒者爲得佛故以思勝故其果則大無緣持戒其果則小不識果故不應作者求世名故其果亦小生於人中復有三種一者畏師二非畏師三者畏於惡道畏師持戒名下持戒非畏師持戒名中持戒若畏惡道名上持戒復有三種一者自持戒而不教人二者自行教人三者於他行捨復有三種一者缺戒二者不缺戒三者一切缺戒缺戒者初善持戒後則破戒是名缺戒不缺戒者初中後時常善持戒是名不缺戒一切缺戒者會諸外道而受齋戒邪見殺生是名一切缺戒復次比丘觀四種戒何等四離口四過一者妄語二者兩舌三者惡口四者綺語復有五種戒止五境界是名爲五復有六種因緣而持禁戒一者畏他求便二者畏於罰戮三者怖畏四者因緣五者不觀六者自性復有七種戒謂身三戒口有四戒比丘如是觀無量持戒衆生畏於惡道持戒能度如是持戒略說二種一者世間二者出世間如是比丘觀四天王天已觀三十三天所住之地及觀業行以何業故生三十三天彼以聞慧見三十三天所住之地何等三十三一者名曰住善法堂天二者名住峯天三者名住山頂天四者名善見城天五者名鉢私陀天六者名住俱吒天（俱吒者山谷也）七者名雜殿天八者名住歡喜園天

九者名光明天十者名波利耶多樹園天十一者名嶮岸天十二者名住雜嶮岸天十三者名住摩尼藏天十四者名旋行地天十五者名金殿天十六者名鬘影處天十七者名住柔軟地天十八者名雜莊嚴天十九者名如意地天二十者名微細行天二十一者名歌音喜樂天二十二者名威德輪天二十三者名月行天二十四者名閻摩娑羅天二十五者名速行天二十六者名影照天二十七者名智慧行天二十八者名衆分天二十九者名住輪天三十者名上行天三十一者名威德顏天三十二者名威德燄輪天三十三者名清淨天如是三十三天比丘觀於微細業之果報持戒善業集何等業生於善道善業因緣得善果報樂報處生彼以聞慧聞佛説法非外道法彼見諸天所生之處遊戲受樂不可稱説帝釋天王之所擁護住善法堂外道説爲常住不滅初觀善法次分別觀善修何戒生善法堂彼見聞知若人持於七種之戒不缺戒不穿戒不雜戒堅固持戒不可譏嫌布施修心於福田中稱時而施若施阿羅漢若看病人若父母若阿那含若斯陀含若須陀洹若起滅定若道行人行慈悲心歡喜捨與於怖畏者施其壽命是人命終生善法殿作釋迦提婆姓憍尸迦名能天主有九十九那由他天女以爲眷屬恭敬圍遶供養帝釋如一女人供給丈夫諸天女等心無嫉妬供養天后同奉帝釋亦無嫉心其善法殿廣五百由旬毗瑠璃珠以爲欄楯珊瑚爲柱玻瓈硨磲碼碯莊嚴閻浮檀金金剛而爲殿

壁如融金色其牀皆以金剛摩尼赤蓮華珠
青珠玉寶以爲莊嚴其諸蓮華金剛爲鬚眞
金爲莖清淨花池以爲莊嚴復有衆鳥毗瑠
璃翅赤蓮華珠以爲其葉青因陀寶以爲其
身遍滿池中其池四岸青摩尼花摩尼布地
復有衆鳥青因陀寶以爲其足硨磲爲葉珊
瑚爲眼充滿其中其池復有衆鳥具足其身
皆如閻浮檀金珊瑚爲翅因陀羅寶以爲其
眼復有浴池衆蜂莊嚴其蜂色相如毗瑠璃
莊嚴浴池其善法堂有十大花池何等爲十
一名難陀蓮華池二名摩訶難陀蓮華池三
名歡喜蓮華池四名大歡喜蓮華池五名遊
戲蓮華池六名正憶念蓮華池七名一切義
蓮華池八名正分別蓮華池九名如意樹蓮
華池十名因陀羅覆處自在大光明蓮華池

是爲十種大蓮華池以用莊嚴天善法堂復
有其餘蓮華林池其華清淨白銀爲莖眞金
爲鬚瑠璃爲葉金剛爲臺復有蓮華金剛爲
莖雜色爲葉一一華葉如赤寶花如毗瑠璃
有如硨磲有如金色有如是等雜色蓮華或
有百葉有二百葉乃至千葉種種色花各各
差別以爲莊嚴釋迦天王善法殿堂其蓮花
中多有衆鳥常欲之鳥一切行鳥常啼聲鳥
若天帝釋與諸天女入蓮花池娛樂遊戲鳥
亦遊戲天奏音樂鳥亦發聲復有衆鳥名欲
放逸若天帝釋遊於花池鳥亦遊戲如天女
身復有衆鳥名曰遊行於花池岸口銜花鬚
遍於池側舞弄遊戲出妙音聲釋迦天王有
如是等勝蓮花池復次比丘觀天帝釋善業
所化彼見花池眞金爲魚或白銀魚毗瑠璃

魚赤蓮花寶以爲其翼硨磲爲目若瞋恚時
如赤蓮花種種雜寶以爲鱗鉅或七寶翅遊
戲受樂於蓮花池復次比丘復觀帝釋蓮花
林池彼以聞慧觀蓮花池以何爲地彼以聞
慧見天帝釋眞珠爲沙以覆其地或以銀沙
或以金沙或毗瑠璃以爲其沙如是種種雜
色莊嚴悉分別見帝釋天王善業所化復次
比丘如是分別觀察地分彼以聞慧見彼波
頭摩蓮花之林周帀皆以眞金欄楯或毗瑠
璃以爲欄楯或以白銀而爲欄楯眞金羅網
以覆其上種種衆鳥出妙音聲遊戲池邊復
次比丘知業果報觀善法堂蓮花池中其蓮
花池衆蜂雜色出衆妙音金色花中白銀色
蜂金剛爲翅其身柔軟白銀蓮花金色爲蜂
如是種種衆蜂遊戲其中如是善業成就種
種果報復次比丘觀善法堂彼以聞慧觀善
法林釋迦天王幾種園林彼以聞慧見善法
堂所有園林一一觀察善法諸天帝釋天王
與諸天女在何等林遊戲受樂五欲自娛彼
見有林名天女遊戲天樹花果皆悉具足衆
鳥充滿樹名如意隨天所念悉從林生若諸
天衆遊戲林中勝花開敷天女入林若近其
樹花即下垂授諸天女時諸天女既取花已
枝條還舉如是衆花色香相貌各各差別隨
其念生故名意樹若念音樂亦復如是聞種
種音隨心所念善業之風吹諸樹葉互相振
觸其聲美妙如天樂音故名意樹復有無量
憶念之樹隨諸天女心之所念莊嚴之具天
衣天花隨念皆得故名意樹復有意樹毗瑠
璃色眞金莖葉白銀爲枝毗瑠璃葉珊瑚爲

枝或七寶葉流出美味復有意樹若諸天女
欲見帝釋以善業故即於此林見化帝釋與
之娛樂此林功德見化帝釋如是林中九十
九那由他天女一一天女各見與已共相娛
樂不見餘女與天主會隨諸天女心念莊嚴
見帝釋身即隨所念故名意樹如是林中無
量欲樂於此林中次第遊戲至喜樂山其山
莊嚴七寶所成以金剛身巖崿莊嚴眞金樹
枝彌覆周遍猶如宮殿金銀青珠以爲麞鹿
莊嚴其山多有衆鳥出妙音聲其山有殿名
曰勝上殿有千柱其柱皆以金毗瑠璃青摩
尼寶之所成就金剛廁塡百千天宮猶如虹
色端嚴殊特師子之座敷具柔軟殿有千牀
毗瑠璃寶以爲莊嚴釋迦天王攻阿脩羅軍
既得勝已一切天衆皆懷歡喜讚歎帝釋共

諸天女昇於此殿遊戲歌舞共相娛樂隨其
本業各各自受上中下樂既遊戲已復入山
中遊戲受樂一心念欲何以故女人多欲天
欲勝故天欲熾然復詣一河於其河中上味
飲食隨河而流種種色香上味之飲充滿其
中若有飲者離於醉亂飲名歡喜天女飲之
心大歡悅復有美飲名曰能觀既得飲已悉
能遍觀一切天中所有園林無量山峰一切
皆見復有天飲名曰衆味其飲甚多飲之色
力百倍增長天女飲已復入食地以其自作
上中下業得如是報種種色香美味具足既
飲食已復往詣於音聲之地遊戲山中毗瑠
璃寶以爲樂器眞金爲弦衆寶鼓音碼碯雜
寶以爲簫笛諸天女衆無量音聲如是無量
無數音樂乾闥婆音諸天女衆遍身莊嚴身

諸樂具遊戲受樂以自娛樂歌樂音聲宮商和雅音曲齊等皆悉具足爲增欲樂旣作歌音復往詣於鈴音之地其地鈴網微風吹動出於無量百千妙音聞之歡喜歌舞戲笑種種妙寶莊嚴其身復往詣於衆鳥莊嚴蓮花之池其池衆鳥金銀雜寶以爲莊嚴天女入中遊戲受樂各取金花而共遊戲以花相散心無嫉妬種種遊戲其聲美妙八功德水遊戲其中旣遊戲已爲增欲故自欲難滿貪著欲境不知猒足復往詣於鏡樹之林於此林中自見其身種種莊嚴功德具足種種鏡中見種種色十倍放逸何以故女人之性三種放逸何等爲三一者自恃身色而生放逸二者自恃丈夫而生放逸三者憍慢而生放逸自見身色輕餘女人復捨此地更詣一林名

一切時其林一日具有六時常不斷絕猶如輪轉以六種時而爲莊嚴林中衆鳥無量雜色隨其林中時分相似共遊林中離於嫉妬心懷悅樂見此林已隨心所念入六時林隨時遊戲而受悅樂種種時鳥自集遊戲與諸天女而相娛樂於此林中受五欲樂不念餘林時天帝釋旣至此林天女歡喜歌舞戲笑供養帝釋如是帝釋一林之中種種功德皆悉具足復次比丘觀天帝釋第二園林有幾種林名字何等彼以聞慧見帝釋林名一切遊戲有何功德彼見聞知其林自體名一切林於此林中多有天子共諸天女遊戲受樂百千天女隨念遊戲於遊戲處有八萬四千行殿毗瑠璃寶以爲其輪閻浮檀金以爲鈴網白銀羅網以覆其上七寶莊嚴第一天子

或有乘馬或有乘鵝或有乘空或有地行或有妓樂或作歌音圍遶帝釋向遊戲處八萬四千龍象金網覆身寶鈴莊嚴柔軟繒褥以覆象上若象念欲頋則開敷香汁流出第一勝天乘此龍象瞻仰帝釋前後圍遶詣遊戲處八萬四千天女種種莊嚴瞻仰帝釋或歌或舞或奏天樂種種遊戲詣遊戲處八萬四千天女作衆妓樂遊戲歌舞娛樂帝釋種種莊嚴瞻仰帝釋天后舍脂乘千輻輪七寶之殿眞金毗瑠璃硨磲碼碯天青珠寶大青珠寶以爲莊嚴駕百千鵝閻浮檀金爲身珊瑚爲足赤寶爲目赤蓮華寶以爲其身珊瑚爲觜眞珠爲翅以駕其殿隨帝釋念而有所至帝釋坐上以種種寶莊嚴其身威德光明勝百日光同時並照與后舍脂詣遊戲處勝餘一切天女莊嚴足一百倍共天帝釋分座而坐詣遊戲處如是諸天受於色聲香味觸樂與三十三天向一切樂林一切天衆圍遶帝釋及以舍脂如前所說受於無量百千種樂龍象之殿大臣侍衞歌樂音聲娛樂帝釋向一切樂林遊戲受樂欲至彼林先住天女聞天樂音手執蓮花作衆妓樂出迎帝釋帝釋見之告諸天衆此諸天女一切林中種種衆寶以爲莊嚴種種音聲我今與之遊戲林中時諸天衆聞帝釋說白言天王此諸天女王之給侍常歸於王以王爲主帝釋告言此天女等非我給使非歸於我非我業力以自業力自業受身隨其自業有上中下是故天女有上中下非是我力爾時帝釋而說頌曰

下業得下報　衆生道成就　中業得中報

上業丈夫身　若人所作業　隨業得果報
其人時處業　於此身中受　若天光明輪
遊戲種種樂　斯人得善果　清淨勝業故
若丈夫作業　或善或不善　受於果報時
或苦或受樂　此種種樂報　種種天遊戲
此非我因緣　由彼前業得

時諸天衆聞天帝釋說此偈已皆生隨喜合掌頂受向一切樂林欲共遊戲諸天女等或百或千手執蓮花種種莊嚴一一天女形貌色相悉無差別歌音亦爾善業所化瞻仰帝釋舞戲而行向遊戲林其林寶樹白銀爲葉白銀爲地銀色衆鳥充滿其中出種種音帝釋爲首與諸天衆次第而入種種寶光若身若地光明旋轉遍虛空中帝釋見已心大歡喜大女歌音宮商齊等天樂音聲八萬四千行殿駕以龍象鈴網莊嚴出衆妙音無量天子九十九億天女讚歎帝釋受五欲樂時天帝釋與諸天女復往詣於一切樂林乘大龍殿亦如前說天主釋迦及餘天衆次入金林金葉金果五丈夫量其味甜美衆香具足食之增欲龍象食之醉欲而行聞衆樂音舞戲自娛諸天見之生希有心舞戲可愛食已舞戲種種鳥音於此林中銀色衆鳥住於金林第一端嚴時天帝釋與后舍脂及諸天衆天子天女遊戲受樂餘天子等各與天女歌舞戲笑互相娛樂以善業故不生嫉妬復往金林林中有池名曰清淨金色蓮花毗瑠璃花種種和集圍遶帝釋天善法堂共天帝釋娛樂受樂與天女衆久時在於蓮花池邊作衆伎樂共善法殿一切衆天復入一切樂林其

林皆悉毗瑠璃樹金果具足美味充滿如波那娑果色香味具諸天取果開而飲之其味勝於人中上味摩偷之酒諸天飲之無有醉亂天有三種放逸受樂一者受天女二者食果三者五欲是爲三種受放逸樂如釋迦天主所食天飯蘇陀之味自業成就一切天衆恭敬圍遶一一方面於毗瑠璃林遊戲受樂種種衆鳥及以衆蜂鈴網彌覆遊戲已還與天衆入善法堂有第三林名曰無比釋迦天王有五百子天女圍遶遊戲其中其園廣博所受之樂次如帝釋常順法行正見無邪以正見故於鬬戰時勝阿脩羅若人供養父母恭敬沙門婆羅門隨順無諍彼作是念我今當將諸天女等詣無比林一一天子有一那由他天女以爲眷屬妙色具足皆共一心遊戲受樂時諸天子詣帝釋所白言天王我今欲往至無比林遊戲娛樂願與我等至彼林中時天帝釋告天子言吾已遊戲今欲順法以自利益樂從欲生不可滿足我今捨樂畏放逸過放逸過毒是故捨離時天帝釋而説偈言

不放逸不死　放逸是死處　不放逸不死
放逸常生死　不放逸不死　放逸是死句
我以不放逸　今得天中勝　我今信如來
汝當修行法　我於佛教法　不敢有違失
若違如來語　貪欲愚癡人　不得脱衆苦
常受諸衰惱

時天帝釋説是語已入善法堂爾時帝釋及諸天子等生天歡喜共詣本宫金寶莊嚴歌頌娛樂還其所止擊鼓相命欲詣園林遊戲

受樂爾時七萬天子各乘寶殿有乘天鳥與諸天女遊行空中天衆圍遶或有遊於蓮花池間奏諸天樂歌舞戲笑詣無比林時帝釋子天鬘莊嚴雨栴檀香其明晃耀猶如日光或有光明如月盛滿有如星宿隨其自業向無比林各各愛戀其心無間入彼林中受天快樂其林端嚴不可喻説入彼林時香氣無比牛頭栴檀香十六分中不及其一聞此香已生希有心復入飲林爲求樂故次第入林以善業故毗瑠璃樹金樹銀樹玻瓈迦樹各有百數種種雜色猶如雜綵其樹雜色莊嚴奇妙亦復如是無量色相天子見之如淨明鏡無量百千四顧觀視生大歡喜天女圍遶聞衆樂音心甚歡喜復於異處遊戲自娛其林衆鳥眞金爲翅毗瑠璃胷珊瑚爲足白銀

爲背赤眞珠寶以爲其目出衆妙音復有天子聞斯妙音各相謂言諦聽諦聽衆鳥之音無量音曲與天女音不可分別聞鳥聲已復詣異林遊戲受樂見諸池中千葉蓮花光明如日至彼池間種種莊嚴如前所説與諸天女圍遶花池歌舞戲笑娛樂受樂復與天女更至異林於此林中河泉流水於其河中有種種水所謂流乳及以流飲甜美衆水天子飲之多有衆蜂衆鳥百數金銀珊瑚雜色寶石集在河中天子天女於此林中遊戲自娛經於多時受五欲樂復往詣於花樹林中其林衆花悉不萎變香氣普熏滿十由旬所謂月光明花月色花白色花清涼無熱花如星色花復詣果林其林有果所謂蜜摶樹果辛味樹果柔軟樹果香鬘樹果聞香即飽六味

樹果如意味果無猒足果如是無比林中具足此果善業所生於此林中遊戲受樂飯食餐飲復往詣於鳥舞之林其林衆鳥遊戲歌舞出妙音聲天子聞之即受快樂復詣雜林其林異色一切花果如前所說河池衆鳥亦復如是故名雜林於此林中五欲自娱乾闥婆音久受快樂釋迦天王作是思惟我諸子等何處受於放逸之樂不覺退没時諸天子知天帝釋心之所念至帝釋所諸天女等各還本宫遊戲受樂爾時帝釋見諸天子而說頌曰

悕望諸境界　愛心難猒足　離愛則知足
此人無苦惱　若人愛欲境　則不得安樂
境界如毒害　後世受苦惱　若初若中後
若現在未來　求樂不可得　後則受苦惱
一切諸世間　增長於生死　流轉不暫停
如駛水奔注　和合必有離　未曾有免者
樂爲苦所覆　無量諸誑惑　衆生癡所誑
遊戲於愛欲　一切癡愛人　未曾有猒足
境界難滿足　如火益乾薪　世間愛所誑
難滿亦如是　雖近於死地　猶不生猒離
爲愛境所誑　不求善資粮　天退不自在
爲愛所誑惑　我今教呵汝　汝爲欲所迷
當作自益利　法爲第一道　若有行法者
從樂得樂報　能如是行者　得寂滅涅槃
是故應修福　以求涅槃樂　若有常修福
得至無盡處　天聞帝釋說　寂靜心調柔
是時帝釋子　調伏順父教

時天帝釋教呵諸子令順正道修行善業閉惡道門詣於雜林遊戲受樂諸善所生帝釋

天王有五百殿種種諸寶玻瓈珊瑚金銀天青寶王天大青寶種種諸寶釋迦天王見種種林諸蓮花葉如日初出以爲莊嚴帝釋見已而説頌曰

人中造福德　人中無量種　作種種福德
種種皆成就　不作衆善業　爲心怨所誑
退時不自在　墮於極惡處　一切諸宫殿
諸業所莊嚴　以善業增長　成就天人報

爾時釋迦天王説此偈已復詣餘殿其殿敷置無量柔軟寶莊嚴座以爲嚴飾善業所化時憍尸迦見此宫殿處之受樂復至銀殿無量光明無量衆寶無量衆花嚴飾其殿無量天女遊戲受樂復至園林諸天女等其地柔軟衆花莊嚴其林廣博種種金鳥出衆妙音衆蜂園遶如意之樹釋迦天王普眼所觀天衆園遶遊戲受樂其身威德勝於日月金樹林中毗瑠璃殿以衆寶柱而爲莊嚴諸蓮花池青寶莊嚴時天帝釋作如是念我入寶殿遊戲受樂諸天亦念天王欲入與諸眷屬天女園遶歡娱受樂爾時帝釋知天所念告諸天子汝等各各遊戲園林時諸天子聞天王教各入花池與其天女遊戲自娱天王入殿坐於清淨毗瑠璃牀以善業故其殿清淨猶如明鏡於此淨壁悉見古昔諸天王等退没之相及以名字其名曰鉢浮多天王自在天王無憂天王正慧天王一切樂天王善住天王普眼天王一切愛天王千見天王威德天王持德天王青色天王不退天王如幻天王齋戒天王福德天王諸遊戲天王梯羅天王憍尸迦天王以善業故見如是等三十天王

如是天王善業盡故退墮地獄餓鬼畜生隨所生處受大苦惱若入地獄壁上見其受大苦惱若墮餓鬼見其壁上受大苦惱飢渴燒身羸瘦苦惱筋骨相連若墮畜生見其壁上互相殘害受大苦惱若生人中追求作業受種種苦如是見諸生死無可樂處於生死中多諸過患無堅無常變易破壞如是天王皆悉退没以自業果生於地獄餓鬼畜生云何捨於如是大樂受斯苦惱云何可忍奇哉生死甚爲大苦能將天人至大怖處第二天王受斯大苦釋迦天王第一勝人見此事已生大猒離自觀其身閉三惡道從天中死生於人中人中命終還生天上若生人中生安樂國城邑聚落生大姓家行正法處離於邪見憍慢諂曲復有自見生於人中爲國王子大臣之子正見家生大富自在人中命終當生何處即自見身還生天中具大神通第一光明共餘天衆食於雜食心生愧恥以業薄故隨所作業如業得食後於生處不見勝食愧心思惟我當幾世受如是報以善業故於殿壁中自見其身天中七生人中七生去來七返無第八生非於天中非於人中非地獄中非餓鬼中非畜生中帝釋心念云何我身無復生處我生何處而不可見心生驚怪何故無有第八生處久思惟已即自念知先聞世尊說如是言須陀洹人七生之後入無餘涅槃我必如是以清淨心敬禮世尊發歡喜心坐其金座閻浮檀金以爲牀座衆寶莊嚴復於壁中見諸先世退没天王復念入於善法堂上見諸天衆利益諸天時天帝釋從其坐

起往詣雜林共諸天子天女眷屬遊戲自娛受五欲樂種種衆鳥莊嚴林樹及以蓮花以爲嚴飾諸天見已作諸妓樂乾闥婆音至帝釋所皆爲作禮圍遶帝釋天子天女歌舞遊戲種種歡喜善法堂天種種莊嚴共諸天女圍遶帝釋作衆妓樂詣善法堂一切歡喜歌舞戲笑時善法堂所住諸天隨帝釋行供養帝釋種種音聲鼓天妓樂種種歌舞出美妙音遍諸天衆異住諸天聞此樂音皆來詣於善法堂上皆爲天王稽首作禮右遶而住無量百千詣善法堂善知歌舞種種莊嚴以善業故生在其中戒善所護受斯大果一切天衆樂報成就其善法堂縱廣五百由旬其色鮮妙如融金聚毗瑠璃樹以爲莊嚴種種寶花周帀嚴飾其花香氣滿五由旬常若新出令心愛樂未曾猒足如是天衆給侍帝釋九十九那由他天女隨天帝釋入歡喜殿金毗瑠璃硨磲寶柱以爲莊嚴其牀柔軟敷以天衣釋迦天王悉令就坐諸天受教即皆就坐

正法念處經卷第二十五

音釋

隟（乞逆切與隙同釁也）鉅（其呂切）棖（直庚切相觸也）麞（諸良切）頤（以之切頷也）觜（即委切鳥喙也）摶（徒官切捉聚也）

正法念處經卷第二十六

元魏婆羅門瞿曇般若流支譯

觀天品第六之五三十三天之二

時天帝釋告諸天曰以善業故生此天中業盡則退業果因緣而生此天我於此天必有退沒當自勉力以求安隱時諸天衆聞天帝釋說是語已白帝釋言如是天王我等於此善業樂處不敢復作放逸之行白言天王以何因緣令我不退爾時帝釋告諸天曰八方上下所生之處無非有爲無常破壞勿生貪著謂可常保不淨煩惱後致大苦非生樂法非智因緣非爲正行如是憶念後則大苦諸天子汝等已曾無量世中生此天上命盡還退墮於地獄餓鬼畜生復以善業生此天中受自業果受天中樂業幻所誑復墮地獄餓鬼畜生是故天子不應放逸我所說者是恒河沙等諸佛之法聞此法者於生死中當得解脫所謂無明緣行行緣識識緣名色名色緣六入六入緣觸觸緣受受緣愛愛緣取取緣有有緣生生緣老死憂悲苦惱如是唯有大苦聚集無明滅則行滅行滅則識滅識滅則名色滅名色滅則六入滅六入滅則觸滅觸滅則受滅受滅則愛滅愛滅則取滅取滅則有滅有滅則生滅生滅則老死憂悲苦惱滅如是大苦聚滅如是天中生死迴旋如是見已生猒離心煩惱盡故常不破壞不生不老無死無盡是名涅槃諸天子若能如是則脫生死此生死處無有此法所謂無生常住不可破壞無盡無滅於生死中則無此法於生死中唯有退沒生滅之法時諸天子聞天

王釋說是法時於過去世佛正法中修行衆者更不放逸信佛法僧一心清淨種涅槃因若有天人於過去世佛正法中不修心者放逸亂心為愛所誑受五欲樂以愛誑故具受無量生死苦惱時天帝釋說是法時護世四天王如是思惟釋迦天王共諸天衆住在何處作是念時即見天王坐於天宮天衆圍遶威德光明受天快樂時四天王即詣善法堂至帝釋所頭面作禮於一面坐坐已須臾復從坐起於帝釋前白言天王閻浮提人行十善道順於法行孝養父母恭敬沙門婆羅門耆舊長宿天王願加歡喜時天帝釋告護世言我亦隨喜護世天王利益世間令行善法我聞歡喜汝得善業如是閻浮提人隨順法行護世天王向帝釋說若閻浮提人不順法行不孝父母不敬沙門婆羅門耆舊長宿增長魔衆減損正法帝釋聞之告三十三天及四天王速疾莊嚴阿脩羅王提羅勇健鉢呵娑王非法惱亂惡龍王等住於海下或來戰鬬爾時護世四天王等聞帝釋教還四天處至樂見山莊嚴器仗如前所說時天帝釋與護世天無量千衆而自圍遶天衣天鬘以自莊嚴將諸天女詣一切主山如衆星圍遶滿月遶須彌山亦如日光處於衆星如百千金山圍遶須彌金銀毗瑠璃青因陀珠赤蓮華寶以此寶樹莊嚴天帝遊戲之處多有衆鳥出妙音聲天蓮華池伊羅婆那白龍象王遊戲之處金色蓮華瑠璃為莖與諸乳象共遊其中如前所說雖是畜生亦受天樂時天帝釋至其象所以手摩捫而戲弄之我此白象

王善能與諸阿脩羅鬪令我得勝說是語已復往詣於一切主山至無憂殿與諸天子九那由他天女而共遊戲受五欲樂共諸天衆妓樂音聲遊戲之處無量莊嚴天衆受報乃至受善業集樂報盡於善法堂命終還退或墮地獄餓鬼畜生若有善業得生人中常受快樂聰明智慧同生一城或同聚落於世間中最爲上首或爲親友兄弟知識常受安樂以餘業故帝釋天王閉三惡趣觀天退沒而說頌曰

此地諸園林　及諸蓮華池　山峯極端嚴
廣大多珍寶　蓮華諸河池　寶石而莊嚴
林樹種種花　衆鳥皆和集　金樹如意樹
淨如毗瑠璃　銀寶或珊瑚　種種雜莊嚴
衆蜂出妙音　在於蓮花池　寶樓甚廣大
端嚴極精妙　莊嚴甚奇特　諸天所應供
如是諸嚴飾　天人輪迴轉　如幻亦如泡
如揵闥婆城　五欲愛所誑　天樂亦如是
愛傷諸世間　流轉生死海　愛毒如猛火
滅壞諸世間　欲樂無猒足　求之而不息
無常火燒已　不知何所趣　衆生皆爲此
愛毒之所誑　愛染覆諸天　不覺時所遷
天人阿脩羅　地獄龍夜叉　一切無自在
念念時所遷　一切三界中　爲時網所纏
不知無自在　爲愛之所惑

如是天帝釋見天無常有生有滅見無常已念第一法以偈讚佛

南無婆伽婆　利益諸衆生　說愛如毒害
爲衆廣分別　了知一切法　其智無罣礙
離於智所知　則無第三法　無常及苦空

亦無有作者　如來見實諦　爲諸衆生説

爾時帝釋以清淨心讚歎佛已如印所印還住所止受天快樂復次比丘知業果報觀三十三天所住之地彼以聞慧見第二處名曰山峯衆生何業而生彼處彼以聞慧見此衆生教人持戒乃至一日一夜不殺衆生亦不偷盜不犯王法不行偷盜乃至小罪亦不故犯是人命終生於第二山峯之處其地柔軟須彌山峯種種雜業光明莊嚴於此地中觀見一切須彌山根金銀瑠璃雜寶莊嚴無量天鬘衣服莊嚴其地妙色如融金聚毗瑠璃林莊嚴山地與諸天女遊戲其中復往詣於飲食之河一名天善味河二名大駛流河三名流行河四名大流河五名曲流河六名濬鬘河七名千流河八名如意河飲此河流離於醉亂一切諸飲從河而流種種衆味種種諸色或有乳色或赤寶色青寶王色毗瑠璃色或黄金色或有雜色妙香流出湛然常滿復有天食皆有種種色香味具味如石蜜香潔白淨如意之味隨天所念有種種味種種園林香華莊嚴種種色鳥以爲嚴飾與諸天女遊戲其中種種妓樂歌舞戲笑甚可愛樂多有諸林謂娑羅林大娑羅林如意樹林常華香林如意風林觸身悦樂金枝莊嚴鈴網彌覆百千衆鳥出妙音聲受五欲樂共相娯樂無有病惱離於飢渴身無疲極無所營作如心所念遊戲園林蓮華池中見諸妙色五欲娯樂住山峯天其身光明如意大小神通自在隨意所念皆悉即得得已不壞無能奪者如是住峯一切天衆受自業樂乃至受善

業盡本所持戒不殺不盜善業既盡命終還退隨業流轉墮於地獄餓鬼畜生若生人中住於山谷大富饒財端正第一園林鬱茂寒暑調適以餘業故復次比丘知業果報觀三十三天第三地處彼以聞慧見有地處名曰山頂衆生何業生於彼處彼以聞慧見有衆生持二種戒見諸衆生被縛幽閉解之令脫行於曠路爲飢所逼不盜他人甘蔗果菜雖有勢力不奪他人漿水飲食以其不殺放衆生故是人命終生三十三天山頂之處受無量樂無量河水所謂欲流洄洑悕欲爲岸歡喜之人憶念濤波於此河中多有衆鳥色香愛味諸見蛟龍無量欲著曲戾流行水沫爲桄嫉妬園林無量境界以爲山谷如是愛河諸天沒溺無能度者無始輪轉不得彼岸流注不絕習爲甚深行於三道暴流波注遍於欲界色界無色界生老病死憂悲苦惱爲大勢力如是愛河諸世間人亦不能度山頂諸天愛河常流與諸天女遊戲其中受五欲樂有六園林何等爲六一名常歡喜二名常遊戲三名白雲聚四名普樂林五名如月林六名恒河林如是等林嚴飾山頂遊戲其中受無量樂復向飲河所謂質多羅河手觸之河無猒足河雜色水河其河兩岸金銀玻瓈以爲林樹花果具足甚可愛樂以善業故其地諸天種種河林飲食香潔從河而流千萬天衆遊戲娛樂所服天衣無有經緯身具光明無有骨肉亦無津汗口意無倦常懷歡喜行步庠序歌舞戲笑乃至受善業盡身口意業清涼業盡第一樂報決定業盡從天還退墮

於地獄餓鬼畜生若生人中常受安樂巨富饒財樂修智慧遊戲歌舞所生國土多處高原以餘業故復次比丘知業果報觀三十三天所住之地彼以聞慧見第四地名善見城衆生何業生於彼處彼以聞慧見有衆生修行持戒救於溺人令脫水難或將被戮救贖令脫或以自身投深水中救彼溺人若有惡人教令偷盜不從他教不行偷盜乃至行於曠野飢渴所逼尚不盜人根食果食尊敬於戒於微細戒心生畏懼不敢毀犯是人命終生善見城其城縱廣十千由旬十千階道閻浮檀金以爲其地十千大殿毗瑠璃寶或閻浮檀金或有白銀因陀青寶及餘七寶間錯莊嚴於諸街巷多有樓閣寶殿莊嚴光明晃曜若以日光踰彼天宮如日中燈其城四面毗瑠璃寶以爲園林周帀莊嚴真珠羅網遍覆其上復有金樹銀網彌覆復有銀樹金鈴莊嚴有七寶樹爲遊戲處如意之樹隨天所念從此樹生因陀青寶大青寶林金色衆鳥出妙音聲金林之中銀色衆鳥青寶林中赤寶花鳥赤寶林中雜色衆鳥如是園林衆鳥妙音以爲莊嚴善見大城街巷阡陌一切皆以真金宮殿白銀爲柱毗瑠璃樹以爲莊嚴復有金殿毗瑠璃柱復有金殿金樹莊嚴雜寶宮殿莊嚴階道金色衆鳥出妙音聲周遍莊嚴善見大城不可稱說有四大林以爲嚴飾一名雲鬘林二名大樹林三名光明音林四名樂見林一一園林縱廣二千五百由旬一一林中有一萬河皆以金華彌覆水上兩岸嚴飾甚可愛樂金銀玻瓈青寶王樹以爲

莊嚴於此林中多有衆蜂白銀爲身毗瑠璃寶以爲兩翅其音美妙勝於笙笛絲竹之音過十六倍毗瑠璃樹黄金爲果香美柔軟味勝石蜜其果香氣滿一由旬鳥聞香氣百倍受樂金樹銀果香美上味毗瑠璃樹黄金爲葉雜寶色果如是種種無量林樹莊嚴圍遶善見大城隨其憶念種種善業皆悉成就得種種報如其種子受如業報住善見城受無量樂此城如是衆所樂見故名善見其林種種赤寶莊嚴珊瑚硨磲種種鈴網彌覆園林遊戲之處善見諸天住在其中其城宮殿花鬘寶幢無量百千億寶幢幡蓋微風吹動出於種種微妙樂音多諸天子天女眷屬圍遶住於須彌山頂善見城中善業莊嚴受勝報者三十六億帝釋天王之所識知有大神通光明威德心常歡喜無量百千天子天女出天王城詣林遊戲乘於無量百千億殿種種幢旛百千億種以爲莊嚴其殿種種色相莊嚴因陀青寶以爲箱轝赤蓮花寶以爲殿輪有乘寶殿紫磨金地毗瑠璃道硨磲爲繩以界道側寶鈴莊嚴復有天子乘衆寶殿有乘寶宮硨磲爲底眞珠羅網以覆其上珊瑚爲壁白銀爲柱復有天子乘於金殿眞珠爲壁赤寶爲底白銀爲柱珊瑚莊嚴一一莊嚴出千光明百千諸殿不可稱說天衆圍遶無量百千種種莊嚴天子乘之往詣園林毗瑠璃幢或赤寶幢或紫金幢或赤蓮寶幢無量種色寶幢衆旛遍於虛空歡喜遊戲往詣四林無量妓樂百千億聲種種妙音皆悉具足聞者愛樂如業所得上中下報歡娛受樂往詣

大林一一天子與天女眾或百或千乃至百千歌舞戲笑犍闥婆音妓樂具足往詣大林受五欲樂一一天女各與天子娛樂受樂如意縱逸往詣種種遊戲之處或行空中如青雲氣毗瑠璃色如是天眾處於虛空以種種衣莊嚴其身種種嚴飾美音受語往詣大林或有天眾行於金道無量百千寶殿輪輞輾諸金地金塵滿空令空陰翳而無染汙若諸天子命欲終時塵則著身有諸天子曾見餘天有如是相不久退沒受大苦惱生慈悲心而說頌曰

諸天行此道　或百或千還　為於時節火
而燒境界薪　見他病死相　而自不覺知
衰相既至已　乃知自苦惱　放逸自濁心
常樂於境界　不覺死隨逐　常不離眾生
愛樂遊戲人　樂行於放逸　死軍將欲至
破壞如毒害　非是呪藥力　非天阿脩羅
自業之所縛　世所不能救　塵垢覆身面
而猶不自覺　死信既來至　不久必終歿
眾生常貪欲　渴愛無猒足　死賊忽已至
著樂不覺知　汝已死相現　為死之所牽
須臾必退沒　退時受苦惱　此山頂眾生
園林莊嚴處　業縛不自在　受於自業報
遊戲放逸行　受樂無猒足　癡人愛增長
退沒不自在　有煙必有火　其相法如是
如是退沒相　必當歸死苦

如是天子見是相已放逸心息修本善根訶責自心及餘天子如是說時有諸天子乘種種殿寶網彌覆懸眾寶鈴無量莊嚴以自校飾見者愛樂天鬘天衣以為莊嚴如融金聚

百千萬衆遍須彌頂是時天子見天衆來或乘金殿或在地行或乘鵝殿有與天女歌舞戲笑向遊戲林天蓮花樹河泉池流花果茂盛種種雜寶以爲莊嚴一切園林甚可愛樂善見諸天既至園林即皆下殿往詣金樹其樹鮮榮曜若日光空行天衆從空而下詣遊戲處一切天衆皆悉雲集鼓樂弦歌遊戲受樂無有嫉妬歌舞戲笑五欲自娛莊嚴樂音與諸天女行於飲食河岸之間向瑠璃林其瑠璃林以眞金果以爲莊嚴香色具足味如蜜酒與諸端正妙色天女飲摩偷果久受天樂如是天衆歌舞戲笑以受快樂餘天聞已往帝釋所合掌頂禮白言天王善見城中一切天衆皆詣園林遊戲之處天王當知帝釋聞已勑諸天衆速疾嚴飾我欲往詣善見諸天遊戲之處善法堂上一切天衆聞天王勑乘種種殿若乘金殿毗瑠璃幢毗瑠璃殿眞金爲幢七寶雜旛以爲莊嚴金色鳥殿出衆妙音或有馬殿其行速疾或有金鵝毗瑠璃足赤蓮華寶以爲兩翅天子乘之隨天帝釋向善見大城遊戲之處復有天子乘孔雀鳥七寶爲身是孔雀鳥於閻浮提中勝餘一切衆鳥之色何况天中善業莊嚴形相色貌無以爲比乘此孔雀詣遊戲處種種樂音歌舞戲笑詣善見天遊戲受樂時天帝釋乘於千輻四輪之殿其殿莊嚴七寶所成何等爲七一者青寶王二者赤蓮華寶三者硨磲寶四者清淨毗瑠璃寶五者珊瑚金剛六者玻瓈七者眞金如是七寶雜色莊嚴駕以千鵝身七寶色種種形相音聲美妙勝諸天女歌頌

之音帝釋乘之有五百旛金銀毗瑠璃以爲寶幢青黃赤白紫色雜成莊嚴其殿帝釋乘之無量天女歌頌妙音在前歌舞或遊虛空或行於地隨意自在無所障礙受五欲樂妓樂自娛向善見天遊戲之處餘天見之執種種花毗瑠璃莖往帝釋所善見天衆見帝釋來皆捨遊戲往迎帝釋帝釋告言汝等今應遊戲水中善法天衆聞帝釋勑頂受其教即入池水取蓮花葉向善見天奔馳速走善見天衆亦執蓮花走向善法天衆遊戲喜笑時天帝釋住在空中觀諸天衆遊戲水鬬久時遊戲猶不猒足復以蓮花而共鬬戲或以金花毗瑠璃花種種色莖共相打擲久於此處以蓮花相打以爲戲笑復詣果林取諸軟果遙相打擲果戲鬬已復往酒林食摩偷飲以

善業故而不醉亂時天帝釋從殿而下入於林中時諸天子見帝釋來皆大歡喜供養帝釋諸天子等合掌白言我得善命得善果報得值天王利益我等過於父母如是天衆既供養已時天帝釋告諸天子汝等皆悉如我之子如兄如弟相慰勞已入放逸地於園林中戲遊受樂河流泉水蓮花池中有種種鳥出妙音聲以爲莊嚴以諸金花莊嚴其地其地細妙柔軟平正其諸樹林金毗瑠璃玻瓈諸樹莊嚴其地河泉流水出衆飲食皆悉具足曼陀羅花居睒耶舍大蓮花等以爲莊嚴天子天女遊戲歌舞於山谷中歡娛受樂五樂之音天女歌音受五欲樂善見城中諸天子等善法堂中諸天子等皆共遊戲於園林中於人中數經無量時遊戲受樂還向本宮

其道種種遊戲之處戲笑受樂種種莊嚴還於本宮善見城中所住諸天受於天樂乃至受善業盡從天命終隨其本業墮於地獄餓鬼畜生若有善業得生人中常受安樂多聞知見常愛音樂歌舞戲笑愛於節會多饒資生不遭疫病離於憂惱以餘業故復次比丘知業果報觀三十三天所住之地彼以聞慧見第五地名鉢私他衆生何業生於彼處彼以聞慧見持戒人貧窮乞索財物飯食見大貧人分餐惠施減妻子分而施貧窮盲冥孤獨困病之人善信修習見他犯罪爲官所執從右門出執事魁膾欲斷其命怖畏盲冥救令得脫是人命終生三十三天鉢私他地生此天已以善業故其身光明皆悉普照猶如日光其光色相無量光明青黄赤白紫緑諸光遍照諸天十倍增勝如閻浮提衆星宿之中月光第一此地天子其身光明亦復如是衆色具足餘天比之猶如螢火諸天女等見此天子皆走往趣天子既生莊嚴之具亦皆隨生於其頂上大青寶玉以爲寶冠其光普照滿一由旬餘一大珠寶見此珠光皆滅不見猶如日出螢火失光自然七寶以爲花冠其光普照滿百由旬一切光明以爲莊嚴青黄赤白紫緑諸光於其身上自然而有珠寶瓔珞七寶光明其光普照一百由旬身服瓔珞七寶所成其光能照一百由旬以金剛綖以爲帶鞋垂於胷前所著腰帶如天虹色脚著種種雜色履屣其光明曜猶如電光行不疲極若念行空隨其所向以屣力故能有所至終不疲倦所著衣服無有經緯種種衆寶

光明照曜殊勝可愛天子生已即自思惟我以何業來生此中適生此念自見往世於閻浮提善不善處從彼命終來生此天若閻浮提中修行善業此中成熟我作善業故來生此以因緣生非無因生於須臾頃諸天女衆少壯妙色光明具足悉來親近初生天子諸天女等莊嚴之具所出音聲如五樂音其香普熏滿二由旬其花勝於一切諸花妙色光顔天衣莊嚴功德所生天善業故譬如日出衆花開敷天子既生天女色數至天子所種種遊戲娛樂天子抱持天子詣林遊戲種種妓樂歌舞戲笑瞻仰天子共詣林中其林名曰蓮花化生若諸天子入林戲時一一足下悉生蓮花以承其足毗瑠璃莖金剛爲鬚真金爲葉其臺柔軟衆蜂莊嚴隨其舉足欲下足時蓮花即生以承其足從此花林入摩偷林其林金樹流出香飲勝蒲萄酒色香味具諸天飲之無有醉亂天女飲之復往詣於遮都羅林其林三衆不可譬喻一者鳥音二者蜂音三者天女歌頌之音彼諸天子三衆林中一一遊處一一花池種種鳥音聞之悅樂不知猒足愛火所燒乃至受善業盡從天命終業所繫縛墮於地獄餓鬼畜生若生人中妙色端正生大種姓功德具足富樂自在隨心遊戲無病安隱壽命長遠生值善世或值中國不生邊地或爲大王或爲大臣多饒財寶爲大商主以餘業故復次比丘知業果報觀三十三天所住之地彼以聞慧見第六處名曰俱吒衆生何業而生彼處彼聞知見若有衆生獲執賊人不加罰戮不令苦惱或他

捉賊令其得脱以潤益心利益衆生供養父母奉施病藥隨心所須不盜父母所有資財恱意軟語利益少言常以香花供養禮拜念佛功德恭敬師長禮拜問訊和言軟善見惡知識而不親近不樂其行不善惡人不正行人世間所賤不共同行不與同住親近宿老遵奉祇敬受佛禁戒智慧具足眞心持戒不惱壞他衆人所愛善言讃歎軟語供養奴婢僮客不横加怖飯食知足不飲餘食不惱衆生不喜瞋恚不與下賤屠兒魁膾販賣貿易賣買價直不誑衆生不入酒肆不爲女人之所輕易不壞威儀進止庠序言則奉行不求他人好惡長短心不懷恨不説毁呰亦不言訟見他田植不生嫉妬租税依法不欺王者不盜他田漑灌之水若晝若夜不取他果一切衆惡悉捨不爲或一一止或復下止云何下止遍作諸業是名下止云何中止作已懺悔毁呰不作是名中止云何上止不作遍業不教他人勸他令捨不生隨喜捨離惡人中下之業如是三人得三種果謂上中下如是行善捨惡業人身壞命終生俱吒天既生天已身無骨皮離於汗垢受樂成就不可稱説譬如轉輪聖王七寶千子王四天下所受之樂比此天樂如活地獄其天住處縱廣三千由旬七寶天樹河池莊嚴於彼天中名曰行林其林金樹隨天憶念悉從樹生隨天所至常與天俱如轉輪王七寶隨王心念常與王俱此天園林亦復如是若天念住林即住地譬如飛鳥翱翔遊空住則依地此天園林亦復如是此俱吒天一勢力也以善業故復有

勢力以善業故隨其行處衆妙音鳥常與天俱是俱吒天二勢力也復有善業隨其行處諸蓮花池衆蜂妙音鵝鴨鴛鴦以爲莊嚴是俱吒天三勢力也復有善業著天花鬘行於空中自然而有千葉蓮花毗瑠璃莖諸天女等坐其花臺與共遊戲是俱吒天四勢力也復有善業隨天所至行於空中天諸寶器盛滿天飲自然在手共諸天女次第飲之歌舞戲笑如意能行是俱吒天五勢力也復次業力隨其所念一切成就若有憶念欲行異方能越山峯園林花果皆悉具足行於空中與諸天女作天妓樂隨意所至善法堂天善見城天見此天衆昇此高殿下觀山谷生大歡喜如天使者觀閻浮提善法堂天善見城天見此天衆共相謂言此俱吒天如念能行能踰我等處處無礙是俱吒天六勢力也釋迦天王與其同坐百千葉蓮花臺上乘虛而遊善業所化一一花葉有五天女天鬘莊嚴坐於花葉如融金聚作天妓樂瞻仰帝釋端正殊妙與天帝釋詣俱吒天時彼天衆見帝釋來皆大歡喜出迎帝釋頭面敬禮美言讚歎圍遶帝釋四面而住或在山峯或遊戲處或在山頂或在園林或蓮花池共帝釋住俱吒天衆與天帝釋久時遊戲還歸本宮釋迦天王還善法堂此天所受五欲之樂上妙色聲香味觸等乃至受善業盡隨業流轉墮於地獄餓鬼畜生若生人中第一安樂不遭病苦或居大洲不畏怨敵或爲大王或爲大臣常受安樂以餘業故

正法念處經卷第二十六

音釋

捫 莫奔切撫也
罣 古賣切罥也
洄洑 洄户恢切洑房六切洄洑水旋流也
轝 羊諸切與輿同
慰勞 慰於胃切勞郎到切慰勞叙其勤勞以相慰也
魁膾 魁枯回切膾古外切
綖 私箭切與線同
蘢 而勇切與茸同
呰 將几切口毁也
漑 古代切灌注也
踰 羊朱切越也

# 正法念處經卷第二十七

元魏婆羅門瞿曇般若流支譯

## 觀天品第六之六 三十三天之三

復次比丘知業果報觀三十三天所住之地彼以聞慧見第七地名曰雜殿衆生何業生於彼處若有衆生見故塔寺或惡國王邪見大臣斷僧田業如是衆生不畏王禁施僧田物向此惡王說佛功德善言歎佛是人命終生雜殿處生此天已五樂音聲歌舞戲笑受種種樂復有異業生於此天不殺不盜於屠兒所以財贖命自不作惡不教他人若有造惡心不隨喜云何不盜自爲國主或爲大臣不枉稅奪亦教他人令其住戒以此二業生雜殿處其林縱廣三千由旬種種宮殿天子遊戲故名雜殿諸天子等一一宮殿莊嚴奇妙金色蓮花香氣第一毗瑠璃蜂出妙音聲其蓮花林一切雜生一一花池種種蓮花或有花池赤寶蓮花雜瑠璃花或有花池生諸蓮花金花瑠璃二花雜生一一蓮花各有百葉或有金葉或赤寶葉復有雜花毗瑠璃葉金色衆蜂遊戲其中復有花池生諸蓮花赤寶衆蜂以爲莊嚴復有花池生諸蓮花毗瑠璃莖眞金爲花或有花池生諸蓮花眞金爲莖白銀爲花或有花池生諸蓮花硨磲爲莖白銀爲花復有花池生諸蓮花摩羅伽多爲莖閻浮檀金爲花種種色蜂出妙音聲滿蓮花間譬如閻浮提中香樹之花衆蜂滿中雜殿花池亦復如是譬如畫師若畫師弟子於閻浮提所曾聞事以衆雜綵畫種種像其雜殿林亦復如是復有雜色種種衆鳥頭足雜

色其身胷腹亦復如是或有衆鳥金臆銀翅赤寶爲背目如赤寶或有衆鳥白銀爲臆眞金爲翅青毗瑠璃以爲兩目赤寶瞳花雜寶爲背以七寶色種種衆鳥以爲莊嚴雜殿林中復有山峯青寶珠玉硨磲毗瑠璃寶赤寶眞金光明普照遍滿林中互相間錯旋流宛轉滿此林中莊嚴奇特甚可愛樂雜殿林中復有雜蔓互相交錯毗瑠璃莖赤寶爲鬚以爲纏蔓果實莊嚴白銀爲莖青寶爲鬚光明圍遶硨磲爲枝眞金纏遶赤寶爲枝白銀纏絡如是三色互相纏裹是雜殿林復有三色莊嚴樹枝以爲幢帳毗瑠璃枝眞金赤寶以爲纏遶如是赤寶爲枝金銀爲纏白銀爲枝硨磲赤寶以爲纏遶是一一枝一一枝纏絡雜殿林中復有雜花眞金爲枝一毗瑠璃花

若以銀枝因陀色花若金枝赤寶爲花硨磲爲枝毗瑠璃花生衆色果亦復如是雜心所起作諸雜業雜因集故得種種報以業因緣於雜殿林受雜果報因果相似如種種子得相似果如其業力隨其所作隨其時節隨心雜生如是作業得如是報如印印物天中樂果非無因生地獄苦報亦復如是非是我作他人受報復次比丘知業果報觀雜殿林云何衆生造業生於三十三天若諸世間有諸衆生行於非法不孝父母不敬沙門婆羅門及諸長宿不近善友不信業果行於邪見如是之時魔王歡喜行非法時於此世間有四大衆何等爲四一名鬪諍魔使二名荒亂魔使爲法行人而作亂心令聽法者惛濁眠睡三名貪癡魔使令諸施主心生貪惜作如是

念若我以物施諸福田沙門婆羅門我之妻子當如之何衣食自濟四名離正念魔使令出家人離於正念是爲切惡若人入於城邑市肆見諸女人酒肆鬬諍互相撾打夢行破戒是名四種魔使若閻浮提人行於非法作此惡時四種魔使心生歡喜白魔王言損減正法增長魔軍甚可慶悅魔王聞之問使者言云何世間增長我法減損正法時魔使者白魔王言閻浮提人行於非法不孝父母不敬師長沙門婆羅門聽正法者我令惛睡令出家者還入凡俗捨離法服或出家人或有持戒或梵行人於其夢中作婦女身令其心亂令諸施主貪惜財物慳貪覆心戀著妻子令出家者習學種種販賣鬬諍互相撾打我作如是種種方便令魔增長正法減損時魔聞之即遣使者告羅睺勇健毗摩質多羅阿脩羅鉢摩梯惱亂惡龍汝等今日應生歡喜佛之正法今已損減魔軍增長如是魔使即詣水底至毗摩質多阿脩羅所廣說上事時阿脩羅聞之歡喜即告惱亂惡龍王等富樂城中惡龍聞之生大歡喜爲世間人而作惱亂如上所說時天帝釋聞毗留勒天王說如是語入雜殿林與三十二天共論斯事護世天王來白我言魔天大力及阿脩羅毗摩質多惱亂惡龍汝應集諸天衆悉來至此我當至彼寶莊嚴山與阿脩羅鬬諸天聞之荅言如是各還本宮而自莊嚴雜殿天衆亦還本宮種種音聲歌舞戲笑入雜殿林時天帝釋與諸天衆捨雜殿林詣於餘地此雜殿林所住天子所受之樂乃至受善業盡命終還退

隨業流轉墮於地獄餓鬼畜生若生人中成就快樂莊嚴端正從少至終常愛雜色種種莊嚴好種種語衆人所愛若行出家畀師子座爲說法師解種種語聞之知足以餘業故復次比丘知業果報觀三十三天所住之地彼以聞慧見三十三天第八地處名歡喜園衆生何業生於彼處彼以聞慧見此衆生善心深心不殺不盜亦教他人令不殺盜若見殺者勸令不殺不教人作見作不喜若有所犯尋即悔過離惡知識云何不殺見鳥殺害救令放捨自不作惡設作即悔受不殺戒以財贖命令其得脱復教他人令助歡喜云何不盜云何偷盜一切官人王所勑令持國理民聚落城主若放牧主若邊戍主所勑令取牛羊等是人護戒而不肯取以是因緣命終之後生歡喜天三十三天歡喜之園復有聽法得聞法會六齋之日聽法受法一心聽法是法會主命終之後生於天中一切施中法施第一以此因緣命終生於三十三天歡喜之園生彼天已成就無量百千天樂不可譬喻當說少分其林縱廣三千由旬七寶林樹以爲莊嚴其歡喜天不詣餘園是故名曰歡喜園林自功德名其林皆是如意之樹隨天所念皆從樹出若天生念欲須宮殿念已欲上即見樹林是七寶殿有一百柱一一殿柱或以金銀瑠璃玻瓈赤寶硨磲用如是等一切衆寶以爲殿柱復作是念欲須柔軟階道畀此殿堂隨念即見階道成就既入宮殿復自思惟令此宮殿生蓮花池隨念即生諸蓮花池七寶之色鵝鴨鴛鴦以爲莊嚴復作是

念我此堂中應有天女歌舞戲笑隨念即有天女來赴隨心戲笑歌舞供養復作是念我今應得天衆妓樂隨其所念風吹葉樹互相振觸出妙音聲勝諸天樂復作是念今此宮殿應生飲食隨其心念樹枝剖裂流出飲河色香味具復作是念我今應得須陀之味隨其念已即生上味須陀之食色香味具天子食之乃至充足復與天女遊戲娛樂入歡喜園歡喜園中所住天子成就如是勝妙之樂從殿而下於此地中即生蓮花毗瑠璃莖真金為葉其莖柔軟見者愛樂色香具足舉足下足蹈花而行如是步步成就天樂隨其念念受五欲樂一切諸根於自境界不知猒足所謂眼常貪色種種瞻視愛樂不息令眼悅樂見如是色猶不猒足耳聞妙聲不知猒足

如是鼻香若嗅諸香生大愛欲不知猒足舌貪美味不知猒足如是愛觸不知猒足如是所念皆是愛念愛樂自身遊戲林中受欲無猒境界為毋諸根為鑽憶念風吹自髙為薪欲火熾然欲無猒足以愛欲心於歡喜園遊戲受樂釋迦天主於雜寶聚山破阿脩羅得大名稱如上所說復來入於歡喜林中告諸天曰汝等天衆當生歡悅入歡喜園受五欲樂遊戲自娛我亦自當於歡喜園遊戲受樂已破魔軍毗摩質多羅及惡龍等一切天衆及諸天女皆可至吾遊戲之處受五欲樂滿夏四月五欲自娛時天帝釋向三十三天說是語已心大歡喜告白象王伊羅婆那言汝今莊嚴五欲與汝共諸天衆并諸天女遊戲娛樂於歡喜園汝當化身令諸天衆乘汝頂

上牙項之上向於遊戲花池園林山峯之中如先所化爾時白象伊羅婆那聞天主教即化大身身有百頭頭有十牙一一牙端有百浴池一一浴池有千蓮花一一蓮花皆有千葉七寶所成一一葉端皆有千數七寶衆蜂一一葉間有千天子其象頂上有諸天女不相妨閡作天妓樂乘虛而遊到歡喜園其象兩脇化二園林一名喜林二名樂林於其林中河池蓮花皆悉具足七寶意樹諸天子等遊戲其中受五欲樂天子天女充滿林中時伊羅婆那大白象王譬如第二須彌山王詣歡喜園其象背上化作大城平正柔軟其城街巷七寶宮殿園林莊嚴猶如第二善見大城如是化殿七寶所成有一百柱以爲莊嚴殿有花池帝釋天王與諸天女遊戲其中作天妓樂憍尸迦天王坐於大殿向歡喜園其身不動如須彌頂其象耳中復生花池其池縱廣滿十由旬其第二池十一由旬一名甚深二名清淨八功德水充滿其中池中生花名優鉢羅毗瑠璃莖赤寶爲花衆蜂莊嚴天香具足其花開敷優鉢羅花天子天女坐花鬚上遊戲娛樂或有天子以水遊戲或有天子蓮花遊戲不知白象爲行爲住其象鼻端化作樓殿廣五由旬種種衆花曼陀羅花悉遍莊嚴衆蜂妙音牛頭栴檀葉以覆樓殿復有金樹種種衆花以覆其上有諸天女坐花鬚上歌衆妙音讚歎天王如是象鼻所化樓殿於白象王蓮花之中化生蓮花廣一由旬有百千葉其葉廣長香氣第一滿十由旬一一葉中天子天女遊戲其中各不相見如是

遊戲不相妨閡與天王釋向歡喜園皆不覺知象之行住猶如住於須彌山頂於象頭上復化大山名界莊嚴以種種界而爲莊嚴天樹河池園林蓮花莊嚴之處遊戲受樂是名象王頂化大山其白象王於其牙上化作園林如一億月多有衆花其地白淨如須陀色多有衆蜂俱翅羅音充滿其中無量衆鳥衆寶莊嚴孔雀命命如是無量種種衆鳥從牙化生其白象王身量廣大天衆圍遶大身大力行步平正而不搖動向歡喜園其白象王從鼻兩孔化作河流如閻浮提恒河之水閻牟那河水從池流下其水清淨凉冷不濁從上而下白象鼻中所出河流亦復如是於四天下人所住處林樹藥草亢旱炎熱穀麥增長草木葉上有水相現名之爲露其象鼻水從空而下去地遠故爲風所吹散而亢燥故令露少三天下中名之爲露復次天白象王若放霧氣墮行天中世人觀之其色則白外道說爲因陀天王所行之道復有說言白象王道如實白水風持不墮在於空中猶如陽燄直以遠故見之不了其象頭上大山之頂寶幢花蓋懸以寶播毗瑠璃輪眞金爲蓋其光明曜猶如日光於其幢上懸以長播於其播中出大光明大海之中諸阿脩羅見是事已各相謂言帝釋天王勝播已現乘白象王向歡喜園時天帝釋遥見園林告諸天曰汝見此林甚可愛樂釋迦天主破阿脩羅既得勝已戲遊此林如此林樹甚可愛樂與三十三天夏四月時於此林中遊戲受樂時諸天衆白帝釋言隨王所勑我當奉行說是語已

近歡喜林歡喜林中先住諸天受五欲樂見天勝幢及白象王心大歡喜出迎帝釋禮拜供養合掌頂上作天妓樂歌舞遊戲入歡喜林時天帝釋即下白象與諸天衆入歡喜園一切天衆亦皆下象如是象頭鼻端及象兩脇一切天衆皆捨白象入歡喜林遊戲受樂歡喜林中先住諸天及與天主伐呵脩羅諸天衆等於夏四月受天快樂釋迦天王共諸天衆受樂自娛如此時間若諸天子善業將盡乃至受善業盡命終還退墮於地獄餓鬼畜生若生人中常受安樂種種解了端正第一衆人所愛山林河池可愛樂處而生其中主大國土富樂自在以餘業故復次比丘知業果報觀伊羅婆那大龍象王以何業緣成就大身大神通力與阿脩羅鬬得大名稱以何業故受畜生身彼以聞慧見此衆生天中壽命滿七萬歲過去之世毗陀論部名不羅那有婆羅門大脩福德好行布施貧窮盲冥苦惱之人以善心故常樂施與利益衆生爾時有王名曰善見於節會日出宮遊戲如諸天衆與八萬四千大白象王金網彌覆寶鈴莊嚴猶如如來一切金鈴以爲莊嚴八萬四千婇女而爲圍遶八萬四千妓樂之音向遊戲處園林之殿是善見王第一威德受大樂果時婆羅門具足威德詣善見王遊戲之處是婆羅門名三摩多見此大王具足威德王有白象名曰雲聚寶鈴莊嚴眞珠金網以爲瓔珞善巧工匠之所成就莊嚴白象種種歌戲詣遊戲處端正第一時三摩多婆羅門心自念言此白象王第一快樂我當願生爲天

帝釋作白象王以布施力及願力故命終生天爲天王釋作白象王比丘觀已而說頌曰

如此業畫師　處處業所牽　心王力甚大
造作種種報　勝因緣所轉　處處心所使
在在一切處　行於三界道　一切衆生業
自在使心行　是故調伏心　能至不退處
轉轉難調伏　處處妄攀緣　若善調伏心
調伏則安樂　若能調伏心　則能斷衆過
勇者離過惡　不復受諸苦　若此世苦惱
若未來世苦　一切不調伏　輕心因緣故
天龍阿脩羅　地獄鬼羅刹　心常爲導主
如王行三界　心將詣天上　復行於人中
心將至惡道　心輪轉世間　心輪轉壞人
境界癡所誑　愛漂諸衆生　現得無邊苦
一行常隱覆　大力難調伏　害而不可見
輕動速流行　若人有智慧　調伏如是心
其人離魔網　則能到彼岸　憶念邪諂曲
深而極輕動　是心惡嶮岸　將人至惡道
如是離衆惡　不爲諸根使　不著諸惡法
得至不滅處　心從因緣生　所須從心得
緣轉速流注　如是流轉行　如是作諸業
得種種果報　微細心流行　一念常不住
行處不可知　常無有形色　將人至何所
行於何等道　到已住何處　身爲業所作
見心所作業　作者不可見　此心難調伏
其形不可見　遍害諸衆生　無目速造業
是心性如幻　從惡得惡報　是心性如幻
行處甚難知　能將一切人　無量生死處
非力所能制　火亦不能燒　是心雖無目
燒害一切人　業繩甚堅牢　縛諸苦惱人

受百千生死　將去不可見　須臾作善業
須臾起不善　心作善不善　調伏則得樂
六根緣境界　多貪無猒足　不覺心將至
惡道受苦惱
如是比丘觀婆羅門作大善業其願狹小見
已思惟自識其心如是善業或得天身或離
生死爲心所使墮畜生中心願力故復次比
丘知業果報觀三十三天所住之地彼以聞
慧見第九地名曰光明衆生何業生於彼處
彼見聞知若人持戒轉教他人自不作惡不
教他作見作勸捨自護禁戒教人護戒堅固
不缺悉令清淨不殺不盜云何不殺若見有
地多有衆生爲持戒故不自穿掘不教人掘
若蠍若蟻蝦蟆黃虵種種衆生知此衆生所
居之處不自穿壞教他不作或受禁戒或不
受戒若見爲惡教令懺悔云何不盜若是他
地若陶師處若復餘人乃至泥土自不盜取
不教人取令他住戒見他盜者不生隨喜勸
令不作是名不殺不盜是持戒人命終之後
生光明天心常歡喜歌舞戲笑遊戲受樂其
身光明常照天衆多有天人園林遊戲第一
持戒生此天處作善業人受斯樂報所有園
林金網彌覆寶鈴妙音毗瑠璃鈴善業所成
遙見天子鈴中歌頌說如是言善來天子脩
善之人以寂靜偈而作頌曰
善寂靜心護持戒　持戒清凉今受樂
善持禁戒種種行　後得涅槃或樂報
戒遮惡道至善處　是故持戒後清凉
持戒之人臨終時　其心安隱不恐怖
我無惡道之怖畏　以持淨戒能救護

汝以持戒善護持　今至天中莫放逸

如是天子以善業故鈴網之音演說偈頌覺悟其心令離放逸有諸天子久於先世持戒來者聞是法已少時持戒不入放逸若天持戒不經多世則入放逸不自覺知雖聞法音即入放逸遠離鈴網覺悟之音更詣餘林七寶莊嚴光明林中其林廣長三千由旬唯除四地及善見城餘無勝者其林四維有四如意毗瑠璃樹善淨無垢其光普照滿一由旬光明如日五千由旬悉皆見之天子天女在於樹枝遊戲受樂隨心所念從樹得之四樹之中有光明林金銀瑠璃爲蓮花池莊嚴林樹如融金聚處處皆有須陀之味善淨無垢清潔香美大力自然須陀之味復有衆鳥視之可愛其音美妙以爲莊嚴眞金爲首白銀爲翅毗瑠璃嘴赤寶爲葉蓮花色寶以爲其目如是衆鳥以爲莊嚴銀葉樹上有眞金鳥黃金樹上有白銀鳥毗瑠璃樹赤蓮花鳥赤蓮花樹青寶王鳥一切衆鳥飲酒食果有七寶樹七寶色鳥遊戲其上復有衆蜂如赤寶花作種種業之所受身於蓮花中遊戲受樂如是樹中一切功德影皆悉具足天子天女於此樹上遊戲自娛其林具足諸天功德若天阿脩羅共鬬之時釋迦天王告諸天衆速疾莊嚴阿脩羅軍惱亂樂見山頂所住諸天三十三天聞是語已向光明林一切天衆共天帝釋入四樹間光明林中毗瑠璃樹淨如明鏡自見其相知鬬勝否若損身分具悉見之如是樹中自見其身若打若害若見被割壞已復生若見斷首斷腰即時逝沒於此樹

中皆具見之如其所見告諸天子當避横死甚爲大利阿脩羅闘害此天子帝釋聞已告言大仙汝勿闘戰必當衰害非時夭壽比丘思惟觀天樹中見衰没相以聞慧知若人悲心見屠殺者欲殺衆生令其得脱以是果報於光明林自見身相諸天復詣光明林中名曰雜林住光明林如意之樹以爲莊嚴入此林已各自思惟天阿脩羅誰力增勝以何力故天得增勝以何力故阿脩羅勝時天帝釋告諸天衆修行法者生諸天中閻浮提人於劫初時行十善道或教他人自勑身口持七種戒不缺不漏堅固不諂如是衆生命終生天譬如皮囊滿中盛沙不繫其口有大力人寫之速出劫初之時生諸天中亦復如是是故諸天勢力增長阿脩羅衆其力減少樂見山頂所住諸天能遮阿脩羅復於後時人行不善缺漏不堅行少善業閻浮提人命終生天譬如菴羅果欲熟之時有大力人摇動其樹其果少墮生於天中亦復如是復於異時行雜垢業不持身戒不持口戒不堅不淨不常脩習是人命終少生天中譬如毗羅大樹之果其果未熟少力之人雖復揺之不能令動設得動之果落甚少若有熟者其果則墮若未熟者則不墮落如是劫初衆生多生天上後世衆生生天甚少亦復如是以其雜垢破禁戒故汝等諸天莫行放逸若行放逸增益阿脩羅減損諸天衆今世衆生多行非法無有戒法不持七種身口之戒誑惑他人令生熱惱不孝父母不敬師長不順法行是人命終墮於地獄譬如皮囊滿中盛沙不繫其

口有大力人寫之速出今世衆生行不善業墮阿脩羅亦復如是若諸衆生有半持戒或身或口是人命終生阿脩羅中或生天中譬如菴婆羅果樹有大力人搖動其樹若果熟者墮搖則墮若未熟者搖之不落雜業衆生亦復如是或生天中或墮地獄或有生於阿脩羅中若諸世間盡行不善不孝父母不順法行不敬師長沙門婆羅門不持身戒及以口戒是人命終墮於地獄或復墮於阿脩羅中是故令諸阿脩羅軍增長大力天力減少雖復如是我今能勝阿脩羅軍非餘天衆汝當思惟行於法行若於今世若未來世守護正法一切力中法力最勝餘無及者汝當思惟憶念正法勉力勤加破阿脩羅時諸天衆聞天帝釋説如是教白帝釋言如天王教我當奉行説是語已向甲冑林從樹出生不可壞甲以自莊嚴著此甲者無能爲敵其光照曜譬如日出憂陀延山其光晃曜亦復如是向樂見山欲與阿脩羅列陣大戰如前所説光明林中所住諸天互相娛樂受五欲樂心意放逸於毗瑠璃林黃金樹林赤寶林中花果具足種種衆鳥出妙音聲復次比丘知業果報觀三十三天中種種鳥獸有種種色種種莊嚴種種形相種種音聲種種寶翅遊戲受樂於園林中如實觀之知微細業因緣果報彼以聞慧見諸衆生爲工畫師雖受顧直無巧僞心爲他營福圖畫僧房講堂精舍明淨綵色以青黃朱紫種種雜色圖畫佛塔精舍門閤或作山樹人龍鳥獸師子虎鹿園林城郭浴池戲處蓮花林池沙門婆羅門軍營

殿堂爲供養佛莊嚴因緣圖飾形像受人顧直或復刻鏤或以泥木金銀銅等如是種種造立形像諸工匠師命終生天受衆鳥身造作雜業而不持戒作此鳥身或受鹿形衆蜂之身常受快樂如其作業得相似果如天受樂無智造業雖有思心以無智故癡身受樂於天園林遊戲受樂山林峯嶺如畫刻鏤象牙金銀如素所爲如印印物於天園林生無量色如本綵色天復於此光明林中遊戲歌舞受種種樂此光明天乃至受善業盡命終還退隨業流轉墮於地獄餓鬼畜生若有善業生於人中常受安樂或爲國王或爲大臣爲無量人之所供養樂行遊戲愛於節會心常歡喜顏色端正飲食如意常受安樂他不能奪牀褥卧具園林遊觀奴婢充足以餘業故復次比丘知業果報觀三十三天所住之地彼以聞慧見第十地名波利耶多衆生何業而生彼處彼見聞知若人淨信以父捨物若衣服飲食牀褥湯藥以用布施復教他人不殺衆生乃至蜫蟻不起殺心若見有果爲蟲所食爲護其命不食蟲果見人食者勸令不食自持禁戒復教他人云何不盜於他所有乃至不取根食果食若於林中若於空地自既不取亦教他人如是之人自利利人命終之後生於波利耶多樹園波利耶多樹第一最勝於此一樹能示閻浮提人善不善相若閻浮提人隨順法行其樹花果則便具足以閻浮提人順行法故其花光明照百由旬三十三天心懷歡喜圍遶而住如是波利耶多樹花果茂盛知閻浮提人孝養父母供養

沙門婆羅門耆舊長宿是故此樹花果敷榮夏四月時其諸天衆圍遶此樹娛樂受樂若波利耶多樹其花半生則少歡喜知閻浮提人少分持戒令此天樹但生半花若一切人盡行非法則此天樹波利耶多葉皆墮落其色憔悴無有光明亦失香氣譬如冬天雲霧障日光明不了視不矐目如是波利耶多拘毗陀羅樹光明微少香氣損減相貌憔悴時諸天衆見是事已白帝釋言天王當知波利耶多樹光明損減香氣劣弱一切威德悉不如本必是閻浮提人不孝父母不敬沙門婆羅門耆舊長宿帝釋聞之即取寶像與諸天衆恭敬供養尊重讚歎如來之像念佛功德告諸天衆此波利耶多拘毗陀羅樹花葉墮落我今當往至彼樹下汝等莊嚴我今善心持如來塔世尊形像至彼樹下以天塗香末香供養世尊爾時諸天聞帝釋教無量百千諸天大衆詣帝釋所時天帝釋以如來像置天冠上頂戴而行往詣波利耶多樹園見彼天衆皆無歡悅以此波利耶多樹葉墮落失本光明是故不悅時天帝釋以如來像安置樹下七寶之地毗瑠璃座一切天衆皆起信敬生敬重心以天摩盧迦花天曼陀羅花摩訶曼陀羅花拘賒耶賒花如是衆花以爲供養香水澡浴如來形像如是供養已教諸天衆當起信敬離於慳嫉離放逸心此佛如來三界大師正法聖衆諸天子等聞帝釋教皆起敬信頂禮如來天尊之像爾時帝釋即以偈頌而讚歎曰

如來解脱恩愛毒　親愛一切諸衆生

久已度於生死海　南無南無一切智

爾時帝釋合掌恭敬向如來像與諸天衆胡跪合掌復以偈頌讚歎如來

如來永斷欲貪瞋　永離熱惱不可量
一切衆生無上師　南無南無一切智

偈讚佛已一切天衆圍遶樹王敬重如來生大信根如是一切天衆以淨善心增長正法供養佛像時波利耶多樹即便生紫新葉欲出諸天見已皆大歡喜其樹不久次第花葉如本不異其光遍照一百由旬香氣亦爾葉如雲色衆蜂圍遶其影鮮澤天衆圍遶如第二日見先威德其香普熏一百由旬其枝遍覆一百由旬根亦如是一切天衆皆大歡喜其天樹王光明香氣如本具足譬如六萬衆山之中須彌山王最爲第一種種樹中波利耶多樹光明莊嚴亦復如是最爲第一見勝光明威德殊勝充滿具足明淨顯現具足明醆三十三天見之歡喜共相謂曰汝等天子見佛如是大勢力不此天樹王花葉光明香氣具足如本不異三十三天見樹勢力光明增勝皆離疑網閻浮提人順法脩行念法心勝魔軍損減作法惡龍及阿脩羅不能破壞如法之人正法增長天衆不減於天女中不復劣弱魔軍減少天衆大力以樹王相當知諸天有大威德如是三十三天各各說已爾時護世從閻浮提詣第二天波利耶多樹王園中是時護世見三十三天於波利耶多樹下以清淨心供養如來身出光明到已頭面頂禮帝釋白天王言諸天大衆今應歡喜今閻浮提一切人民隨順法行供養父母沙門

婆羅門恭敬長宿時諸天衆聞其所説皆大歡喜供養護世作如是言汝令我喜汝亦如是常得慶悅以説閻浮提人行法行故如是天衆聞護世天説如是語復設供養既供養已持如來像詣善法堂樹王諸天及天帝釋還入波利耶多樹園夏四月中受天快樂遊戲娛樂天女圍遶於夏四月遊戲受樂若有天子從此命終隨業流轉墮於地獄餓鬼畜生若有前業得生人中顏貌端正人所樂見心常歡喜安樂無惱衆人愛敬歌舞戲笑常自娛樂一切女人若有見者皆生愛敬或爲國王或爲大臣以餘業故

正法念處經卷第二十七

音釋

臆　於力切胷肉也　撾　陟瓜切擊也　剖　普后切破也　鑽　祖算切錐鑽也

蠍　許竭切毒蟲也　鼬　弋救切鼠狼也　鏤　盧候切雕刻也

# 正法念處經卷第二十八

元魏婆羅門瞿曇般若流支譯

## 觀天品第六之七 三十三天之四

復次比丘知業果報觀三十三天所住之地彼以聞慧見三十三天第十一地名離嶮岸衆生何業生於彼處彼聞知見若人持戒利益衆生福德熏心或功德人持戒智慧或復病人施其一食自不殺生若空樹中或有蟲蟻種種細蟲若種種放牧牛羊象馬駝驢之人或冬寒時冰雪霜降於曠野中放火焚燒若有善人或以水土滅此燒火見作勸止自不故作設作改悔不生隨喜爲說恐怖令住善法令彼衆生住於善法自不偷盜亦不教人如是之人命終生於離嶮岸天其地金銀種種赤寶以爲廁塡如是種種金銀雜寶雜業莊嚴種種衆寶種種廁塡種種寶樹以爲莊嚴種種禽獸莊嚴其地處處皆有禽獸之類遍嶮岸地一切園林無量七寶以爲莊嚴離嶮岸天住此林中莊嚴之具如融金聚百千天女以爲圍遶受五欲樂隨其住處身出光明岸樹光明亦如天身於此林中遊戲受樂與諸天女往詣河林其河兩岸多諸金樹黃金爲葉以樹光明令水黃色悉無白色其流駛疾不見白色於園林間天子天女遊戲受樂天作是念令此樹中應出美飲以善業故隨其所念即時流出種種美飲色香味具以諸寶器而用飲之飲天上味受天快樂見諸天女受火所燒以樂覆故而不覺知天子復念我今欲聞種種音聲以善業故隨其所念有風動樹出妙音聲勝五樂音天子復念

今此樹上應當出於須陀之味以善業故隨其所念即於樹上猶如大器盛物寫之從上而下石蜜之味不得爲比天子食之歌衆妙音往詣寶地諦觀瞻視常樂念欲至寶地中受五欲樂捨此地已復詣普林其普林中有七種鳥眞金七寶以爲鵝鳥因陀青寶以爲鸚鵡翅多赤寶以爲鴛鴦毗瑠璃寶以爲鳧鴨青寶硨磲以爲孔雀大青七寶爲命命鳥珊瑚銀寶爲迦陵頻伽其聲美妙如婆求鳥音衆所樂聞翱翔空中遊戲自娛其音美妙如天女音於蓮華池衆蜂莊嚴遊戲其中復於陸地翱翔遊戲復有金樹種種葉影映飾鳥身天見衆鳥發歡喜心耳聞其音心意悅樂天子行空與鳥遊戲或於水中與鳥遊戲或於陸地共鳥遊戲如是天衆共鳥遊戲天子天女互相娛樂天鳥儔匹遊戲受樂比丘觀鳥受天樂已而說頌曰

畜生行欲　癡力所作　天若如是　畜生無異
人受富樂　不著放逸　是智慧人　愚者相違
放逸將天　至於地獄　智者所說　放逸如毒
愚癡放逸　著現在樂　放逸果熟　後生大悔
觀於放逸　無少利益　若捨放逸　常無憂惱
放逸大苦　不放逸樂　舉要言之　應捨放逸
若人受苦　應行放逸　樂行放逸　終無樂報
樂不放逸　至不退處　不行放逸　常無苦報
此諸天衆　與鳥遊戲　天與畜生　等無差別
界道身意　一切皆壞　天人非人　地獄餓鬼
意差業別　業別道分　諸業分異　道亦如是
種種雜業　生於天中　樂著放逸　不覺退歿
死相既至　汝當自知　於天中退　受大苦惱

爲癡所害放逸所誑諸天渴愛墮於地獄戲樂自誑墮於地獄受天樂已後受大苦爲心所惑不猒生死爲愛所欺從苦入苦比丘如是以是偈頌訶責放逸諸天子等貪於五欲不知猒足如火得薪乃至受善業盡從天還退隨業流轉墮於地獄餓鬼畜生若有善業生於人中常受安樂飲食充足國土豐樂五穀熟成或爲王者或爲大臣以餘業故復次比丘知業果報觀三十三天所住之地彼以聞慧見三十三天第十二地名谷崖岸此諸衆生以何等業生於彼天彼聞知見若人善心修行福德施坐禪人得初禪者自施其食教人施食施已隨喜教他隨喜是名布施不殺不盜若人道行井泉池流施水之處施其瓶鑵飲水之器供給行路復有異人教他盜取持度曠野汝若不取必當渴乏爾時其人雖知渴死畏犯罪故不受其教不盜財物亦不隨喜勸人不取令住善道乃至失命不犯偷盜云何不殺自行不殺勸人不殺毀呰殺法若屋窻牖若戶扇間若屋梁上有微細蟲若然火時懼傷其命不閉戶牖是名不殺復教他人令行不殺住於善道如是之人命終生於三十三天谷崖岸天受善業報有一林樹名隨時低其林種種衆寶光明青毗瑠璃清淨無垢種種衆鳥出妙音聲華常開敷流泉河池以爲莊嚴青毗瑠璃以爲蓮華莊嚴金峯如融金聚雜色衆鳥遊集其中或於水中或於陸地或於山峯嶮峯山窟出衆妙音善業所化受善業果種種天女之所圍遶天鬘天衣以爲莊嚴色相威德端嚴殊

特於此林中歌舞遊戲以善業故林中天鳥而說頌曰
衆生造善業　天中受快樂　若造不善業
地獄受苦報　既生於天中　而能自覺悟
從樂得樂果　不爲愛所惑　業繩縛衆生
長在三有獄　業力自在轉　如轂轉衆輻
輪轉於三有　八方及上下　業力風所吹
如塵遊虛空　因緣之所生　如蓮華莊嚴
如是天莊嚴　皆從善業生　譬如清淨水
如虛空無塵　如是清淨心　能至安樂處
解脫三縛人　能護於五根　遠離一法人
天中受安樂　無慚無愧人　不調惡知識
如毒亦如火　智者應捨離　實語行施人
常應樂親近　常慈心衆生　此道生天中
直心不諂曲　布施修正念　以是自業因
來生此天中　世間一切命　皆由法非法
救護無過法　是故應行法　若人捨離法
樂行不善業　爲惡之所燒　受苦無窮盡
既得生天已　若縱放逸心　其人善業盡
退時乃自覺　究竟樂爲勝　無生亦無死
死網縛衆生　無有安樂處　隨其受樂處
愛心轉增長　愛火燒衆生　地獄受苦報
勿得行放逸　諸天所不應　放逸過所壞
退失於天處
如是天鳥說此法時天子心亂念諸天女於利益法不聽不受渴愛五欲心意耽著於蓮華池遊戲之處歡娛受樂復往山峯名樂遊戲山峯有鳥名曰戲樂遊戲池中互相娛樂時天見鳥作如是念奇哉此鳥種種衆色種種音聲勝一切鳥是時天子復作是念我今

乘鳥遊觀林池天既念已即時鳥身自變廣大爾時天子以手摩捫乘之遊空翱翔受樂天子復念於鳥背上化七寶殿園林華池皆悉具足種種衆鳥以爲莊嚴上乘虛空與諸天女種種莊嚴處處遊戲受種種樂遍觀諸天所住之處既觀察已轉增愛著足百千倍不可爲比如是愛火六欲熾然不可調伏妄愛爲樂實爲大苦乘鳥遊戲虛空五樂音聲歌頌之音其聲美妙不可譬喻遍見一切天子天女於須彌山園林池流山谷樹林蓮華遍覆多有衆鳥皆悉見之一一住處無量百千諸天所住處處觀之猶不猒足諸根愛著貪著五欲歡喜無猒愛心增長如是多時乘鳥遊戲觀須彌山王六萬諸山善業諸天之所住處無量寶炎光明莊嚴甚可愛樂須彌

四面有四種色謂毗瑠璃白銀黃金玻瓈之色此天遍行觀須彌山乘於鳥殿還其所止至其住處如天所念色相莊嚴是時天子復乘鳥殿至摩時多池其池周帀廣五由旬青毗瑠璃種種蓮華以爲莊嚴鳥至此池與諸天女受五欲樂猶如衆蜂貪嗜華味飲於摩偷食須陀味色香美味皆悉具足服天寶衣與諸天女遊戲受樂乃至受善業盡從天命終隨業流轉墮於地獄餓鬼畜生若有善業得生人中常受富樂多有乘騎遊戲之處或爲王者或爲大臣人所敬愛以餘業故復次比丘知業果報觀三十三天所住之處彼以聞慧見第十三地名摩尼藏衆生何業而生此天彼聞知見若有善人利益衆生不殺不盜亦教他人令住善道自不殺生乃至見於

酒窖之中有濕生蟲若不漉治終不故飲不教他作亦不隨喜知不善業捨而不作見他作惡捨不親近勸令修善是名不殺生云何不盜乃至入於塔廟若有供養佛塔燈明不以此光營作衆事亦不取煙以爲書墨微細之罪悉皆畏懼是名不盜復有不殺及不偷盜不殺生者乃至蚊蟻惱觸於人亦不殺害心不念殺若見他殺勸令放捨語其人言若殺生者是不善業命終當墮活地獄中如是教他令不作惡安住善法如是善人自持禁戒令他住戒若行曠野若飢饉世以飲食施若其飢餓困逼之時不盜他食於曠野中貧窮飢困乏少食粮者能減已食施諸貧人以思心福田二事勝故得大果報以時施故何以故病之大者無過飢饉是故施食得大果報如是二種持戒之人自利利他善心直行第一善人乃至小罪常懷大懼以衆寶珠施於父母或以珠瓔施如來像是人命終生三十三天摩尼藏地生彼天已受第一樂五欲自娛是善業人威德光明皆悉普照五百由旬譬如日出普照衆山此天光明照一切地亦復如是其衆寶地先具光明如是天子身光既照百倍轉勝其諸光明青黃朱紫如天虹色其身光明百倍轉勝莊嚴殊妙以善業故身如電光勝諸天衆如衆星中月最第一此天之身亦復如是遍身光炎自觀寶地其地皆以種種摩尼以爲莊嚴種種間錯分齊分明一切光明猶如百日一時同照天子見之生大歡喜復觀異處見諸天女妙色具足以不可譬喻種種衆寶以爲莊嚴受諸欲樂

鼓樂弦歌笙笛箜篌如是種種歌衆妙音或有舞戲天鬘莊嚴或於華池與鳥遊戲或食天果復於意樹取諸華果歌欲樂音令衆歡喜天子既至見諸天女爲諸欲境惡蛇所螫從座迴顧向諸天女諸天女等天鬘莊嚴天子見之欲火燒心迴顧天女時諸天女見其丈夫命將臨終五衰相現猶如衆蜂捨於萎華赴新開華諸天女等捨本所事趣此天子亦復如是種種天鬘種種天衣以自莊嚴以愛欲心娛樂天子令心喜悅是退天子以無始來習諸愛欲見其天女背叛異趣心生熱惱如阿鼻獄猛火燒身見諸天女背已趣他其心熱惱亦復如是從天命終以嫉妬心自害其身有報將盡取緣濁心更無所見退墮地獄餓鬼畜生以何因緣見諸天女叛已趣他生大苦惱以於前世人中之時邪行非禮犯他婦女以作善業生於天中侵他妻故見斯惡業如是善業之中惡業成熟是故微少惡業所不應作若能奉持七種之戒不缺不漏則有餘果夜摩諸天見退没相則不如是未來世報略而說之不復廣說諸天女衆天鬘莊嚴速往詣於初生天子以諸天鬘而用上之令其莊嚴華鬘香氣色香具足無有萎變令初生天子著此華鬘天子著之心生歡喜即相親近共遊園林互相娛樂於此地處天衆所住見清淨水毗瑠璃華眞金爲葉金剛爲鬚百千衆蜂以爲圍遶其蜂或以眞金爲翅毗瑠璃身白銀爲翅眞金爲身赤寶爲翅雜色爲身珊瑚爲翅常於如是不萎不變蓮華池中遊戲娛樂其聲清妙如天女音如

是衆蜂以爲莊嚴天子天女入蓮華池遊戲受樂歌詠戲笑久於池中娱樂受樂復往詣於金鬚樹林二樹彌覆既至林中種種妓樂出妙音聲見須彌峯如融金聚見諸天衆在於山峯與諸天女伎樂自娱天鬘天衣以爲莊嚴閻浮檀金以爲瓔珞莊嚴其身於蓮華池優鉢羅池種種香味皆悉具足天子天女遊戲受樂鵝鴨鴛鴦大力師子悉爲行列諸天在中遊戲受樂復見天衆行於虚空與諸天女猶如明燈歌頌美音以自娱樂雨衆妙華受天快樂五樂音聲歌戲娱樂復見天衆飲天美味無有醉失各説愛語以相娱樂令心喜悦復見天衆食須陀味以自善業所得果報色香味觸皆悉具足復見天衆於七寳樹採七寳華以自莊嚴復見天衆採華摘果或有食者或相打擲以爲戲笑共相娱樂復見天衆乘於天鳥衆雜七寳以爲莊嚴乘此鵝鳥遊於虚空互共遊戲復見天衆歌衆樂音於天子前諸天女衆舞戲娱樂以天蓮華互相打撲以生欲心言談調謔增愛境界初生天子見如是等種種天衆種種業化心自思惟我雖見此眼不知足聞種種聲耳亦無猒種種衆香鼻亦如是種種六味舌無猒足身貪細觸天衣妙服莊嚴塗身亦復如是不知猒足一切愛法心常隨順我今愛樂當受斯樂既思惟已互相愛樂如天所應受五欲樂如是天子六愛著心一切愛火圍遶焚燒譬如有人於盛夏日極熱之時行於曠野大火卒起燒諸乾草樹葉枝條山谷林樹一切火起慞惶怖走逃避無地其火炎熾四面圍

遶同爲一炎燒一切林隨其所趣煙炎俱起爲火所燒不能免離世間一切愚癡凡夫亦復如是乾草樹枝愛火所燒將至天中業造之人結使癡風吹大愛火修禪習觀得世俗禪喻乾枯樹山谷草藂愛火所燒猛熾火者喻六種愛處處走者喻於諸根染著境界其焰熾然憶念境界猛風所吹愛火所燒破壞天人世間火者喻於愛火天善業故受於無量百千種樂乃至受善業盡從天還退隨業流轉墮於地獄餓鬼畜生若生人中住於寶地一切衆寶以爲莊嚴而生其家或爲大王或爲大臣常受安樂衆人所愛子孫具足豐饒資具以餘業故復次比丘知業果報觀三十三天所住之地彼以聞慧見第十四地名曰旋行衆生何業生於彼地彼以聞慧見有衆生不殺不盜見他作者勸令不作說不善業得惡果報云何不殺乃至草葉若於水中見微細蟲護之不食若不漉水終不故飲漉水之蟲不棄乾地還置水中令蟲安隱不失其命亦教他人令住善道云何不盜若甘蔗田若果若菜若菴婆羅他所攝物不起盜心亦教他人令不偷盜自持禁戒教他持戒云何持戒不殺不盜乃至失命不飲蟲水亦不受用亦教他人令其不作是名不殺生云何不盜乃至草葉亦不故盜行於布施若見病人施其醫藥令得安樂亦復不以殺蟲之藥與他治病是善布施乃至涅槃其福不盡是人命終生三十三天施行之地既生之後以善業故一切衆寶光明旋轉殊勝天女以爲供養既供養已詣光輪林種種音樂林中有

鳥名莊嚴樹充滿林中以鳥勢力隨其心念欲有所至飛於虛空林亦隨行若諸天子在於樹下亦隨林行隨所到處生蓮華池衆雜蓮華以爲莊嚴毗瑠璃葉眞金爲莖白銀爲鬚蓮華臺上諸天女等歌衆妙音以善業故其蓮華中流出摩偷（摩偷者美飲俗名爲酒）天女飲之與蓮華臺諸天子等住蓮華臺天女圍遶共飲摩偷久受樂已從空而下與鳥相隨及天女衆詣優鉢羅殿其殿縱廣滿二由旬如是百千優鉢羅華一一天女住一葉端歌舞妓樂復有青色優鉢羅華以華青光令諸天女皆作青色若在赤色令諸天女皆見赤色身莊嚴具亦復如是天子天女坐蓮華臺以善業故與諸天女而共圍遶坐蓮華鬚手擎種種雜色寶旛歌舞遊戲久受天樂從華臺下見雜娑羅殿河名樂見兩岸多有衆寶之樹枝葉具足莖幹成就種種衆鳥紫翅端正娑求之音莊嚴河岸隨天所念從河而出其河莊嚴天女歌舞甚可愛樂互相娛樂天子來詣如是愛河天女見之皆大歡喜歌舞戲笑作衆妓樂有異天女作衆妓樂來詣天子是時天子見諸天女顏色妙美百倍愛著走趣天女與此天女及優鉢華諸天女等河岸遊戲諸天女等一切同集作衆妓樂出妙音聲其歌音聲遍滿須彌山王寶峯之中時山峯中一切天衆聞是妙音皆來集會心意戀著天女歌音天子天女大衆和合不起嫉妬歌舞遊戲復往詣於遊戲園林久受無量百千種樂乃至受善業盡從天命終隨業流轉墮於地獄餓鬼畜生若生人中常受安樂常樂

澡浴塗香末香愛衆蓮華優鉢羅華拘牟頭華俱迦那陀華質直聰慧愛樂正法或爲國王或爲大臣或作長者或主城戍或爲導師治生諧偶以餘業故復次比丘知業果報觀三十三天所住之地彼以聞慧見第十五地名曰金殿衆生何業生於彼處彼以天眼智慧觀察見持戒人不殺不盜云何不殺若見怨家欲來害已或有他人侵其妻室雖捉擒獲不打不害放捨令脱輭言慰喻或見有人欲害怨家以財贖命令其得脱復有惡人已捉擒獲放之令去而不加害如是惡人復至其家欲侵欲害而復擒獲還即放之而不加害以護持戒畏業果故怨家持刀欲來殺人護彼怨家令其得脱不被殺戮畏破戒故自捨身命不害他人是名不殺云何不盜不盜幾種此持戒人乃至小罪生大恐怖畏業果報不造惡業修行善業復有不盜見於小罪乃至微塵心生恐怖或詣塔寺或至園林閑靜讀誦經行之處或至水邊不取他物種種鞋屣悉不故取他所不聽亦不受用以護戒故若晝若夜不起盜心是名不盜是名不殺不盜云何住戒捨於不淨不愛不樂不善之法持戒清淨善人所愛如實不虚如是持戒生於天中必至涅槃隨心所願成三菩提是持戒人若行曠野若獨若伴若行道路若行非道若見惡獸懷妊產子爲飢所逼欲噉其子是人見之自捨其身與此惡獸欲令殺已不食其兒是持戒人爲續其命憐愍衆生自捨身命孝養父母云何布施若持戒人貧窮困乏勤苦得物順法持戒或有沙門起於滅

定來至其家從其乞求如是貧人減其妻子所食之分有少飯食施此比丘自屈一日見其食已心生歡喜復教他人不殺不盜住於善道見作隨喜是持戒人自屈利他命終之後生三十三天猶如香氣生於金殿是善業人生彼天已受欲樂地黃金爲殿一切衆寶以爲莊嚴帝釋見已生希有心百倍受樂以偈頌曰

上上之樂　善業善果　諸天所受　先世業故
四輪之殿　駕以象馬　智慧爲鉤　殿光如日
持戒之善　遊於天上　憐愍衆生　如母愛子
慈悲之人　能至天中　行慈悲者　饒益衆生
常應供養　後生天中　悲愍調伏　利益衆生
是人如是　諸天敬仰　慈悲之人　端嚴如月
覆護衆生　離於憂惱　是故勤加　修行求樂

時天帝釋說此偈已入其金殿坐柔輭敷種種形相以爲莊嚴與諸天衆俱坐其上天女圍遶久時受樂種種色身種種莊嚴而相娛樂時天帝釋復出金殿詣一切樂林種種天衆百千圍遶種種妓樂出衆妙音其諸天衆出大光明隨天帝釋去林不遠見遊戲處無量百千光明莊嚴金毗瑠璃以爲其樹光明赫炎周遍莊嚴其遊戲林中種種莊嚴不可譬喻今說少分譬如七日俱時並出其林光明亦復如是其諸光明有種種色青黃朱紫白色諸光其林莊嚴遊戲之處光明赫炎帝釋見已告諸天衆汝等見是一切戲樂遊戲之處圍遶莊嚴不唯然已見時天帝釋語諸天衆過去之世頂生大王於此林中與天帝釋分座而坐遊戲受樂無量天女之所圍遶

主四天下時二天王受於無量百千萬億五欲之樂猶不知足從天還退時頂生王以善業故於此林中光明威德端正勢力我今說之汝當善聽於過去世有頂生王主四天下不加刀杖亦無刑罰欲無猒足以先世善業來上此天其身光明勝須彌山過踰十倍一切天光至其光中皆滅不現時四天王見頂生王即出奉迎白頂生言善來大王我今故出奉迎大王應修供給時頂生王受其供已復上三十三天是時頂生光明威德猶如日光人中最勝在此天中亦復如是時四護世天自見光明悉不復現恠未曾有告諸天曰此頂生王至此三十三天或是其身威德之力或是輪力非餘天力亦非人力勿起怖意此人順法爲轉輪王護世說已時頂生王到三十三天爾時帝釋遊戲在於一切樂林娛樂受樂遙見頂生即分半座命之令坐爾時頂生即與帝釋共坐一牀二王久時受五欲樂業盡還退爾時三十三天遊戲之處無有及此一切樂林其林殊妙無量衆寶以爲莊嚴光明如日時天帝釋說是語已與百千天女而自圍遶入一切樂林既入林已天子天女娛樂受樂食於種種須陀之味既飯食已昇七寶殿其殿光明威德端嚴猶如日光種種樂音還善法堂帝釋去已舊住諸天受五欲樂乃至受善業盡墮於地獄餓鬼畜生若生人中常值善世不值刀兵生好國土園林具足稻麥甘蔗華果具足大富之處常值正法或爲大王或作大臣爲一切人之所愛敬端正第一諸根成就子孫具足以餘業故復

次比丘知業果報觀三十三天所住之地彼以聞慧見第十六地名曰鬘影衆生何業而生彼天彼以聞慧見此衆生善業善心不殺不盜云何不殺云何不盜幾種不殺幾種不盜不殺生者自不殺生若種種魚鼈若珂若貝不取不賣見殺生者教令住戒見他作者心不隨喜勸令安住善道之中是名不殺生云何不盜若此善人以清淨心直心持戒不以貪心或佛塔廟或於僧中燒香之處不齅香氣不以方便令熏其衣若香至鼻心不貪著是名微細不偷盜戒見他作者勸令不作令住善道如是衆生自利利他以何等心利益衆生見殺生者如殺已兒觀諸蟲蟻亦復如是亦教他人令住善道云何布施若貧窮人勤苦得財以用布施持戒行人得初禪者

在器之食分半施之亦教他人令行布施如是之人自利利他命終之後生鬘影天既生天已樹名鬘影其光明輪周遍園林其樹華香滿一由旬勝餘華香其華脩長若以一華則成首鬘其華雜色種種莊嚴青黃赤白繁茂鮮榮復於園林受五欲樂妓樂音聲欲樂具足隨心所念皆悉成就種種殊異無量成就以善業故一切成就復於林中有蓮華池名曰雜華有大勢力生諸蓮華華常開敷七寶色蜂以爲莊嚴蓮華池中種種衆蜂出妙歌音天子天女聞蜂歌音皆大歡喜共相謂曰奇哉此蜂出妙歌聲令我心悅如是衆蜂歌衆妙音復有鵝鳥皆以其翅扇蓮華池令華勃起如黄金色遍覆池水鳧鴨見之歡喜走趣出妙音聲如是華池多有衆鳥天子天

女以歡喜心捨衆樂音往詣衆鳥遊戲受樂復往詣於行列宮殿遊戲之處其諸宮殿七寶爲柱金銀瑠璃硨磲玻瓈以爲莊嚴其地多有種種天女遊戲受樂天寶莊嚴天栴檀末以塗其身共相娛樂不起嫉心互相愛樂離於妬心受自業果種種地中以種種業而生其中受自業果遊戲受樂復往詣於如意之樹其樹勢力隨天所念悉皆得之於此林中飲食河流第一色香衆味具足以歡喜心遊戲河中食須陀味既飲食已百倍悅樂復往詣於青蓮華林其華第一色香味具於華葉中流出摩偷美味之飲猶如酒糟酒流而出其色青緑如分陀利黃分陀利出黃色飲瑠璃色華出瑠璃色飲玻瓈色華出玻瓈色飲硨磲色華出硨磲色飲雜色之華出雜色飲雜色葉華毗瑠璃莖金剛爲鬚如是種種諸飲從華流出香味第一諸天飲已復往詣於一切觀林遊戲娛樂到此林中悉見一切三十三天所住之地一切觀林甚可愛樂於此林中有蓮華池名曰普流廣三十里清淨之水湛然充滿如瑠璃色鵝鴨鴛鴦周帀圍遶一切衆鳥皆如金色七寶爲背珊瑚爲足赤寶爲目雜寶莊嚴其音美妙遊戲舞弄時諸天子詣遊戲處金色之鳥出妙音聲天子昇於金殿之上其殿光暉如融金聚各相謂曰汝見諸天遊戲之處令諸天衆其身光明黃色轉妙過於兩倍於此殿中遊戲自娛受五欲樂貪愛境界而無猒足如火益薪轉更增熾諸天受於色聲香味觸亦復如是不知猒足於此天中受五欲樂乃至受善業盡命

終還退墮業流轉墮於地獄餓鬼畜生若有餘業生於人中常受快樂華鬘塗香以爲莊嚴坌以末香心常歡悦或爲王者或爲大臣大富饒財爲一切人之所愛敬無有怨敵亦無病惱以餘業故

正法念處經卷第二十八

音釋

鑵古玩切汲水器也　轂古禄切車轂也　漉盧谷切濾也　分齊分扶問切齊在詣切分齊限量也　螫於隻切蟲行毒也　妊汝鴆切孕也　坌蒲悶切塵坋也

# 正法念處經卷第二十九

元魏婆羅門瞿曇般若流支譯

## 觀天品第六之八 三十三天之五

復次比丘知業果報觀三十三天所住之地彼以聞慧見第十七地名曰柔輭衆生何業生彼天中彼以聞慧見持戒人不殺不盜生此天中云何不殺有諸衆生爲貪財利恣足五欲斷毒蛇命取其寶珠以自供命持戒之人不爲此事是名不殺亦教他人令行不殺乃至蚊蟻微細衆生亦不故殺云何不盜不以盜心取人草土乃至微細亦不故取乃至他人所有書記不以盜心書寫自用是名不盜云何布施是持戒人貧窮乏財以無貪心減身資分施初禪人衣服飲食卧具醫藥資生之具或施一食或於僧寺平治僧地令僧去來安隱無難如是自行布施亦令他人安住善道勸於他人令捨惡業是持戒人不殺不盜自利利他以是因緣命終生於三十三天生此天已受天快樂其地皆以柔輭天繒以爲敷具遍覆其地柔輭滑澤若天行上隨足上下足躡則偃舉足隨平譬如大風吹水波起高下不定風止則平其地柔輭亦復如是其地清淨猶如明鏡若有工師若工師弟子善能磨鏡瑩拭明淨照顯衆像若析一毛以爲百分於此鏡中皆悉了見此天地中見諸天子一切身分亦復如是如彼明鏡清淨無垢其地清淨亦復如是其地復生希有之事若諸天女心有所念欲令天子共其遊戲天子即於所住地中自見書字即與天女遊戲受樂其地復有希有之事若天憶念一切

所須皆從地生如是三十三天於柔輭地受天快樂復往詣於遊戲之處其遊戲處有大園林名摩偷迦鈴網彌覆無量寶樹以爲莊嚴於彼林中種種衆鳥華果具足五樂音聲遊戲受樂五根境界受果報樂於其地中復有林樹名曰娑羅若諸天衆入此林中遊戲之時樹則變小令諸天女取果不難其林皆是七寶所成光明晃曜如日初出以爲莊嚴無量種色華果莊嚴種種色鳥出妙音聲以爲莊嚴如是衆鳥住於林中出衆妙聲於此林中受六欲樂歌舞戲笑捨此林已復往詣於遊戲山峯名曰高聚往至彼峯與諸天女種種莊嚴歌舞戲笑昇高聚峯其峯周帀廣十由旬其山峯上有大華池名曰光明以七寶華拘牟陀華俱迦那陀華青優鉢羅華充滿池中其水清淨鵝鴨鴛鴦出衆妙音甚可愛樂天子天女圍遶華池歌舞戲笑飲於天味無有醉亂六味之果隨念食之其汁香美飲之無失天子天女皆共飲之復於異處有諸天女歌舞戲笑鼓樂絃歌簫笛箜篌種種樂器與諸天子娛樂受樂圍遶華池久受天樂復有華池名一切意樂遊戲之處天鬘莊嚴栴檀塗身散以末香身出光明以其自作上中下業因緣力故隨心所樂得三種報生似業意若人造作如是之業得如是果眼識緣色而生樂心何以故若作下業於等色中見作下色其人如是於一緣中見於下色若作中業則見中色生中樂心若作上業則見無量種種妙色形相端嚴如是一切聲香味觸亦復如是目之所緣欲界天中一切諸地

皆亦如是若不如是三種之報則不成就當知如是三種之業得是妙色端正莊嚴天女殊勝此諸天衆於一切意樂園林之中遊戲受樂貪著色聲香味觸等不知猒足比丘觀已而説頌曰

劫盡日燄　大海乾竭　億百千劫　貪愛不滅
諸水兩等　海尚可滿　貪欲之海　愛色無猒
憶念諸樂　欲不可滿　若離憂愛　欲則止足
樂從欲生　智者不樂　離欲之樂　樂中最勝
雜愛之樂　如雜毒水　若離愛欲　如水乳合
欲燒癡人　盲冥無覺　如摩羅耶　山蟲食木
愛欲憶念　念不可數　念無猒足　死王所縛
不爲欲使　不住愛境　是人樂器　如來所説
如夢所見　揵闥婆城　虛妄不堅　諸欲虛誑
如幻水沫　甎波迦果　生於海渚　食醉七日
欲爲衰惱　如火害人　若知欲過　不食醉果
能見實諦　永離愛惱　諸欲如毒　未得思念
得之自惱　衆惡熾然　欲無猒足　退失天樂
墮於地獄　由欲所誑　欲如水波　如電如燈
女欲如毒　如魚迴旋　思惟增長　如火益薪
初後不安　智者所棄　若有習近　轉轉增長
觸如火燄　欲受苦報　知此欲過　智人猒捨
離欲之人　得涅槃樂　無數千萬　那由他天
習欲墮落　受地獄苦　欲火刀毒　求樂應捨
常應捨欲　地獄之因　未見有人　不爲欲使
無有習欲　不受苦惱　是故捨欲　莫生心念
一切諸欲　如火熾然

如是比丘觀諸天子爲欲所使説偈訶責放逸諸天復詣一切意樂園林作衆妓樂與諸天女種種莊嚴入彼林中歌樂音聲歡娛受

樂無量河池莊嚴園林處處皆見種種妙色如是眼根受於色欲又隨憶念聞衆妙音種種愛聲鼻聞種種上妙愛香舌得種種殊異之味隨心所念皆悉得之隨心所念得種種觸身心悅樂隨意所念樂法成就如是天衆爲愛所覆放逸遊戲如心所念受五欲樂乃至受善業盡命終還退墮於地獄餓鬼畜生若生人中常受安樂常愛華鬘塗香末香大富饒財直心善心一切衆生之所樂見信受其言衆人所愛妻子具足善行禮義不失儀式所有財物王賊水火所不能奪王所供養生大種姓以餘業故復次比丘知業果報觀三十三天所住之地彼以聞慧見第十八地名雜莊嚴衆生何業生於彼處彼以聞慧見持戒人不殺不盜亦教他人令住善道云何不殺不惱衆生自不殺害不教他殺亦不隨喜亦不親友殺生之人乃至不與語言交接不聽他人不淨之語不同路行復有不殺有諸衆生或以歌音或琴樂音箜篌簫笛誑諸禽獸令墮網陷此持戒人不作如是方便殺害亦教他人令行不殺見他作者贖令得脫心不念殺是名不殺云何不盜或有衆生虛妄誑詐商賈求財行於非法種種偷盜云何誑詐或以碎沙雜餘財物稱而賣之見其爲非勸令不作方便教言莫以妻子自身財物惡友因緣而作偷盜若行偷盜命終墮於地獄餓鬼畜生偷盜果報受大苦惱如是自不作惡亦勸他人令離惡法因緣既至能捨不取如是之人自利利人云何布施或入大海過大曠野以求財物或從他人傭力求財布

施貧窮苦惱之人心生敬重諸根悅豫而施與之或以此物施二禪人或施貧者是名布施云何不殺若諸獵師羅網捕鳥若人捕魚其人見之以物贖命還令得脫思惟歡喜諸根悅豫亦教他人令贖生命心生隨喜我爲善業恒願修習亦令他人修行善法如是善業不殺不盜自利利他如是二種持戒利益自利利他命終生於三十三天種種廁塡莊嚴之殿而於中生善業之人生此天已種種摩尼光明晃曜廁塡莊嚴其身光明種種色衣種種天女種種衣服莊嚴其身住在其後初生天子作如是念我以何業而生此處自念前生修善業故來生此天即自歎曰奇哉善業我修行故來生此處如是天子旣思惟已以善業故初聞樂音天女歌音遍一切處山峯宮殿美音充滿禽獸率舞聞此歌音百倍受樂初聞此音心生樂著是名第一生欲因緣旣著聲已心復生念欲是衆色即時迴顧見諸天女無量色相不可譬喻具足莊嚴是誰天女誰之所攝心旣念已欲心即生是時天女而說頌曰

種種欲因緣　我最爲第一　我今奉天子
遊戲種種樂

爾時天子旣聞歌音又見美色即時迴身至天女邊欲受觸樂是名第二生欲因緣復有第三生欲因緣心使諸根貪於境界心緣自在天子欲心觸諸天女天女以身亦觸天子是名第三生欲因緣復有第四生欲因緣無量無等香熏之氣不可譬喻天子覻之從何所來即知此香從天女生便以欲心抱持天

女嗅無等香是名第四生欲因緣於四境界心受染樂時諸天女以種種飲食須陀之味供養天子是名第五生欲因緣如是不可譬喻生欲因緣五欲境界初著天樂如是天子受天樂報初生之時憶念宿命以著欲樂皆悉忘失復以欲心往詣天女天女亦來向天子所歌舞戲笑互相娛樂至天子所調戲愛語歡娛受樂復往向於園林華池天女身著種種莊嚴復與天子往一切觀意樂園林一切見林一切地天遊戲之處其林諸樹意念具足無量莊嚴金樹銀葉赤實爲枝玻瓈爲果色香味具有如是等無量諸樹莊嚴園林復有異林以爲莊嚴毗瑠璃樹真金爲枝赤寶爲葉白銀爲果硨磲莊嚴復有異樹於一肘量七寶莊嚴所謂金銀赤寶毗瑠璃寶硨磲莊嚴復有樹枝一肘之量七寶所成華果具足天華莊嚴其華種種色香具足其香周遍滿六由旬種種色蜂飲諸華汁是一切見意樂之林如是諸樹以爲莊嚴種種白業受斯果報復以蓮華而爲莊嚴毗瑠璃莖真金爲葉赤寶爲鬘青因陀蜂以爲莊嚴其音美妙天衆聞之生大歡喜其林復有行列莊嚴種種色林以爲行列青黃朱紫如閻浮提觀於電光其林如是行列莊嚴河津華池莊嚴林園如是功德具足之林天子見之心大歡喜與諸天女至彼林中餘天見之知初生天子欲來我所皆起往迎互相慰問美言稱讚娛樂受樂妓樂之音遊戲種種蓮華林中久於一切見林受五欲樂復捨此林往詣樂行遊戲之處其遊戲處種種欄楯以爲圍遶長

流美飲七寶宫殿行列如林真金爲地種種衆鳥出妙音聲舞戲自娱河池流水其音美妙飲食河流色香味具天子遊中受五欲樂遊戲自娱與諸天女種種莊嚴受天善業經於久時以放逸故而不覺知如是天子受五欲樂業盡還退放逸覆心不觀退没愛心所迷欲火焚燒心著欲樂而不覺知若衰相現怖畏成就見無常變決定必退爾乃心覺如是天子樂著放逸乃至受善業盡命終還退隨業流轉墮於地獄餓鬼畜生若有餘業生於人中受第一樂財寶具足端直不諂生於中國識邪正行知法非法一切善人順法之處知報恩處如於中生爲一切人之所樂見一切長幼皆生愛敬常無病惱端正第一大力無畏安慰一切妻子具足所有財物王賊水火不能侵奪以餘業故復次比丘知業果報觀三十三天所住之地彼以聞慧見三十三天第十九地名曰如意衆生何業生於此地彼以聞慧見有衆生以正見心信業果報堅住正見其心質直不惱衆生孝養父母順法修行而不懈怠恭敬三寶佛法衆僧不殺不盜不教他作亦不隨喜見他作者勸令不作爲諸衆生説於業果令住善道不殺不盜若有衆生不持戒者教令住戒若人持戒教令堅住如是之人自利利他命終之後生於善道三十三天云何不殺生若是衆生知他衆生乃至蟻子蚊蟻之類不故斷命是名不殺有諸衆生殺害貍㹳鼠犹兎等安置罝羅罟網機陷勸令不作復有異人以惡方便作諸罥弶張設羅網捕獵鳥獸種種殺具網漉

衆生令其斷命是持戒人勸令放捨是名不殺令他衆生安住善道云何不盜乃至草葉不起盜心見他偷盜勸令不作復有衆生行於非法若於佛塔若於精舍以諸音樂供養佛塔復有異人亦在其中歌舞自娛或與女人歌舞戲笑而生歡喜或於僧寺若客作技人或鼓衆妓樂供養佛塔以自活命作諸音樂不令此人爲他作樂是名不偷盜復有偷盜或於婬女杒許多直後酬少價是名偷盜復有偷盜若有酤酒屠兒販賣市買抰價不酬本直是名偷盜如是殺生偷盜持戒之人悉捨不爲見作不喜心亦不念云何布施貧窮少財能捨財物施三禪人自忍飢苦施與他人慈悲心施如愛已子云何持戒不殺衆生若治屏廁殺害衆生教令不作施其水漿還置穢處令不害命是名不殺善業之人作此善業命終生於三十三天善業之人生彼天上受五欲樂天妓樂音種種天女以爲園遶受無比樂今爲此天說少分喻如金輪王所受之樂比於天樂十六分中不及其一所受天身無有骨肉亦無垢汗不生嫉妬其目不瞬衣無塵垢無有煙霧亦無大小便利之患其身光明轉輪聖王都無此事於已妻子不偏攝受離於嫉妬飲食自在無有睡眠亦無疲極轉輪聖王都無此事以是因緣轉輪王樂十六分中不及其一故以人中說少分喻如是次第受五欲樂有一園林名迦毗羅長十由旬廣五由旬一切皆以金鳥莊嚴無量衆鳥遍身衆寶以爲莊嚴妙華光明莊嚴園林七寶爲樹林有衆鳥光明殊勝如人著

於種種莊嚴轉增勝妙種種色鳥莊嚴天樹亦復如是復有天子於此林中以種種華遊戲娛樂其華皆以毗瑠璃寶以為莖葉及以華鬚赤蓮華寶以為華臺其華香氣滿十由旬勝一切華天聞此香十倍增樂復與天女於迦毗羅向飲食河隨念即生高大之殿種種欄楯樓閣門户種種寶鈴種種寶鬘真珠羅網以覆其上種種寶幢懸衆寶旛金銀玻瓈赤寶莊嚴種種諸柱或有鵝鳥或有鴛鴦或命命鳥或有鴻鴈以為莊嚴有如是等種種衆鳥莊嚴其殿天衆昇殿以善業故與諸天女向迦毗羅大林詣飲食處到已即下食天甘饍食訖遊戲於園林中種種樂音遊戲受樂經於多時心著樂故不覺長遠復往詣於一切見林昇於高峯欲見衆林共餘天衆還昇化殿種種歌舞種種戲笑互相娛樂同心受樂既至一切見林住於峯上見須彌山王一面多有園林以為莊嚴其華光色如融金聚光明騰炎種種河泉流池濟處美飲之河種種食河無量天女種種莊嚴以為園遶其須彌山持諸世間處於六萬衆山之中六萬衆山以為圍遶高峻廣大天龍夜叉阿脩羅甄那羅之所住處善業諸天之所依止種種善業果報所得四寶成就一一住處種種衆色以為莊嚴皆悉見之互相歡娛欲心放逸種種美言共相調戲上中下身遊戲行食既見此已而作是念非我獨受五欲之樂亦復多有其餘諸天與諸天女遊戲受樂如是見於種種色香如意之樹莊嚴園林爾時諸天復見餘地一名高聚二名大高聚種種河

流以爲莊嚴若其日月行此山頂觀彼二山於此日中見百千身如羅睺阿脩羅手障日光如前所說爾時天子復於空中徘徊旋轉觀於山王與諸天女娛樂受樂歌頌音聲住於宮殿山王園林皆悉見之還於自地旣至本宮於園林中歌舞戲笑受種種樂五欲自娛欲樂覆心不覺長遠復往詣於娑羅摩山其山縱廣有五由旬高十由旬或乘宮殿或乘飛鳥而昇此山種種寶柱以爲莊嚴種種河池七寶莊嚴如意寶樹光燄騰赫種種妓樂歡喜相娛受自業果以放逸故經於多時而不覺知爲樂所迷不知猒足復往詣於優鉢羅林於此林中百千衆蜂以爲圍遶入於林中共食美飲歌舞受樂而無猒足復往詣於遊戲之處名曰無垢百百千千衆樂音聲共相娛樂而不猒足諸天放逸受五欲樂乃至受善業盡命終還退墮於地獄餓鬼畜生若有餘業生於人中顏色光澤主上貴重第一富樂聰慧明了以餘業故復次比丘知業果報觀三十三天所住之地彼以聞慧見第二十地名微細行衆生何業生於彼天彼以聞慧見此衆生修行善法自利利人不誑衆生不惱衆生質直修行而行善業得樂果報作清凉業得清凉報善業樂報一切衆生之所供養衆人所愛現在未來安樂利益若捨此身至未來世所作善業猶如父母爲如實故受無量樂不殺不盜亦教他人令行不殺不行偷盜若復有人殺生偷盜不共同止亦不親近不共遊戲不與同事如是破戒行惡之人不與同住親近持戒行善之人同其事

業遊戲受樂互共思惟法以非法此善業人自不作惡亦教他人令不作惡如是之人遍修善業令破戒者住於善道示人正法令入正道種於善業其人心淨猶如鍊金行於善業現在未來安隱快樂是名不殺復有不殺有諸衆生以邪見故殺諸蛇蠍百足蚑蝨蜥蜴之類殺如是等熏諸果樹欲令園林華果繁茂持戒之人則不如是以護生命種種果食疑有蟲者終不故食若水酪漿種種諸飲不諦觀視終不飲之經宿之水若不細觀恐生細蟲若不漉治不飲不用是名微細持不殺戒云何不盜不盜復有幾種云何不盜若人思惟欲令種種稻穀麻麥種種黍豆我獨成就令世間人五穀不登獨我成熟常作如是不善思惟復於異時衆生薄福田稼不收如是惡人見世飢饉心生歡喜如我所念於市糴賣曲心巧僞量諸穀麥誑惑於人究竟成業若心思惟名爲思業若作誑時名爲誑業作誑業已名究竟業如是衆過捨離不作持戒之人雖復貧窮不爲非法誑惑他人見他作者心不隨喜若飢饉世治生求利如法販賣不誑衆生是名不盜如是善人云何布施善心善行自利利他自身貧窮勤苦得財若從他人常乞財物得已布施貧苦疾病困乏之人若學三禪得三禪人從他求索勤苦得已而行布施是人布施三業成就若心思惟欲行布施是名決定若布施時名之爲業若行施已心復思惟是名究竟如是之人造作一千二百善業命終之後生於善道微細地處行善業人生彼天已以作微細業因緣

故所得天身隨其所念巨細隨心其地園林七寶爲樹第一清淨自業成就其七寶林長二十由旬廣十由旬河泉流水園林具足見者愛樂清淨無垢猶如明鏡其樹枝葉清淨無垢如融金色金銀瑠璃及餘種種雜色之樹以爲園林天子入林於諸寶樹枝葉之中皆悉自見身之色像如一樹中自見其身百千樹中自見其身亦復如是一一天子身之色相悉現衆樹以善業故得相似果其樹復有奇特之事隨其造作上中下業生此天中隨其本作上中下業悉現樹中根莖枝葉皆悉覩見時天帝釋與諸天女華鬘莊嚴其殿光明晃曜大明勝於和合百日並照微細行天遥見帝釋皆往出迎到已恭敬頂禮帝釋隨天帝釋還入林中受五欲樂釋迦天王亦以美言慰問諸天行大善業其林衆鳥出美妙音眞金爲樹莊嚴園林是時天王觀業報已而說頌曰

善業得此果　種種業林證　雖無有言說
知以善業報　種種諸果報　處處受生死
或善或不善　故得如是報　若人修善業
當得生天中　若作不善業　墮於三惡道
樂行善不善　著欲癡所迷　不知當退沒
決定受死苦　今此善業報　以樹相而知
於欲不猒離　心爲樂所迷　欲味放逸人
心常求境界　常爲愛所惱　亦爲愛所縛
欲共女人生　女人爲甚惡　能生於熱惱
如火害衆生　如是欲熱惱　過於大猛火
如色大熱惱　焚燒衆生心　女人壞世間
令善皆盡滅　是地獄因緣　大仙如是說

口善説美言　其心如毒害　誑詐無暫停
女人心無實　須臾起愛心　須臾心不愛
其心不暫停　如電不久住　巧智虚誑人
心貪則親近　常思樂他人　懷慢情恣態
大人毗舍遮　羅刹龍夜叉　皆爲女色縛
女人如惡毒　不念於恩惠　非種姓技術
女人性如風　其心不停息　若見大財富
心則生愛樂　又見衰禍至　猒之而捨棄
若有人親近　則生愛樂心　見其憂惱至
須臾即捨離　如蜂樂遊華　見萎速捨棄
女人亦如是　不悦則捨離　惡心無慈愍
躁擾心不定　爲破愚癡人　女人出於世
天中大繫縛　無過於女色　女人縛諸天
將至三惡道　若心貪女色　是欲最尤甚
女色欲燒心　後受大苦惱　現在所作業
貪欲自迷心　癡心不能覺　女欲之所迷
丈夫既信已　爲無量愛縛　忽然便捨離
猶如蛇脱皮　如是女人性　諸方便供養
種種而守護　猶不可從心　女人性如是
其心無誠實　虚誑多姦僞　智者所不信

時諸天子聞天帝釋説是法已心生猒離而説頌曰

如是如是能天王　所説如實誠不虚
我無智慧不覺知　爲天女網自縛心

時天帝釋聞此偈已即往詣於鳥音聲林無量宮殿以爲莊嚴蓮華浴池莊嚴林樹金色山峯如融金聚種種妓樂歌頌妙音多有種種天女眷屬帝釋天王入此林中欲受天樂諸根境界受五欲樂復往詣於犍陀聚山須彌之峯七寶莊嚴其河流注端嚴奇特如眞

珠瓔珞莊嚴山峯眞珠爲沙以布河底於河兩岸多有衆鳥出妙音聲見此河者皆生愛樂釋迦天王與諸天女及諸天衆種種莊嚴遊戲受樂於此山峯既受樂已復與天子及諸天女復往詣於周羅宮殿遊戲之處既至此處餘地諸天聞天主至亦皆來集其峯宮殿居須彌頂高廣嚴淨夜摩天光照觸其頂如須彌色映四天下夜摩天光照此山頂亦復如是得夜摩天光明照故於餘宮殿千倍殊勝爾時天主釋迦提婆於此宮殿既遊戲已與諸天子及諸天女還善法堂此微細行天受五欲樂乃至受善業盡命終還退墮於地獄餓鬼畜生若有餘業生於人中常受安樂或爲國王或爲大臣第一螺髮其心審諦人所諮奉不好多言衣服鮮潔淨無垢汙妻妾貞潔心不邪曲好行布施端直不謟兄弟宗親之所愛敬恭敬師長愛樂賔客樂行布施持戒自守性愛香鬘遠惡知識生於大姓端正殊妙種種莊嚴以餘業故復次比丘知業果報觀三十三天所住之地彼以聞慧見第二十一地名歌音喜樂衆生何業生於此地彼以聞慧見有衆生善心善業善身口意行於善業自利利他饒益衆生心有慈悲信於業果正見正業持二種戒心不散亂不失威儀不親惡友孝養父母供養沙門婆羅門三種善業遍行究竟持二種戒不殺不盜云何不殺若稻穀黍麥生微細蟲不擣不磨知其有蟲護此蟲命不轉與人復有不殺生若牛馬駞驢擔負脊壞瘡中生蟲者以漿水洗此瘡時不以草藥斷此蟲命以鳥毛羽洗拭

取蟲置餘臭爛敗肉之中令全其命護此驢牛恐害其命復護蟲命乃至蟻子亦不故殺若晝若夜不行放逸心不念殺有衆生想若蟣若蟻亦不故殺是名不殺云何不盜幾種不盜若有衆生見蛇食蟲蝦蟇食蟲黄鼬食蟲若狗野干取諸衆生欲自食之其人若見以其所食而貿易之令其得脱如是之人護彼此命是名不盜自不偷盜亦不教人勸諸衆生令住善道未住戒者教令住戒以持戒者令其增長爲善業果報令其覺悟是則名曰不殺不盜復有順法行人利益衆生見諸蜜蜂知他欲殺以物救贖令其得脱施衆生命是名施命復有布施若法行人貧窮乏短若以一食施四禪人若見惡人欲斷人命以物贖命令其得脱施命施法諸施之中最爲第一是人行於二種之施亦教他人令行二施見作隨喜如是持戒命終之後生三十三天歌音喜樂之地以善業化得勝供養其地園林以善業故種種莊嚴天所住處無有一跡非善業化無有一天不遊戲者無有一天不受樂者無有一天不退没者善業盡故退時自知猶不猒足愛繩所縛愛所欺誑帝釋天王說是語已與諸天衆於園林中遊戲受樂林樹華果種種具足飲食之河衆味具足與諸天衆至此河邊歡娯受樂復與天女往詣摩多鄰南遊戲之處時天帝釋見其林樹告諸天曰汝等見此遊戲處不諸天子言唯然已見時天帝釋爲諸天子說本事法如我昔於宿舊諸天聞如是說過去有佛號迦迦村陁如來於此林中爲天說法初善中善後

善善義善語純備具足白淨之法所謂是事有故是事有是事滅故是事滅云何名有以有欲故則有過失若無欲者則無過失天子當知是爲是事有故是事有云何是事無故是事無若無欲者則無欲過是爲是事無故是事無云何是事滅故是事滅愛滅故欲滅欲滅故欲過滅是名是事滅故是事滅天子當知是事有故是事有是事無故是事無若以逆觀愛之因緣生欲之本欲之因緣能生於欲云何爲欲心求憶念欲有所作是名爲欲癡有所求故名無明以無明故於境無猒是名爲愛諸天子不求知足故名爲欲諸天子是名是事有故是事有云何是事無故是事無所謂有愛貪不知足若愛滅者無猒則滅是爲是事無故是事無是名是事滅故是事滅復次天子是事有故是事有所謂和合作業以有業故則有業報若無集業則無業報諸天子是名是事有故是事有是事無故是事無復次天子云何是事有故是事有是事無故是事無所謂先以憶念眼緣於色而生於識憶念爲先是名是事有故是事有云何是事無故是事無若無色則無眼無眼則無憶念無色無眼無憶念故眼識亦無如是天子是名是事無故是事無復次天子云何是事有故是事有譬如陶師輪繩泥水衆法和合而有瓶生諸天子是事有故是事有亦復如是復次天子云何是事無故是事無譬如陶師輪繩泥水若不和合則亦無瓶是爲是事無故是事無亦復如是復次天子云何是事有故是事有所謂和合必有別離是爲

是事有故是事有云何是事無故是事無若無和合則無別離如是天子是爲是事無故是事無復次天子云何是事有故是事有以有生故則便有死若無生者則無有死如是天子是名是事有故是事有是事無故是事無（天無老故爲天說法不言老支但言有死）復次天子云何是事有故是事有所謂有欲故決定被燒譬如有火則必有燒如是天子是名是事有故是事有云何是事無故是事無所謂猒離欲故欲不能燒猶如無火則不能燒如是天子是名是事無故是事無復次天子云何是事有故是事有所謂有父母精血有業有藏有中陰身猶如香氣故有身生如是天子是爲是事有故是事有云何是事無故是事無若無父母則無精血無決定業無藏無中陰則無身生如是天子是爲是事無故是事無

正法念處經卷第二十九

音釋

析（先擊切分也） 肘（陟柳切二尺爲肘） 蟣（舉豈切） 狖（余救切獸似猨者） 罝（子邪切兎網也） 罟（果五切網之總名） 罥弶（罥古泫切網也弶其亮切施罟於道也） 蜥蜴（蜥先擊切蜴羊益切蜥蜴守宮也） 躁（則到切心不靜也） 貿（莫候切交易也）

# 正法念處經卷第三十

元魏婆羅門瞿曇般若流支譯

## 觀天品第六之九（三十三天之六）

復次是事有故是事有所謂有彼岸故則有此岸若無彼岸則無此岸如是天子是爲是事有故是事有是事無故是事無互共有生各各因緣一切有爲法從因緣生因緣者所謂無明緣行行緣識乃至死亦如是天子當知如是十二因緣彼佛世尊於此宮殿人中之數五千歲中於此宮殿演說此法我今爲汝宣說少分如恒河沙等三世如來應等正覺同說此法爲正法身彼佛世尊說此法時七億諸天盡諸有漏得法眼淨爾時世尊還閻浮提以大悲心爲人說法所謂無明緣行乃至生緣老死時諸衆生無量無邊遠離塵垢於諸法中漏盡解脫如是世尊天人之師爲諸天人演說斯法如是帝釋爲諸天衆廣說法已往詣摩多憐那天宮到其宮已見種種鳥七寶翅羽以爲莊嚴衆蓮華池其諸池中七寶蓮華其蓮華色種種寶色種種衆蜂以爲莊嚴如日初出其華光明莊嚴寶殿於其宮側毗瑠璃樹以樹光明互相映發令此天宮出青光明其瑠璃樹眞金爲葉以此樹葉相映發故出黃赤光復有大光以爲莊嚴宮室園林以種種寶以爲莊嚴種種寶宮種種七寶園林華樹以爲莊嚴甚可愛樂帝釋見之發希有心於其殿中有大華池七寶成就其水黃色如融金聚殊妙莊嚴種種衆寶莊嚴廁塡種種色鳥以爲莊嚴一切天衆種種妓樂歌舞戲笑共相娛樂往詣大池其池

名曰一切最勝池中諸鳥見諸天子心意蕩逸即爲天子而說頌曰

譬如靈鷲鳥　不住蓮華中　如是寂靜處
惡人不應住　如是寂靜林　云何行放逸
顛倒不隨順　如日出冷光　若得離愛樂
解脫離衆苦　若離此二法　天樂非爲樂
修禪離放逸　解脫於欲網　解脫乃名樂
非汝愛所誑　世尊先住此　及諸修行者
汝爲欲所牽　不應住此林　此殿受天樂
無常不久住　若離於愛欲　是爲第一樂
先住此林者　皆入第一處　若得第一處
能斷一切苦　貪心好美食　爲貪心所誑
此寂靜林中　斯人不應住　若修寂靜心
樂清淨應住　心行於欲境　不應寂靜林
若有心寂靜　應住於林中　爲欲心所亂
不應住此林　怖畏五因緣　愛所不能燒
清淨離愛人　終不墮惡道　有生必有死
強者病所侵　富樂有衰惱　少壯老所壞
恩愛必有離　和合不久停　諸法皆如是
正覺之所說　若人於三界　其心不迷者
是人得寂靜　應住寂林中　常爲欲諂曲
憶念懷怖畏　是人則不得　林中寂靜樂
若人心清淨　依林修寂靜　其人林中樂
非是行欲人　林中修淨心　入聚心不動
是故住林中　不應住城邑　若人入城邑
爲欲心所亂　諂曲不清淨　至林還寂靜
是故林樹間　第一最寂滅　行者所應住
能離於欲心　諸根心寂靜　行者心安樂
千帝釋之樂　不及此人心　若得禪定樂
一切白淨法　夜摩諸天中　不及此樂分

樂從欲所生　常與衆苦合　若斷煩惱樂
永無有破壞　無始生死中　煩惱怨結心
若斷此怨結　欲樂無能及　從欲生樂者
不淨苦果報　若得解脫樂　是樂無與等
依止離欲行　行者第一道　從愛生欲樂
不能至正道　初愛生味著　得報如火毒
從欲所生樂　常在於地獄　初愛生善味
中愛亦如是　後寂靜清淨　能至安樂處
若行初中善　莊嚴如慈母　云何捨正念
戲樂欲境界　欲洄澓所轉　中後常苦惱
云何愚癡人　於欲生愛樂　如妙色毒華
如觸猛火炎　欲樂亦如是　後受大苦惱
如火益衆薪　其炎不可滅　自他俱能燒
欲樂亦如是　如飛蛾投火　不見燒害苦
欲樂亦如是　癡人不覺知　若人著欲樂
常爲欲所燒　如蛾投燈火　欲火過於此
是故捨欲害　常樂修智慧　莫行於放逸
放逸墮惡道　一切愛欲樂　爲放逸所誑
愛樂報既盡　後墮地獄苦　其人善業盡
爲欲之所誑　從天至地獄　欲癡所誑故
從生乃至終　常修正思惟　心念於戒法
是人得寂滅　諂曲邪憶念　三毒生味著
放逸水甚深　女欲爲水底　歌樂動其心
愛水衝磐石　境界蛇所覆　心波駛流注
愛河大暴惡　流注龍境界　癡人入此河
爲天欲所沒　可畏如暴河　癡人不覺沒
猶如癡蜜蜂　飲於毒樹華　如是欲毒害
癡人樂貪著　蜂飲毒存亡　愛欲無不沒
三毒水中生　放逸風所吹　愛火燒天衆
而猶不覺知　毒生於天中　放逸爲稠林

癡人所遊戲　以愛自誑心　放逸生諸欲
攀緣不暫停　是欲如夢幻　智者所不信
諸欲雖如夢　夢非地獄因　是故捨諸欲
常修清淨業　善行爲最勝　非爲不善業
如是善業繫　則得於勝處　諸天著欲樂
不得寂靜處　智人至寂靜　以不放逸故

爾時天鳥爲於放逸諸天子等説是偈已時釋迦天王於此林中復詣異處到彼林已其林一切善業莊嚴種種功德學無學人所住之處大仙世尊迦迦村陀如來住處時天帝釋與無量天衆作天伎樂共入林中見此林樹既入林中諸天威德悉皆殊勝如須彌山處於六萬金山之中釋迦天主在諸天中亦復如是三十三天諸園林中此林光明最勝殊特時天帝釋與諸天衆恭敬圍遶詣閻浮林其閻浮林一切金樹以爲莊嚴釋迦天主至此林中告諸天曰汝等天衆見此一切殊勝林不無量華池園林具足天衆白言唯然已見帝釋告言此林如是一切功德皆悉具足我今覩之生希有心今覩此林如見迦迦村陀如來無等色身一切智慧大悲如來之所住處於此住處無量天衆以聞法故從樂得樂此佛如來無上丈夫已入涅槃遺果猶存爾時帝釋復往詣於俱吒迦殿林迦迦村陀如來往昔亦曾入此林中帝釋天主入此林中見百千萬殿圍遶此殿七寶莊嚴謂青寶王金剛硨磲毗瑠璃寶種種衆寶間錯莊嚴種種幢旛以爲嚴飾諸殿之中如來所坐殊勝之殿光明晃曜猶如初夏秋天之時無諸雲翳於衆星中日月最勝如來所坐宫殿

殊勝亦復如是其明照曜唯除帝釋一切天衆不能久視是殿威德譬如閻浮提中盛夏之日一切世人無能久觀如來之殿亦復如是釋迦天王告諸天曰汝等見是殿威德不諸天白言唯然天王我已見之帝釋告曰此殿徃昔迦迦村陀如來等正覺調御丈夫無上大師與百千沙門皆離疑網見四眞諦得二解脫具六神通四如意足昇此大殿以利安樂諸天人故於夏四月此處安居爲三十三天演說正法所謂此是色此色集此色滅此色滅道證受想行識和合聚集觀過捨出亦復如是天子當知彼佛如來如是次第爲諸天衆放逸憍慢不覺退沒無常之苦但著欲樂不知自相平等之相說如是法利益衆生爾時如來復爲放逸諸天子等說微妙法

以偈訶責

放逸生死本　諸天所住處　放逸毒所醉
沒在於諸有　若有離放逸　永脫三界海
放逸癡爲本　盲冥無所覺　無明起有本
從於火日生　因癡生放逸　大仙如是說
放逸火熾然　由心之所起　誑惑愚癡人
至諸地獄道　天人行放逸　女色之所使
和合相娛樂　不知愛別苦　臨命欲終時
現前受大苦　婇女亦隨盡　諸樂皆磨滅
和合必有離　一切樂皆盡　壯少當衰變
一切業皆盡　一切諸衆生　善惡業所繫
如技人遊戲　去來各差別　業技之所繫
流轉於生死　無常業流動　智者不應信
放逸如毒害　應方便捨離　若離於放逸
永度三界海

爾時迦迦村陀如來調伏九那由他放逸諸天令離放逸分別解說利益諸天與諸比丘及諸大衆詣閻浮提時天帝釋爲諸天衆說是語已往詣殿所昇於寶殿俱吒迦殿無量衆寶以爲莊嚴其諸珍寶一切天衆先未曾見諸天見之皆生歡喜發希有心帝釋見已告諸天衆汝等見此殊勝殿不未曾有此勝妙莊嚴時諸天衆白天王言唯然已見帝釋告言此寶宮殿乃是夜摩天王之所奉獻以淨信心施於迦迦村陀世尊此殿光明不可得見如是彼天光明殊勝何以故先世天子不行放逸如法等故時諸天衆自知劣弱捨憍慢心一切天衆皆以頭面禮如來殿皆發歡喜顏色悅樂心生猒離自知其業減劣尠少有發無上菩提心者有發緣覺菩提心者有發聲聞菩提心者有於佛所得不壞信一切天衆皆生淨信合掌恭敬住在一面時天帝釋入俱吒殿至於如來師子之座演說法處迦迦村陀如來所卧敷具金剛爲牀種種具足時天帝釋以清淨心舉身投地禮師子座心自念言此是如來所坐之處以敬重心念如來故從地而起見書殿壁有偈句頌其文頌曰

若人投峻巖　或有不失命　墮放逸地者
無有不受苦　若人行放逸　一切有所作
如是於晝夜　終無有樂報　世間出世間
一切諸樂法　放逸能破壞　是故應捨離
不放逸不死　放逸是死句　不放逸最勝
當爲諸天主　放逸生死本　謹慎是勝道
是故捨放逸　常得受天樂　若人欲求樂

若怖畏諸苦　應捨放逸行　放逸如火毒
放逸睡覆人　放逸癡毒害　作諸不善業
放逸墮坑陷　不放逸最勝　放逸爲不善
不放逸得樂　放逸常受苦　總說此偈句
爲苦樂根本　既知此功德　善修自利益
爾時帝釋讀誦此偈增長恭敬以清淨心復
以頭面禮師子座久於此處讚不放逸毀呰
放逸還出此殿向諸天衆時諸天衆見天王
釋皆生恭敬至帝釋所時天帝釋以向偈頌
爲諸天衆具足演說告諸天曰如是偈句爲
欲利益安樂一切諸天子故書之殿壁一切
天衆聞是說已皆禮世尊作如是言如來世
尊世間之眼爲我等故說如是偈時諸天衆
又不放逸復以種種妓樂之音與諸天衆往
詣微細行天微細行天聞是事已與諸天女
種種妓樂出妙音聲來詣此林欲與此林諸
天子等共相娛樂微細行天既至此林此林
諸天還失正念入於放逸種種妓樂歌舞戲
笑向微細行諸天大衆既相見已皆生歡喜
於園林中寶樹寶枝彌覆園林互相娛樂乃
至受善業盡從天命終隨業流轉墮於地獄
餓鬼畜生若有閑於三惡道門還生人中安
樂國土園林流池皆悉具足常行善業大富
饒財或爲國王或爲大臣爲一切人之所愛
敬常樂布施護持禁戒樂作善業以餘業故
復次比丘知業果報觀三十三天所住之地
彼以聞慧見有地處第二十二名威德輪衆
生何業生於彼天彼以聞慧見諸衆生修行
善法常不放逸以利益心利益衆生信於業
果近善知識不殺生不偷盜若尸賒婆樹若

菴羅樹若栗若榛種種林樹於此樹上有諸鳥巢巢中有子若鳥若蛇取諸鳥子其人見之以慈悲心利益衆生救令得脱云何不盜於他林樹乃至不取一枝一葉亦不教他若行道路見地遺果不取不盜見人取者勸令捨離云何行善而修布施於降雨時以食施僧若飢饉世若疾病人以食施之自持禁戒令他住戒見住戒者教他隨喜爲他衆生説業果報念佛法僧而行布施若施父母若優婆塞或無禁戒病患之人以飲食湯藥所須之具施此諸人亦教他人説業果報不近惡友不與同住不共言説常能善攝身口意業自利利他是人命終生於善道三十三天威德輪地生此天已以善業故其身光明如月盛滿其地莊嚴甚可愛樂七寶園林充滿其地種種流泉諸蓮華池種種蓮華毗瑠璃莖黄金爲華遍覆池水種種金石以爲崖岸旋轉洄洑猶如舞戲種種衆鳥出妙音聲令心悦豫眞金山峯毗瑠璃峯莊嚴其地鵝鴨鴛鴦出衆妙音天子天女歡喜遊戲遶蓮華池其河流注出妙音聲復有衆寶蓮華之林種種光明種種衆蜂以爲莊嚴天子天女觀蓮華池以種種寶莊嚴其身光明輪天久時受樂復往詣於彌難多林遊戲受樂種種樂音互相娛樂至彼林中有蓮華林名箜篌遊戲其蓮華林縱廣正等五百由旬上味色香美味之飲充滿其中諸天飲之歌舞戲笑共相娛樂時有天鳥名曰正行見諸天子行於放逸而説頌曰

無恥無慚愧　懈怠惡知識　是地獄種子

智者所捨離　無恥無慚愧　常作不善行
如人墜高巖　後時乃自覺　貪癡無誠信
其心無怖畏　爲欲妬所迷　不得生天中
飲酒虛妄語　心堅著貪欲　不信業果報
是地獄因緣　守護心過惡　瞋恚之惡業
衆生惡業故　墮於三惡道　心勇造惡業
常爲欲所使　常行於妄語　其人無樂報
若人毀犯戒　如僞寶雲毋　其人惡業故
墮於三惡道　若人住惡心　其闇無有邊
若人歸三寶　如夜大光明　愚人行放逸
如醉癡自欺　二放逸所惑　輪轉於地獄
一切諸世間　有出必歸滅　如生則有死
畢竟不相離　放逸自圍遶　境界海增長
愛鎖之所纒　遊戲於天中　諸天初生時
樂生念念滅　放逸自覆心　不知無常轉
放逸自迷惑　常樂於境界　身欲無猒足
常受諸苦惱　無有念念時　須臾不自在
是愛使衆生　受於天中樂　愛地甚暴惡
無量雜覺觀　遊戲於愛地　爲欲之所使
譬如地獄火　焚燒諸罪人　愛火亦如是
焚燒一切天　飢渴火熾然　焚燒諸餓鬼
畜生相殘害　人中追求苦　愛火周遍起
一切皆圍遶　火燒常熾然　世間莫能覺

如是天鳥爲諸放逸諸天子等說是偈已若諸天子已於先世行善業者聞此法音少離放逸不飲天酒遠離色香味觸上妙五欲放逸之樂復入園林伎樂自娛隨心所念受種種樂青毗瑠璃硨磲寶峯於園林中流泉河水衆蓮花池以爲莊嚴種種色蜂遊集其中其蓮花林毗瑠璃葉玻瓈爲莖多有衆蜂不

可喻說百千天女與諸天子遊戲受樂以善業故種種境界天女愛河之所漂沒未曾覺悟如是遊戲共相娛樂乃至受善業盡從天命終隨業流轉墮於地獄餓鬼畜生若生人中生安樂處大富饒財其心廣大樂修正法常愛智慧愛樂沙門及婆羅門壽命延長以餘業故復次比丘知業果報觀三十三天所住之地彼以聞慧見二十三地處名曰月行衆生何業生於彼處彼聞知見若有衆生以清淨心修行善業善修其心造佛形像或爲供養洗佛形像令除塵垢揩拭刷磨或見金銀爲如來像見之歡喜思惟愛仰福田功德思心功德自熏其心而行善業心生喜悅不殺不盜云何不殺如是之人乃至不念斷衆生命亦不教他見人作者不生隨喜勸令不作令住善道自利利人復有不殺不生殺念乃至牀褥卧具有濕生蟲不起心想欲害其命於微細命乃至蟻子不起殺意是名不殺生云何不盜如是善人修行善業不知猒足於一切處不行偷盜乃至草木泥土自既不取亦不教他設有大熱不奪他蔭不令他人住於日中自受蔭處自有勢力亦不奪他不教他人見他作者勸令不作乃至蔭凉亦不偷盜微細之事皆不偷盜是名不盜如是之人命終之後生於天中月行之地生彼天已以善業故得樂果報光明普照猶如和合十月並照如是天衆身相光明清淨無垢亦復如是天子既生一切天衆百倍轉勝其身光明冷暖調適一切餘天見之愛樂其光勝於餘天之光其光普照滿十由旬勝餘一切珍

寶之光以善業故如是天子無量眷屬以爲園遶作衆妓樂詣於園林遊戲之處林名五樂第一勝妙於三十三天最爲殊特其樹威德樹有善果衆鳥勝慧鉢頭摩伽華華池流水空中香風來吹寶鈴出於無量微妙音聲是時天子與諸天衆作衆妓樂與諸天女種種莊嚴詣五樂林種種妓樂遊戲受樂天女歌頌五樂之音受第一樂以於福田作善業故得此勝香其香普熏滿五由旬其果處空猶如衆星其樹莊嚴天中最勝明如日光其光不熱亦復無冷其果色香衆味具足其香勝於一切香氣熏五由旬如星處空果中常流種種香飲諸天飲之離於醉亂種種香味隨心所念皆悉得之受如是等功德之利時有天鳥名教放逸爲於放逸諸天子等而說頌曰

善業將盡　空過壽命　當速修法　莫行放逸
少壯易過　命亦如是　衆具將失　莫行放逸
天非常法　非常具足　及時未壞　當修福德
善業和合　心念守護　未見有處　而無過患
若常亂心　行於非法　是樂虛妄　去已不還
戒持賢樂　生於天中　若不護戒　臨終悔恨
故應持戒　守護莫犯　愚人離戒　不能昇天
若於天中　受五欲樂　持戒清淨　故得大果
諸天著欲　放逸癡毒　不覺無常　壞其身命
無量百千　那由他天　皆爲放逸　欲火所燒
一切衆生　放逸所盲　後受衰惱　乃知其過
心常攀緣　而無暫住　愚不覺知　後爲大惡
心樂欲境　不覺憂惱　衰禍既至　乃生悔恨
結使煩惱　從憶念生　心王結使　常行隨逐

隨心馳騁在在所住　常爲昏醉　流三界海
若知眞諦　見世間法　無常苦空　永離憂惱
爲色所使　常求諸欲　是人後生　永無天樂
此珊瑚林　衆寶莊嚴　種種枝條　蓮華嚴飾
種種流水　諸河莊嚴　業因所得　遍於虛空
劫火既起　燒滅須彌　況此天身　猶如水沫
生已復滅　放逸自欺

爾時諸天子若於先世集衆善業聞此天鳥說法之音則能解悟如鳥所說必當無常少時憶念離於放逸復爲境界色香味觸之所誑惑悉忘法音猶如隔世所應作業不應作業皆悉忘失現受欲樂不觀未來不念天鳥說法之音現觀五欲遊戲受樂不念地獄餓鬼畜生受大苦惱不念天身甚爲難得不念始終苦惱輪轉地獄餓鬼畜生諸苦堅鞕難可調伏唯除天子第一勝心久習善根復次比丘觀此天鳥以何等業說於清淨無垢如實之法教於放逸諸天子等彼聞知見若有於人中時作放逸行若遊戲人若大力士若諸技兒身著袈裟遊戲歌舞頌佛功德而得財物既得財物若衣若食布施沙門婆羅門或自食用以著袈裟因緣力故身壞命終生於天上受飛鳥身受第一樂以彼業故復次諸天歌舞戲笑娛樂受樂毗瑠璃樹黃金爲葉玻瓈爲枝四周彌布復有寶樹種種珊瑚寶樹嚴飾百千衆蜂以爲莊嚴黃金眞珠以爲樹枝復有山峯七寶炎輪以爲莊嚴復有蓮華黃金蓮華玻瓈蓮華毗瑠璃華於此華中遊戲受樂復有異天寶殿樓閣諸天於此與諸天女遊戲受樂離於妬嫉及諸恐怖心

相愛樂互相渴仰受第一樂復與天衆遊戲歌舞入如意林既入此林隨心所念一切皆得以是因緣名如意樹久於此林受天樂已復往詣於須彌金峯其山峯中河池流泉以爲莊嚴與諸天女歌舞戲笑作天伎樂出妙音聲聞之悅樂目視種種上妙之色而受快樂以自業化諸天女衆以爲圍遶於須彌山無量種種蓮華之池皆悉見之復有種種園林蓮華其香殊妙聞之悅樂復有第一上妙之觸若身觸之猶如觸於迦旃鄰提（迦旃鄰提海中之鳥觸之大樂有輪王出此鳥則現）無量離垢清淨光明善妙之香若有見之甚可愛樂遊戲如是山峯之中若心生念一切皆得無量功德皆悉具足自在受用他不能奪清淨無垢於此地中受天快樂遊戲娛樂受種種樂其身光明無量天女以爲圍遶受天五欲乃至受善業盡命終還退隨業流轉墮於地獄餓鬼畜生若生人中從生至終常受快樂色貌第一或爲王者或爲大臣所生國土常有善法王見衆生之所住處而於中生離惡知識以餘業故復次比丘知業果報觀三十三天所住之地彼以聞慧見有地處第二十四地名閻摩那娑羅衆生何業而生彼天彼見聞知若有衆生奉持禁戒以正見心利益衆生正身口意若邊嶮地若曠野中若人没溺墮於大河救令得脱若於曠野渴乏所逼施以漿水若於嶮道迷失道徑示以正路不求報恩利益衆生救護衆生施其壽命云何不殺生不偷盜或於此人若復餘人行於善業不殺衆生若於所住房舍之中生諸衆生若胎生濕生若麤

若細壞人資具或有梁間數墮人上令人不安以慈悲心而不殺害蝦蟆毒蟲種種毒螫雖被中害不斷其命是名不殺生云何不盜幾種不盜如是善人行於曠野其力自在賈客之水及於黑鹽有力能取而不偷盜自守渴乏若彼賈客以水施之然後乃飲若彼不施買以飲之善觀微細業之果報受行佛法念佛功德以修其心於須臾頃不近惡友不與言說不同道行以何因緣不與同行一切善業近惡知識則爲妨閡是故不得與之共語去來同住何以故惡知識者是貪瞋癡之所住處有智之人應當捨之猶如毒樹其人清淨如鍊真金身壞命終生於閻摩娑羅之地善業之人生彼天已一切善人敬重供養決定業行受於樂果其身光明如人之數日日增長何以故諸天之中無日夜故此天身光如是增長餘天見之於天女前皆生慚愧勝餘一切異地諸天諸天見已皆往詣於釋迦天王問此因緣白言天王閻摩娑羅有一天子初始出生光明勝於一切天衆時天帝釋聞是語已而說頌曰

天子之光明　從於持戒生　須彌金光輪
十六不及一　身常出光明　猶如融金聚
光明善合和　智者造業故　以上中下業
三種持戒故　得果亦如是　有上中下報
持戒離放逸　增長無放逸　常得受安樂
諸法皆如是　若持戒清淨　令得光明身
和合千日光　所照莫能及　若有勝丈夫
受持七種戒　其人得善果　先佛之所說
若人造善業　不失樂果報　不作則無果

作業終不失　癡人不樂因　但喜樂果報
無因果難求　如沙不出油　若人修行善
遠離於嫉妬　不善愚癡人　常行於瞋恚
爾時天帝釋說於如是善業果報教於放逸
諸天子等時諸天子聞是語已頂受奉行還
至閻摩娑羅之地至其住處天子天女遊戲
娛樂伎樂音聲受天之樂此天地處二娑羅
樹於三十三天諸園林中此樹最勝其量色
相光明華果最爲殊勝鈴網彌覆樹葉之音
如五樂聲天聞其音皆來向樹遊戲受樂諸
天既至昇娑羅樹於其樹上有蓮華池其蓮
華池名曰歡喜蓮華池中多有鵝鴨鴛鴦出
衆妙音以爲莊嚴無量蓮華八功德水蓮華
莊嚴諸天見之歎未曾有除此二樹未有如
是蓮華浴池此娑羅樹唯除波利耶多拘毗
陀羅樹餘無及者說是語已天子天女遊戲
歌舞受五欲樂久於此處受天之樂復往詣
於常遊戲林首冠華鬘服於種種異色之衣
其身流出種種光明說少分喻譬如夏日電
光之色三種具足一者青光二者黃光三者
赤光遊戲之處諸天子等受五欲樂如山瀑
水湧波之力受種種樂爾時天帝釋與善法
殿一切天衆遊戲出於善法殿堂與諸天女
作衆伎樂出妙音聲向閻摩娑羅所住之地
時閻摩羅一切天衆見帝釋來皆出奉迎合
掌頂禮釋迦天王善法堂天閻摩娑羅天皆
共和合共相娛樂歌舞戲笑往詣雙樹至此
樹下一切天衆圍遶此樹飲於摩偷天之上
味時釋迦天王告諸天曰汝見如是閻摩娑
羅樹一切天中唯除波利耶多俱鞞陀羅樹

餘一切樹無與等者諸天白言唯然已見帝釋告言汝等諸天未知如是閻摩娑羅樹之功德唯見其色汝當觀此二樹勢力時天帝釋從殿而下手執金剛擊此大樹其門即開於其樹中無量園林華池流水蓮華莊嚴摩尼山峯白銀山峯玻瓈山峯毗瑠璃山峯種種流水河池莊嚴復見天華七寶蓮池百千衆蜂以爲圍遶復見園林黄金白銀毗瑠璃寶青寶玉樹復有衆鳥七寶爲翅出無量種美妙音聲諸天聞之得未曾有歡喜受樂時天帝釋與諸天衆前後圍遶入於閻摩娑羅樹中行列之殿見行列殿種種寶柱七寶莊嚴謂青寶玉毗瑠璃寶白銀衆寶玻瓈硨磲莊嚴其柱復有種種牀褥繒敷綩綖莊嚴其牀其牀四足衆寶莊嚴謂金剛寶青寶玻瓈毗瑠璃寶復見樹內山峯之中種種衆鳥無量音聲時天帝釋告諸天衆汝等見此雙樹之內奇特事不諸天白言唯然已見時天帝釋自觀天衆放逸著樂將諸天衆入於示業果報之殿其殿清淨猶如明鏡其明普照時天帝釋告示諸天汝等當於寶殿壁上觀業果報隨其因緣所作之業若於福田施以財寶信心奉施隨心而施以時而施得如意報隨其生處則受果報隨其所受種種果報皆悉見之時天帝釋復示天衆汝等天衆當觀如是持戒修行於諸道中守護衆生猶如父母如實不虛如清淨池如好珍寶諸天種子若人護此七種之戒隨其生處天人之中受持戒果時天帝釋復示諸天業鏡之影告諸天曰汝等觀是一切業報若有丈夫作諸善

業集於智慧正見之燈能知如是上中下智漏無漏果時天帝釋復示天衆九種布施持戒之智於布施中有上中下善道果報皆得成就思修福田功德具足九種具足天子若不決定施不相應相是名少果復有少果謂餓鬼神通或有畜生受於樂果是名下施天子汝等觀是業鏡之影種種業果中布施果不修思心心不具足功德財物亦不具足施好福田具功德者得中果報生於人中弗婆提國瞿陀尼國若處畜生若阿脩羅若夜叉中是名中果於鏡殿壁見如是相時天帝釋復示天衆業之果報告言天子汝等當觀上中下業不修思心福田具足云何名爲不修思心而得果報若有施主以時而施使人布施心無深信非身自施見之不起不恭敬禮具足福田具足財物思不具足決定布施生於邊地無正法律無禮儀處或爲主領或爲臣佐無有人禮諸天子汝當觀此業鏡之壁悉皆得見時天帝釋如是示之

正法念處經卷第三十

音釋

尠（息淺切少也）刷（所滑切刮洗也）鞕（魚孟切與硬同）鞞（頻眉切）綩綖（綩於阮切綖以然切綩綖坐褥也）

# 正法念處經卷第三十一

元魏婆羅門瞿曇般若流支譯

## 觀天品第六之十 三十三天之七

時天帝釋復示諸天上布施果思心具足福田具足財物具足思心功德皆悉具足福田勝者諸如來等物具足者謂飲食財物思具足者深心信等而修供養如是布施於人天中得大果報或生天上有大威德或生人中爲轉輪王七寶具足王四天下七種七寶是轉輪王順行正法一切具足持戒修智入於涅槃是名上施如是等施於鏡壁中見其果報時天帝釋復於清淨毗瑠璃壁示於三種布施之果鏡壁中現所謂資生布施得大富貴果報如前所說無畏布施生於大國爲王主領無有兵刀災險疾疫橫死不畏怨敵無病安隱離於火畏及以水畏無疾疫畏或爲王者或爲大臣久住於世是爲無畏施之果報也於鏡壁中見如是業又於鏡壁見勝布施所謂法施最爲無上能出一切有爲生死之種子也此無上施得無上果三菩提中隨心成就於鏡壁中復見業果若爲財物故與人說法不以悲心利益衆生而取財物是名下品之法施也是下法施不以善心爲人說法唯爲財利不能自身如說修行是名下施若以說法而得財物或用飲酒或與女人共飲共食如伎兒法自賣求財如是法施其果甚少於鏡壁中見如是等法施之人生於天上作智慧鳥能說偈頌是則名曰下法施也云何名爲中法施耶爲名聞故爲勝他故爲欲勝餘大法師故爲人說法或以妬心爲人

說法如是法施得報亦少生於天中受中果報或生人中如是帝釋天主於鏡壁中皆悉示之是則名曰中法施也云何名爲上法施耶以清淨心爲欲增長衆生智慧而爲說法不爲財利爲令邪見諸衆生等住於正法如是法施自利利人無上最勝乃至涅槃其福不盡是則名曰上法施也復有法施時天帝釋復示諸天餘法施報知下法施說布施法不說智慧中法施者說於持戒上法施者說於智慧解脫下智慧者爲人說法少人解悟說布施法唯說布施不說餘法說法因緣令知持戒後得智慧其人信順得阿羅漢盡諸結漏得二解脫是則名曰下法施也何以故說於布施相應法故云何名曰中法施耶說於持戒相應之法以修其心是中智慧於鏡壁中見如是等業之果報順於智慧得阿羅漢速盡諸漏或得緣覺是中法施於鏡壁中見如是相是則名曰中法施也云何名爲上法施耶說智功德以修思心不求恩惠唯爲利他而演說法說欲過惡欲味繫縛出離爲樂令邪見者住於正法說於清淨離垢之法是上法施得無上菩提等正覺果明行足無上調御天人之師無上正法調伏之法初中後善無上成就一切智見爲諸衆生廣說法要是則名曰上法施也爾時天主釋迦提婆復於鏡中觀業果報時天帝釋示諸天衆諸天見之皆生愧耻時天帝釋告諸天衆汝等天子莫得放逸何以故以造其因生生之處得相似果汝等天子應至我所視汝業報汝觀是業上中下報汝今應修不放逸行時諸

天衆見此業報希有之事於生死中皆生猒心而說頌曰
欲樂虛妄　本性羸劣　欲樂所迷　不見怖畏
若信欲情　無所利益　善業旣盡　臨終乃覺
勝樂充滿　必有衰變　如是著樂　失之增惱
若天世間　墮於地獄　身心大苦　一切逼惱
此苦難量　第一辛酸　愛別離苦　復過於是
愛離現前　諸天常有　愚者不見　愛心所誑
初美虛誑　爲欲所欺　百千萬億　京姟兆載
得欲還失　不可常保　善業爲因　得樂果報
無因無果　亦如杌樹　如毒害命　放逸亦然
如火焚燒　如刀如戟　初如親友　後成怨敵
如魚吞鉤　放逸亦然　天龍人鬼　及阿修羅
皆爲放逸　得大衰惱　天王當知　我等福祐
令王於此　示生死獄

時諸天子說是偈已復作是言天王云何得知誰示天王如是之法時天帝釋告諸天子汝今諦聽當爲汝說吾於此天初生之時宿舊天子名須摩羅是吾第一之親友也從彼次第聞如是事時迦葉佛爲調諸天來至於此迦葉如來見諸天子心大放逸爲欲利益諸天子故以憶念神通化作如此業影之壁留此樹中我於爾時其心放逸須摩羅天示我此法汝於今者勿得放逸何以故一切有爲無常破壞汝等天子若心放逸當入此樹自觀己身上中下色則自愧耻若有天子信不放逸當示此法何以故此是如來爲利衆生示如是事調伏諸天於業鏡地令住善道還閻浮提我從如是大德之天聞此希有難見之事我時聞已爲離放逸與諸天衆來至

於此今諸天衆皆得慚愧是故我今示於汝等業鏡之壁上中下業汝等天子愼無放逸爾時天帝釋復告天衆當共汝等詣第二樹觀諸業鏡往昔之時迦葉如來於此樹中示現變化利益一切放逸諸天觀於生死諸業之網我今示汝釋迦天主說是語已頭面頂禮迦葉如來即出其門出已還閉有餘天衆歌舞戲笑作衆伎樂歡娛受樂見天帝釋即來親近頭面敬禮樂行歌舞互相娛樂以鉢頭摩諸蓮華等互相打擲時諸天衆從樹出者向放逸天說其所見希有之事是時放逸諸天子等以心放逸於希有法不聽不信時天帝釋爲攝放逸諸天子故亦共遊戲於蓮華池種種音聲天諸妓樂互相娛樂以天鬘天衣而自莊嚴入於種種園林之中遊戲受樂以善業故時諸天衆與天帝釋入於業鏡見業報者皆不遊戲如無學人所作已辦離放逸行安立而住見諸天衆躭著放逸生悲愍心作如是言此諸天子心著放逸不知當退隨業流轉墮於地獄餓鬼畜生順煩惱業不離一切生死業行隨業所作或善不善如是之業得如是報如是天子觀放逸天生悲愍心時善法殿諸天子等白帝釋言以天王愍今我天衆受五欲樂遊戲諸天種種園林遊戲受樂云何天王不攝我等爾時天帝釋爲諸天衆而說頌曰

天子汝著樂　多行於放逸　放逸愛著故
不見眞實諦　若常放逸心　則無有善報
離於善業者　則墮於地獄　一切諸愛著
皆當有離別　汝等不覺知　須臾必終沒

命欲臨終時　諸根皆壞滅　方乃知苦惱
忽至無能免　譬如旋火輪　如揵闥婆城
三界皆無常　亦如水泡沫　譬如水聚沫
愚者依覆護　於無常法中　而心無喜樂
非天亦非人　夜叉龍鬼神　臨終業所繫
無人能救護　念死時未至　當修於善業
死王甚暴惡　莫於後生悔　我今教勑汝
愼莫行放逸　汝爲愛所覆　馳騁諸境界
境界繫縛汝　是諸地獄因　是故應捨離
以求安隱處

時天帝釋爲諸天衆說是法時諸天放逸曽不存念唯除巳見業鏡地者皆生猒心白帝釋言願入第二娑羅之樹此樹乃是迦葉如來爲欲利益放逸諸天所化業網示生死報業鏡之壁示諸天衆時天帝釋知放逸天樂於遊戲令詣異處與不放逸諸天子等至第二樹至此樹巳手執金剛擊此大樹其門即開釋迦天主及諸天衆心生歡喜共入樹中天衆入巳見諸園林昔所未覩甚可愛樂一切所須皆悉具足多有種種無量衆鳥蓮華池水衆華莊嚴無量金樹一切愛樂微風來吹皆大歡喜七寶山峯衆鳥妙音如意之樹猶如日光其光普照如日之光是娑羅樹復有飲食充滿河中香味流溢最妙第一種種妙香五根所得五種境界相應之樂甚可愛樂大德諸天聞之樂著何况餘天時天帝釋示諸天衆一切園林可愛殊妙樹外蓮華園林流池十六分中不及其一時天帝釋悉共諸天復往詣於毗瑠璃山其山清淨第一無比於其山頂有千柱殿毗瑠璃寶之所成就

赤蓮華寶以爲欄楯黄金爲地其瑠璃殿長五由旬廣三由旬迦葉如來化所成就時天帝釋共諸天衆乘七寶階昇瑠璃殿得見迦葉如來影像如迦葉佛在殿説法時天帝釋及諸天衆合掌恭敬禮如來影深生信敬禮拜既訖以偈讃佛

如來世間無上尊　得眞解脱如實諦
其影寂靜妙無比　能開無上解脱道
若人常禮如來者　淨信無垢心寂靜
其人永脱怖畏有　常得安隱勝樂處
如是寂靜奇妙法　演説此句寂滅處
此佛如來所説法　示諸衆生涅槃道
若有衆生念此法　是名勇健無畏人
則能得於無上處　常樂無惱心安隱
若有衆生念眞諦　則如度者昇船栰
三界之海惡洄澓　如是之人能超度
如來正覺世間眼　普觀諸法無不遍
此佛光明無倫匹　一切諸光無與等
衆生憶念自濁心　愚癡瞋恚欲垢等
智慧大水甚清淨　洗除一切衆生垢
一切衆生不能見　外道慢心莫能了
其法清淨離塵垢　世尊普示諸衆生
喜樂放逸無救者　如是衆生導師救
度於生死到彼岸　能度無救諸衆生
饒益一切諸世間　唯有如來無上尊
以能利益衆生故　是故如來最殊勝

如是天帝釋以淨信心歎佛影像低頭合掌與諸天衆頭面敬禮如來影像復與天衆低頭合掌禮於如來所化天衣如是衣者如來神力之所住持時諸天衆見影像已皆得離

慢離於放逸如來所化影像之色端嚴殊妙千帝釋天不得爲比何況餘天時天帝釋見如來像神通化影以此影像示於憍慢放逸諸天令離憍慢放逸心故爾時諸天子白天王言憍尸迦迦葉如來以何因緣於此閻摩娑羅樹中示於業網生死之化何故不於樹外而化時天帝釋告諸天子我亦如是先疑斯事彼天示我令離憍慢我於往昔亦問斯事時彼天子即答我言希有之法不可常見不常見故見則深信以是因緣如來留化不在於外非一切人皆悉能見若化在外諸天見之不生希有或生過惡以是因緣於此閻摩娑羅樹內示留化像此二樹中希有神化樹內之化第一希有一切諸天所不能見以是因緣迦葉如來於此樹內化留影像及以鏡壁示生死業時諸天衆聞天帝釋說如是事遠離疑悔時天帝釋復示諸天宮殿之壁廣五由旬於此鏡壁初觀見於活大地獄十六隔處殺生之人墮此地獄具受無量種種楚毒如前所說從地獄出生餓鬼中多起瞋恚妬心增長以刀相害業網所繫生畜生中互相殘害爲人所食以肉因緣殺害其命或受惡獸虎豹之形瞋恚增多爲人所殺畜生中死生於人中常愛鬪諍其心鄙惡兵刃中死不得長壽有餘善業生於天中威德色相減劣不如壽命短促若諸天衆與阿修羅共鬪戰時被傷而死於殿壁中皆悉具見如是黒繩地獄十六隔處亦如前說殺生偷盜因緣力故墮此地獄具受無量種種楚毒受苦既畢從地獄出生餓鬼中以諸刀仗互相殺

害如前所說或食屎尿不淨之物求之難得有餘餓鬼互相爴裂身體破壞或喪身命餓鬼中死生畜生中於曠野中受遮吒迦餓鳥之身燋渴燒身畜生中死若生人中刀兵之處弊惡國土或中兵刀飢餓而死勤苦得食爲他所奪設使得食食不能消從人中死若有餘業生於天中色相顏貌減劣麤惡所食之味不如餘天見餘天時生大愧耻伎樂之音皆悉不如壽命短促如是之業於此壁上皆悉見之時天帝釋復於殿壁中見衆合地獄十六隔處如前所說殺生偷盜邪婬之人墮此地獄具受無量種種楚毒受苦既畢從地獄出生餓鬼中受於食吐餓鬼之身壽命長遠若得飲食爲餘餓鬼之所刦奪若有眷屬亦爲餓鬼之所欺奪復有異鬼以刀斬截受大苦惱辛酸而死從此命終生畜生中受於水牛牛馬之形壽命長遠設得飲食爲他所奪畜生中死若生人中壽命短促貧窮下賤妻不貞良如是之業於殿壁中皆悉具見時天帝釋復觀業果於殿壁中見叫喚大地獄十六隔處如前所說殺生偷盜邪婬妄語墮此地獄具受衆苦種種楚毒無量辛酸從地獄出生餓鬼中壽命長遠或受鑊身餓鬼之形或受針頸餓鬼之形隨業所受常困飢渴若有眷屬爲他所奪或生食毒餓鬼之中毒火所燒餓鬼中死生畜生中在大曠野互相殘害遞相食噉畜生中死若生人中身色憔悴無有威德若有餘業得生天中身量形貌皆悉減劣一切衆寶莊嚴之具光明微少不爲天女之所愛敬天女背叛捨至餘天須

陀㪷味智慧薄少心不正直爲餘天子之所輕笑若諸天衆與阿修羅鬪戰之時爲他所殺以餘業故爾時釋迦天王復共諸天衆於寶殿壁見大叫喚地獄十六隔處是中衆生受種種苦如前所說若有衆生殺生偷盜邪婬妄語飲酒醉亂墮此地獄具受無量種種楚毒受苦既畢從地獄出生餓鬼中處處逃走有大惡鬼拔出其舌出已還生餓鬼中死生畜生中受迦頻闍羅雉鳥之身以自音聲而喪其命以其妄語餘業緣故畜生中死若生人中受業果報如前所說有所言說人不信受若有善業生於天中其聲嘶破麤惡鄙濁不善歌頌一切天衆不信其言不能宣說美愛正語如餘天衆以本妄語餘業緣故時天帝釋復於殿壁觀燋熱地獄十六隔處是中衆生具受種種無量苦惱辛酸楚毒業之果報如前所說受罪既畢從地獄出生餓鬼中受食不淨餓鬼之身受大苦惱五倍於前餓鬼中死生畜生中在於大海受摩竭魚身畜生中死若生人中容貌醜陋脣口麤大人所惡見人中命終若有餘業得生天中身光減劣如前所說一切天衆之所輕賤大燋熱地獄阿鼻地獄此二地獄業之果報不作化現何以故恐天心轉見之喪命若見如是二地獄者則大怖畏是故不化此生死報時天王釋觀察是已以偈頌曰

譬如諸微塵　在於虛空中　風吹而旋轉
諸業亦如是　和合有別離　苦樂亦如是
因業之所轉　非是無因緣　今此業化處
牟尼如實知　化無量業網　諸心之種子

心集業難知　唯除諸如來　種種諸業繫
輪轉於世間　業網有大力　能受百千萬
那由他劫數　種種諸生死　譬如繩繫鳥
雖遠攝則還　業繩繫衆生　其事亦如是

爾時天帝釋示諸天子希有事已衆生無量決定之業及不定業現報所受生報所受餘報所受復有三種善不善業及無記業示如是等無量業網迦葉如來所化影像與諸天衆禮拜既訖從此閻摩娑羅樹中而出天衆出已帝釋還閉娑羅樹門帝釋既出見餘天衆放逸遊戲以自娛樂受五欲樂爾時天王見此事已心生憐愍而說頌曰

畜生雜形類　爲放逸所誑　若食若愛欲
貪心常愛樂　本行於善業　天中食報盡
如是放逸人　命終何所趣　放逸怨自壞

業風之所吹　猶如樹傾倒　墮於諸道中
百千那由他　天中受生死　而不起厭離
不生憂怖心

爾時帝釋說此偈已至諸放逸天子衆中諸天子等心生敬重供養恭敬時天帝釋爲攝其心與此天子遊戲種種園林之中不入閻摩娑羅樹間諸園林中遊戲受樂時天帝釋與其眷屬諸天大衆詣善法殿閻摩娑羅所住諸天受天之樂乃至受善業盡命終還退隨業流轉墮於地獄餓鬼畜生若生人中受第一樂主大園林常受安樂以餘業故生摩羅耶國主栴檀林大富豐樂復次比丘知業果報觀三十三天所住之地彼以聞慧見有衆生行於善業其心質直離於諂曲不惱衆生信於果報行正見業大修布施大富饒財

見有衆生入於大海以求財寶以大船舫施此商人諸商人等得此船舫多獲財寶持用布施修諸福業如是船主以船施之不求恩惠不受其報云何不盜若行道路有諸賊軍破壞村柵或畏官軍逃避村柵入此村中乃至不取糠秸草葉信業果報而生怖畏非畏王法是名不盜云何不殺生乃至濕生蚰蜒之類終不故殺心不念殺若有衆生造作罝羅罟網機撥坑陷殺諸虎狼禽獸之屬即以財物贖命令脱其心不悔亦教他人令住善道作如是等種種善業是持戒人不殺不盜憶念善業皆得成就若有所作一切天衆皆共讚善顔色清淨諸天供養是則名曰現業果報是善業人從此命終生於三十三天之上名速行地生彼天上以善業故第一莊嚴一切衆生不能分別如是天處甚可愛樂天子既生其身光明受第一樂身無骨肉亦無垢汙無有怨敵亦無怖畏無所追求離於嫉妬無不愛樂無病怖畏唯除退時無有王怖心多放逸遍見諸地皆可愛樂五欲自娯無量境界遊戲受樂毗瑠璃樓黄金欄楯種種樹林蓮華林池七寶所成鵝鴨鴛鴦以爲莊嚴出於種種微妙音聲山谷之中多饒衆鳥須彌山峯七寶莊嚴蓮華池中金銀眞珠以爲底沙種種寶樹如日光明金毗瑠璃以爲樹枝衆華莊嚴無量衆蜂以爲嚴飾須彌山窟第一衆寶以爲莊嚴其地柔軟七寶高峯其高峯中衆華妙香周帀嚴飾隨念而生復有異處燈樹莊嚴如意之樹百千光明莊嚴奇特百千天女以爲圍遶歌衆妙音共相娯

樂如是天衆隨所觸見皆受快樂耳聞衆音心皆愛樂若聞諸香無量功德皆悉具足若以身觸無不愛樂隨心所念一切皆得無有因緣能奪其樂如是天子百千天女而爲圍遶共餘天衆往詣山峯其峯名曰一切勢力一切皆是如意之樹莊嚴山峯流泉河池生衆蓮華以爲莊嚴無量百千天衆圍遶毗瑠璃寶以爲樹枝遍覆其上百千重閣以爲莊嚴無量衆鳥出妙音聲以善業故此山峯中成就如是種種諸樂善業爲本非無因生亦非他作此人受報非自在天歡喜故與爾時天子上此山峯見諸天子無量百千光明悉等與已無異於此峯中與諸天子天女作衆伎樂出妙音聲娛樂受樂此諸天衆其身光明色量受樂皆悉具足諦視瞻仰衆蓮華鬘以爲莊嚴聞衆歌音心生愛樂皆服天衣無有線縷經緯之別如是諸天其身皆悉具足光明爾時天子昇山峯已見諸地界各各差別見諸河流光明之輪以善業故於此天中住於二處種種清淨莊嚴之地衆樂成就如前所說何故名曰速行地耶如此天衆有大勢力若諸天衆與阿修羅鬬能於人中一眴目間打阿修羅還至本處三十三天故名速行以前業故得相似果以本施人速行之船令渡大海多獲珍寶布施修福是故得此速疾果報如是天子手執器仗甚大迅速以善業故久受天樂善業旣盡五衰相現身體汗流身光卒滅如燈油盡一切諸根亦復如是於五欲中悉無樂味見餘天衆即生愧耻一切天女皆悉背叛是時天子見其天女背已

趣他生二種苦一者妬嫉苦二者愛别離苦此二種苦自燒其心過於猛火若於先世有偷盜業爾時自見諸天女等奪其所著莊嚴之具奉餘天子若於先世有妄語業諸天女等聞其所説生顛倒解謂其惡罵若於先世以酒施於持戒之人或破禁戒而自飲酒或作麴釀臨命終時其心迷亂失於正念爲如是等二倍悔熱之所惱亂墮於地獄若於先世有殺生業壽命短促速疾命終若於先世有邪婬業見諸天女皆悉捨已共餘天子互相娯樂是則名曰五衰相也以其持戒五種缺故業網所縛受如業報若行放逸死王所牽如是一切缺漏持戒爲生天故而持禁戒無常速壞爾時則爲業繩所縛墮於地獄餓鬼畜生如是觀天無常之樂如目所見初雖有愛畢歸磨滅動壞無常如電不住觀於一切諸欲過惡而説頌曰

飲於放逸酒　諸天嗜癡飲　退墮於地獄
大猛火圍遶　初染於愛欲　瞋恚熱惱心
癡心所迷惑　但空無有實　爲伎樂音聲
虚妄所誑惑　不覺退歿苦　畢竟不可免
見諸天女時　今天心轉變　畢竟當捨離
退墮於異趣　觀諸女人性　不離於女人
富樂則親近　衰變則捨離　如野鹿信遊
信欲亦如是　後若得衰變　心輕而捨之
不念恩敬養　亦不念親友　若遭衰變時
即捨不復念　猶如衆蜜蜂　捨於萎變華
女人亦如是　衰至則捨離　不觀善愛心
輕躁念愛欲　女人性如是　如蜜雜毒藥
惑欲致愚癡　巧辭增癡惑　女人難可信

智者所遠離　女色誑天人　悉令心迷惑
至於未來世　不能少利益　天人及夜叉
龍阿修羅等　羅刹毗舍遮　皆爲女幻誑
如是諸欲樂　從於境界生　臨至命終時
諸樂皆亡失　一切諸天衆　園林而莊嚴
爲死繩所縛　欲繫而將去　欲樂不能救
何用諸婇女　溥天諸世間　死王悉將去

如是比丘觀諸天子退歿相已生慈悲心歎離欲境如是天子自業所資隨其至處業繩所牽常不放逸復有餘天放逸愛樂遊戲受樂馳諸境界如人乘馬遊戲一切園林之中受放逸樂乃至受善業盡命終還退隨業流轉墮於地獄餓鬼畜生若生人中常生樂處第一富樂多饒財寶或爲國王或爲大臣多有象馬駝驢騎乘行不步涉無有疲倦以餘業故復次比丘知業果報觀三十三天所住之地彼以聞慧見第二十六地名曰影照衆生何業而生彼天若有衆生能總護持七種之戒得相似果以思修心正見相應不殺不盜善持禁戒是持戒人作樂因故持世間戒乃至不盜微細之物離於偷盜若其住止近於海側他攝之地海潮所出珂貝魚蚌如是種種一切衆物不以盜心取此諸物此善業人信於未來畏業果報非爲王法是名不盜云何不殺生是善業人信於未來畏業果報善思直心不惱衆生離惡知識以求樂故不殺衆生或遊河中或行山谷其人爲於影鬼所執寧捨自身不害影鬼不以毒藥置於影中恐害鬼命雖知方便而不殘害若單那鬼知殺方便守戒不爲或以水照或以鏡照或

以日光其人知殺而不加害亦不報怨自捨身命不殺衆生是善業人身壞命終生三十三天影照之地生彼天已以善業故其身光明五樂音聲受第一樂衆樂具足於須彌地遊戲娛樂與千天女以爲圍遶閻浮檀金以爲其地間錯莊嚴復於閻浮檀金山峯之中遊戲受樂如意之樹隨心所念悉從樹生如是久時與諸眷屬受於天樂復往詣於外影之林閻浮檀金以爲樹林莊嚴園苑金樹銀葉青毗瑠璃以爲其果銀樹金葉毗瑠璃果以爲莊嚴外影林中既遊戲已復詣異處漸次遊觀孔雀衆鳥七寶雜色種種廁填莊嚴其身天子見已入彼林中與孔雀諸鳥互共遊戲時孔雀鳥見天子來出於種種美妙之音天女歌音十六分中不及其一是時天子作如是念我今當乘此孔雀鳥與諸天女遊戲山峯處處遊觀以善業故隨其所念孔雀天鳥即近天子化爲大身有大色力端正莊嚴殊特轉勝爾時天子與諸天女乘此孔雀於須彌山處處山峯隨心所念悉往觀察一一華池一一山峯如是一切山峯華池皆遍瞻視爾時四大天王護世界者欲至三十三天說閻浮提法以非法是時天子於虛空中路逢護世四大天王而問之言汝等相隨從何所來爾時護世答天子曰我從第一善業可愛處來其處多有蓮華園林河池具足種種莊嚴而從彼來欲請三十三天向釋迦天王說閻浮提法以非法爾時天子聞於護世四大天王說是語已生希有心乘於衆寶大力孔雀隨念而行無所障礙從天來下向閻

浮提如第二日以希有心遍觀一切閻浮提中園林華果河流泉源村營城邑具足觀之閻浮提中諸婆羅門邪見外道諸相師等見此相已作如是說是八臂天乘迦樓羅金翅鳥王從天來下向閻浮提觀於世間但作如是妄分別說復有邪見異道諸婆羅門作如是說此是摩醯首羅自在天子名鳩摩羅童子之天乘於孔雀從天來下向閻浮提擁護世間復有邪見異道諸婆羅門作如是說摩醯首羅乘於白牛造作世間能壞世間名爲作者能作世間如是邪見外道諸婆羅門種種分別種種讃歎造作諸論非實見實如是一切諸婆羅門破壞正法第一愚癡亦教他人令其邪見爾時天子既觀察已還於天宮如是外道以愚癡心不實說實不如實見於劫初時此天來下外道見已不如實知如是邪見外道諸婆羅門自生分別轉爲他說如是外道不如實見爾時天子既至天宮向餘天衆說如是言我至閻浮提見其國界其地平正園林華池柔軟可愛時諸天子聞其所說或乘白象或乘孔雀種種騎乘或身乘空悉遍觀察須彌山已次第而下至閻浮提或於河池山林靜處暫下止住令諸外道婆羅門等皆名此處爲福德地在此地中苦行持戒謂福德處如是虛妄次第相傳聞之心著謂有眞實爾時天子初下之時有婆羅門見此天子自生分別或言此是大梵天王或言此是摩醯首羅或言此是八臂天王或言此是自在天子鳩摩羅童子天各生分別此是梵王所住之地此是摩醯首羅自在天王所

攝之地此是八臂天王所攝之地此是鳩摩羅童子天所攝之地既分別已或作邪論或作讚歎或自立宗或自說因自說譬喻種種邪見既自邪見復以邪見轉教他人餘人聞已展轉相教如是次第非如實見

正法念處經卷第三十一

音釋

姟正作垓柯開切十經曰垓　杌五忽切樹無枝也　鬘莫班切　揵闥婆城梵語無翻謂龍蜃之氣幻作城郭也揵巨焉切闥他達切　楯食尹切闌檻也　爴正作攫厥縛切爪持也　噉徒濫切食也　叛薄半切離叛也　尠蘇典切少也　嘶先齊切聲破也　秸訖黠切禾藳也　罝咨邪切兎網也　罟果五切網之總名也　眴音舜目動也　麴丘六切酒母也　釀汝亮切醖也　蚌步項切蛤也

# 正法念處經卷第三十二

元魏婆羅門瞿曇般若流支譯

## 觀天品第六之十一 三十三天之八

爾時天子念其天宮還於天上是時邪見外道諸婆羅門言此諸地某天某天之所攝受或作諸論或作讚歎如是林中所住邪見外道諸婆羅門見之敬重頭面頂禮但觀其相而生敬信不如實知是第二天復生分別見此天子處處遊行身如火聚謂閻浮提人身入火中以是因緣生於善道受諸天身外道邪見諸婆羅門即作邪論或自立宗或自說因自說譬喻或作讚歎既自邪見復爲他說令他受行以火燒身望生天上如是不能如實見知說邪因果非實果報身壞命終墮於地獄復次邪見外道諸婆羅門住林中者生於邪見覩此天子從天來下向閻浮提以遠見故見不明了遙見天子從於莊嚴山峯來下至閻浮提後還天上林中所住諸婆羅門見是事已自生分別謂閻浮提人投赴高巖以是因緣生於善道受諸天身是故邪見諸婆羅門自墜高巖欲求生天復以此法爲他人說造作邪論或作讚歎說此邪法以爲業果以其邪見妄說因果身壞命終墮於惡道地獄之中是名邪見時林中住邪見外道諸婆羅門見此天子從天來下向閻浮提去之遙遠不見正色但見大光猶如火色妄生分別便謂閻浮提人供養火故身壞命終生於善道受諸天身何以故火是一切諸天之口是故供養火者得生天上作如是等妄生分別不如實見造作邪論或自立宗或自說因

自説譬喻自作邪見復教他人令入邪見如是邪見諸婆羅門自無利益令他衰惱身壞命終墮於惡道生地獄中復有邪見外道諸婆羅門住在林中見此天子妄生分別遥見天子不飲不食時婆羅門作如是念謂閻浮提人不飲不食以是因緣身壞命終生於善道受諸天身我今亦當不飲不食復教他人令學其法造作邪論或作讚歎説此邪法以爲業果以是因緣身壞命終墮於惡道生地獄中如是外道不如實知開惡道門若此天子或住少時或須臾頃於閻浮提過於百歲外道邪見諸婆羅門便作是説如是天子常住不動不破不壞造作世界能壞世間外道見之便作邪論或作讚歎説於邪因以是因緣身壞命終墮於惡道生地獄中如是無量不如實見造作邪論不如實見自心欺誑不如實見如是比丘觀諸衆生爲心誑惑以偈頌曰

心爲惡蚍　愛毒周遍　螫人五體　虚生大海
愛河廣大　五根津濟　此岸恐怖　彼岸安隱
見之妄解　不如實知　是邪見人　墮於地獄
是邪見人　非因見因　墮於地獄　顛倒見故
愚癡之人　迷於因果　有獄所縛　受諸苦惱
業之果報　則有生死　若如實見　則到彼岸
愚人求欲　爲欲所惑　墮於地獄　如蛾投火
人中持戒　奉修正見　而得生天　非由苦行
此諸外道　行邪見行　恃智邪慢　誑惑他人
入於愚癡　黒闇大海　世間受苦　以邪見故
非以苦身　而得解脱　智者所説　調伏其心
燒煩惱山　則得解脱　修行正見　滅諸煩惱

見於實諦　則得解脫　一切外道　惑諸世間
無有寂滅　不妄語處　世間外道　虛誑甚多
百劫求之　無有少實　出世之法　皆是眞實
世間言說　繫縛如毒　愛心造福　得無常樂
出世之法　則得常樂　不淨衆惡　因緣和合
空有言說　而無誠實　如是妄說　虛誑之人
墮於黑闇　可怖畏處

如是比丘實諦見之說如是偈云何衆生得眞實知得眞實見不起邪見邪見之論自無實見令他邪見以邪見論或自受行或爲他說自墮地獄亦令他人墮於地獄時諸天衆觀察一切閻浮提已乘諸天鳥還歸三十三天至於天宮向餘天衆如前所說復於園林遊戲受樂伎樂自娛種種功德皆悉具足一切衆寶莊嚴之處遊戲受樂乃至可愛善業壞盡從天命終隨業流轉墮於地獄餓鬼畜生若生人中常受安樂無有病惱離諸衰亂豐樂國土而於中生受丈夫身諸根具足或爲國王或爲大臣以餘業故復次比丘知業果報觀三十三天所住之地彼以聞慧見三十三天第二十七地名智慧行衆生何業而生彼天彼以聞慧見有衆生大心持戒修行善業如實見於業之果報心有信樂常行善業捨於不善其心質直遠離惡友乃至不與同路而行不共言論不與同住如是善業悉遍修習如鍊眞金於現在世爲一切人之所愛敬以修善故若有比丘常修讀誦修多羅毗尼阿毗曇如是比丘精勤修習若晝若夜心不懈息若夜闇冥廢其讀習若有衆生敬重佛法及此比丘施僧燈明敬重法故敬信

三寶復行布施令得增長讀習之善若盛熱時以扇布施令無闇冥亦無熱惱聞諸比丘談論聖法心甚喜悅二種功德因緣力故是善業人自利利人身壞命終生於善道三十三天慧行之地生彼天已以善業故其身光明勝於日光滿足十倍一切天衆之所供養無量百千天女圍遶供養恭敬皆是天子先所親友和悅含笑種種莊嚴其身勝妙色相威德皆悉莊嚴離於妬嫉互相愛敬不離須臾皆生歡喜親近天子手執蓮華或執金華或執銀華毗瑠璃華玻瓈迦華或雜寶華若金蓮華白銀爲莖赤寶爲鬚毗瑠璃華眞金爲莖青寶蓮華白銀爲莖硨磲蓮華青寶珠玉以爲其莖赤蓮華寶金剛爲鬚如是天女至天子所以所持華散天子上猶如盛夏降澍洪雨諸天女等以諸寶華散於初生天子之上亦復如是爾時天子見諸天女心生歡喜欲心即動惡欲心發從其座起得未曾有詣諸天女踊躍歡喜皆共和合娛樂受樂歌舞戲笑遊戲娛樂令此天子欲心增長如是天女周帀圍遶遊於園林天諸園林衆寶光明一切諸欲皆悉具足於此樹下遊戲受樂種種衆鳥歌衆妙音與天女音不可分別莊嚴欲具華果充足種種流泉蓮華河池有百千種圍遶園林如是天子與諸天女遊戲娛樂受無量樂以善業故是時天子復與天女更詣異林伎樂自娛隨念具足受天之樂聖人所愛持戒之果成就果報如是天子天女圍遶復往詣於摩尼支羅遊戲之林先舊諸天見此天子皆出往迎心生歡喜猶如見於

親族兄弟安慰問訊共入林中五樂音聲受天之樂如是天子受種種樂復於摩尼支羅林中無量歡喜目視衆色心生喜樂其地園林皆以七寶而爲莊嚴金色寶衣莊嚴林樹如是種種寶樹莊嚴其地柔輭無量飲食從河而流目視如是一切衆色眼甚愛悅如是初生天子與諸天衆娛樂受樂天子復詣毗瑠璃地共天女衆次第見於摩尼寶衣從樹而生其色明淨甚可愛樂微風吹動隨風上下無量色蜂以爲莊嚴光色如燈諸天見之發希有心生大歡喜共天女衆往詣此樹作天伎樂遊戲受樂是時諸天於此林中心生希有即於華中出天摩偷具足一切上妙之味一切天衆昔所未見色香味觸見之皆生百倍悅樂飲天摩偷上味之酒天子飲之共諸天女遊戲受樂歌衆妙音讚天王釋以天帝釋因緣力故令我於此摩尼支羅園林之中受五欲樂味若摩偷色香美味從樹華出最爲希有我今飲之百倍受樂爾時天子共諸天女以毗瑠璃器盛滿摩偷天之上味遍共相勸飲此天味此諸天衆於人中時布施持戒令得如是勝妙色香上味果報隨其本業上中下報心生愧耻樹上有鳥名飲摩偷見諸天子心生愧耻即爲天子而說偈言

衆生癡所使　飲於摩偷酒　現覩癡所繫
貪著於美味　摩偷癡羂網　飲之至命終
退墮於地獄　諸龍亦如是　若見觸觼嘗
令人心癡醉　是故衆羂網　智者所捨離
見之生貪著　觸之則觼嘗　觼之心貪味
著味爲衰惱　一切繫縛中　無過貪嗜味

壞名聞色力　以其著味故　著味所迷亂
目瞢常惛醉　心迷致癡荒　不知善惡法
女人所輕笑　眠卧於糞穢　而無所覺知
不能自動發　酒能壞名聞　踰過於無畏
猶如飲毒藥　亦如死網罥　飲酒之爲患
三十有六失　既知此過惡　應當速遠離
大姓智慧人　爲酒之所汙　衆人所輕忽
如草隨風轉

如是天鳥雖是畜生毀呰諸天何况餘天此諸天子飲於天味上中下味色香具足如其善業願行種子飲已復詣陀羅殿林於此林中欲行遊戲聞種種音心生歡喜青優鉢羅以爲首鬘天子天女共相圍遶歡喜遊戲心常念欲金色光明陀羅林殿既受樂已復往詣於弥伽雲林既至彌伽雲林之中見百千殿天鬘莊嚴爾時天主釋迦提婆乘伊羅婆那大白象王共諸天子天女眷屬圍遶心生喜悅爲欲利益放逸諸天時諸天衆見帝釋來悉皆出迎皆以頭面頂禮天主於天主前出衆妙音歌舞戲笑歡喜呌呼時天主釋以柔軟言慰問諸天在於伊羅婆那白象之上告諸天曰汝以自業受於天樂我今欲還歡喜之園除阿脩羅瞋恚恃怙大力慢心時諸天衆白帝釋言天王我今亦當隨於天王除阿脩羅瞋恚憍慢時天帝釋告諸天曰汝勿急速我今自能破阿脩羅時天帝釋語諸天已入歡喜園見阿脩羅在歡喜園猶如雲聚漸漸增長時諸天衆罵詈毀呰轉增高大時諸天衆見其增長罵詈不息倍更增長顔色醜惡帝釋見之告諸天衆此阿脩羅以汝瞋

故身增轉大我當方便令離瞋慢時天帝釋而說頌曰

不瞋能伏瞋 忍伏麤惡心 法能伏非法
光明破闇冥 成實勝妄語 正語伏綺語
輭語勝惡口 能禁兩舌過 慈心斷殺害
布施除慳貪 正念勝邪念 善念破惡念
明能破無明 白日除黑闇 白月勝黑月
如是常得勝 智慧知真諦 勝於邪見欲
賢聖八分道 能破諸惡趣 如來四無畏
能破諸怖畏 憶念破忘失 智能破愚癡
若住阿蘭若 則能破諸欲 須彌勝衆山
及以衆園林 大海勝消流 及以諸河池
日光勝衆星 亦勝於餘宿 法式勝無法
布施破貧窮 質直勝諂曲 實能破妄語
吉能破不吉 火能燒衆薪 水能破於渴
食則能除飢 師子心勇健 勝於一切獸
知足勝希望 智者如是說 悲愍者常勝
無悲爲減劣 智慧能調伏 智者如是說
衆惡邪見業 多作諸妄語 如於外道中
如來最殊勝 天勝阿脩羅 以其法勝故
我當破一切 何況汝一身 汝阿脩羅使
汝勿生希望 今此師子座 智者所應住

時阿脩羅聞釋迦提婆說是語已不復增長以得聞於實語縛故減劣不增色力勇健悉不增長見其劣弱時有天子手捉其足曳令下座即時驅出天歡喜園時天帝釋心生歡喜復往詣於摩尼支羅所住之地乘於伊羅婆那大白象王騰空而遊向於摩尼支羅之林所作既辦與諸一切天子天女至摩尼地摩尼地天見天王釋皆悉出迎頭面頂禮修

敬既畢皆往詣於彌伽雲林其地一切衆欲具足柔輭廣博衆華遍覆以蓮華枝用爲宫室一切愛處釋迦天王共諸天女種種樂音歌舞遊戲娛樂受樂揵闥婆王圍遶帝釋歌衆妙音讃歎天王五樂音聲以爲娛樂時天帝釋在於伊羅婆那白象之上其象端嚴勝於寶山行步進趣如動玉山其象鮮白踰於雪山如春末時日光照曜雪山之峯如是天衆天子天女圍遶帝釋遊於園林其諸園林毗瑠璃寶白銀玻瓈因陀青寶大因陀寶赤蓮華寶眞金硨磲以爲莊嚴釋迦天王共諸天衆天子天女遊戲園中閉惡趣門心生歡喜雖得見諦猶受欲樂而常思惟衆生生死既思惟已不恚不悦觀諸樂受皆悉無常破壞離散如是知已内自思惟諸天退歿因於自業爲何所至受自業果業風所吹墮於地獄餓鬼畜生流轉受苦而無伴侶一切諸天及諸天女皆悉如是會當别離如是之業大作樂具戲弄一切愚癡凡夫時天帝釋思惟是已而說頌曰

譬如虚空雲　爲風之所吹　和合須臾散
生死亦如是　時時如衆華　見人有生生
一切皆磨滅　如去來亦然　如是善業熟
則受於天樂　善時既盡已　樂受則亦失
時節如樹林　生時甚數榮　時節既過已
一切皆墮落　諸天如樹葉　樹如受樂處
受樂則有墮　無有常樂者　猶如夏降雨
不住於空中　諸樂亦如是　念念不暫停
譬如孔雀鳥　風雲則出聲　風止聲則滅
天樂亦如是　譬如以乾木　而置於火中

天樂亦如是　爲時火所燒　生已復歸滅
已經百千返　爲愛之所欺　而無有猒心
癡愛網所覆　一切無免者　戲弄於諸天
受諸不善業

如是天帝釋愍諸天故說是偈已乘於伊羅婆那大白象王天衆圍遶奏諸音樂出妙音聲還善法堂以得勝於阿脩羅故心生歡喜諸天恭敬到善法堂摩尼支羅所住諸天受欲無猒受於色聲香味觸等遊戲園林乃至可愛善業壞盡從天還退隨業流轉墮於地獄餓鬼畜生若生人中生大種姓受第一樂端正殊妙生在中國王法行處大冨饒財子孫具足壽命延長眷屬和順世間所有一切資具皆悉具足一切衆人之所愛敬或爲大王或作大臣以餘業故復次比丘知業果報觀三十三天所住之地彼以聞慧見三十三天二十八地名曰衆分衆生何業而生彼天彼以聞知見有衆生修行善業正身口意質直不諂不惱衆生常行善意其心質直離惡知識親近善友不近惡友不共言論不與同住亦不同行常避惡人惡人所友亦不親近親近賢善聽聞正法聞已思惟心入於法善不善無記若有善法則便攝取知不善法則便捨離正念觀察調伏其心不貪不欲持七種戒微細不犯乃至小犯常懷大懼一切善業如鍊眞金清淨無垢如是之人不殺不盜布施修福見殺衆生救令得脫云何救於殺害衆生若有丈夫侵他婦人爲官所收打惡聲鼓從右門出欲斷其命無救無護無所希望愁悴憂惱欲至塚間將至殺處如是善人

贖令得脫復行布施修諸福德云何善人修行福業若僧住處曠野無水渴乏苦惱如是善人或爲作井或爲造池若有水池若井崩壞若多細蟲爲僧修治以諸細蟲置餘水中如是微細皆不殺害若以漉囊漉諸水蟲還置水中是名不殺生云何不偷盜不以盜心取他草葉若曠野中種種果菜故村聚落疑他所護亦不故取是名不盜是人修行一切善業身壞命終生於善道三十三天衆分之地生於右門眞金爲座白銀瑠璃或以玻瓈或硨磲寶或赤蓮華寶以爲其座青因陀寶大青寶王眞珠之座如是珍寶莊嚴之座而於中生既生天已而自思惟我以何業而來生此即自念知我於前世作斯善業供養衆僧如是善業猶如父母清涼之寶生於天上決定受樂如是天子作是念已即自現見業之果報見果報已讚歎善業毀呰惡業念本生已念人業地無量善業地如父如母爾時天子念本生已而說頌曰

以善得人身　得已不放逸　造作衆善業
因是得生天　人身甚難得　得已行放逸
爲放逸所迷　命終墮地獄　作三種善業
修行七種戒　殺於三怨家　則受諸天身
若人伏煩惱　未斷於愛心　是人愛因緣
則生於天中　破壞於嫉妬　大苦之窟宅
種種行布施　是人生天中　觀他如己身
悲愍護衆生　慈心常調伏　是人生天中
觀偷盜如火　布施於一切　以自修其心
是人生天中　觀他妻如母　常思惟眞諦
欲泥不能汙　是人生天中　火從自心起

由舌鑽燧生　若離此妄語　則生於善道
惡口破慈心　智者能捨離　常樂說輭語
則生於天中　觀綺語如刀　一切常遠離
常行於正語　是人生善道　若有行善人
不行於兩舌　實說諦知時　是人生天中
若人護如是　七種身口戒　其人諦知戒
則生於天中

如是初生天子思惟既訖說此偈已觀本生處念生處已著欲境界以前習故說如是偈爾時初生天子威德殊勝一切皆集天女見之速疾馳奔至天子所猶如衆蜂馳奔蓮華諸天女衆馳奔天子亦復如是手中執於種種伎樂琴瑟箜篌鼓衆妙音是諸天女華鬘莊嚴散以末香手執華鬘復有天女散華供養初生天子如是天女以種種供養供養天子不可譬喻勝上天女或百或千見此天子初生天中心生愛樂又見本所奉事天子死相已現捨本天子馳向初生福德天子譬如渴牛捨於枯池走趣清水此諸天女亦復如是捨本所事馳速往詣初生天子爾時初生天子聞諸天女莊嚴之具出美妙音欲心即發何況見色及其音聲爾時天子見諸天女及聞樂音恭敬供養心生愛樂悉忘本生猶如隔於百千生死何以故以生天中放逸地故性如是故爾時初生天子爲諸天女以諸欲法種種情態不善觀故欲心增長時諸天女說於種種欲心相應不淨之語如是受於放逸之樂天子天女互相隨逐天女圍遶一切諸欲皆悉具足如是之樂昔所未得今既得已心生歡喜爲欲所牽隨諸天女不得自

在時諸天女奉給天子歌舞戲笑種種吟詠鄙媟調譁令此天子心意迷惑隨諸天女所至之處常隨其後欲網所縛如鳥在網如是天子愛欲所縛亦復如是隨其至處天子隨之如是地處七寶莊嚴昔所未見見之愛樂既見此地於此地中無量天衣天鬘莊嚴受無量樂復往詣於度曠野林作天伎樂共此天子至曠野林見此林中一切衆鳥種種相貌以爲莊嚴其音美妙出種種聲與諸羣鳥遊戲娛樂諸鳥亦復雄雌相隨若至華中飲摩偷酒雄鳥隨之若於諸華亦復如是若鳥遊空雄雌相隨亦復如是隨其至處若食美果鳥亦隨之若復遊戲蓮華池中亦復如是於山峯中二鳥雙遊如是天鳥亦爲愛網之所繫縛將至異處衆蜂之類亦復如是羣麞麞鹿相隨遊戲亦爲麞鹿欲網所縛亦如天子迷天女色譬如夏時降雨滿池充遍盈溢是諸天子爲諸天女欲愛充滿亦復如是愛欲繫縛雖復舒緩甚爲難解如是比丘觀此事已而說頌曰

如是女欲網　繫縛甚堅牢　能令諸衆生
輪轉於有獄　身縛尚可解　心縛不可脫
心既爲欲縛　常受諸苦惱　羂網尚可斷
欲網不可燒　隨其所行處　不離三惡道
羂網但縛身　愛網甚廣大　雖非是色法
能縛一切人　羂網縛衆生　尚可現覩見
如是愛縛心　求之不可見　初染生愛著
心著甚難解　人爲愛所縛　不能脫生死
女色大羂網　縛衆生六根　羂但縛一身
或縛或不縛　若枷鎖杻械　聖說非爲堅

癡人愛染心　繫縛甚堅牢

如是比丘毀呰愛欲爾時天子爲愛天女一切愛網之所繫縛將至園林見種種林甚可愛樂無以可喻爾時天子遊於華池其池名曰白鵝之池與諸天女至此池邊天子天女遊戲娛樂受五欲樂種種樂音出衆妙聲衆分天子復往詣於金山之中互相娛樂受五欲樂既受樂已作如是念我今當與一切天衆詣善法殿遊戲受樂作是念已與諸天衆詣善法殿或遊虛空或乘鵝鳥或乘孔雀或乘宮殿如是種種詣善法殿見天帝釋種種伎樂歌衆妙音至善法堂爾時釋迦天王聞衆樂音告諸天子大仙如是音樂是誰樂音何地天衆來至於此時諸天子聞是語已皆出觀之既見天衆還善法殿白帝釋言天王當知衆分地天衆今來至此奉問天王時天帝釋告諸天子汝今應當發勝歡喜以諸樂器作諸伎樂出迎衆分所來天子種種遊戲共相娛樂時諸天子聞帝釋勑即奉其教手執種種琴瑟箜篌種種樂器種種天鬘莊嚴其身其身流出種種光明身光鮮白晃曜照明出迎衆分所來天子二衆相見和合遊戲作諸神通種種伎樂歌衆妙音至善法殿爾時天主釋迦提婆坐百千柱寶殿之上其師子座名曰得勝天王坐上安隱快樂威德光炎百千天衆周帀圍遶受善業果威德殊勝過於和合百日並照雖處天宮而不放逸如是天衆既見天王皆大歡喜過先十倍即以頭面頂禮天王釋迦提婆歌舞遊戲以諸偈頌讚歎天王

天主憍尸迦　常護於世間　法行常寂靜
境界莫能壞　以法調世間　不以非法教
順法常安樂　違法受苦惱　行法則安樂
修智亦如是　不侵不妄語　常受於安樂
若世間功德　出世間功德　此一切功德
天王悉具足　怖者爲作歸　苦者示善道
天王持世間　天人阿脩羅　天王最殊勝
離諸不善法　洗除三惡垢　受於三歸法
如實知三業　行勝三菩提　雖生放逸地
不樂於放逸　天王持世間　法行離怨敵

爾時衆分之地諸天子等勝智慧等讚天王時爾時釋迦提婆因陀羅觀諸天衆善言慰喻告諸天曰諸天子莫行放逸若放逸者則無利益時諸天子讚帝釋已與天帝釋乘於虛空向衆分地帝釋爲首諸天隨從往詣衆分時天帝釋作如是念此諸天子心行放逸不知退苦我當示化退歿之相令生猒離時天帝釋爲於遊戲放逸諸天子等化中陰有時諸天子戲遊園林山峯華池時諸天子各各自見一切衆具勝相莊嚴皆見失壞一切樂具亦皆磨滅惶怖苦惱身被繫縛怖畏涕泣烟炎俱起來遶其身閻羅王使之所執持飢渴自燒行大怖畏火來燒身猶如燒林閻羅使者醜惡可畏種種惡色手執刀仗弓刀矛矟及捉黑繩赤棒網羂或有上昇或有下行時閻羅王所遣使者遍須彌山時諸天子見閻羅使從於天上縛諸天子加諸楚毒罵詈撾打遍身火起其焰猛熾時閻羅使手執刀戟奮目大怒互相告曰諸閻羅使速縛如是放逸天子我當戮之將入地獄令其不復

得行放逸如是大喚上昇虛空上須彌山遍於諸地皆令摧壞百千萬億那由他數閻羅使者伺命之官醜惡獄卒遍壞諸地及以山側遍於虛空或上或下惱諸天子語諸天子汝等所受五欲之樂種種音樂今何所在汝等今爲閻羅使者將詣地獄受大苦惱若諸天子將墮地獄則見獄火來燒其身若諸天子有善業者但見地獄不見自身爲火所燒時諸天子自見中陰被大繫縛爾時獄卒閻羅王使爲此天子而說頌曰

汝愛於欲樂　而不作善業　是故得苦果
今日已成就　汝若樂放逸　而行於非法
至於臨終時　心乃生悔熱　悔熱喻火燒
亦喻於刀戟　從於五根生　而還自燒滅
於苦謂爲樂　貪怨爲親友　觀放逸如是
是故應捨離　放逸愛和合　爲欲之所縛
三種大怨家　能破壞大樂　憍慢近惡友
懈怠及貪心　遠離於持戒　是地獄因緣
持戒清涼觸　得報甚清涼　愚人不修行
臨終生悔熱　見於他妻妾　而生貪著心
飲酒行劫盜　因此墮地獄　惡口親惡友
邪見無正信　其心多躁擾　此法失人身
貪心及綺語　妄語無誠信　今世若後世
無有少安樂　遠離於善友　親近惡知識
根本無利益　不信業果報　不識業果報
苦樂非衆生　是人迷因果　臨終生悔熱
若人常妄語　恃智生憍慢　後得大衰惱
乃覺其業果　若流轉世間　具受諸苦惱
皆由無明力　大仙如是說

爾時釋迦提婆因陀羅化作如是閻羅使者

爲諸天子中有說法折伏呵責時天帝釋復
爲諸天衆示現變化若諸天子有先世業應
墮畜生示於無量種種業相如印印泥中陰
之相互相殘害共相食噉生大怖畏令諸天
子皆悉見之若諸天子無畜生業但見畜生
互相殘害不見自身作畜生形時天帝釋復
爲放逸諸天子等示化中陰若諸天子當生
餓鬼爲於飢渴焚燒其身長髮覆面其形醜
惡此諸天子見虛空中烏鵄諸鳥來啄其眼
及耳鼻舌是時天衆見向所化如是惡相生
大怖畏餘天見已白帝釋言釋迦天王何故
捨諸天子而自止住此諸天子皆被繫縛或
阿脩羅或餘惡人將之欲去遍須彌山一切
諸地我亦曾與阿脩羅鬭未曾覩見如是惡
相又阿脩羅及其軍衆未曾俱來至此天中
云何世間失正法耶不孝父母耶不敬沙門
婆羅門耶不敬耆舊長宿耶天王今諸世間
不供養如來及法僧耶不知因果不知眞諦
耶如護世天王常說此法今閻浮提不修行
耶今諸天衆皆被惱亂天王何故不嚴器仗
乘於伊那大龍象王身服鎧甲擊天戰鼓莊
嚴鬭戰有諸天衆天王同業向天王釋作如
是說復有諸天覩此希有未曾見事心生猒
離極大恐怖諸根振動歸依帝釋作如是言
唯願天王救護我等此諸天衆所住之地悉
爲阿脩羅之所劫奪未曾見此阿脩羅等可
畏之身如是怖畏諸天子等皆向帝釋作如
是說復有天子見是化已向善法殿速疾馳
奔取諸器仗鬭戰之具復有天子詣雜殿林
取諸鬭具向閻羅使若打若捉不能加害譬

如鏡中所見色像不可捉持不可打害如是天王示如斯化是時天主釋迦提婆復示天子化阿脩羅勝於羅睺勇健阿脩羅等被縛撾打斫刺罵詈悲泣憂惱如諸天子化受苦惱時諸天子見阿脩羅受大劇苦百千萬倍過諸天子時諸天子見阿脩羅受大苦惱未曾所見生大怖畏復往詣於釋迦天王白天王言我今不知是何丈夫有斯大力皆能繫縛諸阿脩羅王羅睺阿脩羅王勇健阿脩羅王繫縛撾打斫刺罵詈云何有此未曾有事令諸天子身毛皆竪唯願天王爲我說之我今亦畏得此衰惱天王何者爲知不耶諸天之衆及阿脩羅皆悉破壞一切世間恐皆摧滅天王若知願爲我說釋迦天王若不知者願善思惟

正法念處經卷第三十二

音釋

螫施隻切蟲行毒也　羂規縣切網也　齅許救切以鼻攬氣曰齅　瞢母亘切不明也　呰蔣氏切口毀也　鑽燧鑽沮官切燧徐醉切鑽燧穿木取火也　媟私列切媟嬻也　䴡房脂切　麚音加牡鹿也　麀音憂牝鹿也　杻械杻敕九切桔也械下戒切桎也　矛矟矟色角切矛屬　撾張瓜切捶也　戟訖逆切雙枝兵也　鵄稱脂切鷙屬　啄竹角切鳥食也

正法念處經卷第三十三

元魏婆羅門瞿曇般若流支譯

觀天品第六之十二三十三天之九

爾時天主釋迦提婆告天子曰此諸天子以放逸行不如實知不行正法我爲如是放逸天子欲令離於憍慢放逸示如是化此諸天子既生猒離其心調伏我今說法必能信受時天帝釋見諸天子心調伏已告諸天衆汝等諦聽當爲汝說如此丈夫第一大力形貌醜陋能壞他人難以爲敵非呪術力所能調伏一切天衆無如之何復有勝天過於汝等亦不能遮況復汝等色力減少無自在力是丈夫者名閻羅使名死時使以煩惱業縛諸衆生縛之而去將至地獄餓鬼畜生有八種法攝於一切生死衆生何等爲八一者一切生者皆歸於死二者無有强健而不病惱三者一切少壯皆歸衰老四者具足財富當有貧窮五者皆由業故有諸世間業之所得隨順於業隨所作業或善不善如是如是得業果報六者一切恩愛皆當別離無有堅固七者自作之業決定受報無有他作我受其果無有自作他受其報一切諸法決定如是八者世間放逸無有安隱必受苦果是名八法如是之法於世間中流轉生死從因緣生如是之法不可以力而抵捍之非呪術力所能調伏如是閻羅使者非力能敵非呪術力之所能遮生死之法法皆如是若人造惡能加苦惱無量楚毒諸天阿修羅人龍夜叉毗舍遮等如是閻羅使者皆能加害令此衆生墮於地獄餓鬼畜生時諸天衆白帝釋言天王

我於如是閻羅使者不得自在唯願天王以方便力令我得脫閻羅使者我當隨順天王之教爾時天王釋迦提婆告諸天曰有大方便若能修者不爲閻羅使者所害云何方便能得自在謂斷一法言一法者謂斷放逸復修二法謂舍摩他毗婆舍那復斷三過謂貪瞋癡觀四聖諦苦集滅道知五善護謂五境界復有六護所謂六根知七正智謂七覺分行八聖道謂正見等知九衆生居知十業得果知十一修知十二入知十三念隨順係念知十四禪善修其心知十五法知於十六阿那波那知十七中陰有道相續輪轉行法知十八界知十九中有知於欲界衆生所居有二十處知其行業如是知者則得自在若天若人能如是知能斷三惡道能生一切善法攝諸善法若天若人能斷惡道死則不爲閻羅使者之所怖畏是故應捨放逸之行放逸能斷一切善法猶如怨家放逸之人不得世樂及出世樂放逸覆人猶如畜生未睡如睡不知應作及不應作福德非福德親友非親友福田非福田應說不應說不知利益不知損減不知功德不知過惡是名初惡一切無利衰惱之根本也應斷放逸一切諸天皆行放逸云何不爲閻羅使者之所繫縛爾時天主釋迦提婆而說頌曰

若天人放逸　樂行於非法　至於臨終時
則見閻羅使　放逸如毒害　智者所捨離
臨於命終時　則無衆苦惱　放逸死受苦
不放逸最樂　若欲求樂者　常應離放逸

諸天子斷一法者謂斷放逸則有六種何等

爲六種眼見色已生放逸心非如實見或見好色或見惡色若黄若黑若赤若白若長若短若方若圓如是世間不如實知以放逸故亦復不知出世之法以放逸意雖復見色不如實見於已身色不能正觀不樂觀於四眞諦法於諸色中不實見實心放逸故不能觀於世間之法及出世法耳聞聲已不知其義或歌或語若義若非義不解如是世間之義若修多羅若伽陀若祇夜若毗伽那若憂陀那若尼陀那若毗多迦若闍多迦若毗佛略若阿浮多達摩聞如是法不解其義以放逸故命終之時爲閻羅使繫縛將去復有放逸既聞諸香鼻即貪齅不知華香及以果香不知如是世間之香先以燒香供養布施以放逸故不知諸香復以放逸不知諸味其所食味若甘若酢若醎若苦若辛若淡若澀若滑不知差别心放逸故不知如是世間之味及以不知出世法味以放逸故復以放逸不知身觸不作身業修治宅舍不修作業不作衆善是人宅舍物不具足不知世間所不應作不知出世間所不應作不近耆舊亦不恭敬禮拜問訊以放逸故

諸天子復以放逸不知心法若善不善若無記不知臨命終時死杖所害受大苦惱爲閻羅使自在將去是故天子應斷一法所謂放逸修二法者一者奢摩他二者毗婆舍那如是二法示涅槃道奢摩他者能斷生法及未生法能令寂靜毗婆舍那者見心見法二種身故名毗婆舍那如是二法以爲善伴能斷三過若著欲者教不淨觀若瞋恚者教慈心

觀若愚癡者教以智慧如是三法對治三法令其不復起於放逸若臨終時不復畏於閻羅使者云何四聖諦四聖諦者謂苦諦集諦滅諦道諦苦諦者苦有二種一者身苦二者心苦集諦者謂陰界入滅諦者所謂寂滅道諦者謂八聖道是名四聖諦善護五境界者所謂色聲香味觸等云何六護所謂六根眼耳鼻舌身意於境界處善守護之何等七法謂七覺分如人身分亦如城分亦如衆分是名菩提分何等爲七謂念覺分擇法覺分精進覺分喜覺分猗覺分定覺分捨覺分念覺分者有何等相所謂念於有爲過惡念於實諦念於涅槃寂滅之法是名念覺分擇法覺分有何等相以智慧揀擇云何揀擇以如實相法揀擇此法思惟其義心念其義念念不離既思念已復修精進是名精進覺分念此法已希欲心生念如是義而生歡喜是名喜覺分復於此義正思惟已身法心法如實調伏柔輭輕樂修行不亂是名猗覺分復於此義心思惟已緣於住心以攝其心是名定覺分復捨定意及以餘念是名捨覺分如此之法若果若智及斷煩惱皆悉差別其果亦別上上轉勝一緣而生其用各異如是天子是名七覺分若有念者能捨放逸諸天子云何八聖道能離放逸怖畏未來以求安樂求涅槃道正見聖諦如實見正思惟聖諦正語聖諦正業聖諦正命聖諦正精進聖諦正念聖諦正定聖諦云何正見如實見相應義是名正見云何正思惟如實見如實法自相平等相於如是法心念種子是名正思惟云何正

語思惟四種口業捨口四過護持禁戒是名正語云何正業捨於三種身不善業護持禁戒是名正業云何正命乃至失命持戒不捨是名正命云何正精進於如是義其心憶念而起精進是名正精進云何正念於如是法義憶念思惟不忘不失是名正念云何正定於如是法義以實念心一心憶念決定一相是名正定是名賢聖八聖道分若能憶念則不畏於閻羅王使復觀九種衆生居處

諸天子又觀十種大地之法何等爲十一者受二者想三者思惟四者觸五者作意六者欲七者解脱八者念九者三昧十者慧是名十大地法共心而生各各異相汝等當知何等相如是之法一緣而生猶如日光如是之法共心而生有增減相應相云何名想知差別相應故名爲想云何名思意緣三種善不善無記復有三種謂身口意思所依止而無相貌云何名觸三種和合而生於觸起三種受故名爲觸天子當知云何三觸生三種受謂苦受樂受不苦不樂受云何名作意攝取於法故名作意云何名欲憶念所作故名爲欲云何解脱能辯了故亦名爲信以能信故亦名爲力以能持故云何名念若攀緣處心不迷亂是名爲念云何名三昧若心一緣是名三昧云何名慧分别觀法是名爲慧諸天子復有十種煩惱大地若有受行如此法者臨命終時爲閻羅使自在繫縛何等爲十一者不信二者懈怠三者不念四者亂心五者愚癡六者不善觀七者邪見解脱八者不調伏九者無明十者放逸是名十法煩惱大地

染生有法爲閻羅王使者所縛之因緣也諸天子如我所說云何十種不善大地云何不信不信解脱若不信於解脱之法故名不信云何懈怠捨離精進故名懈怠云何不念以忘失法故名不念云何亂心其心不正故名亂心云何愚癡無方便心故名愚癡云何不善觀不正觀察思惟非法不行正道不淨見淨故名不善觀云何邪見取顛倒法堅著不捨故名邪見云何不調伏心不寂靜故名不調伏云何無明迷於三界故名無明云何放逸不作善業故名放逸是名十種煩惱大地甚可鄙惡諸天子復有十種染地之法何等爲十一者瞋二者恨三者不悔四者堅五者幻六者諂曲七者嫉妬八者慳九者憍慢十者大慢是名十種染地法也何故名曰染地法耶大地所攝故名染地云何名瞋其心麤惡故名爲瞋云何名恨其心結縛轉成怨結故名爲恨云何不悔樂作衆惡作已歡喜故名不悔云何名堅作諸惡業執著不捨是名爲堅云何名幻誑衆生故爲十二入之所誑惑故名爲幻天子當知云何十二入所謂內外眼耳鼻舌身意是名內入外有色聲香味觸法是名外入二種分別一者相二者自體大所言相者四大因緣而生眼識是名爲眼當知耳鼻舌身意分別境界各有自相云何當知自體相耶言自體者名不顛倒以五因緣而生眼識何等爲五有眼有色有明有空有憶念故眼識得生耳則不爾耳識之生明闇俱知不因於明鼻舌身意亦復如是意識於明或時有用云何有用云何不用若眼識

見色意識決了是名爲用云何或用或有不用眼識觀色若無光明則無所見餘根所知不因光明是名識大諸天子復有四大因緣各各相依云何四大互共相依或增或減眼增火大鼻增地大身增風大舌增水大耳增空大此法增勝耳中空界意得取聲是故當知故有增減復次觀入何者近緣何者遠緣鼻舌及身如是三根對觸乃知眼之所見非近非遠耳之所聞遠則不了近則能知内亦自聞鼻之所聞近則能知内亦自了如鼻内有病亦自聞臭如耳中風聲亦皆自聞如是識二種所攝眼識意識如是盡攝譬如一火隨然得名或名木火或名草火一切諸識亦復如是因於意識各各差别天子當知如是諸入既得知已莫得放逸不放逸行不貪不瞋不癡如是善人命終之時不畏閻羅王使者所縛不見可畏獄卒惡相不見閻羅王惡境界也不墮地獄餓鬼畜生常受安樂乃至涅槃成就無量歡喜安樂不放逸故復次天子觀十二入無常苦空無我觀其依止因緣而生如是觀已離於放逸觀眼識生猶如幻法空無所有非堅非實破壞之法眼識滅已而生耳識空無所有不堅破壞如是觀内六入外六入或生或滅鬪諍愛味衰變無常從因緣生如實知之如是見已不貪於色若見愛色不生染著不放逸者諸天五欲尚不生貪何況人欲爾時釋迦天王而説偈曰

迷惑於界入　妨於涅槃道　以此放逸故
失一切善法　若有三種過　是大惡道使
癡爲第一惡　放逸故流轉　愚癡放逸行

死常在手中　若有樂放逸　一切盡破壞
若人過一法　思惟於二法　知於三處相
是人則受樂　若天福德盡　放逸所破壞
墮落癡所誑　無人能救護　一法常最勝
能忍而修行　若與忍相應　悲念諸衆生
命終怖畏時　得如是大力　是故離放逸
精進修諸行　若能捨無明　當守護明智
以智明無明　放逸不能壞　若人捨放逸
決定得大利　如是不放逸　則能自利益
放逸網自縛　勤修則解脫　如是縛解相
我今總略說　天子既已知　若有行放逸
至於臨終時　乃知其果報
如是天帝釋廣說十二入相調伏放逸諸天子等若諸天子曾種善根少行放逸聞此法已心自覺悟不復放逸諸根淳熟皆能受行若諸天子根未熟者如破生癰破捺之時捺已洗治無所利益亦復如是復次帝釋天王從一漸增次第說於十二入法十二入相已於諸天大衆之中作神通力示希有事次第令入繫心正念覺因緣相離於放逸令其利益見此變化心生猒離時天帝釋方便利益為諸天衆廣說妙法諸天子云何諂曲心不正直堅著生死故名諂曲云何名妬於他熱惱故名為妬云何名慳懼已物盡而生貪惜故名為慳是名三界染地之法分別則有三界所攝瞋恨慳妬幻欲界所繫諂曲一法遍於欲界及於梵天憍慢大慢遍於三界諸天子是名十種不善大地法也

復有十種善大地法何等為十所謂不貪不癡有慙有愧有信調伏不放逸精進捨離不

生侵惱是名十種善大地法如是十法各各異相謂不貪者一切善法之根本也猶如梁柱不癡善根亦復如是慚者自守正直愧者愧於他人信者於一切法其心清淨調伏者身心調善離於惡法依清涼法不放逸者勤修善法捨者於作不作因緣之中其心捨離不侵惱者不惱衆生是名十種善法大地若有心念如是法者於命終時不畏死怖不畏閻羅使者所縛何以故攝善法故如向所說心心數法善大地法染大地法自相總說是名十法

復次諸天子云何名爲修十一法若有比丘觀於自身自見其身不愛不迷心不堅著是名初修復次諸天子若有比丘先受所欲毀呰不味不著不念生猒離心是則名曰第二修也復次諸天子若有比丘常不放逸不著境界盡諸結使是名修於不放逸行是則名曰第三修也復次諸天子若有比丘憶念善法修行善法如是善法能生樂報樂因樂緣如是樂報我當受之斷不善法是則名曰第四修也復次諸天子修行樂受生受有何力云何而生何因何緣云何因緣云何而生如是受生莫爲妨礙如實觀受不堅不實空無所有是則名曰第五修也復次諸天子若有比丘修行一切諸行無常苦空無我空無所有互相因緣而得有生非一力生如是修行如是修已心不愛樂是則名曰第六修也復次諸天子若有比丘作如是念我生善念生善因緣既生此念異念所壞我今所緣生滅不善之念壞我善念妨我善法如是常念所

緣是則名曰第七修也復次諸天子若有比丘修第八行法相平等相住自相法不顛倒一切諸法性無垢故如是比丘復自觀察我既有生畢定當死有爲之法無非三相如是修行一切諸法皆悉無常是則名曰第八修也復次諸天子云何名爲第九修耶三煩惱根三種對治所謂貪欲瞋恚愚癡貪欲之人教不淨觀瞋恚之人教以慈心愚癡之人教觀因緣是名對治如是修觀心常思念是則名曰第九修也復次諸天子云何名爲第十修耶念佛功德安樂世間是故修行利益自身是則名曰第十修也復次諸天子云何名爲第十一修從他次第聞無常法念念不住從於處胎生滅不住如始處胎童子少年乃至老時如是比丘及餘修習既修習已臨命終時不畏閻羅王使者自在所持不見醜惡怖畏之相是則名曰十一修也

復次諸天子云何名爲十三係念善修利益安樂乃至涅槃何等十三念不放逸念生住滅念不散亂如是念已若見好色若見惡色若見女人觀其身內膿血不淨之所住處大小便利不淨之處如是係念令不散亂若入城邑聚落乞求行色境界不應行處若不係念則著色欲以是因緣係心不散是名第一一心係念也復次第二係念思惟觀外境界可愛園林及蓮華池可愛河泉遊戲之處見已作如是念如是可愛遊戲之處以愚癡心而生貪著必當衰壞樹葉萎黃失其本相彫零墮落狀似枯死蔭影稀疎如是有爲一切無常空無所有何況愛法如是作心係念作

是念已心不貪著內外境界魔不能亂是名第二一心係念復次第三一心係念利益安樂云何係念緣何等法若食若眠曾見美色念不分別心不係念作如是念愚癡凡夫諸根貪著不知猒足如是係念是名第三一心係念復次第四一心係念隨何等處得供養利衣服牀蓐臥具醫藥心不歡喜不喜不樂何以故供養之利利養瘡深割皮壞肉壞肉斷筋斷筋破骨破骨傷髓利養因緣能壞善法亦復如是是名第四一心係念復次第五一心係念若遊城邑聚落村營不住城邑若有衆人往至其所不與多言不樂多語何以故若人遊行城邑聚落心則散亂不能自利如是一心係念如實觀之是名第五一心係念復次第六一心係念見如是過於塚間樹下若草積邊若山澗邊若住空舍無所愛著亦無親愛不親近他善法增長得自利益遠避衆人是名第六一心係念復次第七一心係念聞說天報心不愛樂而生猒離樂聞說於地獄苦果其心無猒作如是念天退衰殁爲閻羅使自在將去我今不復作地獄業亦不隨喜見有作者教令捨離如是比丘聞天不喜聞地獄苦不生怖畏離憂離喜常念善法是名第七一心係念復次第八一心係念我起善念捨不善法悉令盡壞離於餘氣生餘善法係念善法若不善念妨於善念我已斷不善念如是攀緣想念次第之數一心係念調伏其心是人能於洄澓涌波怨家之心令住境界是名第八一心係念復次第九一心係念念佛功德念敬重法念敬信師隨善

師行正意修行直視一尋利益一切衆生心念度脫如是係念得果不空乃至涅槃是名第九一心係念復次第十一心係念善修正行如有四種大怖畏至謂衰老病死怖畏死怨不喜憶念見四種法流動無常於壽命安隱少壯具足如是四種如前所説常有怖畏如是修無常想不樂五欲不爲愛怒之所使也常行正念則能碎於煩惱大山是名第十一心係念復次第十一一心係念不生分別此是精進此是懈怠若生是念則自毀傷不惱他人其心清淨係念調伏不惱衆生是名第十一一心係念復次第十二一心係念常聽正法聞已受持既受持已堅持不忘是人知於善法及不善法如是之人如大闇中大燈明也善不善法於佛法中皆能了知猶如明燈是名一心係念如是一心係念不爲愛怒不爲魔使是名第十二一心係念復次第十三一心係念念身受心法念如是處知於自相正心係念離放逸行既不放逸不爲閻羅使者自在將去以自在故不失憶念無非時行不行非處不行惡境一切係念是名第十三一心係念

復次諸天子有十四種善修其心善調伏心善清淨心離於放逸何等十四一者知足二者精進三者寂靜四者親近善師五者離惡知識六者修習佛法七者善觀修習八者捨於憍慢九者信於因果法及非法十者念於善欲十一者不覲女色十二者不近親族十三者正住一切境界十四者畏於生死是名十四法善修其心以此因緣調伏其心臨命

終時不畏惡道閻羅獄卒不開惡道門不斷正法不爲閻羅使者之所繫縛隨意將去不作惡業能得一切善法者所謂善調伏心念修善業能將衆生至人天中開涅槃門後得涅槃是故諸天子汝等應善調伏其心心調伏故尚不見於閻羅使者何況將去時天帝釋爲諸天衆說惡道畏見閻羅王使者怖畏我已如是一一漸增次第爲汝說十四法今當爲汝說十五法如我往昔從佛所聞我今當說何等十五若出家沙門毀於法式亦令他作被袈裟法所著袈裟令他愛欲樂好袈裟以自莊嚴其音麤惡猶如驢聲細步徐行端嚴威儀爲愛欲故莊嚴其身如是沙門不懃精進樂見女人憍慢自大其心輕躁欲心放逸是故所著衣服爲遮寒熱纔得覆身不生貪著不爲愛著放逸所誑臨命終時不生悔心是名初法復次諸天子云何沙門知第二法知於知足持何等戒出家修行或修智慧既自知已於施主所施臥具醫藥知足受畜相應受施如法受施如是受施不妨出家沙門之法是名知於第二法也復次諸天子云何沙門知第三法不以貪心念於臥具若聚落城邑非功德處爲飲食衣服故捨離阿蘭若處入於聚落城邑妨修善法失於知足沙門法中第一勝者所謂知足及不放逸若人樂貪不樂知足爲貪所誑害於善法如是之人猶如癡狗還自食吐是名沙門第三法也復次諸天子云何沙門知第四法所讀經典不言多讀恐於施主多設供養飲食衣服臥具醫藥恐其難消妨出家法非我所應自

知止足是名沙門知第四法復有第四少欲之法若有比丘少欲知足於何等法不放逸行如是沙門或爲僧使或爲病人至施主家乞求財物於施主家若飲一水妨於善法唐勞行使虛作勤勞而無福德何以故以貪味故至施主家令諸施主心生輕賤如是比丘非自利益不利病人非利衆僧此是第一輕慢因緣所謂至檀越家貪於食味輕躁不正語此三種法世間出世間之所輕賤是故知足不放逸行捨於此法是名沙門第四法也復次諸天子云何知第五法少欲知足依上乞食受出家法唯受一食不舉宿食若舉宿食心則貪著不樂禪誦貪著食味恐後不得如是少貪妨沙門法何況比丘多貪供養若畜生法爲於愛網堅牢繫縛是名沙門第五法也復次諸天子云何沙門知第六法若有沙門大姓出家少欲知足我旣出家已不自說言我是某甲大姓出家亦教弟子不令宣說若受法弟子若出家弟子教令不說恐諸施主多設供養卧具衣服飲食醫藥若我受取妨於善法若我不受壞弟子心若生瞋恚妨其善法於未來世得不饒益如是之人知足受施不爲愛攝心不散亂於正法中生正念心樂於林中修學禪觀觀身循身觀觀心循心觀觀受循受觀觀法循法觀如是比丘於有爲獄則能超越以行少欲知足行故是名沙門第六法也復次諸天子云何沙門知第七法少欲知足畏大利養捨利養已知何等法若有比丘多有知識樂多事務樂多弟子多利供養貪樂請食數見親舊如是比丘

修行之人不應與之共爲行伴至聚落中何故不得與其相隨恐放逸故如是比丘樂於利養衆人所知同處行故亦謂此人多貪無猒以供養故敬重其人二俱妨礙若多事比丘愛他利養若此行人不受其物令多事者其心忿恚言此比丘諂曲不實誑於聚落諸施主等謂是比丘内心貪濁以是因緣令他見者内自毁傷是故少欲知足比丘不應與彼多事比丘同止共住行來出入以生過故是名沙門第七法也復次諸天子云何沙門知第八法少欲比丘怖畏生死遠於利養常念一心云何知法若在家時種種技術既出家已不復自說所謂醫方工巧技樂刀矟如是種種技術不自談說何以故恐諸施主知我技術多致供養妨沙門法或以如是世俗技術心樂習行毁壞善法不得一心不得禪定心不清淨妨沙門法自利利他亦皆損減不能利益調伏弟子是故應捨不說技術是名沙門第八法也復次諸天子云何沙門知第九法少欲比丘智慧之人遠離供養見塔寺中若城邑内若聚落中若近聚落若柵邑中若近柵邑見有僧寺若有衆多破戒比丘多欲無猒多畜飲食食不淨食飲酒放逸治生販賣不淨之物出入財産親近俗人以爲知識不樂住寺多樂住於施主之家少欲比丘不應與此多欲比丘共住一寺若有欲得寂静之心欲離魔縛不應住於如是之處何以故恐城中人若聚落人柵邑中人知諸比丘破戒行惡謂我一人持戒第一多施供養若我受此供養之物不名少欲若我不受如

是利養衆人嫌恨亦令多人瞋恨施主何故以物乃施一人不施多人知此過已少欲比丘不應共於不淨比丘同處而住是名沙門第九法也復次諸天子云何沙門知第十法若有比丘得世俗通能示異相少欲比丘不應宣說何以故恐諸聞者謂我當是阿羅漢人多設供養妨沙門法或失神通壞少欲法是名沙門第十法也復次諸天子云何沙門知第十一法若有比丘持佛舍利從城至城從村至村從邑至邑從鄉至鄉以實神力示於世間如是舍利是大福田當設供養如是比丘少聞無智稱美讚歎少欲比丘言此比丘多聞智慧能爲汝等演說正法施主聞已敬重舍利及多聞比丘廣設供養若此比丘受此供養非少欲法少欲比丘不應與此遊行比丘共行共住何以故諸施主等見此比丘不持禁戒謂少欲者亦破禁戒是故不應與破戒者行住坐卧恐閻羅使獄卒縛故恐放逸故是名沙門第十一法也復次諸天子云何沙門知第十二法受乞食法頭陀功德無知識處遊行乞食不行放逸捨於著味是名沙門第十二法也復次諸天子云何沙門知第十三法知足比丘受糞掃衣知足受衣畜陳故衣於物知足是名沙門第十三法也復次諸天子云何沙門少欲比丘知第十四法知足比丘能破魔衆是名沙門第十四法復次諸天子云何沙門知第十五法少欲比丘獨行無侶捨惡知識摧破無始煩惱堅山如是知足得第一樂臨命終時則不爲於閻羅使者自在所縛不見醜惡大怖畏相心不

怖畏爾時釋迦天王即説偈言

少欲知足法　出家應修行　如是持戒人
則近涅槃道　所作不希望　勤求涅槃道
不爲魔境縛　不至魔境界　若人常修行
不生希望心　修行勤精進　則無有衆苦
念已作怖畏　思惟於現在　亦知於未來
則脱煩惱縛　常樂不放逸　畏於不信法
修無垢淨智　則近涅槃住　諸天受快樂
猶起放逸行　何况愚癡人　爲放逸所使
若人行放逸　是爲已死人　若不放逸行
常住智慧人　放逸懈怠心　精勤能斷除
放逸衆苦本　捨之如棄死

如是釋迦天王爲諸天衆化閻羅使怖諸天子爲之説法爾時帝釋知諸天子於正法中心生信樂見閻羅使漸欲消滅既見此事復往詣於釋迦天王復有諸天恐怖隱藏於園林中一切皆往詣帝釋所爾時帝釋知此諸天心之所念隨諸天衆心漸清淨漸漸滅化

正法念處經卷第三十三

音釋

捍侯旰切禦也　闍時遮切　酢倉故切與醋同　澀色立切不滑也　猗於宜切輕安也　癰於容切腫也　捺乃曷切手按也　積子智切聚也

# 正法念處經卷第三十四

元魏婆羅門瞿曇般若流支譯

## 觀天品第六之十三（三十三天之十）

時諸天衆心生敬重復聽帝釋所說法要合掌頂上白帝釋言我今現見此法勢力天王說法隨我等心得信清淨閻羅使者亦隨漸滅隨聞如來所說法力即皆消滅何況修行若有修行至不滅處爾時帝釋心生歡喜作如是言我於今者所作已辦我爲如是放逸諸天除斷放逸得不放逸令其歡喜我今當爲此諸天衆說深妙法如我往昔於大師所聞正法要解脫城門念出入息安那般那於昔舊天次第所聞既得聞已復見世尊爲我宣說是故我今爲諸天說雜四聖諦法於一諦中四種分別我今當說利益如是一切天衆亦自利益亦利益他生死行衆生種種方便爲之說法令諸衆生心得淳熟我已如是說十五法我今次爲諸天衆等說十六法安那般那出入息法分別四聖諦方便自因之相云何名爲次第說也是修行者觀於自身縛心獼猴諸天子云何縛於覺觀心之獼猴縛何等心所謂縛識如是一心次第觀身相觀身循身觀染不染無記觀受善受循受觀苦受樂受不苦不樂受觀受自相觀法循法觀善不善無記如自相是名四念處是修行者入如是法一心觀察一切有爲自相寂滅觀四念處是四聖諦相如是念處遍一切處所謂次第行相常無常合和聚散空無作者空無我者破壞衰惱如是觀苦無常見四念處已觀四聖諦自相如實觀察生於煖法從

於煖法生於智慧譬如鑽火先見煙相後乃見火如鑽如燧先生熱氣後乃生火以信樂故於一切煩惱無知法中未來能生聖法毗尼亦復如是以十六種觀四聖諦如是煖法云何生耶云何觀於四聖諦耶諸天子所謂是苦聖諦因緣有故無常敗壞故苦離人故空不自在故無我如是四種分別觀苦聖諦行者觀苦聖諦已觀集聖諦四種分別云何分別所謂行相續轉故集相似果流轉諸有故因一切性流轉有故勢力不相似相續緣有故行者復觀苦滅聖諦四種分別諸天子云何行者分別修行苦滅聖諦捨一切衰惱故滅煩惱火離故一切法第一寂滅故清淨法出生死故行者復觀道聖諦四種分別諸天子云何行者分別觀察所謂得不退處故道不顛倒故一切聖人所住法故以無礙智斷除生死衰惱出世間故是名十六種修行之法我已說之汝等天衆勤修精進觀現煖法展轉相教從出入息生於煖法從於煖法生於頂法以信係念三寶功德聚等勝過前觀如是行者云何觀察名頂法道如山頂上頂法增長次第得生忍法善根以得忍故住第三處名生現前非現法忍以現忍法故名忍法忍增長故名世間第一法於一念時心心數法名得世間第一法次第得成須陀洹如是之法我自證之若人能證如是之法不見閻羅可畏使者亦不怖畏如是諸天子以不放逸故得如是法是故諸天子莫得放逸

爾時釋迦天王而說頌曰

若於出入息　善知十六斷　煖法及頂相

忍法逆順觀　知世第一法　次第知眞諦
知次第正法　不失於善道　解脫於三結
破壞八種有　勇猛斷惡道　故名須陀洹
有漏不善法　決定行惡道　流趣於涅槃
故名須陀洹

爾時天帝釋說此偈已告諸天衆如是十六種念安那般那我已具說汝當思惟此道寂滅入涅槃城無所怖畏一切聖人之所愛念是故汝等應當決定修行此道若汝畏於閻羅使者應當次第憶念如是安那般那十六之行

復次諸天子有十七種中陰有法汝當係念行寂滅道若天若人念此道者終不畏於閻羅使者之所加害何等十七中陰有那所謂死時見於色相若人中死生於天上則見樂相見中陰有猶如白氎垂垂欲墮細軟白淨見已歡喜顏色怡悅臨命終時復見園林甚可愛樂蓮華池水亦皆可愛河亦可愛林亦可愛次第聞諸歌舞戲笑次聞諸香一切愛樂無量種物和合細觸如是次第即生天上以善業故現得天樂得此樂已含笑怡悅顏色清淨親族兄弟悲號啼泣以善相故不聞不見心亦不念以善業故臨命終時於中陰有大樂成就初生樂處天身相似天衆相似如是之相生處相似如印所印亦如一切天衆色相亦如欲界六天受樂亦如遊行境界相似觸亦相似天色相似又住中陰見諸天中生處勝故即生心取愛境界故即受天身是則名曰初中陰有復次諸天子云何第二中陰有那若閻浮提人中命終生鬱單越則

見細輭赤氎可愛之色見之愛樂即生貪心以手捉持舉手攬之如攬虚空親族謂之兩手摸空復有風吹若此病人冬寒之時暖風來吹若暑熱時涼風來吹除其欝蒸令心喜樂以心緣故不聞哀泣悲號之聲若其業動其心亦動聞其悲啼哭泣之聲業風吹令生於異處是故親族兄弟臨命終時悲泣啼哭甚爲障礙若不妨礙生欝單越中間次第有善相出見青蓮華池鵝鴨鴛鴦充滿池中周遍具足其人見之即走往趣如是中間生於善心命終即見青蓮華池入中遊戲若於欝單越欲入母胎從華池出行於陸地見於父母染欲和合因於不淨以顛倒見見其父身乃是雄鵝母爲雌鵝若男子生自見其身作雄鵝身若女人生自見其身作雌鵝身若男子生於父生閡於母愛染生欝單越是名第二中陰有也復次諸天子云何第三中陰有耶若閻浮提人中死生瞿陀尼則有相現若臨終時見有屋宅盡作黄色猶如金色遍覆如雲見虚空中有黄氎相舉手攬之親族兄弟謂言病人兩手攬空是人爾時善有將盡見身如牛見諸牛羣如夢所見若男子受生見其父母染愛和合而行不淨自見人身多有宅舍見其父相猶如特牛除去其父與母和合瞿陀尼人男子生者有如是相若女人生瞿陀尼界自見其身猶若乳牛作如是念何故特牛與彼和合不與我對如是念已受女人身是名瞿陀尼國女人受生是名第三中陰有也復次諸天子云何第四中陰有耶若閻浮提人命終生於弗婆提界則有相現

見青氎相一切皆青遍覆虛空見其屋宅悉如虛空恐青氎墮以手遮之親族兄弟說言遮空命終生於弗婆提國見中陰身猶如馬形自見其父猶如駁馬母如騲馬父母交會愛染和合若男子受生作如是念我當與此騲馬和合若女人受生自見已身如騲馬形作如是念如是駁馬何故不與我共和合作是念已即受女身是名第四中陰有也復次諸天子云何第五中陰有耶若鬱單越人臨命終時見上行相諸天子若大業大心心業自在生於天上臨命終時以手攬空如一夢心夢中所見種種好華見之歡喜又聞第一上妙之香第一妙色皆悉具足第一莊嚴青黃赤白第一香氣在其手中是人見華生於貪心作如是念今見此樹我當昇之作是念已臨終生於中陰有中見蓮華樹青黃赤白有無量種復作是念我當昇樹作是念已即上大樹乃是昇於須彌寶山昇此山已見天世界華果莊嚴作如是念我當遊行如是之處我今至此華果之林處處具足是名鬱單越人下品受生是名第五中陰有也復次諸天子云何第六中陰有耶若鬱單越人以中業故臨命終時欲生天上則有相現臨命終時見蓮華池甚可愛樂衆蜂莊嚴一切皆香昇此蓮華昇已須臾乘空而飛猶如夢中生於天上見妙蓮華可愛勝妙最爲第一作如是念我今當至勝蓮華池攝此蓮華是名鬱單越人中品受生是名第六中陰有也復次諸天子云何第七中陰有耶若鬱單越人以勝業故生三十三天善法堂等三十三處從

鬱單越臨命終時見勝妙堂莊嚴殊妙其人爾時即昇勝殿實非昇殿乃昇虛空至天世界見其宮殿心念即往生此殿中以爲天子是名鬱單越人命終之後生於天上受上品生是名第七中陰有也復次諸天子云何名曰第八中陰有道相續若鬱單越人臨命終時則有相現諸天子其人見於園林行列遊戲之處香潔可愛聞之悅樂不多苦惱無苦惱故其心不濁以清淨心捨其壽命受中陰身見天宮殿作如是念我當昇此宮殿遊戲作是念已即昇宮殿見諸天衆遊空而行或走或住山峯之中或身相觸處處遊戲住於中陰自見其身昇於天上猶如夢中見三十三天勝妙可愛一切五欲皆悉具足作如是念我今當至如是之處作是念已即生天上取因緣有如是有分有上中下生天上已見於種種殊勝園林希望欲得從鬱單越死生此天中如是一切鬱單越人生此天已餘業意生樂於欲樂貪五欲境歌舞遊戲受愛欲樂喜遊山峯多受欲樂愛一切欲何以故由前習故愛習增長如是諸天子是名鬱單越人命終生天生此天處熏習遊戲及死時相是名第八中陰有也復次諸天子云何第九中陰有耶若瞿陀尼人命終生天有二種業何等爲二一者餘業二者生業生於天上其人云何中陰受生臨命終時則有相生現報將盡或中陰有則有相生動亂如夢諸天子瞿陀尼人臨命終時以善業故垂捨命時氣不咽濁脉不斷壞諸根清淨于時次第見大池水如毗瑠璃入池欲渡其水調適不冷不

熱洋洋而流浮至彼岸如是如是近受生處既至彼岸見諸天女第一端正種種莊嚴戲笑歌舞其人見已欲心親近前抱女人即時生天受天快樂如夢中陰即時滅壞無量亂心生已即覺見衆妙色受勝妙身是名第九中陰有也瞿陀尼人生有三品上中下業同一光明等一中陰等同一見同一生行一切相似不如欝單越人三種受生差別相也復次諸天子云何名曰第十中陰有耶若弗婆提人臨命終時見於死相見自業相或見他業或見殿堂殊勝幢旛欄楯莊嚴於中陰有心生歡喜周遍遊戲欲近受生於殿堂外見業相似見衆婇女與諸丈夫歌頌娛樂第一莊嚴歌舞戲笑於中陰有作如是念我當出殿見諸婇女及諸丈夫共其遊戲歌舞戲笑何以故以諸婇女與諸丈夫第一遊戲歌舞戲笑念已即出入遊戲衆爾時其人自知我入猶如睡覺即生天上是名第十中陰有也是名四天下中陰有也如是光明中陰有生我微細知餘不能了諸餘外道莫能知者雖世間法無人能見復次諸天子云何名曰第十一中陰有耶諸餓鬼等以不善業生餓鬼中惡業既盡受餘善業本於餘道所作善業可愛之業猶如父母欲生天中則有相現云何盡有而心相現諸天子若餓鬼中死欲生天上於餓鬼中飢渴燒身嫉妬破壞常貪飲食常念漿水但念飲食餘無所知欲命終時不復起念本念皆滅其身無熱柔輭清涼身有長毛遍身惡蟲皆悉墮落面色清淨涼風觸身臨至命終悉無飢渴諸根淨潔鵰鷲烏

鵄諸惡禽獸常啄其眼至臨終時皆悉不近見飲食河盈溢充滿入中陰有以前習故雖見飲食不飲不食唯以目視如人夢中見食不飲不食或如夢食雖食不飽如是雖見而未飽滿唯生歡喜見天可愛如覺見色心即生念走往趣之希望欲往至於彼處念已即趣生於天上是名十一中陰有也復次諸天子云何名曰第十二中陰有耶希有之業以愚癡故受畜生身無量種類多癡因緣業成熟故餘業受於無量百千億生死之身業成就故墮於地獄餓鬼畜生於無量劫所作之業輪轉世間不可窮盡不可思量無始邪曲不作利益惱害衆生輪轉無窮於畜生中無量種類無量種食無量諸道無量種身無量種地有無量種諸心種子造無量業或教他不信作諸惡業受報既盡猶如滴於大海之水令海枯竭業海生滴畜生業盡以餘善業畜生中死生二天處或生四天王天或生三十三天於畜生惡道苦報欲盡將得脫身則有相現其相所緣有無量種不可具說畜生中死生於天上甚爲希有非謂餓鬼地獄中也何以故以癡心故多作惡業墮畜生中於一世中所作惡業百千億生受之不盡或於一劫至百千劫生死流轉從生至生業羂所繫流轉世間受畜生身是故寧墮地獄餓鬼不受愚癡畜生之身以是因緣畜生之中命終生天甚爲難有非地獄也如是畜生若處臨終見光明現以餘善業癡心薄少本智少增智心漸利臨命終時見光明相若見山谷見諸樹林種種流水種種河池及見飲食若

憶念見世間智故見有樂處或在山中或在林間或憶飲食或見樂處即走往趣如夢所見走往趣之如是如是近受生處即受天身如從夢覺見衆色相於百千億受生之處悉皆未曾見如是色見已歡喜發希有心此何等物云何有此何因有此以不習故諸識鈍故是故生於希有之心我當至此盡攝此物餘善業故起如是心以此因緣生如是意生此念時即生天上是名第十二中陰有也第一難有第一希有第一難知戲弄之中業最第一種種業處心大幻師遊戲諸道生死之處戲弄衆生爾時諸天聞天帝釋說此語已心生深信而說頌曰

天王如父母　利益天世間　天王利我等
此世及未來　爲我等說法　斷於放逸心
我等必當得　苦盡涅槃道　以現業果報
爲我等宣說　以生死之法　示世令解知
天王見實諦　饒益於我等　以我愚癡故
示之以智慧　貪心愛婬女　常求於欲樂
天王示我等　生死之因緣　王如盲者導
病者大良藥　演說正法道　利益諸天衆
天王既如是　說法以利益　令閻羅獄卒
悉滅不復現

爾時諸天衆說此偈已爾時天帝釋復告諸天子云何名曰第十三中陰有墮地獄衆生希有難得生於天上餘業因緣善因緣故如業成熟第一清涼第一利益先墮地獄善爲出緣從於無量苦惱之中既得脫已生受無量快樂之地地獄衆生者所謂活地獄黑繩地獄衆合地獄叫喚地獄大叫喚地獄焦熱

大地獄等及衆隔處受大苦處第一可怖毛豎之處炎火熾然周帀圍遶是地獄人以業盡故將欲得脱從此地獄臨命終時則有相現云何中陰有生於天上業因緣故捨於大苦受第一樂諸天子地獄之人惡業盡故命欲終時若諸獄卒擲置鑊中猶如水沫滅已不生若以棒打隨打即死不復更生若置鐵函置已即死不復更生若置灰河入已消融不復更生若鐵棒打隨打即死滅已不生若鐵觜鳥鐵鳥食噉食已不生若師子虎狼種種惡獸取之食噉食已不生是地獄人惡業既盡命終之後不復見於閻羅獄卒何以故以彼非是衆生數故如油炷盡則無有燈業盡亦爾不復見於閻羅獄卒如閻浮提日光既現則無闇冥惡業盡時閻羅獄卒亦復如是惡口惡眼如衆生相可畏之色皆悉磨滅如破畫壁畫亦隨滅惡業畫壁亦復如是不復見於閻羅獄卒可畏之色以如來說閻羅獄卒非衆生數故是名地獄衆生得脱地獄生於天上爾時天帝釋以偈頌曰

如人值怨家　得脱無衆難　如得多知識
一切方便利　既得脱惡業　大力獄卒處
今已得善業　生於天世間　其人生天上
無量諸莊嚴　當受於天樂　乃至善業盡
其人不自在　業盡還退没　如燈油炷盡
光明亦隨滅　業風之所吹　從上而退下
風力之所轉　流轉於世間　若人有智慧
不爲業所繫　諸業不能縛　不流轉生死
如以藕根絲　欲繫須彌山　其人度曠野
無憂及衰惱　智者不流轉　猶如須彌山

爾時天帝釋爲諸天衆說是偈已復說地獄中陰有相本所不見忽於虛空中見有第一歌舞戲笑香風觸身受第一樂衆妙音聲謂樂器音種種音聲聞如是等風吹樂音聞可愛香見妙色相園林華池聞衆妙音自見身相忽生妙色威德第一見身香潔華鬘莊嚴一切無閡見諸虛空清淨無垢星宿滿空聞河流聲鵝鴨鴛鴦出種種音皆悉聞知如是中陰聞當生處有諸音樂琴瑟箜篌種種樂音先於無量百千億歲未曾得生如是歡喜遍生善相如自見身在於兄弟親族知識念念之中生大歡喜欲近生有或生三十三天或生四天王天至此天已見衆園林及聞香氣七寶蓮華天子端正作如是念我今當至如是之處念已即生如是有分取因緣有如是衆生惡業既盡從地獄出於不可說大苦惱處命終生於大樂之處是名十三中陰有也復次諸天子云何名曰第十四中陰有道相續云何知耶若人中死還生人中有何等相云何希望其人死時若生人中則有相現云何希望若生人中於臨終時見如是相見大石山猶如影相在其身上爾時其人作如是念此山或當墮我身上是故動手欲遮此山兄弟親里見之謂爲觸於虛空既見此已又見此山猶如白疊即昇此疊乃見赤疊次第臨終復見光明以少習故臨終迷亂見一切色如夢所見以心迷故見其父母愛欲和合見之生念而起顛倒若男子生自見其身與母交會謂父妨礙若女人生自見其身與父交會謂母妨礙當於爾時中陰則壞生陰

識起次第緣生如印所印印壞文成是名人中命終還生人中是名十四中陰有也復次諸天子云何名第十五中陰有道相續天中命終還生天上則無苦惱如餘天子命終之時愛別離苦墮於地獄餓鬼畜生如此天子不失已身莊嚴之具亦無餘天坐其本處不見種種苦惱之相所坐之處無餘天生此天命終生於勝天若四天處命終之後生三十三天可愛勝相聞衆歌音先所未聞見五欲境皆悉勝妙次第命終見中陰有第一天女種種音聲手執蓮華色相殊勝河池流水園林勝妙昔所未覩如夢所見是中陰有見如是事若近生有如從眠覺見於正色見五欲功德境界具足本所未見嗚呼歎言如是希有昔所未見我當往至如是之處念已即往生於天中是名第十五中陰有相續道也復次諸天子云何名曰第十六中陰有道相續云何有耶若從上天退生下天見衆蓮華園林流池皆亦不如既見此已飢渴苦惱渴仰欲得即往彼生如是雖同生天二種陰有二種相生是名第十六中陰有相續道也復次諸天子云何名曰第十七中陰有道相續若弗婆提人生瞿陀尼有何等相瞿陀尼人生弗婆提復有何相諸天子如是二天下人彼此互生皆以一相臨命終時見黑闇窟於此窟中有赤電光下垂如幡或赤或白其人見之以手攬捉是人爾時現陰即滅以手接幡次第緣幡入此窟中受中陰身近於生陰見受生法亦如前說或見二牛或見二馬愛染交會即生欲心既生欲心即受生陰如是諸

天子是名第十七中陰有也汝等當知既知此法勿得放逸何以故放逸之人不得脫於生老病死於世間法不得利益如是放逸求無安樂若欲脫苦當自勉力捨於放逸若天若人有智慧者應捨放逸天子當知是名十七種中陰有道相續不斷汝等應當捨諸放逸諸天子如是十七中陰有道相續汝等應當思惟觀察既觀察已則如實知如是實知已勤修精進

復次諸天子於二十法中從一漸增已爲汝等次第宣說十七中陰有道相續今爲汝等說十八界何等十八衆生無量信解不同無量種性怖畏三過三聚衆生三種自在微細信解種種所作種種性種種業種種道種種苦樂種種色種種增上一切衆生心界之性心界廣多身體各異如是無量衆生心界總略麤數有十八惡心過所使以廣心界故有地獄餓鬼畜生天人輪轉總說諸法十八所攝初界性中欲爲增上天之與人欲心增上一切鬼女及畜生女能變化者慢心增上瞋恚增上以瞋心故欲心薄少是則名曰畜生非人初界性也於畜生中復有多欲欲心增上謂孔雀鳥俱翅羅鳥鳩鴿鷄雀鵝鴨鴛鴦衆蜂魚等迦陵頻伽鳥其性多欲是名上欲

復次諸天子云何第二心性界耶於畜生中何等畜生名爲中欲所謂猫狗猪牛水牛駱駝象馬騾驢烏鵄鵰鷲鸛鵒鳥等是名中欲是名第二心性界也復次諸天子云何第三心性界耶於畜生中何等畜生名下欲心所謂師子虎兕狼豹熊羆豺狗狐狸摩伽羅魚

俱賒耶魚吉利斯摩羅魚摩伽羅魚乇頭摩羅魚如是等類時節行欲非時不行是名下欲是名第三心性界也諸天子於畜生中有無量種無量生處無量名字不可具說不可數知復次諸天子云何第四心性界耶於畜生中何等畜生瞋心偏多非欲心多此第四界所謂師子虎狼狗虵黄鼬兕豹熊羆角鵄烏鵰失叉摩羅及野猪等如是衆生瞋心偏多是名第四心性界也復次諸天子云何第五心性界耶於畜生中何等畜生名爲中瞋所謂牛馬水牛迦陵頻伽鳥娑林陀鳥迦盧陀鳥孔雀雞雉及猫鼠等中瞋恚性是名第五心性界也復次諸天子云何第六心性界耶謂下瞋性所謂下者鵝鴨鴛鴦食魚白鳥俱翅羅鳥雀娑羅鳥驢鹿黿鼈兎蛸山烏鴈

鳥蝦蟇如是等比名爲下瞋是名第六心性界也復次諸天子云何第七心性界耶於鬼神中若有神通行於欲心阿修羅神畜生之數欲性增多名爲上欲是名第七心性界也復次諸天子云何第八心性界耶若食香餓鬼名曰中欲是名第八心性界也復次諸天子云何第九心性界耶若希望鬼食棄食鬼是名下欲是名第九心性界也復次諸天子云何第十心性界耶迦樓足天等名曰下欲瞋心則多好愛鬬諍常欲與諸阿修羅鬬以其瞋故欲心則薄是名第十心性界也復次諸天子云何第十一心性界耶謂持鬘天中欲中瞋中性是名第十一心性界也復次諸天子云何第十二心性界耶所謂常恣意天欲性則多瞋恚性少不善鬬諍行使諸天多

瞋少欲是名第十二心性界也復次諸天子云何第十三心性界耶所謂一切三十三天欲性則多瞋恚薄少是名第十三心性界也復次諸天子云何第十四心性界耶謂鬱單越人瞋恚心薄欲性界多是名第十四心性界也復次諸天子云何第十五心性界耶謂瞿陀尼人一切瞋恚心多欲心亦多二性同等是名第十五心性界也復次諸天子云何名第十六心性界耶謂弗婆提人欲心瞋心二俱雜有是名第十六心性界也復次諸天子云何第十七心性界耶謂閻浮提人種種性種種行種種信解是名第十七心性界也復次諸天子云何第十八心性界耶一切餘天及地獄人雖受苦惱見業幻女人猶生欲心以業作故如是地獄欲心亦多四天王天衆生心性如是界如是依止如是信解是名總說一切十八界性如是一切有欲有瞋則有癡心以癡因緣而有貪瞋若離癡心則無貪瞋以癡心故或貪或瞋如是諸天子是名分別三種之過以依過故無量分別

復次諸天子復有十八界所謂眼界色界眼識界耳界聲界耳識界鼻界香界鼻識界舌界味界舌識界身界觸界身識界意界法界意識界如是諸天子是名十八界若天若人思惟如是十八界者能於境界護放逸行此是一切愚癡凡夫癡因緣也

復次諸天子放逸之人有十九處二種所攝所謂四禪處除淨居天有十六處欲界三處地獄畜生餓鬼人受苦多者地獄所攝是爲十九

復次諸天子如前所說四禪十六處人及地獄餓鬼畜生是爲二十如是生死不調伏故各各差別或說十種掉悔爾時諸天衆聞天帝釋說是法已即以偈頌讚帝釋曰

天王說此法　寂靜最第一　我今受此法
怖畏故修行　若人能說法　利益於他人
其人如父母　示以涅槃城　若爲他人說
一句之善法　則爲善導師　爲衆生所尊
天王之所說　善法價無量　此法得寂靜
非爲餘寶物　寶物歸無常　善法增智慧
世間物破壞　善法常堅固　若有順法行
隨人百千世　雖種種寶物　不能至後世
種種財寶物　則可強劫奪　王賊及水火
不能劫法財

爾時諸天子讚歎供養天帝釋已於帝釋前恭敬而住爾時帝釋調伏諸天爲諸天子示一切天樂皆悉無常變壞無我除滅所化時諸天衆皆生猒心還歸本宮受天之樂乃至愛集樂業既盡命終還退不墮惡道生於人中第一順法以自修行樂遊林野畏未來世得聞法已出家學道或得須陀洹或得斯陀含或得阿那含或得阿羅漢以前聞法因緣力故

正法念處經卷第三十四

音釋

駁 音父牡馬也　騲 音草牝馬曰騲　閡 牛代切與礙同　鵰 丁聊切大鷲鳥也　鸛鵒 鸛音劬鵒音欲鸛鵒鳥名　兕 序姊切一角野牛也　鵄 稱脂切角鵄即鵂鶹也

# 正法念處經卷第三十五

元魏婆羅門瞿曇般若流支譯

## 觀天品第六之十四 三十三天之十一

復次比丘知業果報觀三十三天所住之地彼以聞慧見三十三天二十九地名曼陀羅衆生何業生此天中彼以聞慧見有善人順法修行以正直心不惱衆生實見業果清淨持戒常樂持戒離於諂曲如鍊眞金清淨無垢正見修行受持善戒畏未來世布施修福所謂見有修禪比丘欲斷魔縛盛夏熱時流汗熱渴施石蜜漿或施拂扇如是善人不殺衆生或見獵師羅捕孔雀山雞種種衆鳥獵師捕得或養或殺或以衆鳥作遊戲具是人見之恐其殺害贖此生命放之本處令得安樂是名不殺利益衆生云何不盜云何捨盜見於微細業之果報而生怖畏是持戒人若河池岸邊或於異處見有楊枝或有蜜漿爲施行人是人渴乏不取不飲以慈心故是名不盜如是之人命終生於三十三天既生天已一切諸欲皆悉具足五樂音聲遊戲園林種種衆鳥出妙音聲於蓮華中衆蜂音聲鴻鳥之音林中衆樹七寶莊嚴諸蓮華池香水充滿如毗瑠璃在中遊戲其山峯中七寶焰光七寶石窟金銀玻瓈因陀青寶如是種種衆鳥出妙音聲如是衆鳥七寶爲翅而以莊嚴種種音聲聞之悅樂一切天衆互相隨順無量美音遍園林中於其林中可愛飲食從河而流若天見之生大歡喜歎未曾有如是林中種種衆色種種莊嚴莊嚴其身與諸玉女百千同衆遊戲受樂受於天中種種快樂

其身光明威德第一如是天子受業果報與諸天女圍遶受樂心生歡喜既受樂已如是思惟我當往詣毗瑠璃寶莊嚴欄楯圍遶林中衆寶莊嚴種種衆鳥出妙音聲充滿林中一切天衆心皆歡喜五樂音聲遊戲受樂與諸天衆及諸天女遊戲林中林中有池名曰清水清淨可愛諸天衆等於蓮華池遊戲受樂爾時初生天子與天女衆欲至此林爾時諸天遥見天子歌舞戲笑徐步而行往迎天子詣清水池於此池邊歡娛受樂以池力故隨諸天子心之所念一切皆現若念色香衆蜂具足若念天飲天飲即生若念須陀色香味具亦復如是柔輭清潔色如滿月若念林樹即生第一功德具足種種樹林鈴網彌覆微風吹動出妙音聲如揵闥婆音復次天衆作如是念我當入池作是念已即入池中没身深入見於池中種種寶珠以爲欄楯莊嚴寶殿或眞金白銀毗瑠璃寶青寶玻瓈雜寶爲牀敷以天衣天子天女遊戲受樂於其池中無量種樂不知猒足於五欲樂無有妬嫉互相愛敬遊戲歌舞娛樂受樂既出池水復往詣於尼單多林於其林中多有衆鳥蓮華林池具足莊嚴無量衆鳥出妙音聲遍滿林中其樹常有種種光明其林具足種種功德衆蓮華池以爲莊嚴諸天衆等其身光明種種功德具足境界受天之樂愚癡凡夫第一樂者所謂天子天女娛樂受樂愚癡凡夫爲姝女羅網之所纒縛流轉生死互相娛樂久受樂已復往詣於摩多山峯宫殿之處昇須彌峯與諸天女共昇山峯微風吹衣翻然隨

風皆共上昇摩多山峯爾時天子見此宮殿殊特妙好蓮華莊嚴七寶光明嚴好山峯如山功德具足相應摩多山峯其處高峻奇特嚴好不可譬喻於此峯中遊戲歌舞娛樂受樂既受樂已見大光明過其本相其山峯中先其光明猶如日光時有異光來照山峯其光照已過百千倍天子見之怪未曾有即閉兩目低頭而住何以故先未曾見此光明故其光照之不久還滅如閻浮提見天火下衆生見之皆大怖畏時諸天子見此光明亦復如是怖畏未久心還安隱怖畏滅已一切皆共籌量此事何故有此希有之相令我等天皆生怖畏未久還滅時諸天衆怪未曾有詣善法堂與諸天女至帝釋所見天帝釋頂禮供養皆悉圍遶恭敬而住爾時釋迦天王近住天衆歌舞遊戲種種蓮華以爲莊嚴歡喜戲笑一切天衆於帝釋前歌舞遊戲曼陀羅地諸天衆等不歌不舞亦不遊戲亦不歌頌讃歎帝釋不與餘天言談語論爾時帝釋告曼陀羅所住天衆諸天子汝等何故不歌不舞不遊戲耶爾時曼陀羅所住天衆白天王言我於住處見未曾有本所未聞奇特之事爾時天王告曼陀羅所住諸天汝見何等希有之事自言昔來未見未聞時曼陀羅諸天白帝釋言天王我等遊戲摩多山峯昇彼山上見大光明從上而下一切山峯皆大焰起我見此事怪未曾有未知當有何等因緣帝釋聞之少思惟已告諸天衆有如斯事我已先聞如是之事我於爾時聞此事已即問世尊以何因緣有此奇特希有之事爾時世尊

而告我言憍尸迦汝已閉於惡道之門勿生怖畏一切有爲生死所攝所謂無常汝今諦聽當爲汝説此是夜摩天上諸天命終夜摩諸天色量形貌及以受樂勝三十三天過百千倍以業盡故命終還退去此無量百千由旬從上而墮其光薄少如燈欲滅光明微少如是夜摩天子於虚空中退時墮落光明微少猶尚如是况夜摩天大光明相不可具説夜摩天光三十三天所不能視何以故非境界故憍尸迦三十三天不能視於夜摩天光夜摩天衆三種業故三十三天但説二業我從世尊聞如是説汝今所見亦復如是今爲汝説時諸天衆聞是語已於五欲中生猒離心此是夜摩諸天命終之時退歿相也其光去此無量百千由旬從空而下汝勿怖也爾

時釋迦天王爲諸天衆而説頌曰

隨如是大樂　富樂亦如是　決定當墮落
受如是大苦　業得相似果　世尊如是説
以其業勝故　其果亦如是　上上相續法
如業之所得　上上相續縛　其果亦如是
此威德上故　知業決定勝　以業上勝故
得勝命色力　一切諸天衆　業盡故還退
譬如燋敗種　種之不復生　觀心性相續
念念如燈焰　心因念念滅　諸業亦如是
無常業因故　終必有破壞　謂樂有常者
是則不可得　樂若非無常　不生亦不滅
若有智慧者　應離愛境界　猒離愛欲人
則得離愛樂　一切有漏法　無常苦不實
若得無漏法　乃名不動樂
如是天帝釋爲曼陀羅諸天如實説已復更

安慰曼陀羅天令歸自地告諸天衆汝等諸天於一切時莫得放逸爾時諸天禮天帝釋還其所止到本地已受五欲樂五樂音聲種種莊嚴園林之中受天之樂乃至受善業盡命終還退隨業流轉墮於地獄餓鬼畜生若生人中生安樂處或作大人爲一切人之所愛念無有病惱生大種姓大長者家常受安樂乃至老死以餘業故

復次比丘知業果報觀三十三天所住之地彼以聞慧見三十三天第三十處名曰上行衆生何業生於彼天彼以聞慧見有衆生順法修行信業果報行於正見布施修福持一分戒初持多分後一切持於道行僧布施鞾鞋及施澡餅不殺不盜或有邊地夷人捉人欲殺是持戒人救贖令脫若是王者或見曠野征伐得財恐犯偷盜不受其分是名不盜云何不殺生是持戒人或是王者見有惡人欲來害已以持戒故不斷其命如是之人畏業果報命終生於三十三天名上行地生此天已以善業故三千天女以爲給侍諸天女衆種種瓔珞莊嚴其身手執種種伎樂琴瑟及種種香種種歌頌讚歎天子向天子所欲心親近天子見之亦向天女各各生於歡喜之心皆共往詣常歡喜園其林一切毗瑠璃寶金銀之樹以爲莊嚴種種流泉蓮華林池莊嚴其園有無量河而爲莊嚴種種鈴網彌覆其上無量衆鳥周遍莊嚴出於無量種種美妙和雅之音其林如是種種莊嚴天子天女於園林中互相映發轉增妙好林中有山名曰遊戲七寶所成有無量種衆色寶鹿端

正莊嚴赤蓮華寶以爲其脇眞金爲背白銀爲腹眞金爲項珊瑚爲足玻瓈爲角或有一色所謂金色或有二色金色銀色一切衆色以爲莊嚴一切諸鹿於林樹間隨天衆行出衆妙音如天女歌如是衆鹿歌衆妙聲此諸天衆既受如是無量樂已復往詣於須彌山峯於山峯中有一大河名曰山谷乘種種殿種種伎樂五樂音聲勝欲具足第一歡喜威德具足往詣須彌山峯山谷河所於此種種河岸之間遊戲受樂流水岸中蓮華林中園林之中歌音悅耳受於欲樂皆生歡喜互相愛敬多有天子及天女衆華香塗身華鬘貫項以善業故受天快樂以業力故隨順遊戲如天所應受天之樂不可譬喻今說少分一切世人不能具說何以故不可譬喻如是天樂無相似故人中持戒善業因故受如是樂於此天中受五欲樂乃至可愛善業破壞朽盡命終還退隨業流轉墮於地獄餓鬼畜生若生人中第一安樂近於山澤多有河林國土之中或爲大王或爲大臣第一威德以餘業故

復次比丘知業果報觀三十三天所住之地彼以聞慧見三十三天第三十一地名威德顏衆生何業生於彼天彼以聞慧見有衆生第一淨心布施修福持七種戒不近惡友持戒不濁護持福德常勤精進一心直心如鍊眞金護幾種戒所謂不殺及不偸盜云何不殺若國土荒亂互相殺害是持戒人畏破戒故寧自捨命不害他人不教他殺是名不殺生云何不盜若國土荒壞亂一切衆人競取

他物是持戒人畏破戒故飢渴垂死寧自捨命不取他物云何布施施何福田若供養佛若說法處而施與之第一修心其意正見是人命終生於天上威德顏地生此天已威德光輪周遍圍遶第一勝色受相似因果以善業故五樂音聲以悅其耳常聞曼陀羅香俱賒耶舍香青蓮華香七寶華香以悅其鼻舌得種種上妙須陀天上味飲目見種種七寶山谷上妙之色身得種種勝妙天衣無有經緯優鉢羅華香以塗其身如是天子以善業故善果成就千天女衆以爲圍遶園林莊嚴其林勝妙如融金色金銀枝中懸以寶鈴微風吹動出妙音聲以爲娛樂又聞種種歌頌讚歎之音受第一樂天鬘天衣以爲莊嚴遊戲山谷見於無量種種衆色毗瑠璃寶金銀青寶大青寶王於玻瓈山峯自見其身猶如明鏡時初生天子天女圍遶入寶山峯見百千身百倍歡喜諸天女衆亦復歡喜嗚呼歎言我身如是端正莊嚴我今常樂五樂音聲受天五欲功德之樂諸天女衆心生歡喜從一山峯至一山峯從一山谷至一山谷皆於其中遊戲受樂愛毒所醉如狂病人心行不正如是天衆放逸所壞亦復如是共諸天女遊於山項種種飲食須陀之味種種鳥音於園林中受無量樂互相愛樂一心共遊一心係念如是遊戲以天衣鬘瓔珞莊嚴皆共往詣如意園林或往詣於酒水河池於此河中赤優鉢羅華遍覆其上鵝鴨鴛鴦以爲莊嚴時諸天衆於河岸上食於華汁或飲上味天之美飲與諸天鳥遊戲受樂見之悅目爾時

諸天愛毒所醉復飲天酒百倍增長愛火燒五欲薪愛欲所渴不知猒足一切皆爲欲網所縛譬如有人犯官禁法爲王所縛一切天衆見於無量百千愛欲見之往趣遊戲其中於飲河岸既遊戲已河中蓮華鉢頭摩華優鉢羅華拘物陀華衆鳥在中歡喜受樂池中有鳥名曰赤水七寶爲身及以兩翅其身光明見諸天衆樂放逸行即爲天子而說頌曰

天衆常放逸　天鳥亦復然　天衆及飛鳥
彼此無勝劣　樂行於非法　不求解脫樂
天衆若如是　與鳥無差別　若離於放逸
順法而修行　則爲世間勝　以不放逸故
若天樂遊戲　禽鳥亦如是　天衆則與鳥
平等無差別　以其業勝故　受生法亦勝
若入於惡法　不得生善處　若不覺生死
一切皆無常　天衆若如是　愚癡如畜生
生苦及老苦　死苦亦如是　恩愛及別離
次第受衆苦　若人有智慧　視於無垢法
彼於世間勝　非汝放逸行　若人覺苦惱
而生淨智慧　是人名爲天　非汝著欲者
親友及兄弟　數數愛別離　若不猒生死
與鳥等無異　飲酒過雖重　酒醉尚可醒
放逸不可悟　是故應遠離　放逸破壞人
輪轉於五道　是故離放逸　第一勝方便
酒醉但一日　令人不醒悟　放逸惛醉人
流轉百千劫　若離於放逸　則得不滅處
若人樂放逸　常受於生死　若人求利益
當捨於放逸　放逸生煩惱　大聖之所說
鳥行於放逸　畜生輕心故　天何故放逸
而不能捨離

如是天鳥以善業故教化利益一切諸天如是天鳥猶如父母利益教示此諸天衆放逸心故不覺天鳥說利益法爾時諸天復往詣於摩多羅林種種音聲互相愛敬至摩多羅林遊戲受樂其林皆是七寶之樹枝葉相接無量衆蜂遊戲在於林樹之上天寶華中天衆見之皆生歡喜共天女衆遊戲歌舞天女歌音遍園林中於園林中出於響音皆如歌聲鳥音蜂音其音齊等遍須彌山其須彌山本性可愛既有此音二倍轉勝時諸天衆若見若聞皆受快樂大欲成就共諸天女遊戲受樂種種莊嚴妙色具足遊戲歌舞受天之樂乃至受善業盡命終還退隨業流轉墮於地獄餓鬼畜生有餘善業若生人中受第一樂心常歡喜顏貌端正爲一切人之所愛敬或爲王者或爲大臣以餘業故

復次比丘知業果報觀三十三天所住之地彼以聞慧見有天處第三十二地名威德焰輪衆生何業而生彼處彼以聞慧見此衆生善心修福不諂不幻觀於正法以正見心利益一切衆生信佛法僧其心柔輭修行福業若於僧寺或見佛塔有破壞者爲之修治或時塔寺爲火所燒竭力救護不惜身命或見大火焚燒佛法衆僧珍寶財物喪身救之或見有人爲火所燒入火救之以悲心故能作如是難爲福德云何不殺及不偷盜若見道邊遺落之物若金若銀及餘財寶取已唱令此是誰物若有人言此是我物當問其相實者當還若無人認七日持行日日唱之若無主認以此實物付王大臣州郡令長若王大

臣州郡令長見福德人不取此物後當持與佛法衆僧是名不偷盜云何不殺若行道路見諸蟲蟻蚓蛾蝦蟇及餘小蟲捨避諸蟲行於遠道以慈悲心護衆生故信業果報知生死過觀生滅法是名不殺生是持戒人身壞命終生於善道三十三天威德熖輪所住之地生彼天已第一善業其威德輪周帀莊嚴而受快樂不可具說今說少分其身周遍威德焰光如日之照而不曜目以善業故百千天女圍遶其人而受快樂金毗瑠璃青因陀寶以爲宮殿遊戲歌舞復有園林華常開敷多有衆鳥出妙音聲見色聞聲皆可愛樂復有一林名曰開合處處諸林開目閉目常見光明於此林中共諸天女遊戲受樂生希有心復往詣於祇多之林與無量百千天女歌舞音聲遊戲山峯以歌音故出衆響聲猶如歌音若有異天於諸林中遊戲受樂聞此歌音即出其林自相謂言是何等聲猶如第二釋迦天王出已即見初生天子天衆見之生歡喜心出迎天子發希有心既見天子皆生歡喜命天子言善來天子汝來我所汝於天衆最爲殊勝於此天中猶如第二釋迦天王爾時餘天皆悉速往至天子所到已圍遶時諸天子歌舞戲笑心生歡喜圍遶天子皆共往詣歡喜園林遊戲受樂諸天女等圍遶天子歌舞遊戲爾時天子須臾回顧見諸天衆皆隨其後心生歡喜問天衆言欲至何所時諸天子衆語初生天子今當往詣歡喜園林可愛之處五欲功德受於勝樂爾時天子未曾見此奇特園林徐行往詣歡喜園林其林

晃曜光明普照猶如日輪初生天子見此園林復生歡喜入此林中見此林樹有無量種甚可愛樂一林之中具四威德無量百千衆鳥音聲或有出於微妙音聲或有命言善來天子或有圍遶歡喜踊躍如是天鳥莊嚴園林復有異處於山谷中河水之聲出衆妙音眞金爲岸於其水中多有種種鵝鴨衆鳥出妙音聲既見此河與無量天女在於河岸遊戲受樂五樂音聲歡娛受樂既受樂已復往詣於如意樹林見如是樹光明如月或見如日新生天子於此樹下受五欲樂不可具說既受如是無量樂已向蓮華池至蓮華池天衆圍遶如奉帝釋皆生歡喜於蓮華池既受樂已復往詣於高聚山頂歌舞遊戲天子天女互相娛樂受五欲樂至高聚頂見山頂上有蓮華池無量衆鳥共諸天衆受第一樂以善業故第一威德共諸天衆於園林中如意林中上味林中多有衆鳥莊嚴其林於此林中遊戲受樂是時天子於高聚峯與諸天衆久受樂已復觀自地新生天子生希有心百千天衆皆共圍遶復與天衆詣善法堂見天帝釋爾時新生天子至善法堂見善法堂種種衆寶以爲莊嚴衆寶欄楯如前所說爾時釋迦提婆見此天子心生歡喜而說頌曰

以善業果報　今生於此地　於此天世間
命終當墮落　業盡還墮落　隨業之所生
今若修善業　後不生悔心　放逸著欲樂
消盡於善業　以時自在故　業盡墮惡道
見餘天退歿　云何不生猒　我亦當墮落
決定無有疑　若有畏未來　隨順於法行

其人命終時　則無惡道畏　放逸無怖畏
其心行不善　後得大憂惱　臨終生悔熱
一切諸天衆　必當有退歿　既知欲無常
莫行於放逸　五欲誑衆生　爲欲之所迷
欲網所纏縛　常墮於地獄　知此衰惱已
當作自利益　以心調伏故　命終心不悔
爲欲蛇所螫　欲如海潮波　癡人趣死路
爲欲火所燒　親愛及兄弟　親友皆別離
死時衆苦集　不可得具說　死時既至已
猶如墜山巖　大力不可避　將人入惡道
大力執持人　能壞於世間　天衆既知已
當捨於放逸　諸根生貪著　而不知猒足
愛心常增長　如酥油投火　如是種種門
因愛有世間　輪轉於地獄　餓鬼及畜生
生死所擾動　苦惱自迷心　既知能離愛
則到第一道　勇健者斷愛　離憂無苦惱
則得安隱眠　以能離愛故　若人心常樂
修行於智慧　不爲於生死　愛網之所縛
若人心無相　猒離於愛欲　離垢及曠野
到安樂彼岸　若人不猒苦　得樂亦不欣
是人脫苦樂　能到涅槃城　若有人修行
常起慈悲心　是人知因果　則能脫苦網
若心不分別　離意分別過　是人離衆過
能得無上道　和合則有離　盛色必衰老
有命皆歸死　一切法如是　諸天將退沒
念念欲現前　當知如是法　莫行於放逸
愚人無方便　常求於欲樂　如沙中求油
則是不可得　若人樂放逸　則不得安樂
放逸受大苦　如樹根堅牢　我爲汝實說
法非法之義　汝當善思惟　勿於後生悔

若有愚癡人　不受善師教　臨終衰惱至
心必生悔熱　億千那由他　無數億兆載
阿僧祇諸天　皆爲放逸誑　無常大劫火
尚燒此山王　何況諸天身　如水沫芭蕉
諸行皆遷動　生法悉無常　如是諸法中
求樂不可得

如是天帝釋爲新生天子方便說利益法時新生天子以放逸故不受一言爾時帝釋知其不受默然而住時初生天子合掌頂上禮帝釋巳與諸天衆歌舞遊戲百衆千衆還歸自地園林華池處處遊戲遍觀住處流泉華池莊嚴之處種種衆鳥其聲可愛種種山谷寶光焰輪與諸天衆受無量樂放逸覆心愛著欲心欲火所燒從於五根生五種焰心窟住處不覺自燒與諸天女放逸遊戲覆藏怨賊謂爲親友如是受樂乃至受善業盡隨業流轉墮於地獄餓鬼畜生若有善業生於人中常受安樂第一端正無量功德生大種姓爲一切人之所愛念或爲人王或爲大臣生處長壽乃至命終受樂不壞以餘業故

復次比丘知業果報觀三十三天所住之地彼以聞慧見三十三天第三十三地名曰清淨衆生何業生於彼天彼以聞慧見此衆生以善心故信於因果持七種戒於一切衆生起慈悲心不近惡友不與惡人言語談論常信三寶其心寂靜心無障礙意無散亂不行惡法不與下賤惡人交友於一切衆生常說愛語利益時語供養法師常聽正法隨力布施若於行路乃至不以盜心取他草葉是名不盜云何不殺生若蝦蟇若屯頭迦乃至目

見不起殺心何以故一切衆生皆自愛命以此因緣一心係念諦視而行不傷衆生云何不殺生若有病疾恐喪其命買肉療病若於熱時或經多時肉中生蟲若去此蟲則斷蟲命寧自喪命不去此蟲護蟲命故如是善人乃至微細小罪見之生怖云何不盜如是善人安樂利益一切衆生若田宅園林有乾牛糞知他所攝終不故取恐犯偷盜如是之人捨於盜心持戒離垢不雜不濁離於穢秸是持戒人身壞命終生於善道名清淨地如是天子生此天已受第一樂其身光明勝於日光威德熾盛受於無量天之快樂以善業故受如是樂諸天女衆百千圍遶天鬘天衣莊嚴其身七寶林中與諸天女遊戲受於第一之樂復往詣於樂鹿頂林見此園林可愛奇特生大歡喜問諸天曰以何因故如此園林勝諸園林華果莊嚴山窟溪谷崖岸河泉華池流水無量衆鳥出妙音聲於其山中處處多有衆寶之鹿種種莊嚴第一殊勝爾時先生諸舊天等告初生天子曰天子當知如我往昔次第曾聞先世天子作如是說有轉輪王名曰頂生主四天下受於無量百千之樂欲無猒足以自在力來至此天從四天王天次至此天於人中數無量百千歲在此天中受於欲樂而無猒足既至此天與天帝釋分座而坐與帝釋天共出遊戲知此林中無量功德至此林中遊戲受樂以此因緣此林殊勝乃至於今勝於餘林時頂生王於此天中與天帝釋同處而坐自業盡故從天還退我昔曾從先舊諸天傳聞斯事非我自見此林

具足乃至於今時新生天子聞已歡喜遠離疑惑以五樂音聲受於無量五欲之樂林中有鳥名曰希樂以善業故爲諸天子而説偈曰

以愛因緣故　欲心無猒足　多欲從愛生
心意不可滿　一切衆生類　死法常現前
設以諸方便　不能遮此法　久受無量樂
必定當退沒　是故諸天子　應隨順法行
唯有法能救　能令得善道　以法得壽命
無法則無壽　若能愛樂法　隨順於法行
從樂得樂處　則不見衆苦　若不愛樂法
樂行於非法　則墮於地獄　常受諸苦惱
如是天王界　所説諸地處　除斯更無有
其餘諸地住　此三十三天　更無微少處
而能脱死地　以無常業故　應知此因緣
種種無常法　帝釋所説法　而天不能受
善智憍尸迦　其身如妙藏　愛於俱𢿄華
捨離於惡衆　爲諸天父母　善説於正法
愚天不受教　放逸亂心故

如是天鳥爲諸天子説是偈已時諸天子性放逸故不生猒心放逸覆心不受其教還著欲樂但觀現在不觀未來於此天中受五欲樂乃至受善業盡命終還退隨業流轉墮於地獄餓鬼畜生若有餘業生於人中常受快樂好行善法端正第一爲一切人之所愛樂以餘業故

復次彼比丘知業果報觀三十三天所住地處除此三十三地更無餘地彼作是念但有如是三十三天更無餘地此是釋迦天王之地天王福力天王自在更無有餘如是觀於

第二天衆因果相似相續而生業果之鏡皆悉相應一一諸地各各差別具觀察已於無量生死怖畏生猒離心生死險處愛別離苦怨憎會苦老病死苦逼迫之處見無量苦瀑河所漂心生猒離嗚呼世間甚爲大苦於生老病死大險難處没在其中而不覺知不知求出如是生死無有少樂無常敗壞變易之法衆生愚癡不知不覺以身因緣多作衆惡身雖破壞業縛不亡爾時比丘觀是事已而說頌曰

種種内供養　牀蓐及卧具　此身要當壞
無人能自護　不念於恩惠　得便則傷害
智者爲身怨　則不造惡業　衰病所住處
種種衆苦集　不淨穢惡聚　是故名爲身
智者所觀察　死相常現前　命念念不住
須臾歸磨滅　此身念念老　終無有增長
爲愚癡所迷　恃少生憍慢　恃財生憍慢
不益於自身　財物皆亡失　惡業還自燒
若不行布施　則無受樂報　財物會歸盡
貪狂故守護　若所愛財物　布施於師長
此財則堅牢　慳者財如草　淨心布施者
猶如盲者導　此世未來世　能護怯弱者
持戒七種福　不可破壞句　戒能護丈夫
上生於天中　第一勝智者　常欲殺煩惱
是人脫衆縛　則到不退處　有海大險難
此三堅牢筏　若得無垢心　則能到彼岸

如是比丘觀布施持戒智慧果報如實見之欲至實諦三種觀已得十八地於一切生死中心得猒離修行精進以求涅槃不住魔境地行夜叉知此事已告虛空夜叉虛空夜叉

告四護世護世天王告五十三天三十三天告夜摩天如是展轉至光音天如上所說

正法念處經卷第三十五

音釋

華韡(許加切有韡韡也)蝦蟇(蝦音遐蟇音麻)乇頭迦(梵語也此云雨頭蛇乇徒渾切)

正法念處經卷第三十六

元魏婆羅門瞿曇般若流支　譯

觀天品第六之十五夜摩天之一

又彼比丘知業果報精進不壞觀察三十三天已上復有何天在彼三十三天上住光明勝妙力命自在勝彼三十三天果報彼見聞知於彼三十三天已上復有一切法勝之堂法果報勝光明勝妙名夜摩天因三種戒故得生彼夜摩天中三者所謂不殺不盜不邪行等善修不缺不孔不穿堅固不犯一切聖人所愛讚戒報常清涼次第乃至得到涅槃猶如善親生死海中能度如橋若有上彼持戒橋者是則能度生死大海到於彼岸彼修行者復諦思惟見彼比丘觀七種戒果報業法有下中上如前所說正觀察已又復觀察彼夜摩天須彌山上夜摩天處以何爲處有何光明高幾許住如是觀察彼見聞知如不殺生及不偷盜不邪行等樂修多作自能持戒教他持戒自他利益如是衆生得生彼天彼夜摩天可高幾許彼見聞知高六十八百千由旬彼夜摩天須彌樓上兩倍高遠彼夜摩天凡有幾地舉高幾許何物爲地彼見聞知彼一切地有三十二高五千由旬彼夜摩天住於虛空如虛空中所有雲聚爲風所持如此地根下有水持水爲風持名闍婆風持夜摩天如持雲聚何等名爲三十二地一名勢力二名乘處遊行三名雲處遊行四名積負五名心相六名山樹具足七名廣博行八名成就九名勝光明圍十名正行十一名常樂十二名增長法十三名一向樂十四名樂

行十五名種種雜十六名心莊嚴十七名風吹十八名崇高十九名沫旋行二十名百光明岸二十一名山聚行二十二名月鏡二十三名憶念量二十四名遮尸迦二十五名解脫禪二十六名慢上慢二十七名下入二十八名階行二十九名自身鏡三十名慢身光明三十一名上行三十二名林光明此等是彼夜摩天地夜摩天王名牟修樓陀如彼三十三天之主帝釋天王名憍尸迦如是彼處夜摩天王名牟脩樓陀夜摩天王隨順法行於帝釋王法神通樂其量多少千倍爲勝牟脩樓陀天王之身五由旬量光明勝妙帝釋王身一居賒量夜摩天王牟脩樓陀身量如是夜摩天王牟脩樓陀一身分力彼帝釋王百十和合所不能及彼業因果亦復如是如是比丘既觀察已而說偈言

如負少物者　度水則不沒　少惡業之人
上昇不沉沒　如鳥翅堅牢　行空無障礙
持戒堅固者　則生於天中

彼比丘如是觀察彼夜摩天樂果報因彼夜摩天有四大山彼一切山高萬由旬何等名爲四大山耶一名清淨二名無垢三名大清淨四名內像是等名爲四大山也復有其餘種種異山有無量種有無量色無量形相無量功德如是具有多千異山多饒天華具足莊嚴夜摩天中如是莊嚴三十二地有種種山種種莊嚴饒種種河蓮華水池百千園林周帀圍遶一種形相香色味具諸樹蓮華有種種味如彼帝釋三十三天所有山河蓮華水池諸園林等勝妙之事人中所有山河樹

林蓮華水池所不能及彼夜摩天勝妙之事三十三天所不能及亦復如是何以故因果多故彼有無量善業福德百種功德業因緣果善業所化不可具說以何因緣不可得說種種業力動轉多故如是業果一切衆生所不能說一切善業得天化生夜摩天中如是種種不可具說彼天果報千分之中此可說一何以故若持戒者必定得果今此實說若持戒人聞已心進若修智人十倍力進以何因緣知彼持戒如是差別持戒之人生彼天中修智之人則得涅槃如是智戒功德已說若彼已知如是戒果如是智果生如是心持戒尚爾何況修智我如是得彼人聞已勤行精進如是而說有中業果復以因緣異說有法彼天如是久住天中受第一樂無所妨礙後時猶退不得自在況人中欲多有諸過少樂少味動轉不住常不安隱能爲破壞與無量罰怖畏賊等彼如是等因緣說天我復更有餘異因緣而說彼天外道之人有如是念一切皆是摩醯首羅之所造作非業所得更無人知遮彼外道故說業果實有業果實有因生非是異作非無因有一切因果相似得果因果相似非從異因而得異果非善業因生於地獄非不善業因緣生天然彼如是因果因緣修施戒智必定業故得生天中如是說天苦樂二種不可具說天中之樂彼業一分不可譬喻此說少分

又彼比丘知業果報次復觀察夜摩天地彼見聞知彼夜摩天有地分處名爲勢力衆生何業生彼地處彼見聞知若人持戒微塵等

惡見則生畏其心正直不諂不誑不惱他人正見不邪不癡心念觀此世間一切無常苦無我等念佛法僧不殺不盜如前所說又不邪行心離不樂不行不作乃至飛鳥鴿等行欲亦不觀看乃至欲睡心亦不念若人如是亦教他人彼人爲他說業果言汝勿如是汝若作者必入地獄彼人如是眞見業果如是不犯他妻婦等於業生怖彼人善業生彼地處百千天女之所圍遶纔生於彼彼諸天女即於生時歌天音聲彼天忽聞如從睡覺彼樂音聲如初出時如是化生於樂音聲如是得念彼歌音聲備有八分功德具足一者語二者稱三者甜四者善合五者相應六者善深七者一切愛樂八者百萬由旬聲不妨礙法句相應清淨不濁如是八分功德具足勝

妙音聲覺善業人彼於自身出妙光明廣五由旬青黃赤白如天上虹即彼天子初生之時有光明旋猶如日月暈輪端嚴彼旣起已百千天女相隨圍遶故有第一歡喜之心天子天女共相隨從如是往入名光明林又於彼處夜摩天中有華不萎彼華名爲眼甘露華香不壞華善色香華聞華名已心則受樂彼華則有如此勢力何處何處說彼華名彼處彼處虛空之中出彼香華名月勝華常轉行華若天念時彼天樹華出聲而生隨天行轉隨彼天子所念何處於彼處行如是天子在彼樹上行於虛空在其華中隨所念處如是而行猶如第二三十三天在堂上行如是彼處夜摩天子在於華中如是而行光明赫焰而常下觀一切諸處於一眴頃一切遍見

而不疲倦彼處復有名樂愛樹彼樹可愛於彼樹内何處可愛入其内已受天快樂園林蓮華池水之中有名隨順一切念樹樹之勢力若彼天子憶念之時彼夜摩天一切地中一切勝物皆在其地彼樹力故樹中受樂八分樂音不可稱計彼中有樹名香漂樹彼有勢力如彼天子憶念之香如是樹中香爲之出彼復有樹名華香樹在彼樹内如在房中戲樂無異有好園林蓮華水池彼夜摩天在中受樂彼夜摩天在彼樹中青黄赤紫妙色光明備有種種香色具足彼天若入有一切種妙色皆生彼天之身亦如是色彼身衣色一切盡滅唯樹色現又復有樹名虚空行於眼眴頃行虚空中百千由旬隨念而去彼樹光明如日不異然彼天子乘彼無量種種妙樹在空而行百千天女圍遶相隨鬘香塗身彼天子身有勝光明彼天子前有諸天女種種妙衣莊嚴其身喜笑歌舞彼歌音聲周帀遍滿無量由旬彼天女中天子端正且說少分善業所得如星中月天子端正亦復如是然彼天子千功德勝種種樂聲歌舞嬉戲入香林中百千種鳥普遍彼林無量河池勝妙蓮華以爲莊嚴甚可愛樂勝於百千日之光明且以現事少分譬喻猶如人中可愛園林流水河池蓮華莊嚴於彼四天大王天處十六分中不及其一如是四天大王天處復於三十三天之處園林可愛十六分中亦不及一如是三十三天之處園林可愛於夜摩天園林可愛十六分中亦不及一如是次第善業勝故以有上上勝善業故園林可愛設使

一切衆生之中善智慧人一心專意更無異作方便善巧相應辯才而亦不能說其一分何以故以非一切人境界故彼處如是非一切人心之境界設使第二三十三天共帝釋王於百千歲亦不能說彼夜摩天一地之中受樂之事何以故以非境界三十三天不曾見故不曾聞故故不能說於彼善業且說一分不可具足一切盡說此之善業一切和集決定受樂不可思議受樂之事可愛之樂唯說一分譬如一切善巧畫師若其弟子於壁等處或畫爲月或畫爲日然彼畫師而終不能畫作光明及其威德不能令行不能令照不能令涼不能令炙唯可能畫輪形而已說夜摩天亦復如是唯說樂受不能說其受樂可愛不可得其勢力之實若彼光明若彼園林若彼勝德若歌若樂若彼端正若境界樂若光明輪若近天女種種受樂唯可髣髴說其少分比類而已又彼天子於彼天中戲樂之處無量欲樂種種具足無量濟口園林莊嚴如是地分既觀察已五欲境界功德牽心境界力動令心不住分別流轉愛河所漂普眼所見皆悉可愛然彼天子如是見已次復往向名無量欲具足林中流水河池多有種種蓮華莊嚴無量百千衆鳥音聲到彼林已於彼林中本未曾見種種具足共諸天女既到彼已於彼蓮華河池之中有眞珠沙饒金銀鳥其翅皆作青寶珠色在彼河岸種種妙樹莊嚴河岸天子在中遊戲受樂天子如是既受樂已次復往向名寶岸林多有天衆天女圍遶見彼勝林殊妙七寶光明地分隨於

何處寶山之峯流水河池蓮華可愛百千萬峯莊嚴山谷彼地分分妙寶莊嚴善業力故令彼天子見諸天女而共嬉戲遊行受樂以善業故彼善根因相似得果有無量種如是無量種種受樂然彼天子五欲功德受勝樂已次復往向名釋迦說地處之中彼處種種受天樂已復為所愛境界牽心分別勢力之所迷意於彼所見境界不住彼心獼猴食天樂果為果所醉見諸天女生愛樂故常行不住何風所吹令其常轉在彼夜摩天衆之中恨不知足境界之樂有無量種極甚可愛終不為他之所侵奪他則無分亦不為他之所能毀又復普生妙寶蓮華如是如是種種嬉戲如是如是種種憶念彼彼如是寶蓮華中是善業得若彼天主牟脩樓陀夜摩天王如是思念我當在彼蓮華中坐共諸天衆乘空而行即生心時牟脩樓陀夜摩天王共諸天衆於虛空中飛行而去一切天衆如是飛行身不微動時一切天坐蓮華中在於虛空五樂音聲歌舞喜笑如是遊行受天之樂五欲功德彼天如是坐蓮華中行受天樂如日欲出初沒之時於人世間虛空端嚴一切皆赤彼天蓮華光明瑞嚴亦復如是彼一切天極受快樂受快樂已次復往向名拘鞞羅衆林之中名滑高山向彼頂上為受樂故若彼天衆到山頂已彼有無量七寶莊嚴流水河池所有光明勝百千日多有端正天子天女無量七寶光明如日諸樹莊嚴彼天既到滑高山已於彼勝山嬉戲受樂遍共遊行下彼蓮華次復更上名白峯山為戲樂故然後方及

牟脩樓陀夜摩天王向天衆所共諸天女相隨圍遶彼諸天衆見已奉迎心生歡喜歌舞遊戲相與往向牟脩樓陀夜摩天王自業得果以彼善業有下中上天樂亦爾有下中上勝色亦爾有下中上食亦如是有下中上樂亦如是有下中上如是乃至一切極劣下夜摩天所受之樂十六分中帝釋天王所受之樂不及其一彼帝釋王所受之樂尚不可說況作三倍功德之業百業行樂而當可說彼天如是佳多善業如是善業持戒之人心常歡喜有無量種如是此說夜摩天中受大快樂希望有故又復如是牟脩樓陀夜摩天王種種百千分別憶念無量種種功德成就不可譬喻受諸快樂牟脩樓陀夜摩天王滑高山上彼蓮華中勝妙七寶受快樂已復見蓮華如是思念我當入彼大蓮華內既入彼已一切天衆共受快樂即於念時彼蓮華臺增長寬大以善業故多有如是大蓮華臺皆入其中彼華臺內多有孔穴彼孔穴中出大光明彼蓮華內復有異天昔未曾見光明出過普百由旬其光備有無量種色夜摩天王牟脩樓陀及諸天衆見光明已生希有心是何光明於此蓮華臺中而出爾時天主牟脩樓陀告天衆言汝見如是勢力光明如是出不天衆答言唯然已見如是光明甚爲希有爾時如是夜摩天王又復告言一切天衆今皆共我從蓮華門入蓮華臺入已觀察爾時如是一切天衆一心白言我等皆如夜摩天王意所希樂我等意願亦復如是我亦欲入大蓮華中并諸天女相與共入爾時天主牟脩

樓陀夜摩天王并諸天衆諸天女衆皆共入彼蓮華臺中皆悉欲見希有之事爾時相與欲從孔入則有光明如日光照火烊金聚更生日光照諸天身遍滿虛空彼大蓮華臺中光明如是照耀天皆見故一切攝眼不耐光明時既入彼大蓮華中生歡喜心生希有心何因故有如是光明不可稱說而我昔來未曾覩見爾時天主牟脩樓陀夜摩天王在天衆前天衆在後相隨而入夜摩天王心亦歡喜而共入已見有無量百千寶珠百千光明照曜顯赫多有無量遊戲之處園林莊嚴無量百千宮殿莊嚴光明遍滿有無量樹百千莊嚴復有無量七寶諸樹園林莊嚴有無量色異異形相種種衆鳥多有無量遊戲妙山莊嚴可愛無量蓮華池水莊嚴無量百千妙

堂莊嚴無量百千流水河池澗谷莊嚴如說一切色量形相七寶莊嚴牟修樓陀夜摩天王猶尚不見何況餘天彼處如是蓮華臺中河流清水彼河兩岸皆是玻瓈或有金岸或有銀岸或有寶岸或有青色寶珠爲岸或有赤色蓮華寶岸或有種種間錯寶岸復有勝妙蓮華水池有種種寶蓮華莊嚴或有一色蓮華莊嚴有種種色妙葉莊嚴所謂青黃赤白等色蓮華莊嚴彼若青葉彼葉名爲青色寶葉若黃色者則名爲金若白色者則名爲銀若赤色者則名赤寶如是無量種種蓮華在於如是大蓮華中如是如是彼天遞共心生歡喜見彼蓮華無量百千種種諸蜂滿中莊嚴諸天見已復向異處極大可愛園林之中遊戲之處彼處多有種種樂音既聞樂音

意甚愛樂生歡喜心天衆天女彼此更互歡喜心往生希有心入彼園林多有種種衆鳥音聲七寶莊嚴其地柔輭下足則凹舉足還起一切普生歡喜之心處處遍看轉復轉勝彼天之心遞相愛樂遊戲受樂彼天久時遞相愛樂如是遊戲受快樂已復向異處次第受樂彼處名行種種寶地既往彼處音聲娛樂種種音聲歡喜受樂六欲境界心愛樂見多受欲樂而行放逸嬉戲遊行於彼地處見異功德青黃赤白無量諸種皆悉可愛彼天如是於彼地處次第復向名嬉戲山受境界樂猶未猒足彼嬉戲山七寶莊嚴多有無量種種諸鳥種種妙色種種形相無量百千諸樹莊嚴流水河池蓮華莊嚴園林戲處山谷嶮岸峻極之處鹿衆莊嚴天衆在彼嬉戲山中五欲功德而受快樂遞相愛念彼天之身種種光明而爲莊嚴多有無量種種莊嚴勝妙天女共相娛樂彼處如是復於久時受大快樂未知猒足次復往向作行重樓復有行堂向彼戲樂未知猒足五功德樂亦未猒足無量分別無量種欲復更增長大增長愛復受無量種種快樂彼諸天衆諸天女衆彼此遞共歡喜受樂如是復共夜摩天王牟脩樓陀歡喜受樂彼蓮華中光明照曜過百千日所有光明勝而不熱各於其眼遞相愛樂五根受樂第一端正見者甚樂聖所愛戒善淨勝果有無量種無量分別無量境界受諸快樂遞共一心彼此更互心不相妨共相敬重遞清淨心彼蓮華中久時受樂如是之時於境界中未知猒足隨所憶念從彼蓮華臺門

出去如是入故還如是出欲出之時彼滑高山其中有鳥名諦見鳥鳥見彼天欲出去故即爲彼天而說偈言

此天身色空　年少亦復然　樂念念向盡
愚癡故不覺　如此天一切　無量妙善相
時輪所劈割　令身分散壞　如彼天身命
無量百種相　以其業盡故　死王之所殺
此天受樂久　恒常心放逸　自羂之所繫
將欲壞其樂　樂及安力命　能令愛別離
死王力甚大　在近臨欲至　若多放逸者
天羂臨欲到　必來奪其命　速疾壞令盡
此久時破壞　常放逸行天　著勝樂未覺
爲樂之所誑　此天失光明　諸根心劣減
墮於閻羅處　彼時則知果　此身念念變
樂念念無常　猶故涂心天　無眼故不見
從愛至勝愛　恒常受行樂　若死王來至
不能到樂處　不知生死老　心見不生怖
彼後欲死時　於自業生悔　境界不猒足
諸根亦如是　若爲智燈照　則除著樂闇
常習近境界　思念無量種　如火爲風吹
熾然而增長　欲樂甚大力　常增欲火焰
智者諦思量　故能調境界　若常迷亂心
恒樂於境界　皆是癡力故　如是受戲樂
癡故樂近之　境界火增長　如薪與火合
爲風之所吹　屬欲未猒足　常爲欲所使
此天退失墮　天欲所誑故　前身受樂時
彼身集功德　念念命不住　彼壞阿處去
如彼人身壞　天命爾不疑　雖久會當死
天身必破壞　此天境界樂　常著心不離
必當退此處　而不覺知苦　如此天所受

五欲功德樂 不及別天苦 十六分之一
如魚在水中 未曾有渴苦 於愛知足者
亦未曾有欲 若人不觀心 常受行欲樂
長夜久時睡 苦惱不曾滅 癡故樂受樂
不覺知苦惱 後得衰惱時 乃知得何果
欲初似賢善 而實甚爲惡 此爲地獄使
專行不饒益 盲者信此欲 智眼者則離
猶嶮岸相似 如是墮地獄 謹慎第一友
常能作利益 放逸第一怨 故應近善友
欲遍一切身 如第一嚴毒 惡道第一道
所謂放逸是 若行於放逸 復染著境界
彼以愚癡心 常受諸苦惱 若不知是苦
不知觀察者 彼則與羊等 受樂天亦爾
飲食樂欲樂 羊亦有此樂 若天亦如是
與羊則不異 以心力勝故 業亦如是勝
離業功德已 勝則不可得 天不畏而戲
是故住死中 死時既到已 方知其果惡
乃至未死來 意常不錯亂 黠慧意樂法
皆隨順法行 一切命皆失 一切樂皆盡
一切愛別離 汝死時欲至 死爲第一惡
到曠野大道 更無如法歸 故應隨順法
有異法名死 所謂放逸心 放逸前破壞
然後爲死殺 由法得命樂 故說法第一
法爲不放逸 天道之導師 益不益不異
縛脱亦如是 放逸不放逸 功德過平等
由彼癡心故 令天無所知 共怨聚戲樂
智者則捨離

如是彼處名諦見烏諦觀察已訶責彼天無量種過天未覺知以有放逸覆其心故喜樂境界五欲功德以樂受故不覺真諦故不覺

退如是天處必歸無常一切世間悉當無常而彼不覺又復彼天坐蓮華上在滑高山并蓮華座捨出離去而身不動向名廣池有五百堂七寶莊嚴周帀欄楯處處無量間錯莊嚴復有異天於中受樂又彼堂中皆有却入在上高樓多有重數復有諸天心生歡喜滿彼堂中無量飲食衣服牀敷遆相愛敬心不妨礙常遊受樂欲食恒豐一切時有五樂音聲彼處一切天女天衆如是受樂牟脩樓陀夜摩天王坐蓮華臺一切天衆皆共相隨向彼廣池忽爾而至既到彼已彼舊住天既見王至一切下樓復有離於蓮華處者有出堂者離构欄者一切皆從住處而出生歡喜心盡共奉迎牟脩樓陀夜摩天王皆向王走生敬重心生歡喜心既見天王在虛空中合掌在頂禮敬王已牟脩樓陀夜摩天王在天衆前一切天衆皆悉在後若歌若舞近彼廣池彼處一切功德具足無量妙堂皆悉作行種種莊嚴有種種鳥種種音聲無量百千諸樹莊嚴所有光明勝百千日彼處多饒無量天衆常受快樂在夜摩天勝妙地上夜摩天王到已則入彼一切天心生歡喜讚歎天王牟脩樓陀牟脩樓陀夜摩天王以善妙語先安慰之乃臨廣池到已次昇名見心樂勝妙堂上彼堂珍寶光明照曜周帀彼處種種間雜多有無量勝相功德百千莊嚴一切天衆之所圍遶夜摩天王昇彼堂已第一勝相微妙光明師子之座七寶莊嚴如是妙座一切樂觸具足而有天王坐上彼有第一宿舊天衆圍遶現前多有無量諸天女衆於先歌舞然

後次第彼宿舊天問天王言王於何處乘蓮華座今來至此已於久時不曾見王時宿舊天於彼天王第一尊重爾時天主牟脩樓陀夜摩天王答天衆言我向於彼蓮華臺中見希有事我向入彼蓮華臺中一切諸天及諸天女俱共入已一切皆見時彼天王如其所見希有之事悉爲舊天盡皆具說如蓮華中種種功德悉爲舊天具足盡說時彼舊天於先已曾勝勝見來聞已不生希有之心彼蓮華中種種勝事於先已曾善見來故時彼舊天於是乃爲牟脩樓陀夜摩天王說於舊法作如是言願天王聽我先曾聞此大蓮華有大勢力此蓮華內大勢力者隨心憶念種種功德莊嚴具足此夜摩天一切處中除此更無如是樂處如蓮華中如是先聞有迦那迦牟尼世尊無上士調御丈夫天人師出現於世彼所說法初中後善義善語善獨法具足清淨鮮白演說正法所謂此色苦此色集此色滅此色滅道如是此法初中後等如是說已彼佛法中有多百千已見諦者有得果者如是次第得阿那含者斯陀含者須陀洹者如是復有得四禪者得三禪者得二禪者得初禪者彼佛安住如是人已復令餘人住十善法隨順法行令使多人乃至無量百千億人行善業已然後觀察有何等人我今調御彼以清淨過人天眼見夜摩天我應調御彼時此處夜摩天王名曰樂見彼王內藏有善種子身行放逸彼王近身多有無量諸天之衆善根淳熟而多放逸行放逸行彼迦那迦牟尼世尊以憐愍之是故來上此夜摩處天

世間中爲利益天盡其苦故爲彼諸天除放逸故盡漏比丘有五千人圍遶共到夜摩天處更勝光明處處普遍彼時諸天見佛世尊若有諸天從本已來未見佛者謂佛是天於天中勝彼天於佛生希有心不知是佛而此佛色於諸天衆最爲殊勝一切功德皆悉具足無異相似光遍一切天之世間彼天既見與佛世尊相隨聲聞亦生勝上希有之心作如是念彼是何人如是形勝而共此天相隨不離圍遶而行時彼天子即取種種勝妙蓮華向迦耶迦牟尼世尊爾時世尊見天子來上昇虛空示現種種勝妙神通隨念分別無量功德身上出水色香觸味具足而有彼處天水於十六分不及其一其身頂上出火焰然有無量種無量色光遍滿虛空所謂青黃赤紫色等復現異異勝妙神通所謂一身以爲多身或爲千身或百千身或爲億身所有光明遍滿一切天處世間復令多身以爲一身世尊如是復現神通夜摩天中一切地處一一手捉舉置掌中幷諸園林流水河池擲在虛空過眼境界復還安置本所住處世尊又復現大神通彼處大山以手撥取擲虛空中幷諸園林河池澗谷及天女衆不知所在復還安置本所住處其中諸天不覺動轉如本不異世尊又復現異神通無量種色無量種作無量形服有無量種諸功德色現大力勢令彼天衆種種異見或見如來在於山中或見如來在園林中或見如來在蓮華林或見如來在堂中行或見如來在於樹下或見如來在河池中或見如來在遊戲處園林之

中或見如來一切禪處或見如來遍滿一切虛空之中坐禪而住或見如來於虛空中敷具上坐復虛空中若坐若行若復經行還復坐禪世尊又復示現神通如是如是音聲說法五樂音聲勝夜摩天形夜摩天所有音聲如閻浮提烏鳥之聲彼一切天如是劣減彼天既聞如是聲已皆悉捨離能歌慢心世尊又復現異神通所謂在彼虛空之中作諸天衆化作天女勝妙殊絶形夜摩天夜摩天女如螢火蟲光明量色如是形相服飾莊嚴園林處樂皆悉勝妙彼大天王并諸天衆見化天已心生恥愧皆見自身色少欲樂如草無異彼夜摩天生如是見爾時世尊知其根熟知其深心知因果報無障礙見爲欲利益一切世間極大悲心如來世尊爾時即向夜摩天王樂見王所現異神通如向所現一切神通盡爲樂見悉皆現之百倍勝前爾時樂見夜摩天王一切慢心皆悉捨離彼時樂見夜摩天王亦復坐彼大蓮華中亦如向者牟脩樓陀夜摩天王大蓮華中遊戲受樂時彼世尊大蓮華中示現神通然後復語夜摩天等作如是言汝今所見一切皆是樂見所感世尊爲化令使離慢汝見其內遊戲之處園林蓮華河池山谷并妙堂等境界行處無量種種見彼樂見王捨離慢心時彼世尊入大蓮華化作一切復於樂見夜摩天王住處之前有蓮華生億百千葉如來坐彼蓮華臺上聲聞弟子坐其葉上而現種種勝妙神通或有飛至虛空中已然後還至蓮華中者復現種種異異神通時彼樂見夜摩天王作如是念此

是何人有何善業以何勢力能作如是奇特之事我之所有若多若少色光明等甚爲微劣彼則爲勝

正法念處經卷第三十六

音釋

虹胡公切　暈王問切日月傍氣也　凹幺交切不平也　劈匹歷切破也　虹蜺也

# 正法念處經卷第三十七

元魏婆羅門瞿曇般若流支譯

## 觀天品第六之十六 夜摩天之二

爾時世尊知彼調伏心淳熟已即令聲聞以天眼力而調伏之爾時聲聞告樂見言樂見當知此佛世尊弁諸天人魔及沙門若婆羅門一切世間諸天及人阿修羅師此佛世尊一切悉知一切悉見常爲一切世間說法初中後善義善語善獨法具足鮮白清淨說法世法寂靜乃至到於涅槃所謂此色苦此色集此色滅此色滅道今者爲汝夜摩天衆說法故來利益安樂饒益故來時彼樂見夜摩天王於聲聞所如是聞已喚言大仙我今往至佛世尊所不知云何供養世尊我於今者不解儀式云何供養時彼聲聞聞已答言樂見天王來近世尊樂見聞已捨冠莊嚴心善調伏寂靜諸根一心正念整服左肩右膝著地頭面敬禮合掌向佛一切天衆皆從聲聞如是聞已捨莊嚴具一心正念寂靜諸根一切皆詣坐蓮華臺如來世尊諸聲聞衆之所圍遶如月悉爲衆星所遶又亦如彼須彌山王衆山圍遶又亦如海爲諸大河之所圍遶如轉輪王八萬四千小王圍遶又亦如日光明圍遶諸聲聞衆如是圍遶如來世尊第一勝妙不可稱量威德光明於大蓮華臺上而坐爾時樂見夜摩天王身著法衣整服一廂合掌向佛正住一面世尊告言令汝今者捨離放逸爾時樂見一處坐已彼迦那迦牟尼世尊即出勇勝不畏音聲一切夜摩皆悉遍滿告言樂見我今說法初中後善義善語善

獨法具足鮮白梵行如是而說汝今諦聽正念善思我於今者善爲汝說時樂見言如是世尊願樂欲聞

爾時世尊爲樂見等天衆說言有九種因能生放逸於彼放逸樂行多作能壞世間愚癡凡夫身壞命終墮於惡道地獄餓鬼畜生之中以生因緣受大苦惱生死繫縛不得涅槃安隱之樂不得利益何等九因一者所謂樂於放逸行於放逸常行放逸不近聖人不能調攝身口意業不攝根行不能自正身口意業等而令行於不善境界常喜樂聞不善之法而不樂於佛之正法此是放逸行之初因能生放逸若放逸行愚癡衆生身不善行口不善行意不善行以身口意不善行故身口意等不善之業和集癡人放逸所誑身壞命終墮於惡道生在地獄餓鬼畜生若捨放逸是善丈夫常捨放逸若求善者應捨放逸此是初因能生放逸復次樂見復有第二放逸行因能生放逸起放逸已能壞善根所謂舉動心不審諦彼眼見已則生分別數數如是憶念思惟樂於放逸更不異緣常如是作不善之行非是善念心意錯亂彼放逸者以放逸故身壞命終墮於惡道生地獄中此是第二放逸行因能生放逸復有第三放逸行因能生放逸所謂不實未見未聞本未曾有唯有心念心生分別或依止欲或依止癡彼如是念如是思惟心常緣彼心常念彼第一之法不善思惟以自亂心此是第三放逸行因能生放逸縛諸衆生能誑衆生令身口意行不善行身壞命終墮於惡道生地獄中復有

第四放逸行因能生放逸能令一切放逸衆生身壞命終墮於惡道生地獄中如是樂見何者第四放逸之因所謂恒常樂見婦女樂見莊嚴不實之色於不實色心生愛樂見其歌舞心生分別彼則心歡如是分別身口意等非作善業彼放逸者身壞命終墮於惡道生地獄中此是第四放逸行因能生放逸復有第四放逸行因能生放逸所謂喜樂種種園林樂蓮華池或樂種種諸華樹林見已心樂在中戲樂在中遊行不念善事不正心意彼行放逸放逸所誑身壞命終墮於惡道生地獄中此是第四放逸行因能生放逸復有第五放逸行因能生放逸如是樂見近惡知識與共和合毀破淨戒行於惡行不善思惟造作惡行如是衆生近惡知識行放逸行身壞命終墮於惡道生地獄中此是第五放逸行因能生放逸復次樂見復有第五放逸行因能生放逸所謂衆生無量種行無量種意無決定意造作善業如是衆生無一定業如是衆生不定作業一切作業悉皆散失於世間業出世間業彼一切業不究竟作不能布施不作福業非善思惟以放逸過是故犯戒身壞命終墮於惡道生地獄中此是第五放逸行因能生放逸復有第六放逸行因能生放逸所謂衆生捨離正法捨離聖諦乃至捨離入聖道分有所行作不善觀察如是樂見如是衆生以放逸行亂其心故身壞命終墮於惡道生地獄中此是第六放逸行因能生放逸復有第七放逸行因能生放逸所謂貪味何處何處著彼諸味彼處彼處心樂常念

隨彼心作如是衆生更無異念不作善業不持正戒心常樂他請喚與食常貪味故爲味所誑不作善業於苦無常空無我等此四種中一亦不念唯念不善顛倒之法一切所作非自利益如是衆生身壞命終墮於惡道生地獄中此是第七放逸行因能生放逸如是樂見復有第八放逸行因能生放逸所謂衆生若得種種無量樂已於彼樂事喜樂貪著謂常不動謂常安隱謂不破壞彼常憶念如是之樂身口意業常行不善不知應作及不應作不知是法不知非法不覺不知破壞苦惱不念地獄餓鬼畜生無量百千分別苦惱一切不念不應念者而便念之如是不念死滅之法一切世間生死之中死能作亂而不知念如是衆生爲樂所誑如是惡貪著樂衆生後時死至爾乃生悔悔火自燒身壞命終墮於惡道生地獄中此是第八放逸行因能生放逸如是樂見復有第九放逸行因能生放逸所謂種種樂樂之心天人之中爲愛所誑不知歸依佛法衆僧不持禁戒不聽佛法不住聖律所應作法而不知作而常喜聞不應作法不入正法而心不畏未來世罪不見後世死後之苦失自利益怨心所誑身壞命終墮於惡道生地獄中此是第九放逸行因能生放逸樂見當知此之富樂非常非恒非不破壞如是樂見夜摩天王過去無量於此已退彼何處去彼自業果成就故爾彼以善業不善業羂所繫縛故輪轉生死以善業故生天人中不善業故生於地獄餓鬼畜生是故樂見若有欲得人身之者莫行放逸何以

故身命無常富樂亦爾當如是念勿放逸行何以故多有無量百千天衆以放逸行是故退墮如是勿行放逸之道愚癡之者行於此道非善男子一切生者必定歸死死在現前老亦如是病亦如是愛離亦爾善不善業富樂亦爾如是一切不饒益過常隨不離一切衆生爾時世尊而說偈言

放逸之毒樹　三枝住在上　謂老病死物
常在其上住　老等不能惱　丈夫善行者
若不放逸行　彼行涅槃道　不放逸大斧
常能斫諸過　彼解脫過故　得無上之樂
若放逸受樂　彼樂常怖畏　若離彼放逸
彼樂常不退　如是百百到　放逸之所誑
以未覺知故　令猶有不離　四種顛倒見
住在放逸上　捨離放逸故　則失世間怨
此無量分別　無量怖畏逼　生死轉行苦
皆由彼放逸　若離一放逸　則得樂不退
一切無漏法　放逸故能失　天中此放逸
上上而轉行　何放逸癡天　不能得解脫
彼此善思惟　種種分別已　如自利益作
後時則不悔　若天若受樂　若其餘少法
此有爲相法　應知皆無常　若法有爲數
彼畢竟失滅　後時必破壞　常受諸苦惱
若有憶念樂　放逸所壞者　彼於離散時
則多受苦惱

彼佛世尊如是如是無量分別種種調御樂見天王如是因緣於一切法皆不障礙一切知見天衆圍遶種種調御令彼諸天捨離放逸若有諸天被放逸縛不得自在乃至退時夜摩天王二萬天衆從佛世尊聞正法已一

切皆得須陀洹果爾時世尊如是思念我所應作如是作已更何所作而利益他爾時世尊見未來世如是思量更何所作如未來世利益安樂苦惱衆生世尊如是又復於彼大蓮華内神通所化更作如是天妙神通與天一種住而不滅令有飛鳥復爲說偈以彼如是天神通力調伏天已作如是言如未來世樂見天王於彼退已復有天王其王名曰牟脩樓陀夜摩天王未來當生行放逸行當於彼時有善衆生彼於一時出遊戲處滑高山中徐上彼山上彼山已次復上彼大蓮華已亦坐如是蓮華臺上彼大蓮華是我所化彼天見已生希有心而入其中入彼種種甚可愛樂大蓮華中復從彼出向他天說彼時舊天於前次第先曾聞來亦復向彼牟脩樓陀夜摩天王如是而說當於爾時牟脩樓陀夜摩天王既得聞已信佛世尊信彼佛法善根種子於是乃至得到涅槃彼天如是信心生已不久時聞釋迦牟尼如來出世如是彼處牟修樓陀夜摩天王及於釋迦牟尼佛所得聞正法牟脩樓陀夜摩天王次第傳聞於舊天邊如是傳聞如是一切如所聞事如是一切皆悉具有如汝今見大蓮華中希有之事我於今者如是爲說又復釋迦牟尼世尊於今出在閻浮提中爲衆說法汝今應當到彼聽法如彼過去名迦那迦牟尼如來世尊所說汝如是得必定無疑必得解脱爾時彼名牟脩樓陀夜摩天王從宿舊天如是聞已心生歡喜生敬重心過去久遠名迦那迦牟尼佛說次第傳來我今得聞以如是故我心歡

喜心得清淨以於舊天得傳聞已故生歡喜心得清淨何況現見釋迦牟尼如來世尊從佛聞法爾時彼天如是念已八萬天子相與共向波羅柰國見佛世尊無比之色以三十七菩提分法莊嚴其身猶如金山威德焰然一切衆生皆蒙利益一切皆見無量百千眷屬圍遶而爲說法四諦相應爾時彼名牟脩樓陀夜摩天王八萬天衆共至佛所到佛所已頭頂禮足爾時佛告牟修樓陀夜摩天王喚言善來牟脩樓陀汝已曾聞名迦那迦牟尼佛法修多羅說如是聞已來到此處爾時彼名牟脩樓陀夜摩天王如是念曰佛一切智極微細智無障礙智如我過去天中之事盡皆解知牟脩樓陀念已心喜八萬天衆一切皆共更禮世尊禮世尊已住在一面爾時世尊如是告言牟脩樓陀我於今者爲汝說法初中後善義善語善獨法具足鮮白清淨此法門者名天乘樂汝當諦聽善思念之我爲汝說牟脩樓陀夜摩天王受教而言如是世尊我今樂聞

爾時世尊如是說言何者法門名天乘樂此有十二牟脩樓陀何等名爲十二天道若善男子住彼道者彼正丈夫能上天道猶如世間著官道者則得入城離於怖畏離於疑慮如是不壞身口意等行十二道則得至天如是丈夫入於天中何等十二一名實道若著彼道得到天上牟修樓陀彼實道者有五功德何等爲五一者實語實說丈夫一切人信二者不壞常一切時無人能壞三者清淨常一切時名色清淨四者可重常一切時天所

貴重五者上生身壞命終生於天上此有偈
言
實語常調御　恒爲天供養　一切世間愛
後時得生天
牟脩樓陀此初天道牟脩樓陀何者復爲第
二天道而著彼道得到天上所謂布施清淨
無垢不破不壞不怖果報如是熏思此則名
爲第二天道此善業人得至天中此第二道
有三功德所謂三者一切人愛常自熏思心
生歡喜身壞命終生於天上此第二道至天
世間此有偈言
布施人所愛　亦復增長思　後時生天富
布施果如是
牟脩樓陀何者復是第三天道而著彼道得
到天上所謂忍辱能忍之人有五功德所謂
五者不諍不懟此初功德一切無能偷盜其
物此二功德一切人愛此三功德多有悲心
此四功德身壞命終得生善道天世界中此
五功德此有偈言
忍辱相應行　悲心亦不怖　一切人所愛
身壞則生天
牟脩樓陀何者復是第四天道而著彼道得
到天上所謂美語牟脩樓陀如是美語有六
功德一者一切人愛二者無怖畏處三者面
常清淨四者得善名稱五者行則不慮六者
身壞命終生於天上牟脩樓陀此是美語六
種功德此有偈言
一切人所愛　增長善名稱　普面甚端嚴
身壞則生天
牟脩樓陀何者復是第五天道而著彼道得

到天上所謂憐愍一切衆生此善男子乃至終得到於涅槃我說彼人無等功德此有偈言

於一切衆生　悲心如父母　彼人憐愍實
常在心中住

牟脩樓陀何者復是第六天道而著彼道得到天上所謂正心正心之者能作善業善思惟者善語言說總略說此正心功德此有偈言

若善正心者　常順法觀察　不爲過所使
如日光除闇

牟脩樓陀凡爲一切法之根本謂善正心牟脩樓陀何者復是第七天道而著彼道得到天上所謂正見正見丈夫能到涅槃何況於天彼若少有身口意業一切如是利益衆生得生天中乃至涅槃此有偈言

唯正見爲勝　隨何人有心　俗人亦如是
得脫生死縛

牟修樓陀何者復是第八天道而著彼道得到天上所謂遠離不善知識無三種過善人不捨爲同戒故諸惡因緣一切不生餘勝大過亦更不得此有偈言

近惡知識者　彼則不得樂　近惡知識已
廣得不饒益

牟脩樓陀何者復是第九天道而著彼道得到天上謂聞正法略說聞法攝七功德一者得聞未聞異法二者所聞堅固不失三者捨離一切惡業四者諸聖之所樂見五者深心信敬如來六者則得增長壽命七者身壞命終生天此有偈言

未聞者得聞　已聞者堅固　捨離諸惡業
身壞得生天
牟脩樓陀何者復是第十天道而著彼道得
到天上謂柔軟心牟脩樓陀彼柔軟心有四
功德一者於他不生怨嫌二者雖作而不堅
固三者不爲瞋恚所惱四者身壞命終得生
天上此有偈言
若修淨無垢　諸過不著心　瞋垢不能汙
死後得生天
牟脩樓陀何者復是十一天道而著彼道得
到天上謂信業果信業果者一切惡業皆悉
捨離乃至不起微塵等惡唯於惡業見則怖
畏彼人善業不善業果一切皆知彼人知已
造作善業捨不善業彼人恒常習作善業身
壞命終得生天上此有偈言

若知業果者　常見微細義　彼惡所不染
如空泥不汙
牟脩樓陀何者復是十二天道而著彼道得
到天上謂於三寶深心信敬不顛倒信彼於
三寶深心信敬不顛倒故無量功德多有無
量百百功德此一功德則勝一切諸餘功德
謂此丈夫先受人樂終到涅槃謂天天女不
放逸行若放逸天非世間樂非出世間樂以
是義故牟脩樓陀如彼大仙名迦那迦牟尼
世尊如是爲彼夜摩天王樂見說法彼如是
法一切如來法皆如是更不異法如汝於前
舊天所聞此有偈言
深心信三寶　無量數勤修　於先得生天
終得涅槃果
此等則是十二天道恒常修行如是必定得

果不疑爾時天王牟脩樓陀并八萬天從佛世尊聞此法門聞已皆得須陀洹果爾時天王牟脩樓陀禮世尊足而說偈言

我得脫惡道　依於佛世尊　一切天孤獨
如來法救度　我朝日得果　入於佛法中
共天如是入　過生死畏處

牟脩樓陀如是說已飛昇虛空并諸天衆向夜摩天所居地處彼天一切如是皆到既到天中猶故受樂遊行嬉戲一生命業盡已則退惡道閉塞生於人中第一富樂第一端正有勝大心一切國土於中皆勝若有非是須陀洹者彼天退已如其業行或生地獄餓鬼畜生若餘業故得生人中彼亦如是得大富樂種種莊嚴以餘業故

又彼比丘知業果報次復觀察夜摩天中所有地處彼見聞知夜摩天中復有地處彼處名爲乗處遊行衆生何業生彼地處彼見聞知若人善心善深直心不殺盜婬彼人善業身壞命終生彼地處始生彼時即見天中種種樹林清流水河蓮華池等勝妙殊異甚可愛樂衆鳥音聲聞香知味觸等皆勝可愛可樂見彼妙色聞妙聲等作如是言今此所見種種樹林種種可愛清流水河蓮華池等種種妙色昔所未有甚爲可愛甚爲可樂有無量種更無相似心巨猒足今此所聞種種歌聲衆鳥音等悉皆勝妙昔所未有甚爲可愛甚爲可樂有無量種更無相似心巨猒足今所聞香昔所未有亦甚可愛亦甚可樂有無量種更無相似心巨猒足此味亦爾昔所未有亦甚可愛亦甚可樂有無量種更無相似

心叵猒足此觸亦爾昔未曾有亦甚可愛亦甚可樂有無量種更無相似心叵猒足彼天如是內心思惟五欲境界念欲常得如是勝妙五境界樂嬉戲遊行心不猒足彼處所有一切天女聞已語言此天世間法常如是一切境界一切常爾無不樂處無不樂時如此勝相處處普遍具足皆有五欲功德有無量種隨念皆得常受大樂更無與等天見此林已生如是希有之心何況入中牟脩樓陀天王之前復過於是彼處九億那由他百千種種莊嚴妙色天女歌舞具足歡喜心面五欲功德而爲供養牟脩樓陀夜摩天王如是受樂夜摩天王牟脩樓陀天子必見何以故此處境界牟脩樓陀夜摩天王則是其主此一切天皆屬彼王我等依之猶如父母在此一切夜摩天中所有地處彼始生天既聞此已諸天女等而爲圍遶入彼林中既入林已見下中色種種形服莊嚴諸天一切皆受五欲功德行食俱樂一切皆有五功德食見彼遊戲多有無量諸天女衆共餘諸天美聲語說無量百千種種功德而爲莊嚴復有七寶妙樹莊嚴復有種種行樹莊嚴彼處多有隨憶念樹天有所念從彼樹得如是具足功德寶樹彼始生天有無量種勝妙功德皆悉具足五境界樂亦皆見足彼天見已眼著甚樂生勝愛樂處處遍見如是見已共諸天女人彼大林入大林已豐飲食河百千莊嚴種種色鳥種種音聲彼諸天女歌聲普遍耳聞其樂與鳥合聲彼始生天復於異處見蓮華林希有殊妙長三由旬廣二由旬見彼大林有金

蓮華無量形相有無量色以爲莊嚴譬如秋時虛空之中之曜莊嚴如是如是百千天女多饒具足歌舞遊戲五樂音聲受諸快樂遞相心念遞相附近一念不離恒常一心遞相愛樂見園林中處處多有歡喜天衆亦見多有種種鳥羣遞共戲樂遞相愛念隨相附近一念不離恒常一心遞相愛樂如是天等遊戲受樂鳥亦如是鵞鴨鴛鴦如是等鳥有無量種無量羣衆在蓮華林清淨水中處處遊戲於彼河岸共處有天摘取金葉用飲天酒共諸女衆歌舞遊戲受種種樂復摘銀葉用飲赤酒酒色猶如蓮華寶色香味清泠一切具足共諸天女歌戲受樂自善業力之所感致復有異天亦在彼處蓮華林中極可愛處如是諸天五欲境界受諸快樂摘青寶色蓮華之葉共諸天女用飲天酒復有異天入彼樹下天華所覆既飲天酒怡然快樂於園林中共諸天女遊行放逸飲色香味天果美汁歡喜歌笑復有異天金銀玻瓈青寶樹枝覆蔭爲舍共諸天女歌笑嬉處受天快樂復有異天依止河岸鳥音聲處在柔輭地妙觸之地其處生華摘取彼華其華五色有別有合共諸天女取已齅之彼諸天女近於天子歌舞戲笑復有異天在種種寶石地之上所謂青寶玻瓈金銀如是地處嬉戲遊行受諸快樂乃至集作受善業盡善業盡已於彼處退彼處退已隨於惡道生在地獄餓鬼畜生若有餘業得生人中常生樂處則有第一端正之色大心大富得爲國主以餘業故

又彼比丘知業果報次復觀察夜摩天中所

有地處彼見聞知復有地處彼處名爲雲處遊行衆生何業生彼地處彼見聞知若人直心本性正直性於三寶不殺不盗不行一切不善邪行不樂不行亦不多作見諸婦女乃至不生欲意之心不念婬欲捨婬欲心亦不分别猶如捨毒此善男子身壞命終生夜摩天在彼雲處遊行之處生彼處已身之光明與日不異受善業樂受無比樂無量境界受諸快樂即初生時甚大歡喜心生思惟我今云何獨在此處即生念時見諸天女在樹林中樹種種枝具足寶鈴鈴有妙聲地色猶如火烊眞金地處有如銀玻瓈色多有百千妙蓮華池以爲莊嚴彼地分處林樹柔輭有百千鳥出美妙聲彼諸天女如是林中遊戲受樂即彼天子心生念時林間速出妙莊嚴具而自莊嚴以蓮華鬘莊嚴其頭其身皆著種種色衣到天子所既到近已種種莊嚴而圍遶之詠種種歌微妙音聲心極愛染娛樂天子無量樂具具足而有彼諸天女如是種種娛樂天子如是天子於彼天女本未曾見既得見已如是思惟此是何人從何處來繫屬於誰爲誰而來既來見已見其具有種種色衣有種種寶莊嚴其身其手執持無量樂器且少分喻何處何處三十三天所有天女歌樂之聲不得爲比何況三種功德具足無量善業所得之果夜摩天女於彼三十三天天女歌詠音聲甚爲殊勝色少勢力身之形量歌聲樂受園林諸樹流水河池酥陀之食勝妙堂舍戲樂之處一切皆勝上上次第乃至他化自在天中色少勢力身之形量歌聲受

樂如是等事一切皆勝何以故業果重故心戒清淨無垢涂故此夜摩天如是天女不可比類一切具足彼如是處有二種過謂無常欲唯有少分微樂可說若愚癡人受持禁戒希望於有作如是心願我持戒得生天中爲回彼心我說無常退及愛離如是等過何以故若起少心希望於有一切善法皆悉散失一切有中無處常者下上傍廂若常不動不破壞者無有是處一切分別無不分別以此因緣說彼天報非可愛處爾時彼處諸天女等圍遶如是始生天子歌舞遊戲種種娛樂爾時天子本未曾見心自思惟此屬於誰而來近我隨彼天子心之所念即心念時以善業故彼天女言天爲我主何以不共我等語說天是我夫隨天所須我爲給使令天受樂時彼天子既得聞已作如是言汝若屬我今可來近在此林中何以故此之天處是受樂地生此天者此處受樂時彼天女即共天子無量種種受快樂已天女復起作如是言我共天子在園林中處處遊行此園林中多饒無量種種天衆隨眼所見種種可愛種種諸鳥音聲可樂多有種種流水河池蓮華莊嚴多有百千種種山峯其峯高峻種種七寶多有光明莊嚴山峯種種山谷處處嚴好多有種種諸鳥音聲在地處處有池莊嚴如是功德悉皆具足我共天子俱行遊戲受諸欲樂爾時如是始生天子從彼天女聞是語已語天女言我隨汝意皆如是作如是說已起彼坐處爲受樂故一切天女共彼天子園林中行種種音聲天寶樂器在手執持共彼天子

遊行放逸爾時天子共彼天女遊行放逸復有其餘天子天女共行遊戲合會相逢時二天子見則相愛遞共語說彼此天女亦復如是心遞相愛一切和合復向異林如是林者名戲樂林彼林之量三千由旬彼林無量有百千億那由他數諸天子衆滿彼林中如歡喜林曠野無異如是具足種種功德名戲樂林天遊行處種種具足彼兩朋天共見彼處皆悉本來未如是見亦未曾聞不可譬喻見彼林已生歡喜心面眼目等皆有喜狀時始生天及其天女即語彼天作如是言此如是等昔來未見如是說已兩朋天子兩朋天女頭著天鬘身塗栴檀坐天堂殿上昇虛空歌舞喜笑遞共遊戲相與共詣夲脩樓陀夜摩天王如是上去復有餘天并其天女手執蓮華坐天之處上昇虛空歌舞喜笑遞共戲樂相與共詣夲脩樓陀夜摩天王亦爾上去復有餘天能微細行手執箜篌能穿無量百千山過行不障礙共諸天女歌舞嬉戲亦復向彼夲脩樓陀夜摩天王所住殿舍心生歡喜亦爾上去復有餘天於虛空中雨諸天華共諸天女歌舞嬉戲亦復向彼夲脩樓陀夜摩天王所住殿舍亦爾上去彼始生天如是無量種種差別無量遊戲皆悉具見亦共同行在天女前如是而行彼無量天皆以美語共其言說爾時如是始生天子遙見遠處有勝光明過百千日自餘凡夫眼不能觀復聞彼處無量音聲聲有四種一者相應二者眞正三者和合四者平等如是音聲彼天聞已心生歡喜問天女言今見彼處勝妙可愛有大

光明在於彼處如是遙見彼處如是勝上音聲美妙平等和合歌聲復有舞戲云何如是爾時天女即便語彼始生天子作如是言夜摩天王彼處受樂多有無量百千天衆復有無量諸天女衆一切天衆之所讚歎猶如兠率寂靜天王受天之樂爾時如是始生天子旣聞是語則生第一希有之心如是念言除寂靜王如是受樂更有何處如是受樂時彼如是始生天子旣思念已語天女言誰名寂靜於何處住我見此已當往見之時彼天女聞其語已心則思惟作如是念此始生故不知更有大勢力故作如是言我見寂靜時彼天女復語之言兠率陀天在我之上於我爲勝過百千倍我之所有受用之樂一切業果皆悉殊勝彼於此處夜摩天王威德勢力及餘一切種種皆勝在我上住一切凡夫皆不能往非其境界彼天一切於我皆勝若天具有福德之力大神通力則能往到非一切天皆能到彼

正法念處經卷第三十七

音釋

懟 徒對切銜怨也 叵 普火切不可也

# 正法念處經卷第三十八

元魏婆羅門瞿曇般若流支譯

## 觀天品第六之十七 夜摩天之三

爾時如是始生天子作如是念彼天大樂勝於此間夜摩天王如是思惟於須臾間心動不定於境界樂心生愛樂復更染著觀諸樂處普於天眾何者何者受樂之事一切皆見次第安詳遊歷彼處如是次近牟脩樓陀夜摩天王所住之處王於彼處無量百千多億天眾圍遶受樂多有無量諸天女眾手執蓮華園遶供養彼天王色不可比類無與等色威德光明功德具足彼王出勝一切天眾所有光明如日勝於一切星等眾星圍遶夜摩天王亦復如是威德殊勝在師子座其座輭觸非絲等成純是妙寶希有之色形服莊嚴威德具足無量種聲歌樂之音異異嬉戲聞欲功德勝心受樂夜摩天中如是境界更無勝者勝帝釋王所有功德牟脩樓陀夜摩天王有五十聚勝妙光明從身而出皆有焰起彼帝釋王於兩肩上二處出光彼光明聚於此則劣牟脩樓陀夜摩天王六根門眾以善業故如是和合於帝釋王所有功德百倍為勝如是勝故不可比類彼色如是無可譬喻樂及境界亦如是勝不可譬喻彼王眷屬下劣威德猶勝帝釋何況天王牟脩樓陀所有威德內外清淨彼既如是云何可喻爾時如是始生天子即於遙見牟脩樓陀天王之時色樂威德一切微劣既見天王觀自身已如是思惟我身於彼天王之身億百千倍百千千倍微劣不如以行第一勝善業故得此天

王牟脩樓陀上妙之身此有如是殊勝威德何況所聞名爲寂靜勝於此王牟脩樓陀所有威德皆悉具足上上天業次第勝勝轉轉微妙如是少時心思惟已而復專聽歌等音聲爾時如是始生天子更復前進安詳徐詣牟脩樓陀夜摩天王所住之處牟脩樓陀夜摩天王周帀多有勝妙身色第一莊嚴容貌端正殊勝威德好身妙音七千天女近身歌舞喜笑遊行自餘天女少遠身者不可計數嬉戲娛樂皆飲天酒彼此遞共意念同心彼諸天女各得天王牟脩樓陀共受欲樂心作是知天唯愛我更不愛餘於我得樂不於餘女唯我欲勝餘則不爾夜摩天欲口說則成身不交合彼諸天女皆有是意一一皆謂牟脩樓陀夜摩天王唯獨愛之爾時如是始生天子更復前近牟脩樓陀夜摩天王見有無量百千天衆之所圍遶有無量種具足勝妙功德舌語調伏天衆牟脩樓陀夜摩天王於一切天若舊生者若始生者皆悉普識牟脩樓陀見始生天眼則不轉自餘舊天即便語彼始生天子作如是言大王今者如是看汝何以不跪爾時如是始生天子聞已即跪爾時天王牟修樓陀見其跪已告言天仙汝今始生夜摩天地汝今可在夜摩天地第一樂處於中受樂汝以修行三種善業得生此處汝今善來自善業故此中受樂於此天處久住多時勿放逸行牟修樓陀夜摩天王爲始生天而說偈言

始初生天子　若愛此生樂　彼不及退苦
十六分中一　味少怖畏多　常誑惑丈夫

如乾闥婆城　欲樂味亦爾　此欲極爲惡
能破壞衆生　是故有智者　心常不信欲
牟修樓陀夜摩天王如是教彼始生天子始
生天子如是啓白牟修樓陀夜摩天王而作
是言實爾天王我初不知此天之中有如是
過不知天中云何法行如他餘天之所行作
我如是作我自不知爾時天王牟修樓陀復
說偈言
若至死到時　更無餘同伴　死後異處去
無有共行者　衆生心種種　若干心性欲
如是異異業　造作生死縛　乃至即生時
必定已屬死　種種癡覆心　於此不知怖
若退時已到　能破第一有　彼癡心不覺
死苦之可畏　歡喜生放逸　數數受生死
癡者不覺知　境界能誑天　境界虵能齧

境界愛生癡　天常不覺知　退時大怖畏
生苦最爲大　退無如是苦　如是大生苦
唯天中成就　業風之所吹　輪轉受大苦
丈夫死所將　心誑不自在　非父亦非母
非知識非親　若死時既至　無有同伴者
本性如是誑　一切無伴侶　唯意如是惡
各各遞相誑　非餘亦非親　而能爲救者
死時既到已　親亦如非親　汝若見非親
亦受大快樂　死王力自在　公奪大樂去
境界令心迷　常爲欲所使　雖未覺苦惱
必定得不疑
牟修樓陀夜摩天王以如是等眞實之法教
彼如是始生天子時彼天子既得聞已心生
猒離於須臾間還復歌舞戲樂喜笑更復染
著一切世間愚癡凡夫心無常故心不定故

以樂力勝覆其心故爲愛使故心百倍動以此因緣天放逸行以如是故乃至少法不住心中爾時如是始生天子於彼天王牟修樓陀堂殿之所種種戲樂共自眷屬如是歌舞種種嬉戲五欲功德皆悉具有境界受樂和集還去著來時道到自所止雲處遊行本所住處既還到已復共餘天種種受樂嬉戲遊行向名廣殿彼殿可愛今具足說內有二十那由他舍有種種色異異形相寶光明集多有天衆諸天女衆如是妙殿隨天所念一切皆得如彼天子心之所念一切皆得如是之色如是形相園林華池多有無量百千鳥衆以爲莊嚴七寶山峯彼殿如是天善業故若天憶念欲遊行時殿并園林蓮華河池種種天樹飛行虛空如鳥無異若天憶念此殿動去我則受樂即於念時飛行而去若天憶念起如是心隨我所須飲食具足則有河流皆是天食無量種種皆悉具足隨念而有色香味具滿河流出以彼天子本善業故若不善業無此境界又復此天生如是念我此殿內轉更寬博廣百由旬即於念時多有無量種種可愛諸流水河妙蓮華池并諸澗谷具足房舍種種園林妙蓮華等皆悉具足如是寬博彼天見已轉更歡喜生如是心我於此處遊行戲樂我心歡喜更共餘天此中受樂復令餘天於此殿中共我戲樂若夜摩王天衆來此我共受樂即彼天子心生念時牟脩樓陀夜摩天王所有天衆向其殿內而共遊戲即於念時彼天發行有乘鵝者乘孔雀者復有乘於他養鳥者有乘華者有乘鴨者復有

異天乘鴛鴦者復有乘於命命鳥者有乘樹者如是異異種種乘來勝歡喜心樂音遊戲復共種種形服莊嚴諸天女等喜笑歌舞蓮華妙鬘用絡其體受第一樂勝歡喜心天女讚歎乘空而行向天遊戲殿舍之中既行到已彼此遞共種種受樂如是遊戲放逸行故其心不定牟脩樓陀夜摩天王見其放逸而觀察之如放逸天放逸行觀生如是心我於今者以何方便而能利益安樂如是放逸之天爾時天王牟脩樓陀復微細意深思惟曰今令餘天須陀洹者共我相隨籌量語論如彼地處雲雲遊行地處之中種種受樂行於放逸云何善法攝取彼天自他利益彼此皆作令我及彼皆離過罪我爲善友令彼利益說法利他是善知識若教惡業則是怨家能令和集地獄惡業爾時天王牟脩樓陀共須陀洹既籌量已自神通力化作妙殿共昇彼殿而向彼去第一河池流水具足園林諸樹皆悉備有無量種種皆悉可愛有如是等勝妙之事共向彼處雲雲遊行地處之殿則爲下劣百倍不如千倍不如何以故善業力故夜摩天中一切諸天所有善業牟脩樓陀夜摩天王善業最勝善業勝者神通亦勝以此因緣其殿則勝有妙光明勝於一切夜摩諸天所有殿舍譬如日殿一切餘殿不及少分如是彼殿最爲殊勝餘天之殿不及少分彼如是殿自分功德皆悉具足行虛空中向彼地處雲雲遊行受樂地處須陀洹天相隨共往以須陀洹聖人之天少放逸行故與相隨向彼地處爾時彼處放逸行天既見天王牟

脩樓陀生敬重心速爾前進一切皆向牟脩樓陀夜摩天王相與奉迎或百或千百百千千如是一切奉迎天王爾時天王牟脩樓陀既到彼殿即作神通變化力故令彼迎天忽爾之中各不相見唯見自身獨迎天王於其樂音一切不聞種種妙色皆悉不見以王神通故令使爾彼天各各有如是心唯我在此自餘諸天爲何所在恒常共我坐此殿中今何處去一切不見如是念已彼天各各前向天王牟脩樓陀唯見天王及須陀洹不見餘者彼一切天各各皆生希有之心心生怖畏皆白天王牟脩樓陀作如是言我此殿中共住諸天不知今者向何處去爾時天王牟脩樓陀告彼天言如是等天一切放逸行放逸行以業盡故退墮地獄餓鬼畜生或生人中若放逸天行放逸行放逸所壞爲境界愛之所破壞心樂五欲諸功德故於境界火心念分別而自炎然從自心燧生此熾火業風所吹若廣殿中心未猒足爲五炎火所燒然已復爲地獄大火所燒受種種苦自心所誑身壞命終生地獄中此放逸過一切過中最爲勝上何以故爲放逸過所破壞者散失一切諸善法故彼如是天自心自誑如是癡天後時心悔爾時彼處一切諸天既於天王牟脩樓陀如是聞已一一心中皆生猒離皆生怖畏各白天王牟脩樓陀而作是言天主大王云何如是一念之頃一切天退此未曾有一切諸天於一念頃如是皆退雲雲遊行地處盡空此爲甚苦以何方便令我不退不受苦惱不受別離令我不受別離之苦令我不墮

地獄餓鬼畜生等中爾時天王牟脩樓陀即
爲彼天而說偈言
行放逸道者　則不見賢善　猶如鑽冰者
火則不可得　離因則無果　無因果煩得
放逸求功德　究竟不可獲　放逸破壞生
如是轉行天　彼癡失善業　墮於惡道處
若有是癡心　於愛欲受樂　後得衰惱已
其心則生悔　欲火所燒者　爲境界所誑
不得寂靜道　一切上樂處　若世間欲樂
若愛所生樂　不及一內樂　十六分之一
猗生爲第一　白法離生死　愛盡第一樂
畢竟不退樂　不怖畏知足　此修者不求
如是禪定樂　更無樂可比　若不爲愛縛
癡所不壞者　彼則度有海　常受一切樂
若心住欲者　彼則不受樂　是一切苦器

入於地獄處　常爲業羂縛　之所牽挽者
一切無能救　令脫此苦者　所見來去法
由業有生死　去來皆如是　業因之所得
愚癡故貪欲　乃至終退時　受生死大苦
而不能覺知　以愚癡覆故　受樂不猒足
以不知足故　如是常破壞　非初非中後
非今非後世　常脩習欲者　無明故流轉
以善業盡故　於此處必退　食放逸毒者
癡故不覺知　此身念念變　以癡故不覺
於後欲退時　乃覺知苦惱　若於苦怖畏
及怖畏死者　應念於正法　如是必得樂
爾時彼天既聞天王牟脩樓陀如是說已於
放逸行少時心離復白天王牟脩樓陀而作
是言天主大王此一切天皆悉不見豈一念
間皆破壞耶一切失耶願王實說爾時天王

牟脩樓陀即告之言如來善業還如是去以業盡故一切業法決定如是一切衆生遞相別離心生懊惱老病死等如是三種有相對法命少無病若何丈夫或人或天心不放逸不放逸行彼於如是三種可畏則能覺知如此三種命少無病以放逸故能令皆失一切諸天畢竟如是死未來間勤行精進作諸方便三種精進謂施戒智此三能除此三大畏無量分別常隨逐行暫時不離若不畏者彼則於後臨欲死時口面破壞眼目轉動諸根乾燥一切諸親兄弟妻子眷屬皆捨爾時則爲退愛別離火之所燒極大苦死彼一切天於一切時無量分別五欲現前歌舞戲笑歡喜遊行於園林中如是受樂放逸境界如是善友知識之面不覺其果彼於後時悔火所燒我身云何不作善業何不布施何不持戒何不修智如是三種我何不作由放逸故我於今者孤獨而死捨離諸親及兄弟等爲死所攝如是將去離此世間第一愛處無量境界受樂之處如是後時心生悔惱乃至如是能破壞天大力死王未來之間汝等畢竟莫行放逸捨放逸故必得安隱於彼死時不爲悔火之所燒然如此之道第一安隱凡諸一切衰惱之者於施戒智樂修多作彼時依此蒙救得脫是依是救是大力伴若死至時必定不免必能破壞彼來至時不可禁制不可免離能奪一切衆生之命如是惡死何不方便精進勤修令使不來一切放逸惡未至時甚爲賢善如大毒火放逸亦爾汝等諸天是放逸使又復諸天皆屬放逸彼放逸怨隨逐

不捨於園林中山峯之上遊戲而行一切諸法皆悉無常而謂是常生如是心我常共彼諸天女衆相隨受樂如是天女常少不老我此天女常共相隨終不能別如是常爲諸境界樂之所誑惑第一大力能爲破壞死王旣至非諸天女能遮能救彼思量心亦不能救常不別心亦不能救彼所思惟一切皆空一切無常不堅不牢旣爲放逸所破壞已生於地獄餓鬼畜生爲癡所壞致此大苦又復彼天於無始時轉轉生退數數懊惱常被誑惑愚癡不覺爾時天王牟脩樓陀法相應語義相應語如是說已若彼處天有智慧者則於彼語猶如甘露無垢清淨攝取在心捨離放逸於欲深猒彼天如是心正念已即向天王牟脩樓陀而說偈言

若利益及實　如相應不異　天作如是語
是利益之因　能攝心寂靜　如是者得樂
從樂至樂處　必得樂不疑　若於此顛倒
放逸破壞天　如是癡心者　必當墮地獄

如是天子旣向天王如是說已生猒離心彼諸天子又復重爾問天王言我今有疑此殿舍中一切天衆爲何處去爾時天王牟脩樓陀見其調伏心生猒離已捨放逸即攝神通彼諸天衆遞互相見旣相見已彼此遞共生歡喜心彼諸天衆心歡喜已牟脩樓陀夜摩天王而告之言汝等各各遞相見耶向來乃是我神通力所障礙故而令汝等互不相見汝於今者還復遞共相見如本彼能破壞大力死王若來至者百千億劫永不相見令汝等退生在地獄餓鬼畜生更不可得如是相

見是故應念不行放逸勿起異心常當攝意勿樂境界爾時多天如是聞已極生猒離心猒離故得須陀洹爾時天王牟脩樓陀如是知已甚大歡喜生如是心我於今者所作已辦自意滿足捨離此處向嬉戲處雲處遊行諸天衆等第一善心若有已得須陀洹者不放逸行若不得者其心則輕猶行放逸樂放逸行樂放逸樂如是園林流水河池山峯澗谷共諸天女受種種樂不慮死畏乃至彼處受樂遊戲歌舞喜笑可愛善業和集皆盡善業盡已於所應作悉皆不作復墮地獄餓鬼畜生若有餘業生於人中常一切時第一富樂第一端正第一財物具足而有一切人愛本性心喜隨順法行嬉戲歌舞而受諸樂樂行寺舍有蓮華處流水河池若王大臣王等富者一切知識皆共善友諸親兄弟心皆愛樂常不妄語心常正直一切善人常樂共行不壞威儀無量功德皆悉具足如是彼人身聚具足如是得身以餘業故

又彼比丘知業果報觀夜摩天所有地處彼見聞知彼夜摩天復有地處名爲積負衆生何業生彼地處彼見聞知若善丈夫常畏業果心性正直正見不邪修行正業捨惡知識常一切時念佛法僧微少惡業深生怖畏不殺盜婬乃至道行若見婦女若歌若舞莊嚴其聲聞已不著心不愛念心善觀察無不善心亦不喜樂見其過已心不分別彼若如是不起邪行身壞命終生於善道夜摩天中積負地處此善業人生彼處已樂受不斷恒常成就自身光明五欲境界受於快樂彼處有

山名聚積崖七寶諸樹以爲莊嚴滿彼山中無量百千種種鳥衆鳥有無量種種妙色莊嚴彼山在彼山處出種種聲行種種處見則可愛多有無量種種妙色種種處行無量形相滿彼山中又復更有流水河池種種蓮華諸澗谷中多有種種名憶念樹以爲莊嚴交枝爲舍種種華果皆悉具足其山之量三百由旬諸天子衆諸天女衆處處多饒普彼山中皆可愛樂第一天衆所住之處如是山中分分地處彼處一切善分分處七樓七廂皆有園林種種間雜彼善分處有七種寶彼七種寶各爲一廂一廂青寶光明遍至六萬由旬如是光明一切虛空普遍青色若天憶念欲上山時天自普身以種種寶間錯莊嚴在彼如是聚積崖山行於如是青寶之廂乘空而去自身種種莊嚴諸寶無有色光與山同色皆作青色及青光明與山平等青色青光皆悉第一聚積崖山一廂如是青寶之色又復如是聚積崖山第二廂處皆是玻瓈若天種種莊嚴其身種種間錯行於彼廂乘空而去擧身種種莊嚴諸寶無有光色與山同色謂玻瓈色光明亦爾與山平等彼天身光如入水池又復如是聚積崖山第三廂處悉皆是銀色及光明所遍至處五百由旬第一白光見者甚樂若何者天行於彼廂乘空而去其身種種莊嚴之色皆同白色以彼山廂光明力故又復如是聚積崖山第四廂處一切皆是閻浮那提眞金爲體光色如日彼廂光明其炎圓輪滿千由旬若何者天行於彼廂乘空而去身亦同色又復如是聚積崖山第

五廂處皆鉢頭摩眞寶之色一切普赤光明遍至一千由旬若何者天行於彼廂乘空而去身同赤色彼天若著赤寶莊嚴本赤色滅百倍更赤以彼寶廂光明力故又復如是聚積崖山第六廂處皆是金剛眞寶之色其光遍至五千由旬楞間色出如天虹色若何者天行於彼廂乘空而去身亦同色以是彼山光明力故又復如是聚積崖山第七廂處皆是七寶種種雜色光明遍至百千由旬若何者天行於彼廂乘空而去隨天之身諸莊嚴色皆悉更勝隨種種衣其色轉勝如是勝妙聚積崖山威德普勝若須彌樓妙寶山王而欲比此聚積崖山光明可愛妙寶光明百倍不及千倍不及至百千倍亦所不及彼勝妙山如是威德何以故善業勝故彼山光明亦如是勝彼夜摩天淨戒勝故善業勝故以是勝因是故彼山普勝可愛又復彼山普眞珠網周帀遍覆第一善淨第一光明一切天見皆得利益彼眞珠網如是覆山甚爲端嚴有大光明彼有大城名如意念眞珠瓔珞莊嚴殊妙如是光明甚爲廣博多有無量種種諸鳥名雜瓔珞住彼網中若天放逸行放逸時彼鳥說偈教誡之言

種種業因故　今生此天身　得天不知法
後則心生悔　此園林可樂　枝枸欄莊嚴
身生此處者　一切是善果　何人作何業
作業作善業　彼彼如是成　果亦如是得
汝等天現見　下中上等樂　何人如業行
彼彼如是果　癡種種莊嚴　隨逐癡行人
彼爲癡所迷　不見大怖畏　若癡放逸者

不作自利益　喜樂種種欲　希求種種果
天爲癡覆故　不造作諸業　若天愛雜果
彼天不持戒　譬如捨離燈　欲唯取光明
彼天亦如是　離因異求果　若以因求果
彼則常受樂　無子果叵得　無燈豈有光
無戒則無天　離智無解脫　若得解脫者
則無所希望　若離欲愛者　慧則非我所
若業所得樂　一切是垢濁　若得盡滅樂
一切不垢濁　不得盡滅樂　垢濁則不疑
彼復經百劫　境界不知足　受境界樂故
於樂不知足　若常近於欲　數數更增長
彼增長如毒　後時與苦惱　欲能爲破壞
恒常是退因　若不能捨欲　彼天甚懈怠
若知功德過　此是智慧相　不知功德過
則爲愚癡相　若知功德相　過亦如是知

眞知功德過　恒常不離樂　善人知此欲
境界過功德　天云何捨智　受行樂境界
彼如是鳥眞珠網中利益天故已說此偈又
復彼山普光明輪之所圍遶山上種種諸寶
輪旋而纏遶之種種光明如閻浮提虹色相
似若諸天等見彼輪旋心生歡喜則有輪旋
遶身而生彼一切天見一一廂生希有心有
無量寶莊嚴天身山一一廂遊戲受樂以種
種修勝善業故如是受樂又彼山中所有諸
殿有四園林如須彌樓何等爲四一名端正
莊嚴二名峯林三名甘露端嚴四名種雜此
等名爲四種園林流水河池妙蓮華等種種
澗谷有種種鳥音聲微妙諸樹華敷樹鳥音
聲皆悉可愛构欄重樓種種堂殿行行相應
有山名爲一切布施希有殊勝到彼山已次

到彼林如彼雲處遊行地處如是天子共天女衆受天五欲功德之樂而彼樹林第一可愛彼中一林皆是閻浮那提金寶其葉皆是毗瑠璃寶妙蓮華寶硨磲色華復次第二林是白銀林眞金色葉彼林之華有無量種第一善香熏百由旬彼天鼻之既齅香已勝歡喜心彼第三林是毗瑠璃其葉是銀其華則有種種雜色有種種香彼第四林名雜種林無量雜色無量河池有妙蓮華種種諸鳥種種音聲百千功德具足而有於彼林中種種音聲如彼第二三十三天帝釋之王如是彼處須夜摩天光明威力功德具足多有無量諸善業者於彼山中多有無量百千天衆之所圍遶而受快樂種種境界功德具足彼須夜摩大福德天第一神通第一光明第一勢力自業所化五欲功德皆悉具足五欲境界皆悉可愛六根受樂彼處如是須夜摩天彼天中勝以善業故彼山如是具足可愛彼中有鳥名一切時常歡喜鳥彼鳥如是自業口語希望相應而說偈言

非智慧心念　亦復非希望　唯業能與樂
樂由作業得　勝中復勝勝　可愛中可愛
持戒善果報　從丈夫作得　境界門摇動
如曲河下流　若能調御心　彼天是樂器
自作福德業　自身而修行　或受苦受樂
自身如是受　造作惡業者　自身則如怨
身善如善友　如是身自行　如河流之速
身轉變亦爾　是故應作福　無垢淨持戒
若意樂不善　常喜境界樂　猶如大闇處
作不饒益行　喜樂境界動　常隨順欲行

有此非法意　彼則受苦惱　諸苦是魔業
法樂普周遍　如是苦樂相　智者如是知
若心求樂者　隨順正法行　若有希望苦
彼心行非法　非因不得樂　種種苦皆然
苦樂因差別　爾知自利行　若無量分別
則有無量種　彼一切業果　如是得生死
若不愛樂法　一生身空過　法能將到天
行法者得樂　若法救護者　此如是善足
離法者非善　必定入地獄　好人寧身死
而不行非法　若捨離法者　生死常轉行
離於法眼者　爲癡覆於心　樂虛妄無利
如病眼看樂　法芽意如田　無心則不生
若持戒意鈍　專行於非法　依非法道已
不善使令行　久轉行生死　爲心所疲倦
此心念念中　無量種種行　其體甚輕動
如幻乾闥婆　彼心有繫縛　謂智慧持戒
不縛有大力　無量種種轉　境界欲樂多
爲愛使令行　是故誑惑天　令行放逸行
不覺知終退　命終必破壞　一切無常動
盡時必失樂　一切天上樂　癡天不覺知
癡愛放逸行　如是喜樂樂　天衆愚癡故
當輪轉生死　先無後時有　以有後還無
天當必定退　世間法如是　唯有智慧者
不著世間樂

如是彼鳥行彼山中作如是說與種種法和合相應若天先曾已於多世行善業來聞彼鳥語心念攝受若未多世一兩世來行善法者雖聞鳥語乃至一句而不覺知是故應當勤行精進常作利益修行智明除此已外無如是救無如是藥此智能遮一切惡道乃是

第一樂之種子智者應當心樂正法正念思惟而修心意若修意者是則具有如是功德和合相應次第乃至到於涅槃若天聞彼鳥音聲已於須臾間暫息放逸又復彼天於山園林無量衆寶光明峯上彼天山中五欲功德種種和集嬉戲遊行多種受樂乃至可愛善業和集一切盡已彼處復退如業而行生於地獄餓鬼畜生有生人中彼於一生常受快樂身得自在不屬於他第一大富心常愛智第一勝色端正具足爲一切人之所樂見爲一切人之所敬重生於可愛富樂國土或在城內或多人處親舊兄弟之所供養若王大臣其心正直隨順法行正見不邪彼餘業故

正法念處經卷第三十八

音釋

帀（作答切遍也）　齧（倪結切咬也）　懊（烏皓切懊惱痛恨也）　崖（宜佳切）　廂（思將切廡也）　枸欄（枸音句欄音闌）

# 正法念處經卷第三十九

元魏婆羅門瞿曇般若流支譯

觀天品第六之十八夜摩天之四

又彼比丘知業果報觀夜摩天所有地處彼見聞知夜摩天中復有地處名爲積負衆生何業生彼地處彼見聞知若行善業精勤持戒常不惱他持戒和合成就不缺不孔不穿堅固不壞能閉一切惡道之門清涼一切惡道熱惱能作歸依猶如父母於未來世隨順而行三種功德具足相應何等三種所謂不殺不盜不婬不殺不盜如前所說不邪行者若行道邊若四出巷巷巷而行或乞食行或時餘行若見婦女種種歌舞莊嚴音聲不生愛念心不顧樂見他所作心不隨喜慶他作善教他懺悔說其過失言此婦女第一過因所謂邪行以此因緣能令衆生墮於地獄如是持戒梵行清淨身壞命終生夜摩天積負地處既生彼已善業力故於中受樂謂積負山五百由旬滿中諸鳥音聲可愛跋求之聲山中甚饒普彼山中音聲可愛然彼天子初生之時七寶樹下如是而生如閻浮提睡眠之人他人拍手聞聲覺者彼天如是聞鳥音聲可愛故覺彼天之身所有光明勝於秋時山頭出日所有光明彼日光明則爲不如少分相似大光明勝而彼天子忽然覺已善業力故令使彼鳥爲說善業相應偈言

離筋綃所縛　屎尿唾等處　如是婦人身
故來生此中　閃誑曲不直　見男心歡喜
心迷不定住　汝不戒故來　不實語誑他
莊嚴令人樂　彼巧誑婦女　善能誑男子

婦女猶如蜂　樂種種華中　種種男子處
如是生愛樂　如蜂嗽華已　然後異處去
婦女亦如是　嗽男異處行　得物如賢善
常瞋不可調　誑惑男子已　復行於異處
以諂幻器仗　如惡毒不異　此婦女殺男
能作不利益　猶如風空火　不可執持取
種種多方便　婦女不可護　不利益病死
作不善業等　女第一因緣　能壞涅槃行
若在種種處　隘迮怖畏處　世間男得苦
皆因於婦女　非少非中年　非未老寂靜
婦女性心動　如日之光明　婦女非常友
如燈焰不停　彼則是常怨　猶如畫石文
唯親近富者　無物則猒人　有物婦女近
無物婦女捨　與物與供養　作種種功德
其心如火焰　而不可秉執　男如是隨順
如心之所欲　彼如是婦女　恒常誑男子
如虵華所覆　如灰土覆火　色如是覆心
婦女亦如是　猶如見毒樹　悅眼而不善
婦女如毒華　智者應捨離　希望見婦女
復樂於境界　彼恒不得樂　非此世他世
若普樂放逸　懈怠動諂誑　近惡友貪食
彼則不見賢　精勤大力勇　福德捨婦女
恭敬信因果　此人自得善　諸過網婦女
在於世間行　若能離婦女　則生夜摩天

如是彼天聞彼鳥聲如夢所聞無量種種勝妙功德皆悉具足說如是偈能作兩朋利益善事始生天子如是聞聲如是聞已因緣生智彼智能念何處生來善持三種可愛戒來憶念來處既憶念已而說偈言

持戒來生此　婦女不可捨　勇者離婦女

則到涅槃城　非火亦非刀　非火刀非鋸
能割婦女縛　更無異方便　我本已常捨
勤心毀猒來　捨故得此樂　夜摩天勝處
異此樂之外　更復有大樂　當得不退處
必到於涅槃
爾時如是始生天子既聞鳥語見鳥色已心生歡喜觀彼天處見積負山多有無量百千諸樹光明圍遶復見流水百千莊嚴聞天鳥衆種種音聲彼鳥則有種種寶翅多有妙池種種蓮華而爲莊嚴蜂衆如煙如是羣出莊嚴端正如是諸事本皆未見無異相似夜摩天處如是觀已如所見聞如是歡喜既歡喜已從樹下起如是起已觀察自身觀自身已自身所有威德光明種種無量見身威德諸光明已即生色慢次復更生第二慢心謂如是念我更無比隨所憶念一切皆得此第二慢次復更生餘五慢心所謂五根著五境界生如是等七種慢故令心破壞本所作法不得相續一切不念以心動故多放逸故彼心放逸而行放逸五境界羂繫縛愛頸即便上彼積負山上爲受樂故彼山三地所謂下地中地上地彼下地中有五園林一名香漂二名炎勝三名光明四名常樂五名高聚彼香漂林若有物生一切香勝彼香普熏五千由旬彼炎勝林無量種炎諸色光明一切皆勝過百千日所有光明彼光明林天身光明在其中行五欲功德皆悉具足彼常樂林流水河池無量百千天香味色皆悉具足彼高聚林第一高峯七寶光明如是已說下地園林第二中地百千曠野無量七寶蓮華水也無

量百千衆鳥可愛種種異聲觸味色香甚可愛樂清淨無垢滿彼地中第三上地山頂之巔彼處有城百由旬量諸天滿中城名寶林有種種河河中水流滿中飲食多有天樹妙蓮華池樹有華果無量百千具足莊嚴多有歡喜諸天女衆無量百千滿彼城中須夜摩天牟脩樓陀往到彼城於彼城中五欲功德受天快樂可愛聲味色香和合增長愛火如是彼天積負山上種種受樂遊行嬉戲種種境界種種受樂因果差別爾時如是始生天子以心希望境界樂故向彼山上獨一無侶有一舊天既見如是始生天子心生歡喜即前近之語餘舊天作如是言此天子者是始生天餘舊天言天今云何知其始生時彼大天答餘天言此始生天有五種相所謂一者光明覆身身無衣服心作是念勿令他天見我裸露即於念時他見有衣而實無衣此是初相始生天子又復更有第二之相所謂見物生希有心於園林等未曾見來見則遍看此第二相始生天子又復更有第三之相謂見天女弱顔羞慙心生疑慮未敢正看此第三相始生天子又復更有第四之相若見餘天雖前近之心生疑慮意志不定此第四相始生天子又復更有第五之相欲昇虛空心生怖畏設飛不高安詳不速去則不遠近地而遊或傍城壁或依附地此第五相始生天子具有此相我共汝等相與往詣始生天子彼時天衆圍遶大天一切皆詣始生天子到已語言大仙當知我等諸天見汝始生相與共來以善業故善修學戒不毀不缺不孔不

穿離垢清淨汝得生此如是語說爲始生天如是說已爲放逸故次上彼山飛空而去在虛空中種種樂音心生歡喜遞共受樂彼時如是始生天子既如是見即便思念我今獨自步行而去上積負山既思念已即爾步行入彼山所見有大衆諸天女等無量衣服莊嚴其身有無量種樂聲而歌彼諸天女見始生天各各歡喜競共前走向始生天既見其眼生希有心而觀察之復生是心我應供養應爲其婦復更近之以本未見初始見之生希有心白天子言我於今者樂見天子爲天子來天子今者自業果故共我受樂於園林中有種種林種種林中有種種山高峯澗谷復有種種異異天處七寶莊嚴光明圍遶諸樹華果遍滿山中處處皆有樹枝堂舍彼堂舍中多有種種歌樂音聲其地處色如火烊金如是妙色地處受樂復有異處流水河池種種蓮華莊嚴其處又虛空中有百千堂種種莊嚴第一可愛我共天子在如是處受諸快樂爾時如是始生天子本善業力語彼天女作如是言我今如是共汝受樂此天地處一切欲樂不可猒足爾時彼處諸天女衆共向異林名雜殿林於彼林中種種樂聲聞彼樂音心生歡喜善業成就受樂果報彼林具足妙色境界甚可愛樂如是無量可愛之味種種勝味如是無量可愛之香如是無量可愛之觸其地柔輭故有此觸非縷所成種種天衣其觸輭滑如是種種皆甚可愛有種種鳥妙好音聲種種歌音甚可愛樂無量種聲受如是等五境界樂共諸天女種種莊嚴美

妙之音以無量種種受諸快樂爾時彼林有如是等功德具足無量天衆諸天女衆滿彼林中彼天見巳則生第一希有之心見種種巳處處遍行於彼處處園林之中皆是硨磲及青寶等莊嚴地處復有綠地鳥在中行鳥有種種七寶之色間錯其身彼鳥遆互遊戲受樂出跋求聲共彼雌鳥在其綠地如是而見綠地見巳復於水中見種種鳥多有鴛鴦諸鵝鴨等種種異色間錯莊嚴彼鳥普有第一音聲如是見巳復見天子共諸天女在園林中彼園樹林有六時華一時俱生彼樹各各爭出勝華彼樹光明或攝或放如眼開合彼諸天子諸天女衆見巳歡喜復見異處有青林行種種雜色見巳心動心既動故種種欲樂上看虛空見有無量百千天女滿虛空中第一衣服而自莊嚴遍滿虛空種種間雜譬如壁上種種畫色或在絹上或氎等上種種異見歌舞喜笑種種遊戲彼天見巳心則轉動種種分別空中見巳而復回面即時見有蓮華池林種種蓮華滿彼池中種種形相種種妙色謂青黃赤有種種鳥在彼池中彼天如是既觀察巳生歡喜心爾時天衆一切處見間無空處遍滿虛空無處不有鳥及天衆亦遍水中亦遍虛空間無空處如微塵許以於往時修善業力如是見巳而說偈言

此見之大海　不可得滿足　舌愛味亦爾
無有滿足時　鼻貪齅諸香　如是不可滿
身著於善觸　不知足亦然　耳貪著妙聲
亦不曾知足　意念種種法　一切不可滿
六境界中動　離知足光明　患渴常行轉

欲地無量種　不知猒足天　猶如火投薪
若不知猒足　自體無處住　如是六火惡
起念風所吹　此常燒世間　癡者不曾覺
此放逸者地　非修行法道　放逸令破戒
入受樂境界
如是彼天念本善業憶念業故說偈已竟法
爾更復染著境界多有愛聲觸味香色無量
種種功德相應念念增長既增長已共天女
衆處處遊行五欲功德有無量種無量分別
種種受樂復共天女異處園林山谷之中多
有無量百千衆鳥出妙音聲七寶莊嚴甚可
愛樂到異天處欲共彼處諸餘天衆諸天女
衆同受樂故到彼處已彼此遞互美聲相問
如是語說如是一心遞共遨戲遊行受樂若
餘劣天有萬天女而圍遶之常受欲樂未知
猒足而彼天女常樂遊戲亦能以欲復供無
量百千諸天如是天女愛樂欲樂以何因緣
彼天之中多女少男此有因緣天世間中欲
染强勝癡則爲中若生彼天住中有時已見
彼處天女具足既見彼已欲心增長著彼天
女即便回心取天女身彼中有者希望樂故
以心取故即便受彼天女之身以此因緣於
諸天中天女則多天男則少如是有天一萬
天女復有餘天二萬天女復有餘天三萬天
女復有餘天四萬天女復有餘天五萬天女
復有餘天六萬天女如是次第乃至百千萬
天女者或有强者天女如是多少差别彼依
地天行欲之法如人不異四天王欲如此人
中男女二身遞互交合遞相觸遍無有不淨
三十三天行欲之時彼此相抱根不相觸夜

摩諸天行欲之時語笑則成兜率陀天相視成欲彼化樂天語說聞聲聞香成欲若遠處者若聞其香若聞語聲欲則究竟具足成就如是他化自在諸天與化樂天一法不異若一天子一切天女之所愛念大生敬重心不疲倦亦無病患離肉骨蟲汗等皆離天天之中有增上力和合相應彼一切時力常不壞勢力光明皆悉具足以是因緣唯一天子共多天女無量百千極相愛樂常行欲事彼天之心不守一女於一切女心皆樂見隨意所行一切天女又復如是第一欲染遞共受樂不相妨礙如心憶念如是受樂又復彼天共彼天女如意所欲有無量種無量分別如天相似自業相似積負地處於長久時無量種種五欲功德遊戲受樂多饒天衆諸天女衆次第巡行復到異林名嚴風林爲欲受樂遊行嬉戲見餘天子本業盡故天女衆中時至欲退彼欲退天有相出現相如有病所謂相者彼天若前近蓮華池華則不開此是初相又彼退天第二相者若近林樹若蓮華池蜂則離林離蓮華去此第二相又彼退天第三相者若彼天子共諸天女遊戲之時聞其歌音則生猒離此第三相又彼退天第四相者若近樹林彼樹之華一切皆蔫此第四相又彼退天第五相者欲在所戲殿舍遊行不能行空此第五相如是五種是夜摩天欲退之相如彼第二三十三天欲退之時蠅等所著汗出則知三十三天欲退之相死狀如是此夜摩天善業盡故有此諸相則知其退彼有十二死之大相次第見此欲死之相而彼天

子欲退之時死相即現所謂彼天欲出光明光明不出還入身中猶如日没又退相現所謂彼天見華鬘果心不愛樂又退相現所謂彼天著華在頭即便墮落又退相現所謂彼天水中看身見自身像非天身像乃見欲生何道身像若見地獄若見餓鬼若見畜生若見人色如是異見從此退已生地獄等異生相現又退相現所謂彼天水中看身既見身已則生怖畏生怖畏已身毛皆竪又退相現所謂彼天見自處醜而不端嚴又退相現所謂彼天於何等處毗瑠璃處金處銀處若玻瓈處若青寶處彼一切處如是處坐動摇不安又退相現所謂彼天若風所吹則大抖擻其觸堅鞕又退相現彼天衣觸重如金剛如是見已其心則愁心既愁已於可愛聲味觸色香心則不樂既如是已即爾便近無常之火又復更有異退相現謂於處處若毗瑠璃石等壁中或於鏡中或於異處看自身像則不見頭又退相現或見自頭乃在於地見如是相死近不遠彼諸天女如是知已猒惡棄捨彼天憂愁起離别意有如是苦生來之樂不及此苦十六分一又第十二退相現者所謂彼天意亂不定如旋火輪不念一處其心極動退愁苦故彼現命根將欲盡滅如燈油盡光明微少如是彼天知見自身將欲退没常自隨身所行天女見其如是皆捨而去如火燒樹鳥見則離而不觀察先本已來所有功德彼諸天女見欲退天亦復如是捨離而去共餘天子相隨而行時彼天子見婦女去如是相已安心忍耐而說偈言

皆以自業故 如是受果報 婦女見欲退
捨遠而不近 以自業盡故 離於無量樂
天女見退天 則向異天去 此樂無常定
心性亦如是 婦女樂欲惡 友不相信惡
此四種大苦 一切時常逼 是故應捨離
如棄毒火等 因業故得樂 因業故得苦
由業故破壞 業故如是見 如此天大樂
受用五功德 後時福業盡 退天不自在
如是說生死 一切是業幻 示解脫道者
眞諦佛所示 若有擾動心 則不見諸過
彼癡有所攝 是故婦女近 日則非闇因
不由火故冷 婦女無愛心 少愛心不住
如地住不動 如風動不住 婦女性無恩
故有如是過 丈夫於久時 多供養婦女
見衰則捨遠 如鳥捨枯池 上行者不墮
石等不能飛 山則不能行 婦女無善友
常能爲妨礙 破壞法義名 不饒益納藏
出生一切過 金剛可令輭 日亦可離熱
婦女不捨誑 本性法如是 非種種愛語
非供養非物 而能攝婦女 心如火叵近
得樂共其行 得苦則捨離 無量恩不念
一過計在心 於園林山中 成就無量樂
既得衰惱已 婦女嫌捨去

彼天既見天女如是捨離其身即便思惟一切世間法皆如是已說此偈婦女心堅本天欲死即便離去依止餘天猶如冬時蓮華乾枯衆蜂見之即便捨離去向餘處爾時天女離欲退天向餘天去又五樂聲歌舞遊戲種種受樂在於園林蓮華水池種種鳥聲名隨念樹百千莊嚴忘前常共受樂天子共餘天

子而受諸樂俄爾間忘如百千生見前天退於一念間忘其功德婦女如是捨恩不念婦女之性無所係戀唯因物故有所愛念或有所須是故近男而自體性於一切處皆不究竟一切過去未來現在皆無有能知其體性以心動故如旋火輪如乾闥婆城及陽焰等不可捉持婦女體性亦復如是不可執持如是現前捨退天子向餘天去彼欲退天本業熏故復說偈曰

若天搖動心　如放逸欲樂　於退不生怖
必定退天處　若天天處生　後必定有退
如晝日盡時　必定有夜至　晝日則如命
夜分則如退　既知此二種　應念不生死

彼天如是念本前生既生念已取人中時用以爲喻不取天時而爲譬況何以故天無晝夜以自光明是故常晝爾時彼天如是久時觀察如是欲退天已還如天法決定受用善業果報又彼天子於園林中遊戲受樂五樂音聲河坎澗谷蓮華林中或在山峯如是等處共天女衆共餘異天受諸快樂依本善業受樂果報乃至所作受善業盡善業盡已退彼天處既退天已如行而來如行而去墮於地獄餓鬼畜生若有退已得生人中常生樂處隨順修行正法國土聰明黠慧一切人愛若作國土若作大臣若作王者其王國土不畏他國敵陣軍衆常受快樂以餘業故

又彼比丘知業果報復更觀察夜摩天中所有地處彼見聞知彼夜摩天復有地處名爲心相衆生何業生彼地處彼見聞知若行善人善意直心正見不邪心常諦知善惡因果

不殺盜婬不殺不盜如前所說不邪行者心不生念亦不隨喜所謂乃至見畫婦女不念不觀無不善念心不樂見不味不著無欲愛心而觀察之亦教他人遮他人作自身不作不教他作彼能自利復利益他彼持戒人得脫熱惱常行諸善恒念自身見身不淨於自身體常念不迷不貪婦女於婦女羂而得解脫離婦女欲一切人信現前持戒相應和集得如是樂離欲邪行不樂不行不思不念彼人如是能滅欲火第一用心第一樂行彼善衆生身壞命終生於善道夜摩天中心相地處善業衆生生彼處已無量天樂而受樂行離肉骨汗自身光明常受勝樂恒常受用五欲功德一切欲樂皆悉成就於彼成就如是功德受天快樂多饒百千諸天女等之所圍遶如須彌山衆星圍遶光明勝妙而自莊嚴善業所化勝光明輪圍遶端嚴無量光明從身而出彼天女衆其數甚多娛樂受樂五樂音聲可愛聲觸味色香等而受快樂彼如是念我復更於其餘可愛勝妙處行即於念時善業力故彼諸天女觀察其心既觀察已語言天子我今云何住於此處異此樂處復有樂處今可相隨行向餘處名爲千殿山峯之上有種種寶之所莊嚴無量百千天諸住處今可相隨共向彼處爾時彼天既聞天女如是語已如心所念極生歡喜作如是言今如汝意我如是行爾時彼天如是語已飛行虛空向名千殿山峯之上有無量寶所莊嚴處有無量天無量天女種種妙聲歌聲遠聞五百由旬遍於虛空多饒諸天及諸天女路傍

詠歌令此天子生歡喜心向名千殿山峯之上速疾而上遥聞彼處天衆天女歌舞之聲莊嚴具聲如是聞已則生希有歡喜之心速速前近時彼天子即前近彼名千殿山到已則見種種具足可愛勝處有無量種所謂七寶諸妙園林勝蓮華池以爲莊嚴心所樂見遞共受樂勝淨水池水流之聲見園林中種種勝鳥上下來去種種間雜七寶堂舍皆悉作行種種雜雜異異諸寶以爲莊嚴彼堂如是甚可愛樂山谷崖岸種種行林莊嚴殊勝多有勝妙鵝鴨鴛鴦是等水鳥種種音聲皆可愛樂種種幢旛爲風所吹莊嚴可愛見者皆勝於虚空中有行殿舍若來若去若合若離有光明寶而爲莊嚴復更聞有彼此遞共若歌舞等勝妙音聲聞有勝妙遞互遊戲笑

等音聲有平不平七寶之聚無量種種勝妙莊嚴無量種種勝山峯處無量千種勝妙好華形相色香行住走戲若相抱等如是種種在彼天處如是天子天女之衆而爲圍遶在名千殿山峯之上住虚空中下觀彼殿如是觀見彼山峯已生歡喜心告天女言汝等看此千殿山峯此殿如是甚爲可愛一切種種皆悉可愛彼天女衆聞其語已白彼天言天今當知我今已見我已如是數數見來或已百到若已千到天未曾見天今善看於此勝處第一善觀彼諸天女如是説已如是天子共諸天女從空而下臨近彼殿於彼殿中有受樂天見其來已生歡喜心有天前迎近而看之以彼天子初始生故如是歡喜以手抱之而作是言今我天朋如是增長天衆由是

則有大力汝於今者共多諸天同受快樂多有諸天多有光明牟修樓陀天王之所多有天衆多天女衆遊戲受樂復有餘天見始生天合掌供養既供養已而語之言汝今到此山峯之上此中今有須夜摩天無量天衆諸天女衆圍遶受樂復有天王天善業故今於無量妙蓮華中遍共遊戲善業力故此處受樂此是好處汝今來此汝始生天得來至此始生天子既聞是語語自天女作如是言夜摩天王何處遊戲五欲功德而受快樂天女聞已答天子言我今共去向大天主牟脩樓陀住受樂處彼始生天聞此語已即共天女去向天王受樂之處共天女衆歌舞遊行次前遙見牟脩樓陀夜摩天王赤優鉢羅林中而住赤優鉢羅有百千葉彼葉葉中有舍如窟內有天女第一妙香共諸鳥衆種種遊戲彼諸鳥者是水行鳥鳥有勝聲種種妙音彼處如是赤優鉢羅如是莊嚴彼大天王婦女之身普皆種種妙寶衣服其實多有種種光明赤優鉢羅寶光明故同一赤色彼優鉢羅如是赤故令一切寶光明皆赤如是勝妙赤蓮華寶過於秋時初出之日赤色之妙又復於彼赤優鉢羅諸葉之中共蜂遊戲如是具受五功德樂若彼赤色優鉢羅中天子天女有如是心我於今者欲飲天酒即心念時於彼赤色優鉢羅寶華葉之中勝善色香清冷之觸天酒流出有無量種與彼天王牟脩樓陀而共飲之如是受樂又復彼天更有所念欲令赤色優鉢羅中歌音聲出即於念時則有風吹而令赤色優鉢羅華遍互相觸出種

種聲自餘種種五樂音聲於此音聲十六分中不及其一聞彼聲已生歡喜心旣聞彼聲百倍受樂共彼天主牟脩樓陀在彼赤色優鉢羅葉而受快樂又復彼天心若憶念遊戲受樂作如是念我今住此赤優鉢羅妙寶葉中如是遊戲今欲令此赤優鉢羅行於虛空即於念時彼優鉢羅如鵝鳥飛在空而行天子在中下觀餘處諸園林等有餘諸天自善業故遊戲受樂時彼天子復共天主牟脩樓陀在優鉢羅妙寶葉中遊戲受樂處處而行彼所受樂無量分別善持戒故如彼持戒相似得果而受快樂以彼持戒有下中上如是受樂有下中上彼處如是於長久時受快樂已種種見已又復行向心相地處千殿山峯時彼如是始生天子不可思議種種見已心生歡喜向彼天主牟脩樓陀赤色妙寶優鉢羅中共多無量諸天女衆彼諸天女歌舞遊戲彼夜摩地五欲功德具受第一境界之樂牟脩樓陀夜摩天王赤優鉢羅赤色光明照曜天主牟脩樓陀天王之身亦如是赤猶如赤色阿舒伽色於天王身所有赤色十六分中不及其一如是具受無量種樂爾時如是始生天子復更前進漸近天主牟脩樓陀合掌禮拜低頭未舉牟脩樓陀夜摩天王即說偈言

前所作善業　修持三種戒　彼業得此報
今者受快樂　莫行於放逸　空受彼業盡
應於餘善業　勤作勿放逸　善行則應行
不善業應捨　善行受勝樂　不善行受苦
若勤不休息　如是作善業　彼則常受樂

後時得涅槃　若行放逸行　則非善轉行
彼善業盡故　則到地獄中　若行清淨業
常勤精進者　則得第一處　彼處無苦惱
若爲根所使　復爲境界驅　一切縛所縛
常轉行生死　惡法不汙者　如已鍊眞金
彼脫有曠野　一切處安隱　若放逸行者
此不利益本　若捨則爲吉　安樂無衰惱
汝今旣始生　受樂事相應　生如是心意
愼勿著垢染　放逸能使天　婦女使亦然
婦女火所燒　常受於苦惱　是故天應當
勤捨離婦女　貪欲愚癡者　爲心之所縛
如是法非法　不知應作不　丈夫少福德
去涅槃太遠　輕重眞實知　行法無遺餘
希法希法果　如是者得樂　爲心所牽者
根馬不調故　若知足牽心　勇到第一處
知足繩縛心　如心境界爾　勇者能令住
彼是世間智　天無量愛處　得無量種樂
若不貪著欲　則到於善處　汝作善業已
得可愛境界　令得夜摩處　心勿著放逸
如是始生天　億鉢頭摩數　天衆天女衆
自業受果報　業梁繩難解　從心而化出
衆生爲癡誑　依此而轉行　十二入怨家
巧能誑惑心　置在生死輪　令於世間轉
過去現未來　天處一切退　天處山常爾
衆生流轉行　毗瑠璃山峯　園林等可愛
山等常不動　諸天轉不停　園林甚可愛
地處亦如是　恒爾住不壞　諸天轉不停
毗瑠璃爲莖　眞金甚可愛　此蓮華常爾
諸天轉不停　河池可愛樂　多諸鳥莊嚴
常如是不闕　諸天轉不停　堂殿常不異

构欄亦如是　常爾不破壞　諸天轉不停
爲境界所誑　世間如是轉　云何此處天
心不生猒離　心行於生死　以久習故堅
如是受大苦　而猶不覺知　如屠兒縛羊
置之於欄中　一一取而殺　餘者不生怖

正法念處經卷第三十九

音釋

閃（失冉切韃避也）嗽（色角切含吮也）隘（幺懈切隔也）迮（側格切迫也）氎（達協切毛布也）抖擻（抖當口切擻蘇后切抖擻振舉貌）鞕（魚孟切與硬同堅牢也）耐（乃代切任也）

正法念處經卷第四十

元魏婆羅門瞿曇般若流支譯

觀天品第六之十九夜摩天之五

牟脩樓陀夜摩天王如是呵責既呵責已復共無量百千天衆皆悉從彼赤優鉢羅相隨而出向餘山峯其峯名曰一切觀察五百由旬七寶莊嚴流水河池園林衆華鳥衆莊嚴有無量種功德具足牟脩樓陀夜摩天王爲欲遊戲受快樂故上彼山峯一切觀察妙寶山峯種種可愛所謂其根有妙水池名爲愛見圍遶山峯於彼池中有名角峯出在水中七寶爲節節如臂釧彼七寶節有勝光明狀如竪臂五百由旬又其頭上七節构欄周帀而有所謂七者一金构欄二銀构欄第三构欄是毗瑠璃第四构欄則是青寶第五构欄則是硨磲第六构欄赤蓮華寶第七构欄金剛妙寶如是諸寶以爲間錯有如是等妙寶构欄而圍遶之周帀端嚴甚可愛處多有天衆多天女衆第一妙色可愛音聲如是莊嚴如是殊妙爾時天王牟脩樓陀共多天衆多天女衆乃至無量百千之衆如是共到一切觀察山峯之所既往到已見彼山峯諸天衆已而說偈言

夜摩一切處　此高如舉臂　恒於一切時
多饒諸天衆　光明端正山　七寶所莊嚴
有清淨流水　有蓮華池遶　園林甚可愛
多饒諸鳥鹿　此峯池中出　極高穿虛空
此處天常樂　天鬘自莊嚴　歌舞心歡喜
天女極甚多　五樂音可愛　覩者心樂見
此峯甚可樂　周帀光明圍　以所作善業

三種持戒因　大衆依此峯　遊戲受快樂
我久依此峯　遊戲受諸樂　此是欲樂地
善業之所化　此處凡癡人　有已退今生
放逸行衆生　如羊屠者殺　自死不覺知
如羊不怖畏　若天覺知死　不應行放逸
牟脩樓陀夜摩天王如是既見一切觀察妙
山峯已見多無量百千億數那由他天諸天
女衆種種境界心意受樂諦見諸天業果報
已復觀諸天行放逸行爲愛所漂未知猒足
諸欲熾火之所燒然既見如是愚癡天已心
生憐愍已爲說偈復更前入一切觀察山峯
之中自業受樂定業所牽心搖動故復與百
千諸天女衆如是詳共入彼樂處彼處舊天
既見天主牟脩樓陀即便奉迎有住空者有
以衆香自塗身者有在鳥背堂中住者有共
天子而前奉迎牟脩樓陀夜摩天王乘空行
者有作五樂音聲迎者如是種種異異莊嚴
各各奉迎牟脩樓陀夜摩天王爾時如是一
切天等在上空中以諸華香皆悉下散牟脩
樓陀夜摩天王散已前迎復有餘天以金樂
器出妙音聲幷復歌讚亦復前迎牟脩樓陀
夜摩天王復有餘天手執華鬘彼華之香聞
者欲發住在空中天風所吹其衣搖動漸漸
前迎牟脩樓陀夜摩天王復有餘天住虛空
中妙聲讚歎牟脩樓陀夜摩天王漸漸前迎
有如是等無量異天種種異異殊勝莊嚴有
種種色以作業時有下中上色莊嚴等亦復
如是有下中上一切皆向牟脩樓陀夜摩天
王各各奉迎爾時如是一切天衆皆悉讚歎
牟脩樓陀夜摩天王迎已俱到一切觀察山

峯上巳天王力故諸欲功德五境界樂有無量種一切增長以善業故爾時天王牟脩樓陀共諸天衆在於園林妙蓮華池成就無量種種諸欲漸次更上一切觀察山峯之上其餘地處既到彼巳善業力故即便得見惡道門開見有天女時至欲退彼欲退故先九相現所謂一者皮緩大輭以其皺故二者身動以身動故頭上著華離散墮落復有第三退相巳現謂著赤華在頭則黄復有第四退相巳現謂有風來吹其衣服無縷之衣則如縷成如人衣觸復有第五退相巳現謂空中飛則生疲倦地行亦爾復有第六退相巳現謂身汗水本清今濁復有第七退相巳現謂至樹下取華取果樹枝則舉高不可得則不能取復有第八退相巳現謂天子來共行欲者則見天子色醜無媚復有第九退相巳現謂有風來散其頭髮令不柔輭觸則麤澀此退相現天數十日於人中數經二千年猶故不退彼退天女復有二種退相現巳則到退時所謂一者欲心則多不能暫住所謂二者在遊行地地不柔輭下足不容舉足不起獨不能住喚餘天女言我煩悶共我住此彼退天女又復更有退相巳現所謂相者脣動不住無語因緣而動不止彼退天女又復更有退相巳現所謂相者先來歌舞音聲皆忘本始生時歌舞音聲無有教者不從他學以善業故自然皆知如是退時善業盡故一切皆忘彼退天女又復更有退相巳現所謂相者若前往近蓮華池水若河流水則於水中見欲生處隨於何道欲生之處見彼身像彼退天

女又復更有退相巳現所謂相者身著莊嚴若是瓔珞若是釧等一切皆重彼退天女又復更有退相已現所謂相者隨何處坐坐處皆變若坐金處若毗瑠璃因陀尼羅如是等處彼一切寶皆變爲木彼退天女又復更有退相巳現所謂相者本見地等今見皆異彼退天女又復更有退相巳現所謂相者普身一切皆悉汗出如此中人又復更有退相巳現所謂相者眼見天衆一切旋轉如見輪轉不見天身一切諸根不樂境界心作是念我今無救命欲盡故於欲生處如生處見如彼巳見如前所說彼退天女命盡退時後念命盡心生中有牟脩樓陀夜摩天王如是見彼天女退巳生猒離心旣見天女如是退巳而說偈言

婦女縛世間　誑令長諍懟　非法能壞法
是一切過處　爲女欲所使　此天處被縛
彼死軍來到　破壞而將去　女以種種戲
巧誑惑男子　能令後時退　如自業而去
蓮華園林山　若河若谷中　多種戲樂巳
天女然後退　天女必定退　必定愛離別
丈夫如是見　猶行欲不止　能令世間失
能多增長愛　爲此婦女縛　不可得解脫
欲染縛最大　能縛此世間　種種異思量
更無如是縛　無量種欲箭　傷天者何去
女欲使令汝　破女巳得勝

牟脩樓陀夜摩天王如是觀察於退生畏欲退天女無有方便可救令脫觀察普遍無量種門決定退巳復觀餘天五欲功德受種種樂於退不畏如畜相似作是思惟云何彼天

死時臨到而不怖畏如是念已自心生怖而亦不能爲他天說何以故非時說法令法輕故而彼餘天境界受樂樂境界故如是非時不可爲說牟脩樓陀夜摩天王念死畏已隨順彼天猶共戲樂復無量種遊戲受樂在於如是一切觀察山峯之中多有種種妙好園林及蓮華池共諸天衆遊戲受樂六種愛身喜樂境界於彼園林蓮華池等無量種處遊互歌舞共飲共食若觸香味如是受樂聞歌音聲甚爲可愛如是受樂到彼山峯枸欄之所遊戲而行彼枸欄者是毗瑠璃諸天入中其身光明一切皆失彼寶莊嚴彼毗瑠璃寶光明故皆同一色所謂青色諸天既見皆同青色生希有心遞互各各如是說言如我先見多種殿來百千殿來初未曾見如此山峯毗瑠璃寶如是光明爾時此天如是說已即詣天中有一舊天向餘一切後生諸天如是說言如我次第傳所聞來今爲汝說以何因緣如是光明曽於過去久遠世時兜率天王下閻浮提誠心供養正遍正知供養佛已來過此處一切觀察山峯之中以心憐愍夜摩天故故留一珠此夜摩天見珠光明諸夜摩天知業果報有輕有重則離慢心若夜摩天行於非法見此珠已知夜摩天與兜率天有勝有負心如是知我於今者成就何樂我樂光明色量形相於兜率陀則爲微劣壽命亦劣地處亦劣業果亦劣彼諸天等見彼寶珠勝光明已則生第一勝歡喜心若放逸行則離慢心若隨法行增長彼法以此因緣兜率天王留珠在此爾時諸天從宿舊天聞是語

已則生第一勝歡喜心於彼寶珠生希有心意樂欲見彼一切天詳共在彼一切觀察山峯之中求覓彼珠以求覓故一處見之有一百倍勝光明出能覆餘珠令使不現被覆未開猶尚如是何況不覆所謂覆者夜摩天珠覆蓋如是大光明珠彼夜摩天却餘寶珠出此一珠時夜摩天見此一珠所有光明心則離慢又夜摩天自身所有一切光明皆悉不現復觀彼珠其中則有金書文字字有偈言

清淨無垢濁　常隨順法行　彼不放逸故
恒常受快樂　若樂若苦惱　若老若少年
若大姓小姓　死王皆能殺　若端正若醜
若大力小力　若獨若有主　死王皆能殺
若王若僮僕　若俗若出家　若堅若輭者
死王皆能殺　若富若貧窮　若功德若無
若男若女等　死王皆能殺　若行若在家
若水中若陸　若在山峯住　死王皆能殺
若睡若覺悟　若食若不食　能歷亂世間
死王皆能殺　若在下在上　若在傍廂住
時輪無障礙　死王皆能殺　若吉若不吉
若法非法行　若病若不病　死王皆能殺
若惡者善者　若慳若不慳　若放逸若不
死王皆能殺　若地獄餓鬼　若畜生若人
大力不休息　死王皆能殺　若欲界諸天
若色界天等　彼天悉大力　死王皆能殺
若無色界天　三摩跋提生　彼天悉大力
死王皆能殺　有生皆無常　一切必破壞
一切有爲法　破壞則不疑　見死力如是
若見欲過患　見愛染語已　則離生死海
初時有味堅　貪著欲境界　由之入地獄

猶如虵舌舐　見此處退已　知死王大力
心則善調伏　知心有此過　園林山等中
若在堂中住　一切天皆退　爲時火所燒
若爲境界覆　癡故放逸行　愛羂縛此天
將入惡道去

時彼諸天大毗瑠璃寶珠之中見彼金書偈句字已讀已聞已若天心有善種子者見聞是偈暫生猒離若迷境界愚癡之天雖亦見聞猶著境界嬉戲遊行受五欲樂心不生猒時彼諸天既見寶珠如是光明珠内偈說一切世間多諸過患既見聞已生希有心此勝寶珠如是光明甚爲希有而彼諸天自性放逸種種遊戲種種受樂無量分别多受無量境界之樂彼樂深勝不可譬喻爾時彼天復放逸行多擊種種歌樂音聲向一水河河名速流堅著放逸見諸境界其心堅著無始集來愛羂所繫牽向彼河種種樂聲繫縛其心彼此遞共遊戲受樂彼速流河多有樹林蓮華所覆種種鳥聲甚可愛樂蓮華之香以熏其水彼河兩岸饒歡喜天若歌若舞彼天遞共勝歡喜心在彼河岸受諸快樂五樂音聲平等美妙有無量種五欲功德而受快樂彼河水速故名速流其河兩岸樹枝奇間鳥在中住彼鳥即名樹奇間住鳥善業故彼此遞共勝歡喜心利益天故而說偈言

山河如是速　天如是失樂　癡故不覺知
如是放逸行　一切諸衆生　命樂速不停
癡者不覺知　如生盲於道　寧盲無眼目
不著欲愚癡　爲樂隨欲行　趣向地獄去
非盲故地獄　以不知法故　是故寧自盲

不爲欲所使　欲行不利益　常誑惑癡者
以自心癡故　而不猒離欲　若行於欲者
無智亦無知　不數欲生苦　而常樂於欲
見欲怨如友　如今波迦果　能將向死處
數數至惡道　如一切諸河　水流無回者
天樂亦如是　已去不復還

彼鳥如是住在樹中如業之實已說此偈時彼諸天善業修心聞說偈已心極猒離如是思惟我今乃於畜生之所如是聞法是故得知我放逸行定入惡道爾時彼天既生是心思惟念已其中有天離彼河岸在一處住而說偈言

一切衆生命　如水沫不異　如河流波動
少年亦如是　一切諸衆生　盡皆屬老死
汝等無心意　不念不知處　諸有身未壞
諸有世間淨　若心皆作法　則不入惡道

彼天如是遞互各各心隨順法如是說偈如是念法未經久時根羸無力復不思惟見無量種可愛可樂五欲境界隨心樂已爲受樂故行向餘天彼天如是迷於境界五境界因常增天欲在於彼處受天快樂第一可愛五欲境界相應受樂乃至此受善業盡已復爲業使生於地獄餓鬼畜生若餘天退若生人中第一樂處無諸衰惱第一富樂生於第一大種姓中一切敬愛一切供養不怖不病第一聰明若他餘人若奴若婢若諸作人一切皆愛常於其人有供養心得生第一善國土中不在邊地生在知法知非法處五根具足智慧自在以彼善業作而復集聖人所愛三功德業決定生天以餘業故

又彼比丘知業果報觀夜摩天所有地處彼見聞知彼夜摩天復有地處彼處名爲山樹具足衆生何業生彼地處彼見聞知謂若有人修行善業直心正心隨順法行不壞威儀不缺威儀遠惡知識常生善心微塵等惡見則深畏正見不邪常正見行常一切時信業果報心意正直身行善業口意善業護三種戒所謂不殺不盜不淫不殺不盜如前所說不邪行者若於晝中見婦女像心不生念白日見已夜不生念心生知足於晝行時善攝其心以知足繩繫縛諸根念身而行善護其心常樂觀察諸界入陰不樂多語不於非時入他舍內不行惡肆於一切處非時不行不近惡狗不常入村不常入城若四出巷不樂常見親舊知識心不常念常勤修行智之境界常正觀察恒常正念敬重尊長常近奉侍彼善行人如是持戒身壞命終生於善道夜摩天中山樹具足地處之中於彼生已受無量樂如印相似無量種樂皆悉具足有二妙山圍遶彼地於彼山中有四樹林一名膩青影二名無量負三名一切上四名清淨負膩青影林青色妙寶青色之樹金銀爲葉皆悉具足端嚴勝妙不可譬喻林中殿舍出青光影遠去遍滿五百由旬色如青雲彼後三林無量負林一切上林清淨負林一一皆有無量種樹無量種色無量種形無量種相無量種葉無量種鳥近於彼林於彼林中有如是等無量種樹復有其餘種種諸樹所謂多有金樹銀葉復有銀樹毗瑠璃葉有珊瑚樹白銀爲葉有雜寶樹雜寶爲葉以樹雜故其影

亦雜其枝普覆地分處處皆悉有水彼彼地處極爲嚴好蜂衆莊嚴有妙音聲多有天鳥莊嚴地處彼第二林嚴好如是又第三林多有無量流水河池其河多有無量諸鳥種種音聲所謂孔雀俱耆羅等音聲可愛任可愛處又第四林多有種種雜色寶樹園林池水種種蓮華林影光明彼諸樹林一切皆如雲母瑠璃若天入中皆見自身猶如雲母瑠璃之色又彼處山有異勢力若天欲退死時將至隨業去處一切皆見彼既見已猒離於有不放逸行以見自身異生處故彼福天子於彼如是功德地生以無量種善業力故爾時得生彼處天子生在山中山名伽邪如是天子初生之時行放逸行既見退已生惡處故始生天子不放逸行如是攝心未經久時更著境界五欲之樂在於園林蓮華池中極可愛處五欲功德皆悉具足五樂音聲多有無量諸天女衆之所圍遶有無量種無量分別無量諸念彼山林中如前所說以彼天子前善業故如是種種受五欲樂彼既如是受欲樂已善業力故於彼山中則見五種希有色相何等爲五謂何生處而來生此見彼來處乘何業因而來生此見彼業因於何時退見彼退時見其退已於何處生見彼處生生彼處已成就苦樂見彼苦樂於他身事亦如是見彼天衆生復見異時或見百劫或見億劫自身之事作如是知我曾於此天中而生雖知生數不知時數何以故以智少故不能思量彼山勢力善業勢力故如是見然彼天子見無量種希有事已畏生死過猒離善業況

非福業而不猒離亦離雜業以其皆有苦惱過故以彼雜有多過惡故如是見已見彼山中希有事已於有生死過惡之處怖畏猒離於一切時增長無量種種衰惱見㴱繩已則於餘樂心離不樂所謂樂者天中欲愛觸味色香如是既見觸味色香如見毒飯不以爲樂彼既如是見無量種天境界樂憎惡不樂彼既如是猒離欲已向餘天說令作利益安樂之事彼天如是則善修行身口意等而行善業所謂法師若能爲他說正法者於彼放逸諸衆生等具足佛語而爲說法畏放逸行放逸衆生入於無量境界惡處爲彼衆生說五種畏所謂五者生畏老畏病畏死畏自業畏等此謂衆生如是作業故如是得愛樂境界怖畏離別此等諸畏若能示他非爲貪物

非諂曲心亦非希望供養因緣而能爲他正說佛法復有爲他雜說佛法如巳所聞譬喻相應畏自少聞少讀佛語推時在後異因譬喻從他聞來自思量說内心貪多種種雜語推時在後如是說法如是因緣作生死畏於彼山中見有諸業於如是等一切法中復有勝者謂爲父母尊者說法復有爲於病者說法爲邪見者令生正見而爲說法爲欲死者而說佛法若見生死無因無緣自然有者是則爲之說因緣法若於生來未聞法者爲之說法若行曠野若於海中大船行者放逸行者若諸國王若王大臣若諸年少行欲放逸種種慢等令得離故而爲說法若勇健者能多殺害若多殺生放逸行者爲說罪過遮彼殺生若樂諍鬬望生天故欲取鬬死顛倒見

者爲之説法遮令不作若常獵者爲之説法令得捨離若諸婦女妬嫉之者爲之説法遮其妬嫉此如是等十二種人若有能爲説法之者彼人如是眞實説法身壞命終生夜摩天山樹具足地處之中既生彼已則於彼處山壁等中見生死業見已則於一切生死生猒離心若不爲他如是説法而生彼者一切作業皆悉不見則於後時受諸欲樂遊行嬉戲五欲功德種種具足在彼地處聞歌音聲衆鳥聲音種種異異色香具足蓮華池中有無量蜂百千音聲諸雜音聲既於彼處受諸樂已復向山中山上平處在中受樂第一端正種種功德具足天女詠天歌音甚可愛樂色味香等皆悉具足生大歡喜復飲天酒既飲酒已轉復增長放逸之樂久行放逸受諸樂已復向彼山名遊戲林普毗瑠璃以爲构欄莊嚴堂舍如火烊金而爲莊嚴種種七寶莊嚴之處到彼處已普於其處多饒衆鳥第一端嚴既到彼處五欲功德遊戲受樂未知猒足心常希望不可猒足如火得薪爲風所吹染愛凡夫未知猒足亦復如是何以故愚癡凡夫於無始來如是流轉爲愛所誑自境界中根不知足從本已來未曾知足彼堂第一可愛构欄功德具足天於其中五欲功德而共受樂有若干種無量分别有無量種憶念成就爾時彼天不放逸行謹愼行者既見如是放逸行者心生憐愍而説偈言

如心之所作　還如是受得　善念斷愛欲
不善令增長　若寂靜欲者　見欲如刀毒
癡者不靜意　見欲生愛染　若根若根塵

此因緣於心　煩惱熏心故　相似流轉行
於如是染淨　勇健者不染　畢竟常見色
云何有別異　一切皆如是　境界心因緣
調心爲第一　雜過甚爲鄙　譬如稻一種
色相各差別　和合種雜生　心亦如是轉
如機關水輪　轉故有所作　心因緣故語
此世間流轉　放逸壞衆生　心貪著欲味
亦常喜樂色　不覺相續轉　影中山林色
業故亦見身　天云何見已　貪著欲境界
若恒常有欲　終則愛別離　如是之欲愛
智者則不樂　何況無常空　自身如是空
於彼苦報中　癡者云何樂　天既退天已
爲惡業將去　境界之所誑　寂靜不可得
若天如是不行放逸不放逸行不放逸天爲放逸天如是說竟以自業故見實色已於業生畏復憐愍故如是已說如是住彼山樹具足地處之天有無量種受諸快樂毗瑠璃處於影像中見自身色又復於彼山樹具足地處住天更有其餘毗瑠璃林或有銀林彼林有名有名常影有名無影彼常影林是毗瑠璃如是林中地分柔輭衆鳥音聲百蓮華池以爲莊嚴有流水池莊嚴其處天於彼處遊行嬉戲受種種樂彼常影林有五大池池有蓮華鵝鴨鴛鴦多有種種跋求之音遞共出聲聲甚可愛受種種樂於彼水中有風來吹有種種波令彼鳥身相觸相離其水清淨離於塵濁如是衆鳥蓮華葉中遞共遊行受種種樂五華池者一名樂見二名水足三名鳥樂四名常喜五名天樂彼華池中多有衆蜂無量形色有無量種百千雜色飲蓮華汁無

量美味衆蜂飲已則出第一勝妙音聲山樹具足地處之天聞其聲已走向蜂所蓮華池中彼華池水第一清淨第一色香彼諸天衆共天女衆見彼水已入彼池中遊戲受樂既入池已共諸天女在水遊戲五欲功德種種具足復行欲樂彼處如是種種戲樂又復更有第一勝聲種種雜聲所謂歌聲復有樂聲復有水聲種種諸鳥種種音聲此種種聲迭互相離迭互相順不相壞句合爲一音如是可愛如是天衆共天女衆如是受樂如是雜雜音聲既出異山中天遊戲受樂則不如此餘處鹿鳥臨欲食時若聞此聲即便止食住耳不動聽此雜聲飲時亦爾停住不飲聽聞彼聲餘異地處所有天衆聞是聲已生希有心況餘畜生如是五處種種受樂爾時如是

山樹具足地處住天於長久時五蓮華池成就樂已爲飲酒故受欲樂故向餘園林園林名飲多有天酒滿彼園林以如是義名飲園林彼諸天衆善業力故到飲園林諸有水池清淨滿者一切皆失第一香色味等具足天酒出生滿彼河中彼酒之香乃至遍滿五由旬内逆順來去如天憶念如是酒生此世間中第一樂者謂隨念樂如心憶念得自在者是爲最樂唯此爲樂更無有樂此隨心念是第一樂何況復有五欲功德具足之樂五樂音聲共天女衆而受快樂復有隨意自在之樂種種遊戲受種種樂彼如是酒離於酒過飲已極適不可得說彼天如是種種受樂放逸而行共天女衆同飲天酒於長久時愛覆其心無始集來如是復集不能捨離爲愛所

誑彼天如是不知猒足如火獲薪如是彼中山樹具足地處之天如是思惟我於今者上此山頂彼天如是遞相憶念同一心生如是同心一切皆共和合喜心去向彼山到已即上自善業故第一光炎向彼山頂飛昇虛空而上彼山第一神通上彼山已五樂音聲皆悉相應一切所有歌樂之聲普遍山上復有勝香普熏山上滿虛空中有妙光明在虛空中勝耀等光上彼山上以天神通上彼山已見彼山頂有無量種流水河池蓮華滿中園林衆華種種具足彼處多有衆鳥音聲第一天香彼山頂上普皆平等光明遍照天衆上已共天女衆第一受樂山上之天有百天女有二百者復有餘天三百天女自業作故有少中多復有餘天有少中多有一千者有二千者有三千者如是乃至有二萬者種種歌舞遊戲受樂一一園林處處遊行嬉戲受樂如是蓮華勝妙林中衆蜂莊嚴在彼林中五樂音聲遊戲受樂彼山多有種種妙寶而為莊嚴於彼山中處處遊戲受樂而行彼山之石一切是寶殊妙間錯光明勝日其地柔輭如閻浮提瞿耶尼中第一柔輭劫貝敷具綿等之輭若兜羅綿若復餘綿如是等綿又復如餘柔輭之綿下足則容舉足則平彼山頂上如是柔輭若寶若地若樹若枝若山之峯彼一切處第一柔輭極樂之觸隨眼所見皆可愛樂如是山上甚可愛樂天衆天女在上遊戲彼此遞共受種種樂諸欲功德一切具足受天快樂彼處如是久時受樂彼天和合第一音聲歌舞遊戲種種受樂於虛空中有

大光明猶如天狗彼一切天皆悉同見彼勝天者見大光明未曾見聞生希有心中天見之不能眼看以手掩眼入於樹下下天見之不能忍耐生怖畏故共諸天女入自寶窟又復更有大威德天眼既見已則能忍耐諦觀察之生希有心如是意念此是何光誰有如是勝妙光明此山如是妙寶光明如是山中光明具足此異光照令不復現在空如炎我於昔來初未曾見彼更審看見大天狗如是向下有大光明遍虛空中如火炎熾如是下墮彼天上觀如大天狗從天而墮其量長短大小如是如是思量然後說言彼天狗量五千由旬一切虛空皆悉炎然不可譬喻如是如是次第下來漸漸近下彼大勇天亦不能看何以故以非彼天眼境界故不能看彼勝

大光明亦復以手自掩其眼不久之間生希有心退復却手開眼看之上觀虛空見彼天狗漸更近下一切天衆皆生疑慮彼此遞互相向說言上虛空中爲是何物甚爲希有在空而墮時彼天衆不能決斷而作是言此是何物爾時如是未久之間如是天狗空中滅沒不知所在爾時怯天知彼滅已從窟而出共諸天女離於怖畏彼此遞互相向說言此希有物爲是何物我心甚疑令我見之心生怖畏如是說已彼此遞互皆不能決如是久時彼此遞互相向說言彼是何物生希有心而生怖畏如是山上遊戲受樂復心動已猶更受樂受境界樂種種受樂有無量種無量分別五樂音聲於園林中多有天衆共天女衆無量百千天衆受樂

正法念處經卷第四十

音釋

釧 樞絹切臂環也 熾 昌志切盛也 舐 甚爾切舌餂也 迭 徒結切更迭也 跋 蒲撥切音魃

# 正法念處經卷第四十一

元魏婆羅門瞿曇般若流支譯

## 觀天品第六之二十（夜摩天之六）

爾時天王牟脩樓陀須夜摩天共諸天衆諸天女衆無量百千那由他十諸天大衆諸天女衆一切皆向山樹具足地處之中伽那山所一切天衆坐蓮華座普遍虛空上彼山上見彼天衆有無量種形服莊嚴無量種色無量功德具足天女而爲圍遶彼山中天五欲功德受諸快樂爾時天王牟脩樓陀如是見已心甚歡喜共天女衆即便速向山樹具足地處天衆彼處天衆既見天王牟脩樓陀即爾速疾共天女衆一切奉迎鼓樂音聲種種歌舞生歡喜心迭互相近彼此和合遍山頂上種種歌舞讚歎天王牟脩樓陀共到山上於彼山上彼此迭互種種音聲娛樂受樂彼諸天衆如是受樂於長久時上虛空中見天狗下如是天狗光明等事如前所說爾時天衆既見如是希有事已而復更生疑慮之心有大怖畏即爾前近牟脩樓陀夜摩天王依止附近有向虛空直視觀者有先曾聞彼天狗者離放逸行共彼天主牟脩樓陀誠心禮佛復有怖畏入金窟者有依樹者此一種天無勇無力有天走趣牟脩樓陀夜摩天王望歸求救此如是見第一希有生疑慮心爾時天主牟脩樓陀見如是已告天衆言汝等天衆爲知不知如此光明在虛空中臨欲墮地汝等皆來其中有天先不知者則白天王牟脩樓陀而作是言我實不知今見如是希有之事我實不知爾時天王牟脩樓陀喚一切

天而告之言汝等天衆一切皆聽我今爲說以虛空中光炎墮地汝等天衆有怖畏者希有心者爾時如是一切天衆夜摩天王牟脩樓陀爲之說言汝等皆聽於我此處在上極遠復有天衆彼一切種量色形相長命業因百倍勝我是菩薩處第一勝淨在人中時五種持戒不孔不穿堅固不犯有無量種勝脩行故身壞命終生於善道天世界中彼天世界名兜率陀兜率陀中若所受樂若諸園林若諸天女若諸光明若色若力若利智慧若長壽命若無量樂或身或心若所受用資生之具若天女色彼十六分此夜摩天不及其一彼天功德非我能說彼天光明形我此處夜摩天光如螢火蟲於日不異若諸光明若所受用資生之具一切不及彼天久時無量

種種受諸快樂彼天之樂第一可愛種種諸物五欲功德種種境界而受快樂勝於此處夜摩大樂於長久時善業乃盡無常金剛打令碎壞彼無常法一切衆生必定皆有必定種子不定種子一切衆生皆悉具有無常到已其命則盡善業盡故即便退彼兜率天處一切有爲流動如燈謂生住滅一切三界無物不動而是常者一切皆動一切終盡非是常法無處是常諸有爲法必定退失是故彼處兜率陀天必當退失如燈油盡及炷等盡其燈則滅燈既滅已則有闇生燈生闇滅燈滅闇生如種滅已則有芽生如是如是彼業盡故其命則盡彼處諸天兜率陀中如是退故汝等今見彼天已死以業力故有如是相身是無記雖死而有如是光明何況復有無

量善業所化光明第一勝上決定善業所化光明汝夜摩天從今應知彼相如是彼若未死有何光明有何威德有何莊嚴有何等業彼不可說無有譬喻彼天如是四倍善業之所化作如是終盡何況我此三倍持戒少業所化汝等皆生夜摩天處坏脆無常有爲滓濁是故此天與彼殊絶彼天如是猶尚破壞何況汝等而不破壞爾時天王牟脩樓陀而說偈言

無常天狗瞬　燒兜率陀天　不自在故滅
如燈油炷盡　業力之所推　大力十二輻
業輪之所轉　上下不停住　取種種境界
無量門莊嚴　以時滿足故　闇退不自在
時節自在故　草木如是生　彼既時到已
還復乾枯燥　天如是時到　則成就天樂
如是復時到　還退不自在　業於時到時
流轉於世間　以時自在故　樂者還受苦
若受樂受苦　勿信境界常　此一切因緣
苦樂則差別　一切皆無樂　一切業自在
苦亦爾無常　皆是業因故　異異諸果生
有爲法流轉　欲知此因緣　應知四聖諦
若知四聖諦　彼必得解脫　癡樂境界者
世間轉如輪　善知義知諦　彼則得解脫
不知義諦者　則無解脫期　彼若如是知
世間無常已　則起解脫意　遮不善業心

彼夜摩天如是怖畏須夜摩天有無量種無量分別彼夜摩天王牟脩樓陀與法相應如是說道爾時彼天既聞天王智者語已心各差別有猒離者猒生死者畏生死者又復心轉喜樂境界伽那山中種種園林種種戲處

多有流水蓮華池等莊嚴之處樹枝所覆寶藏莊嚴有種種鳥音聲可愛有蓮華池種種莊嚴有大七寶而莊嚴山多有無量可愛聲觸味色香等種種境界共天女衆喜樂境界愛樂成就忘前猒離不復憶念又諸境界初樂後苦共天女衆如是境界而受諸樂彼山處故心之獼猴以自在力於中受樂又復天衆皆共天主牟脩樓陀相隨而還有乘空者坐蓮華者有乘無量莊嚴處者所謂有天乘孔雀者乘白象者有乘鵝者乘鴛鴦者有如是等種種異乘天女圍遶若歌若舞種種樂音如天相應在其天主牟脩樓陀天王之前向戲樂林牟脩樓陀天王住處種種深心生意覺知有猒離者有放逸者如是種種遊戲境界而受快樂戲樂林中地處諸天如是差別種種不同若復彼處山樹具足地處住天在伽那山頂上而住彼種種意嬉戲受樂其中有天生猒離者如是種種無量分別無量境界而受快樂如是無量境界受樂心不猒足如是乃至善業樂因盡爛壞失於彼天處業盡而退如是退已種種業繩之所繫縛生於地獄餓鬼畜生若生人中常在樂處諸根具足有善智慧第一大心第一大富爲一切人常所供養端正好色若爲人王若爲大臣以餘業故又彼比丘知業果報觀夜摩天所有地處彼即聞知復有地處名廣博行衆生何業生彼地處彼見聞知若善男子近善知識信業果報心意正直隨順法行受持禁戒正見不邪修正見行常近耆宿於佛法僧生清淨信信於生死常一切時善攝諸根不著

境界怖畏生死知愛別離生老病死恩愛聚會恩愛離別一切皆知於五聚陰識知其過常勤精進順行善業離惡知識常一切時樂聞正法聞已思惟思已知義攝持在心知離欲味常不殺生常不偷盜如前所說復捨邪行於婦女色眼不樂見於其歌舞莊嚴音聲聞已不味於畫婦女若見若聞無不善念夢見婦女覺已不樂不生愛念不多行欲常正觀察捨離邪婬棄於欲事如毒無異彼人如是功德相應常行善業恒有善念離垢深心持戒普淨善護禁戒彼人如是身壞命終生於善道天世界中在夜摩天廣博行處彼三功德樂修多作愛樂淨戒持戒得果生於彼處纔生於彼即聞天鳥種種音聲第一可愛如跋求聲鼻所齅香本未曾有第一天香齅

彼香已生第一樂身所覺觸本未曾得心意清淨而不濁亂如心迴轉正相應故則生歡喜味亦如是有種種味本未曾得彼天如是六識之身前受樂已如是思念此何世間我住何處此處一切皆悉可愛皆悉可樂與本皆異此處世間見一切色無量好色復見自身所有光明勝日光明離肉骨汙離諸不淨離影離瞬離脉離筋離大小節離於堅觸身體柔輭普身諸分一切皆輭離於疲倦自所念行若來若去皆無障礙離於求索離身傴曲彼此迭互不相憎嫉身體離毛頭髮皆旋一一毛旋眼所對矚無有妨礙境界不劣離於諸障聲觸味香身不增減不變不老恒常有力天女妬嫉怖畏怯弱一切皆離身自具足離求莊嚴離求財物於諸天女離攝取過

復何所離於園林中處處遊行無所怖畏離怨家畏離不淨畏離於知足見自己身則生愛樂念念增長天無量種諸境界樂如所希望有樂皆得希望樂已以少智故心如是疑我何處來我此身者爲是何身此是何處此處何名彼如是疑心中思量譬如醉人或有睡人夜有四分三分已過從睡而寤於良久時彼心疑念我是何人我何處住少時思念爾乃得知如是如是始生天子於良久時心思惟已然後乃知我人中死來生此處彼天如是於人中時持戒熏思如是相似生於天中若閻浮提不樂境界在彼天處初生之時亦不喜樂何以故本熏思故時從如是始生天子於良久時如是覺知我在天處以善業故天世間生若人如是於人中死生於天中

彼持戒來猶故如是不著境界如是後時天上退已生於人中本天上時所習熏故有相似相如是人中以熏思故後時死已生於天中不樂境界不近婬欲時彼如是始生天子以持戒故雖生彼天不近境界以餘業故令心如是不樂境界若出地獄生天中者彼生業故在地獄中難可得出餘善業故以少願故得出地獄生於天中以在如是苦惱處來生在天中得樂即著心生歡喜又多瞋恚喜樂園林流水河池種種蓮華勝愛樂心喜戲遊行彼於飲食愛樂心强彼意相續之所熏故若出餓鬼有餘業故生天中者意相續熏樂食心强愛於飲食常處於冷多樂婦女彼熏意故若出畜生有餘業故生天中者則多飲食如畜生中多食多飲生於天中亦復如

是多食多飲少飲多食愛欲心强以意相續熏故如是若無色界四處退已生彼天者以本修得三摩跋提是故生彼無色界中四地處生業盡故退生彼天中如是本意相續熏故如是愛觸味色香等如是得已而復不樂以心寂靜不多亂故彼熏心故若於色界依止初禪如是乃至依止四禪彼禪盡故退生欲界如是本意相續熏故有下中上心樂坐禪境界樂心少而復多若欲界天欲界中退還生欲界以生業故如是二道作衆善業若天若人如是二種欲天中退還生欲天作善業故唯欲界中一切諸天二種業熟除淨居天彼淨居天非生業熟非餘業熟如是業風常吹一切世間衆生令其流轉心羂所繫亦爲種種業羂所縛無量百千異心信解無量

分別次第相續於五道中流轉常行爾時如是始生天子如是觀察如是思念然後乃知我於善道退來生此我人中退而來生此受生業故彼如是知彼業故生若餘業生如是亦知以何因緣知此天子非餘業生若餘業者久時因緣或一百劫能與果報有一千劫或百千劫少天眼者不自見知本過去生久遠之業因緣生此生業生者則知來處彼如是觀生因緣已心生憍慢未久之間善業熏故於境界中生愛著心有無量種彼天爾乃如是念知我今在於夜摩天中名廣博行地處生已即生心時諸天女衆而現在前以善業故彼天女衆速來圍遶以彼天子善業力故天女來至若彼天女生來久者則不羞耻近欲抱之遶彼天子共園林中而受諸樂以

善業價得彼天女種種功德第一可愛而共受樂於彼地處有好山林蓮華河池澗谷流水有好平地有好金窟樹枝之舍無量百千種種諸鳥種種音聲無量百千天女之衆迭相圍遶在如是處歌舞遊戲彼處園中有七寶窟處處遊行如是種種眼所見者皆悉可愛彼處有山名爲廣少彼山之峯七寶光明種種莊嚴種種寶石雜雜間錯有蓮華林皆是七寶在園林中多有河池如是種種莊嚴之處以善業故妙色莊嚴於如是處歌舞遊戲種種受樂彼天如是同受樂已有於水中而遊戲者如是種種欲到地獄餓鬼畜生以善業故戲樂不止彼諸天等自於身中示一切天業相名字若天前世作何善業何心作業於何時作何因緣作何生處作此如是等

於下中上福田具足財物具足而作善業彼一切相於自身中見其名字譬如明了善書畫者各各別處隨其所作歷然分明如彼名字此天如是善業畫師於業地處一切善業皆悉普畫善業彩色善淨光明見則極愛畫作彼天一切樂見如彼善業巧畫之色如是而生彼天之身以有如是畫字相現百倍嚴勝譬如第一百鍊眞金或復其餘赤蓮華寶或青色寶於如是等種種勝寶端嚴可愛彼天身相百倍端嚴如是畫相自眼不見何以故以在頷下咽上相故是以不見若彼天子心未放逸則便更互相見此相又善業因如是更互相見此相彼廣博行地處之天如是希有彼天復有希有之相如咽之相額上亦爾以善業故有如是相種種業畫種種色相

所謂相者云何而退於何時退如是退巳當生何處彼種種色種種畫相彼天額中皆悉具見此希有相是業所作彼天身上如是華鬘種種雜雜如是端嚴如餘異處所有諸天種種華鬘莊嚴身首端嚴殊妙此相莊嚴亦復如是又彼諸天復有善業果報成熟自業畫身共諸天女種種畫身勝莊嚴者受諸快樂無量種種園林之內於廣博行地處之中遊戲受樂既受樂巳復向一河河名善雜彼河從於雜窔山峯流出而來故名善雜有種種寶莊嚴彼河無量鳥衆種種音聲多有無量種種異樹莊嚴彼河有種種華其華雜色有百千分異色不同莊嚴河岸無量天女近彼河岸遊戲受樂又復更有殊妙河水名爲雜河此河從於雜色崖岸山峯流出故名雜河如是雜河若天近之於本生處則能憶知彼天若從地獄中來到彼河岸則便憶知既憶知巳有極可愛五欲功德皆悉具足有諸天女心甚歡喜遊戲受樂以心憶知曾受苦惱故於樂事一切皆忘如是猒欲而說偈言

地獄熾火中　苦切甚大苦　我等惡業盡
皆來在此處　業善果亦善　諸功德莊嚴
業惡故果苦　必定如是受　我於苦樂中
輪轉生死處　業風吹令轉　猶如海中波
若有心作惡　喜樂惡事者　彼不善行故
因緣墮地獄　得脫彼地獄　來生此天處
忘彼處苦巳　而復行欲樂　此境界流轉
苦樂如梁繩　而心甚堅鞕　受苦不猒倦
此彼岸和合　諸根之所誑　爲愛羂所縛
一切流生死　出地獄生鬼　出鬼生畜生

出餘畜作龍　出龍生三處　業如是常行
世間轉如輪　以久來習故　猶不生疲倦
愛樂龍宮殿　不樂地獄苦　流轉於有獄
有樂不樂處　千鉢頭摩苦　百億鉢頭摩
如是時受苦　癡故不猒倦　三界皆無樂
普遍一切苦　衆生爲癡誑　而不生猒倦
如是受苦已　癡故造苦因　由因故有果
如果從種子　境界所迷心　勇健有大力
衆生調彼心　令彼時寂靜　彼心調伏已
一切界轉行　輪迴於三有　不能見眞諦
如以風因緣　令海水波動　如是因緣心
令世間常轉　衆生著婦女　爲苦樂所執
不到於善地　無苦惱之處　若憶知苦時
則生猒離心　既忘彼苦惱　還著樂放逸
若有能憶知　地獄苦惱者　如是天中樂
猶如小微塵

彼天皆憶本曾生處諸有近彼雜色崖岸山峯所出雜河岸者則皆憶知本曾生處若離去者於本生處一切皆忘彼復於苦心既忘已忘本生處忘本生已而復樂著種種境界有無量種無異相似可愛聲觸味色香等天妙境界如是受樂既受樂已而復更向名久欲山彼久欲山普皆可愛有第一河蓮華水池其水清淨圍遶彼山鵝鴨鴛鴦在彼河池而爲莊嚴種種金寶爲河兩岸水流之聲有種種音彼山之中如是等河其數一萬種種樹林種種衆鳥而爲莊嚴彼諸河中四河最勝所謂四者一名速流二名金鬘三名毗瑠璃水四名樂漂是名爲四爾時天衆自業果熟一切如是生歡喜心種種衣服莊嚴其身

遊戲受樂向速流河近彼河岸有長妙華極
大樹林名無量樂其華開敷其枝容覆間無
空處無量百千種種色花有流水池種種諸
鳥鳥身皆是種種雜寶衆鳥音聲處處遍滿
彼速流河第二岸邊有蓮華池彼池名曰醉
蜂巡行如日初出赤色蓮華在彼池中以爲
莊嚴如是蓮華有第一香普覆池水彼河二
岸一有樹林一有華池彼河長量五百由旬
廣五由旬其水普清水中生華遍覆其水華
葉雜色若干種種有第一香彼如是香遍五
由旬爾時彼處如是諸天隨心所念有天在
於園林中者有天在於蓮華中者如心所念
遊戲受樂與天女衆彼此迭共歡喜受樂自
有光明以善業力在彼處生彼速流河於兩
岸邊廣博行天種種遊戲而受快樂如是一
河彼金鬘河從山峯出彼山名衣又衣山峯
復出此河此金鬘河甚爲可愛河在衣山猶
如金鬘故名此河以爲金鬘彼金鬘河如是
功德所謂其水悉是天酒遠離酒過第一善
香味色觸等皆如心意一切具足有所憶念
不妨不亂爾時彼天共諸天女飲如是酒復
受勝樂彼一一天皆有無量諸天女衆之所
圍遶心意樂著五欲境界五樂音聲稱情美
妙共諸天女隨心所念如意自在金鬘河邊
成就無量種種勝樂於境界中心不猒足又
復歌舞種種遊戲受諸快樂從一山口至一
山口從一山峯至一山峯從一河岸至一河
岸從蓮華池至蓮華池從園林處至園林處
從樹根下至樹根下如是種種諸處受樂既
受樂已次復往向毗瑠璃水第三河所毗瑠

璃水第三河中其水清淨如毗瑠璃彼處多有毗瑠璃樹又復多有毗瑠璃鳥在彼水中其水波鬘其味甚美淨潔清水徐流不急其水極深有妙音聲善業力故毗瑠璃水如是緩流天欲受樂有心念時到彼河中境界渴故種種愛貪彼天受樂不在一處有在河岸而受樂者有在水中而受樂者共諸天女第一嬉戲而受快樂彼諸天衆皆悉乘鳥從一水波到一水波處處遊行從一水漩入一水漩從一迴波入一迴波有入水者入已復出更入急處又復彼天從一蓮華入一蓮華又復從一優鉢羅林更入其餘優鉢羅林如是遊行百到千到成就樂受不可譬喻又復彼天善業力故境界寂靜毗瑠璃水清淨之處見業果報若其有天持戒淨勝若智慧勝彼則能見本何因緣如是作業得生彼天毗瑠璃水清淨之處一切皆見以何因緣如是心生憶念往事以前世時於福田中有清淨心深生信故彼一切天一一各各作如是心我境界力如是動轉五欲之水在愛河中如是漂我令我不覺無常退至我於此處必定當退如過去世所作業相生此之因自咽上現彼天既見如是相故知過去世作如是等善業因緣來生此處如是受樂若彼業盡於此天上必定當退如是念已彼此迭互相向而說復見五道怖畏之處見怖畏已彼一切天各生猒離毗瑠璃水河岸邊處而說偈言

若過去修善　爲善人所愛　今此天處受
念念向盡去　彼盡已則退　天中善報處
一切樂因緣　皆如是盡滅　既入無常手

一切皆破壞　若法無常者　令一切皆貪
如是無常法　能與一切貪　愚癡少智者
貪著於欲味　癡不覺知過　如食波迦果
色聲等繫縛　愛故受苦惱　惡業迷衆生
令不得自在　以迷惡業故　則受惡業果
諸著欲味者　欲害如毒果　著欲不知足
故墮地獄中　常樂行施戒　施戒福成就
若常如是行　彼則生天上　持戒常修行
捨離不善業　恭敬修威儀　彼則生天上
愍衆生安慰　深信於佛法　攝心寂靜者
彼則生天上　若於怨家所　慈心離瞋垢
常寂靜心者　彼則生天上　若心中無瞋
彼善而無惱　勇善調伏者　彼則生天上
常實語持戒　而不多言說　知堅知不堅
彼則生天上　若不樂世間　猒離老死法
常樂於涅槃　彼則生天上　若樹下塚間
如是山谷等　常一心禪者　彼則生天上
知時敬父母　不近惡知識　常行慈心者
彼則生天上　不樂聚落城　及戲處道行
一處住知足　彼則生天上　若善自觀身
常見其不淨　知自身如是　彼則生天上
若能知法網　種種法網知　不喜樂生死
彼則生天上　若覺知諸法　無量種種生
雖見不喜樂　彼則生天上　心念念如幻
如乾闥婆城　若調伏此心　彼則生天上
若諦知一相　或善知二相　心於欲猒離
彼則生天上　於他妻如母　於一切如父
若如是平等　彼則生天上　若恒離兩舌
常樂和合他　心不慳而直　彼則生天上
於他一切物　皆如土塊等　自心生知足

彼則生天上　若於夜於晝　常能離懈怠
勤行精進者　彼則生天上　若離慢貪瞋
復離於懈怠　如是捨離者　彼則生天上
恒不樂五塵　五塵不破戒　常護戒智者
彼則生天上　若能知四取　四諦亦如是
智者如是知　彼則生天上　若知苦苦報
亦復知苦没　如是諦見者　彼則生天上
若得衰惱已　而不捨於法　是攝受法者
彼則生天上　若著壞色衣　及著糞掃衣
善心不行惡　彼則生天上　若一切時禪
常有出世心　恒樂空閑處　彼則生天上
若美若不美　隨他之所得　心不喜不瞋
彼則生天上　若著麤鄙衣　塵土糞掃衣
如是衣知足　彼則生天上　若牀若池樓
或復在餘處　不生苦樂心　彼則生天上
於眼所見色　青黃赤白等　若如實諦見
彼則生天上　若聞愛不愛　二種聲不樂
心正不動亂　彼則生天上　調伏於六根
而不樂境界　攝心不動亂　彼則生天上
如是大饒益　恒常受快樂　若一切皆作
彼則生天上　如一切業作　是則爲最勝
行無垢法者　彼則生天上　若知於業報
而能作業報　於苦常怖畏　彼則生天上

彼天如是頷下咽中見諸相已極大怖畏已說此偈於河岸邊共諸天衆本性放逸以本業故於咽中現若至餘處則不復見若有因緣則便見之若無因緣雖有不見何以故以一切法因緣生故又復彼天本性放逸性放逸行離久欲山復向餘山山名寶圍歡喜心故種種莊嚴現在生欲能牽其心不計未來

所有諸畏以根搖動不寂靜故於彼天中受第一樂歌舞喜笑種種遊戲於河岸邊種種樹枝諸華具足彼處多有常歡喜鳥復有寶山勝寶圍山無量百千分分之處皆悉具有雜寶間錯而彼諸天希望樂故欲往見之時彼天衆遙見彼山光焰圍遶如穿虚空光焰上出天不曾見忽爾見之彼山光明青黄赤紫普萬由旬又復如是雜雜光明出勝其餘無量寶山所有光明如須彌山所有光明能壞一切其餘諸山所有光明此寶圍山所有光明能壞其餘寶山光明亦復如是彼寶圍山眼若看者能令眼樂又復第二能與耳樂所謂種種河池之聲有孔雀等七寶翅鳥種種音聲有如是等無量種鳥種種音聲彼有寶樹樹有鈴網風吹出聲其聲美妙不可譬喻寶圍大山以如是聲能令耳樂彼寶圍山又復能與第三根樂而彼天衆猶未至山謂彼山中從無量華出無量香令天鼻樂彼寶圍山如是能令第三根樂彼寶圍山又復能與第四根樂所謂能令舌根得樂色香味酒能令豐足種種美果皆令飽滿彼寶圍山又復能令天身皆得無縷衣觸無量衣服皆甚柔輭復有冷風隨念樂觸以吹其身彼大寶山如是能與天之快樂彼天五根如是受樂如五根樂意亦如是得第一樂此寶圍山於一切根皆令得樂如是饒益一切天衆爾時彼天既到如是寶圍山巳彼寶圍山光炎圍遶出無量種炎光明圍多有無量百千蓮華流水河池以爲莊嚴金毗瑠璃青色妙寶白銀寶等種種雜雜百千莊嚴彼天既見如是

山已本性自樂見彼山故百倍受樂共諸天女迭互各更相受樂生歡喜心勝勝希望意甚欲見彼寶園山窟窟谷谷處處皆有蓮華池林從一山峯至一山峯從河至河蘇陀之處從一寶林至一寶林處處遍見種種鳥衆復聞其聲五樂之音遊戲受樂彼天眼耳鼻舌身等五種境界一切可愛彼根聲觸味色香等各各勝妙如是諸根於境界中一一受樂如是境界愛放逸故現在世中若苦若樂過去世時若苦若樂皆悉忘失如前業果種種字畫於其咽中先所見者一切皆忘如是遊戲種種受樂是故皆忘本所作業彼大勝妙寶園山峯名淨無垢如是無垢清淨之處見行殿塵天在殿行殿所行處有妙寶塵彼清淨處尚見殿塵何況其餘天身等物種種莊嚴可愛身色業畫所作有異異種若此天衆命盡故退何業所作以善業力咽中字畫如是皆見彼初見已不生猒離何以故以愚癡故初得欲味即便樂著不生猒心彼愚鈍天若爲他示或自覺知見彼欲過即便覺知事至怖畏彼天如是貪著欲味見其過患則於後時悔火所燒云何我本不捨此欲如毒刀火此欲乃是地獄餓鬼畜生之因我今以此欲因緣故必墮地獄餓鬼畜生惡趣之中如是後時悔火所燒若修心者則於欲味不生味樂見欲過患則於彼欲不味不著知欲過故以有智慧見彼過故後則不悔若不悕樂彼欲境界失不憂者本修心故

正法念處經卷第四十一

音釋

迭徒結切更也　坏脆坏普杯切未燒瓦器也脆此芮切物易斷也　滓側氏切澱也　瞬舒閏切　睒失冉切　羂古泫切網也　頷胡感切口下曰頷　咽因肩切嗌也　鞕五孟切與硬同　漩隨戀切水回流也　塚知隴切墳塚也　翅式利切翼也

# 正法念處經卷第四十二

元魏婆羅門瞿曇般若流支譯

## 觀天品第六之二十一夜摩天之七

爾時彼天次第而行上彼山峯第一無垢如鏡之地彼諸天衆業地鏡中自見其身分分明了彼諸天等若有先修身口意者業地鏡中得見自身額中所現業果生死如彼其時其處其國其因其緣其退相等一切皆見亦見他相當退之相隨何者天額中畫字餘業之相或有生業彼一切相業地鏡中一切自見退夜摩天若是餘業或是生業或身惡業或口惡業或意惡業如是因緣退已當生其地獄中其餓鬼中其畜生中從畜生處既得脫已行欲放逸之所誑故業風所吹轉其處生又復如是欲過中出彼於額上字書畫中一切具見於額畫中亦如是見欲過中出如其欲法如是對治所謂修欲無光明觀不爲彼欲之所能誑又復彼欲有異對治謂見此色是虛妄見於如是色隨順見已心正觀察悕欲之心更不增長如是如是五境界中如欲過患如是諦觀彼天如是則無喜愛喜愛之心不能爲妨不能爲礙喜愛乃是生死種子彼天如是欲中得出額畫字中一切皆見彼既見已若勝修身若勝修意彼能捨欲見欲過患故知出欲知出過已見先受樂境界過患如食毒來今所受欲亦如是見何以故以於境界受欲樂故墮於惡道如是修故捨離境界若於額上畫字書中見惡道業墮於惡道地獄餓鬼畜生之中見彼業已彼如是業一切皆失生善道業一切皆生善業力故

彼諸天子如是見已深生信心造作善業如是乃至造作涅槃種子善業若更餘天少智慧者其心樂欲彼前作業業網自在既見業畫文字相已生如是心若我此處後時退已或生人中或生天中彼天如是見生處已心不驚怖而復更入五境界波愛河中洗以放逸故行放逸行如是天者不曾學來不曾聞來少智慧故於欲不知不能離欲善法則滅而復更作其餘生業地獄餓鬼畜生之業何以故一切善業皆悉盡故欲所誑故而復墮於地獄餓鬼畜生之中爾時有鳥名爲賢語見放逸天行放逸行天善業故而說偈言

若善牽心者　如是則得善　若隨不善者
如是得不善　一切多用心　如地風水火
隨所得因緣　心如是行轉　心能速疾行
亦能速疾迴　速將至天中　速令入惡道
心速疾行善　若能防護心　一切法能作
一切業能斷　一切法行主　所謂彼心是
復以如是義　故得名爲心　心常求人便
皆不應信之　體性甚懓動　大力不可持
須臾間作善　須臾作不善　如是作無記
其行不可測　心來不可知　心去不可識
先無後時有　已有還復無　心無有處所
和集不可得　以無身體故　不可得捉持
因緣和合故　念念如是生　如珠牛糞合
因緣而生火　如是根色等　一切因緣心
非一能生心　和合故生心　如是知心已
知心難調伏　意隨正法行　愼勿喜樂欲

彼天如是既聞偈已修身修意二種修心既修心已不樂境界隨順法行退夜摩天復生

勝處不離天處若生人中或爲人王或爲大臣或時得種解脫種子三種菩提隨願皆得或具善業作轉輪王若彼諸天如是希有見於業相如鏡中見心不調者彼天復墮地獄餓鬼畜生之中又彼比丘觀此希有業畫文字果報之相彼則觀見若人精勤專意深心畫如來像若有恩信寂靜之心如是書寫正法文典心意寂靜彼人生天咽中額上見則生信又復有人心無正信或爲王勅或爲他遣或爲取物活命因緣若書經文或畫佛像亦生天中見則不信多行放逸彼亦造作善業種子得生天中雖見不信以離信來離恩來故如是無因則無業果如是一切皆從因緣相似業生若復有天性喜放逸行放逸行受天境界五欲之樂常不猒足復於增長無量欲山寶圍山中於長久時五欲功德而受樂已共天女衆如是種種遊戲受樂後離如是五欲功德莊嚴之山復向第三珠圍山去生歡喜心五樂音聲在道遊戲普勝妙事第一成就於須臾間具足受樂如意所念種種境界而受快樂既於山中在河岸邊受欲樂已方至第三珠圍之山如是如是天可愛樂境界受樂如是如是喜愛增長以於彼愛不解脫故欲火所燒於彼聲觸味色香等不知猒足境界河中亦不猒足如彌那魚如是第三名珠圍山一廂則是青色珠寶次第二廂赤蓮花寶次第三廂是硨磲寶次第四廂是白銀寶彼天見已生歡喜心迭互相向如是說言天當看此無量種種端嚴殊妙種種光明此寶光明百萬由旬皆悉普覆入彼光明

不可分別此勝光明青黃赤白有無量種彼諸天衆如是說已復向餘林林名樹稠彼諸天衆諸天女衆生歡喜心無量音樂隨種種處皆悉樂見次到彼林善業成熟種種莊嚴如是遊行種種受樂乃於久時行放逸行爲愛所使爾時彼天見樹稠林諸七寶樹於彼林中見有二河第一香水勝味觸水如心意念則有水滿彼河之水隨念而轉彼河銀岸多有種種異異諸鳥彼一河者名爲雜水次第二河名如意水彼雜水者本性自體如是雜水第一清淨水流盈滿彼種種水遠離醉過善業因緣其水則有無量種色是故彼河名爲雜水又第二河名如意水隨彼天心種種意念如是水生若念酥陀則酥陀流第一白淨第一香味酥陀流滿若彼諸天意念天酒則有色香觸味具足美妙天酒滿中流出若念山澤種種異華則有色香觸等具足如是妙華滿河流出於其華中有種種蜂以爲莊嚴彼華之名尚不可說如是第二如意水河種種流滿彼處如是樹稠林中有如是華莊嚴可愛彼處諸天在兩河中處處遊戲種種受樂可愛聲觸味色香等種種受樂以善業故共飲天酒種種受樂聞樂音聲種種耳樂種種歡喜隨心具足受種種樂遠離憂悲遠離飢儉離於怖畏於境界中常不知足如飲鹹水隨增其渴有無量種無量分別有無量種受天之樂彼天如是行林河中受樂行已彼處有鳥名曰河行見天放逸而說偈言

猶如此水流　天樂亦如是　命念念不住
癡故不覺知　老病死等故　能令業盡退

天不離此法　常隨逐欲行　命則非是常
三界樂亦爾　天癡爲欲誑　如是不覺知
如空中水滴　必墮而不停　一切樂如是
與雨滴不異　如風吹塵土　迭互競相推
轉於虛空中　身轉亦如是　此樂非勝樂
貪誑不常定　與愛毒和合　猶如雜毒食
彼常勝樂者　所謂不死處　無愛別離處
無冷無熱處　彼處常安隱　智者之所說
何處不生死　彼處則無苦　諸因婦女樂
一切皆有苦　彼愛爲種子　復生地獄中
彼樂能生苦　云何說爲樂　乃是苦中苦
後時則如毒　若此衆生生　衆生業風吹
業網癡所覆　隨生處愛樂　若善不善業
常隨後共行　處處皆逐去　如香不離華
汝如是受樂　此後時則失　如晝日時滿
日沒光隨沒

彼水行鳥天善業故已爲一切放逸行天如是說已若天放逸行放逸者聞水行鳥如是偈說作如是言此鳥善語已覺悟我如此鳥說我必當得此鳥實說我放逸故行放逸行猶故如是不能捨離我於後時必定破壞得大怖畏我等從今當善心意對治放逸捨離放逸彼天如是於長久時專心善意捨離放逸知欲過患心思惟已以心動故心力大故或於多時久習欲故還復著樂彼天如是無量分別無量境界上上受樂種種諸欲具足之處種種鳥聲勝妙園林有蓮華池七寶山峯多有無量妙蓮華池以爲莊嚴多有無量百千蜂衆出種種聲莊嚴妙池彼處有河滿中飲食有百千樹隨念枝網蔭覆彼河枝間

有華華爲堂舍種種具足彼天自身有妙光明無諸憂惱自善業故得如是報下中上天皆離妬嫉迭互相愛一心一欲彼此不妨如是如是遊行受樂爾時彼天既受樂已迭共籌量而作是言如我先聞此夜摩處一切諸天有主名爲牟脩樓陀遊戲受樂我等今者相與共去彼處諸天離彼天主牟脩樓陀五百由旬遥聞歌聲以太遠故聞不了了以聲普遍一切天處是故不了若鳥音聲如是歌聲功德具足聞彼歌聲雖不了了極生愛樂不可猒足以心動故生決定意一切天衆即向天主牟脩樓陀戲樂之處彼林一切功德具足彼欲行天共諸天女種種莊嚴種種衣服一切功德皆悉具足普身所著無縷天衣以自莊嚴其手皆執種種樂器迭相愛念生歡喜心有乘空者乘蓮華者復有乘於優鉢羅者彼優鉢羅有第一香多有衆蜂復有乘於拘物頭者彼拘物頭形量白色皆如月輪彼天皆共如是天女遊戲歌舞在空而行五欲境界種種受樂不知猒足彼天善業自心所化自如是乘自業所化有下中上色亦如是有下中上樂亦如是有下中上如是愛樂智慧亦爾有下中上命亦如是有下中上一切如是遍滿虛空向戲樂林無量種欲具足之處牟脩樓陀天王住處堂殿之所彼如是行在道未到戲樂之林於虛空中遥見如燄復見一處青寶之色復於異處見黃白色復於異處見如火色彼天如是空中見已則生第一希有之心迭相告言天當看此處空之中希有之事如著種種希有色衣在虛空中

我未曾見彼諸天衆迭互說已生希有心少時停住未經久時復聞有聲第一微妙美音歌聲聞音聲已復生喜心希有之心始從在地乃至遍空一切天衆共諸天女心皆樂見悉欲往看此天如是空中見者一切皆是山樹具足地處諸天彼天亦爾遥見此天山樹具足地處諸天亦向大王須夜摩天須夜摩天坐七寶座在七寶窟以大青寶瓔珞莊嚴復以勝妙蓮華之色勝大妙寶而自莊嚴又復更有第一光明妙寶勝播光明普遍一千由旬有白光焰滿虚空中如著種種勝妙衣服在虚空中旛亦如是此廣博行地處諸天如是見已生希有心少時停住須臾則知山樹具足地處諸天亦向天主牟脩樓陀所住之處戲樂林所起如是心彼如是去亦如我去廣博行處勝上諸天籌量說言我今共彼山樹具足地處諸天一切和合相與俱去向彼天主牟脩樓陀所住之處如是時間暫住須臾爾時彼處山樹具足地處諸天見廣博行地處天衆生希有心作如是言我今共彼廣博行處一切諸天迭共和合相與同詣牟脩樓陀天王住處戲樂林中爾時如是山樹具足地處諸天共廣博行地處諸天一切天衆皆共和合遍在虚空無量幢旛皆乘寶殿在鳥背上五樂音聲五欲功德皆悉具足向戲樂林須夜摩天遊戲大林多有無量諸欲功德皆悉具足不可譬喻往向彼林受境界樂五欲功德不知猒足一切功德富樂之具皆不猒足迭互相近不可猒足如是一切皆受欲樂不知猒足然彼比丘見彼天已無量

業果皆悉諦知而說偈言

譬如天雨水　是故河增長　如是欲雨故
天增長欲火　彌那生水中　而常患枯渴
如是樂增渴　故天不知足　如虛空無邊
亦復無盡滅　欲知是無邊　界欲不可盡
海水波旋滿　髣髴有足義　希望於欲者
畢竟不知足　天未得境界　愚癡不知足
心常希望樂　得已不知足　既得衰惱已
無量到退失　由境界熱惱　是故應捨欲
既被貪欲誑　能壞信欲者　得衰惱則離
而天不覺知　境界非可足　不知足無樂
如是不知足　智者能捨離　寂靜爲樂根
苦由境界起　故應修寂靜　遠離境界地
常捨離煩惱　修行無上智　從智得解脫
由煩惱繫縛　病殺繫縛等　境界所怖畏
流轉生死中　皆由於境界　若合若別離
或百或千到　生生處常爾　唯善逝諦知
生死無量樂　生死無量苦　一切由境界
生生處皆有　如是之境界　破壞癡心者
愚癡無眼故　復喜樂境界　捨怨而不近
聞名亦生慮　境界如怨家　癡故不曾捨
若爲境界燒　則是愚癡者　爲自業所誑
癡故不能離　如有畏火者　猶故近於火
如是境界迷　亦樂近境界　猶如食毒者
不爲自受樂　近愛癡亦爾　永無安隱事
如渴者於鹽　舐之不除渴　境界故闇眼
於愛不知足　天境界不足　欲心之所誑
爲業風所吹　到於惡道處

彼比丘如是諦知無量道處衆生業生次第皆知憐愍彼天已說此偈又復彼天迭相和

合一切同行心生歡喜向戲樂林牟脩樓陀天王住處爾時彼天如是而行無量服飾無量樂行無量業化無量園林池等受樂無量百千天女圍遶如是而行復有餘天百千堂殿在下而坐行虛空中光明周遍普照虛空歌舞遊戲五樂音聲鬘莊嚴身以香䤬身頸著瓔珞頭冠天幘風吹衣裳如雲而行天女抱之心甚喜樂復有餘天天女詠歌及箜篌聲既聞此聲心生愛樂如是等類若干種天種種受樂向戲樂林空中而住希望受樂彼地處天一切皆向牟脩樓陀天王住處總說彼天如業相似若戲若行若莊嚴具音聲普遍十方充滿皆來近在王住堂殿普彼一切夜摩天衆牟脩樓陀夜摩天王於中最勝如業之身以業勝故其果亦勝如是因果非不相似如種子芽一切天衆皆近天王牟脩樓陀所居堂殿彼天皆劣唯有天王牟脩樓陀於中獨勝一切諸天天之欲中天王欲勝皆悉具足無譬喻樂且說少分有七寶鳥在樹林上周帀遍有蘂衒樹心身無所依在虛空中又復異處饒希有鈴其聲美妙若天聞者皆來向之如是分別心快樂故在彼林行又復更有七寶衆鳥間錯雜翅在彼林外周帀圍遶鬋中銜鬘遶林飛行又復多有希有孔雀背上皆有蓮華水池於彼池中饒種種鳥有百千蜂在彼池水蓮華之中蜂有音聲池名清水彼蓮華葉種種不同或有華葉是毗瑠璃或有華葉是七寶者有餘蓮華五由旬香如是彼鳥孔雀背上端嚴殊妙歌樂嬉戲池鳥相應彼孔雀背亦甚希有又復多有大

希有鳥孔雀銜鬘謂其背上有大蓮華天子坐彼蓮華臺上有百天女而爲圍遶種種嬉戲美妙歌音而受快樂又復多有大希有鳥孔雀銜鬘彼受樂天自業所化一一孔雀頭上皆有隨念樹生有種種華其華甚饒樹上多有七寶翅鳥其諸天子既上彼樹與天女衆共飲天酒歌舞嬉戲而受快樂又復多有大希有鳥孔雀銜鬘一一孔雀叢毛之中多諸天衆共天女衆坐受快樂迭相愛樂嬉戲歌舞受天之樂天見如是孔雀銜鬘希有事故生希有心又復更見第二希有所謂蓮華妙池銜鬘彼蓮華池其數二萬離於泥濁有金銀沙八功德水盈滿彼池鵝鴨鴛鴦池中甚饒天善業故鵝說偈言

久時受此樂　此樂非常法　一切皆無常
而天不覺知　此樂且相續　必當有斷時
爲欲心所誑　不覺知失壞　此樂雜苦樂
隱覆故不覺　如蓮華鬘中　毒虵不可見
猶如雜毒飯　食者被殺害　此樂一切爾
必當墮地獄　如索筋爲羂　眼見甚可愛
境界羂如是　見好實甚惡　如金波迦果
初甜美味多　後時則能殺　世間樂亦爾
如飛蟲見燈　其心甚愛樂　入中則被燒
此樂亦如是　愚凡夫不知　戲樂猶如燈
希樂如觸火　畢竟不得樂　如鹿患渴故
隨逐陽炎走　畢竟不除渴　此樂亦如是
過現不知足　未來亦復然　一切天境界
如是故應捨　寂樂爲根樂　是智者所說
於樂根無心　彼則常受苦　梵實第一勝
忍爲最寂靜　一智明是也　一慈生勝樂

不惱他最吉　正見第一善　直心最爲良
捨惡業亦爾　若近於老宿　恒常敬重法
供養於師長　信業則爲善　常供養三寶
正心意無垢　復供養父母　是涅槃城道
佛說一切法　出家最第一　梵行行中勝
能得一切樂　佛說諸施中　法施最爲勝
勤中禪第一　則能到涅槃　於施戒智中
唯智以爲最　智能到涅槃　施戒唯得樂
眼見非爲最　智見則爲勝　佛說八分道
諸道中寂靜　諦中四諦勝　是如來所說
於五種力中　智慧力爲最　說上下八方
更無有勝者　唯如來爲最　能示真法故
說一切衆生　聖衆最寂靜　以三寶福田
依止能生樂　等供養父母　第三次和上
能以法境界　開眼令覩見　非可見可取
如來如是說　此皆是樂地　依境界非樂
若能行此法　則行無垢道　行此道安隱
夜摩地非樂

彼鳥如是以善業故本人中時因法活命賣法得物以自存濟如是業因彼處爲鳥本善業故雖生鳥中憶法不忘如是說偈是故應當精勤讀誦常受持法以業因縁雖作畜生本來習故善能說法得果不空又彼一切諸夜摩天向彼二萬蓮華之池種種異異別別莊嚴勝妙天女而爲圍遶於彼池中先有種種異異莊嚴諸天之衆諸天女衆百千百千那由他數那由他數億億數等種種受樂共諸天女五樂音聲或有入在蓮華中者或有坐於蓮華臺者或有在於蓮華葉者或有在於蓮華鬚者隨心意念麤細等身如眼貶頃

百千由旬已能來去如眼所見無遠無近皆一念時彼天來去亦復如是如一指面衆眼共看不妨不患如是彼天或有一百或有一千皆共聚在一蓮華鬚同坐不妨不隘不迮以善業故自業力故彼蓮華池如是勢力如是功德彼天如是於蓮華中或百或千如是嬉戲如心美味天酒恣飲彼蓮華中舊住諸天共後來天和合嬉戲自有光明勝百千日皆受欲樂於如是處久時受樂爾乃前詣牟脩樓陀天王林所欲入彼林彼林多有無量種色甚可愛樂牟脩樓陀如心意念化作彼林如自心中如是如是種種所念如是如是化作種種異異樹林本末曾有夜摩天王善業力故爾時天衆見如是林本末曾有本末曾見生希有心生是心已欲入彼林漸次近之彼天種種莊嚴其身塗天栴檀著天所應如天相似種種衣服過蓮華池到彼樹林見已羞慚業如是故有如是林種種勝妙彼諸天衆見餘林來既見彼林普遍審觀既審觀已迭相向說迭相指示然後入中既過彼池入林中已見鸚䳇行皆悉執持種種寶鬘一鸚䳇寶珠繫咽如是寶珠相續爲鬘遶彼林已而說偈言

此衆生輪轉　自業所牽推　老死羂繩中
衆生不猒離　從道至行道　天人阿脩羅
不知真諦故　爲自心所使　世間所作輪
手推非疾轉　業手衆生輪　轉之甚爲速
十二輻和合　聚在癡轂中　因緣輪迴轉
世間不覺知

彼天如是聞鸚䳇鳥所說偈已一心善念觀

察本業大慇重心念本業行作如是言彼鸚鵡鳥則爲勝我我則不如彼鸚鵡鳥思惟於業我爲愛壞嬉戲受樂時彼諸天如是說已爲欲往見夜摩天王牟脩樓陀過鸚鵡行復向名爲嶮岸鬘林於彼林中復有一林名曼陀羅百千色華以爲莊嚴彼林多有種種鳥衆林之光明勝百千日離日熱過彼林之樹有勝光明見彼樹林則生眼樂聞鳥音聲則生耳樂齅藕根香則生鼻樂嘗食果味則生舌樂無縷天衣觸生身樂諸根樂故意生喜樂五根縛心令意隨順思念諸法以二種意隨順而知如是見於曼陀羅林曼陀羅樹一一皆饒諸天女衆如是天女種種衣服莊嚴微妙口中言說種種歌舞種種受樂彼諸天衆本未曾見如是彼處一切地中地行諸天見彼天女在樹林中不可譬喻無量百千億衆甚多天衆天女普遍林中無有一天無一天女心不希望欲見天主牟脩樓陀一切希望皆欲往見實心喜樂欲見天王以是天王福德力故爾時彼天如上所說和合而來行彼林中彼林多有流水河池蓮花雜林皆悉具足地分處處一切莊嚴其地柔輭皆作金色雜寶間錯如是見已則受欲樂如是次第漸進前向夜摩天王牟脩樓陀一切同心希望欲見心皆相愛如上所說種種異乘過彼地處復入異地於彼地中有可愛山如是地中諸可愛山其數五百是遊戲處彼一切山是毗瑠璃其樹皆是赤蓮華寶金葉莊嚴復有寶樹銀葉莊嚴彼處多有珊瑚諸鳥又復更有異法莊嚴無量雜寶鹿鳥莊嚴種種河

池流水莊嚴交枝爲舍普遍莊嚴交枝之舍處處遍有其果金色金寶樹枝其果皆作毗瑠璃色金寶之葉有百千蜂蜂有音聲美妙悦耳種種味觸飲食滿河多有寶鳥莊嚴彼河彼中地處觸則生樂復有天衆見諸寶山山名遊戲有見平地有見山峯有見窟門復有天見樹枝堂舍有見一切在蓮華池天衆天女皆悉歡喜有共天女而歌舞者或有諸天共天女衆入蓮華林遊戲樂者有歡喜心而飲酒者有以天華散平地者有結華鬘莊嚴身者有以寶冠共諸天女迭互莊嚴自有光明身無垢穢復有異天共諸天女行虚空者復有異天手執樂器口中詠歌住在平地或百或千彼天之身如是如是種種莊嚴種種光明青黄赤紫雜色光明從身而出爾時

彼天既於如是遊戲山中受快樂已欲見天王牟脩樓陀更前内入彼天復見夜摩天王名集鬘地即入其中山樹具足廣博行地彼一切天第一莊嚴并集鬘地三地諸天皆於天王牟脩樓陀生敬重心是彼天王善業力故是彼天王過去修集無量善業之所感致集鬘地中有一萬殿無量種色種種金柱而爲莊嚴彼殿可愛金寶爲壁毗瑠璃寶青寶鉤欄因陀羅寶以爲窻牖又復多有種種寶柱雜雜間錯復有異殿毗瑠璃壁金寶爲門毗瑠璃扉種種間錯復有樓殿甚可愛樂謂赤蓮華雜金爲柱金寶爲門珊瑚爲窻種種雜寶間雜其地又復彼處種種間雜青寶爲壁赤金爲門白銀爲柱普彼殿内光明炎鬘又復彼處牟脩樓陀天王之殿種種業化第

一赤色金寶之殿金剛間錯赤蓮花寶以爲殿柱七寶爲窻第一光明迭相照耀重樓行殿如是如是種種莊嚴彼天見已迴眼遍看復觀寶山彼此迭共相與同心並看山殿前向大王須夜摩天然後乃入牟脩樓陀天王殿内既如是入勝勝異見種種可愛第一希有無量功德一切具足彼諸天等見集鬘已希望欲見夜摩天王牟脩樓陀一切天衆皆悉同行復入一處王所行處見大天王七千天子而爲圍遶悉皆第一勝妙莊嚴身有光明一一天子威德如山天衣流動頭著寶冠肘後臂上妙寶莊嚴勝妙花鬘以嚴其胷有如是等七千天子圍遶天王牟脩樓陀亦如衆山周帀圍遶須彌山王亦如諸河圍遶大海如星耀等圍遶於月如是彼天一切圍遶夜摩天王牟脩樓陀如是而住夜摩天王端正殊妙光明威德勝出一切諸餘天衆天王之殿有百千柱彼一一柱皆是七寶以莊嚴殿天因陀羅大青寶座彼天王殿如是勢力如是如是天入彼殿如是如是轉更寬博如是如是七寶莊嚴殿内有樹名殿嚴樹彼如是樹恒常有華於六時中具足不闕又一切時常有天果彼殿何名謂名樂見七寶爲壁種種間雜

正法念處經卷第四十二

音釋

悕 香衣切與希同　㦜 胡郭切驚也　髣髴 髣妃兩切髴分勿切髣髴猶依俙　馞 蒲骨切香也　幘 側革切巾也　觜銜 觜即委切與嘴同銜胡讒切口含物也　甜 徒兼切甘也　眨 側洽切目動也　隘迮 隘烏懈切陿也迮側革切與窄同　肘 陟柳切臂節也　臂 必至切肱也

正法念處經卷第四十三

元魏婆羅門瞿曇般若流支譯

觀天品第六之二十二夜摩天之八

爾時彼天漸更前近牟脩樓陀夜摩天王若歌若舞種種嬉戲共受第一勝業果報彼一切天種種供養牟脩樓陀夜摩天王既供養已坐在一處一切坐已歡喜語說既語說已天王告言汝一切天樂行放逸相隨而來自今以後護命護法勤行精進以護法故常受快樂乃至涅槃捨身已後永無苦惱常受天樂爾時彼處一切天衆皆共和合夜摩天王爲說偈言

世間種種界　種種業自在　天種種道來
善業生此處　有中如是來　有中如是去
如彼來時業　如來去亦爾　諸有和合事
諸有意不亂　皆是善業作　精進勿放逸
長久時受樂　此後必定退　退爲第一苦
當有則無疑　彼如是之義　我召汝爲說
汝等一切聽　如如來所說

夜摩天王如是普爲彼一切天和合利益已說此偈告天衆言汝等樂行境界所迷然不覺知天則減劣而不增長此境界樂一切無常當不寂靜得不饒益所謂何者一切皆聽如汝所見六正覺知者七寶塔廟種種七寶莊嚴成就所謂六者一是尸棄正覺知者二毗婆尸正覺知者三毗舍婆正覺知者四迦那迦牟尼如來正覺知者五迦羅迦居村陀佛正覺知者六迦葉佛正覺知者此六佛塔天中久作次第耳聞我今供養以何因緣一切如是我不曾見我少心故彼諸世尊利益

安樂諸世間故往世曾來到此世間我以如是次第聞來得如是法彼迦羅迦居村陀佛爲夜摩天作大利益謂利益者一佛塔化是大希有如來境界令住此間若此世界不敬沙門婆羅門者天朋則減此減劣相於此佛塔光焰之中我皆現見若減若退唯我獨見汝等放逸放逸行多是故不見以著境界受欲樂故我以歌聲召汝等來爲利益故汝等放逸放逸而行即是死退我恐汝等食善業盡墮於惡道故召汝來六佛世尊利益無量諸衆生故已所說經彼諸如來於此塔中皆悉書之我已誦得天今善聽我爲汝說勿後退時而生悔心爾時彼天第一敬重專心思念一切喋住二種敬重一敬天王二敬重法諦意正住其心不動天王既見天衆如是善調伏故普告之言汝等始入初如來塔尸棄如來壁上書經饒益天衆利益天衆安樂天衆彼最勝天共其天王牟脩樓陀最初入塔見尸棄佛毗瑠璃像在青寶牀跏趺而坐於其壁中自書經言諸比丘若天若人有入種法障礙善法何等爲八諸比丘所謂一者若天若人爲放逸壞不能作善若世間善出世間善世間法者若心懈怠若心放逸行放逸行彼世間法一切皆壞若放逸者於善友所不能看視則爲中人若是怨家怨則增長求覓其便此是放逸妨世間法諸有懈怠放逸行者不能成就如是之業彼人業盡知友亦盡怨家熾盛增長大力室家皆失貧窮無物爲他輕賤第一凡鄙所謂貧窮諸有貧窮凡鄙丈夫善友知識親舊兄弟貪瞋邪見一切

增長彼愚癡者最爲凡鄙何以故不善行故天所棄捨一切侵淩爲他侵已或時致死或時商賈亡失財物以其放逸放逸行故若諸比丘若比丘尼若優婆塞若優婆夷如是放逸常勤修行無記禪定不得盡漏唯貪食味占相食時妨亂其心如是放逸放逸行者常一切時心不清淨貪著食味猶如畜生食吐之者其心如狗亦如受持烏狗戒者如是之徒常放逸行不讀誦經於眷屬中於多聞中是少智者是爲凡鄙爲諸檀越之所輕賤離無所畏第一無畏所謂多聞能思惟法第一凡鄙所謂少聞彼少聞者爲他輕賤不知自過而於他所多貪瞋癡於多聞者真實知者若於尊長若於檀主有善根者以愚癡故放逸多故生瞋心瘡不善業故身壞命終墮於惡道生地獄中放逸行者如是人中行放逸故於世間義出世間義以爲妨礙諸比丘云何天中放逸破壞此天自性行於放逸放逸行天其心愛樂觸味色香而行放逸不見老至不見破壞不見退沒心不思惟善業盡滅不習作法不敬重佛及法衆僧彼離善心行於放逸佛出世時不見不知心不生信怖畏近至衰禍近至死苦近至離別之苦近至不遠天女棄捨大怖近至如在嶮岸而墮墜者於先境界所受樂事不具足見於異世中不隨順行於臨死時不與其樂亦不安慰如是境界皆悉破壞無有氣勢於諸有中異處去時不共相隨若作放逸放逸行業彼於有中則隨逐行彼境界渴心未猒足放逸而死一切天捨心生驚怖迷於境界如是而死彼時

相應或生地獄餓鬼畜生三惡之處是故天人一切不應行於放逸尸棄如來當爾之時而說偈言

若天一切時　成就境界樂　彼天旣破壞
諸業隨逐行　樂不可常保　業聚集不失
樂所誑癡天　由業不自在　境界現生樂
後能作衰惱　染著境界天　心常亂不定
不知善福業　是生死病藥　如燈藥亦爾
爲歸亦爲救　有中之善業　隨逐於衆生
是故黠慧者　常應勤精進　修福德爲吉
捨境界爲善　若有智眼者　知畏未來世
黠慧豫生怖　愚則至時畏　智者如是知
心常處破壞　若意常愚癡　則喜樂境界
爲境界所迷　後則心生悔　諸有身和合
智常不濁者　皆作福德業　無福德則苦

牟脩樓陀夜摩天王如是示彼一切天衆尸棄如來所說偈頌壁上書字最初法已次第復示其餘七法作如是言我復爲汝說餘七法次謂憍慢無時惺悟憍慢行者常不惺悟於天人中恒爲妨礙常妨一切世間之法出世間法云何名爲妨世間義出世間義身憍慢者亂其心意一切法義意爲前導是故轉行彼亂心意行不善處非所應處非時而行行邊嶮處近惡知識不自測度亦不知他不知自力不知他力以憍慢故不能作業於自家事不知籌量如狂不異不行正行一切衆中最爲凡鄙又於諸親兄弟等中最爲下劣彼不應作而便作之所應作者則不能作彼所應作所不應作一切不知亦復不知作與不作於法非法亦不能知又亦不知應說不

說應行不行亦復不知是處非處如是一切悉皆不知以憍慢故而不能知持戒之法又憍慢故不知時節不知方處不知住心及不住心以憍慢故不知樂時不知輕重又不知眞不知非眞戴面而行無所畏忌又此憍慢於出世間法義妨者云何爲妨出世間義爲此憍慢所妨亂者不知業因不知果報不知善道及不善道不知威儀不知方處不知時節不知裁量足與不足不知大衆雖得聞法不能修行於未聞法心不欲聞無心訪問凶頑不畏語不依理心意動亂如風動塵分散處處彼心如是常亂不定彼心意亂憍慢行者不修禪定不能攝心見色則著樂於境界或時著欲眼常動轉如是慢者不正眼故行於憍慢或因著欲或是醉亂或時禍祟或時狂病一切時爾更不餘異彼如是故爲諸世間之所詳指如是指故則爲一切之所輕賤不知自過彼非饒益又非利益亦非安樂彼則於義皆不成就云何憍慢於出世間法律爲妨云何復於憍慢者中以爲妨礙謂彼人中有出家人憍慢之行最爲鄙劣此法毗尼能離憍慢一切端嚴不離憍慢人不端嚴彼憍慢合不能修禪不知住止常行城邑聚落等中不行好處不能說法調伏檀越唯貪飲食牀臥敷具唯不善觀如是之人身壞命終墮於惡道生在地獄餓鬼畜生如是之人非世間道出世間道二處安隱憍慢有七一者色慢二者財慢三者生慢四者服飾莊嚴等慢五者爲王供養故慢六者婦女親近故慢七者他妻亂心故慢此總爲慢滅句殘句或

復滿句此一切法彼慢爲妨如是人中少有富樂微少命行微行憿慢何況天中此則是慢彼天愛聲觸味香色念念之中增長憿慢憿慢行故命則稍减不覺命行不知命盡不知行盡不知善業若不善業彼一切時常恒如是乃至命盡憿慢不止次第乃至善愛業盡業盡則退臨至退時爾乃覺知起如是心境界誑我令我生淤如是慢誑身壞命終墮於惡道生在地獄餓鬼畜生如是憿慢妨世間道又復天衆以憿慢故妨出世道彼一切天愛善業故以止法故於此天處夜摩中生以天慢行不知自業不近其餘少慢行者不近一切不慢行天不樂見佛及法衆僧於正法中不信不入以於正法不隨順故行於惡道不能觀察十二因緣不敬尊長亦不親近有智慧天爲欲所誑貪著境界於此天處臨欲退時乃生悔心是故天人應捨放逸應離憿慢若不捨離則如熾火燒胡麻等尸棄如來當爾之時而說偈言

放逸前破壞　爲慢所迷惑　若天若丈夫
不得寂靜樂　若樂放逸行　是則名爲死
諸放逸樂過　退墮地獄中　不正道行過
是則名放逸　放逸誑心天　則入於地獄
喜樂於不實　於實不喜樂　放逸垢闇故
天爲欲所誑　欲所迷癡天　放逸慢亦爾
不能真實見　如生盲於道

尸棄世尊如是已說放逸慢心妨礙世間出世間法又復第三示破戒過如是之事彼佛世尊悉知無餘如實諦知破戒過患塔中壁上次第書之爾時天王牟脩樓陀示彼天衆

塔中壁上不持戒過書畫文字不持戒者是諸天人第三過患非是利益非世間道非出世道世出世道一切皆非何者人中不持戒故妨世間道所謂受戒愚癡之人旣受戒已應作不作一切不知亦復不知是處非處作過患已覆藏在心兄弟因緣如是破戒專爲兄弟諸親舊等不顧念戒或不取戒受已則犯不生忌難以如是故爲諸親舊兄弟眷屬一切人等皆悉輕賤作如是言此不持戒不勤精進身口意戒一切不持如是諸親至兄弟等嫌賤輕薄以輕賤故時節吉凶皆不看視不與往還吉凶等會不請不喚不信不敬以如是人不受戒故不持戒故不攝戒故本善友者則爲中人若先怨者則求其便若非怨親則不攝之以爲朋侶如是之人如樹根

斷風吹倒地如是倒已一切物失諸親等離彼人自心本性輕動以輕動故內則懷惡於一切人多貪多瞋心邪疑慮分別希望欲爲惱亂其心常瞋一切衆生面色不好無有威德心亂不定恒常貧窮如是之人不受戒故不持戒故身壞命終墮於惡道生地獄中是故常應念作利益受戒持戒不妨世法是持戒人以戒因緣心意堅固常正憶念信於善友若王大臣信彼人故以大貴價金寶銀寶種種寶物一切委之若隱密語信而向說若王王等寄物不侵密語不露以護戒故爲人所信又復諸親兄弟眷屬一切時人信愛供養皆悉敬重過於尊長持七種戒王亦供養知識親等皆悉供養如是之人一切人信一切人愛財物具足常不貧乏皆不能與作不

饒益第一大富以大富故能行布施能作福德正意善住不壞智慧以是因緣身壞命終生於善道天世界中彼人如是微少破戒則爲輕劣何況修行出世間道如是之人意動不住於業果報盲無智眼或不持戒或破多戒唯一戒在或全無戒他謂比丘彼人唯有比丘形服唯如貝聲心常諂曲誑諸檀越作如是言我持佛戒如是之人實不持戒聖所愛戒實不成就彼是誑賊誑諸世間諸天及魔一切沙門若婆羅門諸天人等自他俱誑不如說行如是之人內空無物不實不堅如水沫聚誑一切人第一諂曲彼人多求牀臥敷具病藥所須處處多取彼人常沒生死泥中或生地獄若地獄等諸惡趣中彼人破戒取不應取以破戒故不善分攝如是之人乃至不應於僧地中行至一步以不相應非所應故何因緣爾以諸檀越修治彼地爲持戒者諸比丘等不爲無戒破戒比丘不爲一切無善心者如是之人於彼地中行至一步亦所不應何況敷具病藥所須及餘一切諸受用物尸棄如來當爾之時而說偈言

若比丘無戒　是賊中之賊　內滿爛膿等
外被服袈裟　一切虛不堅　猶如水沫聚
如是空無戒　妄說是比丘　破戒屬地獄
僧寶所不攝　爲心所誑故　身壞墮地獄
遠離法毗尼　自業故墮墜　垢闇之所覆
常受大苦惱　不著善法衣　裸露善人棄
以離善業故　惡將至地獄　聚集不善業
苦門則開張　生死縛堅牢　破戒故如是
爲破戒火燒　彼則爲極燒　如是缺戒者

必定入惡道　意受持戒故　師則能與戒
無心諂受戒　必定入地獄　彼人於日夜
常增長不善　若能持戒寶　則能壞破戒
若人空無法　唯有鬪和集　彼無一念時
而暫不破壞　爲破戒所羂　垢故善人捨
破戒羂常牽　捨戒不善者　無戒若破戒
親附惡知識　若習近欲者　此地獄因緣
無戒愚癡人　或復懷動人　惡業相應人
去地獄不遠　業有相似果　此云何不知
癡故自爲患　而著遊戲樂　日日常增長
惡河不可度　若波滿其中　如是漂衆生
彼人非生善　彼人非善心　若捨離法者
則攝不善法　若身攝善法　是第一善道
行彼句之人　則到不退處　受持戒讀經
愛樂善法者　正行常調伏　彼則離苦惱
此不持戒垢　則能令穢汙　彼以壞學故
爲地獄所攝　如是一切知　應勤心取戒
一切生死海　無戒是因緣

如是所說一切人等出世間道無戒故妨云何天中無戒爲妨此世間中業果之地若於此中持七種戒攝取和集天中受樂久行放逸乃至樂盡然後退墮如燈油盡燈炷盡故光明亦盡云何妨礙出世間道謂不持戒彼持戒人生於天中生彼處已如是心念我於人中持七種戒生於此處與天平等此始生天以著境界愛欲樂故一切皆忘若其餘天不忘持戒則示此天持戒業果爲其說言汝本人中持戒具足生在此處彼始生天以心動故著境界樂不聞語聲不入不取不信持戒故不能取善業果報境界勢力動其意故

彼不持戒不隨法行彼如是天破壞善法是故退墮如是持戒生於天中或生世間或出世間彼世間者以持戒故此是一種出世間者則是菩提此第三法不持戒妨何者第四天人妨礙所謂懈怠樂懈怠人若染著人如是之人一切普遍於一切種一切世間所有諸法皆不成就彼懈怠人七種法劣何等爲七若人懈怠無增上果則是二劣以是劣故供養則劣財富亦劣境界智劣如是劣故一切世間正士不近世間人情問訊則劣彼人如是一切世間諸事皆劣是故頑鈍一切所作皆悉失壞如是人中世間法義懈怠爲妨云何人中而能妨礙出世間法以懈怠故此懈怠人一切家事作業皆畏是故出家作如是言我出家已多有敷具病藥所須飲食豐樂我於晝夜無所爲作彼懈怠故如是出家旣出家已不讀誦經不能止惡不行善法不修禪定不持禁戒常爲懈怠之所覆蔽彼人多利多得供養食用豐足不樂持戒不樂智慧少智過故身壞命終墮於惡道生地獄中尸棄如來當爾之時而說偈言

懈怠少福德　癡能破壞心　一切親等薄
善道不可得　懈怠及惡業　或爲癡所覆
妨礙涅槃道　得不善惡果　無羞無慚愧
懞動惡知識　皆是苦惱因　智者則捨離
邪及慢大慢　如是我慢等　常捨此一切
受苦惱因緣　若爲懈怠覆　不憶念發動
出氣與死等　空得命無果　懈怠所患者
有命亦同死　如是懈怠人　心念死爲勝
若溺懈怠泥　没苦海不出　若人勤精進

則度生死海　少力懈怠人　如愛飲食羊
命未盡如死　若死入地獄　貧窮癡如羊
或爲苦所攝　若人食他食　懈怠是因緣
若有懈怠者　多依他活命　多貪著美味
心或常樂欲　彼則不知諦　唯貪著食味
死時既到已　悔火自燒心　諸有忍寒熱
乃至飢渴等　如是身受苦　後時得寂靜
莫起懈怠意　懈怠則怯弱　不能忍生死
不得脱苦惱　懈怠空在世　善人中凡鄙
未來世亦空　不曾得寂靜
懈怠之人除此過已復有異過所謂遠離出
世間道懈怠之人是不善人是退没人云何
諸天失於世間及出世間法律毗尼云何諸
天妨世間道謂此懈怠復有餘業若緣善故
得生天中彼天復爲懈怠所壞一切愛聲觸

味香色心復不樂不樂園林天可愛處不飛
不走不聽歌聲自亦不作不飛虚空不從山
峯至異山峯不在河中不涉波鬘乘鳥遊戲
如是樂者夜摩天王有如是樂彼懈怠天亦
不往詣夜摩天王所有一切諸境界樂皆悉
不受普彼一切如毒如怨一切是垢此是懈
怠妨礙世間云何懈怠而復妨礙出世間道
若復餘天常聞正法愛樂正法彼不能近遠
離正法於未聞法無心欲聞設聞不持又亦
不習不近尊長不學智學離一切法離一切
善常樂生死常受苦惱何以故彼離道故則
於有中而不得脱彼爲懈怠之所壞故生於
地獄餓鬼畜生彼則常爲生老死等之所籠
繫受諸苦惱世間流轉彼懈怠者如是懈怠
則是一切不饒益事亦是一切惡道之本生

死種子是故世間一切苦惱由之而生是故世間若有欲斷生死縛者則應精勤捨離懈怠諸有一切不饒益事皆此爲本此如是等一切懈怠則於苦海不可得度此之懈怠有無量過又復除此四種過已有第五過諸天人等妨礙世間出世間道所謂惡貪一切世間出世間法普爲妨礙云何天人於世間道出世間道惡貪障礙所謂俗人以貪心故行於非法常樂財物愛物之心如河水旋亦如獼猴心愛物故欲取物故設諸方便如是如是惡貪增長如是思惟我今當設何等方便何等欺詐誑惑他人心常如是欺詐誑惑復爲他人如是教示欺詐誑惑如是之人多作非法以如是法復教他人如是之人貪心則多如是思惟他所有物皆悉屬我彼人如是心思惟已復教他人教他人已即共相隨欺詐誑惑設諸方便誑惑他人取其財物如是誑已心生歡喜作如是念我善能作我能欺詐誑惑他人得其財物本是他有今則屬我起如是心是故歡喜得其滋味如是次第樂行多作令他苦惱惡貪覆意破壞城郭村邑聚落多人住處或燒城郭村邑聚落多人住處爲一切人之所棄捨一切善人之所嫌賤是諸國土之大棘刺城之棘刺聚落棘刺破壞國土破城破村破壞屋舍壞他種族常一切時樂如是惡令他衰惱如是惡人身壞命終墮於惡道生在地獄是世間中惡貪之人是惡貪人妨礙世間惡貪既集又復增長如火得薪如是如是惡貪增長如是如是惡貪方便如是如是得他財物如是如是轉復增

長是故修行福德之人勤捨惡貪何以故第一垢者所謂貪心取他財物彼垢壞者入於地獄尸棄如來當爾之時而說偈言

若人行欺誑　方便取他物　則是大貪心
常行不善行　彼人於晝夜　心常不清淨
爲貪覆其心　常希望他物　彼人如劫火
自體本性惡　一切所怖畏　猶如惡毒虵
若人爲惡貪　常覆其心者　恒入於地獄
及在餓鬼等　大地獄火中　熱處旣脱已
若生得爲人　五百世貧窮　毀面而皺口
常受於苦惱　爲貪壞心者　皆如是受苦
若人捨離貪　常希求智慧　恒有神通力
則行於善道　除却心中貪　猶如閉虵窟
若爲貪虵齧　必定受苦惱　若懷貪心者
念念轉增長　如火得乾薪　熾然而增長
愛樂財物人　恒常希求物　死時旣到已
有物皆捨離　若作惡業已　終竟不捨失
彼人爲貪縛　將入地獄去　財物則屬他
自得惡業汙　非財見爲財　非樂謂爲樂
惡貪住心中　見怨如善友　貪火能燒人
智者不集貪　爲貪所燒人　後時入地獄
世間財如山　一切皆無常　云何爲財物
如是作惡業　唯有愚癡者　能作如是惡

如是惡貪皆勿自作莫令他作如是惡貪妨礙世間集惡貪者日日增長如火得薪如是如是熾然增長如是惡貪得財物故如是增長共貪慳嫉增長熾盛是故諸有福德之人應當捨離汝等天衆當如是知有治生人賤買飯食若餘物等若作齋會布施沙門若婆羅門爲令他知謂是福人眞實可信知人信

已然後自物貴賣與他此雖布施非清淨心爲令他信治生求利賤買貴賣如是方便以少物施得物更多或得十倍或得八倍如是惡貪善人則捨又捨惡貪言惡貪者所謂法師說法取物得如是物非三寶用此是惡貪則應捨離又捨惡貪言惡貪者諸出家人或白象牙所作佛像或刺繡像或氎等上畫作佛像或刻木像或銅等像賣如是像彼是惡貪既得物已非法中用人中則有如是惡貪妨世間法出世間法智者呵毀智則捨離云何名爲天中惡貪汝等天中如是大樂猶故惡貪如是現見此金銀山毗瑠璃山青寶之山大青寶山玻瓈山中汝等一一遊戲受樂於一山中既受樂已復向餘山共諸天女種種受樂天衆圍遶如是一切由貪故爾非餘所作汝等天衆愛共貪縛墮於惡道而不覺知不生怖畏不畏死亡不畏所愛眷屬等離不覺退時種種衰苦汝等天衆以貪心故不畏不覺汝等天衆如是貪心無量無邊魔業貪心不知猒足不畏離別不畏死苦如是惡貪妨世間道云何天中貪心妨礙出世間道此愛聲觸味色香等喜樂愛樂貪心諸天不就其餘少貪天所聽法聞法求法學法不欲聞法令心白淨一切善法勝根本者所謂覺法一切法覺要由聞法若不聞法於法不覺何故不覺以放逸故復以何法是放逸根所謂貪心是故應當捨離貪心若捨貪心則到涅槃貪所覆者流轉生死天衆當知出世間道天人之中惡貪妨礙是故智者常應精勤捨離惡貪施有三種一資生施二無畏施三

爲法施彼資生施生報天果不能布施此人勝天非天勝人如是人身第一難得若得人身不行布施則爲虛生如商賈人得值寶洲不知取寶而便空還若得人身不知捨財而布施者亦復如是何者復是無畏布施凡有幾種無畏布施無畏布施凡有三種一者救命施其無畏二者妻子爲他拘執方便救攝施其無畏三者防護畏失物者施其無畏彼救命者生人天中報得長命護失物者生則大富所有財物王賊水火不斷不壞若爲國王或爲大臣以彼業故有大力勢有大名稱在所生處恒常大富救妻子者若生人中善攝妻子天上退時天女不捨如是三種無畏布施何者法施法施二種一世間法用以布施二出世法用以布施彼世間法用布施者謂以四禪世間中智和集布施於人天中受世間樂天人中生則生邪見出世間法而布施者以不瞋故生天人中或生欲界或生色界若生欲界彼或在於一百九十八地上生隨願生彼若生色界則得解脫以果勝故大智慧故依處勝故則得解脫生淨居處若因願力爲轉輪王主四天下有金輪寶寶有十四所謂七寶七相似寶善願力故盡滅諸漏得緣覺道以願勝故則成如來應供正遍知明行足善逝世間解無上士調御丈夫天人師佛世尊以法布施因緣勝故此三種施汝等天衆一切皆無如是義故人則爲勝天爲報地人爲業地業因緣果如是人中人因緣生業果則勝如是人勝天爲不如

正法念處經卷第四十三

音釋

商賈 商式羊切行賣曰商賈公户切坐販曰賈 黠 胡八切慧也 慠 五到切倨也 惺 先挺切悟也 祟 雖遂切鬼厲也 裸 郎果切赤體也 棘刺 棘紀力切刺七自切 皺 側救切猶縮也 虵齧 虵食遮切齧五結切噬也 繡 息救切五采刺文也 氎 徒協切細毛布也 ⿰忄蒦 黄郭切音穫心動也驚也

正法念處經卷第四十四

元魏婆羅門瞿曇般若流支譯

觀天品第六之二十三夜摩天之九

又復業分若人生天不曾布施唯持於戒得生天中唯有一種功德具足五欲功德劣於餘天是業因緣人勝天劣毗婆尸佛當爾之時而說偈言

人中布施已　則生於善道　非天能布施
以是果地故　人中是業地　果地則是天
一切果因緣　無因則無果　念念念不住
如是轉不迴　業果將欲盡　應當作福德
一切是心力　能令命流轉　是故有智者
不爲命作惡　一切皆不畏　未來諸苦惱
如是苦惱人　癡羂所縛故　布施持戒寶
於誰心中有　若天若是人　則到於善道
有爲生住滅　皆是無常故　一切有爲樂
亦如是無常　雖壞而生貪　念念動不住
樂命皆如是　是故應捨離

如是此法一切有爲悉皆無常苦空無我一切世間無量衰惱處處普遍有五種縛縛天縛人愚癡目盲惡欲壞心唯生愛樂一切愚癡毛道凡夫迭相愛縛如鳥在籠一切人天於生死中流轉常行以是義故若人若天或命或樂勿生常想應於世間一切諸法不生常想不作無量種種分別又復具足十二種施如是布施天中所無唯人中有天唯食果若食果盡爛失破壞退彼天處何等十二布施具足一者方處具足二者時節具足三者功德具足四者可愛具足謂所愛物五者福田具足六者施飢渴者七者信心施與八者

不求而施功德具足九者有歡喜心施妻子等十者揀擇心所敬重勝富伽羅而施與之十一者施於世間不輕賤者十二者施不望報此如是等十二種施復有持戒功德具足得生天中盡已則退是故天應捨放逸行如是十二離垢布施爲轉輪王財寶富足或生於天或天相似復有十二離垢布施何等名爲十二種垢一者於多人聚中和合衆中或於僧中平等皆有戒智及行功德具足不平等施此是垢施得少果報二者若男若女以欲因緣或男施女或女施男此是第二垢惡布施又復第三垢布施者以怖畏故捨物施與王家門師謂是沙門婆羅門等有如是心若我於王得衰惱者則能救我此非修思因緣故與名爲垢施又復第四垢布施者所謂癡心捨物布施如彼外道婆羅門等齋會等施此是第四垢惡布施又復第五垢布施者謂見他人所布施者不知彼人持戒以不不知彼人有智慧不有寂靜不爲有禪不唯見他人如是布施他因緣故內自無思如是捨物而施與之此是第五垢惡布施又復第六垢布施者謂前乞者苦求乃與此是第六垢惡布施又復第七垢布施者知他有物爲令他信方便欲偷捨物與之後欲作惡種種侵損爲覓其便是故與物此是第七垢惡布施又復第八垢布施者爲破壞他和合之事捨物施之於他二人共爲一友令使別離後覓其便則與衰惱此是第八垢惡布施又復第九垢布施者謂爲成親捨物與他或男施女或女施男此是第九垢惡布施又復第十垢

布施者所謂治生多買食具種種諸物粟豆果菜一切雜物待齋會日貴賣邀利得物自用微少饒之此是第十垢惡布施又第十一垢布施者爲名稱故捨物布施此第十一垢惡布施又第十二垢布施者妻子飢貧以物與之内無善思此第十二垢惡布施此一切施離思無思以無思故空無果報若思增長則能離垢譬如垢衣灰汁洗浣則便清淨如是思熏布施成就毗婆尸佛當爾之時而說偈言

十二功德具　離十二種垢　成就清淨施
相違則垢濁　或天或男子　布施得大力
離施墮惡趣　布施生善道　貪心嫉妬垢
唯親愛妻子　此人墮餓鬼　唯希望飲食
若解貪心縛　斫伐慢心樹　除滅闇聚者
此人布施故　布施在前行　施主隨其後
布施能示道　行到他世去　施水澡浴人
以持戒香塗　智慧廣無垢　得度苦彼岸
丈夫有三燈　爲利益故然　所謂施戒智
此等能除過　愛極爲深廣　疑波極動亂
持戒修智故　過如是苦海　心不調而速
一切處皆著　布施持戒法　則能縛此心
此等三藥師　能除煩惱病　布施持戒智
恒常與安樂　心有放逸過　分別曲而輕
布施持戒智　此三能縛心　三種過熾火
燒一切世間　智水滅火已　得寂滅涅槃

彼毗婆尸如來世尊如是書經在彼塔中此布施行唯人能行天則不能以此因緣人勝天劣汝等既知如是布施於諸境界心莫放逸當善持心善持心已故令煩惱大惡過患

心中不生若其生者智火能燒智火燒已則到第一不退之處不生不老不死不盡如是之處應當捨離如怨放逸又復天衆更有餘事意則劣減損辱羞恥所謂食時現見故羞以業勢力有下中上果亦如是有下中上彼天不能乃至少物以施他天叵以自業迴轉與他所謂人中食時捨施或時持戒如是得食天見他食勝色勝香勝味具足如是見已心則羞恥若在園林蓮花池水遊戲之時一切受樂如業相似成就樂事見餘天面受快樂已内心羞慚自身低減天中則有五種羞恥何等爲五一謂食時有見他天白酥陀色自食則垢或時色赤相近食食見則極羞此是初羞第二羞者謂見他天端正好色形服莊嚴有多天女妙色殊絶供養餘天見已則羞第三羞者謂見他天在蓮華中空中飛行園林山峯蓮華池水金毗瑠璃戲樂處行以業勝故飛行則疾若少業天行則不速不能共彼同處遊行常在他後羞天女衆第四羞者謂天入在蓮華池者以天本有如是業故則有如是蓮華池生色香觸量劣天見已於眷屬中則生羞恥第五羞者如天之業如是得報如業坐處若於本時作大善業則有妙好毗瑠璃座或青寶座或時復有赤蓮華色勝座處生若餘劣天在彼處坐以業少故如是妙座或變爲金或變爲銀或爲玻瓈彼天旣見坐處變已種種雜業輕重等業旣見知已則生羞恥旣生羞故威德劣減彼天如是面色減劣餘天威德面色增上自天女衆如是見之則捨而去捨離如是少業天子依止

其餘大業天去遊戲受樂天女同心一切皆共諳餘天子彼少業天極生羞耻此是天中於眷屬所第五羞耻如是不樂有爲之法彼有爲法能爲誑惑令生貪心如楝樹葉其味甚苦和餘甜味天樂亦爾雜苦雜樂何況復在異道衆生地獄餓鬼畜生中者或定業生不定業生常苦不止有無量種大力苦生譬如海中種種雜水異異河入種種水入衆生之心亦復如是相續河流種種諸業依業得起成就大力諸苦惱生汝等天衆比量如是說一切種異苦應知總一切苦有三種因和合相應諸苦滿足此三種苦有三對治則能除之何等爲三謂智戒施毗婆尸佛當爾之時而說偈言

若心不依止　智戒施等三　彼衆生常苦
樂則不可得　如種種因緣　何等業幾種
衆生所作業　如是成就果　一切皆因緣
無不因緣者　有爲不破壞　因緣不可見
爲心所誑故　布施面羞慚　如是布施者
則不得樂果　和合布施勝　捨離慳嫉垢
天常受樂故　則無如是心　飢渴爲大火
能燒諸餓鬼　一切慳嫉果　實智者所說
若常行布施　彼必定得樂　以施得樂果
是故布施勝　世間作光明　恒常自隨逐
布施則到天　天供養如僕　施是不誑處
如來如是說　以其是實故　常應行布施
捨慳嫉惡已　而善修於心　若能行布施
得渡生死海　施三寶福田　三種皆清淨
決定於三時　三明見彼果　初常行布施
次精勤護戒　智則能割愛　此爲大樂道

若不除斷愛　世間不饒益　彼則不能到
不生死勝處　常離不施心　恒樂行布施
無施故飢渴　餓鬼中燒身　布施得大富
天乾闥婆中　因施得爲王　善法轉輪王
依止布施地　智者能持戒　持戒者知時
因智得解脫　出苦之要道　一切佛所讚
勇健者知已　則常行布施　不布施生天
天中受樂少　施故生人中　從生受富樂
若生在畜生　亦常受樂果　一切布施樂
是智者所說　若在餓鬼中　彼亦有飲食
以本少施故　則得如是果　若生地獄中
飢渴不能燒　一切以施故　如是皆得果
生泥道中者　是衆生自業　布施得安樂
如是於父母　如是住施地　常行於布施
恒樂施持戒　得脫諸惡處

牟脩樓陀夜摩天王如是已示放逸天衆天衆知已一切現見住戒果報攝取持戒又彼天衆復有羞慚所謂業故現前羞恥見食故羞園林蓮華處處遊行多天女衆而爲圍遶種種樂音在於天中地上而行心樂境界五欲之樂第一勝樂不可譬喻成就樂事如是轉行飲食地處次第往到種種莊嚴端正天女如是天女之所圍遶彼天歌舞五樂音聲遊戲受樂彼天耳識不知猒足境界可愛是故受樂不可猒足又復彼天見種種色皆悉可愛端嚴殊妙如意念色見則生樂種種光明種種異色種種形相或在遠住或在近住或中間住彼天見已有如是念彼遠住色可前近來隨心念時彼可愛色即來在近或中住色如意念來若念近者近者則來若念中

者中者則來若念遠者遠者則來業果勝故如是隨意以彼業因有下中上天報如是有下中上如是彼天愛毒所齧不知猒足如火得薪無有足時愛心之者則於境界不可猒足如是天中無量種樂皆不可足又復天衆鼻識齅香有無量種謂園林中天妙華香又復彼華樹枝中生枝垂至地有種種色種種形相種種分分雜雜異異一切時華同時開敷彼如是華天女取之送與天子令得齅之或爲風吹香至天子天子齅之齅已欲發則受欲樂又復天身如是天中莊嚴殊妙與天相應頭上莊嚴寶瓔珞等隨天意念一切出生種種衣服有種種香無縷天衣其量相應彼天如是生愛心故不知猒足又復彼天若心意念以自業故一切所須具足皆得則有第一可愛飲食天上地中有酥陀食以本施時有下中上酥陀亦爾有下中上又復具有種種天飲有下中上業如是故自業如印猶如人中人身長短隨日所在影亦如是長短似身如是如是彼天本於人中之時作如是業如是食生彼食食時天女現前則生羞耻如是天中見勝天女大生苦惱如是有中一切無常無有一樂不破壞者現見一切有爲皆爾如是應知又復彼天本善業盡退時生苦若放逸天樂天欲樂退時愛離膩潤盡時欲向餘道則有相現以欲退故身心大苦若大苦生彼苦如是不可譬喻毗婆尸佛當爾之時而說偈言

種種放逸樂　爲境界所誑　食欲盡退時
無與同伴者　本前放逸行　不行布施等

於後死退時　悔熱自燒心　初中後等時
心常作利益　心益常調者　死時不怯怖
有生必有死　亦有愛别離　愚者不思惟
爲境界所誑　死次第念念　境界破壞天
來至天不覺　以欲著意故　若天能知此
生愛别離苦　乃至須臾間　於欲心不住
欲無常可畏　常作不利益　如是愚癡者
而猶近於欲　癡天常如是　爲欲火所燒
既被欲燒已　習欲不休息　若思念真諦
不喜樂境界　若喜樂欲者　是則常啼哭
此一切三界　轉行猶如輪　一切業羂縛
天不見其實　於種種道中　處處數生死
衆生爲愛迷　常受諸苦惱　欲如電火輪
暫住不可得　如夢乾闥婆　衆生虚妄取
欲如如是等　思欲復勝是　無常苦空中
勿生我所心　此之老死輪　極惡叵調伏
譬無救衆生　無眼不覺知　牟尼説五根
空而無自體　多有無常苦　自體是病處
如是見知已　則應捨離欲　彼寂靜智慧
則近涅槃住　彼欲退天者　根心皆動亂
爾時苦受生　不可得譬喻　如是受大苦
如是愛憎心　彼天欲退時　如是受大苦
諸有死未來　諸有離八難　皆應作利益
此道能得樂　天中地處退　人地中死亡
何人如是知　不厭離生死

如是天中業盡退時業繩繫縛牽令使退將向餘處生大怖畏是故有天同如畜生若天心樂境界樂行非自利益是故天衆勿放逸行莫於後時心生悔熱夜摩天王牟脩樓陀如是爲彼山樹具足地處行天毗婆尸佛所

作佛塔見彼塔已調伏天衆爲作利益示欲過患爲顛倒天四顛倒者説於正法死未來間則示其死與其怖畏彼死畏處無量苦處示平等道以寂靜心作他利益調伏天衆於六經中毗婆尸佛所作經文第二已竟又彼天主牟脩樓陀夜摩天王共彼天衆山樹具足地處來者有修心者不修心者皆攝取之精勤修習利益他行除其放逸諦見業果令心柔輭心柔輭故生大信心信心生已示其欲過示欲過已説命無常説無常已説生死苦彼天聞已心則柔輭心柔輭故天王告言汝等天衆一切皆看此大佛塔迦迦村陀如來之塔應正遍知明行足善逝世間解無上士調御丈夫天人師佛世尊妙寶佛塔光明遍滿金珠鉤欄如穿虛空高出於上一切皆見甚可愛樂第一清淨一切天衆見者心樂此諸天中高出如幢堅牢不動猶如禪住種種善寶光明勝妙如正法説第一可愛天如是見汝等天衆共我相隨住彼塔所供養禮拜或以香塗散華供養此大仙塔有何希有今共往看若我利益乃至涅槃或身或命皆得安樂何以故如來世尊雖少説法則能利益安樂衆生一切衆生必得利益則無有疑我等今者爲自利益皆共往去爾時天衆既聞天王如是語已心皆清淨信天王語白天王言我等皆去供養禮拜爲自利益爲自安樂爾時如是山樹具足地處諸天天王在前天衆在後向世尊塔皆共往到到已則見迦迦村陀如來之塔生敬重心禮拜供養周帀旋遶爾時塔中衆寶光明形日光明如螢火

蟲彼寶光明勝妙如是彼佛塔中見垂寶板第一光明板有經字是天神通之所爲作是故不失不破不壞不可拭滅何故不失迦迦村陀牟尼如來以爲利益諸天人故說此經典於天人中如是說法何以故天中乃是人之善道人中乃是天之善道天退之時希人善道人死之時希天善道如是天人迭爲善道天之與人迭相愛樂持戒不壞則生天中持五戒者則有二種彼持戒者以愚癡故生而不熟唯癡者作雖癡而信以心信故信於佛等修行身善口善意善非是邪見乃至命盡信業果報依法得物以自存活不惱他人敬重父母供養父母親近沙門若婆羅門恒聞正法如是癡人唯信相應彼雖癡鈍具足修行身口意等相應善業自性如是不受禁戒如是之人身壞命終生於善道天世界處終心善故得生天中若得生於夜摩天處劣於餘天身色形服及莊嚴具諸天女衆若行若食一切皆劣則生羞慚光明亦少一切欲事具足皆劣彼無智故不知取戒於有戒天有智慧者知取戒者則爲滅劣又彼癡故不知取戒而修戒行於佛等中生清淨信乃至不能取一日戒身行善行口行善行意行善行身口意中不能具足一切修行身行善者謂不殺生及不邪行不斷偷盜比是不能一切修行口行善行唯不妄語於口餘垢一切不避如是唯行一分善行不能具足一切善行若意善行唯信命盡或有餘業或時唯信生夜摩天於次前者轉更劣減於餘修行受戒持戒具足之天形量身色勝莊嚴具若食

若行若天女衆壽命長短聲觸色香一切皆劣自見劣故極生羞恥慚於餘天受持戒者復有愚癡不知取戒持戒相應唯心正見得聞佛法敬信三寶佛法衆僧乃至不取一日之戒聞持戒來或於知識教示聞來或於所畏生忌難故不作偷盜次第聞來若聞佛說以餘業故貧窮而生如是之人畏現在世畏未來世故不偷盜口中不説破壞之語不迭相破於破壞者令使和合愛善業故或時傳聞佛所説語彼破壞語餘業緣故親舊知識妻子奴婢一切破壞以是業因身壞命終墮於惡道生地獄中如是之人二種因緣故不兩舌彼人以是業因緣故身壞命終心有信故或餘業故或生業故信福田故生夜摩天量色形相一切劣減天女衆劣若處處行飲食等劣聲觸亦劣味色香命一切皆劣光明亦劣於他天所則生羞恥如是放逸不取戒故如是三種各生天中而有優劣唯信佛故或如是思功德勝故或時本性如是勝故或以心體柔輭勝故或正見勝深心信勝不諂不曲不熱惱他如是勝故供養父母生敬重心如是勝故或願勝故彼人如是如業之心恒常相續於福田中深心勢力意思功德有下中上如是勝業上生天中業相似果決定受得終不虛妄不疑不得如是定得何況取戒乃至涅槃決定必得終無虛妄幾種取戒略而言之四衆眷屬四種受戒彼皆攝果何等爲四所謂比丘諸比丘尼諸優婆塞諸優婆夷四衆受戒彼如是人可有幾種别别受戒彼優婆塞略有四種何等四種一一分行

二半分行三數數行四一切行一分行者唯持一戒半分行者謂取三戒行於三戒數數行者不常受戒一切行者受持五戒又復更有四種持戒何等爲四一希持戒二半持戒三悔持戒四合持戒彼優婆塞於學句海次第漸取初取三歸作優婆塞彼人修心復於久時善觀察已取一學句於彼學句堅持不缺不穿不孔何者不缺何者不穿何者不孔彼不缺者乃至命盡受持不捨不起一念破戒之心於他作者心不隨喜遮他人作或令他人安住法中故名不缺彼不穿者如彼所受一學句戒乃於後時捨彼學句次於後時復更攝取數捨數取如是名穿彼人如是學句不穿離如是持何者不孔云何爲孔於此學句初清淨心知識邊取取已後時其心則悔不能護持心生疑惑彼疑牽心心濁而行非多思行彼人後時悔火所燒如是燒已則捨學句如是捨已更不復取此名爲孔若人不作如是住者則名不孔又彼希行優婆塞者住於缺穿孔學句戒云何爲缺此心不滅不破不壞善心生已則取學句如芭蕉葉如電相似如是熏心歡喜取戒信心敬重後時復聞外道法已心則生悔癡垢濁心是故捨離復於後時聞正法已還復攝取此名爲缺又復缺者此優婆塞疑於學句如是持戒有供養天憶念正法作如是心我於今者爲於佛語而得清淨爲於天所而得思力如是心故二皆供養如是疑心依法持戒此名爲穿又復孔者內心有孔外則善行爲他見故爲供養故受持學句此名爲孔智者如是一切

皆捨希持戒行優婆塞者云何名爲希持戒行優婆塞耶此優婆塞取一學句於多時中爾乃復取餘之學句如是次第非是一時不生一心不從一師如是久時希取學句此則名爲希行學句優婆塞也又復第二半優婆塞半半取行或取二已然後取三或取三已然後取二或於後時爾乃取三或於久時方乃取二此名半行於半半中下增而行增下而行何以故半半學句并合而取如是合行而受持者此名第二半半合行優婆塞也云何第三悔優婆塞前不取戒唯癡心故但於佛等生深信心彼優婆塞或比丘所聞持戒果功德無量乃至涅槃既得聞已悔火燒心方生敬重乃至命盡持戒不捨此名第三悔優婆塞又復第四合優婆塞彼持戒行一切具足云何名爲合持戒行優婆塞耶此優婆塞聞正法已則得正法句句處處於經經中十二因緣十二因緣以知如是十二因法心中生念如是信已唯以舌根一切持戒攝取滿足於一時中攝取五戒堅持不缺不穿不孔乃至命盡常如是持四優婆塞如前所說又下中上如是次第一切中勝具持五戒於一切中最下劣者謂希持戒最下持戒優婆塞者唯一念中攝取持戒天則不及天魔王等悉皆不及何以故涅槃城法能攝取故此一切天於涅槃城不希不求彼地夜叉見持戒者供養禮拜虛空夜叉如是見已供養禮拜以如是人隨順法行能報恩故能調順故如是夜叉或向天說如是之人得現世果若王大臣或土田主而供養之或施財物隨後

行天神通增長有大勢力諸非法行惡夜叉等不能惱亂不能破壞隨心所須種種意念皆得具足稱情受樂諸所作業皆悉成就不多病患面色清淨睡眠安隱覺時喜樂妻子奴婢及餘客等攝取不離身壞命終生於善道在彼天中量色形相一切皆勝持戒勝故如是勝生如是業力以持戒故得是大果本人中時所集善業夜摩天中放逸行故一切皆盡衆生之心業網縛故復於後時墮於地獄餓鬼畜生是故皆應勤行精進乃至未得聖印以來如是精進若心自在放逸而行彼天退時心則生悔墮於地獄餓鬼畜生善業盡故是以應當捨離放逸如是第四善優婆塞得現生樂若能次第不斷精進則到涅槃如是一種是優婆塞佛之眷屬次復云何是優婆夷佛之眷屬凡有幾種佛優婆夷優婆夷者則有四種一是有信二是種姓隨順次第三調伏行四近住行言有信者彼優婆夷種姓熏心其心柔軟善修其心彼優婆夷少聞佛語聞已能知知已得味味已則入謂入法律彼優婆夷住善心已然後受戒婦女之心不能拘執聞外道語心則不受不捨佛法乃至不與外道共語唯於佛等生清淨心具受五戒此名有信優婆夷也云何種姓隨順次第優婆夷耶種姓賢善隨順法行入法信法法救法歸法性法堅不行惡業他道論師不能破壞常優婆塞種姓中生於佛等中極生信心彼種姓中若生於女彼女則能隨順次第自從生來常聞佛語供養沙門此優婆夷恒常聞義此優婆夷常一切時相續熏心

受戒持戒此是種姓隨順次第優婆夷也彼調伏行優婆夷者謂本不信佛法僧等彼若得近善知識故信於佛等近他因緣他令使信見他功德持戒具足數數取戒彼優婆夷則名調伏彼近住行優婆夷者若有女人常近外道知外道法見其威儀知威儀已爾乃後時近佛弟子沙門之所見其威儀從其聞法形相行食舉動進止身著袈裟去來寂靜如是見已然後次第棄捨外道信於佛等以相近故是以調順從其受戒名近住行優婆夷也如是四種優婆夷衆如是四種優婆塞衆略說如是有信解故心相續故他因緣故次第近故如前所說優婆塞衆所有因緣優婆夷衆亦皆如是入於法律如優婆夷所有因緣優婆塞衆亦如是入心相續故優婆塞衆優婆夷衆已行不別一切善攝正見正行彼心皆有下中上故身壞命終皆悉生於善道天中彼有生於夜摩天者如所集戒正行不同如是生於餘天之中以善持戒和集相應得生天已放逸而行不勤精進諸未得聖皆福業盡復生地獄餓鬼畜生福德盡故放逸過故若其有天不放逸行彼則到於樂中樂處彼以持戒善修行故是故不應起放逸心此放逸者如毒不異一切世間愚癡凡夫爲貪所誑而行一切不饒益行一切生死繫縛不離是故天人應捨放逸若天若人如是持戒故得生於第一好處放逸過故福德則盡彼如是人自誑太甚或墮惡道或長久時流轉生死牟脩樓陁夜摩天王如是善心示其天衆彼佛塔中板上經字作如是言彼佛

世尊憐愍衆生利益天故神通所化彼天聞已第一勝心猒離生死捨放逸行如毒不異此優婆塞及優婆夷眷屬已說

正法念處經卷第四十四

音釋

浣（胡管切濯垢也）澡（子皓切洗也）楝（郎甸切木名）數數（並所角切頻也）

# 正法念處經卷第四十五

元魏婆羅門瞿曇般若流支譯

## 觀天品第六之二十四夜摩天之十

云何比丘及比丘尼二種眷屬彼有幾種有何功德有何等行云何持戒幾種持戒如是沙門世尊弟子或是比丘或比丘尼求涅槃行勤行精進若晝若夜能令魔衆眷屬怖畏幾比丘尼黠慧正行如法律行心無所畏向涅槃城求於實諦求實諦故持戒不越如是則能入涅槃城修何等行功德相應一切女人愛欲近欲二是功德一切善者最初如是眞實觀察男身自身見彼男身或與身等或大於身如是見已生於兄弟父母等想如是修心此婦女人欲樂爲本若相近者意常希望若晝若夜若坐若臥若睡若寤若餘所作若少若老若是中年若住平處若住惡處若苦若樂若病無病若護不護若禁不禁若大姓生若小姓生若媚若醜若道邊住若家中住若聚落中或於空處若或莊嚴若不莊嚴若繫在獄若不在獄若夫愛樂若不愛樂若近尊長在尊長前若近卑賤若近年少若近老年一切婦女於一切時於一切處欲常縛心欲在心中譬如火熱如地之堅如風輕動如水濕潤如四大中所有自相皆不顛倒於一切時皆不自離女欲如是常隨繫縛不曾暫離如是女人復有二垢所謂妬嫉如是二垢復有餘垢共生不離所謂諛諂彼復有垢隨逐不離所謂欺誑彼復有垢隨逐不離所謂憍慢彼復有垢隨逐不離謂衰惱處衰惱處者近於富男而共行欲彼復有垢隨逐不

離所謂躁擾心常不住彼復有垢隨逐不離所謂誣枉親舊知識兄弟眷屬彼復有垢隨逐不離所謂能於大會之中損壞威儀彼復有垢隨逐不離所謂兩舌彼復有垢隨逐不離所謂私語彼復有垢隨逐不離所謂貪食彼復有垢隨逐不離所謂能行不應行欲彼復有垢隨逐不離所謂叵信彼復有垢隨逐不離所謂說他之婦女壞威儀事彼復有垢隨逐不離所謂愛鬪彼復有垢隨逐不離所謂辱人彼復有垢隨逐不離所謂壞亂能令村柵聚落壞亂彼復有垢隨逐不離所謂近此婦女因緣墮於地獄如是婦女如屎如毒亦如利刀如墮嶮岸大火曠野惡毒蛇等一切相似婦女之心悉皆如是如是等心婦女之人既見三寶讃嘆稱說聽聞佛語婦女之心則可柔輭彼復更有希有之法如是對治如是堅鞕垢惡之心對治二種謂自生心或爲他教以信出家自生心者善熏心故爲他教者近善知識彼如所說諸過鬧聚從無始來依止心者能令散失彼初如是出家希望比丘尼者近善知識何以故此如所說諸垢對治知說爲說令其善住善能爲解苦惱結縛令得解脫安隱樂住善知識者安慰示導無始來闇能令失滅示其善道拔無始來惡欲等刺於愛惡處則能救免示常不生不死不老安隱之處彼如是垢對治之處我今說之如次第說如隨逐垢如彼對治令得寂靜一切如是婦女妬嫉多於男子如是彼此逆順對治出離生死女欲多故不淨對治如身實見身是病藏不善之聚一切不淨糞屎等

處彼於此身或自或他如其自相如是觀察觀其本藏此身本從何處出生彼見精血不淨和合集聚如汁二家惡汁合爲一身如是身者不淨種子而生此身又復彼女如是觀身此身若從不淨種子而得生者如此身中無少淨法彼比丘尼復更諦求觀身九種惡瘡不淨從身流出如婦女身男身亦爾婦女男子九種瘡流婦女之身三種大過何等爲三所謂婦女屎門寬大兩乳汁流是名三種又復男女平等瘡流鼻兩孔中並皆流涕兩目出淚兩耳孔中或有垢出或有血出或有膿出口中氣臭或痰故臭唾沫流出於下分中若屎若尿血等不淨如是如實觀察此身諸不淨已如是憶念此身聚中無有淨物微塵許流一切皆是不淨之物如此身者何物住中何者依止若有淨物來近此身身猶不淨身不淨故如是淨物亦同不淨隨何等物本清淨者若來觸身則爲不淨所謂彼物本清淨者若食第一清淨之食彼食入身則成糞屎此身如是飲清淨物入身成尿外物觸身由此身故一切淨物皆爲不淨所謂淨者一切香衣若令身著汗出則臭又復如華本一切香與身相著萎蔫氣臭彼比丘尼復觀察身如此身者何處住來謂本在於母身藏中母身云何爲淨不淨彼比丘尼如是觀察我母本性亦復如是一種不淨彼比丘尼又觀察身如此身者何處而住於何處行彼如是處爲淨不淨如是觀已如實見知一切所有清淨之處隨何等處如此之身若死若活若在彼處彼如是處則有蟲垢髮毛骨等能

令彼處悉皆大臭以如是身在彼處故彼比丘尼為斷欲故復觀察身如是身者為誰所食云何觀察如實見之所謂羅刹諸惡鬼等諸不淨者之所食噉非是鵰鴨及鴛鴦等淨潔衆生之所食噉彼比丘尼復實觀察如是身已則見此身唯邪所攝顛倒分別不正觀察闇眼現前男女相近欲繫縛心不見不淨彼以如是決定觀察此無始來久習堅欲皆得斷滅或令微少一切垢中癡垢最惡一切婦女欲為最惡欲垢因緣更生餘垢若以對治除欲垢者餘一切垢皆滅無餘如日沒時光明盡沒如是斷除垢根欲故餘垢盡滅彼比丘尼此道滅欲彼欲滅故餘共生垢一切皆滅何者共生所謂妬嫉若男若女所有妬嫉皆因欲故妬嫉二垢欲是其根彼欲斷時或微薄故彼二則滅又彼二垢復有餘垢隨逐繫縛何者餘垢所謂諛諂從妬嫉生妬嫉滅故諛諂亦滅從諛諂垢復生餘垢隨逐繫縛所謂欺誑諛諂滅故則無欺誑從欺誑垢復生餘垢隨逐繫縛所謂憍慢欺誑滅故則無憍慢從憍慢垢復生餘垢隨逐繫縛謂衰惱處憍慢滅故無衰惱處從衰惱處復生餘垢隨逐繫縛所謂躁擾衰惱處滅則無躁擾從躁擾垢復生餘垢隨逐繫縛所謂誣枉躁擾滅故則不誣枉從誣枉垢復生餘垢隨逐繫縛謂壞威儀無誣枉故不壞威儀從壞威儀復生餘垢隨逐繫縛所謂兩舌一切婦女兩舌破壞不壞威儀則無兩舌從兩舌垢復生餘垢隨逐繫縛所謂私地屏處說他兩舌滅故則不私語從私語垢復生餘垢隨逐繫

縛所謂貪食婦女腹内飲食則多一切婦女常貪欲食多置腹中自養其身不私語故則不貪食從貪食垢復生餘垢隨逐繫縛所謂能行不相應欲一切婦女貪飲食故則不相應惡邪欲發彼貪飲食貪垢滅故彼不相應邪欲則無從彼惡邪不相應欲復生餘垢隨逐繫縛所謂叵信若有婦女不相應欲一切諸人於彼婦女皆生疑慮爲一切人之所不愛彼不相應邪欲垢滅叵信則滅從叵信垢復生餘垢隨逐繫縛所謂能說他之婦女壞威儀事叵信滅故則不說他壞威儀事從說他垢復生餘垢隨逐繫縛所謂愛鬬說他滅故愛鬬則滅從愛鬬垢復生餘垢隨逐繫縛所謂辱人愛鬬滅故則不辱人從辱人垢復生餘垢隨逐繫縛所謂壞亂能令村舍聚落壞亂辱人滅故則不壞亂此一切垢上上次第相住持者一切皆滅如是自體根本繫縛婦女之心更無有法能令柔軟唯除佛語知識口說從其得聞彼婦女人如是聞已如是難捨住處家業捨而出家若其不能盡滅諸漏則能專心持戒修行初修不殺不盜不婬不作妄語不破壞語不作惡口不作綺語一切善修常數數修樂修多作如是婦女身壞命終生於善道欲界天中若不猒欲業心自在生夜摩天山樹具足地處之中得丈夫身善能如是持戒不缺如是既得彼天身已則行放逸放逸行天善業盡故復墮地獄餓鬼畜生復生如是上上垢惡婦女之身爾時世尊而說偈言

欲爲妬嫉地　心如電火輪　是貪慢之藏

智者則不信　心體是欲羂　如利刀火等
心如墮嶮岸　難測深於海　心常緣如網
誑惑於他人　如金剛火燒　亦如毒能殺
滿足諸過惡　無量種和集　婦女則無心
少分修持戒　以欲勢力故　婦女不持戒
若離欲勢力　於戒則能持
牟脩樓陀夜摩天王如是爲說本生持戒而
語之言汝等男天如是人中女身持戒生此
天處本婦女身持戒善業汝身男生如是生
已放逸故盡汝等天衆如是自欺從今以後
慎勿如是放逸而行世尊如是已調伏天爲
作利益彼如是等一切正覺正遍知者四種
眷屬彼眷屬中第二眷屬婦女姊妹隨順次
第比丘眷屬如彼次第比丘持戒第一勝上
善修心意如是比丘自他惱亂見則生畏於
世間中生死之道則生猒離其心怖畏一切
生死乃至微少塵許小惡見則生畏諦觀察
行無所希望第一深心第一種性正行持戒
布施熏心於四聖諦正念思惟幾種比丘幾
種法行比丘不越四種正法何等爲四所謂
一者不獨道行是初比丘何以故獨行比丘
行聚落中則爲輕賤或復自在以自在故則
破學句若於村中若城等中人衆之處隨意
念行於餘比丘不生忌難見多婦女則生疑
慮其心躁擾看彼婦女俗人見之則生譏嫌
見他譏嫌則生瞋忿如是比丘心中生此第
二瞋過如是比丘瞋欲覆故心則愚癡如是
出家獨行沙門行於人中三過增長是故不
應獨行人中此是一種又復第二不越比丘
如是比丘念身而行此比丘行欲在道行專

念自身謂如是念我舉此足心及心數觀察其足如是比丘從足至頭一切身分皆悉觀察或舉右足或舉左足常觀此身脉網繫縛脂骨皮筋繫縛足踝業風吹行心則不斷若舉若下若舒若屈足舉則攝足下則寬如是脚者筋網繫縛大小五指和合爲脚舊爪新爪合爲足趺觀足趺已次觀足脛猶如合汁甘蔗之莖肉泥封塗以筋繫縛骨中孔長筋纏其外前因緣生有毛覆皮外有毛聚皮如蠅翅以覆脛外彼如是脛一舉一下如實觀之經行處行令身來去次復觀察此身二胜筋血脂肉骨等合成如是觀察心及心數業風所吹是故動行又復觀察此身二胜於胜爲麤麤多有筋肉迭相纏縛以肉塗上以肉傅上血爛爲汁汁脂内滿唯見外皮心生愛染若舉一脚下蹋之時如實觀察復舉第二舉第二脚亦如是觀足舉則攝著地則寬或伸或屈如是次第堅處孔處一切觀察欲行欲動或餘種種皆是風吹兩脚已上如有瓶等中有熟臓所謂屎尿不淨惡汁一切所見不堅不淨二脚行故彼瓶隨去并其所盛一切諸物皆悉隨行彼於行時如是如是隨順繫念又彼比丘於彼上瓶摇動其身觀察而行作如是念我云何行上身動行觀大小腸彼見舉脚氣共腸動大腸小腸一切動轉或從左廂去至右廂或從右廂去至左廂如是腸中有風黄冷屎尿蟲滿并腸轉動又彼比丘觀察動已如實觀察彼腸已上所有生臓筋𦀺繫縛下上傍廂脉網纏之内有爛沫飲食水汁彼食猶如新吐冷沫爲生臓覆滿生臓

中第一大臭上與咽連筋脉骨持唯有業風共心心數相隨持行比丘如是觀察身已觀身動行我身上面頰骨齒骨髑髏骨等和合爲頭有二眼塊并集成頭眼中脂多常眨不停我今觀此婦女之身筋皮纏縛如繩纏木念念生滅退没出生在於聚落城邑等中而行乞食以養身篋如養蛇篋如是養身不爲欲故非貪飲食非貪著味如是比丘如是而行如是第二精進比丘於法不越又彼比丘村城聚落多人住處入中乞食旣乞食已如是觀身如是一切婦女男子普皆觀察彼能如是善修習行勤發精進欲等離心不入其心如是比丘善調伏根勝而不劣如是比丘希望利益不越法行又復第三修行比丘所謂比丘常修正念正念比丘心不散亂是善知識常有善意有不亂意如是比丘天常隨行天魔不能與作妨亂云何正念謂知欲行心心數法已生欲生如是能知不放逸意應緣不緣一切皆知心心數法若善不善無記等法一切皆知心如是念我諸善法因緣故生所謂我當利益安樂乃至涅槃我今破壞餘不善法以我善法心心數法生因緣故則破不善此不善法若不破壞令我後時當不利益當不安樂如是善法及不善法如實而知知已思量如是等法心意所知分分觀察有五種念不味不著心不分別先所作者不念不樂何者五念謂念眼色若前境界可愛者來眼境界色若近若遠善色惡色本曾見來或他用來種種諸色如是比丘見已不味心不思惟何因緣來捨彼因緣如人畏燒避

火不異如是比丘畏欲火燒初染之時歡喜愛多後時苦多本所味色心則不念心不分別不住於心自本愛色今不復念亦不分別亦於他身曾愛之色心則不念不念於他他所念色心亦不求如是如是自身或弟子等自他俱遮令不味著不生隨喜令住正道如是比丘名爲清淨正念不貪於不染法相應正行如是比丘眼不著色又復比丘第二念者謂念耳聲如是比丘正念觀察若耳所聞極可愛聲若歌若舞打鼓拍手戲樂等聲曾所聞者不念不味心不樂著亦不分別何因緣聞捨彼因緣如畏燒者捨火不異如是比丘捨離彼聲或遮他人或自兄弟所聞之聲一切皆遮令住善道心不隨喜如是比丘自他利益不貪音聲以勝念故於聲不著是名比丘第二正念如是比丘耳不著聲又復比丘第三念者謂發精進正意寂靜梵行持戒如是比丘不念不味意不生念若本用香若復熏香若香若臭若淨不淨若遠若近一切不念於香無心何因緣來捨彼因緣若是他人若自弟子若鼻嗅香生味著者如是比丘則便遮之心不隨喜自行善業亦令他人住於善法心常善念正行不貪鼻不貪香如是比丘得名除垢善修持戒心生善念又復比丘第四念者先曾所得可愛諸味若愛不愛若久時味若近時味不念彼味不味彼味心不分別何因緣來捨彼因緣如畏燒者捨火不異若於他人或自弟子若貪著味如是比丘則便遮之心不隨喜此名比丘不貪著味善念正行捨離諸惡修行善戒自他利益又

復比丘第五念者曾所得觸先已觸來彼觸染樂輭滑生垢於彼欲法不染不味心不分別何因緣來捨彼因緣如畏燒者捨火不異若他人身貪觸染著不生隨喜善觀觸法此名比丘離觸清淨名善持戒修行善法得名善住次第乃至到於涅槃又彼比丘復有五念應當修行何等爲五一念時節二念少年三念生死四念具足亡失散壞五念涅槃欲到涅槃如是比丘云何念時謂彼比丘常一切時繫念修行不迷境界不爲境界之所破壞不失不散比丘不念此晝此夜如是時節不念不知於覺悟時出息入息與意相應常不離意如出入息乃至一念皆決定知出入二息在我腹內是故我腹若起若滅以二息故我陰入界而得存立諸有爲法一念不住陰界入等出於輭氣此若氣生共氣俱滅破壞爛盡復於後時因緣異生氣共生滅一念不住彼念比丘如是念時繫念相應比丘如是自觀此身界陰入等和合聚集一切不住唯有苦惱一切身分非有作者非有受者迭相因緣平等共生如是身者念念流轉於念念中生死老退諸行聚集如是比丘修行不空如是修行念時比丘以念時故決定必得四種清淨一心清淨心清淨故面色清淨善業清淨未來利益次第乃至到於涅槃或復他人見其持戒彼檀越主第一歡喜生清淨心如是四種持戒比丘如是實義思惟清淨如是一切普清淨故則得安眠臥見善夢隨順於法彼常如是不放逸行不放逸故得七種法何等爲七一法無礙思惟善法彼善業

者心則歡喜歡喜增長歡喜因緣身則肥盛身肥盛故名色二法迭互因緣此因緣故身則肥盛身無病患身之與心迭互相依則善聰明言聰明者念本作業如是念故聰明增長念善法故如是增長既思惟已樂亦增長樂增長故力亦增長如是增長七種法故夜則安眠夜安眠故修身修心比丘如是念於夜時云何比丘念於晝時如是比丘念眼開合我念眼合時節已過則念已過如是時節共心心數相與俱滅皆悉散壞如是時節次第失滅或滅或生於出息頃命已盡滅我今老時次第欲到我少已盡欲到餘有漸次決定欲到死時我一切命當失不久一切方便不可得離一切衆生無因緣怨欲來壞命譬如然燈火食酥油念念盡滅如是如是老死之火燒命酥油念念盡滅如是繫念知無常已勤修善法此之内法如是速疾念念無常念念盡滅誑生貪者念念盡壞如此内法外亦如是一切世間有爲之法速疾無常念念盡滅如是山河城邑聚落藥草園林一切人中一切天中必當失壞如是園林蓮華河池以一切天放逸而行先已曾失今失當失彼爲放逸之所壞故墮於地獄餓鬼畜生自業成熟如是比丘此如是等一切世間無量動轉破壞無常不亂其意乃至一念意常不亂堅固憶念正念不亂一心諦觀正意不亂又彼比丘正念彼時我如是威儀如是正行此時應起此時行禪如是時中親近尊者此時我食此時著衣此時我去到檀越家爲其說法我於此時離檀越家如是行去如是比丘

念知行時云何比丘念於少年謂此比丘念於自身乃至在胞胎中之時念如是少次第相續如是少身念念不停謂歌羅邏次安浮陀次肉團時次身分時次嬰孩時次童子時次中年時次老年時如是法體念念不停少身次第此念念時愚癡凡夫不覺不知放逸破壞癡水所漂在愛河中如是漂已復墮餘處同業衆中業鏁繫縛相續流轉復生餘處又自業行於自身心隨順繫縛毋精血中作安浮陀次肉團時次第開張身分具足人道中生嬰孩童子少年中年及老年時次第至死如是一人如是展轉一切欲界一切道中各各差別皆以業風吹彼衆生從少年等次第而得如身自業如是差別如是比丘念於少年又復比丘第三念者精勤修行必定常得念於何法所謂生死若晝若夜恒常修行一切衆生乃至終盡有命皆死三界衆生一切無常生死之法有爲衰惱恩愛別離天中退已墮於地獄地獄中出生於天上若人中死生於地獄餓鬼畜生及天人中餓鬼中死生於地獄餓鬼畜生人天之中如是下上傍廂生死業風所吹旋轉而行自業成就流轉在於生死海中如是比丘若晝若夜修生死念如是修已彼若念慢常令人迷樂於虛妄以正念故此慢或薄或皆盡滅第一勝念謂念生退是故欲入涅槃城者修行此念何以故以我慢故心常虛妄顛倒求常在生死中流轉常行愛羂縛故於彼常處則不可得爾時世尊而說偈言

得脫於愛畏　無有諸希望　勇健離疑者

則能得常處　若沒於有水　心常喜樂欲
彼人心虛妄　何能得常處　若人虛妄心
境界中喜樂　彼人迷法道　則生地獄中
放逸妨亂心　不能真實見　放逸猶如火
是故應捨離　放逸故能失　一切善法藏
盡一切方便　不見八分道　十法皆失壞
樂於放逸毒　亦以放逸故　四禪盡皆失
放逸縛衆生　能縛而非色　常處則是樂
離放逸則得　若人意不迷　常畏於生死
彼則脫惡道　得安隱寂靜

如是修行念生退念如是修行生死念已則常不迷彼觀世間一切有爲生退法已猒離生死種種觀已觀生死苦有無量種此無量種世間衆生一切放逸隨何等時捨離放逸能一切時觀察無常觀察盡滅見盡滅已觀察佛念如是之人則能盡苦又復比丘第四念者所謂修行一切具足悉皆失壞念彼具足一切失壞此念比丘不樂利養不貪檀越往返來去亦不樂見王若大臣若見王者不生樂心愛不能妨又於晝夜不生分別於他具足若臥具等心不分別不生悕求以爲已物如是見已不生嫉妬心如是念如是衆生決定死亡一切具足必定失壞如是如是具足增長如是如是愛亦增長又復如是具足失故希望更得有無量種無量分別心生苦惱彼苦惱者不可譬喻如是比丘如是觀見具足失壞既觀見已則於後時不希天王況復人王若轉輪王何以故見無量種失壞苦故若王大臣或大長者剎利大姓種種具足更有大力能破壞之種種具足一切皆失妻

子奴婢客等捨離失財物故得大衰惱他強勝故則爲劣減四出巷中處處而行手足壞裂脣乾衣破飢渴羸瘦身體枯燥從城至城從村至村從山至山從邊地處至邊地處受如是等無量種苦比丘如是旣觀察已復更思惟墮於無量嶮岸惡處於生死處生猒離心如是比丘復見人中種種具足一切失壞如是見故如是比知思惟天處若此人中如是無量多種怖畏不得自在刀賊水火王種衰惱財寶具足富樂失壞何況復於離肉骨汙天樂處生有天華鬘在頭莊嚴無量百千天衆圍遶多有無量諸天女衆遊戲歌舞喜笑受樂在天園林蓮花水池山峯則有七寶光明聚集樂行五樂音聲種種天歌七寶間雜堂殿光明常一切時身無量種勝勝妙事不可譬喻天境界中受樂成就迭互相愛無有鬬諍隨所須念一切皆得五樂音聲心受快樂若如是樂具足失壞則得苦惱以業盡故復墮地獄餓鬼畜生臨欲墮時如是生處次第無隔已於久來無量種作皆得苦惱復生異處種種苦惱如是彼天若生地獄彼地獄中大力熾火周帀燒身甚爲飢渴不可譬喻受大苦惱作地獄業作業道已見於自身墮活黑繩合喚大喚熱大熱等如是七種大地獄中唯除阿鼻最大地獄資生離別生大苦惱見苦惱事彼苦惱事不可得說如是比丘常一切時晝夜修行如是正念又復比丘念彼如是財物具足資生失壞修行此念念天人中有如是事自餘三道則無財物資生之具何得有失所謂地獄餓鬼畜生人中少

有相似樂受非是自在於彼人處則有五種具足失壞何等爲五謂眼於色若愛若樂見則悕求悕求味著爲樂攝取如此顛倒不利益者則不愛樂見不淨色彼於色中心則惡之是故無樂如是具足與彼失壞同一根本又彼比丘隨順繫念具足失壞何者具足云何失壞謂耳聞聲耳聞聲已隨順彼聲愛樂相應心生歡喜如是具足又所聞聲有異因緣所謂四大於四大聲心不愛樂不生歡喜與心相違不利益心是名失壞又彼比丘聞好華香和合末香種種雜香聞齅香等種種諸香順心受樂彼香因緣則生樂心能令欲發又彼比丘繫念思惟彼念香者思惟彼人鼻齅諸香彼一一香有無量種所謂爛臭與心違逆聞糞屎等無量臭氣心不喜樂彼人如是此物失壞又彼比丘專心繫念復有異種世間之中具足失壞云何繫念於人世間舌味愛樂順心喜樂食味易消消已則適得命色力樂辯才等心生喜樂若復餘味不可愛樂違心不樂食之難消心則不適於命色力安樂辯才資用則微唯生苦惱彼人如是此物失壞又彼比丘復念身觸可愛可樂寒時得溫熱時得涼順心生樂人世間中如是具足若異因緣復令身觸不愛不樂心不生樂熱時不涼寒時不溫違心受苦不喜不樂唯生苦惱世間人中如是五種具足失壞比丘如是若晝若夜繫念修行

正法念處經卷第四十五

## 音釋

諛諂　諛羊朱切面從也諂丑琰切佞言也
躁　則到切急動也
誣　武夫切罔也
柵　楚革切寨也
鞕　魚孟切與硬同
萎蔫　萎於爲切蔫於乾切萎蔫並不鮮也
踝　胡瓦切足骨也
脛　胡定切脚脛也
䏶　部禮切股也
頰　古協切面旁也
髑髏　髑徒谷切髏洛侯切髑髏首骨也
篋　苦結切
歌羅邏　梵語也此云凝滑邏魯可切
嬰孩　嬰於盈切孩户來切嬰孩始生小兒也
燥　蘇到切乾也
臰　只救切與臭同

# 正法念處經卷第四十六

元魏婆羅門瞿曇般若流支譯

## 觀天品第六之二十五 夜摩天之十一

又彼比丘復念天中可愛境界根和合生分別風吹數數增長愛火所燒諸世間人貪彼處樂起如是心天中甚樂如是比丘繫念思惟彼天失壞比丘於彼可愛境界不生貪樂離熱惱意如是比丘第一善意見六欲天皆悉失壞彼四天處有十二種失壞之事一謂力劣二謂常與阿脩羅鬪彼阿脩羅忽然闇至入其軍中三謂鬪時爲阿脩羅打彼天身所著鎧鉀四謂鬪時撥其頭上所著兜鍪令墮海中五謂壞已則生羞慚六謂鬪時見羅睺羅則生驚怖七謂退時彼天女衆捨之而去向餘天子八謂食時以自業故見食劣者則生羞慚九謂軍衆量色形相莊嚴具等自業相似於他劣者則生羞慚十謂彼天遊戲之時於彼天中所生之鳥見彼劣者亦生輕賤十一劣天向遊戲處步行而往十二劣天所受欲觸自業相似他莊嚴具則爲勝妙見他勝故則生慚耻四天王處有如是等十二失壞如是比丘善修心者不貪天樂以無垢意觀察彼天既觀察已心生猒離毀呰天欲若其有人悕求天故而行梵行如是梵行非梵行因如是等人爲彼比丘之所輕賤何以故無自在故又彼比丘觀察三十三天失壞彼見三十三天之中八種失壞何等爲八一者鉀劣共阿脩羅鬪戰之時雨墮不淨二者鬪時見彼敵主勇阿脩羅其心退弱三者食時劣者羞慚四者劣天不爲天王帝釋所識

五者劣天色力形相一切下劣六者劣天聲觸色味香等皆劣不與他齊七者劣天退天之時天女捨離八者劣天若昇遊戲殿堂之時神通則劣不能速進此是八種三十三天失壞之事夜摩天中有六失壞何等爲六一者食時劣者羞慚二者劣天所有教勑天女不受三者劣天少福業故彼天女衆雖供養之不如供養多福德者四者劣天牟脩樓陀夜摩天王說法之時心不愛樂此是彼中最大失壞五者劣天本業少故光明則變若天前世行善業多彼天則坐大青寶座坐已復起下劣業天在彼處坐座變爲銀業種種故如是失壞六者量短如是六種是夜摩天失壞之事兜率陀天有四失壞何等爲四一者劣天兜率陀中聞法之時心不喜樂不樂鵝王說法之聲是名失壞兜率陀中鵝王常在無漏樂地彼鵝王者則是菩薩以隨意生故作鵝王如意之色鵝身七寶光明遍滿不可喻色身光周遍五千由旬有種種色兜率陀天光明不如鵝王光勝令彼諸天心生希有彼鵝王菩薩令彼得生希有心已即爲彼天說法偈言

福德業既盡　命則速減損　勤精進攝法
兜率常應爾　若捨離於法　放逸所壞天
不集福德業　後時則生悔　乃至老未來
亦未有病死　皆應作福德　莫後時生悔
若不攝福德　爲放逸壞者　以放逸壞故
在地獄受苦　既得根具足　而非法行者
何用命與財　親舊兄弟等　常數作福德
心意攝受法　或復止惡業　或時近善人

以智慧利刀　割去惡枝葉　破壞過惡聚
斷除過相續　重智戒福德　心不希望物
常近善男子　示真實道者　若持戒生天
爲欲所迷惑　不修福業者　常在有中行
若常樂於智　持戒寶莊嚴　若畏欲虵者
則是天中天　若常行法者　彼則天應禮
若顛倒行者　則入於惡道　此岸彼岸遠
既得法橋已　若不速度者　於有不得脫
智慧火能燒　無量煩惱薪　何義煩惱縛
著彼愛境界　厚重染欲垢　障礙於智眼
佛語如良藥　能除彼障礙　正法之大將
能破欲賊軍　口說善法語　汝應勤聽受
有四種顛倒　常能爲誑惑　世間有八法
能令一切失　大力愛河中　百疑不可度
若上智筏者　度已到寂靜　若天近於欲
欲能令心癡　常在於五處　未有解脫期
欲難得易壞　如電何用爲　欲生苦如刀
金波迦火毒　如是如是近　亦如是增長
欲者不可足　猶如火燒薪　癡天希欲樂
不知畏過燒　若離不善欲　後時得大樂
癡者染欲已　爲欲堅繫縛　欲如電不異
然後異處去　若習近於欲　欲則上上勝
彼爲欲火燒　燒已到燒處　若天近於欲
此心爲大癡　不希無體法　樂中之大樂
欲者無涅槃　無樂無解脫　是故莫近欲
近欲甚爲惡　若近欲境界　根則不知足
不知足無樂　寂靜不可得　應畏有爲處
生死之大海　以大惡欲愛　常與衆生故
如此山峯上　種種可愛樹　依之而修禪
思惟欲生滅　四種諦寂靜　智者善修行

怖畏生老死　脫到善彼岸　愚意不思惟
樂欲故有縛　欲樂既盡已　生老死不脫
若念此大苦　於有海不倦　癡故欲箭射
墮地獄惡處　癡樂欲樂故　畢竟捨安樂
於惡不知畏　死時到如火　乃至死到時
能破壞一切　此能破壞故　破壞命種子
皆利益安隱　丈夫應精勤　得樂離憂悲
恒常作善業　若除於欲藏　離熱得清涼
如是智不癡　則不希望欲

如是鵝王調伏天故說如是偈若天放逸行放逸者雖聞不念心不思惟若天樂聞彼鵝所說調伏偈句向無漏地速疾而作欲聞正法聞正法已生敬重心如是天衆得聞正法心敬重已速速疾走復向行堂彼行堂中所有諸天以聞正法心敬重故光明增長百倍千倍餘放逸天光明則劣如是天中得現世果樂天欲者彼天少色形服莊嚴一切皆劣此如是等兜率陀天最初失壞又兜率天第二失壞衆集聽法無量百千億數衆會五百菩薩所住地處兜率天王名曰寂靜爲衆說法所謂無明因緣行等彼諸天衆聽正法時一心專意諦聽諦聞如是聞故威德莊嚴皆悉勝上有百千倍轉更增長若天動心心則如電亦如大風吹大海水種種波動以愛因緣如是動心愛樂境界彼天威德形服莊嚴如本不異不更增長見他勝故內心慚恥此則名爲兜率陀天第二失壞又兜率天第三失壞若天聞法心生敬重如說而知如法相知如是知已心念正住彼天威德形服莊嚴皆悉勝上有百千倍轉更增長若彼諸天不

念法者彼天威德形服莊嚴則不增長此則名爲兜率陀天第三失壞又兜率天第四失壞若彼諸天聞正法時心生敬重專心憶念如法攝取專心受持如是修行久思惟已然後修行彼天如是敬法重法勝因緣故聞汝力故威德光明形服莊嚴轉更勝上有百千倍轉勝增長若天聞已不能修行彼天見他威德光明形服莊嚴勝增長已自見已身威德光明形服莊嚴則不增長彼天見他威德光明形服莊嚴轉勝增長則生慚恥此則名爲兜率陀天第四失壞又彼比丘如是觀察兜率陀天四種失壞見失壞已觀化樂天復見失壞彼見如是天勝妙樂猶故而有四種失壞何等爲四所謂一者善業盡故脚則有影普餘身分皆有光明脚上則無是故彼天脚則有影自餘諸天所有光明如山圍遶彼少光明劣天見已則避而去光明勝者見之則笑作如是言此天鄙劣善業盡故彼脚影天聞已羞慚心生愁惱如是心言我業盡故今則如是一切具足終必失壞如人世間以有日故終必有夜如是此中一切具足終必失壞若人有命終必有死如是具足終必失壞如是世間無有具足而不失壞此失壞者是化樂天最初失壞又化樂天第二失壞如閻浮提人中所有劫貝等綿甚爲柔輭足蹈則下舉則還起化樂天中地處柔輭亦復如是若天受報善業盡時地不柔輭脚蹈不下舉脚不起餘天見之知其業盡有天見之語餘天言彼天業盡退時將到此化樂天第二失壞又化樂天第三失壞彼化樂天遊戲之

時若至樹下遊戲受樂樹則雨華在彼天上此華遍在遊戲處地若天善業欲盡之時樹華不墮不散地處餘天見其樹華不墮不散地處則便說言此天業盡退時將至彼天聞已羞慚愁惱如是心言我今欲退如是失壞此化樂天第三失壞又化樂天第四失壞彼化樂天必定失壞天中具足必定失壞彼化樂天何者第四具足失壞謂一一天住寶地處如是寶地清淨無垢如鏡不異一天之身無量處現見種種影種種形服種種莊嚴如人界中日輪是一於無量處蓮華水池無量百千種種處現如是天身無量百千寶地之中處處皆現如身而見若其有天善業盡者彼天之身一寶地中影現而已非處處現如是失壞如是見已餘智慧天既如是見即便說言如是天者善業盡故將欲退壞此化樂天第四失壞爾時世尊而說偈言

世間樂具足　不覺知失壞　具足必有失
如日出有夜　如是具足樂　如是必失壞
於欲不知足　是故愛少時　若心愛具足
或希望常樂　彼若捨離愛　如是常得樂
天欲樂未足　已入地獄中　一切皆由愛
是如來所說　若人入地獄　百到若千到
亦以愛網誑　故得如是惡

彼化樂天有如是等四種破壞又彼比丘復觀他化自在天中四種失壞若彼諸天善業將盡臨欲退時則有失壞彼處天中多有種種妙鬘莊嚴天華不蔫處處覆地第一善香不可譬喻彼鬘莊嚴有種種色勝妙光明若寶光明於十六分不及其一彼鬘多有七寶

翅蜂常一切時出天歌聲如是他化自在天中天業若盡欲失壞時彼寶翅蜂出不美聲捨如是天種種華香到餘處去餘智慧天以知彼天臨欲退故向之說言汝於今者以放逸故退時欲到而不覺知彼業盡天如是聞已復見彼蜂捨至餘處彼天自知有如是心我福業盡如是天子心生愁苦不可譬喻以見自樂將欲盡故如是心熱與地獄火等無有異唯除地獄更無此火此是他化自在天中最初失壞又復他化自在天中第二失壞彼天之身第一滑觸周帀光明形人中日如螢火蟲彼天之身所著瓔珞及餘種種莊嚴具等所有光明寶壁山峯皆在中現如於鏡中現見不異若彼天子欲到退時彼天身上所著瓔珞莊嚴具等山峯若壁於中不現餘黠慧天如是見已語彼欲退業盡天言汝放逸行退時欲到汝身所著瓔珞莊嚴無有光明寶壁山峯於中不現彼黠慧天曾見餘天臨欲退時有如是相此是他化自在天中第二失壞又復他化自在天中第三失壞所謂彼天退時將到彼處諸天業未盡者乘種種寶妙光明殿三處能行所謂虛空陸地水中行則速疾無所障礙不搖不動若天業盡將欲退時彼殿搖動行則不速自餘諸天見其殿動而語之言汝於今者退時欲到我先曾見餘天退時有如是相彼業盡天如是聞已與天境界將欲離別愁火燒心如地獄火所燒不異此是他化自在天中第三失壞又復他化自在天中第四失壞若彼諸天善業未盡五樂音聲莊嚴具聲皆悉美妙所有歌聲

美妙可愛聞已心喜若其有天善業盡者彼天五樂音聲不妙歌聲亦爾如瘂不異彼天聞已心不生喜以自業故莊嚴具中聲出說言汝於今者善業盡滅以汝放逸放逸行故汝於今者將欲到於異世間去以業縛故彼天如是以自業故聞莊嚴聲其心極愁作如是言我於今者境界之樂福德業盡彼種種寶所莊嚴幘即時墮落如是見已生大苦惱此是他化自在天中第四失壞於三界中更無有處有物是常一切無常如是六天是失壞處彼如是天善業盡故必定當退此失壞天希望此天持戒生者善業盡時必定當爾如是第五山樹具足地處諸天牟脩樓陀夜摩天王迦迦村陀世尊塔中所有經字示彼天衆如是說言汝等天衆捨離放逸勿放逸行放逸味苦地獄中受一切欲味悉皆如是彼諸天衆聞第三佛所說經已若天放逸樂放逸者放逸則滅於六經中迦迦村陀如來所說第三經竟

爾時彼處夜摩天主知彼天衆心生猒離而告之言汝等天衆已聞大仙所說正法能盡諸苦除捨放逸爲天人說寂靜之法汝等天衆已聞第三如來之法汝於今者聞法律已精勤修行復聽餘佛所說之法聞已攝取則得利益退此天已不墮地獄餓鬼畜生牟脩樓陀夜摩天王如是說已一切天衆皆白天主牟脩樓陀而作是言唯願天王利益我等安樂我等爾時天主牟脩樓陀告天衆言汝等天衆一切皆看此之第四如來之塔種種珍寶而爲莊嚴無量百千光明照耀有種種

寶間錯奇麗無量功德之所莊嚴光明普覆此天世間一切遍滿爾時天衆白天王言我今已見爾時天主牟脩樓陀告天衆言汝等今者一切共我詣如來塔天衆荅言如是天主爾時天主牟脩樓陀并天衆等相隨而去到佛塔已其心清淨頭面敬禮如來之塔心則清涼禮已則起看毗葉婆如來之塔彼如來塔種種妙寶光明照耀如前所說彼佛塔中寶壁之上有經法字利益天人所謂說言若有人能成就七法則生天上何等爲七一者所謂有善男子聞法聞義聞法修行聞法善意隨所聞法心則攝取聞已堅固聞已受持聞已愛樂心生喜樂善男子近七功德具足知識何者七種知識功德皆悉具足所謂一者如說而行二者近他如說行者三者則

能如說而行堅固攝取四者得法堅固思惟五者住意六者謂近同善業者七者他教不取他惡近如是等七種功德具足知識云何名爲如說修行如是知識善行善作若有所說知量少說能爲利益時相應說方相應說不疾不遲多義少語美妙易解與法相應自他利益如是而說如彼所說如是而行云何近他如說行者常正修行身口意等意内外淨猶如真金彼人如是如說修行云何名爲如說而行堅固攝取若有所作普清淨作三種作業觀察彼業善清淨已生天人中乃至涅槃如是之人或自思惟或從他聞此業報樂堅固喜樂堅固攝取如是知識堅固攝取彼善男子云何得法堅固思惟所謂善淨堅固攝取二世利益如是見已堅固思惟如是

堅固思惟意者或從他所得聞堅固善業果已或自思已喜樂眞諦如是喜樂眞諦知識云何住意此多聞已意則不亂此名住意云何爲近同善業者謂見他人同已功德如是見已則近彼人云何他教不取他惡餘人非法似善法者所不能牽如是親近七種功德具足知識善男子者或生人間或生天中此說初法何等復是自餘六法成就彼法得生天上所謂多聞攝取修行不懈怠念不熱惱他不誑等六此等七法如是已說成就如是七種法者身壞命終生於善道天世界中如七大殿若王大臣乘如是殿五樂音聲歌舞喜笑妙鬘莊嚴如是而行向遊戲處如是七法若人成就行向天處何者多聞而名多聞謂聞眞法聞已調伏不生憍慢如其所聞多聞增長不放逸行智不猒足常諮問他自已功德不向他說不調已名此多聞者身壞命終生於善道天世界中此第二法隨順正入修行成就云何第三攝取修行謂聞法已攝取修行若復有人得聞法已於非法律攝取修行唯聞法已荷法重擔不修不行不取法果若復有人以智慧鈎調伏持戒若智不靜則彼持戒猶如畫燈無有光明不堅不實若持戒中有智和合彼人猶如火燈光明堅而復實得果不虛若修法者得說言堅非唯口中言說爲堅彼人身業口業意業皆悉寂靜身壞命終生於善道天世界中此第三法云何第四名不懈怠言懈怠者所謂不作何名不作隨所作法發已不作不能究竟彼如是法精勤不斷則能究竟若是懈怠不精勤者

不能究竟少發起者於世間法出世間義不具足行若懈怠者一切所作皆悉羸劣爲一切人之所輕賤毀呰嫌薄自受苦惱身壞命終墮於惡道生地獄中如是之人懈怠所壞如是懈怠應當捨離如火如刀如墮嶮岸如惡毒蛇若爲懈怠所破壞者則不精勤無有威德如羊不異彼則無智種種所作一切不知若智非智若法非法應行不行一切不知何以故以不讀經不聞法故以懈怠故若復有人論開心意於智所知若法非法一切皆知應作不作應行不行一切皆知如是等法智慧所知一切皆知智及精進懈怠者無彼懈怠者如盲人不異身壞命終墮於惡道生地獄中如是之人出世間義一切皆劣受第一苦他舍而乞常依他門希望乞丐常看他面第一惡色頭髮覆眼眼目乾燥脚爪皮等一切焦枯四出巷中家家乞行辛苦活命一切輕毀此因緣故應當捨離一切懈怠與此相違勤精進者一切所作皆悉成就乃至涅槃何況其餘世間之法身壞命終生於善道天世界中以是等故若天若人一切皆應捨離懈怠勤發精進時彼世尊毗葉婆佛而說偈言

懈怠意及幻　或慢或惡口　或捨離智等
此是失壞地　親近惡知識　捨離善知識
或復邪見等　此是失因緣　不知善不善
非時而語言　或信婦女等　此不饒益地
近何人何人　何處何處食　身自不利益
此法令人輕　壞勇若失念　或爲王所憎
或心堅强等　此法未時死　不諦知業果

及以法非法　離善知識者　則墮於惡道
懈怠若多睡　或貪著諸味　瞋及故妄語
若惡口言說　多貪若憍慢　心動捨離法
若習近婬欲　或讚婬欲法　如是有三過
懈怠是根本　若勤精進者　則無諸使過
一切精進者　必定成就果　如所應精進
業必定得果　如是三種業　能得三種果
三聚三根本　決定有三行

彼佛世尊毗葉婆塔壁上書字如是說偈毀呰懈怠天衆見已作如是言我等決定捨離懈怠從此懈怠有枝條過如佛所說懈怠之者若天若人一切作業於一切時一切減劣若天若人不懈怠者次第乃至到於涅槃此第四法人天之中多有所作多有利益又第五法多有所作多有利益所謂念也一切法中能爲妨者所謂懈怠如是一切世間之法攝涅槃者念則是根若出家者若在家者念不放逸不放逸行一切所作皆悉成就如是之人數數作業如法作業勤發精進隨所希望心念正行彼人五根護五境界心不迷惑眼見色已於彼色中不生欲染心不喜樂如色實見知其根本見如是色根本因緣何因緣生彼人如是知見色已心不濁亂如是彼色則不能牽以如實見如是色故若出家者若在家者若天人等知生色過欲生色過已滅色過如是念知其方某處心緣彼色如是境界之因緣故共眼生識由彼境界已生我畏此無垢念能除煩惱我以此念已除如是境界怖畏如是怖畏因緣而生於諸境界第一希望心正念故則能除遺無量種色境界

怖畏念緣能除於念念中稍除漸除譬如世
間善巧銅師以好銅器置火中已然後治之
如是數數入火復治勤不休息漸漸除垢令
得滑淨如是善念數數除垢爾乃清淨又如
瓶師因緣合集以久習故泥團成瓶如是之
人勤心發念修集因緣如緣生瓶正念觀察
如所著衣從初次第念念至盡如是如是始
發善念次第乃至一切過盡得見真諦聖印
印心彼過相盡過相盡故人則知之是故若
有欲得善者當一切時如實正念若眼緣色
念繩縛心令不動轉如調惡馬如是善念於
先住持過去境界攀緣念已如是復遮現眼
境界念九十八云何念住謂生欲染不正觀
風不能令動如是念住如實思惟此色彼色
有無量種無量形相觀四聖諦苦集滅道令
彼欲染一切寂靜或令欲染一切盡滅或皆
微薄此是何者善法勢力所謂繫念是其根
本一切善法皆依念住如是轉行是念現在
云何復念未來世法未來未有未生未見彼
境界相云何而念若得境界是則可念未來
世中境界未有當云何念彼所念者雖復未
來見因緣相攀緣未來如是得念謂見有人
終身口意善業行者見已則念如是之人決
定生天若見有天惡業行者見已則念如是
天者必墮地獄如是念知此第五法於人天
中多有所作多有利益又第六法於天人中
多有所作多有利益謂第六者不熱惱他若
不惱他其心寂靜不生分別此有梵行此無
梵行見他數具病藥所須不生譏嫌不自言
是亦不說言我能持戒若少持戒少讀誦經

於檀越所不自稱說等心怨親常念三寶不朋破戒不惱持戒於諸檀越不數參承而取資用其心柔潤數數諮請說法師長常住空閑常一切時近梵行者如是功德相應之人不熱惱他如是於他不熱惱故多有所作多有利益又第七法於天人中多有所作多有利益所謂不誑自隱功德除去惡業心意正直衣鉢知足恒常乞食山谷巖窟樹林中住於食知足其心平等無有高下非無因緣人中遊行疑有蟲處不行於彼不壞澤中水岸河坎畏殺蟲故不呪霹靂雷電雨等令墮傷殺不說星宿日月薄蝕諸曜吉凶而求財物飲食供養以資自命不常往返一檀越家亦不戴面仰頭而行亦不動脣詐作誦習不高聲語亦不私竊不著間雜靴鞋履等不以雜繩用繫身體自身不著雜色香囊至敷具等皆悉不畜無戒功德大衆會處則不入中不令他人到於城邑聚落等處說已持戒求望利養不種種處妨亂心意不貪不求不近村住於舊知識親眷等舍不自在入攝令屬已不彰他惡不隱他德見他實過屏處不說捨棄婦女如遠惡蛇於諸婦女不共語說不與同行饒華之樹一切不往可愛園林亦不遊行畏聞可愛衆鳥聲故畏聞彼聲欲心動故是故不欲聞彼鳥聲饒聲水河不近坐禪畏聞彼聲心動亂故多熏香華不近坐禪亦不近行何以故畏鼻聞香心意動故亦不觀看種種諸鳥種種色鳥鵝鴨命命若孔雀等多欲諸鳥不看不見不近彼行畏心動故畏見畜生婦女因緣欲心發故耶子果樹波那婆

樹毋柘果樹菴婆果樹毗羅果樹迦畢他樹波留沙樹佉殊羅等種種林樹不近坐禪恐畏生心貪其味故捨離果樹在寂靜林無味可貪無多人衆在安樂行園林之中如是坐禪勤發精進共過怨鬪心恒不亂乃至不取爲寺因緣犁地之土如是斷愛朽壞鐵鉢以繩連綴用受飲食而心不念銅銀等鉢不畜三桄所有袈裟不飜被著於夏天時除大小便更不餘行乃至一步畏殺蟲故食奢彌果時食好棗不食爛果食小棗等不看不食若食梨果佉殊羅果梗棗豌豆若秠豆等不看不食恐畏其內有諸蟲故於自泥壁所生諸蟲終不除却畏傷損故畏其死故坐處一坐不觀他鉢畏貪食故若行道時不近他行恐爲妨故饒蟲之地不大小便畏傷蟲故畏殺蟲故乞食行時看一身地以直心故恒常親近正直心者如是比丘不集諸物於一切物皆不希望於希有物心不樂見常勤坐禪彼善比丘如是不誑彼善比丘如是持戒清淨不犯如是淨命如是內心清淨善淨如是比丘如說學句堅持不犯彼善比丘如心所念如是道生常淨命故有善意生不樂劣生願生善道時彼世尊毗葉婆佛而說偈言

清淨命之人　寂靜身口意　坐禪而離愛
去涅槃不遠　頭陀不放逸　塚間樹林中
常如是處住　去涅槃不遠　塵土物敷具
一鉢復破壞　根果食知足　彼人安樂行
於欲解脫人　常樂於知足　善意勇健者
去涅槃不遠　不諂誑之人　遠離於塵垢
其心如虛空　去涅槃不遠

彼佛世尊如是讚嘆善行比丘不諂誑者成就如是七法之人是善男子若行欲者没生死海則是畜生形雖是人而實非人若能成就七法之者則爲善人之所讚嘆身壞命終生於善道天世界中受天樂已退生人中則得涅槃以餘業故第一善者此七種法所謂從初近善知識次第多聞攝取修行不懈怠念不熱惱他不誑等法如是七法非諂曲法以如是等七法寶藏之因緣故得生天中若天等中得七法已莫放逸行令福德盡天中退已墮於地獄餓鬼畜生故天不應行放逸行以自破壞於諸有中無有放逸行放逸行而得樂者人中成就如是七法則生天上有三因緣天中退已墮於地獄餓鬼畜生所謂三者不聞正法近惡知識不信業果若不成就此七種法墮於地獄餓鬼畜生爾時天主牟脩樓陀告天衆言此等一切汝等已聞彼佛世尊以憐愍心利益衆生已如是說時彼天衆一切皆共白天王言我等今者已聞如來此所說經彼佛世尊憐愍世間已作利益爲除放逸故如是說牟脩樓陀夜摩天王告天衆言汝聞此經勿行放逸天放逸故生於地獄餓鬼畜生何以故汝以大價貴重之物貿得此間天中生處今者不應以放逸故令其空盡如佛所說如是經法攝取正行捨離放逸於六經中毗葉婆佛所說經典第四已竟

正法念處經卷第四十六

音釋

鎧鉀鎧苦亥切亦鉀也鉀古狹切與甲同也　兜鍪兜當侯切鍪莫浮切兜鍪首鎧也　呰將几切口毀也　蹹徒合切蹴也　諮即移切訪問也　丐古太切求乞也　坎苦感切陷也　霹靂霹普擊切靂郎擊切雷聲之疾者曰霹靂　薄蝕薄伯各切蝕乘力切薄蝕侵虧也　靴許戈切　佉丘迦切　楆而兗切褭也　豌一丸切豆也　秖章移切

# 正法念處經卷第四十七

元魏婆羅門瞿曇般若流支譯

## 觀天品第六之二十六夜摩天之十二

爾時第三夜摩天王牟脩樓陀示其天衆佛塔經文令彼天衆心純熟已復示生死衰惱之處無量百千諸過充滿恩愛別離近不愛者所謂老死憂悲啼哭衆過皆滿具足失壞生死乃是具足一切諸衰惱處爾時天王既見天衆心善調伏然後復以憐愍心故利益衆生如是告言汝等天衆今者應知一切諸天放逸行故必致衰惱後死到時心則生悔極大熱惱得大殃禍當於彼時無有方便而可得脫業繩繫縛如是將去獨而無伴若人若龍或地獄人將入地獄死羂所縛無有同侶唯除善法若不善法在於一切諸衆生海時彼天衆復白天主牟脩樓陀而作是言如是如是當於爾時無一同侶除法非法爾時天主牟脩樓陀告天衆言汝等天衆應如是知更無同伴又復告言汝等天衆若欲增長信心種子欲得安樂畢竟除苦今此天中又復更有閻浮那陀金寶妙塔真珠網覆有七寶柱而爲莊嚴種種雜寶種種光明是迦那迦牟尼佛塔我今共汝一切天衆往詣彼塔到彼塔已禮拜供養入彼佛塔入彼塔已隨彼塔中所有諸法一切遍看見已攝取得已修行以自利益出於生死次第乃至到於涅槃爾時天衆既聞天主牟脩樓陀如是語已心生敬重離放逸心諸根寂靜俱向大仙名迦那迦牟尼佛塔塔之光明如前所說爾時天衆一切皆共牟脩樓陀夜摩天王詣彼佛

塔到佛塔已夜摩天王牟脩樓陀告天衆言彼迦那迦牟尼如來說一切法皆悉無常利益世間憐愍衆生此佛塔内化在壁上汝等天衆若得見者則生猒離見無常法必生猒離彼佛世尊所說所化此佛塔中壁上化現時彼天王如是說已共彼天衆入佛塔中彼佛塔量廣十由旬彼佛塔内一切生死皆悉無常一切具足無不失壞自業行故不得自在異異不同五道差别各各化現佛塔壁中如鏡相似彼色明了亦如正見處處各各了了分别如雜色畫彼處一廂見八地獄謂活黑繩合喚大喚熱及大熱至阿鼻等見天墮中自業風吹首下足上普身炎然一切身上火色猶如金舒迦樹上從天處下墮次第至地獄中高聲唱喚自心所誑善業盡故爲放逸怨之所誑故天中成就第一樂已入於地獄大苦惱處唯獨無伴離於知識親舊弟兄墮於地獄無能救者彼諸天衆最初如是塔中壁上了了而見四天王天墮於地獄四天王天有殺生過有偷盗過四天王天云何殺生謂彼天衆共阿脩羅戰鬬之時殺阿脩羅天得勝時阿脩羅壞取其頭冠取其鐵刀隨彼所有一切皆取此業因緣或復更有餘業因緣墮於地獄爲心所誑作如是業於彼天中隨何時退於彼退時陰盡滅時攀緣中陰生地獄中續彼樂處受中陰身甚大苦惱彼於如是中陰之中苦惱叵耐何況久入地獄之中受無量種極大苦惱此爲大業如是戲弄此諸衆生天處退已生地獄中彼諸天衆於佛塔内如是皆見世尊所化又彼天衆於

彼塔中異處復見四天王天退天處已生餓鬼中彼天如是食樂失已生曠野中復得如是飢渴苦惱如是天衣久時著已後復頭髮覆面覆身闇眼處生彼身猶如被燒樹相裸露無衣或有身著火炎衣者在曠野中飢渴燒身唱聲叫喚乃至少水如露滴許亦不可得生三十六餓鬼之地夜摩天衆彼佛塔内壁中而見烏鳥獯狐觜啄其面若眼口等如是處見如是天處地觸輭滑遊戲行已後時復生餓鬼之地熱火堅地熱惱土塵和合爲地多饒黑蟲有金剛觜夜摩天衆彼佛塔内壁中而見彼鬼叫喚天處退來又復天中齅好香來或曼陀羅尼世奢等異異勝香百千種香一切齅來復於後時在於不淨屎尿氣臭死屍塜墓穢惡處行如是餓鬼齅無量種不淨之物穢惡臭氣於彼鼻中有炎蟻子彼炎蟻子滿其鼻中彼諸餓鬼餓鬼中生於彼塔内一處壁中如是而見又復如是前生天中無量種種酥陀之食可愛色味香觸具足復受戲弄餓鬼之身如是生已第一不淨第一臭氣屎味難得於百年中不曾一得如是屎食彼佛塔内一處壁中如是而見如彼食屎塔内壁中如是而見又彼天身所著之衣第一柔輭第一滑觸無量諸寶間錯而成如天所應甚爲可愛已於天中著如是衣復有天風吹種種華以坌其身復於後時善業盡故生餓鬼中裸形無衣自身生毛毛甚稠穊堅鞕色黃而覆其身百千黑蟲遍體食之多饒如是種種火蟲食其身體生餓鬼中飢渴燒身恒常羸瘦以啼哭故眼面皆爛久受無

量餓鬼之苦放逸所誑從天處退墮餓鬼地又夜摩中山樹具足地處天衆於彼塔中壁上異處次第復見四天王天退墮種種諸畜生道種種方處略而言之生於三處水陸空行彼水行者迭相食噉受大苦惱或受寒苦或受熱苦彼陸行者日炙燋然受大苦惱飢渴燒身迭相殺害或畏繫縛受大苦惱百千種受不可得說如是畜生業風所吹受諸苦惱彼空行者若細若麤若大身鳥常樂相殺受大苦惱彼天退已生畜生中以放逸怨之所誑故如是餘天若不放逸不放逸行作勝善業修福德者從天退已生於人中如自善業如是受報若不善業生人中者一切如是種種爲作入於衰惱有下中上有貧有富依方時法若醜若美好惡等色彼佛塔内壁中而見若有善業樂修多作若修持戒八聖道業不穿不孔堅固不犯善調心意三業大力善業力勢決定受得可愛果報歸依三寶因緣力故或時布施衆生無畏或以法施因緣勢力或復其餘更異相似作諸善業淨法熏思寂靜心力次動口業或清淨心諫勸父母修施戒智自身先有善業力故能勸父母或施病人貧窮之人或以飲食供給病人或以藥草施與病人無醫師者病藥所須布施力故或不殺生或不偷盜或不邪婬不飲酒等或於曠野嶮遠之處善心造井若水池等施所須者此業勢力或時供養佛法僧寶此業力故禮拜合掌作善業故或於饒人破壞國土多人畏處畏曠野死或畏刀者施其無畏或施緣覺阿羅漢人淋數臥具病藥所須如

是業故或於妻子正護與樂或於儉時布施飢者飲食養之此業最善乃至涅槃三種菩提如願得果何況生天若天上退還生天中彼復更見天中轉行如是彼天在佛塔內壁中而見彼處天中種種業網無量因緣業繩縛取無量衆生於生死中施設張之衆生入中則爲所縛爾時彼處夜摩天衆彼佛塔內壁中既見四天王天無量種退得大衰惱如彼世尊名迦那迦牟尼如來所化見已復更觀察三十三天彼佛塔內壁中既見四天王天如是衰惱次復思惟三十三天爲如是不時夜摩天彼佛塔內復到異處於淨壁中見彼世尊如彼世間生死之實業鏁所繫若樂若苦如化而見如是次見三十三天亦復如是如業受樂如自業行若善業行不善業行

彼天如業受樂受苦或墮地獄餓鬼畜生或人或天種種差別無量業羂所繫縛已復於三十三天之中流轉而行在生死處業風所吹於三界中無處有業不受果報何況三十三天之處彼夜摩天彼佛塔內清淨壁中復見五道自業所作自業羂縛復於後時入活黑繩合喚大喚熱及大熱七大地獄唯除阿鼻最大地獄何以故天中不作阿鼻之業此因緣故天則不生阿鼻地獄天唯生在七大地獄三十三天退已若生活地獄者以殺生故或餘業故天阿脩羅戰鬭之時殺阿脩羅則是殺生地境界住一切諸天皆有殺生四天王三十三天二皆殺生二皆偷盜自上四天則不如是彼地界住四天王天三十三天如是作業三十三天是微細業餘天不爾如

是生於三十三天微細之業及生退等山樹具足地處天衆彼佛塔內壁中見之三十三天歡喜園中波梨耶多光明林中雜殿堂中種種嬉戲受境界樂善業盡故不知足羂之所繫縛入地獄中四天王天退墮地獄所受苦惱三十三天墮地獄苦十倍更多何以故諸有天中境界之樂若樂勝者離別之苦亦如是勝極爲大苦相續流轉以如是業轉轉上勝如天身中一切身分處處柔輭彼眼等中以柔輭故所受苦惱亦多而勝如是彼處四天王天所受之樂三十三天樂則勝彼三十三天境界失壞所有憂苦亦多亦勝心苦惱大心苦惱多苦樂二種甚多甚勝不可譬喻天中甚樂地獄極苦業羂所縛如墮嶮岸受無量種勝重苦惱夜摩天衆彼佛塔內壁中而見三十三天放逸所壞彼夜摩天如是見已心極愁惱又夜摩天彼佛塔內異處壁中而復更見三十三天退彼天已墮餓鬼中在歡喜林光明林中間雜殿處遊戲之處受天快樂天酥陀食具足資身充飽受樂如是久時受勝樂已復食不淨糞屎之食諸不淨蟲遍其身體如是觀見放逸行天三十三天墮餓鬼中夜摩諸天如是見已心極愁惱又夜摩天彼佛塔內異處壁中而復更見三十三天或退天已生畜生道在大海中作彌那魚或作貝蟲摩伽羅魚舒摩羅魚在如是等惡蟲中生迭相殺害飢渴燒身受無量苦如是空行鳥等畜生迭相殺害常有怖畏心恒畏死受諸苦惱如是澤中種種獸等相殺相食受諸苦惱如是說已四天王天以善業故

生於人中如是次第三十三天如善業故若生人中同業之處受諸苦惱生死所縛若天退時受無量種天中苦惱如是苦惱不可得說何況人中在胎藏內所有苦惱人世界中欲出胎時受諸苦惱嬰孩時苦出胎在地未能行時倒地等苦匍匐時苦身體無力於作不作一切不知愚癡啼哭如是苦惱如是種種苦惱之事不可具說彼佛塔內壁上而見如鏡中見山樹具足地處天衆一切皆見彼諸餓鬼如是飢渴繫屬於他不得自在有寒有熱風吹日曝處處而行在於曠野如是等苦有無量種皆悉具受不可盡說如是天中山樹具足地處天衆彼佛塔內壁中而見如是已見種種苦惱有無量種世間生死在彼壁中如善巧畫彼諸天衆見希有已心生猒離生如是心天勝於人人第一道所謂是天天第一道所謂人中人欲死時則願生天天欲退時願生人中人樂於天天樂於人於此天人二道中生如是苦惱何況其餘惡道之中業所戲弄又復如是山樹具足地處天衆彼佛塔內異處壁中見善法堂三十三天退彼天處如業行故生五道中彼天退者如前所說業因緣故若天中退亦生天中猶不離苦如本生退若愛別離於退生畏如是畏退無量種苦彼天既見無量苦惱次復觀察彼佛塔內異處壁中見帝釋身退彼天處妙寶天鬘天衣莊嚴種種光明彼莊嚴具火鍊金色有勝光明不可譬喻勝欲具足五欲具足一切捨離自業所牽惡道門開放逸所使墮於地獄餓鬼畜生自業所作或善業牽不善

業牽故如是退彼佛塔内淨寳壁中見於住世先退帝釋彼諸帝釋有二十一初帝釋者名菴舒摩既作三十三天王已自福盡故生大海中作摩伽羅大身之魚本在人中作獵魚師常多殺魚亦常禮佛以禮佛業是故得生三十三天爲帝釋王殺生因緣海中作魚以餘業故生畜生中又夜摩中山樹具足地處天衆彼佛塔内異處壁中次第復見第二帝釋名三浮提本在人中曾作善業與病者食或清淨心與比丘食彼業因緣是故得生三十三天爲帝釋王後時福盡餘業因緣不善業故作蜥蜴蟲彼前世時邪見心故外道齋中殺蜥蜴蟲以彼因緣生地獄中出地獄已餘業因緣作蜥蜴蟲又夜摩中山樹具足地處天衆彼佛塔内異處壁中次第復見第三帝釋波羅迦奢是其名字受天境界五欲樂已於彼欲退本人中時供養父母病時瞻視彼業因緣是故得生三十三天爲帝釋王本業盡故彼天處退生餓鬼中彼過去時於異處生時世飢儉多儲穀等貴糶與他誑惑他已心更希望後時大儉以彼因緣是故生於黒繩地獄彼餘等故生在針咽餓鬼之中又夜摩中山樹具足地處天衆彼佛塔内異處壁中見無量種生死衰惱生希有心如是無量種種見已次第復見第四帝釋名曰作愛天處退已生於猪中如是見已觀彼善業何業因緣爲帝釋王彼前世時於他邪見婆羅門人病困欲死與藥令服憐愍心言當服此藥以是業緣生於善道三十三天作帝釋王善業盡故墮地獄中彼處既出以餘業故

生在猪中彼天復觀如是業果以何因緣復生猪中彼前世時恒常喜獵多殺衆生或多殺鹿或多殺猪彼業因緣命終生於活地獄中彼業既盡以餘業故生在猪中又夜摩中山樹具足地處天衆彼佛塔内異處壁中次第復見第五帝釋名爲善意以何業故生於彼處爲帝釋王彼前世時曾見他人師子欲殺救令得脱以憐愍心將來歸家多日供養種種飲食彼業因緣是故生於三十三天爲帝釋王名爲善意彼處退已生於焦熱大地獄中以何因緣生彼地獄本前生時於王衆中妄語言説是業因緣墮彼地獄善意帝釋彼處退已復有帝釋次第而生名憍尸迦彼夜摩中山樹具足地處天衆彼佛塔内異處壁中而得見之彼何善業謂前世時是多財寶富婆羅門一居舍内置婆羅門設大齋會集尊重人飲食供養施其財物彼業因緣是故當來作帝釋王名憍尸迦又本復作無量福德當作帝釋名憍尸迦又夜摩中山樹具足地處天衆彼佛塔内異處壁中見彼天處帝釋王處有佛世尊釋迦牟尼説法勢力令彼帝釋閉塞惡道天中退已生於人中如是七返如是道行諸夜摩天如是見已生希有心一切諸餘帝釋天王彼佛塔内異處壁中皆悉見其生處惡道唯獨不見彼憍尸迦帝釋惡道此何因緣爾時彼處一切天衆白其天主牟脩樓陀而作是言一切諸餘帝釋惡道如是皆見何故不見彼憍尸迦帝釋惡道以何因緣見其七返而無第八爾時天主牟脩樓陀聞已告言汝等今聽爲汝説彼憍尸

迦道以此因緣我今欲爲汝等説故將汝等來入此佛塔入此塔已我爲汝等説於正法何以故汝等一切皆悉如是放逸而行天欲誑故心癡迷惑不聞正法是故我爲利益汝等將汝等來入佛塔中令汝等輩現離憍慢汝放逸行此身空過於後退時心則生悔如是因緣我於今者勸汝等輩聽聞正法以何因緣此中唯見彼憍尸迦二道生處不生惡道又亦更無第八返生此佛塔内如是不見彼憍尸迦先放逸行大放逸行命欲盡時善業盡相退相出現有善知識而語之言汝憍尸迦退相已現今欲破壞汝清淨心以自利益如是説已憍尸迦言爲我示道令我聞法此處不退爾時仙人善友知識爲憍尸迦如是説言憍尸迦聽有善方便令憍尸迦此處不退此閻浮提有佛出世名甘蔗日種姓中生一切悉知一切悉見一切業果皆悉普證示導一切衆生正道無上法王爲汝説法令汝此處當不退失彼知識所如是得聞既得聞已爲聞法故速速疾疾向閻浮提到世尊所時憍尸迦於一念頃到世尊所見佛世尊爲説正法安慰爲説聞已得益示涅槃城彼所説法初中後善義善語善獨法具足清淨鮮白謂苦苦報苦滅苦證説四聖諦苦集滅道彼憍尸迦既得聞已復問世尊釋迦牟尼而作是言大仙瞿曇今我有妨退相已現我於此處不久當退如是問已彼佛世尊言憍尸迦如是如是如汝意念汝退相現汝天妨礙善業盡故放逸行故以汝身心愛自在故欲到異處在大生死曠野之中不可得度彼

岸叵到一切世間愚癡凡夫無足力故生老病死悲啼號哭愁憂苦惱無可愛樂恩愛離別怨憎集會毒蛇師子種種可畏滿彼曠野遇日所炙愚癡黑闇無邊欲染以爲妨礙愚癡凡夫諸獸充滿無量百千分別樹林障閉擁塞無正法水離善知識所說正道多有無量邪見外道邪意異路滿彼曠野不能遠離前際後際中間寬遠五道之苦不可忍耐闇苦覆地汝憍尸迦於此生死曠野之處心生怖畏而不免離汝於先來染著欲樂是故不覺欲樂盡故今者則知汝退至時欲不能救退時臨到將墮異處彼憍尸迦聞佛說已整服一廂去頭天冠頂禮佛足却住一面白言世尊頗有方便令我不退此處以不令我不退復得於此三十三天爲王以不彼佛告言我有方便令汝不退何以故更無異人而能如是決定作業生於此中坐汝坐處而爲三十三天之王如是因緣是我所見我今見汝於此坐處久坐不離我於今者見有因緣汝則不退所謂得聞我所說法彼憍尸迦聞佛語已合掌在頞心生歡喜而白佛言唯願世尊善爲我說我今諦聽彼憍尸迦如是語已彼佛世尊爲說欲味過患出離廣說如是勝脩多羅彼憍尸迦如是聞已即時獲得須陀洹果時憍尸迦既得果已次第退生閉塞惡道以此因緣夜摩天衆此佛塔内壁中不見彼憍尸迦第八生處彼帝釋王得涅槃故過第七返第八返生則不可得如是因緣我爲汝等天衆已說爾時天主牟脩樓陀而說偈言

欲則非財物　以不資益故　戒信財中勝
畢竟得涅槃　此欲非財物　令入有曠野
若令解脱欲　乃是真財物　若不救惡處
若樂不寂靜　彼唯大癡故　非財而名財
如是得言物　所示欲非物　若離非物欲
得彼真財物　若説寂靜道　彼示道第一
彼何者勝道　智慧者能到　若有不近欲
若不爲愛誑　彼行善道處　不近於欲火
欲常不可足　欲亦非寂靜　共愛而和合
如火得薪炎　天人若龍等　不知足則失
爲地獄火燒　彼失乃是失

如是天主牟脩樓陀以如是等無量種法教示天衆擁護救攝爾時天衆極生猒離猒離欲已復白天王牟脩樓陀而作是言唯大天王我已觀見他未來世生處諸道今復自觀我未來世當生何道牟脩樓陀天王荅言如是當觀天衆聞已彼佛塔内則於異處壁中觀察見夜摩天退墮地獄謂活黑繩合喚大喚熱大熱等見無量種墮彼地獄有頭在下如是墮者有舒兩臂兩墮中者天身未滅如是預見地獄生處亦見天處業盡退時彼地獄中身體爛熟炎鐵地上無量烏鷲滿彼地處彼處種種無量怖畏焰沙滿地地獄衆生在地獄地極燒極炙彼天如是墮地獄中頭則在下如是受苦第一急苦第一堅苦有無量種受諸苦惱閻魔羅使種種呵責既呵責已與種種苦彼諸天等皆見自身如是受苦如是見已彼佛塔内異處壁中復見過去夜摩天王在地獄中受無量種堅惡苦惱爲欲亂心先樂境界已曾破壞作諸惡業云何而

作有何等相閻魔羅使皆悉具說而語之言汝本一切愛境界故已作惡業今於此受如是過去夜摩天王其名何等有名大業有名具足衆賢有名威德有名不壞有名意樂有名善色有名普樂此如是等夜摩天主墮七地獄如善不善業果而受已受第一境界之樂心未猒足爲愛所壞如是退墮彼大業者本作何業生夜摩天爲夜摩王本人中時以淨信心施緣覺食業因緣故身壞命終生於善道夜摩天處爲夜摩王於彼天處受無量種境界欲樂未知猒足退彼天處本偷盜故而復墮於黑繩地獄彼前生處曾作藥師於他病者不相應治取其財物以彼惡業是故生於黑繩地獄觀彼大業夜摩天王過去業已次復觀察具足衆賢善不善業彼何善業生夜摩天爲夜摩王彼佛塔內異處壁中次復觀見彼過去世以清淨心捨已財物施病比丘以恩熏心彼業因緣身壞命終生於善道夜摩天中而作天王又復更爲境界河漂善業盡故退墮叫喚大地獄中又復前世人中之時作土地主放逸而行心生憍慢有道行人甚渴流汗彼王見已與甘蔗酒彼飲酒故失其本信即便犯戒失自利益如是與酒不善業故身壞命終墮於叫喚大地獄中彼天如是觀察第二夜摩天王惡業行已見於一切有爲生死與焰不異彼此迭互相向說言此大天王如善不善無量種業相應果報如是示我我等今者於此天王所得利益如於父母所得利益無有異也彼天如是相向說已於佛塔內次復異處於寶壁中見迦那

迦牟尼世尊神力所化夜摩天王名威德者本因何業生夜摩天而爲天王見彼前世人中之時不破壞他而得財物於夜闇中有說法處爲佛法僧然燈照明彼業因緣身壞命終生夜摩天而爲天王名曰威德久時爲王既作王已隨命長短身壞命終次復生於四天王天於彼退已生鬱單越彼處終已次復生於三十三天彼處退已生閻浮提得爲人王有大威德有大神通彼處生已放逸行故爲欲所誑心輕動故而復殺生偷盗邪婬作如是等三不善業以作如是惡業因緣身壞命終墮於焦熱大地獄中不可譬喻有無量種無量百千異異分別地獄業故於地獄中受諸苦惱作如是已爲心怨所誑爾時天衆復見天中無量具足復見失壞或樂或苦如是見已迭互相向而說偈言

極惡復甚惡　大力不可忍　癡心造此業
如是墮地獄　一切業由心　因緣在有中
爲癡所壞故　皆流轉受苦　種種大力苦
逼惱不可耐　業縛在世間　而不生猒倦
天退人中生　人死入地獄　出彼生畜生
出畜生生鬼　如是業輪中　世間業風吹
流轉於世間　癡故不覺知

如是彼中山樹具足地處天衆迭相爲說彼迦那迦牟尼世尊如實所化無量種業在佛塔内壁中明了觀彼業已次復觀察夜摩天王善不善業無量種生彼佛塔内異處壁中復見善色夜摩天王彼因何業生夜摩天而爲天王見彼前世人世間時生婆羅門種姓之中正見不邪不熱惱他善修持戒於繫獄

中極受苦者無依主者或於儉時有餓飢者多與淨潔美好飲食以清淨心或於齋日或非齋日受戒持戒彼因緣故救被縛者令得解脱或以物贖令其得脱彼因緣故身壞命終生於善道夜摩天中爲夜摩王名曰善色於長久時作彼天王有大威德有大神通作彼王已身壞命終次復生於三十三天有無量種受大快樂至終盡時於彼三十三天處退次復生於阿脩羅中其身甚大有大神通阿脩羅中報盡終已生於人中作大長者有大威德彼處終已生瞿耶尼在於人中彼處終已復於人中邊地受生心輕動故復更殺生獵殺諸獸以刀箭等多種殺害彼業因緣身壞命終生地獄中地獄大火之所燒然受無量種堅惡苦惱以作不善惡業因故山樹具足地處天衆如是觀察彼業報已復無量種無量分別諸善惡業如是見已於佛塔内復向異處於彼壁中觀迦那迦牟尼世尊之所化現既往到已於彼壁中復見其餘希有之事往世曾有夜摩天王名曰普樂以何業故生彼天處爲夜摩王彼如是見本前生處人世界中人身之時曾有善意常禮師長心生敬重見時則起合掌供養若復餘業掃佛塔地掃已泥塗散華燒香常一切時如力如分布施沙門若婆羅門常於病者阿那含人給施供養以淨信心如是供養以是善業因緣力故身壞命終生於善道夜摩天中而爲天王名曰普樂身體皆樂彼身光明有種種色見者心樂安隱清涼光明遍滿五百由旬一切寶色此光明勝端嚴殊妙勝於一切不

可譬喻如閻浮提人中勝者謂月光明端嚴殊妙如是一切夜摩衆中音樂天王光明最勝於長久時五欲功德成就樂已於彼處退以彼業力之餘勢故生閻浮提人中爲王所王之處五百由旬於中自在生彼處已心輕動故獵殺諸獸彼業因縁身壞命終墮活地獄彼處出已不善惡業之餘勢故生於烏中

正法念處經卷第四十七

音釋

叵耐 叵普火切不可也耐奴代切忍也
獯狐 獯許云切狐洪孤切獯狐正作訓狐鵂鶹也
啄 竹角切鳥啄也
坌 蒲悶切坌集也
稠穊 稠直由切穊居致切稠穊密也
炙 之石切燔也
燋 即消切與焦同
匍匐 匍蒲胡切匐蒲北切匍匐以手行也
曝 蒲木切曬也
蜥蜴 蜥先的切蜴羊益切蜥蜴蝘蜓也

正法念處經卷第四十八

元魏婆羅門瞿曇般若流支譯

觀天品第六之二十七夜摩天之十三

彼諸天衆既見如是業果報已彼佛塔内復更觀察異處壁中覓希有法於彼壁中復見天王牟脩樓陀隨順法行不習近欲愛樂法行作諸衆生利益之行善知一切善惡等業既知業已不放逸行雖作天王而不放逸彼諸天衆觀見天主牟脩樓陀業果報已心作是念此大天王本因何業生此天處而爲天王見其往世於人身時修行善法然燈佛所得聞佛法既聞法已攝取受持思惟修行如所聞法如是安住如是聞已乃至一念心不曾亂正信出家剃除鬚髮被服法衣既出家已乃至微少塵許等惡生大怖畏修行梵行以彼業因身壞命終生於善道天世界中謂在他化自在天處作彼天王名曰不壞彼處退已生於人中爲轉輪王王四天下彼業盡已命終生於四天王天彼處退已生於人中復得爲王所王之土一千由旬彼命終已生弗婆提於彼爲王大勝身體彼命終已次復生於阿脩羅中第一神通有大勢力彼處命終而復更作大富長者恒常修行第一大施次有持戒智等具足隨所生處何處何處施戒智等三事具足彼處命盡修施戒智不斷絶故身壞命終生於善道天世界中夜摩天處爲夜摩王名牟脩樓陀彼如是法次第相續不斷絶故彼心善故善調伏故不放逸行諸欲境界不壞其心自他利益無量善業隨順行故多有天衆欲所不攝爾時彼處夜摩

天衆而說偈言

隨順善法行　彼則常得善　無量千億劫
善業不失壞　常增長持戒　於智轉習行
一切時布施　繫念常不斷　修行施等三
除斷三種過　捨離彼過故　勤修行功德
雖天欲具足　境界樂不壞　彼不放逸故
則不墮地獄　法常不斷絕　彼隨順法行
不隨法行者　則是大愚癡　近法戒之人
精勤修智行　能滅諸有苦　如日光除闇
能增長法者　爲天人所禮　如是異處生
乃至到涅槃　若如是知法　諦思惟法相
彼則解脫有　當得到彼岸　智忍常愛語
愍一切衆生　或施種種物　此道至涅槃
惡者則近惡　或習近懈怠　堅心增惡法
彼行地獄道　見何人皆喜　見何人皆瞋
處處皆貪著　如是故名癡　惡法所迷惑
捨離於善法　癡故入地獄　受惡法苦惱
行法推求善　常捨離於欲　牟脩樓陀處
天中住無垢

彼夜摩中山樹具足地處天衆彼此如是迭相爲說於愛境界而生怖畏一切衰惱皆現見已復共天王牟脩樓陀彼佛塔内異處壁中次第復觀夜摩天王牟脩樓陀及諸天衆此處退已當生何處在於何道時諸天衆於彼壁中皆見自身并其天主牟脩樓陀天處退已生閻浮提一切皆於彌勒世尊出世之時諸根具足一切皆生大種姓中共爲同侶共一國土迭相愛念生大種姓皆悉大富尊重姓生如是壁中皆見自身牟脩樓陀在彼國土生在刹利大種姓中大富大力爲一切

人之所供養百千億寶滿其舍内生刹利家以爲長子名曰善戒爾時彼處彌勒世尊說寂靜法向涅槃城謂四聖諦功德具足初中後善義善語善諸法具足清淨鮮白所謂此色此色集此色滅此色滅道如是次第受想行識總相略說一切衆生安隱離濁向涅槃城無有障礙爲諸世間如是說法爾時善戒刹利王子王之長子傳聞彌勒世尊說法如是聞已如前所說諸同侶等亦如是聞前世所修善業因故彼此籌量一切皆共向彼善戒刹利子所有二萬人詣彼善戒刹利王子如前所說爾時善戒聞其語已本善業故心生歡喜生敬重心面色清淨一切和合同時皆起共詣彌勒佛世尊所如是衆人旋遶善戒亦如第二三十三天圍遶帝釋在路遥見

彌勒世尊有三十二大丈夫相廣說妙法利益一切天人世間并諸沙門婆羅門等如是爲說入涅槃法初中後善彼法清淨猶如水池能盡諸苦能除一切生死繫縛次第乃至到於涅槃說如是法爾時衆會廣大於海彌勒世尊在中說法爾時世尊遥見善戒人衆圍遶告大衆言此夜摩天主牟脩樓陀并其大衆此夜摩主牟脩樓陀修行梵行先已曾種善法種子今者根熟此夜摩主牟脩樓陀繫縛已緩多不善業一切消滅捨離於欲諸苦盡時於今將至彼人如是得聞如是口言語已心生歡喜心生敬重一切生死皆得遠離如來之色甚爲希有不可譬喻牟脩樓陀得見如是希有佛已頭頂禮足住在一面白言世尊我行世間生死流轉疲惓猒離爾時

世尊如應説法有十千人常近於王常共王行先同伴者得盡諸漏彼夜摩王牟脩樓陀如迦那迦牟尼世尊壁中所化一切未來次第而見一切智人所化種種希有之事有無量種非餘境界并天世間魔等世間及諸沙門婆羅門等無能見者除近正士如來住者近善知識出生死中最爲第一時彼天衆一切共同生歡喜心於佛法僧生敬重心時彼天王并諸天衆復更禮佛出彼佛塔於六經中彼迦那迦牟尼如來世尊所化第五已竟爾時天主牟脩樓陀夜摩天王生歡喜心見欲過患復生怖畏共諸天衆次復觀察山樹具足地處天衆歡喜而行彼處多有種種天衆多有園林蓮華水池滿彼地處有無量種蓮華滿池有可愛聲種種諸鳥聞彼聲者則受快樂山樹具足地處多有無量百千諸天女衆歌舞喜笑種種遊戲多有無量功德具足有七寶樹具足華果多有山峯皆是妙寶滿彼地處而爲莊嚴自業果報有下中上天衆自業唯樂欲樂滿彼地處迭共同侶不相妨礙彼此相信多有天子多天女衆迭相愛念多有諸河河中有飲味甚可愛復有種種妙寶堂殿皆悉作行雜色可愛五欲功德皆悉具足衆寶光明迭相莊嚴彼諸寶殿諍出勝光如火鍊金珊瑚硨磲多有青寶及山峯等莊嚴地處山樹具足地處莊嚴如是可愛牟脩樓陀夜摩天王既觀察已告天衆言汝等天衆看彼天衆歡喜心行從山至山從一山峯至一山峯歡喜遊戲五樂音聲歌舞戲樂汝等皆當看彼天衆如是天衆已於佛塔

種種見來答天王言我等已見爾時如是夜摩天王告天衆言如來已說如相應說天中衰惱放逸行天命將欲盡善業欲爛退時欲至戒果欲壞行業如化癡不覺知放逸行天不覺不知墮於地獄餓鬼畜生此無量種諸苦衰惱生死流轉皆由本業何以故以彼命行念念流動不可迴故以業力多不可離故如此一切有爲三相生住滅等三過患故多有無量諸衰惱事無有少味而諸天衆不知不覺自謂大樂念念近死死時欲至已入死門而不覺知如此一切有爲之法念念不停一切有命無常破壞少年速變彼天退時覺知苦惱有無量種恩愛別離時彼天衆既見天王心生歡喜速疾速疾莊嚴其身天衣垂袝寶冠瓔珞天妙鬘等以嚴其身自身光明多有種種莊嚴天女百千之衆圍遶天子種種樂音歌舞戲笑受第一樂自善業故如是莊嚴具足無量百千種色往向天主牟脩樓陀爾時天王如是見已隨順瞻觀即前稍近見其遊戲受諸快樂爾時天王順其心故暫入衆中遊戲受樂非自喜樂在他天中於須臾間喜笑遊戲彼天心動於欲生樂遊戲樂已到餘山峯種種珊瑚金銀等樹無量百種妙色莊嚴有無量種衆鳥音聲有無量種光明照曜有無量種分別異念有無量種天妙寶珠莊嚴山峯彼天往到如是山峯到山峯已心愛受樂彼夜摩主與本曾見佛塔諸天一處同行共彼天衆無量境界喜樂者行時夜摩主告天衆言我共汝等相隨而去自身利益捨境界故則得利益不捨境界則不利

益我等決定隨順法行乃至畢竟到於涅槃向彼天衆如是說已共彼天衆以寂靜心一切皆向山樹具足地處而行到彼處已於中一處種種流水妙蓮華池有蓮華林多有衆鳥莊嚴彼池復有種種寶蜂莊嚴普皆如炎彼如是處可愛地處則有第六迦葉佛塔天主見已生希有心一切諸寶光明之中佛塔光勝穿空而出種種妙寶而爲莊嚴所有光明勝百千日光明寂靜在寬博處見彼佛塔爾時天衆如是見已白其天主牟脩樓陀而作是言此是何等妙寶光明如前所見爾時天主夜摩天王聞其語已而告之言天衆皆聽如今所見此種種寶勝妙光明如前所見此是大仙第六如來應正遍知明行足善逝世間解無上士調御丈夫天人師佛世尊天中之天迦葉佛塔此佛塔者諸天本業所修梵行本曾修心利益饒益此佛塔內寶壁之上化現明了如餘如來所應利益此佛塔內亦復如是我共汝等諸天大衆於佛正法生敬重心作自利益夜摩天主如是說已共諸天衆往向佛塔到已則見具足種種妙寶光明如前所說爾時如是夜摩天主共其天衆入彼佛塔即見大仙迦葉佛像閻浮那陀眞金之像妙寶衣服無量光明毗瑠璃寶爲師子座佛像坐上如現在時說法之相等無有異彼像則有不可喻色如是色者形彼天色如螢火蟲於日不異佛威德色如是勝妙爾時天王并彼天衆見佛像已勝歡喜心敬重深信頭面敬禮去冠瓔珞鬘莊嚴具遠離色慢止於色樂離光明慢一切憍慢皆悉捨離

心離欲垢以頭頂禮彼世尊足轉轉離慢重復更禮如是禮已一切天起一心不動以業因故彼佛塔中寶壁之上佛像傍廂見有文字此脩多羅是佛神力之所化現利益天人一切世間悉皆利益正字正句善義善味次第乃至示於涅槃乃是一切諸出家人之大和尚如律教學此謂比丘有十三法以爲妨礙不得坐禪讀誦經律障自利益不得涅槃若諸比丘不捨如是十三法者於病老死悲啼號哭愁苦懊惱則不得脫人中凡下非實出家身口意等常不正行不勤精進如是比丘若於一日受他臥具病藥所須則不能消彼如是物於已爲妨所謂妨者能令身瘦懈怠怖畏無所知曉如是之人則於大力速力勇猛甚深大河不能得渡如是之人自體羸瘦不能翹勤心不調伏而常懈怠不知坐禪讀誦經律怖畏無智自體無明之所覆蔽是故不能渡於五河依止境界故不能渡境界所漂在愛河中愛河漂已入生死海流轉常行無有休已何等十三所謂喜樂多語言說治病工畫聞邪惡事歌詠讚頌數星思惟思惟占相唯貪飲食求諸寶物親近王等希望請呼不請問他樂多知識與惡同處此十三法沙門之人坐禪讀誦則爲妨礙如是妨故失自利益利益則少失利益故生於地獄餓鬼畜生虛妄出家如是之人既非出家亦非在家捨離善法爲同梵行之所輕賤唯有虛名其聲相似不聞不知涅槃之行有所憶念悉不隨意護身之天捨離而去彼初妨者妨於坐禪能爲大亂彼初喜樂多言語者初則

可愛後則悔熱一切出家應捨此法所謂喜樂多語言說樂多語故心不調伏不能正行不能持戒心常動亂心動亂故則多疑網如是之人喜近惡人彼惡人者所謂亂心彼常樂見技兒歌舞從方至方從處至處遊行不止若城若村諸聚落等常行不住看其戲樂常於節會遊戲之日處處觀看諸聚會處恒常徃看近如是人以爲伴侶自稱已心意常動亂常樂言語晝夜恒爾無有休息彼人亂意不聞不知餘同梵行常所輕賤知他賤已於彼他人持戒行者心生瞋恚彼人以是業因緣故身壞命終墮於惡道地獄餓鬼畜生之中又彼喜樂多言語者復有大過彼惡比丘未曾多聞毀破禁戒樂多言語自高輕動雖見佛已心無慚愧無慚愧故不恭敬佛檀越見之不生恭敬以他輕賤捨戒還俗又彼喜樂多言語者復有大過有何者過所謂自樂多言語故而復教他餘出家者令退正法彼自破壞復能壞他彼人如是自他壞故有惡名聲彰出四遠僧衆知故驅遣捨棄此善持戒諸比丘等畏彼惡者令其有失一切皆言捨此比丘言此比丘是惡知識同梵行者如是惡賤又彼喜樂多言語者復有大過種種言語先已聞來心樂謂樂彼惡沙門既得聞已心生大樂彼心樂故信於非法信非法義法爲非法非法爲法亦信其餘非法行人此人喜樂多語人故則入邪見以彼邪見之因緣故妄語言說彼人以是惡業因緣身壞命終墮於惡道生在地獄餓鬼畜生因此樂多言語過故復有多過爾時世尊迦葉如來

而說偈言

多集綺語句　能令心意亂　破壞於梵行
妨礙涅槃道　常喜樂多語　凡鄙不持戒
其人常捨離　坐禪知諦者　不調爲根本
能失於善念　亦能失梵行　令涅槃道闇
能妨於天道　復能示惡道　令向餓鬼道
令生畜生道　謂名樂多語　此爲生死母
坐禪誦比丘　欲安隱則捨

彼佛世尊迦葉大仙如是已說樂多言語有大過失又復次說不樂多語所有功德所謂比丘善正心意唯樂正法唯知正法如是正說唯念正法思惟正法唯行正法恒常禮佛彼如是等諸比丘輩未曾見處而能見之以能捨離多語者故唯一正行怖畏生死彼語有果所謂若人說四聖諦之言語也彼身有果所謂禮拜佛法衆僧翹勤精進彼身精勤意則有果意常精勤自相同相等思惟相彼則是果三種精勤去涅槃近若其有人一切方便一切精勤捨多言語遠惡知識常不親近正心直心不動亂心如是三種則到涅槃三種道者何等爲三所謂心念阿那波那觀不淨界無常破壞此一切道正心能得非不正心樂多言語非心正念妨此三道乃是惡趣地獄餓鬼畜生之行此羂縛人將入地獄餓鬼畜生三惡道去如是衆生爲多言語之所誑惑是故喜樂多語言說如毒如刀如火如蛇如墮嶮岸黠慧比丘坐禪讀誦常應捨離彼多言語能誑多人令墮地獄畜生餓鬼彼若餘業生於人中則爲技兒常戲之人趫行擲絕力士舞戲種種歌等在他門傍處處

行乞或復治生商賈求利或復目盲常在巷中多人之處市肆貿易以自濟命樂多言語惡蛇所齧樂多言語大火所燒墮在如是樂多言語危嶮之處爲多言語惡毒所螫如是癡人樂多語言所有枝條之所迷惑一切迷惑由多言語樂多言語是大闇聚畏惡道者一切皆應如是捨離捨已次第精勤修行則得見諦是故應當作如是學空閑曠野寂靜之處無諸妨聲無唱喚聲歌聲鼓聲修智日處山谷巖窟樹根等處福德之處無聲妨礙獨無餘人在一處坐一心正念壞煩惱魔如是善作以調伏心令心寂靜離於一切多語言說一切親舊知識兄弟來去相見語言皆離心不希望唯樂獨處以爲安樂常行禪誦離四顛倒彼十六種阿那波那皆悉念知無

夜無晝勤發精進生死縛中能脫能走能如是者則得勝處若本未見常安隱處彼人則應離多言語有智慧人善心意者堅固修行沙門之人離於懈怠捨此一法所謂喜樂多語言說又斷第二妨礙之法所不應行殺生攝故何者第二所謂治病醫師比丘不能坐禪不能讀誦如是行藥醫師比丘異道異作常見病人常求治病作如是業大增長貪彼貪心故如是思惟希望衆生多有諸病無量種病彼病衆生多供養我多與我物是故我於多人處行恒常受樂從村至村從城至城從邊地處至邊地處彼惡比丘既作如是思惟念已貪則增長如是比丘貪增長已心中生垢不能坐禪不能讀誦非是善行又復治病則得垢過彼惡比丘自謂比丘若諸衆生

有病患者彼惡比丘示其藥言逮將油來若無油者則壓胡麻壓胡麻故多有蟲死如是名爲治病之過妄作沙門唯口自言我是沙門實非沙門又見病者勑瞻病人令其與肉作如是言須新殺者不用多脂不用自死不用病死不用毒死不用蛇殺不用乾者不用瘦者如是約勑以約勑故彼則殺生以殺生故得殺生罪若教殺生若殺生者彼二種人同一殺業墮活地獄是故不應作治病業以貪心故又復更有治病之過唯可口言我是沙門實是大賊是大惡人爲彼衆生多病痛故處處採拾種種藥草若樹樹枝若樹果等爲財物故皆悉採取彼諸藥草一切攝蟲爲蟲所依蟲在其中處處皆滿彼以貪心欲得物故地中拔取或有割取以拔取故殺地處

蟲或破彼蟲所依止處若割取者則殺內蟲彼處蟲死此治病過彼心如是樂不淨命何處得有修禪讀誦彼心恒常喜樂治病又復如是治病比丘惡心思惟有大勝過如是比丘思惟惡法有如是心欲令多人皆有病患病者若多我則多得財物供養飲食臥具如是多利彼欲壞心不念善法不樂禪誦不近尊長不近善友亦不禮佛作不善行身壞命終墮於惡道生地獄中彼處得出以餘業故如彼善業生於人中則常病痛貧窮短命彼惡不善治病業故又治病過依法治病亦復有過無始以來皆有三種謂風熱冷此三調停身則安樂不墮惡道是身分故以身滅故彼三亦失而彼愚癡凡夫之人未曾聞來未有智慧實非沙門而自說言我是沙門治彼

三種何義何因剃除鬚髮被服法衣而便出家何故捨此無始以來欲瞋癡等非身所攝若燒身者彼三不燒不失不滅於五道中隨逐繫縛處處共行何故於此欲瞋癡等三種大過不先療治而先治彼風熱冷等此妄出家愚癡無智凡鄙之人自心所誑如有癡人無主無伴貧窮無物彼人乃有大勢力怨日日惱亂彼愚癡者若以財物與大力怨不可遮障若以勢力亦不能防以如是怨大勢力故恒常伺求欲來殺害此愚癡人不恐彼怨知他餘人有微小怨如是彼人於微小怨則生怖畏共愚癡人以爲同侶而愚癡者語同侶言我今相爲除却彼怨彼愚癡者大勢力怨知其愚癡知其懈怠放逸而行如是知已即往殺之何以故以彼癡人作他事故如是如是彼沙門人自謂沙門立沙門者捨離自身大勢力怨而作他事彼欲瞋癡於無量世隨逐不離示生死道有大力勢而無處所不可尋求唯智所知與癡同行爲除如是大怨因緣捨離自身親舊知識妻子兄弟剃髮出家既出家已而於如是大勢力怨不能觀察爲財物故而語他言汝之怨家風熱冷等我爲除滅如是亂心愚癡之人死王來至三種怨家隨逐不離彼力大怨謂欲瞋癡彼人乃爲欲繩所繫極放逸行將向他世樂作他事大貪亂意是故若人知此過已不用治病若人治病應殺欲等則常無病爾時世尊迦葉如來而說偈言

風等無多過　欲等過則多　風等不惡道
欲等墮地獄　心過是大過　常令行惡道

是故除則樂　除風等非樂　若捨自作業
喜樂他所作　彼人速失壞　爲智者所笑
風等失壞故　衆生則失身　欲等不曾失
生死無量倒　彼欲等滅樂　風等滅非樂
以欲等滅故　畢竟得勝樂　治心名治病
治身非治病　治心病難知　治風等易解

彼佛世尊迦葉如來以此因緣如是遮障出家之人不聽治病又出家人醫方治病有無量過謂生貪心見餘醫師心則生慢以不善語毀餘醫師妨礙作業心生嫉妬攝餓鬼業如是造作餓鬼道因彼人如是妬心動心生大貪心以生貪故見婦女時不善觀察以自妨亂彼人癡心見他婦女欲發壞心彼治他人風冷熱等而自增長身中諸病欲瞋癡病增欲等故是等因緣增長地獄餓鬼畜生種種苦惱彼爲欲等之所破壞不善醫師則有惡見大過所縛將入地獄是故一切出家之人常應精勤除欲等病勿治風等此第二法沙門之人欲求涅槃不應如是醫藥治病妨廢坐禪讀誦經律又捨第三妨礙之法所不應行何者第三所謂畫師出家業畫則非所應云何如是爲除欲故捨家出家更生餘欲既知世間心業畫已而作其餘種種彩畫若有不知心業畫者可作種種諸色彩畫彼出家人常應如是諦知彩畫五大彩色畫作五道心種雜故何等爲五謂大彩色畫作五道心之畫師以大白業勝淨彩色畫作天道以信心故樂行大施離慳嫉妬第一白法施戒山起畫作諸天心之畫師畫作天道又出家人復應觀知業之彩畫多種業彩畫作人道

人則差別有下中上若是富人能持戒者彼人則是第一白業彩色所畫若人大富不能持戒彼人則是黑白之業彩色所畫若人貧窮而能持戒彼人則是赤白之業彩色所畫若人貧窮不能持戒彼人則是垢黑之業彩色所畫若人懈怠而復多欲彼人則是黑黃之業彩色所畫若人端正大種姓生彼人則是白淨之業彩色所畫若人在於中種姓生彼人則是紅赤之業彩色所畫若人在於下種姓生彼人則是垢黑之業彩色所畫心之畫師以善業彩畫作人道生於人中若爲國王若爲大臣而復造作不善業者如是之人白業彩滅黑業彩色增長出生又復若人生卑賤家若極貧窮常行布施受戒持戒如是之人黑業彩滅白業彩色增長出生又復若人生中種姓有善妙色或作中業彼心畫師赤白之業彩色所畫如是無量雜業彩色業畫之師此人世間種種異業雜色彩畫差別不同又出家人更觀餘道所謂復觀地獄衆生心之畫師二種業彩之所畫作所謂黃黑黃者謂火黑謂妬嫉生在下中地獄中生如是二種彩色所畫彼比丘觀如是地獄彩畫色已復觀飢渴燒身餓鬼黑業彩色彼一切鬼一一各各業色所畫又復觀察何業彩色畫作畜生謂黑赤色彼業受於第一苦惱第一怖畏是黑色畫若相殺害是赤色畫如是色者是心畫師畫如是色又復略說畜生三處迭相怖畏畏殺畏縛被他食肉虛空行者所謂孔雀雉鵝等鳥陸地行者謂牛水牛猪馬等畜水中行者所謂魚等彼黑色畫若不

畏殺彼赤色畫謂天中象如是五道五種彩色彼人不能如是思惟一切世間種種苦惱天中五相人中爲作畜生相殺餓鬼飢渴地獄之中受大苦惱如是種種雜業彩色之所畫作愚癡少智不忌不慮是故懈怠不能坐禪不能持戒不能讀誦而不能知心之畫師而作餘畫第一畫者謂世間中生老病死怨憎集會恩愛別離寒熱飢渴迭相破壞毀呰供養僮僕人主苦惱安樂地獄餓鬼畜生人天業色雜畫生死種種不能修行不能思惟心念知已不生猒離而彼比丘捨離坐禪讀誦之業餘心畫作沙門之法禪誦爲本復有異法生死處畫不能思惟而便思惟更作異畫所謂種種根緣境界若有衆生樂境界者於長久時流轉地獄餓鬼畜生此法云何謂眼見色愛樂境界而生欲心於彼色中堅固染著彼人則攝黑業彩色地獄餓鬼畜生等處如是色畫若彼衆生眼見色已如是思惟此色無常動轉變異彼人如是不喜不樂不貪不著如是則爲攝白色業天人中生乃至涅槃如是有人眼見色已不樂不緣不怖不念無心受用不生欲心彼人則以第一白業彩色工畫於天人中而受快樂彼惡比丘如是癡心不思不念不禪不誦若眼見色於境界中喜樂染著如是縛者則是黑業彩色工畫黠慧之人則能捨彼黑業彩色惡意業畫唯應坐禪讀誦經律又復觀察畫師沙門思惟畫時畫作何像謂耳聞聲若愛不愛彼如實觀如是聲者無常不住不堅破壞如是知已心不喜樂不生歡喜不念不樂不聽不觀

如是白業彩色工畫彼白色畫天人中生天中生已如是第一種種種畫勝而彼畫師惡意沙門自言沙門不曾起心思惟聲畫然作餘畫而不思惟坐禪讀誦捨離禪誦不修自業又彼聞聲癡意沙門不曾聞來愚癡無智如是思惟此聲可愛能令心喜能令我樂彼惡沙門不善觀察故觀彼聲心生希望因之生欲於彼聲中心生喜樂此黑彩色心之畫師畫作地獄餓鬼畜生彼惡沙門知業畫已而作餘畫捨離坐禪讀誦等業

正法念處經卷第四十八

音釋

衸旹忠切衣襟也懊烏皓切恨也翹渠堯切企也趫起囂切善緣木也擲直炙切投也盲莫耕切目無童子也貿莫候切交易也螫施隻切蟲行毒也雉丈几切鳥名

正法念處經卷第四十九

元魏婆羅門瞿曇般若流支譯

觀天品第六之二十八 夜摩天之十四

又惡比丘離於雜色種種畫已更作餘畫何者餘畫所謂餘者因根境界生死繫縛彼根境界或有可愛或不可愛謂鼻齅香彼觀察了鼻所齅者若香若臭於香不樂不善觀察不能壞心如是思惟此香無常念念不住不堅破壞如是實香本無後有已有還無彼如是香臭不可樂心亦不轉彼白業畫善業畫故人天中生而彼畫師惡意沙門捨如是業而作餘畫離禪誦業又齅餘香於香喜樂心迷惑故希望所迷不善觀察心則破壞是黑色業常集如是黑業彩故畫於地獄餓鬼畜生受諸苦惱彼惡沙門捨離如是業彩色畫不能思惟而作餘畫妨廢坐禪讀誦經律又有雜業種種彩畫所謂舌味或有可愛或不可愛彼善比丘得可愛味不喜不瞋不念不樂於此美味常善觀察無不善觀如此味者本無後有已有還無手捉彼食內於口中以舌觸之舌得食已彼食名甜即生美味熟爛腦涕額頰中下斷中而出舌頭得味與涎和合在牙關中咀而嚼之如是繫縛愚癡凡夫彼人如是思惟舌味正觀察者是白色畫此白色畫若於人中若於天中受第一樂彼惡沙門不能觀察如是業畫而作餘畫妨廢坐禪讀誦經律彼愚癡人食味在舌甜舌觸已乃得其味作如是念此食好味第一好味勝味美味色香具足第一淨潔食慢心故身口意等行於惡業此黑業畫在於地獄餓鬼畜

生三處明了彼惡沙門自言沙門不正觀察之所破壞以自妨亂捨業畫已更作餘畫以妨禪誦復有業畫業畫世間謂唯有根境界相著有身觸識於彼實觸心善觀察此所生觸則有三種非常不住非不破壞唯有薄皮見之生愛唯有根處非是淨潔非常非樂非有我法唯假和合故名爲身四大如篋如箭入體常妨常病一切過處如是眞實觀察身觸觸則不妨此觸唯客能爲妨礙非自已物若能如是善觀察者白色業畫天人中生彼惡沙門立沙門者不作如是思惟觀察心業畫師種種異異業畫世間彼惡比丘捨不觀察更作餘畫妨廢坐禪讀誦經律又復愚癡凡夫之人不善觀察而於此觸不正觀察生如是心我此觸者第一樂觸身體肥盛則集樂因得此樂觸我則受樂如是愚癡凡夫之人而於此觸不善觀察不善思惟此黒業彩畫作地獄餓鬼畜生彼惡沙門立沙門者捨彼業畫而不思惟更作餘畫妨廢坐禪讀誦經律又惡沙門立沙門者樂世間法非出世法於出世法不思不念出世法者謂四聖諦而於滅道十六種行阿那波那出息入息及以四禪四種梵行四沙門果不修不行捨此法已作餘鄙業心不寂靜唯爲少樂少彩色畫妨廢坐禪讀誦經律更求異色不寂靜畫彼因如是不正觀察身壞命終墮於惡道生地獄中又彼畫者復有大過入於惡道地獄因緣所謂畫作端正婦女種種嚴飾善妙之色以愚癡故心生喜樂令他餘人見已愛樂欲發亂心何況作者如是之人能令自他二

俱欲發身壞命終墮於惡道生地獄中爾時
世尊迦葉如來而說偈言
若不思業畫　而作餘彩畫　爲畫火所燒
入於地獄中　不思無漏法　而樂於漏法
彼人染心癡　臨嶮岸欲墮　若人應禪誦
若應依林住　癡故捨所應　則墮於地獄
癡故惡思惟　作大力畫網　爲畫之所誑
將向地獄去　彩色非爲雜　心畫乃是雜
彩畫兩則滅　心畫不可失　若人心不畫
彼畫不如心　業畫是大畫　畫於三界處
衆生種種色　流轉五道中　一切是業畫
心畫師所作　此之心畫師　畫作業羅網
縛一切衆生　流轉於三界　雨炙塵烟等
令畫色失滅　彼之心業畫　千億劫不失
一切地失壞　海水亦乾竭　若心畫所作
畢竟不破壞　癡者不觀察　種種自業畫
以命財物故　而作餘畫業
畫師沙門妨廢坐禪讀誦經律如是分別有無量過樂畫作者善人不愛不善者樂是故比丘不應畫作畫亂其心不得涅槃乃至不能善觀察行修一善法是故應當如是正學若諸比丘欲求涅槃畏惡業者乃至自手不執畫筆我今呵責此三種法沙門之人所不應作以知彼法如是過故又第四法沙門之人所不應作何者第四所謂邪聞惡不善法歌詠讚誦如是比丘捨離妻子親舊知識父母兄弟欲斷煩惱坐禪讀誦是故出家若不亂心常一心者能斷煩惱無能妨亂若作歌詠讚誦惡事種種憶念心意則亂彼亂心故妨礙善法不能禪誦不近師長不聞正法不

樂供養佛法僧寶不攝威儀不能善持威儀之戒常作歌詠心生愛樂如是歌詠依彼所詠過去種種曾聞之法非法所攝唯聞彼法以爲耳樂非善觀察所攝所集綺語相應彼如是法是惡沙門之所信樂數數聞已行彼惡道行惡道故復作俗人自壞正法樂歌詠故常作歌詠則於禪誦懈怠不勤乃至不應入衆僧中一切飲食皆不應食懈怠尚爾何況破戒入衆僧中猶尚不應何況得受牀敷臥具病藥所須或復受他禮拜恭敬懈怠之人所不應受是故比丘常歌詠者以歌詠故不樂坐禪讀誦經律樂歌詠者唯常勤心習作歌詠常一切時樂依歌詠種種方便間錯心意爲種種疑之所破壞讚彼歌詠有種種味彼人如是自亂心意命欲漸盡老死時到將欲往至未曾知處獨行無伴離出世法若常歌詠愚癡之人不覺死至甚爲自誑人身難得諸根難具雖得出家徒作歌詠空無所獲虛妄而死失自利益又復比丘作歌詠者疑破壞故垢心垢行作歌詠業一切疑中婦女疑大彼婦女疑比丘不應婦女疑者少而能燒如火雖少能多焚燒彼婦女疑如是能燒愚癡軍衆彼於生中百千萬處皆悉能燒彼歌詠中初讚婦女婦女在初彼婦女疑破壞比丘種種無量不正觀察愚癡壞心讚婦女身以爲供養持在心中説爲淨潔彼惡比丘一切自身失正觀察復令他人不正觀察自他失故身壞命終墮於惡道生地獄中彼於所聞惡不善法歌詠讚頌繫縛過故又聞邪法歌詠讚頌復有大過謂惡沙門聞邪惡

法歌詠讚頌令意愚闇若復彼人未曾聞來未曾見來不從他人先見聞來直自貪心故作歌詠復教他人種種歌詠言我曾見言我曾聞故被繫縛以彼他人知如是人先不見來先不聞來則言如是不善之人如是妄語自心思量而作歌詠彼人如是妄語業故身壞命終墮於惡道生地獄中歌詠過故又聞邪法歌詠讚嘆復有大過所謂邪聞樂於歌詠於所從聞先舊之人則生惡心憎嫉之言我歌詠勝毀呰先舊久時論師彼實大能言其不善彼惡沙門如是捨離坐禪讀誦增長瞋恚具足增長不善垢業白淨善業於未來世能與安樂此善業滅梵行之人輕賤如是聞邪惡法而歌詠者以如是人心不正故又聞邪法歌詠讚頌復有大過如是邪聞而歌

詠者若晝若夜心意不正不念佛法而樂歌詠恒常讚頌不思正法不能坐禪又不精勤除滅煩惱如是之人非實沙門無沙門意正法難得於百千劫難得正法彼惡沙門立沙門者得如是法而不正行而不攝取又聞邪法歌詠讚頌復有大過謂彼惡人貪作歌詠未曾聞來而便讚頌或時妄語彼人常近不正行者猶如狂人心�動故於一切處皆悉往到讚詠歌頌繫縛邪語讚妄語者種種所說所有口業皆悉妄語不曾一實如是之人歌詠覆心復近其餘富貴惡人依止彼故作不善業如是之人近惡人故得酒供養以飲酒故不作一善其心動亂失自利益由飲酒故惡道門開彼人醉故能作一切不善惡業見婦女故不正觀察故失正心彼惡沙門作

非梵行彼燒福德爛臭惡物如毗頭羅有華無果猶如畫燈無光明照又如畫月無涼冷觸如是如是彼惡比丘唯以袈裟覆身而已唯有沙門形色而已身壞命終墮於惡道生地獄中彼聞惡法歌詠過故讚頌過故是故沙門聞不善法不應歌詠不應讚頌若作正法讚嘆頌詠正法增長若有讚詠不損正法若稱嘆佛若讚三寶增長正法令法光明如是讚者如是福德次第乃至到於涅槃彼口業果勤修習者若人所讚身壞命終生於善道天世界中彼人如是實讚嘆故增長正法如是嘆詠是則應作不如是作則入地獄又第五法妨廢坐禪誦讀經律何者第五所謂比丘數星思惟實非沙門自謂沙門數星思惟則不應作如是比丘毀沙門法妨廢坐禪讀誦等故彼思惟已福德命行不覺損失何爲出家不得彼法彼命終盡所作不辦不得免離衰老病死悲啼號哭愁苦懊惱彼人常在生死道中流轉而行彼於數星不得利益數星思惟不能自救亦不救他何以故唯數業星能救自他何以故一星生人有苦有樂有醜有媚有大種姓有小種姓有依法行不依法行有貧有富有王有民有貴有賤有盜不盜有聰有懞有愚有智有男有女或有持戒有不持戒有勤精進有不精進有爲人愛不爲人愛一切皆愛一切不愛唯一種星而有異種人生不同若星因緣彼一星生何故一切不皆一種如向所說前功德過一切不知不數業星數空中星愚癡之人功德與過不知不數善不善業二果不數數空中星又

復彼人數星思惟而實不善亦不寂靜所謂一星或生於人或生畜生或生餓鬼差別不等非星勢力業勢力故異異而生此星思惟如是不善亦不寂靜思惟業星是善寂靜次第乃至到於涅槃又復彼人數星思惟而實不善亦不寂靜所謂彼星力不常定更有妨故有勝劣故此星復爲勝星所覆彼星異時而復更爲異星所覆是故當知數星思惟義不相應若其有人數星思惟謂星因緣有苦有樂非是自身有苦有樂彼星更有餘星所覆云何而能與他苦樂故知由業而得如是善不善果非星能與若由曜者更有曜瞋如是初曜則得苦惱如日與月羅睺食之則得苦惱若此日月自不能救何能救他是故沙門立沙門者數星思惟不應如是數星思惟有三大曜謂病老死此爲最大常住世間彼惡沙門不思惟此而更思惟餘世間曜彼人愚癡無有聞慧思惟世間二十八宿如是思惟則有罪過而不思惟彼出世間二十八宿若能思惟實觀察者入涅槃城二十八者所謂五陰及五取陰十八界等思惟此者到於涅槃以如實觀離欲持戒故得涅槃數星思惟則不能得又惡沙門立沙門者復有異法數十二月如是數已不得利益亦復不能斷除煩惱猶故在於有中而行而不能知數十二入若能思惟數十二入知實義已於欲生猒以寂靜故則得涅槃彼惡沙門立沙門者以不能數不思惟故思惟他染而數他事又惡沙門立沙門者復有異種惡思惟染思惟六時旣思惟已於病老死不得解脫爲無常

淤之所擾亂不思惟身三十六種若思惟者彼實觀察則能捨離而得涅槃又惡沙門立沙門者念世間時思惟彼時作如是言此時則善其念不善其時當得其時不得如是惡念惡思惟者非是寂靜則非得樂非近涅槃非得涅槃應念心時心相攀緣有善不善有記無記念世時者心不思惟此三種時若能思惟善不善心有所攀緣如是思惟我生其心善攀緣者我未來世當生善道若我未來當得涅槃我生其心不善攀緣不善淤心彼當非樂當非寂靜當非涅槃不得涅槃我生其心無記攀緣得無記報又惡沙門沙門相似念世間道思惟世時唯一念時無侯離多若一日時半月月時善不善果思惟人中命行盡時而不思惟我之命行念念中盡彈指

頃盡無侯離多若一日時半月月時我之命行念念盡滅而不可避無有方便可避死時又惡比丘復有思惟異法數時妨廢坐禪讀誦經律所謂思惟世間淤法思惟星時彼人思惟樂行多作念在心中如是記說如是其星其曜來覆能與爲妨能與其惡此世間中能好能惡思惟彼事則不能離衰老病死悲啼號哭愁苦懊惱不斷生死是故不應如是思惟如星曜覆復有異法異法所覆所謂生星死曜所覆無病之星病曜所覆少年之星老曜所覆愛和合星愛離曜覆生天之星退曜所覆人中生星爲作曜覆樂受之星苦受曜覆善心生星不善心生曜之所覆不淨之星欲曜所覆慈心之星瞋曜所覆觀智之星癡曜所覆彼惡沙門立沙門者於自思惟不

能思惟出世思惟而不思惟此是思惟出世間星如向所說如實觀察實法之星實曜所覆如向所說既思惟已如實觀察八聖道分如是曜星思惟得果寂靜快樂乃至涅槃若凡愚人思惟如是世間星曜或思惟曜或思惟星乃令無量多百千人入於惡道生在地獄餓鬼畜生此是世間生死因緣生貪瞋癡若有思惟出世間道時節星曜若思惟時思惟曜星思惟此已如實觀察而修行者則令無量多百千人於老病死悲號啼哭愁苦懊惱而得解脫到不退處不老不病不死不盡最勝涅槃不退之處若如是學比丘沙門立沙門者欲得苦盡生死苦盡修星思惟修時思惟如向所說爲鄙爲染如是知已知非畢竟知非寂靜非得涅槃唯妨比丘坐禪讀誦

比丘不應數星思惟數星思惟則不相應又第六法不應思惟所謂沙門立沙門者妨廢坐禪讀誦經律何者第六不應思惟謂思惟相沙門之人不應思惟世間染法增欲瞋癡思惟彼相妨廢善法若諸沙門立沙門者知地動相世間染相或晝或夜如是思惟地當欲動今見有相所謂地水平等定住風吹則動雖動不濁地欲動故風吹則濁或雨欲墮蟻子運卵月當欲蝕油脂沉水鳥在空中近地下飛日當欲蝕諸方則赤若欲安隱膩潤風起諸方無垢右旋行相見如是相則知安隱若欲有惡諸方赤黃乾無膩色有乾風起赤黃青色日暈輪起在虛空中日將欲蝕諸方則赤當有善者彼方則有潤膩風吹清淨無垢無塵霧等復見善相右旋行相相應之

相當有不善則見諸方有赤黃色乾無膩色或見彼方無膩風吹見赤黃色暈輪日出在虛空中彼惡沙門立沙門者如是占相如是見故妨廢坐禪讀誦經律思量記說希望財利種種供養思惟二王爲勝不勝彼以如是求勝不勝是故心中生欲瞋癡如是三種彼爲根本如是比丘得三種過既非沙門復非俗人若善沙門立沙門者不用占相以見此相增染欲故又復更有惡相思惟有占相師王欲鬪行問其時節彼決定記其日時中共彼鬪戰一切人破若一切人欲戰鬪者於彼何處多殺無量百千衆生皆悉散壞或捉繫縛如是城村或國土中或多人處於彼王所迭共鬪諍迭互相破能令失壞無量百千衆生受苦彼惡沙門爲王看日爲王占時言其日好其時最好王必得勝能破餘王見相已說彼惡沙門如是思惟此王若勝我則於王多得財物多得供養當於王所得如是事彼惡沙門立沙門者善法則滅所謂坐禪讀誦經律或時增長不善之法以其分別勝非勝故彼以思惟如是法故身壞命終墮於惡道生地獄中以此因縁若善沙門立沙門者則不思惟世間之相以此思惟生三種過妨善法故若不思惟此世間相思惟餘法離三種過出世間攝正念思惟此法云何所謂如彼地動相知或晝或夜如是思惟地將欲動如是之人或夜或晝何不思惟心地當動如地動時一切世間或山或河園林樹木若村城等皆悉普動如是如是心地動故自餘一切大地善法及餘法等皆悉普動是故沙門立

沙門者應先觀察如是心地當必欲動心地轉動心地震動如是心地三法所動謂欲瞋癡令心地動如地當動必先有相謂水本清風吹則濁如是如是凡夫之人或欲或瞋或癡將生其人面色或黄或赤如是先濁是故沙門立沙門者應觀此相攝涅槃相觀此相者不得苦惱此心地相出世間相又復次觀世間法相兩欲墮故蟻子運卵如是沙門立沙門者如是觀察出世間相如村城内多饒人處見有檀越若諸沙門諸婆羅門諸長者等以信佛故爲聽法故往到佛所如是實相彼善沙門立沙門者見如是相即便記説今於彼處有佛世尊欲説正法如此檀越及諸沙門諸婆羅門諸長者等皆到佛所彼佛決定欲説正法今見此相非下劣相今知此相是法兩相又惡沙門立沙門者見月耀相決定知月必當欲蝕置油水中下沉没故此如是相非善非吉亦非寂靜此如是相非沙門相非寂靜相彼沙門相則不相應出世間相觀察相應占世間月終時則惡知正法月當必欲蝕以正法油沉没邪見人心水中此相非喜亦非清涼此第一相非是世間月蝕之相又惡沙門立沙門者更觀世間月蝕異相如月當蝕鳥在空中近地下飛此於沙門立沙門者不相應相復有好相出世間相所謂觀察正法月蝕此是沙門正法道行謂彼沙門於下知識下檀越等下人邊行如鳥下飛在彼白衣不正行人邪見之人門下行等近下語説如在空行近地下飛時過失故一切沙門立沙門者觀察此相第一勝相不應觀

察彼月蝕相則非好相又復有相若惡沙門立沙門者以日蝕相觀世間相日將欲蝕諸方則赤當有善者彼方則有膩風所吹清淨無垢無塵霧等見彼善相右旋行相相應之相彼善沙門立沙門者不相應見以妨坐禪讀誦業故此世間相則非寂靜則非安樂如是如是若善沙門立沙門者欲得寂靜應當觀察出世間相觀菩薩日爲一切智菩薩當攝或於一劫或於二劫或於三劫決定當攝如是沙門見出世間菩薩之相所謂精進布施聞智赤色方相慈心憐愍一切衆生菩薩身赤當安隱者謂此菩薩第一功德皆悉具足一切智相當必圓滿當必說法諸方無垢無塵覆者離惡時過當有善者如來名稱膩風所吹如彼世間相師所見此出世間如是相師見未來相聲聞緣覺阿羅漢相右旋相者謂正觀察又彼相師唯見如是世間法中生死之相當有不善則見諸方有赤黃色乾無膩色或見彼方無膩風吹有赤黃青暈輪日出在虛空中彼惡沙門觀如是相妨廢禪誦若善沙門出世相師爲諸信人如是記說當有不善何者不善謂障正法見如此相如見彼方有赤黃色如是相者正法欲滅有如是相謂諸方人喜樂惡口妄語兩舌殺生偷盜當有彼人乾風吹者所謂惡名若有衆生非正法行惡名風吹聞於八方四方四維皆悉普遍以諸衆生不行正行作不善業惡名風吹如是遍聞世間相師見赤黃青暈輪日出在虛空中如是師者世間相師出世相師見赤黃青暈輪日者謂惡沙門惡婆羅門如

是衆會非一切智起智慢故自言我是一切智人此邪見人非是實曰非一切智立一切智非好種姓凡姓中出彼如是人邪見日出一切藥草園林樹葉悉皆乾枯如是所謂一切善人正見藥草園林盡乾如是如是此出世間正法日出增長禪誦第一義諦光明勝智如是觀察出世間相先觀察已然後記說所謂爲彼有信沙門諸婆羅門諸長者等如是記說作如是言諸有值遇正法日出皆應精勤作諸善業莫於後時一切正法皆悉滅没邪見日出非是沙門自言沙門非婆羅門言婆羅門非一切智言一切智諸惡沙門惡婆羅門暈輪日出汝得衰惱如是記說一切智法彼則相應是眞相師有大勝意有能思惟如是相者不妨坐禪讀誦經律更異思惟世間相者則妨禪誦此世間道出世間道如是勝劣世間法者則攝生死出世間法次第乃至到於涅槃爾時世尊迦葉如來而說偈言

離坐禪讀誦　常喜樂占相　彼捨離善法
不可得涅槃　若捨離自法　而樂他法者
彼二法失壞　到於惡道處　若人捨自家
而喜樂他舍　人中輕被笑　速爾致貧窮
如是癡惡意　智慢自言勝　捨離自法已
而修行他法　出家而邪命　失法失名稱
人中輕如草　未來入惡趣　捨離寂靜法
而行於惡業　彼人不久間　因此失佛法
心希望離欲　無有餘希望　勤精進知足
如是名行禪　若心喜樂欲　常貪於飲食
是著袈裟賊　不名爲比丘　若比丘說相

常思惟星曜　近王放逸行　非比丘相應
醫師畫師業　聞惡法讚詠　與惡者同處
則失比丘法　憎嫉禪讀誦　愛樂多語說
貪供養財利　則失比丘法　推求諸實性
愛樂多知識　復貪餘財物　退失比丘法
唯貪諸飲食　我慢不問他　希望人請喚
退失比丘法　若不近一切　捨離於惡衆
水草食知足　是名眞比丘　得諸境界已
棄之如捨火　除斷我慢過　是名眞比丘
內外俱寂靜　智光明莊嚴　持戒衣覆身
是名眞比丘　遠離世間法　不動如須彌
一切世間愛　是名眞比丘　三宿住城內
饒人處皆爾　止住山谷中　名解脫比丘
畏惡不近他　正行心不動　智審諦寂靜
是獨行比丘　不怖常愛語　捨離惡知識
不樂多所作　名解脫比丘　彼如是比丘
得脫於有過　知世間涅槃　等心不希望
心常喜樂智　及以善寂靜　於生老病死
怖畏中得脫

如是比丘得阿羅漢若不爾者唯名比丘爲自妨礙墮於嶮岸此第六法如是妨礙若善沙門不應爲作又復沙門立沙門者於第七法不應爲作何者第七所謂唯集飲食滿藏此多貪瞋捨離一切禪誦等業唯在大牀空坐而已衆僧所攝牀臥敷具病藥所須虛妄受用本在家時懈怠懶墯畏諸作業是故出家唯貪食味常伺他會求望飲食或樂境界如是比丘是死比丘所謂比丘不能坐禪讀誦經律毀破淨戒自餘死者唯棄其身毀戒比丘一切善法皆悉破壞唯能坐牀心生憍

慢自謂爲好唯有比丘形服而已其實無戒離於正戒所言戒者謂之心戒彼不能持彼不能作彼戒七種何等爲七所謂口戒比丘如是或於比丘或於俗人口不共語唯除法事或婦女人持戒比丘除乞食行口不共語或爲呪願作如是言令汝得樂得涅槃等若見母時見姊妹時唯看其足不看其面不看其服及莊嚴等爾時世尊迦葉如來而說偈言

手觸若風吹　此火久乃燒　見婦女火起
速燒不待久

是故比丘怖畏欲燒不共一切婦女語言此是一戒人第二戒所謂不近不善知識不於一處久時住止不取多利捨多供養不捨病人不見妻子隨於何處有多利養則捨而去畏生貪故離破戒者不與同住如是七種比丘不攝唯貪飲食於他財利於他供養若見若聞則生憂惱如是思惟我今當設何等方便得彼利養如是思惟心生貪著如是心濁增長貪心彼惡沙門一切善法皆悉破壞晝夜常愁心不安隱而彼比丘見餘持戒善行比丘爲他供養生嫉生貪而便往到彼檀越家諂曲形服少語徐行心不寂靜外現威儀寂靜之相身被納衣復與多人不持戒者以爲朋侶唯有貝聲而行惡法同伴相隨造彼檀越現持戒相如是如是隨心所行如是比丘彼檀越主謂其持戒如是念言此等比丘第一持戒彼惡比丘現持戒相令彼檀越心信敬已共諸朋侶數數往到彼檀越家如是比丘隨已所聞少知佛法共其同侶爲彼檀

越說所知法如是方便欲令檀越迴彼比丘所得利養而施與之如是比丘形相沙門第一大賊到檀越家方便劫奪他人財利及以供養如是比丘見他財利見他供養生貪嫉者不曾少時眼開合項暫作善法彼惡比丘破戒沙門捨離坐禪讀誦等業無一念間不攝地獄餓鬼畜生

正法念處經卷第四十九

音釋

內奴盍切與納同　頞烏割切鼻莖也　齗魚斤切齒根肉也　咀慈呂切　嚼在爵切　幪母總切暗也　暈王問切日旁氣也

# 正法念處經卷第五十

元魏婆羅門瞿曇般若流支譯

## 觀天品第六之二十九 夜摩天之十五

又彼比丘共巳同侶於檀越家先所相識持戒比丘以諂誑心說其過惡或以嫉心說其破戒或以嫉心說其無聞或以嫉心說其行相語檀越言汝此門師毀破禁戒或說懈怠無聞無智愚癡如烏少聞少智彼惡比丘向他檀越如是惡說恒常習近非法境界何處得修禪誦等業彼空無物不堅不實身壞命終墮於惡道生地獄中爾時世尊迦葉如來而說偈言

妄語言說者　惱一切衆生　彼常如黑闇
有命亦同死　語刀自割舌　云何舌不墮
若妄語言說　則失實功德　若人妄語說
口中有毒蛇　刀在口中住　炎火口中然
口中毒是毒　蛇上毒非毒　口毒壞衆生
命終墮地獄　若人妄語說　自口中出膿
舌則是泥濁　舌亦如熾火　此如是羂縛
地獄之前使　破壞法橋等　皆是妄語過
彼妄語之人　則非有父母　亦不能持戒
墮於惡道中　若人妄語說　彼人速輕賤
爲善人捨離　天則不攝護　自不攝言語
速疾多瞋恚　心懱多語說　常受諸苦惱
常憎嫉他人　與諸衆生惡　方便惱亂他
因是入地獄

彼佛世尊迦葉如來如是巳說妨廢禪誦七種惡法彼惡比丘於持戒者作不饒益是故天捨口中生刀爲少利故他實功德而說言無彼實無過而說有過如是之人是惡沙門

自謂沙門妄語言說彼人如是常有惡意惡行惡法彼檀越主後時知已心則輕薄知其諂曲此第七法是故比丘應當捨此第七惡法所謂希望飲食供養皆欲在已又復第八障礙惡法妨廢比丘坐禪讀誦是故沙門應當捨離何者第八所謂採集種種寶性造作諸寶如是比丘怖畏生死剃除鬚髮被服法衣以信出家彼生死中多諸苦惱略而言之有二種苦依陰界入在三界中廣則五道又復廣者八大地獄餓鬼畜生欲界六天於欲界中復有枝條種種諸苦於色界中復有心苦無色界中則有退苦故欲退時三昧則亂如是心者有無量種分別之苦彼善男子觀苦惱已心生猒離怖畏如是無量過惡剃除鬚髮被服法衣以信出家又彼沙門復觀餘苦心生怖畏所謂身苦身苦二處謂欲色界隨有身處皆受苦惱彼色界中云何受苦謂於禪中疲倦故起起彼禪已身則疲倦彼欲退時身威德劣風觸其身如是風者本來不觸是故觸身則受苦惱唯除眼觸受樂無苦則是無記如是分別受苦不同依色身有彼善男子如是聞已知生死中一切苦惱陰界入聚和合皆苦彼觀如是無量無邊生死苦已而便出家既出家已近不善人近彼人故同其作業聞寶性方畏何性故以信出家聞餘性故更生貪心或聞金性或聞銀性或聞寶性如是聞已不知猒足貪火所燒彼既燒已共惡知識行於山中從山至山從一山峯至一山峯如是遍行在隱密處貪火所燒盡夜常苦無有樂時以何因緣如是出家不念

彼性思惟異性謂捨身性而不思性如向所說彼人如是心意不正亂心意故妨廢禪誦失於善法彼非沙門亦非俗人爲求涅槃是故出家性鬼所著則生貪心貪羂繫縛入於地獄爾時世尊迦葉如來而說偈言

觀察身性者　即是一切性　欲得涅槃者
調身性非餘　若捨離身性　貪著於餘性
彼人迷真性　不得脫苦惱　金性則不能
除捨諸苦惱　諦知真性者　得脫苦不疑
一切苦生苦　此苦難得脫　財於王賊火
一切皆怖畏　是故應捨物　如本來無物
捨離則受樂　攝取則受苦　諦知於身性
復諦知性相　喜樂於禪誦　能燒煩惱山
是故黠慧者　觀察身攝性　衆生知自相
則得涅槃樂

有智之人如是勤心觀此身性不樂經營金銀等性此是一切在家之人怖畏根本況出家人出家人者一切捨離彼財物者一切怖畏非實財物如是得樂如是財者則非財物非財物性何者是物謂觀身性若捨身性而樂餘性非於禪誦勤精進也如是之人身壞命終墮於地獄故出家人常應修習禪誦財物不應求於世間凡物彼因緣故能增長愛是故知足第一財物餘財物者能令衰惱此第八法妨於禪誦出家沙門應當捨離又復第九障礙惡法妨廢比丘坐禪讀誦是故沙門應當捨離何者第九所謂近王出家之人不應近王何以故近王沙門一切世人嫌不供養彼親近王惡沙門者悕望財物或城或村或多人處常求財物不知猒足若不求者

徒近於王妨廢禪誦如是比丘發心欲行解脫之道而復返入繫縛道中是故比丘不應近王又復比丘不近何者所謂比丘不近惡人彼是何人謂惡知識或時染著五塵境界所謂色聲香味觸等不善觀察懈怠愚癡住村中等一切除捨不近一切懈怠之人不近一切諂誑之人不近一切貪食味人不近一切商賈之人不近一切屠獵師等惡命活者不近一切本性妬人不近一切邪見之人不近一切不審諦人不近一切我慢之人不近一切卒富貴人不近一切博戲之人不近一切酤酒之人不近一切嗜酒之人不近一切酒肆之處不近樂見婦女之人不近一切婬女主人不近一切儲畜雜貨販賣之人不近一切廚宰之人不近一切獄卒等人不近一切捕鳥之人不近一切戲論之人不近一切信外道人不近一切衆所憎人比丘不應近如是人或與同住或共語言或同道行一切不應何以故多人疑故若出家人若離諸過清淨之人皆不應近彼生疑者謂彼比丘亦同如是以彼比丘或近彼人或同處住如是比丘他過所汙是故不應近如是等何況近王彼近王者最爲凡鄙爾時世尊迦葉如來而說偈言

比丘林應住　近王最凡鄙　著袈裟近他
如奴依主命　比丘非近他　尚不應近天
鵝不應近狗　以其淨潔故　無我無希望
心不求一切　怖畏生死者　近王則非善
住園林塚間　若平地若山　則是善比丘
近王則非善

如是種種無量方便捨離近王若近王者諸梵行人悉皆呵毀所應近者其唯智王如是近者畢竟寂靜近智王故必得涅槃隨所得處皆悉不退近彼智王則有方便謂於禪誦堅固精進不作餘業妨廢禪誦親近尊長修習知足其心調順常無貪求以近尊長隨時諮問受持不忘於希有物不求見聞不生奇特近智王者有此方便爾時世尊迦葉如來而說偈言

近尊長供養　隨時勤請問　修行施戒智
復親近智王　天人世間中　能示安隱者
非有中苦縛　世間之凡王　若無苦惱者
此乃名爲王　若常受苦惱　不得名爲王

比丘應近如是智王勿近凡王近世王故妨廢禪誦若不禪誦復墮地獄餓鬼畜生此是世間凡王境界是故比丘知此過已常不近王住林之人若親近王則非所宜故應捨離此第九法妨禪誦故又復第十障礙惡法妨廢比丘坐禪讀誦是故沙門應當捨離何者第十所謂比丘希望請喚貪樂食味既於境界正修行已乃更後時在人間行捨棄林野可愛之處復於人中處處遊行如是比丘近於放逸家家村村從城至城從多人處至多人處如是遍行樂多言說妄行人中樂世俗語樂見親舊親舊知識詳共請喚得好美食既得種種美味食已忘於林中捨離禪誦放逸而行希望飲食以常貪著種種食故不覺身盡如是著味希望請喚心以爲樂又若比丘於境界中不如法行眼見好色心愛樂故則生染欲希望樂見轉復愛著於彼彼處心

生喜樂如是比丘行於人中失自利益禪誦之業如是失已常希食味常到他舍眼見色故心生愛樂如是次第耳聞於聲心生愛樂鼻得香已心生愛樂如是樂著一切境界爲一切縛之所繫縛爲一切羂之所繫縛於一切欲隨逐而行既非在家復非出家如是之人身壞命終墮於惡道生地獄中是故不應樂他請喚樂他請喚有如是過是故比丘應觀此過不應常在人中遊行若須行者有五因緣得行人中一爲病人推求醫藥資用因緣得行人中二爲饒益尊長因緣得行人中三爲佛塔寺舍破壞修治因緣得行人中四爲饒益衆僧因緣得行人中五爲他王破其國土欲化彼王救命因緣得行人中爲如是因得行人中若無如是五種因緣行人中者是虛妄行妨廢禪誦如是行者於老病死悲啼號哭愁苦懊惱不能得脫彼惡沙門立沙門者徒爾出家是故比丘若心希望欲斷愛者心應正觀寂靜諸根依憑尊者附近三寶攝心而行攝三寶故拔斷一切煩惱使根爾時世尊迦葉如來而說偈言

捨離禪誦業　唯貪著食味　是則非比丘
其心如餓鬼　除禪更無樂　智者如是說
離於禪定樂　更無樂可得　愚人捨上樂
唯貪著諸味　如是癡惡人　則得衰惱事
若人樂境界　常依境界樂　增長不善法
命終墮惡道　若人離禪誦　捨持戒布施
剛獷不調伏　有命亦如死　若順法行已
在世間不死　離法常愚癡　有命亦如死
雖有人皮覆　愚癡同畜生　以智燈光明

不照其心故　若受持戒者　可得名爲人　一切破戒者　則如狗不異　若貪不布施　惡行不調根　則不名爲人　攝在餓鬼數　若人無戒智　復無布施寶　彼人雖有命　則與死不異　若行戒施禪　受持念三昧　是人亦名人　應爲天所禮　有功德是人　無功德如羊　功德知功德　彼人則名天　如是功德功德者知功德人者一切處樂若無功德彼常受苦是故比丘既聞如是勝功德已不應貪味此第十法妨廢禪誦沙門之人畏生死者應當怖畏又第十一障礙惡法妨廢比丘坐禪讀誦是故沙門應當捨離第十一者謂癡比丘我慢心故不請問他内智不開外向他說言一切智有一切智故我能說我能解義我能讀誦一切法聚是我所持百千法義我教弟子更無有人與我等者自心攝受復爲他人作如是說彼唯智慢而實無智彼人常爲一切衆生說自功德是故世間一切聞者皆生貴重一切世人皆作是言此善比丘具一切智如是比丘更無與等一切世人皆如是說而彼比丘最無所解内實空虛無所知曉心中無物猶如空器亦如秋雲離於禪誦諸少智人之所供養唯修禪誦持戒布施勤修精進攀縁善法智慧毗尼調伏莊嚴安住佛法勤不休息大慧熏心此是沙門所應行法彼惡比丘内空無智如是意念若我今者見彼比丘則示我法如是比丘輕賤於我彼檀越家常供養我若就彼學則彼檀越不供養我輕賤於我是故我今隨自所知所解多少爲他宣說隨彼聞者解與不

解我終不能就彼而學如是內空畏他輕賤以慢心故既自不解不請問他畏人輕賤如是慢心妄語之人失五學句何等爲五所謂妄語彼未知故是以爲他妄語而說此是彼人破初學句又復次破第二學句所謂偷盜彼不應受他人供養彼檀越主爲智慧故與物供養而彼愚人少於智慧而取其物如是癡人則是偷盜如是名破第二學句又復次破第三學句所謂比丘初出家時所受學句依持戒住緣於持戒起如是心我今出家而彼比丘若不學問何有持戒爲他說言我則多知如是名破第三學句又復次破第四學句所謂難問畏他輕賤是故謗法而說非法言此是法此是第一毀破學句如是名破第四學句又復次破第五學句所謂彼人不知法故於同梵行所說正法言非正法作如是言汝等一切不知深法汝所說者非佛所說彼人如是謗他衆僧作如是言唯我能知汝等衆僧一切不知如是謗僧畏他輕故語衆僧言汝說非法而僧說者其實是法彼惡比丘如是則失正法功德最大妄語身壞命終墮於惡道生地獄中不請問他惡業因故不請問他復有大過謂我慢心我慢心故不入林中畏他輕賤於示道者而不請問何者爲道云何心緣何所攀緣云何妄失復攝在心如是於他不請不問慢心過故彼不能得如是道故心生疲倦結跏趺坐即爾復起作如是念此法虛妄彼諸比丘唐爲此業此非是道實無有禪無三摩提亦無禪果無三昧果以我慢心畏他輕賤如是誹謗彼邪見者身

壞命終墮於惡道生地獄中爾時世尊迦葉如來而説偈言

知時離我慢　請問於尊長　比丘勤精進
速得於涅槃　諸從他所聞　皆爲他人説
自知離我慢　彼比丘諦知　離慢離大慢
知道知非道　如是知自他　是知足比丘
我慢心甚堅　心懪而愚鈍　希財利供養
則不得寂靜

彼以如是不請問他慢故心堅不能禪誦如是比丘常食他食以存性命彼人唯有比丘形服名字比丘身壞命終墮於惡道生地獄中或以心慢不請問他是故學者乃至有命未盡以來常請問他如是比丘心常安樂身壞命終生於善道天世界中生彼處已次第乃至到於涅槃以離慢故又第十二障礙惡法妨廢比丘坐禪讀誦第十二者樂多知識多知識名作不饒益如是比丘唯增長愛若有比丘多知識者則多妨亂多所作故妨亂心意心意亂故不得禪誦出家之人怨親平等猶尚不應近一知識何況復有多知識耶若懈怠者唯名比丘到他舍故即眼見時心則動亂眼見色故眼識異本心不攀縁寂靜之法不念觀察心不正直多有言説見知識已次第聞聲心則亂縁有異觀察心不寂靜不寂靜故不寂靜觀有所攀縁若見知識一念亦妨況見知識乃至久時是故沙門乃至不用有一知識況多知識若有比丘近知識者饒人處行從饒人處至饒人處如是遊行念念命盡而不覺知則失善分若失善分最是自誑乃至不能於一念間修禪讀誦是故

比丘如是學者增長染愛不應親近俗人知識又若能令未來安隱示涅槃道導師知識坐禪同行則應親近何者同行所謂除滅一切煩惱至涅槃城此是第一勝善知識餘知識者則是怨家非眞知識以非眞故則非知識若見共語共行共業同有所作妨廢善業若未來世得其力者乃名知識若示梵行若令修行或教怖畏未來之世示令怖畏生於地獄餓鬼畜生名善知識令身口意造作惡業到惡道者一切勿近爾時世尊迦葉如來而說偈言

若示未來世　彼是善知識　若能遮惡處
復能救災禍　常說利益法　利益未來世
彼是善知識　作知識利益

此勝知識有無量種無量分別種種說法非多飲食禮拜入舍非示愛聲觸味香色得名知識如是知識非善知識善比丘者應當捨離尚不應近此一知識況復近多如是知識生無量過若有知識於未來世作不利益雖名知識實是怨家若有比丘近彼知識則妨自業坐禪讀誦又第十三障礙惡法妨廢比丘坐禪讀誦是故沙門應當捨離第十三者所謂比丘與惡同處一切比丘與惡同處妨廢禪誦與惡同處凡有五種何等爲五所謂比丘善持淨戒第一善法有正直心而與第一破戒惡人同處止住不得自在此是第一與惡同處又復第二與惡同處所謂比丘不自在過或自在過與邪見人而共相隨若村若城若多人處同行同住此是第二與惡同處又復第三與惡同處所謂比丘常樂數見

親舊知識欲往欲近與共相隨至在俗時先住之家此是第三與惡同處又復第四與惡同處所謂比丘畏他輕賤求知見故到惡處住論師之所共相習近此是第四與惡同處又復第五與惡同處所謂比丘心意動亂不能正行於先飲食或臥具等或先食來或先飲來或先臥來近婦人來或於先時所受用色聲香味觸如是種種憶念思惟念境界處境界處念之所破壞餘一切處皆悉可避此境界處則不可避以是第一最惡處故以於一切禪誦等業最爲妨故自餘惡處皆悉可避唯此一處最不可避境界之樂從自心起分別惡處最爲難避唯除坐禪三摩提樂正觀察念如是能避爾時世尊迦葉如來而說偈言

不善觀察風　所吹熾然火　彼正觀察雨
能令滅無餘　衆生先所起　久時無明闇
始起智慧燈　能令滅無餘　欲癡火能燒
地獄愚癡人　智者則不爾　是故得涅槃
如是十三法　智光明能除　是故畏過者
常應勤持戒　拔出自身中　三種過根本
以智慧大火　燒多煩惱薪

如向所說與惡同處應設方便一切遠離出家沙門寧當獨行勿多憶念亦莫懈怠本村本城本多人處過去樂事勿憶勿樂勿念本時節會之日饒人之處本曾遊行亦勿憶念希望欲見亦勿攝受諸惡弟子諸惡知識亦勿親近勿樂愛聲觸味香色勿生染心勿不正行心莫驚動亦勿希望飲食敷具病藥所須勿著種種雜色袈裟亦勿方便椎擣令平

若洗浴時不以脚足揩蹹身體勿作種種閙雜言語如是燒滅無始闇聚極惡生死五道是門六塵境界分別焰起地獄餓鬼畜生之中常燒常炙一切世間愚癡凡夫處處流轉燒炙失壞入苦海中生死轉行猶不猒離捨行持戒若人生天第一放逸後退彼天與先同侶勝者離別生在地獄餓鬼畜生受第一苦惱火所燒無有救者放逸所壞悔火所燒生在地獄餓鬼畜生以是等故說有怖畏未來退者一切皆應修行正法常不斷絕如是法律一切如來應正遍知爲放逸天斷除放逸若人生天一切皆是持戒力故若有善修善調伏心如是之人不得言死身壞命終生於善道天世界中汝等天衆一切未知生此天因戒之輕重我爲饒益示汝彼業是故說此十三法門人天世間迭互爲因人世界中則能持戒天世界中則不能持人死生天若不放逸退生人中以是因緣故說此經彼佛世尊迦葉如來利益天人饒益安樂乃至涅槃如是利益一切世間爾時彼處牟脩樓陀夜摩天王并天衆等深生猒離雖處於欲而於欲中不行放逸皆悉成就不放逸行頂禮世尊迦葉佛塔其心清淨彼一切天如本來時還如是去

迦葉世尊第六經竟

此法名爲六修多羅山樹具足地處流行爾時天衆一切皆出迦葉佛塔問於天主牟脩樓陀而作是言天主云何知此佛塔爾時天衆如是問已牟脩樓陀天主告言汝等天衆一切皆聽我有因緣先見此塔我於先時

始生此天放逸而行喜樂境界五羂所縛周遍行此夜摩地處五欲功德遊戲受樂處處而行從一園林至一園林從山至山從巖至巖從崖至崖從一華池至一華池從一峯處至一峯處多有無量百千天子爲天女衆之所圍遶彼天女衆無量百千服飾莊嚴在天子前歌舞喜笑遊戲圍遶我於爾時如是遍觀此天世間樂著境界五欲功德心生歡喜愛心所牽我三處行皆不妨礙所謂水中在鵝背上從一鵝背至一鵝背次復在於鴛鴦背上從一鴛鴦至一鴛鴦次復乘鴨在鴨背上從一鴨背至一鴨背次復在於蓮華之中從一蓮華至一蓮華在水波中從波至波處處遊戲隨意而行無有障礙一切嬉戲歌舞歡笑心極受樂如是遊行我既如是種種戲已復念餘戲謂處陸地乘於殿堂百千天女圍遶相隨從山至山從一山峯至一山峯從一山谷至一山谷從一園林至一園林從一山窟至一山窟我於爾時在如是處行不障礙如是次第在虛空中復乘堂殿百千天衆而爲圍遶作諸天樂出妙音聲歌舞喜笑遊戲而行遍此一切天之世間見不可說種種異處多有七寶光明照曜勝妙之處如是山峯處處遍見有百千樹七寶莊嚴如是次第復見有河百千蓮華集在其岸處處皆有微妙蓮華我共天衆皆如是見在虛空中如是下觀一切諸欲功德具足此天世間百千種殿處處皆饒我常於中行無障礙謂在三處水陸虛空如是遊戲種種受樂我復有時遂見六山有六光明穿空而出焰色分明不知

何物我時見已生希有心專念思惟此所見者昔未曾有爲是何物如是念已即并行殿一切天衆速疾前去詣六光明我既到彼六光明所并殿俱墮我先所有光明威德一切損減我於爾時心自思惟此是何物是何勢力令我自身并此天衆一切皆墮威德光明一切損減我於爾時既思惟已於天衆中有一舊天名無垢廣彼天先見如是六山六種光明而語我言天王今者莫有所畏王則無過此於天王無有不吉願王今聽以何因緣天王今者并此天衆空中而墮過去曾有無量天王曾於此處虛空中行不能得過皆如是墮天王先來未曾得聞以不知故欲如是過即便下墮威德光明一切欲滅此之因緣我今爲說此處常有六佛如來應正遍知明行滿足天中之天一切世間真實知見於此山樹具足地中作六佛塔利益天人此佛塔者是所應禮所應供養禮拜供養無不得力何以故更無勝故如是佛塔不可得過以此因緣天王今者如是下墮我時告彼無垢廣言佛在何處彼無垢廣即答我言今者悉無世間之中一切皆無彼一切知一切悉見知欲過惡知生死中諸苦惱已精勤修行六波羅蜜劫數滿足三阿僧祇得一切智入於涅槃此是略說欲得廣聞見此佛塔更爲廣說此六佛塔今者在於山樹具足地處中住我於爾時聞彼舊天無垢廣言生希有心見勢力已共彼宿舊無垢廣天并諸天衆到六塔所到已思惟爲欲聞法度生死故入佛塔中入佛塔已聞如是法彼佛世尊之所宣說時

彼天衆得聞天主牟脩樓陀如是語已各辭天王向自地去牟脩樓陀夜摩天王亦向先來自住之處說佛塔竟

正法念處經卷第五十

音釋

酤（古胡切買酒也）嗜（常利切好也）販（方願切買賤賣貴曰販）獷（古猛切惡也）椎擣（椎直追切擊也擣都晧切敲也）揩（苦皆切摩也）

# 正法念處經卷第五十一

元魏婆羅門瞿曇般若流支譯

觀天品第六之三十夜摩天之十六

又彼比丘知業果報觀夜摩天第七地處名廣博行衆生何業生彼地處彼見聞知或天眼見若人曾知持戒善心不殺不盜如前所說復捨邪欲所謂有人或到林中近妙聲鳥彼妙聲鳥迭互相於生欲心故出欲音聲雌鳥在前雄鳥在後相隨共行彼鳥翅羽有種種色一切見者心皆歡喜欲情内發而彼見已不生欲念心不思惟況復行欲彼人如是清淨持戒捨於邪欲持戒清淨身壞命終生於善道天世界中在廣博行地處而生彼處生已一切諸欲功德和集受諸快樂有勝園林銀毗瑠璃青寶之樹大青寶樹蓮華色寶種種寶樹莊嚴園林種種寶池水流盈滿若人本作善業來者行此林中種種受樂所謂林者名赤色林於彼林中有諸天衆諸天女衆若入其中彼樹光明增長轉勝種種妙寶莊嚴成就種種衣服若諸天衆入彼林中彼樹光明普皆赤色而彼樹林其色皆如赤蓮華寶或作迦鷄檀那寶色樹色柔輭真珠鈴網彌覆其上隨念生果隨念酒流如意念行隨天意念何處受樂彼樹枝葉即出種種勝妙樂音如是行去多有天女共諸天衆并如是樹飛虛空中隨心所向如鳥無異彼樹既飛在虛空中皆如日出一切虛空普遍嚴好又復彼樹名赤色樹水出如雨在虛空中甚可愛樂彼鈴之聲天鳥之聲天樂之聲如是種種勝妙之聲遍滿虛空時彼天衆見樹飛

行在其面前天女之衆所圍繞已同一樂心多有無量百千天女共詠歌聲飛虛空中樹在於前如示導者天衆在後與樹相隨天衆如是隨心所念起如是意我於今者上彼樹上如是念時彼樹倒迴諸天即上有在枝上而遊戲者彼天如是在彼樹上處處遊戲如是枝上在枝住天隨心念時即彼枝上生蓮華池天及天女在彼池中遊戲受樂如是樹上住枝之天共天女衆在赤林中遊戲受樂皆隨所念如是受樂復有餘天葉中住者若有所念即樹葉中出生妙堂於彼念時如是堂出種種妙寶間錯莊嚴鈴網彌覆彼一切堂有蓮華池而爲莊嚴有眞珠網簾其戶牖天在其中共諸天女歌舞遊戲彼此迭互不相妨礙共相愛念如是諸天善業力故迭相

親友無怨無害此多親友是善業果大善業果謂多親友爾時彼天迭共同心在赤林中種種遊戲彼赤林中如是諸天一切欲樂皆悉具足大勝業故隨意所念虛空中行受無量樂又復彼天不行虛空還向本處種種流水滿蓮華池於如是處天女圍繞遊戲受樂又復次向名稠樹林彼稠樹林甚可愛樂林中有河河中乳流如是乳河莊嚴彼林其乳勢力若天飲者憶念往世於何處生捨命而來於此處退生於何處若放逸行被種種苦無量種苦皆憶念已心生愁惱生愁惱故則離放逸離放逸已隨順法行此大饒益飲彼乳味勢力所致既飲如是勢力乳味而復入彼名稠樹林林有種種流水河池而爲莊嚴有種種鳥在彼池中其鳥甚多樹枝饒華以

華重故皆悉下垂而爲莊嚴有七寶蜂其色平等飲彼華汁以自適樂從蓮華池至蓮華池從一樹下至一樹下彼樹一切皆毗瑠璃蓮華寶葉有金色果如是果者天中美味蘇陀中勝如是果者是隨念果若須味時則有如是美味果生食彼果已而復歌舞行向餘處心生歡喜復向飲林彼林之樹天酒流出美味香色甚可愛樂不可具說離於醉過如是勝酒從樹流出如雲雨隨彼天飲已復更轉生勝歡喜心彼天如是生歡喜已聞種種音飲天美酒受種種樂復有無量光明莊嚴自身天女迭共遊戲歌舞喜笑又復次向蓮華龍林彼林之量五百由旬天寶蓮華蓮華甚香以爲莊嚴蓮華龍林更無餘物唯除蓮華及有諸龍彼蓮華中如是龍者迭互相於

欲心起發食彼蓮華衆龍一心迭共爲伴龍女圍繞在清水中水七功德離水衣過離泥濁過離長短過於彼觸中自意受樂如是如是龍自意念如是如是隨意水生彼龍在中共諸龍女戲樂之時亦如諸天共諸天女受樂不異爾時天衆見彼蓮華龍林之中諸龍戲樂從空中下向蓮華林詠歌音聲及諸天女莊嚴音聲龍在池中出聲如雷普彼天處如一歌聲以彼天處如是歌聲令諸山谷皆有響聲餘處諸天聞其聲故一切皆共來向蓮華龍林之所種種光明莊嚴其身饒天女衆如是同向蓮華龍林爾時彼天於先在彼蓮華龍林種種遊戲復有餘天山谷等處異異處來彼一切天迭相見已歡喜之心轉勝增長如是諸天并天如衆及彼諸龍并龍女

等共住水中遊戲受樂彼天天女龍龍女等如是受樂至於久時如是遊戲歌舞喜笑彼天如是放逸而行善業盡故命欲盡故彼天天女善業福德欲盡之時若上蓮華蓮華不勝如是蓮華沒於水中即便破壞如是諸天若諸天女福德盡相如是應知又復彼天若彼天女福德盡相謂彼諸天若彼天女以遊戲故上龍背上龍不能忍墮彼龍背此是彼天若彼天女福德盡相放逸行天放逸所壞如是相出爾時彼天若有本來不大放逸先知彼相知彼相故而說偈言

久時已過去　欲到命盡時　死時臨欲到
癡天不覺知　而心不知足　貪著境界樂
根不知足故　增長境界欲　五根樂境界
爲欲破壞心　福德業將盡　癡天不覺知
此大運時輪　常割衆生命　轉疾臨欲至
癡天不覺知　此死大甚惡　爲業風所吹
命盡時將至　癡天不覺知　生死有爲中
無親無非親　死罥甚可畏　無能令免者
諸有死未來　諸有命未盡　皆應捨放逸
而作自利益　死杖不久間　必破衆生命
大力既來生　能令命失壞　境界癡所盲
遠離法燈明　是故不見知　大可畏死罥
癡者不能知　怖畏於死時　以心著境界
爲愛所誑故　退退而復生　從道復至道
衆生癡所壞　故受自業果　甚惡而極速
能破諸世間　云何於死時　而不生怖畏
衆生豈無心　爲當是無畏　如是癡不知
怖畏於死時　退相極顯現　如現見不異
如是知不久　於天中則退

彼天如是見退相已諦知退相心意愁惱不向其餘未退天説欲退天説以未退者五境界中受諸欲樂恐其不信後時退故何以故於境界中放逸癡故或意迷故於彼天衆命欲盡者若放逸者不應爲説亦不應示爾時彼天如是知已默然不言捨蓮華池向餘處去彼天於後復樂境界受境界樂彼欲退者大羞相出大畏相出癡不覺知不懼不畏龍中遊戲在蓮華中共諸天女彼處久時受快樂已復共如是無量百千諸天之衆更向一山彼山名爲常樂鬘山到已欲上有天金銀天毗瑠璃天蓮華寳最勝天寳妙門之堂有百千數莊嚴彼山復有百千勝妙蓮華而爲莊嚴如是山中第一勝樂一切具足百千樂音恣耳所聞多著種種無縷天衣自身光明

迭相看面有妙色聲觸味香等如心所愛而受快樂自意念行不可説樂皆悉成就天河流水園林莊嚴見則生樂彼天如是次第復上常樂鬘山既上山已有在堂中坐於牀者有乘鵝者有天在於蓮華臺上跏趺坐者天共天女在鳩婆羅葉中而住種種喜戲若歌舞等五樂音聲坐受快樂其心欲在虛空中行共諸天女處處遍看於彼天處處處可愛隨心所樂稱意而去有處如焰金銀蓮華妙寳光明有處多有鳩婆羅葉青色爴影有處則是天毗瑠璃青寳光明有處是銀玻瓈眞珠光明可愛次復有河有眞珠沙出寳山峯有七功德清冷水流見彼峯河有水旋流其狀猶如眞珠瓔珞如是觀察見彼處已飛於虛空復見異處七寳蓮華莊嚴水池無量峰

衆莊嚴蓮華如是見已復觀異處有園林池甚爲可愛見有鳥獸獸種種色有銀色者有金色者寶角可愛蓮華寶眼真金色背兩脅白銀玻瓈色甲背脚均平復有餘獸群隊相隨七寶妙色皆無所畏群群遊戲自受快樂業所作故形體殊妙以其業故皆食天食又園林中餘處復見孔雀命命名無𩿙鳥名戲論鳥名大眼鳥名動翅鳥如是等鳥群群遊行在山峯中出入園林園林中見既到如是常樂鬘山臨欲上時見如是鳥彼山一廂則是青寶彼第二廂是蓮華寶彼第三廂則是金寶彼第四廂則是銀寶青寶廂處有妙寶堂名曰雜影堂中則有毗瑠璃樹其華下垂猶如大蓋流水河池而爲莊嚴蓮華之林乃有百千百千種鳥雜色莊嚴多有天女甚爲端正在彼堂中彼第二廂蓮華寶處有名笑林彼林銀樹其葉是金有赤蜂群無量百千群鳥音聲有流水河河水有香微風徐動如是普遍莊嚴笑林彼第三廂金寶之處有妙寶林名樂寶林有玻瓈樹而爲莊嚴其樹金枝枝網普覆有無量鳥百千音聲有流水河而爲莊嚴彼處多有歡喜天衆歡喜天女在中歌舞一切妙欲功德具足而爲莊嚴彼第四廂銀寶之處蓮華寶樹青色寶枝而爲莊嚴多有種種妙音聲鳥多饒無量天及天女無量百千蓮華莊嚴有無量種無量分别有無量種隨眼所見見則受樂彼林彼樹彼河彼水彼寶枝等彼蓮華池彼鳥彼獸彼蓮華等種種色香種種形相甚爲端嚴常樂鬘山處處皆有如是諸天及天女衆乘空上彼常

樂鬘山普彼山處一切皆見此勝念山有雜色光彼天既見眼則樂著普欲上山共天女衆五樂音聲五欲功德而受快樂勤行善業樂修多作可愛善業持戒善實聖所愛果如是受樂皆欲上彼常樂鬘山臨欲上時名實語鳥爲說偈言

此河水速流　善業樂亦爾　癡者不覺知
境界貪所誑　如是時來時　死亦如是來
樂迷放逸故　天癡不覺知　癡者無智故
不覺命已過　亦失於善業　而愛不可盡
衆生不離愛　有中隨順行　彼癡愛衆生
不覺善不善　善果甚可愛　若天受快樂
如是見不善　在惡道苦處　若捨善不善
復能離諸過　則至不退處　不生不死處
彼樂得解脫　欲樂非得脫　夜摩及餘天
業盡故得脫　無常則不住　常則爲第一
希望有中樂　退墮不可樂

彼實語鳥爲彼天衆欲上山者如是說已彼天聞已於大衆中若其有天不大放逸彼天則聞若放逸者以放逸過是故不聞猶著境界彼放逸天一切不取天鳥所說如是鳥語眞實利益時彼天衆復歡喜心向第一山上彼山頂峯上有堂在堂而坐如前所說彼一山峯名普見山彼普見山一千山中最高最上是故彼山名曰普見共天女衆上彼山頂種種樂音歌舞受樂多有天衆及天女衆上彼山峯見無量色善業所化光明水池彼光明池有可愛水其水清淨中有金魚見者眼樂水波亂動有鵝鴛鴦鴨等鳥群此種種鳥可愛音聲水中甚多又彼水中多有蓮華拘

婆羅耶拘物頭華尼那陀華迦吒摩羅如是等華遍覆池水有種種蜂出種種音又復多有曼陀羅華多有金珠而爲間錯其水清淨又彼如是可愛池中復有蓮華名曰沫鬘有百千葉一一葉中出無量葉有蓮華葉青寶色者有蓮華葉玻瓈色者有蓮華葉黃金色者有蓮華葉白銀色者有蓮華葉是硨磲者有蓮華葉迦鷄檀那有金剛葉第一善香彼如是等異色葉中各各有臺其色光明如初出日彼種種臺有無量色無量色葉遍彼池中所謂青黃赤白黑色臺白而赤其香可愛滿一大臺爾時天衆從虛空下向光明池下已入池池有金鳥天旣入池在鳥背上有天在於蓮華臺上共多天女遊戲受樂有天在於拘婆羅耶蓮華之上復有餘天在水中者有在鵝背入於水中而遊戲者有在陸地共天女衆而遊戲者五欲功德皆悉具足迭共喜笑遊戲受樂有在堂中共諸天女異處遊戲同飲天酒離於醉過現樂功德味觸色香皆悉具足其中諸天有以珠器而飲酒者所謂青寶銀寶金寶毗瑠璃寶蓮華色寶及玻瓈等種種珠器有共天女金蓮華葉而飲酒者有以開葉不穿不破拘婆羅耶而飲天酒詠歌音聲生歡喜者有天受用蘇陀之食色觸香味皆具足者各各別別共自眷屬種種受樂有於異處共諸天女五樂音聲種種歌舞繞光明池而遊戲者有共天女在於水中而遊戲者彼水之味隨天念轉若天心念欲令此水色香味觸若冷若煖善業力故應念而有善不善業果報如是非有作者又復彼

天若如是念此水爲酒令我得飲即於念時皆是天酒觸味香色皆悉具足離於醉過天既飲之增長勝樂善業力故心生歡喜然彼諸天自業力故如是受樂自業所化一切所作善業不失業肙之師人身機關於三界中種種戲弄愚癡凡夫不覺不知如是諸天五欲功德皆悉具足而受快樂於彼天中名實語鳥爲說偈言

如油盡燈滅　身命亦如是　以本業盡故
天中必定退　如壁破壞時　依壁畫亦滅
如是業盡故　天樂則無有　天於彼天處
福業盡則退　一切法無常　衆生悉破壞
皆無常不定　命速不久住　死力勢甚大
而天不覺知

彼實語鳥利益天衆以彼諸天善業力故如是已說若彼諸天未於多時放逸行者既聞鳥語於少時間正心思惟若放逸者亦如不聞以亂心故雖聞不受於彼池處如是久受境界樂已各如所乘向彼山頂共諸天女飛空而往復見餘處有無量山種種形相一切山中常樂鬘山最爲高出復有一山名平等聚復有一山名曰普見此三山量於夜摩處一切山中最爲高大天衆如是觀察彼山其山光明遍彼天處天衆既見即得上彼常樂鬘山上已則見種種間雜諸妙寶樹金樹銀樹毗瑠璃樹莊嚴彼山彼樹根根莖莖節節枝枝葉葉皆是七寶莊嚴殊妙彼樹根莖七寶莊嚴諸節次第寶別不同一節則是毗瑠璃寶一節則是蓮華色寶次節銀寶次節金寶次節則是玻瓈之寶次節則是硨磲之寶

次節則是迦鷄檀那彼樹如是節節各各莊嚴不同自從根莖乃至於葉一切皆是七寶莊嚴彼樹不遠復有實堂行而不亂皆同一色如人世間日之光明彼諸天衆爲戲樂故次向彼堂彼堂之數有十百千如心意量如意念行如意念作彼天之中有如是堂近彼堂處有蓮華池其數多少亦如彼堂如是蓮華節節次第七寶莊嚴又於彼處復有衆鳥三功德行何等爲三一是水行二是陸行三是樹行言水行者謂名鴛鴦泥盧槃大胡盧鵝鴨摩鵮羅等是水行鳥言陸行者彼山頂處出妙音聲謂名二枝名歡喜聲名一切忍有鳥名爲一切鳥聲名一切時恒常受樂如是等鳥是陸行鳥天音聲中此鳥音聲最爲美妙言樹行者謂俱翅羅名命命鳥名孔雀鳥名鸚鵡鳥名普眼鳥不眴眼鳥名普行鳥名實語鳥名知時鳥如是等鳥是樹行鳥人中有半彼天皆有於彼天中有如是等無量衆鳥種種音聲如是天中三種行鳥出妙音聲又常樂鬘大山頂上更復有鳥行虛空中身是七寶若彼諸天行放逸行放逸壞時彼鳥說偈呵責之言

放逸所壞天　爲境界所誑　愛心所迷亂
死王臨欲到　染著欲樂故　不知善不善
一切衆生癡　境界欲所誑　行於種種道
造作種種業　爲種種心使　流轉於五道

如是彼鳥見放逸天放逸行故已說此偈而呵責之猶如父母調伏諸子而彼諸天雖如是聞不受不取猶故受樂遊戲歌舞乃至一切善業皆盡則於後時退彼天處退天處已

如自業行墮於地獄餓鬼畜生若餘業故生於人中同業處者則生第一富樂之處有勝上意心常歡喜在好國土迦那那洲若師子國富樂處生生長者家以餘業故廣博行地第七已竟

又彼比丘知業果報觀夜摩天所有地處彼見聞知夜摩天中復有地處名曰成就衆生何業生彼地處彼見有人信佛世尊善心持戒不殺不盜如前所說復捨邪婬於先所行共婬婦女心不憶念彼善男子如是持戒善意熏心身壞命終生於善道夜摩天中成就處地生彼處已自業相似而得果報所謂園林蓮華池水有種種鳥美妙音聲種種莊嚴妙身天女而爲圍繞生如是等天樂之處五樂音聲種種遊戲不可譬喻勝妙聲觸味色香等而受快樂譬如水池有五水竇皆悉是木在水池畔水入池中不遮不礙如是如是五根愛著五愛之身常隨五處不知猒足譬如五處皆悉置火一切燄然風吹普熾若以乾薪如是如是著五火中彼火如是熾然增長如是如是此根愛然如火增長憶念風吹不正觀燄境界乾薪五根火燄如是如是此五根火得境界薪如是如是根火熾然如世間火飛蛾入中則被燒然如是如是若有入於愛境界火則爲所燒一切愛著皆如飛蟲不覺不知一切諸天如彼飛蟲爲火所燒墮五境界共天女衆園林中行從蓮華池至蓮華池從蘇陀處至蘇陀處從飲酒處至飲酒處從美音處至美音處從香華林齅華香已次復往到勝香華林從一林處至一林處見林眼樂復向其餘眼見樂林如是遍入諸境

界火彼山如活彼天見之如見命物彼諸天衆如是見山如是如是處處普見如火得酥其燄熾然如是彼處始生天子見如是處七寶莊嚴見無量種心則生樂見彼山處無量百千諸天女衆如是天女甚多甚饒彼一切處多有天女種種莊嚴遍滿彼處天衆亦爾遍滿彼處歌舞遊戲迭共受樂五樂音聲遊戲受樂若下劣天如是種種莊嚴天女可有一萬如是次第三萬二千如是次第有四萬者有五萬者如是次第乃至百千諸天女者爾時如是諸天女衆於彼天子迭共相愛不生猒心一切天女一一各各作如是知天子愛我彼天如是愛於欲樂不知猒足如火得酥燄起熾然彼放逸行諸天子等園林樹木蓮華池中於河水中可愛天女共受快樂如是次第復於後時共彼天女入鵝林中如是林者於彼天中猶尚希有況於餘處謂彼林中有鵝莊嚴如是鵝者在彼林住彼鵝銀翅有金翅者蓮華寶足復有餘鵝蓮華寶觜金寶間腹有金身鵝背則是銀迦鷄檀那勝寶之足其觜亦是迦鷄檀那復有餘鵝玻瓈爲背脅是硨磲腹是青寶足則是金復有餘鵝七寶雜身有鵝純色謂如銀色有玻瓈色有純金色有硨磲色有青寶色復有餘鵝大青寶色復有餘鵝迦鷄檀那勝寶之色如業心畫如是受樂如是鵝者復共勝妙端正雌鵝處處遊戲或在池中如是遊戲如是次在蓮華林中山河等中或於陸地蓮華林中柔軟地處有種種華共彼雌鵝如是受樂爾時諸天入彼鵝林多饒種種莊嚴天女共彼天女

遊戲受樂彼天既見如是鵝已生希有心轉勝歡喜迴眼普看如是勝林彼諸天女隨順天心既知天子心歡喜已語天子言天今當知此名鵝林如是鵝林甚可愛樂種種寶樹光明殊妙有種種寶莊嚴此林希有功德皆悉具足種種蓮華而爲莊嚴無量百千山峯莊嚴有種種華莊嚴彼林如是種種名尚叵說有蓮華池莊嚴彼林於彼林中有鵝王住名曰善時鵝如天主牟脩樓陀住此天中彼善時鵝乃是一切鵝中之王住此林中在於廣池遊戲受樂牟脩樓陀夜摩天王恒常來至此鵝王所共此鵝王種種遊戲勝共一切天衆戲時所受之樂共餘一切諸天遊戲皆悉不如共鵝遊戲彼天子言以何因緣夜摩天王恒常共彼善時鵝王而遊戲耶天女荅

言如是因緣一切天衆皆悉不知天子今者如是心念我今共去向彼善時鵝王之所入彼林中乃至到池盡見林已見彼天王牟脩樓陀及見鵝王彼始生天於天女衆如是聞已作如是言我今共去到彼鵝王牟脩樓陀天王之所爾時如是諸天女衆共始生天向彼林間水池之中鵝王之所未至鵝王已見種種天妙樹林多饒種種鳥獸群衆有種種色種種鳥獸鳥共雌鳥獸共牝獸如所應食種種不同食天根果皆七寶身莊嚴勝妙中間平地於樹林中窟穴之中若平地處或於河岸蓮華池岸或在池中或山谷中群群遊戲或出音聲彼始生天見已心喜又生希有未曾有心眼則晌動諸天女衆而圍繞之詠歌音聲如是遊戲入彼鵝林復於一處見孔

雀群在園林中彼諸孔雀有咽起者有以咽項相指摩者如是露處種種遊戲復有孔雀七寶之身在闇林中屏處遊戲有共樹心而遊戲者種種孔雀如天所應始生天子共諸天女如是見已欲入鵝林見多無量百千億數諸天女衆在鵝林中復見餘林甚可愛樂所謂有河第一清水普河兩岸多有諸天及天女衆七功德水盈滿彼河所謂河者名欲水河寂靜水河歡喜流河名酒流河有河名爲蒲萄酒流有名隨稱一切念水名鳥音聲可愛樂河彼大林中無量河流彼岸行鳥飲冷水已而說偈言

故業勿令盡　數數造新業　以本業盡故
則於天中退　若人造新業　三種三時生
故未盡造新　則不墮惡道　若畏未來世
不貪著現在　不樂過去者　不久間得脱
若心不動轉　苦樂不經心　彼智者捨身
餘處則得樂　若受故業樂　而不造新業
故業受盡已　癡者死時知　若彼癡心天
受行境界樂　若勤佛功德　不爲欲所使
若有得如是　大過患之身　能不著現樂
則是智慧者　若不爲欲使　畏過不貪著
復畏於惡道　則是勇健者　若心貪著樂
而不畏惡道　此癡愛樂行　由愛故退失
貪著於諸欲　得已心歡喜　修欲不得力
後時墮惡道　如電如陽炎　如乾闥婆城
如是說欲惡　能誑惑一切

彼岸行鳥見始生天放逸行故如是說偈彼始生天新著欲故雖聞不受爾時彼天聞彼鳥語既不受已復入鵝林更受無量境界之

樂始著欲故鵝林勝故雖聞不取如是鵝林枝網覆故實與不實一切不知彼鵝林中見寶珠林遠處遥見第一光明復有百千光明羅網其處諸天尚不能看況下地天三十三天四天王天而能看耶彼天珠林如是光明若天欲發如是寶珠爲作堂舍行虛空中珠内有孔天坐其中飛行虛空遊戲受樂以善業故珠爲堂舍行於虛空如是珠中有天園林蓮華水池種種樹林分分地處多有山峯饒鳥音聲如是彼天在虛空中音聲娛樂六欲功德　一切成就遊戲受樂

正法念處經卷第五十一

音釋

鬘莫班切　縷隴主切　眴輸閏切與瞬同　齅許救切以鼻揜氣也　紫即委切豚也　牝婢忍切母畜也　咽於田切咽嗌也

正法念處經卷第五十二

元魏婆羅門瞿曇般若流支譯

觀天品第六之三十一夜摩天之十七

又復彼天若心有念欲下虛空即心念時共諸天衆從空而下下已還至自住處住如是寶珠還復如本有大光明彼諸天女爲始生天如是說已爾時如是始生天子爲欲肴縛復樂境界向寶珠林見不遠處有黃赤白無量百千種種光明滿珠林中彼寶珠林不遠之處則有鵝林爾時如是始生天子於天女邊如是聞已向寶珠林共彼天女如是往到既前到已見珠光明乃有無量當爾之時始生天子如是憶念如彼異天入寶珠林虛空中行徧見天處我亦如是入寶珠林如是而行即於爾時隨心所念珠爲堂舍在虛空中

彼始生天空中見已共天女衆入寶珠堂如自善業見彼堂中種種可愛彼寶珠中有流水河蓮華水池園林山峯滿珠堂內眼見心樂復於諸處見有諸鳥鳥聲可愛彼如是處有種種色形相香華復見異處種種鳥獸有河平岸有河峻岸皆悉可愛在彼河邊復見異處多有天子及諸天女歌舞喜笑遊戲受樂彼如是處諸園林等一切皆如向來所說天子始見共天女衆遊戲受樂放逸而行愛不知足又行異處次復行到蘇陀食處爲食食故如自善業相似得食食彼食已爲境界火之所燒然復向酒河共諸天女愛波所漂去向彼河飲酒地處到彼處已乃以珠器盛酒而飲彼既飲酒歡喜之心轉更增長愛境界火之所燒然爲五境界之所迷惑復共天

女歌舞遊戲彼處如是受天樂已復向水池蓮華之林爲欲在彼池中遊戲共天女衆受諸欲樂是故向彼蓮華池林到已復更受境界樂共諸天女水中遊戲第一勝樂不可譬喻受如是樂又復欲發希望欲樂欲聞音聲貪著境界五樂音聲心念希望聞天女衆歌詠之聲五樂音聲聞已心樂不可稱說更無異法可以爲喻彼受如是五欲功德種種勝樂不知猒足以有愛故愛不知足如火得薪無有足時如是欲者欲不可足常無量種無量分別而受諸樂於長久時旣受樂已而復更於鵝林之中珠堂上坐共諸天女下彼珠堂在鵝林中而復更見未曾有處如是如是見彼處已如是如是心生喜樂如是如是種種見已而於境界猶不知足如是流水蓮華河池園林等處若天天女見無量種五樂音聲如是遊戲又復鵝王住寛廣處天共天女向彼鵝處如是彼處見種種天無量百千歌舞遊戲而受天樂更無餘物可爲譬喻形世間日如螢火蟲唯除光明更無譬喻彼處如是不可譬喻境界受樂彼受樂天譬喻叵得人世界中第一美味所謂蜜味合藥之酒甘蔗肉等閻浮提中此味第一一切和合於赤酥陀如極苦味蘗味不異人中勝味於彼天味如是劣減如是味勝少分譬喻天中之味不可譬喻彼天之香亦不可喻如人世間第一善香謂栴檀香若沉水香末香塗香瞻蔔迦華尼居私帝蘇摩那華如是乾陀婆離師迦優鉢羅華拘物頭華尼朱羅等此一切華皆悉和合猶亦不如天中之華於彼天中任

婆色華十六分中不及其一如是天中香亦如是不可譬喻又彼天中觸亦如是不可譬喻人世界中一切國土平等勝觸謂憍奢耶絹及烏拏若劫貝等如是種種彼人中觸一切和合於彼天中極微劣觸謂金最堅猶勝人中所有勝觸於天中觸十六分中不及其一如是天中所有諸觸不可譬喻又彼天中聲亦如是不可譬喻人世界中第一聲者所謂琵琶箏笛箜篌齊鼓歌等如是諸聲一切和合猶亦不如彼天之中莊嚴具聲於彼天中莊嚴具聲十六分中不及其一如是天中所有音聲不可譬喻如是譬喻唯可得與四天王天以爲譬喻若於第二三十三天則非譬喻於夜摩天亦非譬喻人中欲樂唯可得況四天王天所受欲樂四天王天所受欲樂唯可得況三十三天所受欲樂三十三天所受欲樂唯可得況夜摩天中所受欲樂如是次第業力勝故六欲天中次第轉勝諸天境界悉亦如是天樂轉勝意地之樂有無量種一切和合如是天子彼鵝林中遊戲受樂次第漸前遠近鵝王見彼鵝王在廣池中種種遊戲共彼雌鳥住蓮華林天衆圍繞彼大鵝王有一蓮華一由旬量七寶蓮華金剛爲鬚其觸極軟及香色等不可譬喻無量光明從華而出有百千葉彼大鵝王在彼如是蓮華中住於節會時節會之時夜摩天王牟脩樓陀弁天衆等鵝爲說法彼鵝王者以願力故生夜摩中如是利益生夜摩天爲夜摩天如是說法令離放逸爾時如是始生天子次第漸前往到廣池善時鵝王既見如是始生天

子爲說偈言
以有愛渴故　於欲不知足　由心動諸根
不覺時已過　所愛著欲樂　無常法所攝
以樂見婦女　不覺時已過　爲愛所迷故
繫屬於生死　如是愚癡者　不覺時已過
爲欲牽心故　没在癡闇中　瞋所繫縛者
不覺時已過　繫縛在地獄　不生猒離心
放逸毒所迷　不覺時已過　不調不知羞
恃性生憍慢　心貪不知足　不覺時已過
五繩罥所縛　六法之所迷　三時中常癡
不覺時已過　不知惡趣道　惡罥所破壞
若有如是心　不覺時已過　初得欲則樂
後則不利益　以心著欲故　不覺時已過
不知前世苦　而樂著天樂　未知愛别離
不覺時已過　爲業網所縛　如魚在網中
是故失善道　不覺時已過　愚癡者無心
不知有過患　没在於癡闇　不覺時已過
衆生業罥縛　獨而無伴侣　見天女故迷
不覺時已過　乗騎諸根馬　迷失於善道
貪著三界味　不覺時已過　不知戒非戒
或復多瞋恚　失意亦失道　不覺時已過
不知利益不　迷於作不作　如小兒戲弄
不覺時已過　如河水速流　在園林地處
常受欲樂故　不覺時已過　在山頂堂中
若在蓮華林　常受欲樂故　不覺時已過
於業業報中　未曾有知解　唯貪著食味
不覺時已過　業風之所吹　常在此三界
流轉猶如輪　癡故不覺知　常在於惡處
上高梁繩上　如是愚癡者　不勤捨離過
若能捨離欲　是第一精進　離一切希望

則無諸煩惱　彼初中後時　若得佛法巳
寂靜修行故　是無煩惱者　若得於欲樂
彼樂必破壞　因欲得苦報　知欲非勝法
是故有智者　心不樂於欲　彼則能斷除
生死苦因緣
彼大鵝王爲始生天如是說偈毀呰欲法如是說故彼始生天漸漸前進近於鵝王彼始生天雖聞勝法而心不受境界迷故漸近鵝王而不攝法猶著境界受諸欲樂現見鵝王在水中戲入蓮華林割取蓮華共天女衆擲而弄之善時鵝王而語之言此安隱語而不肯受汝於後時爲何所得爾時鵝處始生天子復聞遠處有勝妙聲勝於天聲聞彼聲巳心生愛樂其聲普徧琵琶箜篌齊鼓笛等如是種種可愛音聲爾時彼天在廣池邊種種遊戲既聞聲巳一切迴面向彼聲聽爾時遠見有百千堂周帀圍繞天歌音聲甚爲可愛聞者欲發端嚴殊妙如星繞月如是如是堂行圍繞或身光明周帀輪行一切天衆見之心樂百千天女詠歌音聲夜摩天主在百千葉七寶蓮華臺上而坐無量天女之所圍繞爲聽法故向彼善時菩薩鵝王所住之處爾時鵝王善時菩薩見巳速近共餘雌鵝并餘雄鵝無量百千勝妙七寶間錯其身一切同時皆在虛空飛向天主牟脩樓陀復有餘鵝詠歌音聲如是二王一是鵝王二是天王迭相敬重出美妙語迭相問訊鵝王善時以本願故爲夜摩天除放逸故生夜摩天善時王言天王久時不來在此廣池之所我於餘天聞如是言牟脩樓陀夜摩天王不放逸行共

諸天衆在彼山樹具足地處看六佛塔禮拜供養化力書經在彼佛塔讀説彼經示諸天衆此因緣故我今來迎汝於彼處説法之時我亦在此廣池之側爲遊戲天如應説法謂第一義寂靜安隱能除放逸畢竟利益以此因緣我今如是來迎天王我以愛法離於慢心敬重故來彼時如是牟脩樓陀夜摩天王聞是語已作如是言鵝王普爲饒益一切夜摩諸天利益一切夜摩諸天故在此處今共迴還到廣池所説是語已牟脩樓陀夜摩天王無量天衆諸天女衆之所圍繞善時鵝王無量百千鵝衆圍繞如是二王各幷其衆彼此和合於虛空中種種音聲心皆無垢猶如寶珠於放逸地不放逸行有大威德共向廣池至廣池已彼廣池所一切天衆既見天王

暫止放逸不作音聲不相娛樂不於水中種種遊戲生敬重心夜摩天王知彼天衆心調順故語鵝王言善時鵝王此時最善今可説法天衆見我心皆離慢幷天女衆一切無慢可爲説法爾時鵝王自念本生曾於往世有佛名爲迦迦村陀於彼佛所聞諸法門所聞法中唯以一法爲天衆説語天王言天王善聽我今爲説有五種法若天若人放逸行者是根本過何等爲五謂放逸者其心則亂意念異法口宣異言若有所説不實無義前後相違動轉不定他則不受何以故以其放逸心動亂故自不能知爲何所説爲誰而説彼則輕毀彼則不愛以如是故則於一切便爲自輕是放逸過放逸過故墮於惡道於三惡趣墮相應生此是初過又彼放逸有第二過

何者第二所謂不知應作不作放逸意故不知何者是所應作不知何者所不應作不知何業不知何果以不知業故不知果彼愚癡者迷業果故身壞命終墮於惡道生地獄中以放逸故得如是過此第二過又彼放逸有第三過何者第三若人若天以放逸故近惡知識不敬三寶不求於智不敬尊長於過功德不覺不知於生死苦不生猒離不知雜業謂種種業不能翹勤常喜睡眠不能持戒身壞命終墮於惡道生地獄中以放逸故得如是過此第三過又彼放逸有第四過何者第四謂於天中若於人中即初生時命行不住即生即滅善業亦爾生已即盡死王欲至共誰放逸彼必別離此有四法必定離別何等爲四一者少年二者安隱三者壽命四者具足如是四種必定離別智者常觀如是四種若放逸者則不能知若天若人放逸行者一切不知以不知故墮於惡道以放逸故得如是過此第四過又彼放逸有第五過何者第五謂於第一不可信處而便信之不可信中最叵信者所謂婦女而愚癡者信於婦女彼愚癡者雖信婦女然彼婦女於其不信乃至命盡心不離誑一切婦女皆多諂誑皆多幻僞多垢破壞其心多慢破戒心濁如是等過一切婦女心皆不離如火之熱一切婦女不離此法若愚癡者信彼婦女唯有語言然無一實以愛貪故爲欲所牽是故近之如是略說放逸之行五種過患如是五過不離放逸是故天人應捨放逸此放逸行障涅槃門放逸行者身壞命終墮於惡道生在地獄餓鬼

畜生以放逸故得如是過此第五過是故智者應離放逸若捨放逸有五功德何等爲五所謂正行心意正信作所應作不應作者則便不作恒常用意於一切時皆作利益捨離放逸如毒不異善知三世此不放逸最初功德不放逸故得此功德又不放逸第二功德何者第二謂知輕重近善知識常行善業遠惡知識不作惡業以彼惡業善人嫌毀若見惡人則皆捨離見功德人則便親近如是修行善意行故不入惡道此不放逸第二功德不放逸故得此功德又不放逸第三功德何者第三所謂謹愼乃至捨命不屬婦女不信其言常一切時形相可見一切婦女有二種縛繫縛世間唯見其色不信其語彼有智者如是如實觀察婦女如是如實正觀察已雖見歌舞喜笑遊戲莊嚴具等心不貪著一切放逸皆因婦女一切婦女是半放逸若有能離婦女放逸則能渡於生死大海人世界中人皆說言不放逸者得名好人此不放逸第三功德不放逸故得此功德又不放逸第四功德何者第四所謂謹愼不放逸者謂於富樂欲等不信觀知無常作如是知此欲無常轉動不定則不可信不久破壞不久失滅如是不信安隱之事故不放逸一切安隱爲病所壞如是於少亦不生信一切少年爲老所壞是故於少不生慢心如是於命亦不生信不生慢心不作惡業何以故必爲死王所劫奪故是故不信一切有爲生死之法以不信故不放逸行此不放逸第四功德不放逸故得此功德又不放逸第五功德何者第五所

謂恒常親近聖人愛樂智故歸依三寶聞法思義彼臨死時不生怖畏以知死相知退相故不生怖畏聞義天子則知退相人欲死時則知死相如是知故知生惡道知生善道作如是知我生善道我生惡道若臨死時惡道相出則能方便令心清淨心清淨故惡道相滅善道相現此不放逸第一勝果甚爲難得諸親善中此亦最勝此不放逸第五功德不放逸故得此功德爾時彼處善時鵝王頌彼如來迦迦村陀所說偈言

已離欲如來　讚歎不放逸　毀呰放逸行
所至生死處　不放逸解脫　放逸故受苦
此放逸繫縛　愚者不能斷　不放逸善人
則生於天中　於天中放逸　故退時心悔
一切放逸者　生死不得脫　放逸第一胥
能縛令流轉　作所不應作　不作所應作
一切放逸者　所作皆顛倒　尚不作世法
何況出世法　是故諸智者　不讚放逸行
以是故不應　行放逸之行　如是放逸行
是惡道初使　若有能捨離　苦惱之藏處
如是勇健者　能渡有大海

善時鵝王爲彼天主牟脩樓陀幷諸天衆如是已說過去舊法利益天人又彼鵝王現爲天主牟脩樓陀復更說法作如是言有五種法對治沙門放逸之行何等爲五所謂一切放逸行者皆受苦惱如是之人隨何放逸能致苦惱捨彼放逸知彼過已修行功德捨離彼故無不饒益不受苦惱不善惡業則不增長修行正行此是沙門初對治法放逸對治又復沙門第二對治對治放逸何者第二謂

見實義實見之人一切心意皆悉決定如實而見如實見故不行放逸以如實見放逸過故此是第二放逸對治又復沙門第三對治對治放逸何者第三所謂親近不放逸者受戒持戒如彼所行如是而行如彼所作亦如是作於持戒者常與同處於破戒者捨而不近是故放逸一切皆無此是第三放逸對治又復沙門第四對治對治放逸何者第四謂求智故常近智者常樂智者捨離放逸近不放逸如是謹慎不放逸者樂近苦遠彼善男子恒常如是不放逸行此是第四放逸對治又復沙門第五對治對治放逸何者第五所謂有王若王大臣執放逸者與其罪罰或斷其命或時盡奪一切財物或時與杖或截其手如是種種與放逸者異異刑罰彼既見已心生怖畏以怖畏故捨離放逸不放逸行如是對治捨離放逸以見他人受如是罰生怖畏故隨順法行畏行放逸墮於地獄是故不作一切惡行此是第五放逸對治如是放逸於天於人則非安隱彼多天衆聞是經已捨離放逸牟脩樓陀夜摩天王既聞鵝王所說經已起隨喜心復共天衆飛昇虛空如其本來還如是去自餘諸天有在廣池更受樂者有向林中而受樂者既入園林種種受樂如是乃至受善業盡善業盡故於彼處退彼處退已如自業行或墮地獄或墮餓鬼或墮畜生若以餘業生於人中則生第一富樂之處黠慧利根多所知見有智慧命以有智慧是故大富為王所愛以餘業故成就第八地竟

又彼比丘知業果報觀夜摩天所有地處彼

見聞知復有地處名光明園衆生何業生於彼處彼見聞知或天眼見若善男子曾聞法義受戒持戒正見不邪不惱亂他心意正直不殺不盜如前所說復捨邪婬畏邪行故乃至不覩畫婦女像常行善業善修淨命如是之人身壞命終生於善道天世界中光明園處生彼處已善業力故天妙境界五欲功德種種受樂六根所使樂見園林如是如是見種種法如是如是六根增上以增上故則能驅使地處平正第一柔輭七寶間雜甚可愛樂彼地之中若有樹生觸極輭滑金果金葉勝觸香味皆悉具足如是天果如意出香如意生味彼處諸天若有是心欲令彼果如意出酒即有觸香色味具足天之美酒從果流出在於樹下時彼諸天共天女衆執珍寶器承而飲之如是天酒有下中上香味觸等業無量故如彼業因如是得酒有下中上又復餘天有無量種受五欲樂爲放逸燒樂見園林歌舞喜笑處處遊戲相隨而行向彼園林如是如是隨所行道見異異種微妙之色彼所得味有無量種無量分別種種勝味彼所齅香有無量種無量分別種種妙香與心相應彼憶念觸有無量種無量分別受樂相應天妙之觸彼天所聞天妙音聲有無量種無量分別心樂相應聞已歡喜第一持戒勝善業故五欲功德皆悉具足而受樂行彼天如是受樂行故乃經久時如是受樂不知猒足復更遠見名心樂林無量百千寶樹莊嚴彼心樂林如是可愛枝葉根莖各各別別一廂銀林其白如雪名銀樹林其光猶如閻浮提

中月之光明彼一一樹端嚴殊妙天若見者心則受樂又復一廂赤色猶如迦雞檀那甚赤無比有赤光明其葉亦赤如是葉等和合成林如是赤林極爲可愛彼林赤故徧照虛空一切皆赤又復一廂名常樂林其林一廂有青園林其林普青青影光明彼林一廂如是光明端嚴殊妙如閻浮提虛空不異是毗瑠璃寶之光明如是彼處名常樂林復次一廂是玻瓈林光明清淨根莖枝葉多有無量流水河池皆悉具足又彼大林次復一廂青寶樹林根莖枝葉青色光明於樹枝中有種種鳥鳥種種聲多有種種妙蓮華池而爲莊嚴彼天園林如是光明端嚴勝妙爾時彼處光明園地一切諸天自身光明爲欲遊戲受諸樂故向心樂林於彼林中遊戲受樂愛林所繫五欲功德受天快樂不知猒足又復遊戲種種受樂入心樂林彼林之內有種種色有種種味有種種香華果具足多有妙蜂莊嚴其林處處普徧又復多有可愛鳥衆種種可愛妙蓮華池種種可愛樹枝屋舍散華徧地地觸柔輭甚可愛樂多有無量百千天衆是故彼處如是端嚴樹枝屋舍多有蓮華流水河池種種山谷多有諸樹歌舞喜笑種種遊戲莊嚴其聲猶如歌音微風動林枝華垂仰是故彼林如是嚴好爾時彼天入彼林中轉勝歡喜復更歌舞遊戲喜笑迭共受樂於一切時心樂境界其心恒常念行放逸彼諸天衆如是受樂乃至久時復入七寶曼陀羅林彼林可愛林中最勝猶如山王所有光明勝百千日繞蓮華池以爲莊嚴曼陀羅林有

孔雀王名曰雜色種種七寶間錯班雜所出音聲普徧彼林實是菩薩以願力故生彼天中爲放逸天除放逸故見彼諸天五境界火之所燒故住樹枝中勇猛無畏生憐愍心告彼天言此諸天等多放逸行不慮後退此樂欲盡無常不住一切天樂速疾已過如山中河其流峻速而不覺知心常著樂以惡愛故爾時雜色孔雀鳥王而說偈言

所作如夢見　住處如見炎　城如乾闥婆
天如是著欲　天爲愛所生　終竟必破壞
謂樂不可盡　天如是著欲　樂不久則失
如河流速過　爲欲城所誑　天如是著欲
如風吹動水　彼水中見月　猶如旋火輪
天如是著欲　如電之流動　如鹿愛之炎
如水沫不堅　天如是著欲　如芭蕉葉動
又亦如象耳　不善人所愛　天如是著欲
如金波迦果　如有食鐵鉤　如幻之無常
天如是著欲　皆虛誑無物　暫時不停住
初時味則甜　天如是著欲　唯放逸一味
是有縛之因　速使入惡道　天如是著欲
愛惡物謂好　常可畏常妨　如毒如刀等
天如是著欲

彼心樂林如是孔雀名雜色王爲調伏天如是說偈善意願故於天中生彼孔雀王用人中物以爲譬喻爲天衆說何以故令天聞已憶本生故以憶本生知業果故修行無常修無常故不放逸行是故雜色孔雀鳥王以人中喻爲天說法說何等法謂無常法爲說欲過說欲無常爾時有天聞所說法憶本前生以憶本生知業報故於少時中不放逸行生

於善意彼天少時生於善意不放逸行少時利益少時安隱種未來世無量百千安隱生處善業種子是故菩薩雜色鳥王説如是法

爾時天衆猶故著樂入彼林中以蓮華鬘莊嚴身首自身光明莊嚴其身五樂音聲種種受樂於彼林中無量河池水流盈滿具足莊嚴天衆見已放逸而行於生老死不生怖畏歌舞遊戲不知猒足更入餘林彼林名鬘鬘林之樹無量百千其樹枝華種種異色間雜不同有無量種形相色香種種妙華枝枝具足如是妙華大小均等希槪得所於彼林中有七寶蜂其音可愛在彼華中共天遊戲彼諸天等取彼華鬘共天女衆相擲喜戲天及天女本自端正以著如是妙華鬘故十倍勝本迭互一心於彼林中遊戲受樂折取華枝其華香氣徧五由旬有十由旬二十由旬三十由旬如是彼林天香具足無量種華和集而有爾時彼天如是遊戲受諸樂已復向酒河河名歡喜其河甚大彼酒音聲觸味香色皆悉具足在河而流彼天見已坐河岸上取而飲之彼復有鳥名爲常樂見彼諸天在歡喜河而飲酒故爲説偈言

沒入放逸海　貪著諸境界　此酒能迷心
何用復飲酒　爲境界火燒　不知作不作
園林生貪心　何用復飲酒

彼常樂鳥見樂酒天在河飲酒爲調伏故如是説偈彼天聞已猶故飲酒不休不止心生歡喜自身光明周圍如鬘復以華鬘莊嚴身體飲酒遊戲不知猒足五欲功德五樂音聲歌舞遊戲次第復向華枝舍林希望欲樂故

到彼林共天女衆歌舞喜笑爾時彼天見彼樹林衆華具足心生歡喜以先聞故見則歡喜如是勝妙可愛園林有七寶蜂而爲莊嚴天衆見已生希有心迴眼普看不生猒足彼天女衆皆亦如是見百千種百千分别華舍具足彼諸天女見則入中歌舞遊戲而受快樂彼樹枝葉甚可愛樂密覆如屋彼衆樹枝是種種寶所謂枝者毗瑠璃枝金葉所覆若金枝屋毗瑠璃葉之所覆蔽迦鷄檀那妙好色果具足而有迦鷄檀那青寶樹枝銀色葉覆若玻瓈樹金果具足若彼有樹迦鷄檀那以爲枝者青寶葉覆金果具足若玻瓈樹玻瓈枝屋金葉密覆大青寶果具足而有隨念莊嚴皆悉可愛蜂衆圍繞音聲美妙繞華枝屋彼枝舍内如是嚴好天欲受樂則入其中以善業故又枝舍外種種具足有蓮華池蓮華金葉皆毗瑠璃青寶爲鬚白銀爲臺周徧林外無量蜂衆而爲莊嚴鵝鴨鴛鴦迦曇婆羅出妙音聲聞者心樂是故彼林甚爲微妙彼蓮華林其外華池如鬘不異寶華枝舍周圍彼林處處普徧蓮華林外復有樹林如是林者有鳥獸住心皆歡喜有在樹下依樹坐者有遊行者有在林中食天美果華根等者果華根等有第一色香味觸等和合具足如是鳥獸雄雌牝牡皆各相隨又彼鳥獸聞天歌已開眼張耳羽毛皆竪歡喜心樂又彼鳥獸雄雌牝牡各各相隨在於樹下柔輭觸地迭相看面而受快樂或共遊戲諸獸嚼呞牝牡同處迭相看面共受快樂其身皆是七寶間雜在於林中如是受樂

正法念處經卷第五十二

音釋

僞危睡切詐也　呰將此切毀也　黠户八切慧也　呞書之切食已復出嚼也　牡莫厚切

# 正法念處經卷第五十三

元魏婆羅門瞿曇般若流支譯

## 觀天品第六之三十二（夜摩天之十八）

又復彼鳥種種形相見者愛樂種種憶念種種受樂所謂樂者有銜蓮華耳聽歌音周迴而行雄雌相隨而遊戲者有鳥群住縱身低縮聽彼樹枝屋舍中聲一心聽者有以觜銜勝光明寶在於處處徧遊行者有七寶身從於山中聞歌音故揚翅飛來爲聽歌音向華枝舍普徧虛空皆悉嚴好心歡喜者復有餘鳥在餘林中種種妙寶莊嚴兩翅以觜折取種種敷華銜來向彼華枝屋者復於餘鳥聞歌音已共銜寶鬘有種種色勝妙光明如是來向華枝屋舍普徧虛空皆悉嚴好如是來者如是彼林內外鳥獸有種種色種種形相種種具足皆可愛樂彼林殊妙嚴好如是彼諸天衆在彼林中種種受樂爾時彼天五樂音聲在彼林中久時遊戲愛火所燒猶不猒足復向餘林彼林名爲鳥音聲樂無量天女以自圍繞如是歌舞喜笑遊戲在虛空中手彈箜篌如是飛行有在鵝背如是去者復有餘天乘孔雀者有在空中坐蓮華臺如是去者復有餘天乘七寶鳥在虛空中如是去者一切皆向鳥聲樂林彼如是行在路未至種種勝樂皆悉具足欲至彼林名實語鳥爲說偈言

乘中業乘勝　餘乘則不然　人以業乘故
能徧行三界　何誰於何處　何業云何作
彼則於彼處　如作受苦樂　業種種雜雜
心因緣所作　無物叵得者　久時必皆得

種種異異樂　由業因緣起　以業因盡故
種種樂亦無　諸有不亡失　先所作善業
若欲常得樂　皆應作餘業　若心常懈怠
放逸毒所悶　放逸天不覺　未來苦惱處
一切樂離別　到大苦惱處　以能破陰界
是故名爲死　彼速疾欲來　能令命盡滅
天境界所迷　是故不覺知

彼實語鳥以善心故憐愍天衆如是偈説眞實之法利益彼天而天不取愛覆心故轉復歡喜而更前入鳥聲樂林一切天衆心皆樂見鳥音聲林如是林者名旣如是復有如是鳥音聲樂彼林中樹一切是寶所謂金銀毗瑠璃樹有白銀樹有玻瓈樹有青寶樹是平澤中蓮華之林彼諸蓮華猶如燈樹一切種種甚可愛樂有種種鳥有無量色無量形相寶間雜翅不可具説何以故以心善業無量種故鳥之形相如是種雜以心雜故雜作善業善業雜故得如是果不可具説以心微細速流轉故以是因緣不可具説一切天法皆不可説天業果報今説少分有好妙欲境界放逸園林流水蓮華河池種種山峯蓮華之林鳥及寶等天女可愛以業果故天世界中如是化現彼此因緣説天可愛如彼善業所作果報不失不滅若不作者果不可得復以此因如是説樂又復彼天如是種種鬘莊嚴身以香塗身自身光明而受快樂勝歡喜心如是觀察鳥聲樂林如是觀見七寶諸樹光明如燄有種種鳥圍繞彼林彼鳥詠歌若天聞之昔未曾聞如是音聲旣得聞已心喜受樂彼一切天聞已皆樂彼如是鳥有住樹中

而詠歌者有鳥在於蓮華林中而詠歌者有在華中而詠歌者有鳥在於蓮華池中而詠歌者彼天聞已心生喜樂若天天女迭共和合種種歌音一切皆止聽鳥歌聲心生愛樂如是彼鳥詠歌音聲普徧山峯諸山峯中一切諸獸自體本性喜樂歌音聞彼歌已或百或千皆悉前近既前近已耳眼不動聽其歌音有在樹底住聽歌者有對天果無心欲食聽歌音者於彼林中鳥歌音聲如是可愛鳥聲樂林可愛如是又彼林中香甚可愛種種華香有種種色隨念皆有香色聲等隨念皆得箜篌齊鼓箏笛歌等種種美音是天音聲彼鳥之音勝彼天聲一根境界如是勝故彼林可愛又彼林中復有一根境界可愛所謂天味隨意所念得勝果味或天酒味天藥草味如是彼林隨念得味如是林中諸味具足又彼林中復有勝法所謂有山遊戲彼山枝網普覆種種重樓皆是枝網行而不亂有無量種七寶雜壁有無量種彩畫皆徧多有種種莊嚴天女在重樓上彼林如是種種莊嚴又彼園林復有莊嚴彼林功德具足已說今復說山莊嚴可愛具足之相謂毗瑠璃莊嚴其山山有七種功德具足何等爲七所謂色聲觸味香等隨念皆得有隨念樹七種具足彼處諸天見彼功德癡惑迷亂不見不聞彼鳥說法彼說法鳥猶如父母所說之法皆悉決定天著境界不聞不覺境界迷故不受鳥語行愛曠野復向大林爲三種火之所燒然五怨所使喜愛所誑迷於實道唯有苦樂苦相似樂以著如是虛妄樂故不覺不知利益

說法不受不取而聽其餘三處行鳥詠歌之聲謂水行鳥天可愛色可愛形相七寶之身種種間雜鵝鴨鴛鴦如是等鳥種種音聲幷水音聲彼天樂聞美妙聲歌一切時樂放逸而行一切諸天愛彼音聲如是彼天更聞餘鳥種種音聲不聞法音所謂林行種種諸鳥孔雀白鴿莊嚴樹鳥山谷巖窟所住之鳥出美妙聲一切鳥聲皆與相似妙聲之鳥七寶身鳥以莊嚴山兩兩並飛在虛空中同共出聲觀彼諸鳥如見莊嚴彼鳥光明見者常樂生愛著心如是勝勝衆鳥音聲彼天樂聞有語聲者有歌聲者如是無量種種分別跋求之聲種種異聞天有欲心爲天女衆之所圍繞聽彼音聲於長久時聞聲受樂更有勝愛覆蔽其心復飲天酒第一味香皆悉具足如

天所應從巖窟中如是流出多有妙蜂皆集酒上彼諸天等迭共一心同飲天酒不相妨礙復有餘天向蓮華林蓮華葉中多有天酒第一天味香觸具足隨念美味諸天天女恣意共飲歌舞戲笑迭互一心共同欲意彼諸天等於勝林中遊戲受樂於境界中心不猒足而復更向毗瑠璃寶莊嚴之山彼山多有鵝鴨鴛鴦普皆青影覆萬由旬皆是青影其山舉高三百由旬多有園林饒蓮華池流水盈滿有第一鳥見者皆愛於彼山中有好平地有好山谷有好巖穴河泉源窟多有行林蓮華水池具足諸華有三種鵝在岸出聲所謂有鵝玻瓈寶色七寶間錯或自體白如是鵝者山中甚饒莊嚴彼山毗瑠璃山普有流水水色清淨猶如寶珠彼山多有種種香華

多有無量百千諸鳥種種雜鳥以此諸鳥嚴蓮華池彼種種物勝勝希有上上希有可愛妙色莊嚴彼山聲觸香等無量種物以莊嚴山六根受樂普山莊嚴彼諸天衆爲欲受樂往到彼山普徧處處歌舞遊戲以蓮華鬘瓔珞其身一切時樂心常歡喜心常愛樂五境界怨如五火燒愛縛其咽向彼山頂爲受樂故希望欲見種種憶念種種分别漸漸欲到漸近彼山見有山窟是毗瑠璃彼山窟者青色光明可有一萬以爲莊嚴普第一樂勝妙光明若住山天入彼窟中種種遊戲若彼諸天入窟中者彼如是窟如是如是轉轉寬博如彼天心如是如是種種憶念如是如是皆於窟中具足而得彼窟名爲如念得窟住彼窟天共天女衆恒常受樂不知猒足彼諸天女種種莊嚴以善業故見彼天女心極愛樂形服莊嚴姿媚殊絶歌舞喜笑受天之樂夜摩天王牟脩樓陀利益天故佛所說偈書在彼山寶窟門上偈如是言

死王吞衆生　衰老飲少年　病至滅强健
世間無知者　有無量種生　有無量種退
如生老亦然　世間無知者　無有一念間
無一時一日　死無時處住　世間無知者
已數數受生　亦曾數數退　癡天迷境界
世間無知者　此有輪如籠　貪著於愛欲
愛繩縛將去　世間無知者　愛過旋波中
多有分别鳥　此愛河寬廣　世間無知者

彼寶窟門爲利益天書佛偈頌其法如是有天見之則便尋讀讀彼偈已憶自本生於少時間不放逸行以善業故於須臾間王心思

惟增長未來無量百千多生之樂增長淨分減損染分彼天如是少時正念能滅無量百千生數若有見彼寶窟門上所書偈者則生猒離不放逸行若天入窟不讀偈者則爲唐入若見不見一切入者皆放逸行在内一處見寶珠聚謂金剛聚青寶珠聚摩伽羅多寶珠之聚大青寶聚而彼寶窟體性自明以寶珠故光明更勝第三復以天入中故天身光明令彼寶窟光明轉勝如是彼窟甚爲可愛彼寶窟中天天女衆五欲功德受諸欲樂安隱離惱離於熱惱遠離憂悲自善業故受無量種天勝妙樂彼天既見彼寶地已生歡喜心歌舞遊戲五樂音聲而受快樂又彼寶窟入其中者則見有河第一香觸具足天酒盈滿其中酒河兩岸饒飲酒鳥以爲莊嚴如是鳥者謂名歡喜有名常樂有名常戲名無異味名見可愛名審諦心有鳥名爲異處不樂名飲香樂此等諸鳥復有餘鳥在彼酒河遊戲飲酒天善業故鳥說偈言

初飲美味酒　飲已多作惡　未來得惡果
在於地獄中　飲已能令癡　癡故造惡業
癡作惡業故　入於地獄中　初時生歡喜
後乃得惡報　初時能除渴　後時甚大熱
初時口意適　後時則失樂　是故有智者
則不應飲酒　若常飲酒者　則如鳥無異
飲酒能令癡　說酒爲大毒　若見酒如毒
彼見不退處　若飲不味酒　則爲飲鐵汁
一切惡一分　說酒爲一分　是心過所作
一切戒根心　飲酒心不止　不能思惟法
比丘飲酒故　非阿蘭若行　飲酒令心亂

不調不知羞　失法空無福　失現在未來
不知修威儀　不知時及處　障礙於正法
唯言說無義　自既不能知　不知何所說
自口語如屎　亦自不能知　令世間輕賤
令法不增長　見貪者飲酒　如火之燄然
過事皆忘失　於現事皆迷　況思惟未來
飲酒三時失　能失壞名色　或失衆生身
能生無量過　飲酒障礙法

如是彼處住山窟鳥心常歡喜以業因緣爲天說偈彼天聞已若有善業隨順法行而生彼者憶本前生憶本生故則知酒過知酒過故則不飲酒不放逸行自餘天衆不受鳥偈猶故飲酒生歡喜心五樂音聲歌舞受樂乃至久時彼山窟中種種受樂既受樂已於入時道還如是出如是出已猶於境界不知猒足放逸而行樂見園林共天女衆復於一切園林之中河岸山谷種種遊戲如是諸天以善業故如是受樂彼處如是不可譬喻天樂具足彼諸天等於境界中受諸欲樂不知猒足廣多愛故所言廣者自體廣故彼不曾攝恒常開舒是故名廣又於境界不知猒足以諸境界廣無量故以根常渴不曾斷故如是彼天五欲功德轉轉增長不斷不絕常受欲樂心生希有可愛功德不可譬喻是故彼天不知猒足如海吞流無有足時天不知足亦復如是常一切時於彼天處如是受樂行於種種園林之中欲水所漂共諸天女遊戲受樂彼天如是乃至作集善愛業盡至於後時退彼天處如自業行業繩繫縛如是樂處業盡退已墮於地獄餓鬼畜生若有餘天餘善

業故生於人中在閻浮提大富樂處第一種姓歌舞喜笑種種遊戲常受快樂身色殊妙形服端嚴種種具足勝國土中或爲國王或爲大臣或迦奢國憍薩羅國在安隱州彼餘業故夜摩天攝勝光明園處第九地竟

又彼比丘知業果報觀夜摩天所有地處彼見聞知或天眼見復有地處名曰正行衆生何業生於彼處彼見有人隨法正行第一清淨報亦清淨業清淨故受樂果報聖人所愛天愛果所謂天處何人得彼天中果報所謂勝善布施少於智慧以布施故生於天中受有人善心清淨生敬重心柔軟之心不殺不盜如前所說復捨邪婬所謂耳聞先時有人曾共婦女而行婬欲如是聞已心不喜樂於先欲事心不思念不生覺觀復能遮他不聽思念如是成就清淨業行身壞命終生於善道夜摩天中正行地處受本所修善業果報生彼處已愛樂種種香味觸等無量境界行園林中天蓮華池百千天女之所供養在於園林蓮華之池流水處行無時暫住先所未見不可譬喻不可具說種種天樂具足受彼無量種樂於境界中心不知足又於彼處有無量種天妙園林如是彼處始生天子少天女衆而圍繞之於餘園林有天女衆在中遊戲見始生天心則欲發行則異本以天衣鬘種種莊嚴見始生天即便前近始生天子見彼天女五倍欲發即前往近彼諸天女始生天子迭相雜合彼此共受無量種樂同心一意不相違返如是天女一切共歌歡喜舞笑彼諸天女生如是心此始生天是我夫主始

生天子有如是心此諸天女是我之婦如是天子共諸天女彼此相信不相疑慮喜笑歌舞迭相愛樂在園林中從一園林至一園林從一山峯至一山峯從蓮華池至蓮華池從一枝舍至一枝舍從一叢樹至一叢樹從一池去復至一池如是池者青寶之色彼池多有鵝鴨鴛鴦種種音聲有如是等無量諸鳥種種音聲耳聞心樂如心意念如是水生色香味具在彼池中有無量種歌舞遊戲受諸快樂既受樂已復見餘處有異天衆歡喜遊行始生天子見之即往共天女衆五樂音聲歌舞遊戲如是而去爾時彼天既見如是始生天子而說偈言

山園林等中　或在蓮華池　一切重樓處
共天女受樂　或於金山中　或毗瑠璃峯
或林園叢樹　共天女受樂　隨念可愛樹
或在流水河　或在寬廣處　共天女受樂
七寶間雜處　或在山河中　或平地好處
共天女受樂　曼陀羅樹林　青優鉢羅林
種種鳥音聲　共天女受樂　種種地分處
或於寶林中　或在可愛堂　共天女受樂
或五樂音聲　令心樂清淨　常歌舞遊戲
共天女受樂

彼諸天等爲始生天如是說偈始生天子聞說偈已彼處復有名實語鳥如法利益令正行故爲說偈言

山園林等中　或在蓮華林　癡爲愛所迷
共天女俱墮　或在金山中　或毗瑠璃峯
食善業盡已　共天女俱墮　隨念可愛樹
或在流水河　遊戲善業盡　共天女俱墮

七寶間雜處　或在山河中　爲境界所迷
共天女俱墮　曼陀羅樹林　青優鉢羅林
著欲癡所盲　共天女俱墮　種種地分處
或於寶林中　不修行善法　共天女俱墮
或五樂音聲　令心樂清淨　貪著故時過
共天女俱墮
彼實語鳥爲利益天隨順饒益令天安隱令
正行故如是說偈彼天放逸雖聞不受彼諸
舊天猶尚不取況始生天彼新舊天爲放逸
毒之所傷故普皆歌舞心生歡喜在園林中
處處遊戲受境界樂自身光明不假餘照彼
一切天共天女衆復向一山名山鬘山彼山
鬘山多有無量種種寶性有種種寶而爲莊
嚴普山光明百千蓮華如日初出以爲莊嚴
有百千億流水泉池彼山四廂有四叢林所
謂一名百池流水二名大光三名嚴山四名
普香此名四林在彼山廂彼山一廂百池流
水叢林之中有隨念樹有百千池金銀青寶
迦鷄檀那諸寶色魚普徧池中其池之水清
淨涼冷如意念水盈滿彼池多有園林圍繞
彼池鵝鴨鴛鴦音聲可愛聞者心樂有一切
時常歡喜鳥見彼天衆而說偈言
一切命無常　少年不停住　此天處亦爾
而天不覺知　諸法念不住　次第皆失壞
業繩所繫縛　世間不覺知　千億諸天衆
在園林遊行　退時將欲到　世間不覺知
六欲諸天等　放逸受愛樂　一切皆失滅
世間不覺知　樂如水沫聚　如夢所得物
速滅不久停　世間不覺知
彼處諸天欲上山時彼一切時常歡喜鳥以

利益心天善業故如是說偈彼諸天等樂境界故不聽不取不覺不知不能見諦不看彼鳥如生盲者有道不見爾時彼天次向第二大光叢林彼林光明勝於一百日之光明彼林諸樹有勝光明或樹光明或寶光明勝妙功德皆悉具足光明炎然彼大光林三種光明普徧彼林彼如是林普皆可愛流水河池而爲莊嚴有隨念樹莊嚴林處如是林處各各差別彼諸天衆各在異處五樂音聲歌舞遊戲種種受樂善業漸盡於彼山中復在異處受境界樂如大醉象如是林中久時受樂入彼天衆於彼山中自心動故次第復向嚴山之林於中復受五境界樂爲放逸怨之所迷惑不知畏退無有方便而可得脫唯初時樂後則衰惱聲味色香受諸欲樂愛亂心故處處遊行復見餘林普彼林外有蓮華林周帀圍繞有隨念樹莊嚴彼林百千種華而爲莊嚴有餘大樹有殊妙香而莊嚴之又復多有流水河池而爲莊嚴又復多有種種鳥獸七寶枝舍而爲莊嚴又復多有種種香美飲食之河彼諸天衆到如是山或百千到歌舞遊戲迭共爲伴同一欲心俱到彼林共天女衆久時受樂彼此迭互希望境界又復彼天未知猒足於彼山處次復更見大可愛林名曰普香彼林甚香樹枝華香金枝華蓋覆彼林上有居尸奢第一妙香又彼林中曼陀羅華第一妙香香氣流布普百由旬天聞彼香生希有心彼諸天衆覲如是等無量妙香入彼林中彼諸天衆迭相愛樂同一心欲受境界樂不知猒足處處遊行無量種行彼天如

是處處遊行遊戲而行如是漸向山髻山頂遂爾前到百百千千彼山頂上見有大城城甚可愛其城縱廣五百由旬普彼城中有行重樓金寶殿舍銀寶殿舍毗瑠璃舍硨磲之舍如是種種妙寶殿舍而爲莊嚴街巷相當門狀可愛皆是妙寶普彼城中饒蓮華池彼諸天衆入如是城心生歡喜種種功德具足受樂在寶舍中寶園林中或復在於蓮華池中枝華舍中或華林中或復在於蓮華池中或復在於饒華地處或復在於山窟之中或復在於山谷之中或復在於山脇之處彼天如是或在城中或在餘處山頂之上共諸天女處處受樂無量種種多種受樂五樂音聲功德具足如是遊戲種種受樂彼受樂時鳥見之故爲說偈言

諸天本善業　一切必當盡　後受苦惱時
乃知放逸過　心樂著欲者　唯受微少樂
彼樂未久間　後時必當壞　樂境界樂者
常有希望心　見婦女放逸　後時必當壞
天著境界樂　不慮退時苦　至後破壞時
乃知退苦惱　天若近婦女　而共放逸行
終至後退時　彼一切捨離　一切欲退天
無與共行者　唯有一切業　隨後與同行
常應修善業　常捨不善業　常離於放逸
常行不放逸　放逸是有根　不放逸寂靜
放逸不放逸　如所說其相　勇者常思惟
修行善業樂　常修行法者　則不受諸苦

彼鳥如是利益天故已說此偈彼諸天等放逸行故不聽不受而復更爲境界所盲行園林中種種遊戲或在園林或在可愛寶城等

中受種種樂彼天在於山鬘山中既受樂已而復更向千峯之山希望欲見彼寶山故樂天境界是故次往天善業因而受快樂見彼寶山生勝愛心一切欲樂皆悉具足於一切時多有華果流水河池蓮華之林具足而有彼一切天於彼樂處見則受樂行亦受樂食亦受樂見彼勝山生希有心謂山鬘山彼大勝山復有衆山周帀圍繞皆是寶山是故彼山名曰山鬘彼山多有園林華池有流水河多有寶峯無量衆鳥種種音聲如是諸鳥皆是寶身種種形相皆悉可愛莊嚴山峯普彼山峯光明悉徧彼諸光明有百千種如是寶山在諸山中見彼寶山頂挿虛空有大光明微妙殊勝彼諸天等上如是山共天女衆五樂音聲遊戲受樂心生歡喜上彼山上如意

念行有在空中而遊行者有共天女同一欲心於五境界受諸欲樂愛河所漂不暫停者若寂靜樂則是常樂捨未來世如是寂靜利益安樂而樂天樂如是天樂如雜毒蜜而諸天衆心生樂著初時似賢後則不善實非是樂與樂相似彼天不知故生樂著共天女衆五樂音聲隨心遊戲上彼山頂如是如是上彼山上如是如是見彼山處隨見何處轉勝可愛如是寶山普皆可愛樹林河池種種諸鳥在園林中滿彼山處無量百千種種園林莊嚴彼山七寶光明周帀圍繞普彼天衆共諸天女歌舞遊戲徐上彼山並行並看天及天女種種形服鬘莊嚴身更無異心心常樂樂放逸而行彼諸天衆自身光明共自光明無量形服莊嚴天女圍繞同行安安詳詳如

心意行上彼山上善業力故自作善業自得樂報決定自受遊戲歌舞在河池中有無量種受諸快樂徐上彼山五樂音聲離病無倦心生歡喜如是遊戲彼如是行見無量種山谷溪澗各各差别隨自意行隨何處行皆無所畏如是次第漸漸上山彼山鬘山復有異處有大鵝王住在其中彼鵝王者寶莊嚴身名曰善時見彼諸天行放逸行彼諸天等勝善業故得彼樂命應怖畏時而便喜笑爾時菩薩善時鵝王爲利益彼一切天故住山窟中隨順修行寂靜善業饒益天故爲除放逸畢竟利益彼諸天故第一勇勝種種微妙一切天愛美音聲語覆一切天所有音聲而說偈言

愛欲涂心癡　常樂著境界　彼天則不知
利益未來世　此餘少福德　臨欲至退時
退已到異處　受自業果報　百千生中間
爲業鎖所縛　此業縛衆生　須集道資粮
若天恒受樂　常作不善業　彼因不相似
癡者住心中　爲欲所迷惑　唯食而待死
若不能諦知　不能利衆生　爲欲所迷惑
唯食而待死　若爲身樂故　壞法是愚癡
一切時一心　常勤修善業　捨離不善者
此是智慧相　放逸不持戒　食本前業盡
以放逸行者　不久退天處　彼常如是意
爲時所催驅　後爲悔火燒　無有能救者
惡不可得避　衆生決定受　後到於死時
知已寂靜行

善時鵝王第一勇勝自體如是美妙音聲爲彼天衆如是說偈如是鵝王菩薩音聲爲一

切天作無量種無量音聲章句示現皆悉相
應菩薩之聲美妙勢力勇而復勝蔽天音聲
彼處如是一切天衆復聞遠處有大音聲無
量天女之所圍繞種種莊嚴勝妙寳殿一切
時華一切時果皆悉具足無量蓮華徧覆其
處多天女衆歌聲可愛妙寳瓔珞光明照耀
七寳閒錯園林水池而爲莊嚴幢幡枃欄種
種莊嚴百千天女妙音聲歌五樂音聲聞者
心樂毗瑠璃寳大青寳柱眞金柱等之所莊
嚴大師子座之所莊嚴如是寳殿行虚空中
夜摩天王在彼殿上多有無量百千天女供
養天王百千合掌讃歎天王在虚空中分明
如畫勝歡喜心向山鬘山爲欲往見善時鵝
王如是鵝王以大願力爲利益天生在夜摩
憶本前生是故天王生敬重心而來向之爲

聽法故爲於自身并爲天衆利益安樂饒益
自他不墮惡道離放逸故爾時彼天山鬘山
中遊戲受樂在種種處山園林中或有在於
平處住者或有在於山谷中者或有在於蓮
華林者或有在於池水中者或有在於殿堂
上者或有在於寳舍中者或有在於山峯中
者或有在於河岸處者或有在於山頂上者
或有在於華林中者或有在於果林中者或
有在於隨念樹者或有在於毗瑠璃金隨念
樹者或有在於無量倒數見則可愛樹林中
者一切皆悉共天女衆或共多衆或共少衆
一切天衆速生喜心歌舞嬉笑看彼天王見
大天王坐勝殿上成就無比天之快樂見已
疾走一切天衆盡力而走既見天王牟修樓
陀並看並走心眼俱樂眼觀不捨轉轉前近

彼諸天衆如是思惟夜摩天主牟脩樓陀爲欲聽法是故來詣善時鵝王我今往見供養大王彼諸天衆如是思惟既思惟已一切皆近夜摩天王五欲功德境界之樂一切具足天衣天鬘以爲莊嚴彼一切天皆悉前向牟脩樓陀夜摩天王行虛空中若天在於一千山峯遊戲樂者如是見已天衣莊嚴一切智前到天王所禮拜供養既供養已轉勝歡喜歌舞戲笑近王面前一切皆與夜摩天王和合一處共向鵝王菩薩之所彼鵝菩薩第一聰明有大智慧以本願力爲彼諸天除放逸故生在夜摩彼一切天皆到鵝王菩薩之所夜摩天王既見菩薩生敬重心敬重法故共天女衆從殿而下鵝王菩薩常說天法常作法吼既見天王牟脩樓陀則止法吼彼大鵝王法勢力故於一切天最爲勝妙光明殊絶法威力故

正法念處經卷第五十三

音釋

縮（所六切斂也）銜（乎監切口中含物也）脇（迄業切腋下也）

# 正法念處經卷第五十四

元魏婆羅門瞿曇般若流支譯

## 觀天品第六之三十三（夜摩天之十九）

爾時鵝王見彼天王牟脩樓陀作如是言今者善來種種語言問訊供養既供養已讚言善哉夜摩天王乃能如是不放逸行甚爲希有在此第一放逸之處而能如是不行放逸不放逸行此爲希有復有希有一切天王皆於天中百倍受樂不行放逸此甚希有離樂因緣則不可得如是菩薩善時鵝王憶自本生尸棄佛所曾聞經法念彼經已而爲天王牟修樓陀如是說言汝大天王獲得善利不放逸行爲聞我聲是故來此甚爲希有汝今善聽我爲汝說如彼世尊尸棄如來所說而說當於爾時我作人王聞如來說如本所聞今爲汝說汝今諦聽善思念之有一法門名王法行如是法門則能利益灌頂受位剎利大王王得此法於現在世常得安樂常有利益正護國土能護自身善人所讚身壞命終生於善道天世界中爲夜摩天王灌頂受位剎利大王成就何業於現在世常得安樂常有利益正護世間大富大力能護自身善人所讚身壞命終生於善道天世界中爲夜摩王有大神通大富大力所謂此王具足成就三十七法於現在世常得安樂常有利益正護世間護世間故大富大力一切餘王不能破壞能護自身善人所讚身壞命終生於善道天世界中爲夜摩王何等名爲三十七法一者軍衆一切淨潔二者依法賦稅受取三者恒常懷忍不怒四者平直斷事不偏五者

恒常供養尊長六者順舊依前而與七者布施心不慳悋八者不攝非法行者九者不近不善知識十者眞謹不屬婦女第十一者聞諸語言不一切信第十二者愛善名稱不貪財物第十三者捨離邪見第十四者恒常惠施第十五者愛語美説第十六者如實語説第十七者於諸臣衆若無因緣不舉不下第十八者知人好惡第十九者常定一時數見衆人第二十者不多睡卧二十一者常不懈怠二十二者善友堅固二十三者不近一切無益之友二十四者瞋喜不動二十五者不貪飲食二十六者心善思惟二十七者不待後時安詳而作二十八者法利世間二十九者恒常修行十善業道第三十者信於因緣三十一者常供養天三十二者正護國土三十三者正護妻子三十四者常修習智三十五者不樂境界三十六者不令惡人住其國内三十七者於一切民若禄若位依前法與是等名爲三十七法若成就此三十七法得名受位剎利大王於現在世常得安樂常有利益大富大樂有多財寶能護國土能護自身善人所讃身壞命終生於善道天世界中爲夜摩王以如是等三十七法善業因故何者名爲剎利大王軍衆淨潔所謂善心利益他人於對諍者依法斷事不違法律依法正護不違本要忠心諫主主行利益順成讃善依法護國所設言教依量利益但起直心不惱於他依法事主不唯畏罰心無貪慢於一切法皆順不違爲未來世隨法而行怖畏生死信業果報捨三惡業不樂多欲不喜行罰

正意不亂如是自他二皆能度能利益王若如是者是王軍衆如是軍衆與王相應是故令王於現在世常得安樂常有利益能護國土能護自身善人所讚身壞命終生於善道天世界中爲夜摩王以諸軍衆一切淨潔是故令王不生惡心善業因故又復受位刹利大王次第二法應勤修習成就相應於現在世常有利益能護國土能護自身善人所讚身壞命終生於善道天世界中爲夜摩王何者第二所謂依法賦税受取以供衣食云何依法或國或城或村或邑或人集處於一切時常依舊則依道理取彼王如是若國壞時若天儉時則不賦税取時以理不逼不罰依先舊來常所用秤斗尺均平如是受取依法不違不逼不罰不侵不奪如是國王則是憐愍一切衆生王若如是依法受取功德因緣於現在世常得安樂常有利益能護國土能護自身善人所讚身壞命終生於善道天世界中爲夜摩王以常依法賦税受取善業因故又復受位刹利大王有第三法應勤修習成就相應不逼國土現在未來二世利益何者第三所謂恒常懷忍不怒心如是念隨何因緣令我瞋忿如是因緣一切皆捨身雖自在見他瑕疵不譏不調於諸臣僚眷屬僕使有罪過者不重刑罰於他怨人若他親善不說其過不說其惡若於軍衆起瞋心時則念忍辱念忍辱故瞋心則滅口說美語更說異言令彼軍衆不憂不怖恒常如是一切法中一切時忍自體實忍非因緣故如是不瞋如是不忿王若如是心懷忍辱功德因緣於現

在世常得安樂常有利益能護國土能護自身善人所讚身壞命終生於善道天世界中爲夜摩王以能於人恒常懷忍善業因緣又復受位刹利大王有第四法應勤修習成就相應現在未來二世利益何者第四所謂平直斷事不偏王善心意於一切民猶如父母不以物故不以用故不以親故不以恩故不以友故不以貴勢有囑及故不朋如是一切因緣依法斷事不偏不黨於諍對者怨親平等利益語說實語而說王若如是平直斷事功德因緣於現在世常得安樂常有利益不失國土不失名稱一切軍衆皆無罪罰能護國土不畏他論他王不能久時爲王王領國土能護自身善人所讚身壞命終生於善道天世界中爲夜摩王以心平直斷事不偏善業因故又復受位刹利大王有第五法應勤修習成就相應現在未來二世利益如是乃至到於涅槃何者第五所謂恒常供養尊長何者尊長謂尊長者如實而見持戒智行利益衆生常作善業身口意等恒常寂靜自心無垢令他攝福如是尊長王應親近既親近已聽法聞法常往供養受其所說受其言教如其所說王應受持如所說行以一切時供養尊長功德因緣於現在世常得安樂常有利益能護國土能護自身善人所讚身壞命終生於善道天世界中爲夜摩王以一切時供養尊長善業因緣又復受位刹利大王有第六法應勤修習成就相應現在未來二世利益何者第六所謂順舊依前而與若父先與若祖先與或復先祖於先舊與若地若金

若銀等物彼受位王以不濁心以清淨心隨順歡喜愛樂彼法如是依舊隨順讃善教他令與王若如是依前而與功德因緣於現在世常得安樂常有利益能護國土能護自身善人所讃身壞命終生於善道天世界中爲夜摩王以常順舊依前而與善業因故又復受位剎利大王有第七法應勤修習成就相應現在未來二世利益何者第七所謂布施心不慳悋何者布施布施者若少壯老時恒常布施布施一切一切種施一切時施利益一切饒益一切安樂一切常念地獄餓鬼畜生一切道中受饑渴等種種苦惱布施之時願如是等三處衆生早得解脫生人天中王若如是得現世報何者現報所謂名稱若遭難時奴僕軍衆則不捨離他國土人常來供養餘人見已不能破壞一切怨敵乃至不能得其少便於他常勝如是布施得現世報非福田處如是布施尚得如是現世果報況於福田物思具足勝善布施常閉惡道常受樂報彼無量種布施而與何者無量謂法布施資生布施無畏布施王如是等種種布施若施沙門施婆羅門如是布施功德因緣於現在世常得安樂常有利益能護國土能護自身善人所讃身壞命終生於善道天世界中爲夜摩王以彼布施善業因故又復受位剎利大王有第八法應勤捨離成就相應現在未來二世利益何者第八所謂不攝非法行者不令在國以剎利王自隨法行是故不攝非法行者不令住國何者名爲非法行者所謂有人種種方便劫奪他物或捉他胭令其

悶絶而取其物或與惡藥令無覺知而取其物或設方便盜偷他物或復私竊盜取他物或在道路或在市中作諸方便而取他物買貢賣僞種種欺誑而取他物或復有人奸欺無道押善舉惡進非退是誣枉賢良黨助不肖或有邪見或有斷見或復有人屠殺衆生望得解脱若外道齋於大會中屠殺羊等望有福德或復有人犍割衆生令使不男或復有人婬於男子或復有人不能供養父母師長如是等人不令住國何以故若共同國令諸善人心意壞故相倣習故同處住故善人壞故令王無力失增上力非時降雨時則不雨五穀熟時五穀不熟所有國土一切破壞惡人過故以此因緣不令惡人住在國内此因緣故不攝一切非法行者不令住國依法行者攝令在國攝法人故隨時降雨日觸順時是故五穀至時善熟不壞國土離於怖畏不生憂愁一切國土利益之事是攝法人因緣力故能斷一切生死苦惱令有福人在己國住以近如是福德人故行法人故第一梵行所謂安住有福德人近福德人順法行人是故一切有智慧王近行法人令住國内王若如是不攝一切非法行者功德因緣於現在世常得安樂常有利益能護國土能護自身善人所讃身壞命終生於善道天世界中爲夜摩王以彼不攝非法行者善業因故又復受位剎利大王有第九法應勤捨離成就相應現在未來二世利益何者第九所謂不近不善知識不善知識是惡知識彼惡知識略有八種一切王者皆應捨離何等爲八一

者斷見所謂有人如是心言無業無施無有此世無有他世此是最初惡知識也又復第二惡知識者所謂有人如是心言一切婦女依時共行不破梵行又復第三惡知識者所謂有人如是心言若以火燒得大福德若與衆生則無福德又復第四惡知識者所謂有人如是心言乃至未死有命以來得名爲人若身死已善不善業一切皆失如風吹雲更無可集衆生如是無有罪福又復第五惡知識者所謂有人常教他人破壞父母亦復不聽供養尊長又復第六惡知識者所謂有人言殺生善若殺老人若殺盲人惡病之人長病人等奪其命故得生樂處又復第七惡知識者所謂有人如是心言於山崖上自投身下若火燒身若自餓死或五處火以炙其身如是取死有無量福後得天上無量眷屬無量天女之所供養又復第八惡知識者所謂有人如是心言一切由天非業果報如是八種惡知識者一切不聽住在國內眼亦不看唯攝一切實語說人從如是人聽聞正法聞已攝取受持修行王若如是不近一切不善知識功德因緣於現在世常得安樂常有利益能護國土能護自身善人所讚身壞命終生於善道天世界中爲夜摩王以彼不近不善知識善業因故又復受位剎利大王有第十法應勤捨離成就相應現在未來二世利益何者第十所謂有法應當捨離捨何者法所謂婦女有智之人不屬婦女一切世間屬婦女者於世間中最爲凡鄙若餘凡人屬婦女者猶尚凡鄙豈況國王人中第一一切婦

女能破壞人一切國土一切人民一切王者皆由婦女而致破壞以貪心故能令王等皆失利益能奪其物令行非法不聽布施以貪心故能令王等一切懈怠以樂欲故常近不離能令丈夫失自利益婦女如雹能害善苗一切婦女樂破壞語慢妬之藏屬婦女人行同婦女屬婦女人國土亦失是故不應繫屬婦女若屬婦女則爲凡鄙以婦女法是鄙惡故屬婦女人亦爲鄙惡屬婦女者失一切法屬婦女者常入苦處若屬婦女善人捨離以欲過故如是之人婦女所誑一切婦女皆悉欺凌輭弱之人體性爾故不知恩養能興衰惱多貪妬嫉婦女如是皆不可信若屬婦女彼人則於城邑聚落一切人中最爲凡鄙何況王者其損更深是故不應繫屬婦女王若如是畏婦女過功德因緣於現在世常得安樂常有利益能護國土能護自身善人所讚身壞命終生於善道天世界中爲夜摩王以離婦女善業因故又刹利王復有一法是第十一應勤修習成就相應現在未來二世利益第十一者謂聞言語不一切信一切世間人心不同迭相破壞性喜破壞作時能壞成時能壞本性自體垢故破壞常樂諍鬪故相破壞以近親故共相破壞自體破壞以國土過是故破壞自輕因緣故相破壞彼此迭互闇地相説各爲自朋故相破壞欲令自勝令他不如故相破壞如是等語王皆不信違道理故前後相違以從惡心次第來故以愛自朋如是説故先被教來於先囑來先有恩來先有怨來迭相破壞來向王説此如是等前

說因緣迭相瞋故作如是說王不普信是以國土則不破壞如是王者心性本好不違不亂依道理瞋心不橫瞋於破壞語心不生信彼王自有如是功德不信於他自心所樂少於瞋恚一切衆生於王愛樂心善思量隨順法行心意正直多攝州土王若如是不一切信功德因緣於現在世常得安樂常有利益能護國土能護自身善人所讚身壞命終生於善道天世界中爲夜摩王以不普信善業因故又剎利王復有一法是第十二應勤修習成就相應現在未來二世利益第十二者謂愛善名不貪財物以王之心不貪財物不急拳手不動眉面不怒眼目不惡語說其心終不無因緣瞋又心亦不無因緣喜心意堅固王若如是得善名稱亦得財物如是得已於財物中不大歡喜得名稱故勝歡喜心王法不妨一切人愛怨不得便財物多故又復更有十種因緣得美名稱何等爲十一者美語二者能捨三者審諦四者他國遠人來看五者近之則得安樂六者以時給施左右七者敬尊奉施所須供給善人拯濟孤獨八者淨行九者好心不惱亂他十者正見不生邪見得此十法行如是法復教他人行如是法以如是行得此法故得善名稱王若如是愛善名稱不貪財物功德因緣於現在世常得安樂常有利益隨順法行他不能勝異人近之則得安樂彼人久時作人中王能護國土能護自身善人所讚身壞命終生於善道天世界中爲夜摩王以愛善名不貪財物善業因故又剎利王復有一法是第十三應勤捨

離成就相應現在未來二世利益第十三者謂捨邪見邪見者名一切衆生不安隱本此顛倒見一切因緣皆不生信彼不信處一切憎惡一切毀呰王則應捨若王不捨則邪見行一切人憎一切不信一切諸人皆不順行不順行故一切人捨得衰惱時依法行天一切捨離天捨去已無所能爲是故王者應捨邪見王若如是正見不邪功德因緣於現在世常得安樂常有利益能護國土能護自身善人所讚於一切時作正利益爲一切人之所供養一切人愛依法行天常不捨離一切國人如王意行一切分別一切心念皆悉具得彼王心意本性不亂能於久時王領國土安隱無患身壞命終生於善道天世界中爲夜摩王以捨邪見善業因故又利利王復有一法是第十四成就相應現在未來二世利益第十四者謂世間法出世間法王根本法所謂惠施王若大臣能行惠施一切國人敬愛不捨心生敬重不捨其國向餘國土若餘國人以王能施共自妻子并其軍衆一切皆來歸屬於王多人來故令王國人增長更多自餘諸國不能破壞以人多故無能破壞如是施者世間布施於世間中第一安隱又復更有出世間施第一好施若人布施爲天所攝有大力能有大威德布施沙門若婆羅門貧窮等人莊嚴未來現在好色何以故心清淨故食則清淨食清淨故面色清淨面色淨故端正可喜此等皆是布施之力又復有法現得果報何者現報所謂布施心無憍慢離貪離嫉信於因緣信因信報信未來世供養

尊長其心柔輭正意思惟捨種種物攝大富因攝離慳嫉信於福田福田功德種福種子王若如是善語熏心第一淨心功德因緣於現在世常得安樂常有利益能護國土能護自身善人所讃久時爲王王領國土久時受樂國土不亂恒常安隱不怖不憂身壞命終生於善道天世界中爲夜摩王以能惠施善業因故又剎利王復有一法是第十五應勤修習成就相應現在未來二世利益第十五者謂勤愛語愛語王者一切皆愛一切皆近若與財物不能如是攝取衆生如此愛語更無能令歡喜清淨如愛語者一切衆生如是因緣故愛語說先愛心生然後發語此因緣故口說愛語如是王者能取他城他國土等自國自城他不能得一切人愛王若實語親有愛語設有怨家亦爲親友何況中人本來親者王若如是愛語言說功德因緣於現在世常得安樂常有利益怨成親友不作中人一切人愛一切供養能護國土能護自身善人所讃一切人中久時爲王身壞命終生於善道天世界中爲夜摩王以彼愛語善業因故又剎利王復有一法是第十六應勤修習成就相應現在未來二世利益第十六者謂修實語實語者名一切生死解脫之因不須物買不可窮盡乃是大藏無能劫奪心海中生第一正見一切善人之所讃歎一切世間次第流出此法乃是涅槃城門於一切時用不可盡增長功德能滅諸過一切人信能除貧窮若能實語雖復醜陋於餘一切端正人所則爲最勝以實光明而自莊嚴一切下姓

若能實語則勝一切大姓之人如是實語莊嚴種姓一切人信一切人近一切人見如見兄弟隨何處行於彼彼處爲人供養如父如母如王不異雖行曠野險惡之處猶故受樂隨行何國爲王供養如供養主若村若城多人住處一切諸人及大長者皆悉供養自餘國土所不行處流名遍滿彼處諸人作如是言彼處若王若王大臣實語善行如高幢旛名聞六天彼善男子天常供養隨後而行不見惡夢第一勝天供養如天若更貧窮以實語故後還大富一切憶念皆具足得念念漸老諸根不衰得妙神通大力身體作長命業成就相應一切諍對以其爲量以其爲證若犯王法被收縛者以物寄之唯此一人最爲可信如是富者以物寄之以實語故心意不動怨親之人不能令動唯以實相而自娛樂生歡喜心以實語食而自充飽實語之愛數數思惟或瞋或喜不動其心此王則是第一大仙常作世間及出世間二種利益不起所作實畫之文常以實水澡浴清淨常著鮮白無縷實衣實名之香十方遍薫一切世間未相見者皆成知友何況見者善名流布過須彌峯雖是年少老人見之供養如父以實老故亦復能作長命之業乃至造作無上菩提大智之業何況能造夜摩天王世間之業王若如是修如實語功德因緣於現在世常得安樂常有利益能護國土能護自身善人所讚身壞命終生於善道天世界中爲夜摩王以修實語善業因故又刹利王復有一法是第十七應勤修習成就相應現在未來二世

利益第十七者謂於臣衆若無因緣不舉不下是王重意彼王不知他戒形相及不知意則不生信爲王之法細意思惟然後乃作王於臣衆若不於先深細思惟或下或舉彼則非王若爲王者則不久時唯可單有王名而已不思惟作心意少動意輕不住若說舊法衆則不信言王妄語是故於王不生愛心或以餘人換其王位是故王者知此過已不作妄語如是妄語現在未來不能利益是故現在無量種過知此過已不妄語說餘人若爾亦不相應況復王者如是如是失於王法如是如是亦失世間若王有福勝世間人一切皆勝王常實語則護世間護彼樂故王法不妨一切善法實爲根本若不實說則於臣衆無有因緣成舉或下若常實語則於仕人若無因緣不舉不下王若如是則於王位不動不失一切臣衆知王如是則不捨離向他國土深生敬重如父如母一切時樂生歡喜心彼王則有堅意住意有不動意有一廂意與臣衆樂王若如是不無因緣或舉或下功德因緣於現在世常得安樂常有利益能護國土能護自身善人所讚身壞命終生於善道天世界中爲夜摩王以無因緣不舉不下善業因故又剎利王復有一法是第十八應勤修習成就相應現在未來二世利益第十八者謂能識知人之善惡此大智慧數數修故若能知者則爲第一最勝大王王知彼人是智非智若如是知則是世間一切地器任爲王者一切他王不能破壞若動所作如所應處安置使令彼如是業皆得成就不失財物

於所作法次第增長王見人中若非法行王則不攝貪食之人不知恩人王則不攝多人怨人邪見之人無憐愍人妄語之人他王怨人惡律儀人不知時人難調伏人常惡業人著境界人曲因說人其體本性不知足人恒常不作利益行人常於他所先作惡人慢心之人常樂怨人勇躍之人語動之人意動之人如是等人王則不攝攝何等人所謂隨法修行之人不諂曲人不我慢人實語之人聰明智人柔軟心人不惱他人不誑他人於三寶所能供養人得信之人知足之人調伏之人不懈怠人常作業人少食之人一切愛人有慈心人有悲心人精進之人正見之人智慧之人依法律人生來清淨身口意人信因緣人知業報人不飲酒人不多睡人近善友人樂惠施人有戒之人有智之人如是等人王則應攝如是等人王於其中知輕知重堪爲何業則令營作彼王如是更無餘王能爲破壞無量財寶富樂具足隨順法行隨法行故則能布施能爲福德供養三寶王若如是知人好惡功德因緣於現在世常得安樂常有利益能護國土能護自身善人所讚身壞命終生於善道天世界中爲夜摩王以識別人善業因故又刹利王復有一法是第十九應勤修習成就相應現在未來二世利益第十九者謂定一時數見衆人若刹利王常定一時數見衆人如是王者久時爲王一切國人皆不嫌恨能知一切人之善惡能令國人一切行法强不凌弱一切國人隨時見王財物具足以此方便增長熾盛財法富故不屬

他王以安隱故隨順法行供養沙門婆羅門等從其聞法既聞法已法行轉勝以定一時數見人故修法之行轉勝增上如是如是隨法行故如是如是富樂增長大富樂故能大布施廣作福業精勤持戒王若難見彼王則無如是功德是故王者應定一時常數見人王者若能常定一時數見人者則能行法是行法人有大福德王若如是常定一時數見衆人功德因緣於現在世常得安樂常有利益能護國土能護自身善人所讚身壞命終生於善道天世界中爲夜摩王以定一時數見衆人善業因故又利利王復有一法是第二十應勤修習成就相應現在未來二世利益第二十者謂少睡眠少睡眠故心善思惟意不錯謬不愚不鈍怨不得便恒常一意所作決定決定作故善思惟作王若如是善思惟作隨何等法皆速成就不經久時彼王晨朝則不放逸不放逸故壽命則長善思惟故一切國人心則慕樂不生猒惡國內人民一切軍衆一切僮僕左右百官諸大臣等皆悉熾盛財物豐饒多臣民故則多財物多財物故有大威德有威德故則能布施修行福業能善持戒王若如是少於睡眠功德力故於現在世常得安樂常有利益能護國土能護自身善人所讚身壞命終生於善道天世界中爲夜摩王以少睡眠善業因故又利利王復有一法是二十一應勤修習成就相應現在未來二世利益二十一者謂一切時常不懈怠不懈怠王堅固精進如法修業隨何所作一切皆能究竟成就隨心制御皆悉屬已

他不能壞他不能奪一切國人愛王心意皆生敬重其王國土一切皆善一切具足若城若村多人住處遍滿國內間不空曠不懈怠王堅固精進有六勢力如是如是隨何所作彼彼所作一切成就何以故不懈怠故法時處等方便具足不懈怠王於世間業出世間業皆能成就乃至能成涅槃之業何況餘業若勤精進而不懈怠時處方便所作具足彼王則勝一切餘人種種具足彼王如是世間所作皆悉成就如是共智而復能作出世間業皆悉成就出世間者謂施戒智王若如是常不懈怠功德因緣於現在世常得安樂常有利益能護國土能護自身善人所讚施戒智等唯如香氣身壞命終生於善道天世界中為夜摩王以不懈怠善業因故

正法念處經卷第五十四

音釋

秤昌孕切　疵疾移切黑顏也　倣妃兩切倣也　澡子皓切洗滌也

# 正法念處經卷第五十五

元魏婆羅門瞿曇般若流支譯

觀天品第六之三十四 夜摩天之二十

又剎利王復有一法是二十二應勤修習成就相應現在未來二世利益二十二者善友堅固友堅固王善思惟作久時爲王遠離諸過他不能壞如樹多根長而深入堅牢善住不可傾轉風不能壞如彼牢樹風不能壞王亦如是知友堅固好心善意一切人愛所共敬重世間法中堅固不壞功德善友有十三種功德具足何等十三一者善知王若有惡能令清淨二者堪能最難作者能爲王作三者有智若彼善友復有善友則令爲友四者心盡所有財物善友皆知五者盡意知於善友有利益事懃心作之六者心舒忽爾相見不撿威儀七者究竟若得衰惱乃至失命則不捨離八者稱意隨心所須如心爲作九者不匿隨家所有一切不隱隨其所須索者不悋十者共心若見善友多有具足則生歡喜第十一者若得苦惱則共同苦設使大瞋心亦不變隨有何食一切同食同共遊戲第十二者於所有物不劣根求若自有物不苦求與第十三者若知家中消息好惡乃至諍鬪如是等事一切盡說不忌不難自家中事乃至諍鬪亦皆盡說如是十三功德善友如是功德具足善友則是世間如是世間功德具足十三善友王成就一則有大力況復有多是故智王應當勤攝如是善友王若勤攝如是善友一切所作可愛之事皆悉成就又因善友復能成就出世間道略而言之有十功

德具足善友何等爲十一者能遮非法之行二者能教修行布施三者能教受戒持戒四者示智能教修智五者好心遮近惡友六者正信示業果報七者若見迷惡道時教住善道八者若見毁犯戒時能爲除滅九者教令供養父母十者恒常數數教誡如是十種出世善友一切惡道皆能擁護猶如父母堅固善友常於善友若善友朋不生慢心如是善友非現在世是未來世是故王者應堅善友王若如是善友堅固則修善業功德因緣於現在世常得安樂常有利益能護國土能護自身善人所讚身壞命終生於善道天世界中爲夜摩王以堅善友善業因故又刹利王復有一法是二十三應勤捨離成就相應現在未來二世利益二十三者所謂不近無益之友言無益者所謂一切誑惑之人不近一切博戲之人導惡行人若惡思惟思惟巳作近如是人大不饒益所失甚大失中大者所謂誑惑誑惑有二一者私密二者公彰彼公彰者謂博戲等種種誑惑彼私密者詐設形服猶如惡人不識别者心謂之好如是等人外道所攝弁實外道外道棘刺誑惑自親亦誑他人不畏後世現善形相實是大賊如是等人尚不應見不應共語何況親近以爲知識善人應捨彼尚不能利益自身況能利他王者應當捨如是等不善知識無益之友不近一切誑惑之人不近一切博戲之人如是等人不與相識正念所作正思惟作王若親近善知識行善知識熏功德因緣於現在世常得安樂常有利益能護國土能護自身善

人所讚身壞命終生於善道天世界中爲夜摩王以不親近無益之友善業因故又刹利王復有一法是二十四應勤修習成就相應現在未來二世利益二十四者所謂瞋喜所不能動若刹利王能持瞋喜彼王國土牢固不壞一切國人皆悉豫樂不生猒惡無能破壞無能得便王若不瞋思惟而作非不思惟非無因緣退人職位非無因緣進其官爵與財利等以不瞋故密語不彰非無因緣而舉下他於歡喜處心不高舉如是王者身有實意不作諸惡不攝惡人平等重意彼王如是世間法中瞋喜不動而得安隱云何復於出世間道瞋喜不動而得安隱王若不瞋則爲能持生死一垢王若不喜能持力垢彼王如是能持力垢持生死垢若人能持如是二垢彼人則能持癡力垢王若如是能持三垢智忍堅意有決定意功德因緣於現在世常得安樂常有利益能護國土能護自身善人所讚身壞命終生於善道天世界中爲夜摩王瞋喜不動善業因故又刹利王復有一法是二十五應勤修習成就相應現在未來二世利益二十五者所謂不著飲食二法不多貪著何以故貪多飲食於王則妨常念飲食在腹因故彼諸國人左右軍衆心生猒賤有如是念彼王心意同如畜生唯除飲食更無餘心無餘業心恒常如是貪樂飲食心常愛樂飲食味故則不思惟法與非法於國土事不能籌量思惟計挍不思惟人不能調伏一切左右內外軍衆於大臣等一切國人不能次第如彼相應與其官爵於所作事不知輕重

彼王財物唯有損減財物減故則少財物財物少故飲食則盡無飲食故一切輕毀以貪飲食故致貧窮貪多飲食不自節量如是妨礙世間饒益云何復爲出世間妨謂心貪著樂多飲食常愛諸味不正思惟不能念身不能念受不能念心不能念法不能思念苦集滅道自餘一切皆不思念如是貪著飲食境界同如畜生無有差别是故應當依順道理相應飲食如相應行相應語說清淨諸根如應轉動思惟正道身受心法苦集滅道如是法中心善調伏能思能念心正念故根轉清淨相應飲食身則調停身調停故心亦調順心調順故能念善法是故不應愛著諸味若以飲食内於身中調適相應則爲安隱恒常依法而修習之如是彼王能調伏心心則正

念心正念故能作善業王若如是不貪飲食功德因緣於現在世常得安樂常有利益能護國土能護自身善人所讃身壞命終所修善業唯如香氣生於善道天世界中爲夜摩王以不貪著飲食之味善業因故又刹利王復有一法是二十六應勤修習成就相應現在未來二世利益二十六者謂善思惟善思惟王則於世間及出世間安隱之事一切皆得何以故心功德故善思惟者於現在世若未來世常得勝樂隨何等事善思惟作則無諸過意如是念貪欲等垢常行惡道應令盡滅以不淨法除貪欲垢以慈悲法除瞋恚垢以觀智法除愚癡垢如是皆以心善思惟故能除滅非不善意而能除也若惡思惟不能成就世間之法要善思惟則能成就是故當

知一切諸法善思惟作則得成就王若如是心善思惟功德因緣於現在世常得安樂常有利益能護國土能護自身善人所讚身壞命終生於善道天世界中爲夜摩王以善思惟善業因故又剎利王復有一法是二十七應勤修習成就相應現在未來二世利益二十七者謂不待時安詳而作若作世間作出世間利益之法久時乃作則不可作既不可作而作之者則不成就譬如有病不時速治久乃治者則不可治不可治故則能殺人如是復有無量作法不時速作久乃作者難作叵作不可得作如是能障出世間道微少煩惱亦如彼病不速治故煩惱不斷以不斷故則入惡道是久乃作之大過患如是障礙出世間道微少煩惱不時斷故漸次增長猶如毒芽久則增長燒一切身能令衆生若墮地獄餓鬼畜生是故不應安詳待後久時乃作如是王者若諸餘人若諸比丘若諸俗人若大富人若貧窮人一切不應安詳待後久時乃作若人待後久時乃作彼人生過速得衰惱乃經久時不能除滅不能破壞不能斷絶以不斷故自得衰惱若人不觀久時乃作則速失壞并根普拔如是之人無彼過故畢竟得樂住世間道出世間道如是之人若過始生即能除滅如毒芽生見即除者彼毒芽者喻如煩惱久則增長過生則多是故若有斷始生過則爲眞知而得安隱彼人常樂王若如是不待後時安詳而作功德因緣於現在世常得安樂常有利益能護國土能護自身善人所讚彼人常樂身壞命終生於善道天

世界中爲夜摩王以不待時安詳而作善業因故又刹利王復有一法是二十八應勤修習成就相應現在未來二世利益二十八者所謂以法利益國土非是非法彼多法王能自利益能利益他自利益者若王持戒能護國土非不持戒是自利益利益他者謂見有人不隨法行令住法中王者如是正護國土護國土故法財名三皆和合得既能如是令他依法何況自身不隨法行如是王者則得財物云何得物所謂決定於國土中一切財物六分取一是以國土則爲大富以正護故若國大富王有急事一切人民以愛王故知王有急須用財物皆悉多與此是王者第二功德具足成就如是王者正護國土左右軍衆敬愛於王一切方處稱王善名王若如是法財名等和合具足於現在世常得安樂常有利益能護國土能護自身善人所讚身壞命終生於善道天世界中爲夜摩王以自他利善業因故又刹利王復有一法是二十九應勤修習成就相應現在未來二世利益二十九者謂常修行十善業道彼十善道第一樂報以要言之則有三種謂身口意身則有三殺盜邪行口則有四妄語兩舌惡口綺語意地有三貪瞋邪見如是十種不善業道顛倒則名十善業道名爲慧道名爲正道不善業道則無有慧善道有慧故名慧道攝人天生次第乃至到於涅槃彼王如是自身能住復令他人軍衆等住如是王者於諸衆生猶如父母能到涅槃隨自所願何道皆得彼王如是一切所念皆悉成就常爲天護無有刀

飢怨敵等畏一切國土常不壞亂一切五穀隨時善熟如天時節日月調和普照一切國土所用一切具足多饒人衆彼王如是正護國土後時無常身壞命終生於善道天世界中受何業報受何等樂略而言之夜摩天中不殺業故天命則長有下中上如是天命於六欲天不偷盜故天中大富七寶具足園林山峯種種可愛在如是處遊戲受樂不邪婬故諸天女衆於餘天子悉皆不往乃至未退有命以來不往不近彼諸天女一切端正一切好色光明勝妙眼見心樂若人邪行彼生天中所有天女共餘天行如是異異業報成就此如是等身善業行善護不犯樂修多作生於天中受天樂報次復第二口四善業樂修多作生於天中口何者業生於天處受何樂報謂修四種口正行戒不妄語故滿語美語種種實語常一切時第一妙語隨口所說彼語則樂隨語皆得不妄語故不兩舌故所有軍衆常不破壞於一切時隨順供養不惡口故常聞美妙歌舞遊戲喜笑等聲第一悅耳美妙之聲不綺語故常出義語一切諸天愛樂其語皆信其語彼於天中如是成就口業果報何者意業如是天處受何樂果以不貪故一切憶念一切所須隨念皆得得已不失自餘諸天不能侵奪唯自受用此果報者不貪業故以不瞋故一切天愛第一端正可喜妙色不邪見故所求皆得如所求得不變不異如所念得未曾不得常具足得如是略說十善業道所得果報若布施者則得勝報以布施故富樂轉勝以智勝故勝一切天一

切樂受願是根本若癡樂者則非是樂心自在故福田力故時自在故物自在故信解力故以自在故有一善業亦生天中乃有衆生入於涅槃何況生天如是業報第一微細何人不知則迷業報迷業報故入於地獄此如所說十善業道若王修行或國土人或王軍衆以王因緣皆行十善王若如是修十善業功德因緣於現在世常得安樂常有利益能護國土能護自身善人所讚身壞命終生於善道天世界中爲夜摩王以行十善善業因故又利利王復有一法是第三十應勤修習成就相應現在未來二世利益第三十者謂信因緣信因緣王若大臣等不迷業報意常正念於境界中不放逸行彼因名爲果種子因緣於時處具足和合彼名信因若信因者

亦信於果彼以如是諦見因果不作惡業猶如種子與芽爲因如是諦見信因緣故不迷業報彼如是業有善不善生死相續不斷不絕種種苦樂能令衆生處處受生有中流轉如是有中相續輪轉在於地獄餓鬼畜生天人之中有三種行一福業行二罪業行三不動行謂四禪行彼福業行是天人因彼罪業行地獄等因彼不動行是色界因彼三種界王若於中唯諦知因彼王不迷生死曠野如是一切此有爲中所謂因果王信因果過不能壞以能畏過故不造作不善之業常作善業王若如是信於因緣功德力故於現在世常得安樂常有利益能護國土能護自身善人所讚身壞命終生於善道天世界中爲夜摩王以信因緣善業因故一切衆生第一勝

法謂信因緣是故王者應當精勤修習此法受持此法謂信因緣又刹利王復有一法是三十一應勤修習成就相應現在未來二世利益三十一者謂供養天以何因緣供養彼天善業行故得生天中有天神通若我造作不善業道能遮止我若夜若晝恒常供養一切所作皆能調伏能於夢中示善不善一切國土不饒益時能爲作護令入善法彼天如是能遮不善若夜若晝常能擁護猶如父母無量方便種種擁護應供養天彼能作善是故王者供養彼天以愛法故離於惡業不爲侵他非邪見故無如是意離天無業此天造作一切世間無如是心一切苦樂皆天所作無如是心供養於天如是供養爲利益我不失饒益非謗因果非邪見心彼王如是供養天故得他供養王若如是常供養天功德因緣於現在世常得安樂常有利益能護國土能護自身善人所讚身壞命終生於善道天世界中爲夜摩王以供養天善業因故又刹利王復有一法是三十二王者應作成就相應現在未來二世利益三十二者謂一切時正護國土正護國王隨順法行猶如父母一切畏處施與無畏施無畏故晝夜常恒善法增長一切軍衆皆悉敬愛心不捨離國內人民或獻財物或復讚歎稱王善名或時晝夜心常思惟欲令其人得安隱樂彼王如是利益一切諸衆生故是以令王自在增長多自在故五穀成熟國土增長一切軍衆皆悉增長國內耆宿願王熾盛彼如是王正護國土法財名三日日增長和合相應王若如是正

護國土於一切時利益國土離瞋離貪功德因緣於現在世常得安樂常有利益能護國土能護自身善人所讚身壞命終生於善道天世界中爲夜摩王以護國土善業因故又剎利王復有一法是三十三王者應作成就相應現在未來二世利益三十三者謂一切時正護妻子護妻子故妻子得樂王若大臣無量福德多種福德和集增長若有財物有何者物何處何時有物不惜給與妻子若與財物若與飲食若與牀敷若與衣服若或抱持愛語信任令心歡喜施與無畏如力分與施與妻子舍內得福作無量種舍內福德此護妻子有大福德若復有人無憐愍心或爲貪覆不憐妻子彼人之心甚於惡獸殺生食肉食屎獸等若人不能出家住法彼人應當如力如分正護妻子令得安樂若自有力無憐愍心不護妻子如是之人不名在家不名出家是故應以資生布施及餘物施若教持戒王若大臣能令妻子受戒持戒教令布施教令習智更餘次第正護其樂次第如力王若大臣如是作者久時受樂久時壽命王若如是正護妻子功德因緣於現在世常得安樂常有利益能護國土能護自身善人所讚身壞命終生於善道天世界中爲夜摩王以護妻子善業因故又剎利王復有一法是三十四應勤修習成就相應現在未來二世利益三十四者謂常習智習智者名一切苦滅出離一切生死之因若能決定習智者好彼智者名於入大闇墮在闇中得無量種衰惱之者照明如燈生死曠野嶮道資粮盲者眼

目無力者力無伴者伴無救者救病者良藥迷者導師生死曠野嶮道遠行饑渴乏者之清冷水之飲食也繫縛生死牢獄之者出要之因無親友者則能與作利益親友與無目者作光明眼能於死時而作强伴閻摩羅人來近至時於死滅時作大力伴一切惡處能爲閉塞於欲墮墜大嶮岸者如手接取若作同侶得一切樂於裸露者是好衣服無能刧奪若有怖畏破戒罪火熱惱逼者能作無量多枝葉華清冷蔭影具足之樹一切衆生眼所觸者皆生愛樂是故智勝於無始來流轉世界諸衆生等能與現在未來世樂更無餘法能作樂因如一智也常應識知種種修習心行正道心善思惟心中安住共餘法動無量種意初中不善智則能除能示實道此則安隱一切饒益皆能成就示涅槃城常應修習以修習故善識知故生人天中爲王爲勝智火能燒一切煩惱乃至後時得寂滅樂更無異法能令出離一切生死如此智者是故希望一切地者應當思惟修習此智爲他人說王若如是常修習智爲他而說樂修多作功德因緣於現在世常得安樂常有利益能護國土能護自身善人所讚後正流轉身壞命終生於善道天世界中爲夜摩王以能修習多智因故終得涅槃又剎利王復有一法是三十五應勤捨離成就相應現在未來二世利益三十五者所謂不樂一切境界若剎利王樂於境界如是王者不得安隱若王樂聲觸味香色一切方便不得安隱亦復不能正護國土亦復不能正護自身常樂境界常

著心故失法物名三皆退壞樂境界王餘王能破他破壞故自軍衆等皆生猒惡不復愛樂以猒離故則失王位而得衰惱得衰惱故或失壽命是故王者不用縱心樂著境界若不縱心大樂境界彼王則能正護自法或時心淨正攝色聲香味觸等不能動心久時爲王王領國土一切軍衆不猒不捨是故他王不能破壞令住久時不得熱惱久時受樂令旣受樂後生樂處王若如是不樂境界功德因緣於現在世常得安樂常有利益能護國土能護自身善人所讚身壞命終生於善道天世界中爲夜摩王不樂境界善業因故又剎利王復有一法是三十六王不應作成就相應現在未來二世利益三十六者所謂不令惡人住國不調伏者不令住國若諸惡人惡業破戒令住國者彼王則不久時爲王則於彼人必得殃禍彼大過故國人破壞自在劣減五穀不登人不作業王則不能正護國土一切國人於王不樂住國土天不生憐愍以其國內惡人住故以其國有不調人故彼調伏人亦不調伏第一修業福德之人近惡人故彼則有失是故王者不調伏人不令住國若王不令不調伏人住其國者惡法行人則不住國以不住國則無上過天復常能正護國土一切國人皆悉知王不令惡人住在國內則不作惡一切國人皆修行法不作非法彼能如是隨法行王一切意念皆悉成就一切國人皆如法律依法律行除不饒益不生不起彼王如是以法爲救以法爲伴王若如是以法爲本不令惡人住其國內功德因

縁於現在世常得安樂常有利益能護國土能護自身善人所讚身壞命終生於善道天世界中爲夜摩王以離惡人善業因故又剎利王復有一法是三十七王應勤修多獲福德一切國人皆不猒惡成就相應現在未來二世利益三十七者所謂依前過去舊法不斷先得依法而與使人軍衆一切人民先來得者不斷不奪若地若物依本常與若有何人種姓次第先來得者隨相應與一切人民則於其王不生猒惡左右軍衆一切不能遞相妨礙王不憂悔不生熱惱王位不動國土不亂恒常正住一切職人不偏斷事强不凌弱不違法律一切國人如自業作心生歡喜天心喜故以時降雨寒暑隨時常豐不儉無刀兵刧龍心不瞋一切善天不捨其國行於餘國彼王國土以行法故餘天不壞以人因縁是故有天以人力故天則有力彼王旣知如是過已依先舊與不斷不奪若王善行第一法行於國內人依次第來隨相應與依祖父來隨所應與若王國土令法久住依法正護如彼次第依分而與如是次第依法王者一切天衆不求其便護其國土彼王大富國土具足以大富故布施作福持戒修智王若如是依隨法行功德因縁於現在世常得安樂常有利益能護國土能護自身善人所讚身壞命終生於善道天世界中爲夜摩王以不違法善業因故若王成就此如是等三十七法攝取彼法安住彼法一切功德皆悉具足彼從樂處復得樂處爾時彼名善時鵝王爲說過去尸棄如來所說偈言

若王軍衆淨　法行制諸根　彼則有法慧
生天世界中　若王時賦稅　依法而受取
彼則捨離貪　爲夜摩天王　若王忍愛語
瞋喜不能動　彼護國土故　生天中最勝
若王不朋諍　不看友非友　彼則心平等
得天衆中勝　若王勤敬宿　供養諸尊長
彼意堅不貪　得爲天中王　若王依先世
隨祖父法與　彼不奪衆生　得爲天中王
若有修施戒　說法制諸根　彼護國土人
天世界中貴　若王捨非法　攝取行法者
彼正法持戒　生天中最勝　若王離婦女
唯親近善人　彼則無垢意　生天中爲王
若王不普信　唯攝取善人　彼命終眞見
夜摩天中勝　若王愛善名　不貪著財物
彼離貪垢故　爲夜摩天王　若王不邪見
心愛樂正見　彼淨見不動　爲夜摩天王
若王勤施戒　亦常修行智　彼得諸國土
後生爲天王　若王常愛語　生他人耳樂
彼國土清淨　生天中最勝　若王實語說
不動如須彌　彼登寶階梯　天衆中如幢
若王無因緣　不舉下軍衆　彼王民不猒
命終爲天王　若王知好惡　亦知有力無
彼王有慧力　生夜摩爲王　三界等一勝
所謂名三寶　王若能供養　彼王則生天
若王時見人　能利益國土　彼離慢心儉
生天中最勝　若王離睡垢　則離於癡過
彼智境相應　決定爲天王　若王離懈怠
常堅固精進　彼能竭過海　來世爲天王
若王友堅固　常隨法行者　彼善友圍繞
生天爲天王　若王離惡友　常捨離不近

彼則離諂毒　生天爲天王　若王持瞋喜
不樂作惡業　彼離惡垢故　常爲天中王
若王不貪味　唯愛樂善法　彼能示善道
黠慧生勝處　若王善思惟　隨順善法行
彼如法見道　到夜摩天處　若王時速作
依如是法行　彼速離諸苦　爲夜摩天王
若王法利國　或以王法護　彼爲人所讚
生天天亦讚　若王行十善　是如來所說
彼是修行法　生天爲天王　若王信因緣
如是道非道　彼則離見垢　黠慧生天勝
若王供養天　如所應而作　彼得天供養
生天中最勝　若王護妻子　心意不濁亂
彼自妻知足　生天中最勝　若王遠境界
愚癡所愛者　彼則是持戒　常生天爲王
若王捨惡人　近依法行者　彼是善法王
應爲夜摩王　若王依法行　是護國土主
應一切地主　亦堪夜摩王

如是彼名善時鵝王以願力故生彼天中而作鵝王既見天主牟脩樓陀念本生時從尸棄佛所聞經法爲令天主牟脩樓陀心歡喜故如是說已語天王言天王當知業如是故得此天處以大法勝故得此處若得此處不放逸行於後退時心不生悔命盡死時醜面可畏地獄之使不來現前汝夜摩王愼勿放逸勿放逸行汝於彼處聞我音聲故來至此汝既捨離一切境界爲聽法故而來至此若苦惱者隨順法行則非奇特若受天樂不放逸行此則爲難汝夜摩主牟脩樓陀若不著欲則爲大樂若更餘天近汝愛汝隨汝而行爲軍衆者善得生處以得近汝善知識故恒

常得樂近惡知識樂不可得汝夜摩主牟脩樓陀於此天衆多作利益此諸天衆以近汝故得二種樂謂今世樂後涅槃樂汝等諸天一切軍衆各各還向自地處去我今復欲更向其餘放逸天處爲除放逸善時鵝王如是說已彼諸天衆於山頂上飛昇虛空牟脩樓陀夜摩天王聞說法已隨喜讚歎上天宮殿天衆圍繞上昇虛空共諸天衆諸天女衆之所圍繞復有餘天住山鬘山千峯之中遊戲受樂如是放逸放逸而行境界所迷愛樂境界爲愛所壞於園林中蓮華水池意念樹林如是如是迭共同伴遊戲受樂五樂音聲天樂之音不可譬喻在飲食河遊戲受樂一切時華一切時果衆鳥音聲皆悉具足饒蓮華池具足之處自業華果受第一樂如是乃至受善業盡作集業盡善業盡故如自業行或墮地獄或墮餓鬼或墮畜生若以餘業得生人中同業之處第一富樂或近海畔或在其餘饒流水處作大富人廣多商賈或作國王常在海畔船舶具足多有財物多有人衆一切人愛

正法念處經卷第五十五

音釋

嶮（虛檢切與險同危也）裸（郎果切赤體也）舶（簿陌切大船也）